俄国文学文化论集

——刘文飞学术论文集

刘文飞　著

人民出版社

责任编辑:宫　共
封面设计:源　源

图书在版编目(CIP)数据

俄国文学文化论集:刘文飞学术论文集/刘文飞 著. —北京:人民出版社,
　2021.3
ISBN 978-7-01-022709-2

Ⅰ.①俄…　Ⅱ.①刘…　Ⅲ.①俄罗斯文学-文学研究-文集
　Ⅳ.①I512.06-53

中国版本图书馆 CIP 数据核字(2020)第 239303 号

俄国文学文化论集

EGUO WENXUE WENHUA LUNJI

——刘文飞学术论文集

刘文飞　著

人民出版社 出版发行
(100706　北京市东城区隆福寺街 99 号)

北京佳未印刷科技有限公司印刷　新华书店经销

2021 年 3 月第 1 版　2021 年 3 月北京第 1 次印刷
开本:710 毫米×1000 毫米 1/16　印张:26.25　字数:390 千字

ISBN 978-7-01-022709-2　定价:79.00 元

邮购地址 100706　北京市东城区隆福寺街 99 号
人民东方图书销售中心　电话 (010)65250042　65289539

目　录

从一句误译的台词谈起

契诃夫的名剧《樱桃园》（1903—1904）第四幕中，即将离家而去的安尼雅和特罗菲莫夫有两句点题性质的对话，原文如下：

Аня：Прощай, дом! Прощай, старая жизнь!
Трофимов：Здравствуй, новая жизнь! ①

在人民文学出版社 1960 年和上海译文出版社 1980 年出版的两本《契诃夫戏剧集》中，这两句台词的译文分别是这样的：

安尼雅：永别了，家！永别了，旧生活！
特罗菲莫夫：新生活万岁！……②

安尼雅：永别了，我的房子！永别了，我的旧生活！
特罗费莫夫：万岁！新生活！③

---

① *Чехов А.* Собрание сочинений в 30 томах. М.：Наука. 1974—1986. Т.12. С.253.
② 《契诃夫戏剧集》，满涛等译，人民文学出版社 1960 年版，第 503 页。
③ 《契诃夫戏剧集》，焦菊隐译，上海译文出版社 1980 年版，第 415 页。

这里，特罗菲莫夫那句台词中的 здравствуй 均被译为"万岁"。我们认为，这样的翻译是错误的。理由有二：

首先，здравствуй 一词并无"万岁"之意。查苏联科学院所编的《俄语词典》、奥热戈夫的《俄语词典》及刘泽荣主编的《俄汉大辞典》等，知 здравствуй 只有两层含义：1. 见面时的招呼用语，相当于"你好"之类；2. 表示惊奇、不满等的叹词，近乎"真是"等。契诃夫在这里用的是第一层含义。

其次，通常我们可呼之"万岁"的人或物，应是先存于世的。在契诃夫写作《樱桃园》的 1903—1904 年，俄国的"新生活"无疑尚未出现，而不存在的东西似乎是不便被喊"万岁"的。

很可能，《樱桃园》的译者们是将 здравствуй 和 Да здравствует!（万岁！）这同一个词的两种不同的变化形式混淆了。特罗菲莫夫那句台词正确的译文应该是：

"你好，新生活！"

或："欢迎你，新生活！"

一本厚厚的戏剧译文集中难免有一两句台词译得不太准确，这也无伤大雅，原本不该挑剔地在这上面大做文章。但这句台词很重要，它的原文在苏联广为传颂，被认作是契诃夫的名言。然而在我国，由于人云亦云的转抄，以讹传讹的流传，使得契诃夫"欢迎新生活"的名言改头换面为"新生活万岁"了。"新生活万岁"被认为是契诃夫喊出的"时代的最强音"，出现在许多关于契诃夫的论文、译作、专著和有关的辞书中（例见《契诃夫传》《论契诃夫的戏剧创作》《中国大百科全书·外国文学·II卷》等书）。推翻"新生活万岁"这句"约定俗成"的台词不是没有必要的，因为正确地理解 "Здравствуй, новая жизнь!" 这句台词，在某种程度上可以帮助我们正确地理解契诃夫的思想和创作。

"欢迎新生活!"和"新生活万岁!",这两句话所表达的感情到底不完全一样。对"新生活"表示"欢迎"的,可以是热情的旁观者;而敢于高呼其"万岁"者(且是在它正在来临之际),则必定是"新生活"的战士了。基于契诃夫当时的世界观及他所处的社会历史环境,我们认为,契诃夫也难以喊出"新生活万岁!"的口号。

诚然,与其同时代的某些作家相比,契诃夫的思想无疑要进步得多。在驳斥"契诃夫没有世界观"的荒谬论调时,高尔基断言:"契诃夫却有着比世界观更多的一点什么东西,——他拥有他自己特有的对生活的看法,因此就站得比生活更高。"[1] 的确,契诃夫的世界观是远远高出于那些绝望的知识分子、庸俗的小市民的世界观的。他目睹现实的黑暗,以文学为武器,无情地揭露了俄国社会的丑恶,认为"再也不能这样生活下去了"。创作《樱桃园》时的契诃夫,是站在他自己的思想顶峰上的。但是,契诃夫毕竟没能攀上两个世纪之交的俄国社会的思想顶峰。当时,马克思主义在俄国已得到了比较广泛的传播,以普列汉诺夫为首的俄国第一个马克思主义团体"劳动解放社"(1883)成立已近20年了,列宁的革命活动也早已展开。远离革命斗争的契诃夫却看不到这些,"我国的城市生活中,既没有厌世主义,也没有马克思主义,更没有任何一种思想运动,有的只是停滞、愚蠢、无能……"[2] 这便是他当时的感觉。契诃夫没有接受马克思主义,他的世界观还是小资产阶级的,这使得他不可能清楚地看到俄国社会的出路和争得"新生活"的途径。对即将来临的大革命、新生活,他有的只不过是一种朦胧的预感、热情的憧憬而已。

在各种形式主义文学泛滥的19世纪末20世纪初,契诃夫和柯罗

---

[1] 高尔基:《论文学》(续集),人民文学出版社1979年版,第46页。
[2] 《契诃夫手记》,贾植芳译,浙江人民出版社1982年版,第106页。

连柯等一起，在创作中坚持、捍卫并发展了现实主义。契诃夫的现实主义有独特的地方，如其晚期的现实主义作品中所洋溢的乐观情绪等，但他毕竟没能越出现实主义的雷池。像所有的 19 世纪批判现实主义作家一样，在揭露批判了社会的阴暗面之后，契诃夫也未能指出社会罪恶的根源，揭示社会发展的必然趋势，他没能给俄国社会开出一剂良方。盛赞契诃夫的卓越创作将现实主义推向极致，以致"杀死""埋葬"了现实主义的高尔基，同时也因契诃夫的作品中缺少光明的、使人感奋的东西而颇有些遗憾。早在 1901 年，高尔基就在《小市民》一剧中将新生活的统治者——无产者尼尔推上了舞台，而在契诃夫的《樱桃园》中，我们却找不到一个是以新生活主人的身份登场的正面人物。① 剧中有对即将来临的新生活的希冀，却没有鼓舞人们起来为新生活而斗争的号召。不了解新生活的实质，不认识为新生活而斗争的战士，不清楚通向新生活的道路，契诃夫即便喊出了"新生活万岁！"的口号，也一定是软弱无力的。沃罗夫斯基在《安·巴·契诃夫》一文中指出："既然否定当代的现实，契诃夫就必然要寄希望于某种较好的生活，相信某种未来的东西。可是，是否就因为他从来不考虑发展的路线，不能理解这些路线，所以他才不能对这种美好的未来究竟是什么样子得出一个明晰的概念呢？契诃夫的思想总是像松鼠蹬轮子似地在这样一个含混的公式中打转：'二三百年之后，世上的生活就会很美好了。'"② 沃罗夫斯基对契诃夫创作的评价是不足的，但在这一点上，他倒是一针见血的。

最后，在结束这篇短文时，笔者觉得有必要声明一下，本文的意图绝不在于苛求或贬低契诃夫，它仅旨在证明：热情"欢迎新生活"的

---

① 耶里扎娃在《契诃夫的创作与 19 世纪末期现实主义问题》（中译本为杜殿坤所译，上海文艺出版社 1962 年版）一书中认为契诃夫在晚年的创作中已经解决了塑造正面人物的问题，似乎有些勉强。

② 沃罗夫斯基：《论文学》，人民文学出版社 1981 年版，第 265 页。

契诃夫，没有、也不可能喊出"新生活万岁！"这一"时代的最强音"；用"新生活万岁！"这句误译的台词去拔高契诃夫的思想和创作，是不恰当的。笔者以为，这个证明丝毫无损于契诃夫作为一个杰出的现实主义大师的伟岸形象。

原载《外国文学研究》1984 年第 1 期

屠格涅夫的早期抒情诗

批判现实主义的散文大师屠格涅夫，是因其《贵族之家》《父与子》等巨著而彪炳于 19 世纪俄国文学的星空的，但他步入文坛时，手中握着的却是一束诗歌的鲜花。较之其长篇的参天大树，这簇小花不免逊色，然而若真的去捧起它，也可闻见阵阵扑鼻的芳香。

1834 年，刚满 16 岁的彼得堡大学哲学系学生屠格涅夫就开始了诗歌创作，到 1837 年，他已写诗近百首。这之后，他的抒情诗创作或断或续，绵延了十多年。但由于屠格涅夫生前很少发表抒情诗作（仅发表 30 来首），大量作品都未能保存下来，今在《屠格涅夫全集》第一卷中可读到的抒情诗不过 60 首左右，它们是作者在 1834—1848 年间写下的。

一

屠格涅夫的早期抒情诗，恰如一首和谐的弦乐四重奏。读罢它们，合上书页，那优美的乐曲仍不绝如缕，萦回在心头。

活泼的第一小提琴向我们展现了 19 世纪俄罗斯乡村如画的自然景色。可归入这类"山水诗"的有《傍晚》（1837）、《秋》（1842）、《春天的黄昏》(1843)、《雷雨过后》(1844)、《乡村》(1846)等篇。像所有进步的俄国诗人、作家一样，屠格涅夫对俄罗斯大地也怀有深切的爱。他以轻淡的白描手法、优美的抒情旋律，为我们创造出了一个个诗意的境界，读着那些诗句，我们恍惚置身其中，在尽情地领略着大自然的恩赐。这是傍晚的河边：

> 平缓的河岸边波浪静息，
> 道别的霞光在天际燃烧；
> 几叶轻舟穿过雾幕向远方滑去——
> 　　　　　——《傍晚》

这是秋雨过后：

> 四周一片静穆，
> 椴树的枝梢落满了水珠……
> 枝叶上滴下一颗颗泪雨，
> 仿佛每片叶子都在低声哭泣——
> 　　　　　——《雷雨过后》

这是春天的黄昏：

> 金黄色的云朵
> 在酣睡的大地散步；
> 辽阔寂静的田野
> 闪耀着遍地的露珠；
> 　　　　　——《春天的黄昏》

春夏秋冬，白天黑夜，在屠格涅夫抒情诗的胶卷上全有感光。

古今中外的一切山水诗，其用意均在于借景抒情，屠格涅夫的风景诗自然也是有感而发。统观其风景诗，不难察觉，始终贯穿其中的主题思想是由静观大自然而萌发的对生活意义的沉思。大自然如此之美，有如此强烈的感召力，但现实生活，从封建的地主庄园到保守的俄国社会，却是那般死寂。大自然有无穷的力量，时刻在将人净化，可渺小的自我却十分空虚。两者相形，不能不令年轻的屠格涅夫在惶恐、彷徨中歌唱：

> 我心中一阵慌乱的不安：
> 我徒然用目光向大自然问询，
> 它在沉睡中一言不发——
> 我开始愁闷，因为竟无一实体
> 能道出生活的真谛。
>
> ——《傍晚》

这使得屠格涅夫的写景诗蒙上了一层淡淡的忧愁。

第二小提琴以委婉的旋律奏出一首慢速的浪漫曲——屠格涅夫的情歌。如果说，"诗人是感情的宠儿"（郭沫若语），那么抒情诗则是爱情的娇女。屠格涅夫现存的抒情诗中，三分之一以上是爱情诗，它们的对象主要是三位女郎。

屠格涅夫母亲身边有一位年轻貌美的女裁缝伊凡诺娃，青年屠格涅夫曾与她相爱，她于1842年为屠格涅夫生下了他唯一的孩子——女儿波琳娜。这显然是一种少爷和婢女间不平等的爱情，屠格涅夫后来回忆起这段爱情，既有些眷念，也感到内疚，这种复杂的心情在《小花》（1843）中有真切的流露。屠格涅夫将她喻为野地里的"一朵平凡素朴的小花"，"在沾满露珠的草地上她孤单地开放"，突然，"自天上泻下大股的热流，你那朵小花也早已枯萎"。

1841 年 10 月，回国不久的柏林大学毕业生屠格涅夫在巴枯宁家的普列木辛诺庄园做了几天客。在那儿，他与对德国古典唯心主义哲学同样很感兴趣的巴枯宁的三妹相爱。但不久，不知什么原因，他们分了手。1842 年 3 月 20 日，屠格涅夫在给巴枯宁娜的绝交信中写道："我从未爱过一个女人像爱您一样……再见啦，我的心情很不平静，您使我受到了很深的感动。"可见，屠格涅夫和巴枯宁娜是不忍分手而又不能不分手的。这所谓的"普列木辛诺罗曼史"在屠格涅夫的心灵和创作上都留下深刻的痕迹，屠格涅夫为这逝去的爱情写下许多挽歌，如《涅瓦》（1843）、《在一个夏天的晚上……》（1843）、《当我和你离别时……》（1843）、《把手递给我……》（1842）等。

1843 年，法国女歌唱家维亚尔多来彼得堡演出，扮演罗西尼的歌剧《塞维利亚理发师》中的女主角。她那优美的歌喉征服了彼得堡的观众，同时也征服了屠格涅夫的心。屠格涅夫一意倾心于她，后半生一直追随着她在欧洲游历。只是后来，这种不现实的爱情差不多已转化为忠实的友谊了。是她抚养了屠格涅夫的女儿，"在他临终前，她是守在他床头唯一的亲近的人"。[1] 屠格涅夫无私地将爱情（还有友情）奉送于她，但献给她的诗在全集中却只见 1 首，这就是《我为何一再吟着忧郁的诗？……》：

> 我为何一再吟着忧郁的诗？
> 那热情的声，动听的音，
> 为什么，夜阑人静时，
> 飞近我身边，要我倾听——

---

[1] *Наумова Н.* Иван Сергеевич Тургенев. Л.：Просвещение. 1976. С.39.

　　为什么？不是我将隐痛之火
　　点燃在她的心中……
　　她胸间愁苦的呻吟
　　不是为我而悲恸。

　　这又是为何，我的心
　　疯狂地奔去她脚下，
　　就像海浪起伏翻滚，
　　涌向无际的天涯？

　　一声声发问，饱含着无限的深情。像李商隐的无题诗大多是抒写爱情的一样，屠格涅夫的爱情诗也十之七八是无题的。也许只有无题，方能更好地表达出诗人那由神妙的爱情所勾起的甜蜜却又愁苦的朦胧感受；也许那由神妙的爱情所引出的欢乐而又痛苦的复杂心情，实非某一特定的题目所能包容。

　　重奏在进行中，抒情的乐章过后出现了严肃的主题。年轻的屠格涅夫并不是一个只会徘徊在花前月下的风月诗人。他的《俄国人》（1840）、《群众》（1843）、《自由》（1845）等诗，都可以看作是短小的政治抒情诗。在《群众》一诗中，屠格涅夫就个人和社会的关系问题提出了自己的看法，虽然这个看法立足于个人主义，是和别林斯基等的观点相悖的。《自由》的政治色彩更为浓厚，它表达了诗人对堕落社会的愤慨，对沉沦一代的担忧。这类诗在屠格涅夫抒情诗中的比重虽不大，但就其思想的深度和力度而言，确实占有重要地位。

　　最后，屠格涅夫几首谣曲中的一行行诗句，就像一个个跳动的音符，组合出一段明快的小步舞曲。《叙事小曲》（1841）写一个被俘的强盗无畏地在省长面前说出了他和省长太太的偷情；《偷窃》（1842）写一个小伙子骑着骏马"盗走了"心爱的美人；《费佳》（1843）的主人公听说原先所爱的人守了寡，兴冲冲地赶回来，但听说她又再醮，只得闷闷不乐地离去……这些谣曲都带有浓厚的民间文学色彩。屠格涅夫从民间吸取文学的乳汁，充实了自己的抒情诗。这些谣曲是屠格涅夫在写作《帕拉莎》《谈话》等长诗前写下的，后者仿佛正是前者的充实和扩展。

此外，还有几首讽喻诗像谐谑曲一样穿插在屠格涅夫抒情诗的奏鸣曲中，如《赠 Н.С. 屠格涅夫》（1838）、《赠 М.Б. 别林斯卡娅》（1843）、《别林斯基致陀思妥耶夫斯基书》（1846）等。屠格涅夫对别林斯基妻子的印象很不好，因而写诗攻击她的牧师家庭出身，说她愚蠢。这首诗对别林斯卡娅的名誉产生了不良影响。在《别林斯基致陀思妥耶夫斯基书》中，屠格涅夫又假托别林斯基之口丑化陀思妥耶夫斯基："你正在文学的鼻端上发紫，就像一个新生的粉刺。"这使屠格涅夫和陀思妥耶夫斯基本来就不太和睦的关系更加恶化了。

精通多种外语的屠格涅夫，还为我们留下了不少精彩的译作，如拜伦的《黑暗》、歌德的《埃格蒙特》和《浮士德》片断及《罗马哀歌》、缪塞的《夜歌》等。

诚然，对屠格涅夫的早期抒情诗作如此简单生硬的分类是不够科学的，他的每首诗的主题不可能是纯粹单一的，同一主题也会体现在不同风格的诗中。既然是重奏，那就是说它们已水乳交融为一个浑然的整体，将其分类，不过是为了帮助我们更清晰、全面地了解这一整体。

二

屠格涅夫开始其抒情诗创作的 19 世纪 30 年代，茹科夫斯基派的前浪漫主义诗人仍在继续写作，普希金、莱蒙托夫等进行着现实主义的创新，以别林斯基、果戈理为首的"自然派"正在形成。这是一个百花齐放的时期，别林斯基将其归纳为理想的、浪漫的诗和现实的、生活的诗这两者的共存。

年轻的屠格涅夫毕业于浪漫主义的学校。"迷醉于浪漫主义，在这位现实主义大师的文学进程中不是一个偶然的现象。在大学时代，屠格涅夫和他的同辈人都对浪漫主义怀有好感。从他自己的话中得知，在大学里他'吻过杂志封皮上马尔林斯基的名字，和格拉诺夫斯基拥抱，对着别涅季克托夫的诗集哭泣……'"[1] 他早年的作品多为浪漫主义的，他的第一部作品——长诗《斯捷诺》（1834）的情节被安排在神奇的意大利，主人公浪迹四方，当然也少不了艳遇式的爱情。作为其文学活动开端的《傍晚》，也"是一首平凡的浪漫主义诗歌，和当时俄国杂志上登载的其他几十首诸如此类的诗如出一辙"[2]。像大多数浪漫主义诗人一样，屠格涅夫所钟爱的是秋天，是傍晚，这从他的一些诗歌的题目上（《秋天》《傍晚》等）就可以看出。

在主张诗歌是纯粹内心感受的表达这一点上，早年的屠格涅夫与浪漫派的观点很接近。短篇小说《安德烈·科洛索夫》中颇具自传成分的主人公尼古拉说："像所有年轻人一样，我也很难避免内心的纷扰，结果往往是在憋出十来首多少是粗制滥造的诗歌之后，这内心的纷扰方才排泄掉。"这在一定程度上表达了屠格涅夫诗歌创作动机的话，很接近茹科夫斯基的观点，后者在《难言的话》一文中写道，他诗歌的对象不是所见现象的反映，而是瞬间的、难以捕捉的感受。

1843 年，屠格涅夫写了一个组诗，题名《变奏曲》，真该让这个题目的内涵增大，用它统领屠格涅夫所有的早期抒情诗作。屠格涅夫在诗歌创作上所受的影响原本就不是统一的：在他低回的哀叹中我们看到了

---

[1] *Под ред. Алексеева М. и Бельчикова Н.* История русской литературы. М.-Л.：Наука. 1956. Т.8. С.327.

[2] *Под ред. Алексеева М. и Бельчикова Н.* История русской литературы. М.-Л.：Наука. 1956. Т.8. С.327.

茹科夫斯基忧愁的脸庞，在他优美的乡村图画中我们感受到了普希金的阳光，他的沉思和愤世嫉俗马上会使我们想起莱蒙托夫。这些不同的影响使他的诗歌创作呈现出不同的倾向，有典型的浪漫主义的，也有尚未成熟的现实主义的。19世纪三四十年代俄国文学中不可抗拒的现实主义潮流，不可能不给屠格涅夫以巨大的冲击，屠格涅夫注定不会囿于浪漫主义的象牙塔，迷失在浪漫主义的死胡同中，"屠格涅夫将要走的是一条从浪漫主义到现实主义的路"[①]。

屠格涅夫30年代的抒情诗作和前浪漫派的创作已有很大不同，其中少了些绝望的悲叹，而多了点光明的色调。1843年夏，屠格涅夫与别林斯基相识，在彼得堡近郊的一座别墅里他们几乎天天见面。在这位俄国文学的恩师的影响下，屠格涅夫逐渐意识到了浪漫主义的历史局限性，理解了俄国进步文学界对浪漫主义进行斗争的现实意义，终于在40年代向现实主义又靠拢了一步。

1842年，屠格涅夫仿照茹科夫斯基的《柳德米拉》（1808）写了谣曲《偷窃》，这两部作品虽然在内容和形式上都十分相近，但是，屠格涅夫现实的描写取代了茹科夫斯基神秘、朦胧的叙述，结局也大相径庭：茹科夫斯基的男主人公死后变为鬼魂劫走了他生前所爱的姑娘；屠格涅夫的主人公却是骑着马儿带着姑娘凯旋的。当然，《偷窃》还算不上是一部现实主义作品，但其中已包含有现实主义的成分。在这一基础上，屠格涅夫继续游向现实主义之岸，在40年代中后期取得了明显的进步，如《涅瓦》对人的心理的细腻刻画，《乡村》对俄罗斯农村的如实描绘。

再将屠格涅夫不同年代的诗歌加以比较，我们也可以了解到，现实主义因素在屠格涅夫的诗歌中是以怎样的速度增长的。1843年的《群众》一诗，表明屠格涅夫还站在个人主义的立场上，他主张逍遥于群众

---

① *Наумова Н.* Иван Сергеевич Тургенев. Л.：Просвещение. 1976. C.13.

斗争之外，"在你们面前我可以鞠躬，但要我爱你们我却不能"；"但我毕竟高兴，因为我独立不羁，没有为了一块面包替你们效劳。"好一个浪漫主义的"拜伦式英雄"！仅隔两年，《自由》中的屠格涅夫，思想倾向已完全两样，他在诗中对"像坟墓一样淡漠，像坟墓一样冷酷"的这一代表示了强烈的不满，从侧面抨击了"使我们像野兽一样，彼此陌生"的虚伪堕落的社会。这首诗可以看作是别林斯基、涅克拉索夫等"现代人"呐喊的应声，赫尔岑、奥加辽夫"钟声"的回音。就这样，"屠格涅夫从典型的浪漫主义题材开始，逐渐转向了带有新兴的'自然派'倾向的主题"①。而屠格涅夫早期的诗歌（抒情诗和长诗）创作，则是他向现实主义迈出的第一步。

考察一下屠格涅夫的早期抒情诗，发现它带有过渡时期的烙印：主题、体裁、韵律等的多样性。除了本文第一部分已加以说明的主题的多样性而外，屠格涅夫早期抒情诗的体裁亦是不一的。不过 60 余首短诗，体裁倒有十余种之多，除了一般形式的抒情诗以外，还有谣曲、哀歌、献辞、颂歌、纪念诗、讽喻诗、诗剧（片段译作）等。屠格涅夫所应用的韵律也同样纷繁。他最爱用的是四音步及三、六音步的抑扬格（如《秋天》《在一个夏天的晚上……》），四、六音步的扬抑格也时常一用（如《偷窃》《叙事小曲》）。此外，扬抑抑格（如《费佳》）、抑抑扬格（如《变奏曲》之二）、同音法、宽韵法、阴阳韵交替法等，屠格涅夫也没忘记让它们一显身手。

凡此种种的"多样性"，并不是作者生硬的模仿所致，也不是诗人故弄玄虚的游戏，它不过是屠格涅夫在文学山道上艰苦探索而踩下的一串纷乱的脚印。

---

① *Тургенев И.* Собрание сочинений в 12 томах. М.: Наука. 1978—1986. Т.1. С.434.

三

众所周知，屠格涅夫的创作由诗歌（抒情诗、长诗）开始，转而散文（中、长、短篇），最后又是诗歌（散文诗）。这仿佛是黑格尔的三段式在文学中的一个实例。虽然不能用"诗歌→散文→散文诗"这样一个教条的公式来概括屠格涅夫的创作，但诗歌活动在其整个创作中的意义还是不应被忽视的。在屠格涅夫后来的作品中，我们不难发现一些早年诗歌所留下的蛛丝马迹。

屠格涅夫的第一个散文作品《安德烈·科洛索夫》就给诗人和诗腾出了一块地盘。屠格涅夫将作为诗人的旧我改头换面为尼古拉，用来陪衬正面主人公科洛索夫，即用充满浪漫气质的幻想家的前者去烘托讲究实际的行动的人的后者。《贵族之家》第四章中写道，潘辛在丽莎家的客厅里弹着琴唱出了一首歌："高悬的月儿，在银白的云中飘浮……"其实，此诗并非潘辛所作，而是出自年轻的屠格涅夫之手，是他于1840年写的《致 A.H.X.》一诗的改写。这二例说明，过去的浪漫型主人公连同他们的诗歌，虽然经常在屠格涅夫的散文中露面，但角色却不甚光彩，几乎都是作者不情愿地否定、满怀哀怨去怜惜的人物，如潘辛、涅日达诺夫、尼古拉等，他们都是"诗意"的人，爱浪漫的过去，却不会行动，是"多余人"，与他们相对的是英沙罗夫、巴扎洛夫等人，他们是具有坚定信心的行动的人，对浪漫的诗他们总是嗤之以鼻。

我们谈屠格涅夫的诗向散文的渗透，主要的还是要看前者在叙述的风格和描写的手法上对后者的影响。

由涅克拉索夫首次主编的《现代人》杂志1847年第1期上，同时刊载了屠格涅夫生前发表的最后一首抒情诗《乡村》和后来收入《猎人笔记》作为首篇的特写《霍尔和卡里内奇》。这是偶然的巧合，但《乡村》及其他一些诗中描绘俄国乡村的主题却并非偶然地在《猎人笔记》中被现实主义地深化了。《猎人笔记》的风格也受早期诗歌的影响，凡是读过《猎人笔记》的人，无不津津乐道于其中那一段段精彩的抒情性写景。请看末篇《树林和草原》中的一段："夏天七月里的早晨！除了猎人之外，有谁曾经体会到黎明时候在灌木丛中散步的乐趣呢？你的脚印在白露沾湿的草上留下绿色的痕迹。你用手拨开濡湿的树枝，夜里蕴蓄着的一股暖气立刻向你袭来：空气中到处充满着苦艾的新鲜苦味、荞麦和三叶草的甘香；远处有一片茂密的橡树林，在阳光底下发出闪闪的红光；天气还凉爽，但是已经觉得炎热逼近了。过多的芬芳之气使得你头晕目眩。灌木丛没有尽头。……"这完全是诗的美，是美的诗！赫尔岑在评论《猎人笔记》时注意到了屠格涅夫诗一般的小说艺术手法："他叙述得非常委婉，经常运用细腻的笔调，这一笔调大大地加强了这一富有诗意的反农奴制的控诉书所给人的印象。"[1] 一向被评论界认为是屠格涅夫"最富有诗意"的作品《贵族之家》，就其充溢全文的抒情性和不寻常的大自然的诗意画面而言，也就是一首膨胀了的抒情诗。

散文诗，视其形式是散文，究其实质却为诗。屠格涅夫的抒情诗和散文诗的血缘关系也最近。抒情诗的《乡村》和散文诗的《乡村》（1878）不仅题目相同，内容和风格也相似，不过后者的思想性更强一些、艺术性更高一些罢了。两首诗都写下了村民们的日常生活，都为我们描绘了一幅恬静的乡村风俗画，甚至一些具体的人或物，如"圆脸的"女人、年高的老太太、大车、水井等，也是相同的。

诸如此类的例子还可以找到许多，如抒情诗对生活意义的探究在晚年散文诗中的继续，《雷雨过后》一诗的题材在中篇《三次相会》中的再现，《你发现了……》等诗中的神秘气氛在后来的几个中篇里的弥漫等。这里的几例，实在是挂一漏万。

---

① 见《猎人笔记》中译本序，丰子恺译，人民文学出版社1979年版，第10页。

屠格涅夫虽然算不得一个伟大的诗人，但他的抒情诗在当时也曾博得了同时代人很高的评价。巴纳耶夫后来回忆说，屠格涅夫的诗歌"我们当时全都很喜爱，连别林斯基也不例外"[1]。是的，一向严于待文的别林斯基，不仅给了屠格涅夫的长诗以肯定，也很乐道其抒情诗："有三四首很不坏的短诗，如《老地主》《叙事小曲》《费佳》《这样的人很多》等……它们中间主要的……是对俄国生活的暗示。"[2] 当时的彼得堡大学校长普列特尼约夫很欣赏屠格涅夫的抒情诗，并亲自将《傍晚》等两首拿去发表，那是屠格涅夫最早刊出的文学作品。在参与《现代人》编辑部的工作时，屠格涅夫主持的就是诗歌栏，可见他在当时的诗坛上还是有地位的。

屠格涅夫的抒情诗，还常常被插上音乐的翅膀。他的《春天的黄昏》《叙事小曲》《秋天》《我为何一再吟着忧郁的诗……》《当我和你分手时……》等诗，先后被鲁宾施坦等几十位著名音乐家谱成歌曲，其中的《我为何一再吟着忧郁的诗……》竟被谱出十几种不同曲调的歌，在俄罗斯的土地上广为传唱。

诗歌原是最纯粹的文学形式，屠格涅夫用它练笔，获益匪浅。比起其取得了惊人艺术成就的小说作品，屠格涅夫的早期抒情诗是"相形见绌"的，但它毕竟可以给我们以诗意的美的享受，何况我们还可以从中窥见屠格涅夫从浪漫主义迈向现实主义的轨迹，发现一些他的诗歌在他散文中的积淀呢！

原载《屠格涅夫研究》（上海译文出版社 1989 年版）

---

[1] *Панаев И.* Литературные воспоминания. М.: Гослитиздат.1950. С.250.

[2] *Белинский В.Г.* Полное собрание сочинений в 13 томах. М.: Издательство АН СССР. 1953-1956. Т.10. С.344.

作为历史的苏联文学

随着苏联的解体，苏联文学也成为历史。1990 年 7 月的苏联《文学报》上曾刊载了一篇引起争议的文章，题为《追悼苏联文学》，这标题竟似一个灵验了的恶咒，苏联文学真的在一年多之后终结了。一些爱好苏联文学、研究苏联文学的人们，不得不无可奈何地面对这一事实。在或惊讶或无措或留恋或感叹等等之后，立即该做的，也许就是对与苏联文学相关的某些概念的重新理解。

首先便要涉及"苏联文学"这一概念的本身。此概念最早出现于 1923 年，但对这一概念最权威、最充分的阐述，恐怕还是高尔基 1934 年在第一次全苏作家代表大会上所作的题为《苏联的文学》的报告。高尔基谈道：苏联文学应该是一种本质上不同于西方文学和俄罗斯旧文学的新文学；其次，它"不仅是俄罗斯语言的文学，它乃是全苏联的文学"。不难看出，高尔基认为苏联文学之新的特质，其一在于其时代属性，内容属性，甚至阶级属性；其二在于其地理属性，国家属性，以至多民族、多语种属性。仿照高尔基的思路，我们或可将"苏联文学"定义为：苏维埃社会主义共和国联盟境内自 1917 年 11 月 7 日至 1991 年 12 月 25 日间的文学之总和。当然，这里也有许多不精确之处，比如：苏维埃联盟是在十月革命爆发之后的十几年间逐渐形成的，波罗的海三国立陶宛、爱沙尼亚和拉脱维亚迟至 40 年代才加入苏联，又在联盟正式宣布解体之前退出联盟；再比如，某些作家十月革命前的创作也习惯性地被纳入苏联文学的范畴，高尔基写于1906年的《母亲》就被视为苏联文学的基石之一，另一些作家在苏联解体后的创作，因其主题或风格使我们有理由仍将其视为苏联文学的延续。但如今，有一点是清楚的，即苏联文学已是世界文学中一段孤立的历史，如同古希腊文学、古罗马文学、拜占庭文学等等。它已不再是一个活的文学肌体，而成为一具文学巨人的遗体。这是一个悲哀的现实，但这并不应令人沮丧，作为一个特定地域、特定历史时期的文学，苏联文学将是一个重要的文学阅读和文学研究对象。我们应习惯于像对待一个客观历史事实那样去对待苏联文学。对于苏联文学中所包含的其他一些概念，如"社会主义现实主义""苏联文学的人民性"等等，我们所持的也应是这样的态度。

与苏联文学关联最多的另一概念，就是"俄罗斯文学"，或称"俄国文学"。按照我们传统的理解，俄国文学指称十月革命前俄国的文学，即从史事诗、《伊戈尔远征记》直至19世纪末20世纪初俄国白银时代的文学。在西方的俄国文学研究界似乎并不普遍采用以十月革命为标志的这一文学史分界，他们更注重以作家的民族身份去界定文学，因而一直沿用"俄国文学"这一概念，去指称俄罗斯人有史以来创造出的一切文学。"苏联文学"与"俄罗斯文学"这两个概念你中有我，我中有你，构成某种相互抱合的关系。一方面，在苏联存在期间，苏联文学大于俄罗斯文学，包含俄罗斯文学，俄罗斯文学作为俄罗斯联邦的文学，是统一的苏联文学的一个组成部分，在苏联的文学批评中，又将苏联时期的俄联邦文学称作"苏维埃俄罗斯文学"，以区别于十月革命前的俄国文学。另一方面，从整个俄罗斯文学的发展过程来看，苏联文学又可以视为其一个特定的阶段。俄罗斯文学在苏联文学之前早已存在，在苏联解体后仍继续存在；苏联存在期间，俄罗斯文学是整个苏联文学的中坚，苏联其他多民族的文学均不同程度地受到俄罗斯文学的影响；实际上，在我们的阅读和研究中，苏维埃俄罗斯文学往往就是苏联文学的代名词。因此，苏联文学在一定程度上就是俄罗斯文学在社会主义条件下的延续。就历史而言，俄罗斯文学大于苏联文学；就地理而言，苏联文学又大于俄罗斯文学。此外，苏联文学的概念带有某种国家的、政治的色彩，而俄罗斯文学的概念更具民族意味。

历史的原因造成了苏联文学与俄罗斯文学这两者间关系的复杂性，而这一复杂性反过来又使这两个概念有了一定的伸缩性。增大这一伸缩性的，还有"苏联少数民族文学""俄国侨民文学""回归文学"等等概念。为避免由于诸概念内涵的相交而可能引起的混乱，我们主张引入"俄语文学"这一概念。俄语文学，可以指有史以来在世界任何地方用俄语创作的文学。我们可以是俄罗斯古典文学的阅读者和研究者，可以依旧是原苏联文学（主要是苏维埃俄罗斯文学）的阅读者和研究者，也可以是俄罗斯侨民文学的阅读者和研究者。这一概念的引入和被接受，有助于明确我们新的和旧的阅读研究对象，甚至能影响到我们的阅读态度和研究策略。

苏联文学已是世界文学史中刚刚翻过的一页，对于已成为历史的苏联文学，我们有可能以更加客观的态度去阅读和研究它，既要避免树立学习榜样式的全盘照搬，也要避免总结反面教材式的批判。将俄语文学置于世界文学的格局中，像阅读和研究英语文学、法语文学、德语文学、西班牙语文学、阿拉伯语文学、华语文学等一样地阅读和研究，则能使我们勾描的世界文学版图更加全面，更加精确。

二

从十月革命到苏联解体，苏联文学经历了 74 年的发展历程。这是怎样的一部文学历史呢？

十月革命后，被革命所释放出的激情也弥漫在文学中，时代的情绪导致了这一时期文学的两个特征：在体裁上，以诗歌创作的规模为大，成就最高；在风格上，以浪漫主义色彩为重，疾风赤旗，铁马钢枪，成为一种崭新世界观的形象表征。当时的文学生活和社会生活同样热烈，一方面，十月革命前即已开始创作的作家们并未立即停止创作，旧文学带着惯性步入新社会；另一方面，革命者中涌现出大批文学人才，他们带着清新的感觉闯入文学。文学无法在一夜间完全改头换面，旧的文学仍在继续，而新的现实又为新的文学提供了新的主题和新的风格。新旧文学的交融形成五光十色的局面，各种流派纷呈，多种理论相峙，多种文本并立，这种场面一直持续到 20 年代中后期。

1925 年，俄共（布）中央作出《关于党在文学方面的政策的决议》，反对"中立的艺术"；1932 年，联共（布）中央又颁布《关于改组文学艺术团体的决议》，宣布解散各种文学团体，建议成立统一的苏联作家协会；1934 年 4 月，全苏第一次作家代表大会在莫斯科召开，大会拥戴高尔基为文学领袖，讨论成立苏联作家协会，并将社会主义现实主义奉为苏联文学的基本创作方法。自 20 年代中期至 40 年代初，苏联文学逐步走向统一：各民族文学走向统一的苏联文学；各种创作风格也趋向统一的社会主义现实主义。这一时期的文学，主要以当时苏联社会中展开的工业化和农业集体化运动为对象，注重对"劳动"本身的描述，对"新人"的塑造，对"第二自然"（即理想现实）的赞颂。

第二次世界大战期间，苏联人民奋起投入可歌可泣的卫国战争，苏联文学也投身于这场神圣的战争，文学缪斯成为斯拉夫大地上的复仇女神，文学成为抗击法西斯的有力武器。一千余名作家志愿走上前线，其中许多人捐躯疆场。当时的文学，以政论、诗歌等短小精悍的体裁为主，主题也是单一的：控诉法西斯的罪行，号召人民起来消灭敌人。卫国战争在苏联人民的心目中、精神上烙下了深深的印痕，关于战争的"回忆与思考"后来一直是苏联文学中举足轻重的主题之一，经久不衰地为一代又一代的作家所书写。

　　苏联终于以巨大的代价赢得卫国战争的胜利，同时也赢得很高的国际威望和国际地位。在经历过战后重建时的悲伤和艰辛之后，一种乐观情绪在苏联社会荡漾开来，与此同时，个人崇拜也愈演愈烈。这种氛围下的文学往往带有纯颂歌性质，苏联文学中因而出现了后来受到批评的无冲突论倾向。

　　20世纪下半期的苏联文学，开始显现出某些新的内容和风格。斯大林之后，赫鲁晓夫实行某些旨在松动社会机制的"改革"，于是自50年代中期起，苏联文学又呈开放趋势，"自我表现""创作自由"等口号被提出，以奥维奇金的特写《区里的日常生活》为代表的乡村文学开始涉及社会生活中的阴暗面，索尔仁尼琴的小说《伊万·杰尼索维奇的一天》开启劳改营文学之先河。与"尊重人""相信人"的社会呼声相适应，苏联文学中的人道主义主题得到重视，涌现出一大批赞美人道主义和人性的作品。这一时期的文学，后因爱伦堡的小说《解冻》而得名为"解冻文学"。稍后，以一批年轻诗人为中坚的"第四代作家"登上文坛，他们或"高声疾呼"，或"悄声细语"，为诗坛、为文坛增添活力，形成苏联文学史上又一个诗歌繁荣期，"青春文学""自白文学"也在这一时期产生广泛影响。

　　60年代中期，勃列日涅夫担任苏共总书记，开始苏联历史中所谓"停滞时期"。在文艺方面，当局表现出加强控制的意图，文学生活相对沉寂，但是，停滞时期的文学却并不始终处在"停滞"之中，苏联文学至少在下列几个方面取得进展：乡村文学和道德问题小说取得令人瞩目的成就；军事文学率先在"全景文学"的创建上作出成功尝试；科技文学与"科技革命"相伴而生，阿斯塔菲耶夫、拉斯普京的小说创作和万比洛夫的戏剧创作，标志着西伯利亚文学的崛起；俄国侨民文学的"第三浪潮"也在客观上将苏联境内的文学成就带出了国外。

　　戈尔巴乔夫当政之后，"新思维""公开化"等改革举措激起苏联社会中又一次天翻地覆的变化，"改革时期"文学表现出如下几个特征：

文学更加社会化、政治化，作家们投身于"苏联向何处去"的大讨论，文学报刊成为政治喉舌；文学生活空前自由化，作家们一觉醒来，发现自己似乎突然可以畅所欲言、为所欲为，于是，各种形式、各种风格、各种内容的文学作品争先恐后地亮相；与此同时，一些长期被禁的作品，如帕斯捷尔纳克的《日瓦戈医生》、格罗斯曼的《生活与命运》、索尔仁尼琴的小说、纳博科夫的作品等等，纷纷得以解禁，世纪初的大批旧作相继面世，一些被错误镇压了的作家和流亡国外的持不同政见作家的作品也被大量印行，从而形成一个声势浩大的"回归文学热"。回归文学与改革文学相互叠加，构成苏联文学一个混声合唱般的绝响。

苏联文学的历史是一种有起有伏的历史，受政治、社会等因素左右，它呈现出一道冷热交替的发展轨迹。然而无论是冷是热，是起是伏，苏联文学都一直在顽强地谋求其发展。苏联文学的历史，又是一部有声有色的历史，文学之外的力量，常给它以意外的欢乐和意外的悲伤，苏联文学因其一个又一个戏剧性突转而获得的精彩历史，在世界文学中也许是不多见的。

三

在世界文学中，苏联文学是一个很有特色的文学，其最为突出的特征，就是它的多民族性和社会化。

地域辽阔的苏联是一个多民族国家，这客观上决定了苏联文学必然是一种多民族的文学。据不完全统计，苏联文学包含 70 余种语言的文学。我们在谈论英语文学时，能从这同一语言的文学中区分出英国文学、美国文学、加拿大文学、澳大利亚文学、新西兰文学等等，在这种情形下，语种文学大于国别文学；当我们面对苏联文学时，却能从中区分出俄罗斯文学、乌克兰文学、中亚文学、波罗的海文学等等，在这种情形下，国别文学则大于语种文学、民族文学和地域文学。

统一的多民族苏联文学是逐渐形成的，十月革命之前，后来成为苏联文学大家庭成员的各语种文学分别处于不同的历史发展阶段。当时的俄罗斯文学已在 19 世纪中后期取得举世瞩目的成就，以托尔斯泰为代表的批判现实主义文学构成了世界文学史上的一座高峰，乌克兰文学、格鲁吉亚文学等也已具有相当高的水准，而西伯利亚、中亚一些地区、极北地区的许多少数民族文学尚处于口头文学创作时期。从参差不齐的起步，到步调一致的行进，苏联文学无疑经历了一个复杂的相互交融过程。统一的苏联文学的形成，无疑极大地促进了后起的语种文学的发展。据统计，在苏联文学所含的 70 余个语种文学中，有半数以上是在苏联成立后才形成书面文学的。一些弱小民族和边远地区的文学借助苏联文学的力量取得国际性文学地位，把自己的文学天才推向了世界。乌克兰的冈察尔、立陶宛的梅热拉伊蒂斯、吉尔吉斯的艾特马托夫、白俄罗斯的贝科夫和阿达莫维奇等，都是以本民族文学之代表和苏联文学之代表的双重身份登上世界文坛的。许多苏联少数民族作家都曾感慨，若无一个统一的苏联和苏联文学，他们的创作可能就很难为世人所知。然而，关于统一的苏联文学对各民族文学发展历程之影响的问题，也有人持相反看法，认为统一的苏联文学犹如一堵厚墙，会在苏联境内某一民族文学与世界文学之间形成障碍，这一民族文学欲走向世界，就不得不冲破自身和苏联文学这两层包围圈；世界若通过苏联文学来认识、理解这一民族文学，也可能是隔膜的，间接的，不准确的，甚至是误读的。不过总的看来，苏联文学对各民族文学，尤其是一些原先较为落后的民族文学所发挥的正面作用还是十分巨大的。对于苏联境内某些民族文学而言，如果说其民族的原始文明是其生母，那么苏联文学则可视之为其养母或奶娘。

统一的苏联文学促进了各民族文学的发展，反过来，各民族文学也丰富了作为整体的苏联文学。各民族文学都有其独特的起源和历史，有着不同的文化底蕴和艺术风格。苏联地处东西方之间，欧亚分界线在其境内纵贯而过，东西方文化的汇合、交融，历来就是俄苏文化的重要特征之一。成吉思汗的西进，将东方文化的基因播撒进斯拉夫土地；彼得大帝的改革，则使西欧文明在俄国得到传播。以俄罗斯、乌克兰和白俄罗斯为代表的东斯拉夫文化，原本就是东西文化的混合体。十月革命后，东西文化因素在苏联文学中的双向交流更为直接、更为具体，中亚地区、外高加索地区的突厥文化，将其深厚的伊斯兰教文化积淀带进苏联文学。历来被视为斯拉夫文化、北欧斯堪的纳维亚文化和日耳曼文化之糅合的波罗的海文化，又将自己的文化因子再糅合进苏联文学。在广袤的西伯利亚，虽没有一种统一的民族文化，却逐渐形成一种以"人与自然"为母题的特色文学。这带有各种文化色彩的多种文学汇集到苏联文学之中，组构出一幅色彩斑斓的文学全景图。需要指出的是，各民族文化虽各具特色，却有着大体一致的思想、美学倾向，且它们又大多以俄语作为交流桥梁和表现形式，这便在一定程度上妨碍了各民族文学自身特色的尽情发挥，至少不利于人们对它们各自独具的特色之充分认识。

苏联文学的另一基本特征，就是文学的社会化倾向。所谓社会化，在这里含有多层意义，是分别就文学的性质和功能、文学主体和客体的关系等而言的。

自 19 世纪中期俄国革命民主主义美学批评起，文学在俄国就一直被视为一种意识形态，一种社会工具。无论是别林斯基、车尔尼雪夫斯基和杜勃罗留波夫的革命民主派美学理论，还是列宁的反映论，都将文学视为现实生活的真实写照，并认为文学对社会有着巨大的教育、影响功能。可以说，在苏联文学出现之前，现实主义文学和现实主义文学批评就是东斯拉夫文学中的主流，作为一种强大传统，它在苏联文学中得到了继承。在苏联社会，文学从来没有被当成纯艺术的技巧实验或纯个性化的宣泄方式，而总是被视为意识形态的组成部分，充当起庞大的社会机器中一个举足轻重的齿轮，思想斗争中一件克敌制胜的武器。文学的"党性""人民性"等准则的提出，更强化了文学的政治色彩。作家协会不是作家们结社的行业协会，而是政府一个重要的文化管理部门；作家的写作不是他个人的事情，他是在进行一项社会化的精神生产。在这样的大背景下，文学和文学家赢得了崇高的社会地位。高尔基在当时的苏联社会中所拥有的威望，恐怕是世界文学史上任何一位作家在世时都难以企及的。街道、公共设施、企事业单位、交通工具，甚至一座城市，都会以文学家的姓氏来命名，名作家的纪念地、纪念馆、纪念碑随处可见。苏维埃时代之前的著名作家也同样受到敬重，以至于苏联社会出现了长盛不衰的作家崇拜现象和文学造神运动。文学的社会化，一方面，使文学的特殊性和作家的创作个性难免受到压抑，但另一方面，却也增加了文学家作为公民代言人的社会责任感，使文学成为严肃的社会事业。苏联文学继承俄国文学传统的"公民精神"，本着"文学是人学"的原则，在人道、人性、道德等领域作出许多有益探索。苏联文学的社会化，使得苏联文学的历史不仅仅是一部文学史，同时也成为一部文化史和社会思想史。就这一意义而言，苏联文学的容量是很大的，影响也是多面的。

苏联文学的社会化倾向还表现在另一方面，即读者对文学的接受。苏联文学拥有一个十分庞大的读者群，苏联民众对文学的广泛爱好是令人吃惊的：一个普通工人家庭拥有一个包括普希金全集在内的文学图书室，这种现象并不罕见；一个小学生可以滔滔不绝地把普希金的诗背上半小时，中小学语文课本上几乎全都是精选出的文学名著；每场文学晚会总能吸引来大批听众，著名的诗人或作家逝世后，墓地里会出现长长的送葬队伍，此后会有崇拜者不断地前来献花；文学报刊的印数可以数以百万计……对于这些现象有人解释道，苏联社会的文化生活过于单调，人们只有文学可以爱好；或曰在舆论渠道过于单一的情形下，文学被视为"真理的声音"，因而才倍受青睐。无论做出何种解释，但苏联文学的覆盖面之广，苏联文学的读者为数之众、热情之高，却是客观存在的史实。文学接受的社会化，无疑能提高民众的文化素质，提高整个民族的精神水准。人的素质的变化影响着人的一生，而民族素质的提高则关联着整个民族的前途和命运。文学的社会化，使文学得以在个性的发展和民族的发展上扮演着愈来愈重要的角色。

四

称苏联文学为"人类最先进的文学"，自然是难以博得广泛赞同的，但苏联文学 70 余年间取得的成就还是引人瞩目的。

作为世界上第一个社会主义国家的文学，苏联文学将一种全新的美学思想和全新的文学主人公引入世界文学，使无产阶级文学在人类历史上第一次成为一种主宰的文学，它将旧知识阶层中的文学名流纳入自己的河床，同时又在普通工农兵中发掘出许多文学天才，组建起一支浩荡的文学队伍。在文学创作的各个门类，它都推出了自己的大师，如小说领域中的肖洛霍夫和列昂诺夫、诗歌领域的马雅可夫斯基和叶赛宁、戏剧领域的布尔加科夫和万比洛夫等等，一批《静静的顿河》《日瓦戈医生》《大师与玛格丽特》《生活与命运》式的巨作，也都成为 20 世纪世界文学中新的经典。可以说，作为 19 世纪俄罗斯文学的继承者，苏联文学是无愧于其前驱的。

苏联文学的成就，还表现在它对别国文学的影响上。作为社会主义文学的"老大哥"，它在社会主义阵营的文学世界中占据首席。第二次世界大战之后，包括中国在内的欧、亚众多新兴的社会主义国家的新文学，都是在苏联文学的影响下形成、发展的。那些国家的作家们努力地以苏联文学为榜样，社会主义现实主义也成为其他国家众多写作者的创作指南，比如中国文学界提出并奉行过的"革命现实主义"，其实就是社会主义现实主义的翻板。与此同时，那些国家的文学读者们也在贪婪地阅读苏联文学的产品，保尔们、青年近卫军们曾感动过无数苏联之外的人们。说文学中的"苏联模式"曾经垄断过半个世界的文学，也许并不过头。无论这种影响的效果如何，尽管这种文学影响似乎是政治影响的附生物，但一种文学曾拥有如此之广、如此之大的世界性影响，毕竟是值得骄傲的。在世界近、现代文学史上，一国文学能对别国文学产生如此这般的影响，也是罕见的。

谈到苏联文学的成就，还必须注意到苏联境内的自由派文学和苏联境外的侨民文学。如果不把苏联文学理解为"革命文学""社会主义现实主义文学"的同义词，自然就要把这几类文学也视为苏联文学有机的组成部分。有人曾将苏联文学划分为三类，即官方文学、乡土文学和自由派文学。官方文学是指那种以作协书记们的创作为代表的正统文学，以歌颂和正面描写为主；乡土文学着重对俄国传统文学精神的承继，以自然、人性、道德、良心等为创作母题，对世界和人生进行严肃的探究，其理想在于实现陀思妥耶夫斯基的"美拯救世界"的主张；自由派文学大体上是一种暴露的文学，批判的文学，是对社会或某些现实问题表达不满、提出批评的文学，它有时又被称为持不同政见者的文学。长期以来，第一种文学理所当然地得到赏识，而末一种文学理所当然地受到压制，至于第二种文学，则时而受褒时而遭贬，或其中的某些东西受褒而另一些东西遭贬。值得注意的是，在国际上得到推崇的首先是末一种文学。在五位赢得诺贝尔文学奖的俄语作家中，除肖洛霍夫外，其余四人均不属正统文学之列。布宁、索尔仁尼琴、布罗茨基（他后来是以美国诗人的身份受奖的）先后侨居国外，帕斯捷尔纳范则被视为"境内侨民"。这种状况，自然与东西方间冷战的政治大气候有关，其中不乏利用者有意为之的企图，但它客观上还是证实了自由派文学的高质量。需要指出的是，苏联时期的自由派文学就某种意义而言恰好也是苏联文学的产物，只有在苏联社会这块独特的土壤上才能生长着这株奇特的文学之树。据说，许多西方的自由作家反而非常羡慕一些苏联自由派作家的处境和经历；据说，许多昔日的自由派作家在苏联解体后竟顿时生出一种失业的感觉。自由派文学的经历，从某种意义上说也正是苏联文学自身的经历。苏联文学有过几段百花齐放、百家争鸣的时期，但也有过众口一词、千人一面的局面。行政干预过多，一直是苏联文学背负着的沉重包袱。二三十年代众多的"决议"客观上降低了文学的繁荣程度，文学被统管得最紧、同时水平也最低的就是所谓"日丹诺夫时期"，当时对阿赫马托娃等人的辱骂使文学丧失了应有的活力和胆量。五六十年代，因帕斯捷尔纳克获诺贝尔奖而对其展开的全民声讨，对许多持不同政见者作家的驱逐，都产生了不好的影响，同时也使苏联文学自身蒙受了损失。苏联文学享有崇高的社会威望，但过重的非文学负载往往使苏联文学感到难以承受，甚至使它面临丧失自我的危险。卫国战争结束后，文学被当作宫廷音乐，在那自愿或被迫的颂歌合唱中，文学的个性、文学的尊严和文学的价值全都荡然无存。在戈尔巴乔夫的改革时期，文学又一次为政治添柴加油，文坛成为政治论坛，一时形成改革文学和回归文学相互呼应的空前热潮，但狂欢之后，随着苏联的解体，苏联文学也走到了历史的尽头。

福兮祸所伏，苏联文学的某些福事，往往成为其祸根；反过来，某些祸事又往往成为其福源。苏联文学亦悲亦喜、时悲时喜的历程，或许能给我们留下一些经验和启示。

苏联文学已成为历史，但作为历史的苏联文学，将成为世界文学中一个永恒的阅读对象和研究课题，吸引人们去对它作悠久的思考。

原载《苏联文学》1993 年第 1 期

曼德施塔姆：生平与创作

一

　　曼德施塔姆，一个熟悉的陌生人，在相当长的一段时间里，无论是在他的祖国还是在我们这里都是这样的。在他的祖国，由于政治上的原因，他和他的作品自 20 世纪 30 年代末起便长期被打入冷宫，几十年后才又被学者小心地发掘出来，为隔了一代的读者所惊讶地阅读；而在我国，对于曼德施塔姆也一直由于其祖国对他的忽视而对其知之甚少，再加上其作品在翻译上的难度，曼德施塔姆的"陌生"便持续了下来。

　　奥西普·埃米利耶维奇·曼德施塔姆 1891 年 1 月 3 日生于华沙，父亲是一个犹太商人，母亲则出身于俄国知识分子家庭。曼德施塔姆的童年是在彼得堡度过的，这座俄罗斯帝国的都城无论在他的生活还是在他的创作中都留下了深深的痕迹。16 岁时，曼德施塔姆遵家人之命赴柏林，进一所犹太宗教学校学习犹太经书，不久他又回到彼得堡，在捷尼舍夫商业学校上学。在这里，受该校语文老师弗·吉比乌斯的影响，他对文学产生了兴趣。1907 年，曼德施塔姆去法国，在巴黎大学学习法国文学。1910 年，曼德施塔姆转至德国海德堡大学，但专业仍是法国文学。1911 年，曼德施塔姆回国，进入彼得堡大学历史语文系罗曼语—日耳曼语专业学习，但最终未能毕业。

现在所知的曼德施塔姆的最初诗作作于 1907 年。在巴黎留学时，曼德施塔姆受到法国象征主义诗歌影响，他最初的诗作有着鲜明的象征主义色彩。后来回国，他又参加伊万诺夫的"象牙塔"文学沙龙的活动，与当时以象征派为主体的俄国诗界有较为紧密的联系。然而，他最终却是以一位阿克梅派诗人的身份崛起于诗坛的。早在巴黎，他已与后来成为阿克梅诗派领袖的古米廖夫相识，回国后不久，他就与古米廖夫、戈罗杰茨基、阿赫马托娃等人共同组成"诗人行会"，曼德施塔姆还写有纲领性的《阿克梅主义的早晨》一文。1913 年，曼德施塔姆出版第一本诗集《石头集》，该诗集后多次再版，奠定了他的诗人地位。十月革命后，诗人曾在教育人民委员会工作过一段时间，后离开都市，在克里米亚和高加索地区生活数年，20 年代初才回到莫斯科。1922 年，他出版第二部诗集《忧伤集》，之后不久，曼德施塔姆突然转向散文写作。1928 年，曼德施塔姆迎来其创作上的一个丰收期，这年，他同时出版一部诗作合集（包括前两部诗集在内）、一部散文集（包括《时代的喧嚣》在内）、一部文论集（《论诗歌》）和一些译作。但在此后，由于一些突发事件的影响，曼德施塔姆的创作一时沉寂下来，直到 30 年代中期的沃罗涅日流放时期才出现又一个新的高峰。

曼德施塔姆的一生是不幸的：在内战时期的高加索等地，他先后被红、白两方的队伍所关押；在 30 年代他又两次被捕，长期遭流放；他一直很贫穷，长期居无定所，带着妻子一起流浪；他神经过于敏感，性格既胆怯又冲动，这使他常常与别人产生冲突；在强烈的刺激下，他曾不止一次地试图自杀……在曼德施塔姆多灾多难的一生中，有过这样几件影响其命运的事：

首先是发生在 1918 年的所谓"勃柳姆金事件"，俄国诗人伊万诺夫在他的回忆录《彼得堡之冬》中记述了这一事件。在一次聚会上，曼德施塔姆遇到一个叫勃柳姆金的人，此人是契卡的侦查员，他当时喝醉了酒，正用铅笔在一份名单上随意地勾出他准备逮捕、枪毙的人，他的做法使曼德施塔姆感到吃惊和愤怒，曼德施塔姆冲过去撕碎了勃柳姆金的名单，然后逃开。当夜，应曼德施塔姆请求，加米涅夫的夫人给捷尔任斯基打了电话，捷尔任斯基接见曼德施塔姆，在听了曼德施塔姆的汇报后当即决定逮捕并枪毙勃柳姆金。然而几天之后，勃柳姆金却被放了出来，他满城到处寻找曼德施塔姆，为躲避勃柳姆金的"复仇"，曼德施塔姆离开莫斯科去了高加索。伊万诺夫的记述是否确切，是有疑问的，因为伊万诺夫本人并不是这次事件的见证者，他在回忆录中对曼德施塔姆的描写也往往是带有讽刺意味的，阿赫马托娃就曾对伊万诺夫关于曼德施塔姆的描述表示过反感。但是，曼德施塔姆在这之后不久便离开莫斯科并在高加索和克里米亚地区生活达数年之久，这却是事实；曼德施塔姆后来长期受到有关方面的监视，他对勃柳姆金或勃柳姆金之类的人一直怀有恐惧，这或许也是真的。

1928 年，处在创作高峰期的曼德施塔姆又在无意之中惹出一场"剽窃风波"。曼德施塔姆曾应"土地和工厂"出版社之约，对霍因费尔德等人所译的比利时作家科斯特的小说《欧伦施皮格尔的传说》进行加工。小说出版时，由于出版社的疏忽，小说译者的署名变成了曼德施塔姆，霍因费尔德等在报上发表文章，指责曼德施塔姆"偷了别人的大衣"，关于曼德施塔姆"剽窃"他人译作的风言立即流传开来。尽管曼德施塔姆在致《莫斯科晚报》《文学报》的信中对有关事实作了澄清，尽管有许多著名作家，如皮里尼亚克、帕斯捷尔纳克、费定、列昂诺夫、左琴科、法捷耶夫等，曾出面为曼德施塔姆辩护，但曼德施塔姆的名誉还是受到很大损害，他也由于一些人的误解而受到强烈刺激。

曼德施塔姆与阿·托尔斯泰的冲突，也是一个影响很大的事件。1934 年，后来因长篇历史小说《德米特里·顿斯科伊》而获斯大林奖的作家谢尔盖·博罗金，在曼德施塔姆家中惹出一场纠纷，他欺负了曼德施塔姆的妻子，官司打到作家协会，协会的领导阿·托尔斯泰却有些偏袒博罗金，同志审判会作出判决，是曼德施塔姆夫妇有错。这年春天，在列宁格勒的作家出版社里，曼德施塔姆看见托尔斯泰，便冲过去，当着许多作家、编辑的面给了托尔斯泰一个耳光，并说道："我要惩罚这个准许殴打我妻子的刽子手。"事后，许多人劝托尔斯泰起诉曼德施塔姆，但托尔斯泰拒绝了。这个事情传开后，许多人都对曼德施塔姆产生看法，曼德施塔姆在作家圈中的处境愈加孤立。

1934年5月13日，曼德施塔姆第一次被捕，逮捕证是苏联内务人民委员亚戈达亲自签署的，搜查进行了整整一夜，侦查员搜到了《为了未来世纪轰鸣的豪迈……》等诗稿。清晨7点，曼德施塔姆被带走。阿赫马托娃和帕斯捷尔纳克等人立即为曼德施塔姆奔走起来，帕斯捷尔纳克找了布哈林，阿赫马托娃找了当时的中央执委会委员叶努基泽。他们的活动大概产生了效果，曼德施塔姆只被判处三年徒刑，被流放至北乌拉尔地区卡马河上游的小镇切尔登。在那里，曼德施塔姆曾跳楼自杀，摔断胳膊，陪伴在他身边的妻子给中央发了一份电报，斯大林获悉情况后与帕斯捷尔纳克进行电话交谈，最后同意曼德施塔姆自己另选一处流放地，曼德施塔姆夫妇选的是沃罗涅日。

1937年5月，曼德施塔姆结束流放生活回到莫斯科，但仅仅一年之后，在1938年5月2日，他再次被捕，被从切卢斯吉精神病院直接押往苏联远东地区，他被判五年徒刑。1938年12月27日（一说为11月中旬），他在集中营中死去。他是如何死的，葬在何处，均不得而知。

在曼德施塔姆不满50个春秋的一生中，在他不到30年的创作生涯中，他竟遭遇如此之多的不幸！他的不幸，或部分地源自他的犹太民族出身，或部分地源自他孤傲的个性，而诗歌与生活、诗人与现实的冲突，则无疑是导致其悲剧命运的最主要因素。

二

　　1913 年，曼德施塔姆出版了他的第一部诗集《石头集》。这位年轻的诗人出手不凡，把诗写得冷峻而又饱满，具体而又深刻。他以"石头"为题，这有着多方面的考虑：石头是坚定的，冷静的，它象征着曼德施塔姆早年的诗歌追求和生活追求；这里的石头是地面的石头，而不是象征主义那里的天上的"石头"（星星和月亮），曼德施塔姆也在用这一形象与象征主义相对抗；石头是现实中平凡、持久的存在，对它的关注，表明曼德施塔姆是一个关心此世的诗人。曼德施塔姆曾经很推崇法国诗人戈蒂埃的《艺术》一诗中的两句话，大意是：所选取的材料愈是无奇，以它所完成的创造便愈美。曼德施塔姆以石头为题，大约是在实践戈蒂埃的教导。作为一位"石头诗人"，他的诗有这样两个特征：以人的创造为诗题；力图介入文化的积累。因此，他的诗歌作品便体现出了极重的文化色彩。首先，他的诗多以欧洲的神话、远古诗人的母题和智慧哲者的思想为对象，其实是在对诗的文化储备进行又一次提炼，又一次"精加工"，所以有人称他的诗为"诗的诗"，"潜在的文化金字塔"①；所以别雷称他是"所有诗人中最诗人化的一位"②。其次，他的诗以探索生存的本质、以战胜生命本身为其使命。曼德施塔姆认为，死亡就是时间的终结，时间的终结就是遗忘，诗作为词的最佳的、最严密的组合，可以强化人的记忆，并最终战胜死亡。时间，于是成了曼德施塔姆最崇拜的概念，他将时间视为空间的三维之外的"第四维"。深受曼

① Под ред. *Николаева П*. Русские писатели. Биобиблиографический словарь. М.：Просвещение. 1990. Т.2. С.14.
② *Институт русской литературы АН СССР*. История русской поэзии в двух томах. Л.：Наука. 1969. Т.2. С.387.

德施塔姆影响的诗人布罗茨基曾评论道，在曼德施塔姆的诗歌中，"时间的存在，是既作为实体又作为主题的存在"。布罗茨基还注意到，时间在曼德施塔姆诗中的"处所"就是诗中的停顿，曼德施塔姆总是采用一种颇多停顿的诗体，他使诗中的每一个字母，尤其是元音字母，几乎都成了可以触摸得到的时间的"容器"。另外，曼德施塔姆采用了一种密实、凝重的诗体，这一诗体既能呼应人的记忆节奏，又能以它与混乱的日常口语的区别来刺激人的记忆神经。借此，曼德施塔姆修筑了一条"时间的隧道"，他的诗，"即使不是时间的意义，也是时间的形式：即使时间没有因此而停止，那它至少被浓缩了"，说到底，曼德施塔姆的诗就是一种"重构的时间"。[①]

总的看来，严谨的形式和严格的格律，滞重的古典韵味和凝重的雕塑感，深厚的文化味和深刻的道德感，冷静的个性意识和冷峻的诗歌意境，——这一切合成了曼德施塔姆诗歌的总体风格。

诗人阿赫马托娃认为，在20世纪的俄国诗人所写的自传中有两本最为出色，一本是帕斯捷尔纳克的《安全证书》，一本就是曼德施塔姆的《时代的喧嚣》。阿赫马托娃原打算自己也写一部自传，"一本作为《安全证书》和《时代的喧嚣》的表姐妹的书是应该出现的"，但是，已有的两部诗人自传如此地杰出，竟使得阿赫马托娃担心，自己未来的自传，"与其出色的表姐妹们相比，它会显得像个脏孩子、老实巴交的女人、灰姑娘等等"，于是，女诗人最终放弃写作自传的计划，而只留下一些片段性的传记文字。[②] 可以说，《时代的喧嚣》是曼德施塔姆所有作品中最重要的作品之一。

帕斯捷尔纳克的《安全证书》已由桴鸣先生译成中文（桴鸣先生将书名译为《安全保护证》），与乌兰汗先生所译帕斯捷尔纳克的另一部

---

① J. Brodsky, *Less Than One*, NY: Farrar Straus Giroux, 1986, pp.123-144.

② 阿赫马托娃：《自传随笔》，刘文飞译，见《散文与人》第6辑，贵州人民出版社1996年版，第238—250页。

著名自传《人与事》结集出版。① 将《安全证书》与《时代的喧嚣》相比较，可以发现，这两部自传都是两位诗人在还比较年轻、似乎还没到写作自传的时候写下的，用阿赫马托娃的话说，"他们两人（鲍里斯和奥西普）都是在刚刚步入成熟时就写了自己的书。那时，他们所回忆的一切尚不那么遥远"②。《安全证书》写于1929—1931年间，当时帕斯捷尔纳克还不到40岁；曼德施塔姆则在34岁时完成了《时代的喧嚣》(1925)。所不同的是，帕斯捷尔纳克在自己的暮年又写出了《人与事》(1956)，而过早地死在集中营中的曼德施塔姆却来不及写作他的另一部传记，人们只能将他的绝唱"沃罗涅日笔记本"当作他的另一种自传来阅读。

每个人都会有自己的传记，哪怕他只写下过一行日记，但是，能被人们所广泛阅读的传记则必定出自各种各样的名家之手。名家的传记往往具有较为恒久的阅读魅力，这是因为，在名家的自传中不仅有他们的经历、交往和见闻，而且还有他们的感悟、思考和判断。当然，传记也是各式各样的，有卢梭的《忏悔录》那样的自我剖析，有托尔斯泰的《童年·少年·青年》那样的温情回忆，也有爱伦堡的《人·岁月·生活》那样的社会纪事，更多的则是政治家们对权力之争的喟叹如托洛茨基的《回忆录》，军事统帅对战功的追忆如朱可夫的《回忆与思考》，以及沙龙女主人式的人物对往事的梳理如《巴纳耶娃回忆录》，等等。然而，曼德施塔姆的自传是与众不同的，抱着了解诗人生活掌故、猎奇文坛趣闻之阅读动机的读者在读了《时代的喧嚣》之后也许会感到失望，也许会觉得，《时代的喧嚣》中似乎也充满着作者混乱回忆的"喧嚣"。

俄国哲学家别尔嘉耶夫曾在他著名的自传《自我认知》的开篇写道：一般的自传中的"我"通常为一进行着回忆和思考的"主体"，而

① 帕斯捷尔纳克：《人与事》，乌兰汗、桴鸣译，三联书店1991年版。
② 阿赫马托娃：《自传随笔》，刘文飞译，见《散文与人》第6辑，贵州人民出版社1996年版，第247页。

他的自传中的"我"却为他之哲学思考的"客体"，作者是以一个"局外人"的立场来考察"我"的哲学成长过程的。"我在将我自己和自己的生活命运当成哲学认识的对象。"①《时代的喧嚣》也是这样一部"主客交融"的自传。在《时代的喧嚣》中，作者写了这样一段话："我想做的不是谈论自己，而是跟踪世纪，跟踪时代的喧嚣和生长。我的记忆是与所有个人的东西相敌对的。如果由着我，那么在忆起过去时，我也只会做个鬼脸……在我和世纪之间，是一道被喧嚣的时代所充斥的鸿沟，是一块用于家庭和家庭纪事的地盘……我和许多同时代人都背负着天生口齿不清的重负。我们学的不是张口说话，而是讷讷低语，因此，仅仅是在倾听了越来越高的世纪的喧嚣、在被世纪浪峰的泡沫染白了之后，我们才获得了语言。"②写作自传，却意在"跟踪世纪"；获得语言，却是在倾听了"时代的喧嚣"之后。这段话使我们感觉到，作者写作自传，似有"醉翁之意不在酒"之嫌，他的主要目的不是展示自我的成长历史或自己的成功经验，而是再现时代的氛围，以及时代氛围与个性（不仅仅是作者自己的个性）形成之间的关系。曼德施塔姆在这里写的是自己的"前史"，从童年时的感受写到初涉文坛时的交往，但是，他最关注的却仿佛是文学之外的社会事件，虽然他只是通过童年和少年时凌乱的印象、朦胧的记忆来折射社会的。这些印象和记忆自然难以是整体的，但它们却恰好以其具体和真切而使人感到易于接受。作者在《时代的喧嚣》中较少提到自己，却着力写了几个人物，如谢尔盖·伊万内奇、尤里·马特维伊奇、西纳尼一家、弗·吉比乌斯等，但他们皆是"无名之辈"，至少算不得那一时代的风云人物，作者有意将笔墨集中于这些人物，也许同样是为了给出关于时代和社会的更朴实更贴切的风俗图。曼德施塔姆在写作时所体现出的这种"客观性"和"非我性"，使

---

① *Бердяев Н.* Самопознание. М.：Книга. 1991. C.8.

② 曼德施塔姆：《时代的喧嚣》，刘文飞译，见《世界文学》1997年第5期，第138—139页。

《时代的喧嚣》有别于一般的诗人自传。

然而，这的确又是一部诗人的自传。首先，它使我们认识到了诗人个性形成的基础和过程，巴甫洛夫斯克的音乐，彼得堡的帝国风格，家庭中的犹太教气息，芬兰的异国情调，家中的书柜，捷尼舍夫学校的文学课，与社会民主党人的接近等等，正是这一切，构成了诗人早年所处的社会和文化氛围，它们在诗人的个性乃至艺术风格的形成中无疑起到了很大作用。说实话，在阅读《时代的喧嚣》时我们最感兴趣的也恰恰是这些章节和片断。其次，无论从其结构还是从其语言上来看，《时代的喧嚣》都是一部地道的诗人传记。这部传记篇幅短小，结构灵活，没有清晰的线索和连贯的叙述，而充满细节和跳跃，从形式上看，更接近于诗的结构。在语言上，这部作品更是富有"诗意"的，一方面，作者的文字很简洁，在描写人物、介绍场景时多是三言两语式的，似乎总怕把话说得过于充分；另一方面，传神的、生动的形容和比喻在文中比比皆是，比如，在作者的笔下，老近卫军士兵"衰老得生出青苔"，举行阅兵式的广场是"一片步兵和骑兵的间作耕地"，沙皇出游时站满街道的宫廷警察，"就像是些长胡子的红色蟑螂"，"像撒下了一把豌豆"，前来俄国做保姆却盲目自傲的法国姑娘有的是"脱臼的世界观"，面对新来的孙子而感到手足无措的爷爷和奶奶，"就像受到欺负的老鸟一样，竖着羽毛"，一个参加时髦音乐会的彼得堡人，"像一尾急速游动的鲤鱼，钻进了前厅的大理石冰窟窿，消失在为丝绸和天鹅绒所装备的火热的冰屋里"，而世纪之初的人们，"就像滚滚的玻璃灯罩下夏日的昆虫，整整一代人都在文学节日的火焰中被烫伤了，烤焦了，戴着隐喻的玫瑰花环"。这样的"奇喻"连续不断，营造出一种独特的阅读氛围。有时我们会感到，读着曼德施塔姆的这部自传，我们好像就是在阅读他的诗作。

"口齿不清"的个人声音和嘈杂的"时代喧嚣"需要我们更认真地分辨，诗一样的作品结构和语言风格需要我们更留意地揣摩，因此，

《时代的喧嚣》需要我们作更细致的阅读。曼德施塔姆的研究者之一纳乌姆·别尔科夫斯基（1901—1972）早在他写于 1929 年的《论曼德施塔姆的散文》一文中，就曾针对《时代的喧嚣》一书指出："曼德施塔姆的这本小书可能需要一种紧张的关注。"① 在这样的阅读之后，我们也许不仅能对曼德施塔姆的生活和诗歌多一些了解，而且还能对曼德施塔姆所处的时代、对曼德施塔姆同时代人的命运有一个具体的感觉。

然而，一位诗人能否以极端个性化的作品结构和语言来"客观地"诉诸现实和社会，再者，一个自传作者如何在时代的喧嚣中保持住自己清晰的声音，这是我们在阅读《时代的喧嚣》后产生出的疑问。如果说，在《时代的喧嚣》中，曼德施塔姆相对成功地调和了主观和客观、自传与时代、个人与社会之间的关系和矛盾，那么在现实生活中，他的这一努力却是以悲剧告终的。这使我们意识到，个人的传记与时代的声响并不总是能产生共鸣的。

曼德施塔姆留下的书信并不多，到目前为止，收入曼德施塔姆书信最多的曼氏文集是国际文学协会 1969 年出版的《曼德施塔姆三卷集》（后扩充为四卷，司徒卢威和费里波夫主编）的第三卷。在该卷所收 85 封书信中，最后一封是曼德施塔姆 1938 年 10 月自符拉迪沃斯托克集中营寄给家人的信，而倒数第二封则是他 1937 年 5 月 7 日写给妻子的信，这两封信之间有一个很大的间隔。在 20 世纪 90 年代出版的一部《曼德施塔姆选集》（莫斯科，1991）中，又首次以《最后的书信（1937—1938）》为题发表了曼德施塔姆在其生活最后一年多的时间里写下的 8 封书信。

书信有可能是一个人最真诚的文字，它也许是最能使我们与作者产生亲近感的文字。这里选译的 10 封书信取自曼德施塔姆一生中的不同时期，从他踌躇满志的巴黎来信到充满辛酸的"远东便笺"，从他自

---

① *Мандельштам О.Э.* Четвертая проза. М.: Интерпринт.1991. C.202.

我辩护的激烈公开信到他发自流放地的心声，其中的时间跨度很大，体现出的生活境遇的差异和心态的差异也是巨大的。读着这些书信，我们在了解到诗人有关生活细节的同时，也了解到了诗人的生活态度，不知不觉地，我们已与诗人进行了一次长谈。

在曼德施塔姆的书信中，最为感人的有两个部分。其一是他写给妻子的信，尤其是他在流放中写给妻子娜杰日达的信，十分相爱的曼德施塔姆夫妇很少分离，在他们分离的时候，曼德施塔姆几乎每天都要给妻子写一封信，表达自己的思念和爱，这种爱由于其经历了太多的磨难而使我们觉得更为感人。其二就是他最后的书信，这些书信对于我们了解曼德施塔姆后期的生活和创作、际遇和心境等是弥足珍贵的。诗人当时身体不好，又得不到治疗，他没有钱，又"同时失去了"工作和住房，他感到"非常疲惫"，不知道等待他的将是什么，但就是在这样的情况下他还是多次提到，他"非常想工作"："我想活下去，我想工作"，"工作的中断……使治疗失去了所有的意义"。工作，也许是为了养家糊口，但更可能是一种本能的冲动、一种神圣的使命在诗人身上的体现。

三

在 20 世纪的俄语文学中，世纪初 20 余年的白银时代文学如今越来越为人们所重视；在白银时代的诗歌遗产中，阿克梅诗派的追求及其意义也似乎正在得到逐渐升高的评价；而在阿克梅派诗人中间，曼德施塔姆所受到的关注又似乎有超越其他诗人的趋势。帕斯捷尔纳克很早便在写作自传《人与事》时意识到，他曾长期对包括曼德施塔姆在内的四位诗人（另三位是古米廖夫、赫列勃尼科夫、巴格里茨基）的创作"估计不足"；而阿赫马托娃则在她的回忆录片断《关于曼德施塔姆》（1963）

中，毫无保留地称曼德施塔姆为阿克梅诗派的"首席小提琴"。诺贝尔文学奖评审委员会主席埃斯普马克在他的《诺贝尔文学奖内幕》一书中，承认没有及时地颁奖给曼德施塔姆这样的诗人是一个"遗憾"[①]；1987年诺贝尔奖获得者布罗茨基更是在致答谢词时直截了当地说，曼德施塔姆比他更有"资格"站在受奖的位置上。这样的一些评价，能帮助我们对曼德施塔姆在文学史上的地位和影响作出某种判断。

再请看一看一些著名的俄国诗人在不同时期对曼德施塔姆的评价：勃洛克在谈到曼德施塔姆的早期创作时说："他的诗来自梦境——一些非常独特的、只会存在于艺术领域之中的梦境。古米廖夫将他的途径定义为：从非理性向理性（与我的途径相反）。"[②] 古米廖夫则在倡导其阿克梅主义诗学观念时欣然地观察到了曼德施塔姆的"建筑感"："这种对有活力的、坚固的一切之挚爱，使曼德施塔姆走向了建筑。他爱建筑物，一如其他诗人爱山爱海。他详细地描绘建筑物，在它们和自身之间寻找相似，在它们的基础上构建世界的理论。我认为，这是对目前时髦的都市主义理论的一个最成功的态度。"[③] 茨维塔耶娃发现了曼德施塔姆对词的珍重，她在一封致友人的信中写道："词的选择，首先就是情感的选择和净化，但是，不是所有的情感都适用，哦，请您相信，这里同样需要工作。对于词的工作，这就是对于自身的工作。"[④] 阿赫马托娃则说："曼德施塔姆没有师承。这是值得人们思考的。我不知道世界诗坛上还有类似事实。我们知道普希金和勃洛克的诗歌源头，可是谁能指出这新的神奇的和谐，是从何处传到我们耳际的？这种和谐就是奥西普·曼德施塔姆的诗！"[⑤] 布罗茨基为一本英文版曼德施塔姆诗集写下题为《文明

---

① 埃斯普马克：《诺贝尔文学奖内幕》，李之义译，漓江出版社1996年版，第258页。

② *Блок А.* Собрание сочинений в 8 томах. М.：Художественная литература. 1963. С.371.

③ *Гумилев Н.* Письма о русской поэзии. Петроград：Мысль. 1923. С.179.

④ Под ред. *Струве Г. и Филиппова Б.* Собрание сочинений О. Мандельштама в трех томах. Вашингтон：Международное литературное содружество. 1967. Т.1. С.388.

⑤ 转引自《世界文学》1988年第1期，第255页，乌兰汗译文。

的孩子》的序言①，在文中，布罗茨基对曼德施塔姆与文化和文明的关系作了考察：首先，曼德施塔姆对世界文化怀抱着深刻的眷念。在流放沃罗涅日期间，曼德施塔姆曾被请去出席一次集会，会上有人问他"什么是阿克梅主义"，曼德施塔姆回答："就是对世界文化的眷念。"曼德施塔姆关于阿克梅主义所下的这个定义同时也是他关于诗的定义，甚至是关于他本人的定义，因此，他不是一个一般意义上的"文明人"，"他更是一个献身文明和属于文明的诗人"。其次，曼德施塔姆的诗的源头是世界文明，反过来，"他又对赐予他灵感的东西做出了贡献"，他源于文明，是文明的受惠者，同时他又是文明的创造者，因此，"在本世纪，他或许比任何人都更有资格被称为属于文明的诗人"。最后，曼德施塔姆的悲剧性遭遇，似乎也是世界文化之当代命运的一种象征，诗与政治、文学与现代社会、文明与所谓"现代文明"的冲突，在曼德施塔姆的身上得到了典型的体现，作为文明的牺牲，他的悲剧也许是不可避免的，所以说，"他的生和他的死，均是这一文明的结果"。

这些大诗人的评价出现的时代不同，所取的角度也不同，但它们却都注意到了曼德施塔姆对"词"与"文化"的关注。也许，正是其创作中所充盈着的文化韵味，正是其作品所体现出的纯粹艺术精神，才使他的文学遗产像漂流瓶中的书信一样给后代读者带来了意外的惊喜。我们希望，曾被人称为"面向不多的人的诗人"（阿达莫维奇语）、"面向诗人的诗人"（伊瓦萨克语）② 的曼德施塔姆，能在今天赢得越来越多的知音。

原载《世界文学》1997 第 5 期

---

① 布罗茨基：《文明的孩子》，刘文飞译，见《世界文学》1996 年第 1 期。

② Под ред. *Струве Г. и Филиппова Б.* Собрание сочинений О. Мандельштама в трех томах. Вашингтон：Международное литературное содружество. 1967. Т.1. С.381.

《哲学书简》：俄国思想分野的开端

我们知道，台湾作家柏杨写有一本题为《丑陋的中国人》的书，对国人的"劣根性"嬉笑怒骂，引起很大反响；我们还知道，在世界许多国家都出版过类似的书，如《丑陋的日本人》《丑陋的美国人》《丑陋的阿根廷人》等等。但是，也许很少有人知道，早在一个半世纪以前，俄国就出现过这样一本书，这就是恰达耶夫的《哲学书简》。所不同的是，恰达耶夫的书是从哲学和宗教的观点出发对俄罗斯的民族性进行审视的，而不仅仅是对现象的抨击，对传统的否定；所不同的是，《哲学书简》在当时引起的不满和愤怒，似乎大于上面提到的几本书，它所引发的关于民族精神的争论及其深远意义，似乎也超过了那些书。

流动讲坛上的教师

熟悉俄国文学的人也许对恰达耶夫这个名字并不十分陌生，因为普希金的诗作《致恰达耶夫》曾为人们广为传诵。彼得·雅科夫列维奇·恰达耶夫（1794—1856）生于一个俄国贵族家庭，父母早亡，他由姨妈和舅舅扶养成人，曾在莫斯科大学学习数年，后进入俄国近卫军，参加了抗击拿破仑的卫国战争，表现英勇，战后却令人意外地离开军队，他曾与十二月党人接近，但觉得与他们的思想和理想也有一定的距离。1823—1826 年间，恰达耶夫去西欧各国游历，西欧和俄国的差异使恰达耶夫的思想受到震动，归国后他幽居数年，一直处在沉思之中。此后，他开始频繁地出现在莫斯科的各种沙龙中，慷慨激昂地陈述自己的哲学、宗教观点，对俄国的历史和现实做出评判，向人们描绘着理想的未来社会，引起了知识界和上层社会的广泛关注；与此同时，他的书信、手稿等等也为人们所争相传阅。在当时，恰达耶夫的一言一行都会成为社会的话题，他是当时影响最大的思想家之一，俄国诗人维亚泽姆斯基曾称恰达耶夫为"流动讲坛上的教师"。

每一民族都需要自己的思想家，无论它处在其发展的何一阶段，无论这一民族的精神天性是怎样的。恰达耶夫曾在《哲学书简》的第一封信中写道："人民群众服从凌驾于社会之上的特定的力量。他们自己并不思考；他们中间有一定数量的思想家，这些思想家替他们思考，给民族的集体理智以冲击，并推着民族前行。在少数人进行思考的时候，其他的人在感受，其结果，便实现了共同的运动。"① 在第二封信中，他又写道："问题在于，各民族在人类之中的意义，是由其精神上的强大所决定的，各民族引起的关注，取决于其在世界上的精神影响，而不取决于其发出的喧嚣。"② 可见，深刻的思想和深刻的思想家对于一个民族来说是何等重要！在俄国思想史上，恰达耶夫恰是最早一批现代意义上的思想家之一。在恰达耶夫之前，专门对俄国的历史、使命和民族性等进行思考的人并不多，而在他之后，这样的思想家及其成果却不断涌现。当然，这与恰达耶夫所处的时代有关，从 19 世纪 20 年代开始，许多欧洲思想家、哲学家都不约而同地开始了对文明的历史、人类的使命等等的思考；而在俄国，在抗击拿破仑的卫国战争取得胜利之后，俄罗

---

① 恰达耶夫：《哲学书简》，刘文飞译，作家出版社 1998 年版，第 64 页。
② 恰达耶夫：《哲学书简》，刘文飞译，作家出版社 1998 年版，第 41 页。

斯人的民族意识空前觉醒，随之而来的，便是对民族的特性及其地位和使命的认识。在某种意义上可以说，恰达耶夫的《哲学书简》是俄罗斯民族意识觉醒过程中的产物，但反过来，这一著作又进一步促进了这一觉醒过程的深化。恰达耶夫及其《哲学书简》对于俄国文化的意义，并不仅仅在于他／它的观点、他／它的结论，而在于他／它较早地向人们展示出了思想的力量和意义，使俄国初步具有了自省意识、批判精神和思辨传统。而这，正是一个真正的思想家之于其民族和国家的意义。

恰达耶夫作为一个思想家的力量，还体现在他对同时代人巨大的影响上。有人说，他甚至"赢得了敌人的尊敬"。比如，作为其论敌之一的斯拉夫派代表人物霍米亚科夫曾言：恰达耶夫的敌人似乎更看重他，他不是文学家，不是哲学家，也不是政治家，而是这一切的统一，因为他的思想在人们沉睡的时候出面唤醒了众人。俄国诗人丘特切夫也曾说：恰达耶夫是他最少赞同的人，同时却是他最多热爱的人。普列汉诺夫在谈到恰达耶夫的时候说："恰达耶夫以一封《哲学书简》为我们思想的发展作出的贡献，远远超出了一位勤勉的俄国研究家依据'地方统计数据'完成的数立方俄丈的著作，远远地超出了杂文'流派'一位敏捷的社会学家所做的一切。"①

哲学和宗教的结合

《哲学书简》由 8 封信组成，这些书信写于 1828 —1830 年间，是写给一位名叫叶卡捷琳娜·德米特利耶夫娜·潘诺娃的女士的，她是莫斯科一个沙龙中的女主人。在恰达耶夫写作后几封信时，他与那位女士的书信往来已经中止，所以，恰达耶夫心目中的收信人自然不止潘诺娃

---

① *Плеханов Г.В.* Сочинения в 24 томах. М.：Гос.изд-во. 1925-1927. Т.10. С.135-136.

女士一人，甚至是所有俄罗斯人，所有后来人。在这些书信中，只有第一封在恰达耶夫生前发表过。

普希金在致恰达耶夫的一封信（1831 年 7 月 6 日）中曾提及恰达耶夫的"整个作品没有谋篇和布局"，当然，普希金也意识到，这是书信，"这种形式更有权利走笔随意和从容"。恰达耶夫自己也多次谈到其作品的"不足"，如在第七封信中他写道："将这些信付印，我们也许应该请求读者迁就其文体上的弱点，乃至错误。""我毫不怀疑，如果这些书信偶然地面世了，人们一定会指责它们的悖论。"然而，通读完这些书信，不难看出，它们已结合为一个有机的整体，它们中间贯穿着严密的逻辑线索。

在第一封信中，作者要"谈谈我们的国家"，弄清它的历史及其在世界上所处的位置，同时，也追溯了宗教在社会历史中的作用。第二至第五封信所探讨的都是宗教的意义和力量；第二封信论证，人需要过精神的生活；第三封信论证，人的理性当服从于最高的理性；第四封信论证，精神世界是不可度量的，无限构成了造物主的神性；第五封信论证，万物之中存在着绝对的统一，这便是上帝与其选中的人的第一次交谈，人类理性的真正来源，就是代代相传的关于这次交谈的记忆。将这一切结合起来，恰达耶夫旨在证明，宗教，尤其是天主教，包含着哲学、历史和科学，历史和科学不过是宗教哲学的组成部分，宗教具有巨大的认知能力和改造能力，人类的进步只可能存在于这样一种宗教前提下的统一之中，俄国的进步自然也不例外。在第六、七封信中，作者对欧洲的历史进行考察，站在宗教的立场上，他对摩西、大卫、穆罕默德、苏格拉底、马可·奥勒留、柏拉图、亚里士多德、荷马等历史人物做了评说，对古希腊罗马时代、文艺复兴时代、宗教改革运动，他持强烈的批评态度，而对宗教占统治地位的中世纪却评价甚高，认为它保持了精神的生活，维护了欧洲的统一。第八封信具有总结意味，认为基督教的生活是人类真正的生活，至高理性光照下的精神统一是整个人类未来的方向。

作为一位唯心主义的宗教哲学家，恰达耶夫深受德国哲学家谢林的影响。1825 年，恰达耶夫曾与谢林在卡尔斯巴德（今捷克城市卡罗维发利）相见，做过长谈，恰达耶夫很敬佩谢林，谢林也很欣赏恰达耶夫，称后者为"他所认识的人当中最聪明的人"。后来，他们还有过许多通信。无论是谢林早期那种主张主体和客体、思维和存在融合为一的"同一哲学"，还是他后期那种主张世界源于上帝、又归于上帝的"天启哲学"，对恰达耶夫都深有影响。1832 年，恰达耶夫在致谢林的一封信中写道："哲学与宗教结合的伟大思想"，是他"精神活动的灯塔和目的"："我存在的全部兴趣，我理性的全部求知欲，都为这唯一的思想所包容了；随着思考的深入，我愈发坚信，人类的主要兴趣就包含在这一思想之中。"这段话对于理解《哲学书简》是非常重要的。可以说，恰达耶夫从对俄国现实的观察入手，追溯至俄国的历史，俄国落后的现实是由其历史造成的；对俄国历史的反思使他步入宗教范畴，欲解决俄国所面临的种种问题，只有借助宗教的影响和力量；对宗教及其作用的意识，则使他上升到了哲学的高度，他在宗教之中看到了"最初的推力"和"普遍的规律"，而追求与"绝对理性"和"至高思想"的接近，就是个人和整个人类的使命。在"宗教与哲学的结合"中，恰达耶夫看出了、同时也向当时的人们指出了俄国和世界的未来。

爱祖国与爱真理

《哲学书简》中的第一封信于 1836 年 9 月底在《望远镜》杂志上刊出后，引起轩然大波。恰达耶夫的外甥日哈列夫后来在关于恰达耶夫的传记中不无夸张地写道："自俄国有人开始写作和阅读以来，自俄国有了书籍业和识字活动以来，无论此前还是此后，还没有过任何一件文学的或学术的事件（甚至包括普希金的去世在内）产生过如此巨大的影响和如此广泛的作用，且传播得如此迅速，如此热闹。将近一个月，在整个莫斯科，几乎每个家庭都在谈论'恰达耶夫的书'和'恰达耶夫事件'。"然而，这些"反响"却主要是反面的。许多读者被激怒了，作者被斥为俄罗斯的"敌人"和"叛徒"，莫斯科大学的学生致信书刊审查委员会，宣称准备拿起武器来捍卫俄国的荣誉。10月19日，俄国书刊审查总局召开会议，专门讨论这篇文章及其产生的影响；三天之后，甚至连沙皇本人也出面干预，他颁布一道谕旨，称其已读该文，认为它"是一个疯子大胆的胡言乱语"，并下令关闭《望远镜》杂志，追究有关人责任。《哲学书简》的作者被官方宣布为疯子，官方派出的医生每天去给恰达耶夫"治病"，当时的一位作家亚历山大·屠格涅夫曾在致诗人维亚泽姆斯基的一封信中忧心忡忡地写道："医生每天去看恰达耶夫，恰达耶夫每天都足不出户。我真担心，他的神经真的会错乱的。"恰达耶夫被宣布为"疯人"，就是因为他对俄国的一切进行了空前严厉的批评。请读一读恰达耶夫在这封信中关于俄国所说的话：

　　首先是野蛮的不开化，然后是愚蠢的蒙昧，接下来是残暴的、凌辱的异族统治，这一统治方式后来又为我们本民族的当权者所继承了，——这便是我们的青春可悲的历史……它除了残暴以外没有兴起过任何东西，除了奴役以外没有温暖过任何东西。在它的传说中，既没有迷人的回忆，也没有为人民所怀念的优美形象，更没有强大的教益。请看一看我们所经历过的所有年代，看一看我们所占据的所有空间吧，——您找不到一段美好的回忆，找不到一座可敬的纪念碑，它可以庄严地向您叙述往事，它可以在您的面前生动地、如画地重现往昔。我们仅仅生活在界限非常狭隘的现在，没有过去和未来，置身于僵死的停滞。
　　我们没有历史的经验；一代代人、一个个世纪逝去了，却对我们毫无裨益。看一眼我们，便可以说，人类的普遍规律并不适用于我们。我们是世界上孤独的人们，我们没有给世界以任何东西，没有教给它任何东西；我们没有给人类思想的整体带去任何一个思想，对人类理性的进步没有起过任何作用，而我们由于这种进步所获得的所有东西，都被我们所歪曲了。自我们社会生活最初的时刻起，我们就没有为人们的普遍利益做过任何事情；在我们祖国不会结果的土壤上，没有诞生过一个有益的思想；我们的环境中，没有出现过一个伟大的真理；我们不愿花费力气去亲自想出什么东西，而在别人想出的东西中，我们又只接受那欺骗的外表和无益的奢华。

我们在成长，可我们却不能成熟；我们在向前运动，可我们却沿着一条曲线，也就是说，在走着一条到不了终点的路线。我们就像那些没有学会独立思考的孩子：在成年的时候，他们体现不出任何自我的东西；他们所有的知识，均局限于他们外在的生活，他们整个的心灵，都存在于他们身外。我们正是这样。[1]

在恰达耶夫看来，俄国构成了人类"精神世界中的一个空白"，俄国人"徒有基督徒的虚名"，甚至连俄罗斯人勇敢的天性也被恰达耶夫视为一种"恶习"。俄国和俄罗斯人，在恰达耶夫的眼中真可以说是一无是处了。很难想象，这样的话语出自一位立过赫赫战功的俄国近卫军官之口；很难想象，这样的话语是在俄国因战胜了拿破仑而沉浸于无比的欢乐和自豪的时刻道出的。

然而，恰达耶夫却自认为是爱国的，只不过，他是"以另一种方式"来表达其爱国之心的，即他所言的"否定的爱国主义"（негативный патриотизм）。在《第一封信》的结尾处，恰达耶夫就对

---

[1] 恰达耶夫：《哲学书简》，刘文飞译，作家出版社1998年版，第29—54页。

收信人写道："我关于我们的国家所说的话，您当会感到是充满苦涩的；然而，我所说的只不过是一个真理，甚至还不是全部。"在《哲学书简》之后所写的《疯人的辩护》一文中，他更为直接地说："对祖国的爱是一种美好的感情，但是，还有一种比这更美好的感情，这就是对真理的爱。"恰达耶夫在这里所说的"真理"，大约有两重含义：一是指要对俄罗斯人道出关于俄国的"真话"，使他们能对祖国的历史和现状有一个清晰的认识；一是指俄国所面对的"绝对真理"，即天启赋予俄国的使命。恰达耶夫的话，使人想起了一位古希腊哲人那句"吾爱吾师，吾更爱真理"的名言。恰达耶夫接着写道："请你们相信，我比你们中的任何一个人都更爱自己的国家，我希望它获得光荣，我也能够对我的民族的高尚品质做出评价；但是，我的爱国情感与有些人的有所不同……我没有学会蒙着眼、低着头、闭着嘴地爱自己的祖国。我发现，一个人只有清晰地认识了自己的祖国，才能成为一个对祖国有益的人；我认为，盲目钟情者的时代已经过去了，现在，我们首先要献身于真理的祖国。""毫无疑问，在这篇文章的表达上有匆忙之处，在其思想中有尖锐之处，但是，贯穿其中的感情，却丝毫不是反对祖国的：这是一种怀着心痛、怀着苦楚表达出来的对我们之软弱的深刻感受，仅此而已。"通过这些话语，不难看出一个爱国者的拳拳之心。

如恰达耶夫所言，"爱国的方式是多种多样的"；而且，忧国忧民、痛心疾首的爱国主义无疑要比随波逐流、歌功颂德的爱国主义更为有益。然而，古今中外，"良药苦口"这一朴素的道理，却总是难以为大多数人所理解和接受。

西方派与斯拉夫派之争的起源

在俄国思想史和社会发展史中，一直存在着东方化还是西方化的激烈争论。作为一个地处东西方之间的大国，俄国却始终为自己的文化和地域归属而苦恼不堪。

20世纪初的一位俄国哲学家别尔嘉耶夫曾说，地理上的东西方矛盾和社会构成上的上下层矛盾一样，也是俄国最根本的矛盾之一，这一横一纵的两大矛盾，交叉成了俄罗斯民族永远背负着的沉重十字架。纵观俄国历史，从斯拉夫部族的东迁到蒙古鞑靼人的统治，从来自拜占庭的东正教的"罗斯受洗"到彼得大帝的全盘西化，从列宁领导东方社会主义革命到苏联解体后的"回归欧洲"，俄国一直像一个巨大的文化钟摆，摆动在东西两个文化板块之间。俄国究竟该何去何从，这便是赫尔岑所称的"俄国生活的斯芬克斯之谜"。在抗击拿破仑的卫国战争取得胜利之后，俄国的民族意识空前觉醒，民族的历史和未来的命运，国家和民族的进一步发展，这一类问题得到了越来越多的思考和认识。在这一背景下，俄国思想界出现了很大的分歧，迅速分野为"西方派"和"斯拉夫派"两个阵营。西方派主张俄国走西欧列强的发展道路，废除农奴制，发展资本主义，要求言论自由，认为西欧的文明就是俄国和整个人类的未来，该派的代表人物有安年科夫、卡维林、别林斯基、赫尔岑等；斯拉夫派则认为俄国有着独特的历史道路和使命，它具有丝毫不亚于西欧诸国的文明，俄国不需要任何改革，贵族与农民、君主政体和东正教会等等之间的和谐将使俄国在欧洲和世界中保持自己的优势，此派的代表人物有霍米亚科夫、阿克萨科夫兄弟、基列耶夫斯基兄弟、陀思妥耶夫斯基等。

毫无疑问，恰达耶夫是典型的西方派。整个《哲学书简》的立论基础就是：俄国应当走西欧的路。恰达耶夫认为：俄国没有自己一贯的历史，在欧洲那些老的文明国家，特定的生活方式早已形成，而在俄国，一切却要重新开始，俄国不得不为自己创建一切，"直至呼吸的空气，直至脚下的土壤"（《第二封信》）；"欧洲所有的民族都有着共同的面孔，有着某种家庭般的相似，""整个欧洲曾被称之为基督教的世界"，只有俄国独立在这个世界之外，因此，追求在宗教、精神和文化上与欧洲的统一，是俄国摆脱狭隘、孤立和落后的必由之路（《第一封信》）；"因此，我们越是努力地与欧洲社会融为一体，这对于我们来说就会越好。"（《第七封信》）基于这一认识，恰达耶夫还对俄国与欧洲的"交往历史"做了回顾，对彼得大帝的改革及其成果做了无保留的称赞。（《疯人的辩护》）与此同时，恰达耶夫也对当时刚刚出现的斯拉夫派进行抨击：

> 但是，如今出现了一个新流派，主张不再需要西方了，应当毁灭彼得大帝的创造，应当重新回到荒原上去。他们忘记了西方为我们所做的一切，他们不懂得去感激那位给我们以文明的伟人，不懂得去感激那给我们以教益的西方，他们拒绝了西方，拒绝了那位伟人，这一新烤制出来的爱国主义满怀激情，已在忙着将我们称为东方的可爱儿孙了……刚刚获得自由的民族理性这第一个举动，会将我们引向何方呢？只有上帝才知道！我们那些最先进的智慧，却背叛了那造就了我们之荣光、我们之伟大的一切，每一个真正爱国的人，都不可能不因此而深感痛心。①

在思考俄国之命运的时候，恰达耶夫也对广义的东西方文化做了比较。他意识到，"夹在中国和德国之间"的俄国，既不属于东方，也不属于西方，它是西方的东方，又是东方的西方，他认为这也许正是导致俄国的文化无归属和"精神软弱"的主要原因，由其带有强烈倾向性的宗教立场出发，恰达耶夫申明了西方较之于东方的优越性："世界，自古以来就被划分为两个部分——东方和西方……东方首先出面，从其静观的深处将光芒投向大地；随后，西方到来了，带着自己包容一切的

---

① 恰达耶夫：《哲学书简》，刘文飞译，作家出版社 1998 年版，第 203—204 页。

能动性、其生活的语言和强大的分析，它掌握了人类智慧的成果，终结了东方开始的一切，最后，将一切都融进了自己广大的怀抱。但是，在东方，恭顺的智慧跪在历史权威面前，在对他们的神圣原则顺从的服务中耗尽了自己，最终，他们睡着了，封闭在他们静止的综合中，没有猜透那些为他们而准备的新命运；与此同时，在西方，人们却在高傲、自由地前进，他们只对理性和天国的权威俯首，他们只在未知东西的面前停步，他们永不停息地将目光投向无限的未来。"（《疯人的辩护》）[1] 将东西方的文化绝对地割裂开来，自然是不合理的，再在宗教的基础上比高低，更是荒谬的。但是，恰达耶夫对于东方先文明、后落后之原因的思考，对于我们来说倒是具有一定的启发意义，例如，在《第六封信》的一条注释中，恰达耶夫写道："您知道，中国从远古起就拥有了三件伟大的工具：指南针、印刷术和火药，这三件工具极大地促进了我们人类智慧的进步。然而，这三件工具帮了中国什么忙呢？中国人完成环球航行了吗？他们发现过一片新大陆吗？他们是否拥有更为广博的文献，超过我们在印刷术发明前所拥有的文献？"[2] 也许，恰达耶夫无权提出这里的最后一个问题，因为他不可能读到、也不可能读懂多少中国的文献，但他提出的前三个问题却是尖锐而又发人深省的，当然，其原因并不简单地如他所言的那样，是因为中国人不信基督教。值得注意的是，约一百年之后，鲁迅又不约而同地向国人发出过同样的质询。

西方派和斯拉夫派之间的关系，往往是十分复杂的。西方派和斯拉夫派虽然势不两立，却又是相互依存的，相互转化的。别林斯基就曾认为，斯拉夫派的出现正是对西方派倾向的一个矫正，"就是对无条件模仿的反拨，就是俄国社会谋求独立发展的见证"[3]。别林斯基本人起初

---

① 恰达耶夫：《哲学书简》，刘文飞译，作家出版社 1998 年版，第 202 页。

② 恰达耶夫：《哲学书简》，刘文飞译，作家出版社 1998 年版，第 140 页。

③ *Белинский В.* Полное собрание сочинений в 13 томах. М.：Издательство АН СССР. 1953-1956. Т.10. С.264.

是一个坚定的西方派，但后来其观点却发生很大变化，这样的复杂性和矛盾性也出现在恰达耶夫身上。作为一个西方派，恰达耶夫却与同是西方派的别林斯基、赫尔岑等人往来较少，而同斯拉夫派的霍米亚科夫、基列耶夫斯基等更为密切。在恰达耶夫的《哲学书简》中也能感觉到一些矛盾，比如，他完全否定俄国的历史，却又对作为俄国历史组成部分的彼得时期推崇备至；他认为俄国的封闭性、无归属性是缺点，却又将其视为俄国未来潜在的可能性和使命；他称俄国之无历史，正是"一种完全以借用和模仿为基础的文化之自然而然的结果"，但他为改变这一历史而提出的药方，却同样是"借用和模仿"；在《哲学书简》之后，恰达耶夫的观点也曾出现较为明显的改变。似乎，强烈的爱国热情和全盘西化的主张是很难天衣无缝地融为一体的，这倒使人想起了赫尔岑在归纳西方派和斯拉夫派之争时说过的一段话："我们像伊阿诺斯或双头鹰，朝着不同的方向，但跳动的心脏却是一个。"[①] 西方派和斯拉夫派最初的思想对垒大约出现在19世纪40—60年代，而恰达耶夫发表在30年代末的《哲学书简》，无疑是这场思想斗争中出现最早、最为重要的文献之一。在俄国思想家中，恰达耶夫较早地意识到了俄国历史道路中的东西方问题，并旗帜鲜明地做出了自己的回答，而正是这一点，决定了他以及他的《哲学书简》在俄国思想史中的地位和意义。

恰达耶夫与普希金

恰达耶夫与普希金性格不同，志趣也有差异，但他们却是非常亲密的朋友，他们的交往、友谊，乃至争论，构成了19世纪上半期俄国文化史上的重要事件之一。

---

① *Герцен А.* Сочинения в девяти томах. М.：Художественная литература. Т.5. С.171-172.

1816 年，普希金与恰达耶夫在俄国著名历史学家、作家卡拉姆津位于皇村的家中初次相见，当时，普希金是皇村学校的学生，而恰达耶夫是驻扎在皇村的禁卫军骠骑兵团的骑兵少尉。在《皇村的回忆》等诗中，普希金曾抒发对功名的渴望，因自己晚生了几年、没赶上参加卫国战争而懊恼不已；而长他五岁、在卫国战争中建有战功的恰达耶夫，无疑会成为他的羡慕对象。他俩迅速接近起来，在普希金自皇村学校毕业后，俩人的交往更为密切，在 1818—1820 年间，他们经常在一起阅读、交谈，就各种问题展开讨论。普希金将恰达耶夫视为自己的兄长和师长，在督促普希金阅读和思考、扩大普希金的文化视野等方面，恰达耶夫也的确起到了积极的作用。1820 年，他们的"共同阅读"中断了，因为普希金由于其"自由诗作"得罪沙皇，被流放到南方。在普希金获罪后，有许多人为减轻对他的处罚而多方奔走，恰达耶夫也是其中最为积极的人士之一。流放中的普希金对恰达耶夫很是怀念，他写信让弟弟给他寄一张恰达耶夫的肖像，在《致恰达耶夫》（1821）一诗中，他称恰达耶夫为"唯一的朋友"，并深情地回忆起他们的友谊：

> 你是我心灵力量的医治者；
> 哦忠诚的朋友，我要向你奉献
> 已为命运所考验的短暂一生，
> 奉献也许被你拯救的感情！
> 你了解我风华正茂时的心，
> 你看到后来的我，痛苦的人，
> 在激情的涌动中暗自伤心，
> 在濒临无底深渊的毁灭时刻，
> 你用警觉的手把我挽扶；
> 你把希望和平静还给朋友；
> 你严厉的目光洞察内心深处，

> 你用劝告和责备使心灵复苏；
>
> 你的热情点燃对崇高的爱意；
>
> 我心中又诞生了勇敢的坚韧……

包括这首诗在内，普希金先后写了四首献给恰达耶夫的诗。

  1826 年，几乎同时地，普希金自流放地、恰达耶夫自西欧回到了莫斯科，他们常在莫斯科的沙龙中见面，彼此仍是好朋友。但在 30 年代中期，他俩却出现了思想上的分歧，起因便是恰达耶夫的《哲学书简》。在《哲学书简》发表前后，普希金和恰达耶夫之间有过许多书信来往，但在因《哲学书简》获罪之后，恰达耶夫焚毁了几乎所有信件，因此，留存下来的恰达耶夫和普希金的书信只有 8 封（其中恰达耶夫致普希金 5 封，普希金致恰达耶夫 3 封）。然而，仅从这 8 封信中，我们也能看出俩人思想论争的主要内容：首先，俩人对宗教和艺术持有不同的看法。对于创作成熟后的普希金，恰达耶夫评价很高，称他为"我们的但丁"，在《疯人的辩护》一文中，恰达耶夫甚至将普希金"优雅精美的天赋"与彼得大帝"强大的天性"和罗蒙诺索夫"包容一切的智慧"相提并论。但是，恰达耶夫更希望普希金能成为一位带有宗教感的诗人，在普希金写作了《仿〈古兰经〉》等诗后，恰达耶夫曾感到欣慰，然而，普希金最终却没能在这一点上让恰达耶夫满意，恰达耶夫只好在信中惋惜地写道："非常遗憾，我的朋友，我们没能将我们的生活道路结合在一起。"（1831 年 6 月 17 日）此外，恰达耶夫出于其天主教信仰而对古希腊罗马艺术、对荷马等的否定，使普希金大为不满，普希金不得不在信中直截了当地说道："我并非永远赞同您的观点。"（1831 年 7 月 6 日）[①] 其次，俩人在关于俄国现实和历史的观点上也存在差异。

---

① 刘文飞主编：《普希金全集》（第 10 卷），李政文、王志耕译，河北教育出版社 1999 年版，第 285 页。

恰达耶夫对于俄国历史的否定让爱国之情非常炽热的普希金感到难以接受，普希金在自己去世前不久的 1836 年 10 月 19 日给恰达耶夫写了一封长信，他在信中历数俄国历史上的伟大人物和伟大事件，然后语气断然地说："凭良心起誓，我不想用世上任何别的什么更换祖国，或有一部另外的历史，除了我的先祖那部上苍赐予的历史。"普希金还很替恰达耶夫担忧，"您的宗教历史观别是会害您吧。"①

值得一提的是，长期以来，在恰达耶夫和普希金的这场论争中，后人大多无保留地站在普希金一边，认为在他俩交往的后期，"导师"和"学生"的角色出现了某种互换，普希金的历史观和爱国主义是高于恰达耶夫的。这里需要注意这样几个问题：第一，恰达耶夫是一个哲学家、思想家，普希金是一个诗人、作家，俩人看问题的角度和方式都不相同，争论也许不是在同一层面上展开的，因此，仅依据他们的争论（或是争论中的只言片语）来评定对错、高低，也许是不全面的。第二，恰好是在爱国主义这一问题上，俩人也都有过先后矛盾的表现，恰达耶夫在否定俄国现实的同时，却对普希金带有某种沙文主义色彩的《致俄国的诽谤者》和《鲍罗金诺周年纪念日》两首诗非常推崇，却竭力劝普希金用"祖国的语言"写信，而后者在回信中反倒承认，他使用法语"比使用我们的语言更习惯"。第三，对专制制度一贯持批判态度的普希金，在对待恰达耶夫及其《哲学书简》的态度上却与官方不谋而合，这其中的原委也值得思考，反过来，这一现象也表明，真正的批评精神和反叛举动，有时会遭遇到多么巨大的阻力啊。

本文压缩版刊于《读书》1998 年第 8 期

---

① 刘文飞主编：《普希金全集》（第 10 卷），李政文、王志耕译，河北教育出版社 1999 年版，第 547—549 页。

文明的孩子

——布罗茨基的生平和创作

自"小于一"开始

1940 年 5 月 24 日，约瑟夫·布罗茨基出生在列宁格勒一个海军军官的家庭。布罗茨基的幼年在战争期间度过，可以想象它一定是非常艰难的。战争之后的第二年，布罗茨基走进学校。在学校里，7 岁的布罗茨基遇到这样一件事，他后来曾在一篇文章中将此事称为他的"第一个谎言"，同时也是他"个人意识的真正历史"的"开端"。[①] 这事发生在学校的图书馆里，布罗茨基在填写一份借书申请表，该表的第五栏是"民族"。布罗茨基的父亲是犹太人，母亲是拉脱维亚人，布罗茨基当时虽然清楚地知道自己的民族，可他却对图书管理员说他不清楚怎样填，图书管理员建议他回家去问一问。后来，布罗茨基就再也没有回到那间图书馆去。这个"谎言"表明，布罗茨基很早就觉察到了自己的"另类"身份，觉察到了来自周围环境的压迫感。这不仅为他后来一系列遭遇埋下伏笔，同时也使他最终养成了面对社会和生活的怀疑精神和叛逆

---

① 布罗茨基：《文明的孩子》，刘文飞译，中央编译出版社 1999 年版，第 4 页。

性格，最终选择了在孤独和沉思中诉诸诗歌、诉诸写作的生活方式。

15 岁时，布罗茨基终于作出一个大胆的决定：退学。布罗茨基后来写道，他的退学与其说是一个有意识的选择，不如说是一次勇敢的反抗，因为一个男孩同命运抗争的唯一方式也许就是脱离轨道。"因此，在一个冬天的早晨，并无明显的原因，我在一节课的半中间站起身来，走出学校的大门，完成了我闹剧般的退场，我当时清楚地知道，我再也不会回来了。在那一时刻支配着我的情感的，我记得，仅仅是由于自己老是长不大、老是受身边一切所控制而生出的厌恶感。另外，还有那种由于逃跑、由于洒满阳光的一眼望不到头的大街所勾起的朦胧却幸福的感觉。"① 从此，列宁格勒（彼得堡）就成了布罗茨基的"大学"，犹如喀山之于高尔基。在被布罗茨基称为"地球上最漂亮的城市"的彼得堡，布罗茨基在近乎疯狂地阅读各种文学名著之余，常独自漫步在涅瓦河边，徜徉在那座城市显在的建筑杰作和深厚的文化积淀之间。他后来深情地回忆道："我得说，从这些建筑立面和门廊——这些古典的、现代的、折中的、带有雕着神话动物和人物头像的圆柱的立面和门廊，从立面和门廊上支撑着阳台的装饰和女像，从立面和门廊入口处的壁龛中的石像躯体，我学到的关于世界历史的知识，比我后来从任何书本上得到的知识都要多。希腊，罗马，埃及——那儿什么都有，它们都在轰炸中遭到了炮弹的砍削。此外，从那条朦胧的、闪亮的、流向波罗的海的河，从那条偶尔有拖轮在其中的激流里逆水而行的河，我学到的关于无穷和斯多葛主义的知识，比我从数学家和季诺那儿学到的还要多。"② 彼得堡是布罗茨基生长的地方，他曾称彼得堡为"俄国诗歌的摇篮"，这座城市同样也是他诗歌创作的"摇篮"。

在布罗茨基退学前后，布罗茨基的父亲被迫离开部队，据说是由

---

① 布罗茨基：《文明的孩子》，刘文飞译，中央编译出版社 1999 年版，第 7—8 页。
② 布罗茨基：《文明的孩子》，刘文飞译，中央编译出版社 1999 年版，第 3 页。

于民族出身问题，全家仅靠母亲一人的工资维持生活。为了减轻家庭负担，同时也为了寻找一种更为自由的生活方式，布罗茨基先后从事过多种工作。十几岁时，他就进彼得堡的一家工厂做了铣工。正是在这家工厂里，布罗茨基了解到了"无产阶级"的生活，也体验到了机器和那像机器一样运转的体制给人的强大压力。很快，布罗茨基又一次主动地、有意识地改变自己的生活。在那家工厂旁边有一所医院，布罗茨基自幼就有做医生的愿望，因此那所医院便成了他的一个新的生活目标。然而，专业知识的缺乏使他无法拿起听诊器和手术刀，而只能到太平间去当一名守门人，顺带为死人整容。与医院相邻的是一座监狱。"我在工厂工作时，可以看到墙外的医院。当我在医院里切开、缝合尸体时，我又可以看到在十字监狱的庭院中放风时出来散步的犯人。有时，犯人们会设法把信扔到墙外，我就会去把信捡起来，并邮寄出去。由于这种毗邻的地理位置，由于躯壳的封闭性，所有这些地点、工作、犯人、工人、卫兵和医生等等，都相互混淆了，以至于我此时还弄不清，是我在回忆那在十字监狱的熨斗形院子中来回散步的人，还是我本人就在那儿散步。此外，那家工厂和那座监狱又大致建于同一时代，就外表而言它们很少区别；看上去，它们各自都像是对方的一个翅膀。"① 不过，布罗茨基当时大约还没有想到，后来他果然走进了监狱。

此后，布罗茨基浪迹于"人世间"，干过十几种工作，从司炉到实验室工人，从搬运工到勘察队员。他在勘察队工作的时候几乎走遍苏联各地，据他自己说，在中苏边界地区勘察时他曾被水流冲到中国一侧，"在中国呆了一会儿"。② 在浪迹天涯、遍尝人生的酸甜苦辣的同时，布罗茨基爱上了诗歌。尽管他的诗作很少有机会发表，只在地下以手抄本的形式流传，但对俄国和外国诗歌大师的深入阅读（据说他在两年时间

① 布罗茨基：《文明的孩子》，刘文飞译，中央编译出版社1999年版，第14—15页。
② 布罗茨基：《从彼得堡到斯德哥尔摩》，王希苏、常晖译，漓江出版社1990年版，第565页。

60

里"读完了"俄国所有大诗人的作品；为了从原文阅读他所喜爱的弗罗斯特、米沃什等人的作品，他又在极短的时间里学会了英语和波兰语），与一些诗歌爱好者的相处，尤其是与俄国诗歌大师阿赫马托娃的接近，使他意识到，诗歌是投向他的生活的一束灿烂阳光，诗歌成了他生命的全部意义所在。但是，诗歌同时也成了他后半生动荡生活的导火线。

1963年11月29日，《列宁格勒晚报》第281期上发表一篇署名文章，题为《文学寄生虫》，对当时并不出名的列宁格勒青年诗人布罗茨基进行点名批评。次年2月的一天，走在大街上的布罗茨基突然被塞进一辆汽车，带到警察局。2月18日受审后，布罗茨基被关进疯人院。3月13日，布罗茨基再次受审。审判中，女法官与布罗茨基有过这样的对话："你为什么不工作？""我工作，我在写诗。""我在问你，你为什么不劳动？""我劳动了，我在写诗。""是谁教你写诗的？""我想……是上帝。"[①]在审判前后，列宁格勒报刊上登载了大量对布罗茨基及其"行为"进行声讨的来信。对布罗茨基的第二次审判，实际上是一次公判大会。审判在一所大礼堂中进行，法庭上方悬挂着"不劳而获者布罗茨基审判大会"的横幅。法官不顾律师的有力辩护以及列宁格勒多位知识界知名人士的出庭作证，仍以"不劳而获罪"判处布罗茨基五年流放。此后，布罗茨基被流放到苏联北部边疆阿尔汉格尔斯克州科诺沙区诺林斯科耶村，那是一个只有十几户人家的小村庄。这就是当年轰动一时的"布罗茨基案件"。

这一事件发生时的20世纪60年代中期是东、西方激烈冷战的时期，西方媒体对"布罗茨基案件"进行大肆渲染，使得布罗茨基一时名扬天下。布罗茨基被判刑的主要原因是因为他常在地下刊物上发表诗作，并与外国人多有接触，在国外发表作品。尽管布罗茨基在法庭上表现得很自信，很坦然，尽管人们可以猜测，正是这次案件宣传了布罗茨

---

① *Вигдорова Ф.* Судилище//Огонек. 1988 № 49. С.26-31.

基和他的诗，并为他以后的获奖奠定了基础，但这一事件对于年仅20余岁的他来说无疑还是一个打击，一场灾难。布罗茨基被流放后，彼得堡的许多文化名流，如肖斯塔科维奇、马尔夏克、帕乌斯托夫斯基、楚科夫斯基等人，都曾出面为营救他而奔走，而其中最积极的营救者就是布罗茨基的诗歌导师阿赫马托娃，她甚至挺身而出为要求释放布罗茨基的呼吁书征集签名。在阿赫马托娃等人的努力下，布罗茨基只服了一年半刑就回到列宁格勒。但是，归来后的布罗茨基似乎仍难容于当局，5年之后的1972年，布罗茨基被告知，他已成为苏联社会不需要的人，一架飞机将他带到维也纳，他被迫开始了流亡西方的生活。一次，阿赫马托娃在与人谈到布罗茨基的经历时感叹地说："他们给我们这个红头发小伙子制造了怎样的一份传记啊！这经历他似乎是从什么人那儿租来的。"①

到了西方以后，布罗茨基的生活安定下来。在维也纳，他得到著名英语诗人奥登的热情帮助，奥登把他介绍给了西方的诗歌界和出版界。不久，布罗茨基接受美国密歇根大学要他去该校任教的邀请，移居美国。之后，他又在美国多所大学执教，并迅速融入美国的主流文化圈，尤其是在他于1987年获得诺贝尔文学奖之后，更成了一位世界级大诗人。1977年，布罗茨基加入美国籍，但他的流亡者身份和心态似乎并没有立即随之结束。比如，人们在谈到他时，仍常常称他为"俄语诗人"；比如，直到1987年，他还出席了在维也纳召开的一次流亡文学讨论会，并以《我们称之为"流亡"的状态，或曰浮起的橡实》为题作了长篇演讲。布罗茨基也像大多数俄国侨民作家那样，在改变了生活环境甚至国籍之后，却难以改变那由俄罗斯文化孕育出来的意识乃至文风。据说，布罗茨基在1993年被"平反"并被恢复苏联国籍时，有人就此事向他提问，他回答道：苏联已不存在，所以我已无国籍可恢复；

---

① *Найман А.* Рассказы о Анне Ахматовой. М.: Художественная литература. 1989. C.124.

我是一个犹太人，而犹太人是没有祖国的。

1996年1月29日，布罗茨基因心脏病发作在美国纽约病逝。后来，他的灵柩被安葬在意大利，那里是他夫人的故乡，更是眷念古代文明的他为自己选定的一处归宿。

在自传体散文《小于一》中，布罗茨基曾写道："一个人也许是小于'一'的。"① 他也许是在暗示，一个人永远也无法完整地展示出自我，或者，一个人永远也无法完整地体验自己的内心世界。换一个角度，我们却以为，一个人，当他具有了空前丰富的经历和体验，并将这样的体验幻化为审美的对象和诗歌的结晶，他也是有可能大于"一"的。布罗茨基自"小于一"开始，逐渐丰满为一个显赫的诗歌象征，在20世纪世界诗歌的历史中留下了一个高大的身影。

从彼得堡到斯德哥尔摩

布罗茨基生在彼得堡，并在那里开始诗歌创作，20余年之后，他的诗歌走向世界，也把他带到斯德哥尔摩，带上诺贝尔奖的领奖台。从彼得堡到斯德哥尔摩，再到斯德哥尔摩之后，布罗茨基走过了一条曲折却又顺利的创作道路。

布罗茨基的研究者们通常以布罗茨基的被流放（1964）、他流亡生活的开始（1972）和他获得诺贝尔文学奖（1987）这三个重大事件为基点，将他的创作划分为四个阶段。

据说布罗茨基从15岁开始写诗，那些最早的诗是什么样的，人们不得而知，因为布罗茨基没有将它们拿出来。如今在布罗茨基各种选本中排列最前的诗作大都写于20世纪60年代初，也就是在他与莱茵等结

---

① 布罗茨基：《文明的孩子》，刘文飞译，中央编译出版社1999年版，第14页。

为诗友并拜阿赫马托娃为师之后。布罗茨基这一时期的诗大都写得比较严谨、简洁，因为，他曾将莱茵的一句话奉为座右铭：写诗要尽量不用形容词。然而，他这一时期最成功的一首诗却洋洋洒洒地长达二百余行（不过其中仍然几乎没有形容词），这就是他那首著名的《献给约翰·邓恩的大哀歌》（1962）。以下是该诗的头、尾两个部分：

> 约翰·邓恩睡了，周围的一切睡了。
> 睡了，墙壁，地板，画像，床铺，
> 睡了，桌子，地毯，门闩，门钩，
> 整个衣柜，碗橱，窗帘，蜡烛。
> 一切都睡了。水罐，茶杯，脸盆，
> 面包，面包刀，瓷器，水晶器皿，餐具，
> 壁灯，床单，立柜，玻璃，时钟，
> 楼梯的台阶，门。夜无处不在。
> 无处不在的夜：在角落，在眼睛，在床铺，
> 在纸张间，在桌上，在欲吐的话语，
> 在话语的措辞，在木柴，在火钳，
> 在冰冷壁炉中的煤块，在每件东西里。
> 在上衣，在皮鞋，在棉袜，在暗影，
> 在镜子后面，在床上，在椅背，
> 又是在脸盆，在十字架，在被褥，
> 在门口的扫帚，在拖鞋。一切在熟睡。
> 熟睡着一切。窗户。窗户上的落雪。
> 邻家屋顶白色的斜面。屋脊
> 像台布。被窗框致命地切割，
> 整个街区都睡在梦里。睡了，
> 拱顶，墙壁，窗户，一切。

铺路的卵石和木块，栅栏，花坛。
没有光在闪亮，没有车轮在响动……
围墙，雕饰，铁链，石墩。
睡了，房门，门环，门把手，门钩，
门锁，门闩，门钥匙，锁栓。
四周寂静，不闻絮语、悄音和敲击声。
只有雪在絮语。一切在熟睡。黎明尚远。

……

像一只鸟，他睡在自己的巢里，
自己纯净的道路和美好生活的渴望
都永远地托付给了那颗星星，
那星星此刻正被乌云遮挡。
像一只鸟，他的灵魂纯净；
世俗的道路虽然也许有罪，
却比筑在一堆空巢之上的
乌鸦窝更合乎自然的逻辑。
像一只鸟，他将在白天醒来。
此刻他却在白床单下安睡，
用梦境用雪花缝制的空间，
隔离着灵魂和熟睡的肉体。
一切都睡了。但有三两句诗
在等待结尾，它们龇牙咧嘴，
说世俗之爱只是歌手的义务，
说精神之爱只是神父的情欲。
无论这水流冲击哪个磨轮，

它在这世上都碾磨同样的食粮。

如果说生命可以与人分享，

那么谁愿意与我们分享死亡？

织物上有洞。想要的人都在撕扯。

人来自四面八方。去了。再回头。

又撕扯了一把！只有天空

时而在昏暗中拿起裁缝的针。

睡吧，约翰·邓恩。睡吧，别折磨自己。

上衣破了，破了。挂起来很是忧伤。

你看，有颗星在云层里闪亮，

是她在久久把你的世界守望。

从体裁上看，这是一首不是长诗的长诗；从风格上看，这又是一部不是史诗的史诗。全诗既肃穆庄严，又哀婉绵密。这是一个生者对死者的访问，是一次历史与现实的交谈，灵魂与肉体的对话。作者从人写到动物，从静物写到生物，从实物写到概念，极力铺陈、渲染。诗中，作者直接使用的名词多达数百个，"夜""黑暗""暗影"等词频繁出现，"睡"和"睡着"两个动词及其变化形式更是被无所顾忌地分别使用了50余次和20余次。这种大手笔的重复不仅营造出了梦幻般的场景，更叠砌出一种崇高的氛围。此诗写成之后，布罗茨基多次在公众场合朗诵此诗，引起热烈反响，他的朋友奈曼就曾在回忆录中写到布罗茨基在列宁格勒铁路客运售票处的一次成功朗诵。后来，此诗在列宁格勒地下文学刊物上刊出，不久传到国外。由于它是以一位英国诗人为对象的，因而更容易为西方读者所接受，布罗茨基从此在国外获得一定声誉。在写作此诗后不久，西方的一家出版社就在他不知情的情况下出版了他的第一部诗集《长短诗集》（1965）。

从1964年的流放到1972年的流亡，这期间的近十年是布罗茨基最认真、刻苦的创作时期，现在看来，也是他收获最丰、成就最高的时期。他在被流放后不久写的《写给奥古斯塔的新诗篇》一诗中写道：鸟儿全都飞回了南方，我多么孤独，又多么勇敢，甚至没有目送它们远行，我不需要南方。从这首诗起，孤独作为主题就深深地扎根在布罗茨基的诗歌中，成为他整个创作的一个母题。流放归来之后，布罗茨基的创作热情高涨，诗艺日臻成熟。他的诗作所具有的深邃的历史感和立体的雕塑感、激烈的内在冲突和冷峻的抒情态度、和谐统一的独特韵味等，在《狄多和埃涅阿斯》（1969）一诗中得到了典型的体现：

> 这个伟大的男人远眺窗外，
> 而对于她，整个世界的终端，
> 就是他宽大的希腊外衣的边缘，
> 那外衣布满一道道皱褶，
> 就像凝固的大海。
> 　　　　　他却
> 远眺窗外，他此时的目光
> 离此地如此遥远，双唇
> 冷却成一只贝壳，其中
> 潜伏着呼啸，酒杯中的地平线
> 静止不动。
> 　　　　而她的爱
> 只是一尾鱼，它或许能够
> 跃进大海跟随那船，
> 用柔软的身体劈开波浪。
> 有可能超过他……
> 　　　　　　然而他，
> 他沉思着已踏上滩头。

大海于是成了眼泪的大海。

但是众所周知，正是

在绝望的时刻，吹起

一阵顺风。于是伟大的丈夫

离开了迦太基。

　　　　　她伫立，

面对她的士兵在城墙下

燃起的一堆篝火，

火焰和青烟之间颤抖着幻象，

她在这幻象中看见，

迦太基无声地倾塌，

比卡托的预言早了许久。

　　这首仅 20 余行的抒情诗却既有雕塑般的凝固感，又有十分紧张的情节发展，它如同一出微缩的古希腊悲剧，具有典型的古典遗风。两个主人公，即狄多和埃涅阿斯的对立，构成了全诗的内容。据说，特洛伊城的英雄埃涅阿斯在特洛伊沦陷后流亡至迦太基，迦太基的女王狄多收留了他，并深深地爱上了他，但埃涅阿斯却听从使命的召唤，毅然离开迦太基，而狄多则因绝望而自杀。在这首诗中，描写埃涅阿斯的诗句和描写狄多的诗句交替出现，像一个特写镜头分别摇向两个人物，在镜头的"切换"处，作者将诗行切断（即诗中的"他却""而她的爱""然而他""她伫立"等处），既突出了转换，也强调了对立，这是男人与女人的对立，也是事业与爱情的对立、理智与情感的对立。诗的最后一行是一个时间状语，它被分开排列，造成一种割裂感和距离感。卡托作为古罗马的执政官，极端仇视迦太基，可迦太基的灭亡却在卡托死后。但这里所说的"早了许久"，并不一定是指真实的历史时间。是狄多的"幻象”，或者说是她的爱情和绝望，最终导致迦太基的灭亡，因此是“早了许久”。这里的时间错位，突出了狄多爱情悲剧的毁灭意义。由此可见，人物的对立被置于对立的时间和空间中，在紧张的冲突氛围中，狄多和埃涅阿斯的爱情悲剧，不，也许是整个人类的感情和理智的矛盾，被淋漓尽致地表现了出来。同时，这里写的也是人与人之间的隔膜，是另一种孤独。

流亡之后，布罗茨基诗歌中的孤独感越来越深重，渐渐地与时间和死亡的主题结合在一起。一位美国学者在将布罗茨基的诗与普希金的诗做了一番比较之后写道：“总的说来，普希金是俄国诗歌中心灵和肉体的健康、精神的健全、激情的充沛之最充分的体现。而在布罗茨基的诗中，舒适、慵困、友谊、欢快的宴席、轻松幸福的爱情、人间财富和身体健康带来的快感等享乐主义的主题，是绝对没有的。”[1] 在《1972年》（1972）一诗中，他这样写道：“心脏像松鼠，在肋骨的枯枝间 / 跳跃。喉咙歌唱年龄。/ 这——已经是衰老。// 衰老！你好，我的衰老！/ 血液滞缓地流动。/ 双腿匀称的构造时而 / 折磨视力。脱下鞋子，/ 我提前用棉絮拯救 / 我感觉的第五区域。/ 每个扛锹走过的人，/ 如今都成为注意的对象。”衰老和死亡，都是时间对人的“赠予”。“时间”一词以大写字母开头不断出现在布罗茨基这一时期的诗歌中，被当作主宰一切的主人、敌人和刽子手。时间摧毁一切，如布罗茨基形容，“废墟是时间的节日”，“灰烬是时间的肉体”。在这里，布罗茨基把他的孤独主题、死亡主题与时间主题对接，并由此扩展开去，在人、物、时、空的复杂关系中继续他对生命的探究。《科德角摇篮曲》（1975）是诗人这类思考的集中体现，诗中认为“空间是物”，时间是“关于物的思想”，“时间大于空间”，它的形式是生命。空间，作为永恒的、不朽的时间的对应体，是物质的，但它和时间一样，都是人的依赖。人在本质上属于时

---

① *Крепс М.* О поэзии Иосифа Бродского. Ann Arbor：Ardis. 1984. C.214.

间，在形式上属于空间，人是"空间的肉体"。生命的人与静止的物相对立，但时间却能将两者调和。作为时间之一种手段的死亡，把人变成物，同时在人身上实现着时间与空间的分裂。人被时间杀害，却又通过时间脱离了空间。这样，布罗茨基诗中的生命便具有了某种形而上学的意味。

1987年，布罗茨基获得诺贝尔文学奖，成为该奖历史上最年轻的获奖者之一。从此，布罗茨基成了一个国际文化名人，他不停地应邀在世界各地演讲，授课，出席各种会议，接受媒体的采访，忙于各种应酬，诗歌的创作热情似乎有所下降；与此同时，他这一时期的散文创作，尤其是前后出版的两部散文集《小于一》和《悲伤与理智》，均获得广泛好评。他的散文作品大致包含着这样几个内容：一是自传性、回忆性的文字，如《小于一》《在一间半房间里》等；二是为一些作家的作品集所写的序言或评论，如《文明的孩子》《哀泣的缪斯》《诗人与散文》等；三是学术会议和课堂上的演说和讲稿，如《我们称之为"流亡"的状态，或曰浮起的橡实》《析奥登的〈1939年9月1日〉》《悲伤与理智》等。在这些文章中，布罗茨基用诗一样优美、精致的文字，用学者般严谨、扎实的精神，宣传了他的诗歌思想和人生态度。此外，在这一时期，布罗茨基除了散文和抒情诗外还写作了一些长诗和剧作，如《20世纪的历史》《民主！》《大理石像》等。从主题上看，除了传统的题材外，所谓的"帝国"主题在布罗茨基的创作中所占比例越来越大，他对历史和现实中的专制帝国及其合理性提出种种怀疑，并试图在文学中建立起他理想的诗歌"帝国"。

在近40年的写作生涯中，布罗茨基总共写下近千首抒情诗、百余万字的各类散文和许多其他体裁的作品，先后出版几十种各类作品集，其中较常为人称道的有：《长短诗集》（1965），《荒野中的停留》（1970），《美好时代的终结》（1977），《语言的部分》（1977），《罗马哀歌》（1982），《写给奥古斯塔的新诗篇》（1983），《小于一》（1986），《悲伤与理智》

（1995）。从彼得堡到斯德哥尔摩，再从斯德哥尔摩到世界，布罗茨基一路上始终没有停止歌唱；从与死者的对话到对文明的眷恋，从孤独的体验到"死亡的练习"，从时间与空间在诗中的融合到帝国与文化的对立，布罗茨基在不停地吟着他"悲伤与理智"的诗。

布罗茨基的矛盾

布罗茨基在接受诺贝尔奖的时候曾自称，他在演说中发表的一系列意见"也许是不严密的，自相矛盾的"。瑞典皇家学院常务秘书艾伦在向布罗茨基颁奖时也说，布罗茨基醉心于发现关联，并用精辟的语言解释它们，而"这些关联常常是自相矛盾的"。在对布罗茨基的诗歌思想和美学观点进行整体性的考察时，我们的确看到了一系列的"矛盾"。

布罗茨基与政治也许是一个敏感的话题，因为，作为一位流亡诗人，布罗茨基自然会不时关注诗歌与政治的关系，这一关注甚至成了他诗歌观念中最主要的内容，因为布罗茨基遭禁、被囚、被逐、流亡直至获奖的经历，使得众多的批评家和读者很容易将他和他的创作贴上某种意识形态标签。其实，布罗茨基非常反感对他的这种有意或无意的"利用"。布罗茨基到西方后，并没有像大多数流亡作家那样立即对那里的一切大唱赞歌，相反，他像索尔仁尼琴等一样，将西方社会中普遍存在的对文化的冷漠与专制社会中对个性的压抑相提并论，同视为人类文化的大敌，并给予同样的抨击。布罗茨基所谓政治，在大多数场合并非特指一种社会制度或某一个政府组织，而更多的是指一种凌驾于个性之上的东西，或是柏拉图所言的"专制"。

布罗茨基试图通过对诗歌与政治之关系的探讨来肯定诗歌的地位和使命。首先，他强调诗歌与政治的不同以及诗歌相对于政治的独立，他曾调侃道，诗歌（poetry）与政治（politics）的相同之处仅在于 p 和

o 这两个字母，再无他者。① 其次，他意识到了诗歌与政治的难以相容。在《第二自我》一文中他写道：每一种社会形态，无论是民主制度、专制制度，还是神权制度、意识形态制度或官僚制度，都怀有一种欲缩小诗歌权威的本能愿望，因为诗歌除了能与国家构成竞争以外，还会对自己的个性、对国家的成就和道德安全、对国家的意义提出疑问，因此，在人类的童年过后，诗歌和诗人便常常是失宠的。最后，他竭力主张诗歌与政治的平等，并宣称了诗歌较之于政治的优越：诗歌应该干涉政治，直到政治停止干涉诗歌；政治提倡集体和服从，诗歌则注重个性和自由，政治讲究稳定和重复，诗歌则倡导革新和创造，拒绝复制、拒绝重复的诗歌永远是新鲜的明天，而政治则是陈旧的昨日。无论对于单个的人还是对于整个社会，诗歌都是唯一的道德保险装置，唯一的自我捍卫方式。正是在这个意义上，布罗茨基引出了陀思妥耶夫斯基和阿诺德的两句名言："美拯救世界"，"用诗歌代替信仰"。

就诗歌与政治的关系展开讨论，这本身就已经表明诗歌与政治有着某种瓜葛，诗歌因而也许是难以绝对独立的；为诗歌谋求崇高地位和使命的布罗茨基，却似乎恰恰是在使诗歌"政治化"。在他的意识和观念中，诗歌不是纯技巧的游戏，更不是什么可有可无的东西，而是关系到人生、关系到文明的一种存在方式。

布罗茨基是一位诗人，同时也是一位杰出的散文家，在对待诗歌和散文的态度上，他也表现出某种矛盾性。像其他诗人一样，布罗茨基在诗歌与散文的等级划分上是抬举前者的，他断言：诗歌是语言存在的最高形式。在《诗人与散文》一文中，他精心地论述了诗歌较之于散文的优越：诗歌有着更为悠久的历史；诗人因其较少功利的创作态度而可能更接近于文学的本质；诗人能写散文，而散文作家却很少能写诗，诗

---

① Edit. by L. Loseff and V. Polukhina, *Brodsky's Poetics & Aesthetics*, Basingstoke：Macmillan，1992，p.34.

人较少向散文作家学习，而散文作家却必须向诗人学习。在其他场合，布罗茨基还说过，诗歌是对语言的"俗套"和人类生活的"同义反复"的否定，因而比散文更有助于文化的积累和延续，更有助于个性的塑造和发展。

同样，像其他诗人一样，布罗茨基也不能不写散文。然而，与大多数诗人不一样的是，布罗茨基的散文却写得非常出色。移居美国之后，尤其是从20世纪70年代末、80年代初起，布罗茨基的各种散文作品不断出现在报刊上。也许，到了一个新的文化环境，他想更直接地表达自己的声音，也想让更多的人听到自己的声音；再者，以不是母语的另一种文字进行文学创作，写散文也许比写诗更容易一些。布罗茨基的散文有些是他先用俄语写成，然后与朋友一起翻译成英文的，有些则是他直接用英文写作的。令人惊奇的是，布罗茨基这些以英文出现的散文却在西方获得巨大成功，甚至被视为"英文范本"，《小于一》曾获全美图书评论奖，《悲伤与理智》甚至名列畅销书排行榜。

布罗茨基推崇诗歌，但在他的创作中，散文却似乎赢得了与诗歌平起平坐的地位。布罗茨基是以诗歌获得诺贝尔奖的，是以诗人的身份享誉全球的，可人们却似乎在怀着更大的热情阅读他的散文。是诗人获得了一次无心插柳式的成功，还是命运和布罗茨基开了一个不大不小的玩笑？我们更愿意将布罗茨基关于茨维塔耶娃由诗歌向散文的"转向"所说的那句话反过来再用在他本人的身上：散文不过是他的诗歌以另一种方式的继续。

布罗茨基是一个关注诗歌历史、关注诗歌同行之创作的诗人，对阿赫马托娃、茨维塔耶娃、曼德施塔姆、弗罗斯特、奥登等人，他都写过专门的评析文章，如《哀泣的缪斯》《诗人与散文》《文明的孩子》《悲伤与理智》《析奥登的〈1939年9月1日〉》等。在这些文章中，我们又感觉到了布罗茨基的一个矛盾：一方面，布罗茨基非常注重诗人对语言的处理，称每一位诗人都是语言的历史学家，他赞同华兹华斯关于

"诗为最佳词语的最佳排列"的定义，认为诗人的使命就是用语言诉诸记忆，进而战胜时间和死亡，为人类文明的积淀作出贡献；另一方面，他却又继承了诗歌创作的灵感说，夸大诗人在写作过程中的被动性，他在不同的地方一次次地提醒我们：诗人是语言的工具。他写道："只有诗人才永远清楚，平常语言中被称之为缪斯的东西，实质上就是语言的操纵，他清楚，语言不是他的工具，而他反倒是语言延续其存在的手段。"（《诺贝尔奖受奖演说》）"作家在很大程度上是语言的工具。"（《析奥登的〈1939 年 9 月 1 日〉》）在布罗茨基看来，诗人写诗，是因为语言对他作出了某种暗示，真正的诗人，就是始终处在对语言的依赖状态中的人。布罗茨基将诗歌置于至上的高峰，却将其创造者诗人赶下了山冈，让他们无可奈何地蜷缩在语言之树的阴影之下。这大约正源自他对语言的忠诚和迷信。

纵观布罗茨基的作品，可发现它们也是纷繁的，多元的。有人认为他最突出的创作特征就是语言上的"巴洛克风格"①。在 1975—1976 年间，布罗茨基以《语言的部分》为题写了一组诗，后来他又将这一题目用作他一部诗集的书名。在布罗茨基喜欢的这个词组里，我们能感觉出两重意思：一方面，他在规定其诗的性质，将它视为语言的一个有机的组成部分；另一方面，他也在暗示其诗的功能，希望它具有语言一样的包容性。布罗茨基的语言的确具有很大的包容性，它是保守的，又是民主的；是热忱的，又是冷漠的；是古典的，又是现代的。他的语言句式严谨，甚至显得有些雕琢，而与此同时，他的语言又是开放的，什么样的词汇都敢采用，从最古老的圣经语言到最现代化的科学词汇，从传统的诗语雅词到当代的大众口语，从学究才用的冷僻字眼到街头的脏话。他甚至毫无忌讳地在创作中引入"他人的声音"，"用他人的乐器演

---

① Edit. by Matich O. with Heim M. *The Third Wave*：*Russian literature in Emigration*，Ann Arbor：Ardis，1984，p. 193.

奏"自己的曲子，体现出一种颇具后现代色彩的语言民主化特征。在传统和现代的交接处，布罗茨基找到了自己的立足点，他是传统派中的先锋派，又是现代派中的传统派。此外，无论是在诗歌还是散文中，布罗茨基始终具有一种怀疑精神和冷漠态度，读者随时随地都可以感受到他的嘲讽、调侃甚至刻薄，可是在这一切的背后，却又时时能体味到某种温情。关于这一点，布罗茨基生前的一位好友、美国耶鲁大学的温茨洛瓦教授有过这样一段精彩的话："他还具有俄语诗歌那种独特的伦理态度——缺少感伤之情，对周围的一切持有清醒的认识，对那些轰动性的题材持有外露的冷漠，但与此同时，却又充满对人的同情，带有对虚伪、谎言和残忍的憎恶。"[1]

诗歌与政治，诗歌与散文，诗歌与语言，传统与先锋，保守与民主，冷漠与热忱，悲伤与理智……这些相互对立的因素纷乱地共存在布罗茨基的创作之中。然而，布罗茨基的这些矛盾绝不是浅薄而是深刻，绝不是问题而是答案。它们是深刻思考的结果，更是进一步深化思考的途径。也许，布罗茨基清楚地意识到了这些矛盾却允许它们继续存在；也许，布罗茨基的这些矛盾就是古老诗歌与现代社会之矛盾的显现，就是诗人之当代处境的象征。

布罗茨基与诗歌传统

每一位诗人都自觉或不自觉地置身在诗的传统之中。布罗茨基说："每一位作者都在发展——甚至是在用否定的方式发展——其前驱的公设、语汇和美学。"[2] 一个诗人是无法完全离开传统的，即便是反传统，

---

① 刘文飞：《诗歌漂流瓶：布罗茨基与俄语诗歌传统》序言，浙江文艺出版社1997年版，第3页。

② Brodsky J. *Less Than One*，NY：Farrar Straus Giroux，1986，p. 194.

也同样是传统的延续，因为那正是在证明传统的存在和传统的强大，就是在"用否定的方式"发展传统。同时，任何一个有成就的诗人都或多或少地要对诗歌传统作出自己的贡献。对于一个诗人及其创作的批评，往往都是在对他与诗歌传统之关系的考察中进行的。

布罗茨基对诗歌传统是充满敬重的，对俄语诗歌传统，尤其是俄国白银时代诗歌传统的继承和发展，是他成功的主要原因之一。站在诺贝尔奖颁奖典礼的讲坛上，布罗茨基曾感到不安和窘迫，因为他在那一时刻回忆起了几位他认为比他更有资格站在那里的诗人：曼德施塔姆、茨维塔耶娃、弗罗斯特、阿赫马托娃和奥登。他所列出的这几个人，恰恰是对他影响最大的诗人，尤其是其中的三位俄国诗人。

曼德施塔姆在其文集《词与文化》[①]中曾写道：维系一个民族之团结、一种文化之延续的东西，归根结底就是"词"，就是"语言的魔力，词的权力"；而面对文化，词"就是肉体和面包"，文化是对词的消费过程，也是词本身的积累过程。而在这两者中间起着串联作用的就是诗歌，因此，诗歌是记忆的载体，是战胜时间和死亡的唯一工具。在20世纪后半期的诗人中，布罗茨基较早对曼德施塔姆予以关注，并大胆地断言后者是"本世纪最伟大的俄国诗人"[②]，这是因为，他比别人更深刻地理解了曼德施塔姆，他无疑拿到勃留索夫所言的"开启诗歌秘密的钥匙"，打开了曼德施塔姆那片尘封的诗歌世界。1977年，纽约的一家出版社出了一本英文版曼德施塔姆诗集，布罗茨基为这部诗集写了序言，这就是后来被收到文集《小于一》中去的《文明的孩子》一文。布罗茨基自己也同样可以被称为"文明的孩子"，他之所以成了曼德施塔姆的"后代里的读者"，并不仅仅因为他与曼德施塔姆拥有共同的种族、故乡和语言，更因为他们有着共同的诗学和眷恋世界文化的共同情感。

---

① *Мандельштам О.* Слово и культура. М.：Советский писатель. 1987.

② Brodsky J. *Less Than One*，NY：Farrar Straus Giroux，p. 145.

诗歌在布罗茨基的心目中是神圣而又崇高的,他认为,人的生命受时间的局限是注定要终结的,但人的创造力却可能是不朽的。在人的所有创造中,语言最具永恒意义,它是过去和未来的连接;而诗是语言的艺术,是语言最有序、最合理的组合,即最高的语言;诗的有韵、有序的构成最易于记忆,诗与人的记忆相遇,于是便实现着人类文化的延续和积淀。语言→诗歌→记忆→时间→文化→文明,这就是布罗茨基的诗学公式,诗人以诗对文明作出自己的贡献,同时赢得自己的不朽。布罗茨基说过:"当撰写者早就化作一把尘土之后很久,那些书籍还常常布满灰尘地呆在书架上。……正是对这种死后未来世界的追求,才驱使一个人拿起笔来写些什么。"① 布罗茨基开启了曼德施塔姆遗赠的诗歌漂流瓶,将诗与文化、与人类文明相联系,确立诗歌的文化历史意义,肯定诗人在文明进程中的作用和使命。他对诗歌的忠诚和崇拜是令人感动的,同时,他的这一态度也是我们理解他的诗歌观念和诗歌创作的一把钥匙。

晚年的阿赫马托娃身边聚集着众多的崇拜者和求教者,她在彼得堡郊外科马罗沃那间被她称为"棚子"的小别墅,成了青年诗人们心目中的圣地。在这些诗歌爱好者中,她最器重的有五位,即奈曼、博贝舍夫、莱茵、戈尔巴涅夫斯卡娅和布罗茨基,阿赫马托娃亲切地称他们为"孩子们"。"孩子们"经常围坐在她的周围,聆听她关于诗歌的教诲;而阿赫马托娃也希望通过他们来传递自己的诗歌思想和诗歌艺术。在这几个孩子中,阿赫马托娃似乎又最看重布罗茨基。1965 年,阿赫马托娃在伦敦与友人交谈时,就曾认为布罗茨基是俄国青年诗人中出色的一位,是一位"虽不受赏识,却极有分量的诗人"。据布罗茨基的好友莱茵回忆,布罗茨基与阿赫马托娃是在 1961 年 8 月 7 日第一次见面的,

---

① 《约瑟夫·布罗茨基谈怎样读书》,扬绍伟译,见《外国文学动态》1988 年第 11 期,第 19 页。

此后，布罗茨基不断地去拜访阿赫马托娃。后来，布罗茨基以《幸福之冬的歌》为题写了一首诗，将他与阿赫马托娃密切往来的 1962—1963年之交的时光称为他诗歌生涯中的"幸福之冬"。对阿赫马托娃，布罗茨基一直怀有深深的敬意。阿赫马托娃最终未能看到她的学生走上国际诗坛，但她的教诲却给了布罗茨基以巨大的影响。布罗茨基始终视阿赫马托娃为他的"诗歌导师"，那么，他从阿赫马托娃那里继承的主要是什么呢？

在一篇关于阿赫马托娃的文章里，布罗茨基曾将她称为"哀泣的缪斯"，认为强烈的悲剧感和"崇高与节制"的主观态度是阿赫马托娃诗歌创作的主要特征。布罗茨基作为一个男性诗人，不好被称之为"缪斯"；他的诗大多显得冷静、睿智，似乎也算不上"哀泣"。将他俩的诗做一个对比，可以发现它们无论是在词汇和句式还是在语气和意境上，都有很大不同，因此有人认为，布罗茨基作为阿赫马托娃的学生在诗的风格上几乎没有受到阿赫马托娃多少影响。[①] 但是，若将阿赫马托娃的诗歌和布罗茨基的诗歌做一个整体的对照，我们恰恰可以感觉到一种总体风格上的吻合，那就是诗的字里行间所浸透的浓重的悲剧意味。布罗茨基基本的诗歌主题，就是时间和死亡。布罗茨基的诗是苦难的结晶，面对孤独和死亡的恐惧，布罗茨基在诗中找到了避难所，并通过对恐惧的体味、把握和超越达到了美学上的崇高。但是，他抵达崇高的途径、他的情感节制方式却与阿赫马托娃有所不同。阿赫马托娃的节制，在诗体上的表现是简洁和严谨，在主观形态上的表现是忏悔和宽宏；而布罗茨基的表现则分别是绵密和雕琢，怀疑和冷静。

如今，人们已经清楚地意识到，布罗茨基的成功在很大程度上就仰仗他对 19、20 世纪之交白银时代俄国文学传统、尤其是阿克梅派诗

---

① Polukhina V. *Brodsky through the Eyes of his Contemporaries*，Basingstoke：Macmillan，1992，p. 59.

歌传统的继承和发扬。因此，布罗茨基又被称为"最后一个阿克梅派诗人"①。从布罗茨基对曼德施塔姆、阿赫马托娃之间明显的继承关系来看，布罗茨基确实可以被视为阿克梅派"迟到的"一员；他对文化、对诗歌怀有的近乎偶像崇拜式的虔诚感情，表明他确实是俄国诗歌中"彼得堡传统"的传人。他受白银时代俄国诗歌传统的影响而形成的诗歌态度和诗歌风格既不同于他同时代的俄苏诗歌，也不同于西方诗歌。在20世纪国际诗坛上，布罗茨基就像一个虽显得与现时不大合拍，却因拥有蓝色诗歌血统而保持着高傲的"最后的俄国贵族"。

如果说，布罗茨基从曼德施塔姆那里继承了面对诗歌的神圣感，从阿赫马托娃那里继承了面对诗歌的高贵感，那么，他从茨维塔耶娃那里学到的也许就是自由奔放的诗人个性。

在世纪之初的俄国诗人中，茨维塔耶娃也许是个性最为突出的一位。她感情奔放，敢作敢为，从不委屈自己，无论何时何地她都显得有些"不合时宜"。在这一点上，布罗茨基与她有相似之处。作为一个诗人，布罗茨基一直是不大"合群"的，他有诗友，有阿赫马托娃这样的诗歌导师，但他仍是孤独的，这种孤独像是一种与生俱来的天性。同时，一连串不幸遭遇所形成的外力压迫，与茨维塔耶娃一样的流亡经历，使这一性格又有了更夸张的体现。布罗茨基之所以在世纪中叶回首求教于世纪之初的诗歌遗产，就因为他在现实的文学中感觉到自己是个局外人；他之所以成为地下文学运动的代表，就因为他难以用正常的方式吐露他与众不同的声音。他的磨难和他的诗歌，都是他的这一个性的合理结果。

在布罗茨基和茨维塔耶娃的自由、孤傲的个性中积淀着这样两个基本的性格因素：真诚和焦虑。好的诗人多是真诚的人，在生活中的表

---

① Polukhina V. *Brodsky through the Eyes of his Contemporaries*，Basingstoke：Macmillan，1992，p. 9.

现往往像个大孩子。布罗茨基和茨维塔耶娃的为人和作诗都体现着真诚。他们仿佛不想隐瞒什么，不想改换什么，只求把原本的个性真实地展示出来。同时，身处不同时代的他们两人又都具有相似的焦虑。或是由于内心激情的涌动和生存状态的刺激，或是关于个人的和文化的命运的担忧，他们的诗始终贯穿着一种不安的情绪主线。对这种焦虑感的真诚表露，构成了他们诗歌个性的主要风格特征之一。

个性是诗的基础，诗歌创作是一种以个性为前提的劳动。一位诗人或一首诗存在的理由，就是他和它与同类相比而具有的独特性。诗因此而拒绝重复，拒绝抄袭别人的体验。同时，诗也是个性的美学显现，在人类的一切劳动成果中，只有诗（艺术）能最充分地体现其制作者的个性。最后，诗又是培养个性的最佳手段。布罗茨基曾说："如果艺术能教授些什么（首先是教给艺术家），那便是人之存在的个性。作为一种最古老的——也最简单的——个人投机方式，它会自主或不自主地在人的身上激起态度独特性、单一性、独处性等感觉，使他由一个社会化的动物转变为一个个体。"① 在诗与个性之间，存在着复杂的相互作用关系。一方面，发达的个性产生诗，在诗歌中找到了归宿；另一方面，诗又强化、发展着个性，使个性升华为具有美学意义和文化价值的存在。在茨维塔耶娃和布罗茨基这里，我们看到了这两者相互作用的过程和结果。

布罗茨基是幸运的，因为他捡到了不止一个诗的漂流瓶。对曼德施塔姆、阿赫马托娃和茨维塔耶娃这三位俄国白银时代诗歌大师诗歌遗产的综合性继承，使他成了 20 世纪最杰出的诗人之一。

需要指出的是，布罗茨基不仅是俄语诗歌的传人，他还在英语诗歌中找到了他感觉亲近的传统。17 世纪英国玄学派诗歌的意象，弗罗斯特的诗体和奥登的批判精神，都对布罗茨基产生过非同一般的影响。

---

① 布罗茨基：《文明的孩子》，刘文飞译，中央编译出版社 1999 年版，第 33 页。

诺贝尔文学奖的授奖人在给布罗茨基授奖时曾说：俄语和英语是布罗茨基观察世界的两种方法，掌握了这两种语言，他犹如坐上一座高峰，可以静观两侧的山坡，俯视人类和人类诗歌的发展。同时继承着两种平行的文学传统，并在创作中成功地将两者融为一体，这是布罗茨基对20世纪世界诗歌作出的最大贡献。基于对不同时代、不同语种和不同大师的诗歌遗产的融会贯通，布罗茨基成了20世纪最杰出的诗人之一；而他充满革新精神的创作，又成了20世纪诗歌遗产中一个重要的组成部分。如今，在他去世之后，我们感到，俄语诗歌的世界影响似乎在逐渐下降，俄国侨民文学也仿佛走到了尽头，只有在这个时候，我们才更清楚地意识到了布罗茨基在20世纪俄语文学历史中的价值和意义。

原载《当代外国文学》2001年第3期

20 世纪俄罗斯文学的有机构成

在人类社会的发展进程中，20 世纪的俄罗斯历史可谓波澜壮阔，惊心动魄：三次世界性的战争——第一和第二次世界大战以及东西方间的冷战，俄国都是主战场；三次全国性的革命——二月革命和十月革命以及戈尔巴乔夫 – 叶利钦的“改革”，均极大地改变了俄罗斯民族乃至整个世界的命运和面貌。背衬着这样的历史背景，20 世纪的俄罗斯文学同样是起伏跌宕、精彩纷呈的。然而，在一个很长的时间里，在一个很大的范围内，我们却常常会听到一些议论，称 20 世纪的俄罗斯文学是单调的、乏味的。这样一个“误读”的出现，首先是因为，我们很久以来一直缺乏一种关于 20 世纪俄罗斯文学历史的全面、客观的描述。在意识形态的长期对峙中，东西方的俄国文学史家各执一词，俄国境内外的文学也各自为政，因而出现了诸多关于 20 世纪俄罗斯文学有所不同、甚至相互对立的看法。而如今，无论是在主观方面（文学史家的心态、文学观念和文学史方法论等），还是在客观方面（时代氛围、文学史料的新发现和国际学术交流的加强等），对 20 世纪的俄罗斯文学进行全面把握的时机已经成熟。而在这一方面，首先梳理、归纳出 20 世纪俄罗斯文学的有机构成，或许是一个不容回避的课题。

"俄罗斯文学"和"苏联文学"

　　早在 20 世纪的前 20 年就已经有人开始使用"20 世纪俄罗斯文学"的概念①，但他们的概念更多是一个时间概念，是为区别于 19 世纪的文学而使用的，就像我们今天的"21 世纪文学"的说法，所指并非作为整体的"21 世纪文学"，而意在强调一个新的文学时期的开始。直到 20 世纪 80 年代，"20 世纪俄罗斯文学"的概念才作为一个断代文学史概念被广泛运用，在俄罗斯和中国，都迅速写作、出版了一些以此为题的文学史著。②

　　这一概念的提出，无疑与接近世纪之末的时间背景有关，与世纪末强烈的整合愿望有关，但是我们也注意到，这一概念的被提升，实际上是与另一概念即"苏联文学"的被贬黜联系在一起的，人们有意无意之间，其实是在用"20 世纪俄罗斯文学"的概念来排挤或取代传统的"苏联文学"概念。其实，这两个概念并不能相互替代，无论就其内涵还是外延而言它们都是不尽相同的。

　　"苏联文学"的概念最早出现在 1923 年，在 1934 年召开的第一届全苏作家代表大会上，高尔基在题为《苏联的文学》的报告中对这一概念作了这样两个界定：首先，苏联文学应该是一种本质上不同于

---

① 如：*Венгров С.*Русская литература XX века. 1914-1916；*Иванов-Разумник Р.* Русская литература XX века. 1920.

② 如：*Агеносов В.* Русская литература XX века. М.：2000.（中译本：阿格诺索夫《20 世纪俄罗斯文学》，凌建侯等译，中国人民大学出版社 2001 年版。）李辉凡、张捷《20 世纪俄罗斯文学史》，青岛出版社 2000 年版；李毓榛主编《20 世纪俄罗斯文学史》，北京大学出版社 2000 年版；李明滨主编《俄罗斯二十世纪非主潮文学》，北岳文艺出版社 1998 年版；张杰、汪介之《20 世纪俄罗斯文学批评史》，译林出版社 2000 年版；刘文飞《二十世纪俄语诗史》，社会科学文献出版社 1996 年版。

西方文学和俄国旧文学的新文学；其次，它"不仅是俄罗斯语言的文学，它乃是全苏联的文学"。就高尔基的后一层含义来说，"советская литература"的汉译"苏联文学"是准确的，它其实等同于俄语中的另一种表述，即"литература СССР"；可是若就高尔基的第一层含义来说，"советская литература"就应该译为"苏维埃文学"。前一种译法更注重国家和地理方面的意义，后一种译法似乎更具有政治和意识形态色彩。欧美斯拉夫学者在使用"Soviet literature"的概念时，意欲突出的则往往只是这里的后一层含义。"советская литература"这一概念在汉语中同时并存的两种译法不仅是对高尔基上述定义中两层含义的准确传达，同时也折射出了这一概念自身所具有的多义性和复杂性。

与"苏联文学"关联最多的另一个概念就是"русская литература"，这个俄语词组在中文里同样存在着多种译法："俄国文学""俄罗斯文学"或"俄语文学"。在苏联解体之前，苏联和中国的学者大多用"俄罗斯文学"或"俄国文学"来指称十月革命之前的俄罗斯古典文学，若要面对苏联时期俄罗斯民族的文学或俄联邦境内的文学，则常常要添加一个限定，即"苏维埃俄罗斯文学"（советская русская литература）。在20世纪俄国文学的历史中，苏维埃俄罗斯文学无疑是一个居中的大板块。

"俄罗斯文学"和"苏联文学"这两个概念相互纠缠在一起，你中有我，我中有你。一方面，从20世纪俄国文学历史的纵切面上来看，"俄罗斯文学"是大于"苏联文学"的，前者不仅纵贯后者，而且头尾均超出了后者，即20世纪之初十几年间的"白银时代文学"和苏联解体之后近十年间的文学，换句话说，"苏联文学"只是俄国文学发展历史中一个特定的阶段。另一方面，从20世纪俄罗斯文学的横剖面上来看，"苏联文学"又是大于"俄罗斯文学"的，在苏联时期，苏联文学是一个由数十个语种合成的多民族文学，而俄罗斯文学只是其中的一个组成部分。历史、社会和政治的诸多原因，造成了"俄罗斯文学"与"苏联文学"两者间关系的复杂性，而这一复杂性反过来又使这两个概念有了一定的伸缩性。面对这两种文学存在，我们时常会生出某种欲理还乱的感觉。然而，这两个概念相互纠缠，相互补充，反倒说明了 20 世纪俄罗斯文学之构成的丰富和多元。

我国俄国文学翻译和研究的先行者如鲁迅、瞿秋白等，曾率先使用"苏俄文学"的合称；在苏联解体前相当长的一段时间里，我们也一直非常习惯于"俄苏文学"的说法，而很少能体味到其中的不相吻合。如今，这些概念都很少有人再频繁地使用，尤其在谈论 20 世纪俄罗斯文学的时候。用"20 世纪俄罗斯文学"的概念来包容或是置换"苏联文学"的概念自然有其合理性，这一不约而同的举动至少包含这样几个内在动机：首先，欲将 20 世纪的俄罗斯文学作为一个整体来对待，并对其发展的过程及其内在规律性进行探讨。其次，在冷战结束、苏联解体之后，人们更乐意以一种平和的心态去看待文学，在竭力淡化文学研究的政治色彩的同时，倾向于以折中主义的立场去面对文学的历史，《20 世纪俄罗斯文学》一书的主编就在序言中写道："不能将 20 世纪的整个文学全归于革命的传统，从而否定其他方面的作品也具有生存的权利"，"20 世纪的文学既包括苏联文学，也包括国外的俄罗斯文学，还包括不久前还处于地下、只为少数专家们知晓的那种文学（地下文学）"。① 最后，为世界范围内的俄国文学研究者搭建一个话语平台，使两个常常相互对立的研究阵营同时失去旧的框架，并在一个新的文学语境中赢得越来越多的交流或共识。

当我们的关注对象渐渐地由"苏联文学"扩大（抑或是缩小？）为"20 世纪俄罗斯文学"的时候，我们不可避免地要舍弃苏联文学中的某些东西，但我们仍要时刻注意到苏联文学在 20 世纪俄罗斯文学中特殊的地位和影响。剔除了苏联文学的 20 世纪俄罗斯文学，只留得下一个

---

① 阿格诺索夫：《20 世纪俄罗斯文学》，凌建侯、黄玫、柳若梅、苗澍译，中国人民大学出版社 2001 年版，第 2—3 页。

"虎头"和一截"蛇尾"。苏联时期的"俄罗斯文学"应该包含这样几个内容：其一为俄罗斯联邦境内的文学，即"российская литература"；其二为以俄语为创作母语的俄联邦少数民族作家，尤其是犹太裔作家的创作，即"русскоязычная литература"，如西尼亚夫斯基、布罗茨基等人的作品；其三为用俄语首发的或翻译为俄语的苏联其他少数民族作家的创作，如贝科夫、艾特马托夫等人的作品，这类创作也许可以用俄语表述为"литература на русском языке"。这也就是说，"苏联文学"的基本构成几乎都可以被纳入"20世纪俄罗斯文学"的框架。至于苏联文学所体现出的道德感、社会责任感和英雄主义激情等，则更是20世纪俄罗斯文学区别于同时期世界其他文学的重要识别符号。

"本土文学"和"境外文学"

每一个民族都会有移居他国的侨民，这些侨民中也必定会有人从事文学创作，因此，古往今来，"侨民文学"在世界文学中都不是一个罕见的现象。但是，无论就其传统之悠久、作家人数之众多而言，还是就其创作成就和世界影响来看，俄罗斯的侨民文学在世界文学中都是数一数二的，而20世纪的俄罗斯侨民文学更是出现了一个前所未有的高潮。

俄国地处欧亚之间，在文化上一直面临着一个向东还是向西的两难选择；从彼得开始的一系列改革都或多或少地带有强加的色彩，它们加深了社会上下层之间的差异。这两大矛盾曾被目为俄罗斯民族背负着的沉重十字架，也许，正是这些矛盾导致了俄罗斯民族的集体意识在某种程度上的分裂，而源远流长的"分裂派"和"流亡者"传统在一定程度上就是这种民族性格上的"双重人格"在文化和文学中的体现。

在20世纪三个特定的历史阶段里，有为数众多的俄国作家由于种种原因流亡国外。1976 年，一份名为《第三浪潮》的俄国流亡者的文学艺术丛刊在巴黎开始出版；1982 年，美国加州大学曾邀请一批俄国侨民作家和世界各国的斯拉夫学者聚会洛杉矶，以"第三浪潮：俄罗斯侨民文学"为题举行为期三天的研讨，会后出版了同名论文集。① 从此，关于 20 世纪俄罗斯侨民文学"三个浪潮"的说法就在世界斯拉夫学界传播开来。"第一浪潮"出现在十月革命之后，当时总共约有一千万人逃离革命后的俄国，在他们中间就有大量或主动或被迫地离开祖国的俄罗斯知识分子，他们的人数竟如此之多，据说在一艘驶离彼得格勒的客轮上全都是哲学家和文化人，人称"哲学之舟"②。当时流亡的著名作家就有布宁、阿尔志跋绥夫、阿·托尔斯泰、扎米亚金、库普林、茨维塔耶娃、梅列日科夫斯基等等，他们落脚的城市有巴黎、布拉格、柏林、贝尔格莱德以及我国的哈尔滨、上海等地。"第一浪潮"的代表人物大多是白银时代的文化人，他们在流亡的状态中坚持对文学的忠诚，在艰难的生活中保持创造的激情，在异域的土壤上营造出一个个"文学俄罗斯"的文化孤岛。在对"第一浪潮"的研究中，被茨维塔耶娃称为"喀尔巴阡的罗斯"的巴黎俄侨文学一直得到很多的关注，相比之下，中国的俄侨文学却始终没有得到足够的重视，但在最近一两年里，中国的尤其是哈尔滨的俄侨文学却成了国际斯拉夫学界的一个热门话题，涅斯梅洛夫、佩列列申、阿恰伊尔等旅哈俄侨诗人已成为多部文学史的重点描述对象。③

　　"第二浪潮"出现在第二次世界大战之后，当时沦陷区的一些俄罗斯人逃到非交战国，战后又有一些人从德国的战俘营直接去了西方，这

---

① Edited by Matich O. with Heim M. *The Third Wave*：*Russian Literature in Emigration*，Ann Arbor：Ardis，1984.

② Сост. *Басинский П. И Федякин С.* Современное русское зарубежье. М.：АСТ.1998. С.5.

③ 在 2002 年 9 月于哈尔滨举办的"俄侨文学国际学术研讨会"上，哈尔滨的俄侨文学就是最主要的议题之一。

些人中，后来有一些人选择了文学创作的道路。相对于"第一浪潮"，"第二浪潮"的创作实绩和世界影响无疑都要小很多，而且，曾被视为"祖国叛徒"的他们，其创作也很难在祖国赢得共鸣。最近，情况发生了变化，他们同样不幸的遭遇及其在文学中的再现已开始进入俄国普通读者的阅读视野，他们中的叶拉金、莫尔申等人已被公认为20世纪俄罗斯文学中的重要作家。20世纪60—70年代，解冻之后复又出现的政治控制政策，再加上东西方冷战的国际大背景，使许多作家因为感到压抑而流亡，官方也主动驱逐了一些持不同政见作家，他们在20世纪后半期形成了声势浩大的"第三浪潮"，其中的代表作家有索尔仁尼琴、西尼亚夫斯基、布罗茨基、季诺维约夫、阿克肖诺夫、维克多·涅克拉索夫、沃伊诺维奇、萨沙·索科洛夫等。

20世纪俄国侨民文学取得了巨大成就，在20世纪五位获得诺贝尔文学奖的俄罗斯作家中就有三位是流亡作家（布宁、索尔仁尼琴和布罗茨基）。与此同时，侨民文学把俄罗斯文学的火种播撒到世界各地，极大地扩展了俄国文学的影响，也在一定程度上强化了俄国文学与世界许多国家文学之间的联系。20世纪俄侨文学的强大存在，使得众多文学史家们有理由指出，在20世纪的俄罗斯同时并存着两种文学，自始至终都有两部文学史在平行地发展着。① 这的确是世界文学史上一个很罕见、很独特的景观，这在一定程度上也的确是20世纪俄罗斯文学进程的真实风景。但是我们感到，世界各地的俄国文学史家们在面对两种文学或曰两部文学史的时候似乎过于看重两者之间的对立，过于强调两者之间的迥异，而对两者之间相互补充、相互依存，甚至是相互联系、相互影响的复杂关系估计不足，比如，我们至少可以在这样几个方面深化我们的思考：

---

① *Агеносов В.* Литература русского зарубежья. М.：Терра-СпорТ.1998. С.65. Edited by O. Matich with M. Heim, *The Third Wave：Russian Literature in Emigration*，Ann Arbor：Ardis，1984，p. 21.

第一，这两种文学各自都并不是铁板一块的。在"本土文学"中就一直存在着托洛茨基所谓的"国内流亡者"①，如阿赫马托娃、曼德施塔姆、帕斯捷尔纳克、普拉东诺夫、布尔加科夫等等，到 20 世纪下半叶，与"官方文学"相对的"地下文学"又逐渐形成气候；而在"境外文学"中无疑也存在着许多条不同的"战线"，俄罗斯侨民作家相互之间的争论，就其激烈程度而言往往并不亚于他们与本土作家之间的争论，比如巴黎俄侨文学界对茨维塔耶娃的孤立，索尔仁尼琴和西尼亚夫斯基的对峙等。也就是说，在"本土的"或"境外的"文学中，又同样共存着两种或两种以上的文学，这样一来，摆在我们面前的就不仅仅是"一种还是两种文学"的问题了。

第二，这两种文学是相互补充的。十月革命之后大批作家和文学家的离去，使新社会的文化建设面临着严峻的挑战，但是，以高尔基、勃洛克、马雅可夫斯基等为代表的新文学奠基人在一片废墟之上迅速建立起一座宏伟的文学大厦，倾听革命，歌颂英雄，反映建设生活，成了新文学的主要内容，在很短的时间里，一种人类历史上全新的文学就诞生了，定型了，并对其他一些国家的文学产生空前影响，在世界文学历史中留下深深的痕迹。另一方面，白银时代的文学在十月革命后被带到境外，俄国文学的宝贵经验和传统躲过那场疾风暴雨式的革命，得以保全，然而到了世纪中叶，随着一些流亡老作家的相继去世或封笔，世纪之初文学传统的延续似乎又是在本土悄悄地进行的，白银时代的诗歌旗帜被阿赫马托娃和帕斯捷尔纳克高举着，最后传到了布罗茨基等人的手中，而布罗茨基这"最后一位阿克梅派诗人"②，后来又把这一"彼得堡诗歌传统"带出境外。与此恰好形成对照的是，"第二浪潮"的作家们

---

① 托洛茨基：《文学与革命》，刘文飞、王景生、季耶译，外国文学出版社 1992 年版，第13 页。

② Polukhina V. *Brodsky through the Eyes of his Contemporaries*，Basingstoke：Macmillan，1992，p. 9.

大都是在战前苏联文学的氛围中成长起来的，叶拉金曾承认他的诗歌导师就是西蒙诺夫，这一代作家把本土文学的某些风格糅合进境外的侨民文学。再比如，索尔仁尼琴流亡时期创作中所体现出来的浓厚的意识形态色彩，曾使得有些西方学者将他称为"一个社会主义现实主义作家"。由此可见，20世纪俄国境内、境外文学的相互联系和相互影响是显而易见的，除了少数例外（如纳博科夫的中、后期创作），就整体而言，俄国境外文学与本土文学之联系的紧密，远远超出了它与其寄居国文学之间的关联。

最后，这两种文学又是相互依存的。其实，回过头来看一看20世纪的俄罗斯侨民文学，除"第一浪潮"作家外，后来的流亡作家还不都是苏联文学的产儿！有的作家是在本土成名之后再远走他乡，有的则是在国外合成自己的生活体验和文学修养，但无论如何，每一位流亡作家都自觉或不自觉地置身在来自本土的传统之中。在一个世纪的时间里，"本土文学"一直在源源不断地向"境外文学"输送人员和素材，提供语境和比照。而侨民文学的存在又一直对本土文学形成一种压力，一种刺激，在某些特定的情况下，也构成一种有益的借鉴，促成了本土文学在某些方面的改进。苏联解体前后，侨民文学大量返回故乡，引发一场空前的"回归文学热"，但好景不长，侨民作家们在"凯旋"之后却感到了从未有过的失落，失去了抨击的对象和竞争的对手，他们似乎也就失去了写作的意义和存在的价值。在本土文学发生了深刻变化之后，境外的侨民文学也就随之终结，这个事实本身反过来也说明了两大文学内在的依存关系。

"侨民文学"（эмигрантская литература）的概念由来已久，但今天的学者更乐于采用"境外文学"（зарубежная литература）的说法，与此相关的"本土文学"（метропольская литература）概念也是近些年才流行起来的。这两个概念都更像是中性的，表现了一种欲淡化原有概念之意识形态色彩的企图。两种文学的分野和并存自然有其深刻的政治和社会原因，但我们今天更值得去做的，就是从文学发展的自身规律出发，去观察两者之间的联系和影响，我们更倾向于将这两种文学并存的局面理解成一场独特的文学竞争，将20世纪俄罗斯文学中这一奇特构造理解成同一枚文学硬币的两个面。

"官方文学"和"地下文学"

"官方文学"（официальная литература）指的是苏维埃时期占据正统地位的文学，也是传统的苏联文学史所描述的主要对象。维克多·叶罗菲耶夫在他的《追悼苏联文学》（1990）一文中将苏维埃时期的俄罗斯文学划分为"官方文学""乡土文学""自由派文学"三大板块①，这大约是关于"官方文学"较早的文学史意义上的表述。这里的"官方"一词不无讽刺和调侃的意味，可以想象，在官方文学处于绝对权威的时候反而不会流行"官方的"之类的说法。由于"官方文学"的代表人物往往都是苏联作家协会为数众多的书记处书记，有人又将其称为"书记文学"。

"官方文学"的概念是20世纪90年代才提出来的，可是它的实体和性质早在二三十年代就被确立了。1925年，俄共（布）中央作出《关于党在文学方面的政策的决议》，公开宣布反对"中立的艺术"，这个决策也为执政党通过"决议"等行政命令手段管理、干预文学创造了先例。1932年，联共（布）中央又作出《关于改组文学艺术团体的决议》，宣布解散一切文学团体，建议成立统一的苏联作家协会。1934年，全苏第一次作家代表大会在莫斯科召开，在会上正式成立苏联作家协会，并将"社会主义现实主义"奉为苏联文学基本的创作方法。苏联作家协

---

① *Ерофеев Виктор.* Поминки по советской литературе//Литературная газета. 4 июля 1990 г.

会的建立和社会主义现实主义创作方法的确立，标志着"官方文学"的最终定型。

苏维埃时期，文学被视为一个举足轻重的意识形态工具，是教育人民、打击敌人的有力武器，"文学是生活教科书"的命题得到了坚决、彻底的贯彻，作家被视为人类灵魂的工程师。在这种情况下，一方面，文学和文学家赢得了崇高的社会地位，高尔基回国后所享受的待遇几乎是一人（列宁和斯大林）之下，万人之上；可另一方面，文学又必须是同一的，文学家又必须是听话的，乐意履行服务于社会、政党、甚至某一具体政治目的的义务。就像一个受到神秘委任、被赋予某种特权的人，它获得一些便利，同时也受到诸多制约。"官方文学"并不完全等同于"苏联文学"，但却是后者最主要的组成部分，因此，苏联文学的某些成就和不足在"官方文学"中便有了更为集中的体现，而且，其成就和不足往往又是相伴而生的，比如：官方文学极大地扩大了文学的社会影响，抬举了文学家的社会地位，与此同时，它却又往往面临着沦为奴婢、丧失自我的尴尬处境；官方文学有现成的国家宣传、出版机构可以利用，作家们衣食无忧，且面对的是一代又一代嗷嗷待哺的文学读者，可另一方面，作家的创作个性和创作自由却得不到充分保证，他们的声音往往沦为廉价的宣传，或是在被过滤之后只剩下了空洞和虚假；官方文学继承了俄国文学传统的社会责任感，对普通人民的生活和情感也给予了较多的关注，但是它却无法直面现实，无法对现实中种种不合理的现象进行揭露和抨击，而失去了批判精神的文学，就难以体现作家面对生活的良心和面对小人物的人道主义情感了。

"官方文学"的存在，客观上也就提供了某种"非官方文学"出现的可能性。对这种与"官方文学"相对的文学，人们后来以"地下文学"（подпольная литература）的概念来命名。在俄国文学中，"地下文学"的传统和"侨民文学"的传统一样悠久和深厚，早在 17 世纪就有僧侣秘密抄写、传播禁书。18—19 世纪，在俄国严格的图书审查制度下，几乎每个大作家都有作品曾被查禁，拉季舍夫的《从彼得堡到莫斯科旅行记》、恰达耶夫的《哲学书简》、普希金的"自由诗作"、托尔斯泰的宗教言论等等，都曾被迫在"地下"流行。到了20世纪，言论和出版受到控制的现象仍时常出现，而这也正是"地下文学"产生和存在的必要前提。在20世纪，俄国的"地下文学"经历了一个此起彼伏的发展过程。在白银时代，虽然也有过对普列汉诺夫的著作和阿尔志跋绥夫的《萨宁》等书的查禁，但出版环境相对而言还是比较宽松的；十月革命之后，一些知识分子借助文学表达他们对新现实的不理解和不接受，如古米廖夫的诗歌和扎米亚京的小说等，这类作品自然只能转入"地下"，而到了30年代的集体化时期和战后的个人崇拜时期，所有的非正统、非主流文学全都被视为异端，除了作为古典文学遗产的十几位18、19世纪的经典作家，除了加入官方文学阵营的十几位老作家，几乎所有白银时代作家的作品都被深埋进地下。这种情况一直持续到50年代中期，此后，随着苏联社会中解冻时期的到来，"地下文学"纷纷被发掘出来，有的甚至被归入主流，但好景不长，从60年代起，一个声势更加浩大的"地下文学"运动又兴起了，它一直持续到戈尔巴乔夫的改革时期。纵观整个20世纪的俄国"地下文学"，可以发现，其兴衰似乎始终与政治和社会的大气候紧密联系在一起，官方的控制愈紧，则"地下文学"就愈是兴盛，相反，在一个相对宽松的环境里，"地下文学"则会纷纷浮出水面，或步入主流，或自行淡出或消亡。在20世纪最后20年，由于言论和出版的空前自由，"地下文学"便失去了继续存在的理由和意义。

20世纪的俄国"地下文学"，其成分也不是单一的，它大致包括：（1）一些作家私下写作的、由于种种原因暂时不愿或无法拿出来发表的作品，比如阿赫马托娃的《安魂曲》、雷巴科夫的《阿尔巴特街的儿女们》等。（2）一些通过手抄本、打印稿、照相复制或地下报刊等形式和手段传播或发表的作品，这类文学又称"自版文学"（самиздат），如地下文学杂志《大都会》、布罗茨基的诗作等。(3) 一些因政治观点与政党或政府相左而被查抄或被禁止发表的作品，其实也就是所谓的"持不同政见文学"（диссидентская литература），如格罗斯曼的《生活与命运》、索尔仁尼琴的《古拉格群岛》和西尼亚夫斯基的《何谓社会主义现实主义》等。(4) 所谓"自编歌曲"（авторская песня）也是"地下文学"中一个独特的构成部分，它在 20 世纪 50 年代兴起，在 60—70 年代达到高峰，其代表人物加里奇、维索茨基和奥库扎瓦的创作，将诗歌和音乐完美地融合在一起，大胆地针砭时弊，吐露真情，成了民众用来对抗僵硬、死板的官方话语的有力武器。(5) 一些保存下来的旧出版物，主要是白银时代的文学遗产，如古米廖夫和曼德施塔姆等人的诗歌，别尔嘉耶夫和舍斯托夫等人的哲学著作，索洛古勃和别雷等人的小说，这些作品后来在 20 世纪 80 年代中期大都被重新出版，构成所谓"回归文学"的中坚。

20 世纪俄国"地下文学"的文化和历史意义是不言而喻的：它继承俄国文学一贯的批判精神和人道主义情怀，使俄国文学的传统在 20 世纪得以继续，同时也体现出了俄罗斯知识分子的文化良心和社会责任感；它与"官方文学"形成一种互补，使得苏维埃俄罗斯的文学不致过于单调和苍白，与此同时，"地下文学"还是"本土文学"和"境外文学"之间的一根纽带，常常起着一种穿针引线的作用，在维系整个 20 世纪俄罗斯文学的有机统一方面起到了一定的作用。

像"俄罗斯文学"和"苏联文学"之间、"本土文学"和"境外文学"之间的关系一样，"官方文学"和"地下文学"之间也一直存在着某种复杂的联系：首先，"官方文学"和"地下文学"的界限并不总是一成不变的，比如，30 年代的肃反时期和战后的个人崇拜时期，许多"官方"作家和诗人由于"出格"的写作被投入劳改营，而由他们中的幸存者创作出的"劳改营文学"在解冻时期却得到官方的首肯和倡导，一时竟成了时尚，之后不久，在停滞时期，这一题材又再度成了写作禁区。其次，"官方文学"和"地下文学"的标签本身并不论证作品的优劣，通俗地说，"官方文学"中也不乏传世之作和经典之作，如《静静的顿河》，而"地下文学"中更不乏平庸之作，甚至还充斥有廉价的西方意识形态宣传品。最后，作家和诗人们自身的角色转换更为两种文学间的复杂关系增添了新的变数，比如，许多得到多方公认的"官方"作家都曾写有"地下"作品，如特瓦尔多夫斯基的《凭借记忆的权利》、伊萨科夫斯基的《真理的童话》等，而以半地下性质的诗歌创作起步的叶夫图申科、沃兹涅先斯基等人，后来却成了官方的作协书记。"官方文学"和"地下文学"之间的复杂关系，构成了20世纪俄罗斯文学中一个有趣的话题。

"白银时代文学"和"别样文学"

以上对20世纪俄国几种文学类型的描述，多是从共时的角度作出的，如果历时地看，20世纪的俄罗斯文学又可以被划分为三大段，即世纪之初的白银时代文学、具有74年历史的苏维埃俄罗斯文学和苏联解体后的俄罗斯文学。

关于"白银时代"（Серебряный век）这一概念的起源，说法颇多，有人认为，俄国学者马科夫斯基的《在"白银时代"的帕纳斯山上》（慕尼黑，1962）一书最早推出了"白银时代"的概念，用以概括19世纪末、20世纪初的俄国现代主义诗歌运动；接着有人发现，马科夫斯基本人曾称，是俄国哲学家别尔嘉耶夫率先提出了这一名称；后来又有人说，最早将这一概念以大写字母开头表述出来的，是俄国诗人奥楚普（他于1933年发表在巴黎俄侨杂志《数目》上的《白银时代》一文）。概念是谁最早提出来的似乎并不重要，关键在于，这个概念准确地界定了在19世纪以普希金为代表的"黄金世纪"之后俄国文学的又一个高峰时期。在世纪之初的 20 余年里，俄国的作家和诗人们与哲学、宗教和艺术等领域中的同胞并肩携手，共同创造出了俄国文化史上又一个"天才成群诞生"的奇观。

如今，在回首仰望白银时代的文学遗产时，我们能更清晰地意识到其诸多可贵的文学史意义：首先，那一时代的文学家体现出空前的艺术创新精神。俄国形式主义者在世纪之初开始了对文学"内部规律"的探讨，文学研究由此开始了其"科学化"的历程，文本、语境、词，乃至声音和色彩，都成了精心研究的对象。世纪初俄国现代主义诗歌的三大潮流象征主义、阿克梅主义和未来主义，虽然风格不同，主张各异，但在进行以诗歌语言创新、以在诗歌中综合多门类艺术元素为主要内容的诗歌实验上，它们却表现出了共同的追求。如今人们已经意识到，20世纪世界诸多艺术门类中的现代主义潮流都发端于世纪之初的俄国，这不能不让人感叹白银时代俄国文化人巨大的创新精神。其次，在进行空前的艺术创新的同时，这一时代的人却也保留了对文化传统的深厚情感，只有以俄国未来主义诗歌为代表的"左派"艺术对文化遗产持否定态度，而那一时代的大多数文化人无疑都是珍重文化的。阿克梅派诗人曼德施塔姆一次在回答"什么是阿克梅主义"的问题时说道："就是对世界文化的眷念。"[1] 联想到白银时代是一个现代派的时代，是对 19 世纪俄国批判现实主义的某种反拨，白银时代文化人的这种态度就显得更加可贵了。

白银时代的文学和文化传统在某种外力的作用下突然中止，只剩下一些余脉在境内潜流，或溢出境外。然而，从 20 世纪的 60—70 年代开始，白银时代的文学遗产似乎又在某种程度上被激活，在世纪的最后 20 年里出现的一种新文学走向，与白银时代构成了某种跨越时空的呼应。

---

[1] *Мандельштам О.* Слово и культура. М.：Советский писатель. 1987. C.9.

在 20 世纪最后 30 余年间的俄国文学中，除了"官方文学"和"流亡文学"外，还有三个先后兴起、相互之间有着某种内在联系的文学运动。

其一是 60—70 年代的"地下文学"，其中最值得一提的是西尼亚夫斯基的写作、布罗茨基的诗歌和文学丛刊《大都会》。西尼亚夫斯基在 1956 年就写出《何谓社会主义现实主义》一文，对官方创作方法的权威地位提出挑战；后来，他在集中营里又写作了《与普希金散步》等书，在对俄国神圣不可侵犯的文学偶像普希金进行一番调侃的同时，也宣传了他的自由主义文学思想。布罗茨基从 50 年代末开始写诗，在 60 年代，随着"布罗茨基案件"引起的轩然大波，布罗茨基也成了一位举世闻名的诗人，他的诗歌综合性地继承 17 世纪英国玄学派诗歌和白银时代阿克梅派诗歌的传统，形式严谨却又含有先锋色彩，内容悲观却又不时流露出几分戏谑，在他于 1987 年获得诺贝尔文学奖之后，在他成功地将白银时代的诗歌遗产介绍给整个世界之后，人们意识到了他的诗歌遗产对于俄国诗歌乃至整个俄国文学的意义，甚至有人还将团结在他周围的诗人群体称为"布罗茨基诗群"，将以他的创作为代表的 20 世纪俄语文学中的那段时期命名为"青铜时代"（Медный век）。文学刊物《大都会》（Метрополь）出版于 1979 年，发起者为阿克肖诺夫、比托夫、维克多·叶罗菲耶夫、伊斯坎德尔和波波夫等人，这份刊物发表了一些在思想上有异端倾向、在形式上有先锋色彩的作品，在文学界和社会上都激起较大反响，其编者和作者因此也都受到不同程度的惩罚。

其二，是所谓"别样文学"。《大都会》的编者在杂志的前言中曾号召作家们大胆写作，创造出一种"编外文学"来。十年之后，果然有批评家丘普里宁出面用"别样文学"（другая проза）的概念来概括一种新的文学倾向。[①] 他所指的主要是一批文学新生代的创作，这些作家有维

---

① Литературная газета. 8 февраля 1989 г.

涅季克特·叶罗菲耶夫、维克多·叶罗菲耶夫、彼得鲁舍夫斯卡娅、托尔斯泰娅、皮耶楚赫和波波夫等人，这些大都出生在 20 世纪 40 年代前后的作家，主动放弃传统文学那种过于神圣的使命感和责任感，转而用一种更平实、更超然的态度来面对生活和文学，他们关注的对象不再是英雄而是普通的人，而且大多是具有某种缺陷的人，他们不再关注文学的教育功能，而似乎更愿意通过文学来展示现实的压抑、命运的无常和存在的荒诞。"别样文学"的产生，是苏联解体前迷惘的社会情绪和西方现代派文学思潮共同作用的结果。

其三，是后现代文学。苏联解体之后，俄国文学中迅速出现一股名曰"后现代主义"（постмодернизм）的文学思潮。的确，一切都倒塌了，一切都得重新开始，整个社会结构和价值体系都面临崩溃，这样的社会和文化大环境无疑为后现代思潮的兴起提供了绝佳的土壤，作家们卸下了俄国文学一直背负的沉重的意识形态包袱，轻松地展开一场文化狂欢活动，尽情释放"解构"的愿望和"重估"的激情。一部新出的 20 世纪俄罗斯文学史著作对于俄国后现代作家的立场有一段很好的概括："后现代主义者向当代人建议应具有（但不是强加的责任）以下一些思想特征：有独立的批判性见解、不怀成见、宽容、坦率、喜欢审美的灵活开朗、善于讽刺和自嘲，并以此来取代一成不变的世界观（用后现代主义的话来说，是顽固的空想世界观和神话世界观）。后现代主义认为灵活的相互作用或保持礼貌的中立，要比任何一种斗争都好，无拘无束的、没有任何负担的对话比争论要好。"① 当今的俄国批评界认为，俄国后现代文学虽然是在 20 世纪 80—90 年代形成热潮的，但其源头还应追溯到 50 年代末，西尼亚夫斯基那种无羁、调侃的写作态度被视为后现代精神的最早流露，而维涅季克特·叶罗菲耶夫的《从莫斯科到

---

① 阿格诺索夫：《20 世纪俄罗斯文学》，凌建侯、黄玫、柳若梅、苗澍译，中国人民大学出版社 2001 年版，第 643 页。

佩图什基》（1969）和比托夫的《普希金之家》（1971）则被视为俄国后现代主义文学的奠基之作，后来陆续发表的可称为俄国后现代文学代表作的小说，还有萨沙·索科洛夫的《傻瓜学校》、维克多·叶罗菲耶夫的《俄罗斯美女》、哈里托诺夫的《命运线》、佩列文的《"百事"一代》等。在《"百事"一代》的第一章里有这样一段文字："不能说他们背叛了自己先前的观点，不能这样说，先前的观点所朝向（观点总是有所朝向的）的空间，本身就倾塌了，消失了，在智慧的挡风玻璃上没留下任何细小的斑点。四周闪烁的是完全别样的风景。"① 俄国后现代文学所体现出来的，也就是这样一幅"完全别样的风景"。

"别样文学"虽然是批评家用来指称某一个文学团体的，但我们觉得，也可以把这个概念放大，用它来涵盖上述三种类型的文学，因为，这三种文学之间有着某种共性的东西，即对现实的存在主义感受，对文学的实验性技巧和先锋派手法的热衷，以及对文学的自由空间和文学家的个性价值的追求和捍卫等，无论是相对于俄国的古典文学而言，还是与苏维埃时期的官方文学相比，它们似乎都是"另类"的。

世界文学中的后现代主义于 20 世纪 60 年代兴起于欧美，众所周知，它是作为对现代主义的反拨而出现的，可是在俄国，后现代主义却出现在现实主义或社会主义现实主义之后，因此有人指出，俄国的后现代主义其实更应该被称为"后现实主义"（постреализм）、"后社会主义现实主义"（постсоциареализм）或"后苏维埃文学"（постсоветская литература）。的确有一些批评家曾将俄国后现代主义视为"俄国现实主义传统的继续和发展"，并将这一点解释为俄国后现代主义与西方后现代主义的主要差异。这类观点不无道理，但它们都或多或少地忽视了俄国后现代文学与白银时代文学之间内在的渊源关系。在 20 世纪的一头一尾，俄国作家都在真诚地面对文学，潜心地进行文学实验，执着地

---

① 佩列文：《"百事"一代》，刘文飞译，人民文学出版社 2001 年版，第 6 页。

捍卫文学的自由和自主，两代作家的态度和精神是具有相近和相同之处的，当然，后现代主义者们也往往用自嘲消解使命感，用调侃取代迷信的虔诚。将这两段文学对接起来，我们便能看到，俄国后现代主义中的"现代"是有来由的，20世纪的俄罗斯文学于是便体现出了更加清晰的完整性。再由此出发，我们还能感觉到，20世纪俄罗斯文学中一直存在着两股潮流，其一从世纪之初的无产阶级文学到苏维埃文学再到苏联解体之后以索尔仁尼琴、拉斯普京等为代表的"新斯拉夫派"文学，其二为从白银时代文学到苏维埃时期的地下文学和部分侨民文学再到以后现代主义为代表的"别样文学"，这两股文学潮流或此起彼伏，或相互交织，共同汇成了20世纪俄罗斯文学奔流不息的长河。

在20世纪俄罗斯文学的历史中，我们还能找出一些诸如此类的"对立的统一"：从大的方面讲，就有"乌托邦文学"和"反乌托邦文学"的并行，就有"市民文学"和"乡村文学"的毗邻，就有"社会主义现实主义文学"和包容其他创作方法的所谓"社会主义文学"的共存；从小的地方看，就有分别以柯切托夫和《十月》杂志、特瓦尔多夫斯基和《新世界》杂志为代表的两种文学立场的对峙，就有诗歌中"高声派"和"细语派"的各领风骚，就有战争文学在描写对象上的或为"全景"或为"一寸土"的不同取舍，如此等等。正是这些不同元素、不同风格、不同流派、甚至不同性质的文学，共同合成了20世纪俄罗斯文学的有机整体，它们的对立、统一和转化，使20世纪的俄罗斯文学显得起伏跌宕，悲喜交加，充满了令人目不暇接的戏剧性突转，使20世纪的俄罗斯文学获得一种多声部的"复调"结构，构成了一部精彩绝伦的文学交响乐。

原载《外国文学评论》2003年第2期

别林斯基与果戈理的书信论战

19 世纪中期，两位俄国文坛杰出人物之间爆发了一场引人瞩目的论争，这便是果戈理和别林斯基的书信论战。曾被别林斯基视为俄国现实主义文学奠基人的果戈理，其思想在 40 年代末趋向温和与保守，他于 1847 年发表的《与友人书信选》比较集中地体现了他的这一思想转变。眼见己方阵营中最杰出的作家脱离街垒，别林斯基无比愤怒，立即撰文予以抨击，先是在 1847 年第 2 期《现代人》杂志上发文讨伐果戈理。数月之后，身在国外的别林斯基在接到果戈理的一封解释加抱怨的信之后，又写下著名的《致果戈理的信》，更为公开、激烈地抨击果戈理的"变节"行为。作为回应，果戈理又发表了《作者自白》一文，为自己的思想立场进行辩护。两人之间的这场论争构成了俄国文学史上的一个著名事件，但是长期以来，对于这一事件的解读却不无偏颇。

一

少年时代的果戈理深受富有历史感的家乡环境和充满宗教感的家庭氛围的影响，在涅仁中学学习期间就曾自言他的主要追求乃在于"服务国家"①，因此，中学毕业后他便来到首都彼得堡，在衙门中任职。彼得堡小公务员的枯燥生活和"服务国家"的宏大理想之间看来存在不小差距，果戈理很快就感到厌倦，并尝试用文学创作来丰富自己的日常生活。1830年，他发表第一篇小说，不久结识普希金、茹科夫斯基等彼得堡文学名流，进入文学界。1831—1832年，果戈理以他那洋溢着浪漫、神秘色彩的小说集《狄康卡近乡夜话》轰动文坛，1835年先后出版的两个集子《密尔哥罗德》和《小品集》又进一步巩固了他的声望。果戈理的小说对象也渐渐地由梦幻、甜蜜的"斯拉夫的古罗马"②转向"庸俗人的庸俗"③，转向所谓"彼得堡故事"④，其中的《外套》《鼻子》《涅瓦大街》等名篇更是受到空前好评。别林斯基依据果戈理的这些作品宣布了俄国文学中一个新的潮流，即"自然派"的诞生。1836年，果戈理的《钦差大臣》一剧在彼得堡亚历山大剧院首演，该剧剧本的单行本也同时出版。《钦差大臣》所引起的巨大反响使其作者深受震撼，竟然觉得有些难以承受，于是便在1836年6月出国散心，游历了德、法、意等国，同时继续他1835年秋就开始的《死魂灵》的创作。1841年底，果戈理带着《死魂灵》第一部手稿返回俄国，并于次年5月在俄出版该书。这部揭露俄国现实之黑暗的作品受到批评界和读者的空前关注，赫尔岑在《论俄国革命思想的发展》一文中说道："《死魂灵》使得

---

① 　Под ред. *Николаева П.* Русские писатели. Биобиблиографический словарь. М.：Просвещение. 1990. Т.1. С.188.

② 　"斯拉夫的古罗马"（славянская Авзония）是俄国批评家纳杰日津在评论果戈理的《狄康卡近乡夜话》时所提出的概念，意指果戈理的功绩就在于民族文化的寻根意义，见 *Надеждин И.* Литературная критика. Л.：Эстетика. 1972. С.281.

③ 　普希金曾对果戈理说，后者善于有力地描绘"庸俗人的庸俗"（пошлость пошлого человека），见 *Гоголь Н.* Собрание сочинений в семи томах. М.：Художественная литература. 1978. Т.6. С.258.

④ 　所谓"彼得堡故事"（петербургские повести）并非果戈理自己使用的作品名称，而是批评界在果戈理去世之后才流行起来的一个概念，用以合称包括《肖像》《狂人日记》《涅瓦大街》《外套》《鼻子》等作品在内的以彼得堡生活为描写对象的几个中短篇小说。

整个俄国都震动了。"①

完成了《死魂灵》后的果戈理，几乎被公认为当时俄国首屈一指的作家，而别林斯基作为当时俄国文坛首屈一指的批评家，自然不会对果戈理的创作熟视无睹。早在自己的批评处女作《文学的幻想》中别林斯基就谈到了果戈理的创作，在后来的几篇年度文学概论中，别林斯基也多次提到果戈理。更为重要的是，别林斯基先后写有数篇专论果戈理创作的批评文章，其中的《论俄国中篇小说和果戈理先生的几部中篇小说》（1835）一文更为别林斯基对果戈理乃至俄国现实主义文学的评论定下了基调。别林斯基将果戈理的小说创作视为俄国现实主义文学成熟的重要标志之一，他写道："果戈理先生中篇小说的突出特征，就在于构思的简洁、人民性、完全的生活真实、独创性以及那总是被深刻的忧伤和苦闷所抑制的喜剧精神。所有这些特色的来源只有一个：果戈理先生是一位诗人，一位真实生活的诗人。"②"这些希望是很大的，因为果戈理先生具有非同寻常的、有力的和崇高的天赋。至少是在当今，他是文学的首领，诗人的首领；他站在普希金留下的位置上。"③别林斯基的这些说法从此不胫而走，成为定论。仅在1842年一年之内，别林斯基就发表了五篇关于《死魂灵》的评论文章，给果戈理的创作以崇高的评价。

翻阅一下别林斯基的文集，我们不难发现，果戈理是别林斯基关注最多的作家之一，而能得到别林斯基如此重视和厚爱的作家，除果戈理之外也就只有普希金了。就文字的篇幅而言，别林斯基关于果戈理的评论仅次于关于普希金的评论，但从评论的次数和评论持续的时间上

---

① 赫尔岑：《赫尔岑论文学》，辛未艾译，上海译文出版社1989年版，第72页。

② *Белинский В.* Собрание сочинений в трех томах. М.：Художественная литература. 1948. Т.1. С.125.

③ *Белинский В.* Собрание сочинений в трех томах. М.：Художественная литература. 1948. Т.1. С.146.

看，别林斯基对果戈理的关注则又远胜过对普希金的关注。相比较而言，别林斯基对普希金的关注焦点主要放在"民族性"的问题上，而对果戈理的关注焦点则主要放在"真实性"的问题上。别林斯基对普希金尤其是普希金的后期创作是评价不足的，而他对果戈理的创作则给予了更为充分的分析，对果戈理创作之于俄国文学的意义也给予了更高的评价。

二

让人难以置信的是，对果戈理评价如此之高的别林斯基，在短短数年之后竟然会对果戈理给予如此猛烈的痛斥。点燃别林斯基之怒火的导火索，就是果戈理写作并发表的《与友人书信选》一书。

从甜蜜、浪漫的乌克兰民间生活素描，到幽默、写实的"彼得堡故事"，再到嘲讽、抨击现实的《钦差大臣》和《死魂灵》，短短的十年间，果戈理已经从一个怀有"服务国家"之志向的小公务员转变成一个针砭现实的文学大师，这巨大的角色反差似乎让天性温和、善良的果戈理自己都感到很不适应。果戈理在《作者自白》中写道，他在《钦差大臣》中"决定把俄国所有坏的东西都集中起来……并加以嘲笑"。① 在接下来的《死魂灵》第一部中，他更为充分地显示了其"含泪的笑"的本领，把俄国黑暗而又可笑的现实淋漓尽致地展现在人们的面前。但是，无论是《钦差大臣》还是《死魂灵》第一部，在果戈理自己看来都是充满善意的，即通过"笑"来矫正社会，为他心爱的俄国提供某种帮助。他曾强调《钦差大臣》的主角是"笑"，他在《死魂灵》的封面上特意

---

① *Гоголь Н.* Собрание сочинений в семи томах. М.：Художественная литература. 1978. Т.6. С.428.

标出了"长诗"的字样①，都是在试图表明自己的这层用意。然而，在《死魂灵》发表之后，以别林斯基为代表的民主派批评不断地重申《死魂灵》对现实的批判意义，不断地拔高《死魂灵》及其作者对现存秩序所持的敌对立场，这渐渐地让谨小慎微甚至有点瞻前顾后、胆怯畏缩的果戈理感到有些不安了。本来，果戈理的世界观就有一定的两面性，一方面，他对俄国专制制度下不平等的现象和生活中的种种"庸俗"现象有着强烈的不满；另一方面，自幼就有的宗教情怀、服务国家的抱负和天生的内敛性格，使得果戈理不愿意人们将他视为文坛乃至社会生活中的一位斗士。因此，发表了《死魂灵》第一部之后的果戈理，很为自己被"误读"而痛苦，因此决定立即动手创作第二部，在第二部中正面地描写俄国和俄罗斯人，以便与第一部形成一个比照，谋得一次矫正。然而，正面的、肯定的文学作品竟如此难写，伟大如果戈理这样的作家居然都难以胜任。《死魂灵》第二部的写作非常不顺利，迟迟没有脱稿，其间，果戈理还多次焚毁已经写就的篇章。果戈理在写作《死魂灵》第二部的消息早已为人所知，面对读者越来越不耐烦的等待，面对批评家们越来越"上纲上线"的解读，果戈理别无他法，只好把自己的一些书信拿出来，用这些"原生态"的东西来向人们展示自己的真实心境，同时解释自己写作上的危机，说明《死魂灵》第二部迟迟不能面世的缘故。

大约在 1846 年 4 月，果戈理开始了《与友人书信选》（后面简称《书信选》）的构思。他在 4 月 21 日给雅济科夫的信中谈到编辑此书的初衷，即给那些需要精神帮助的人以答复。②《书信选》的编选和写作显

---

① 作为《死魂灵》副标题的"长诗"（поэма）一词一直让人感到有些难解，也没有得到足够重视，其实，这不仅是破解《死魂灵》强烈抒情特性的一把钥匙，也可能是理解作者创作态度的切入点。有人将之与普希金的作品比较，称"《叶夫盖尼·奥涅金》是不用散文写出的长篇，《死魂灵》是不用诗体写出的长诗"。见 Под ред. *Николаева П.* Русские писатели. Биобиблиографический словарь. М.：Просвещение. 1990. Т.1. С.196.

② *Гоголь Н.* Собрание сочинений в семи томах. М.：Художественная литература. 1978. Т.6. С.514.

然是在 1846 年夏秋进行的，《书信选》的素材来源有三个：一是作家自己保留下来的致友人书信的抄件，二是果戈理从友人处索要回来的自己书信的原件，三是果戈理特为此书所写的一些新篇。编写《书信选》时的果戈理为了治病而身在国外，在 7 月 30 日至 10 月 16 日之间，他分几次将《书信选》的手稿寄给远在彼得堡的好友普列特尼约夫①，由后者负责编辑出版。1847 年初，《书信选》在彼得堡出版，但让果戈理感到痛心的是，书刊审查机关对该书动了很大手脚，有近五分之一的篇章被完全删去，很多地方遭到随心所欲的修改。直到作家去世之后，在陆续出版的几种果戈理文集和全集中，《书信选》才得以比较完整地面世。

包括《前言》在内，《书信选》共由 33 个篇章构成。在《书信选》中，果戈理这样三个方面的思想最值得我们注意：

首先是果戈理的宗教意识。果戈理将天主教划分为"西方的"和"东方的"两个部分，并认为东方的正教远胜过西方的宗教，其原因就在于，东方的正教富有深刻的宽容精神和强烈的情感力量。他在《教育》一节中写道："西方的教会只会让人疏远基督……其结果，西方的教会便缩小了自己的生活观和世界观，无法对生活和世界加以把握。充分、全面的生活观留在了教会的东半部，看来，教会的东半部被留存下来，就是为了人的最终的、最充分的形成。在教会的东半部里，不仅有敞向人的心灵的广阔天地，而且还为人的理性及各种崇高力量的发展提供了发展的余地；教会的东半部蕴含着一条出路，能把人身上的一切都熔铸成同一首献给最高主宰的和谐颂歌。"② 如果说果戈理对俄国教会的直接吹捧让人感到有些牵强的话，那么他在《书信选》中其他一些地

---

① 彼得·普列特尼约夫（1772—1866），1840—1861 年间任彼得堡大学校长，他同时也是一位诗人、批评家和出版家，他关于《死魂灵》的评论因肯定《死魂灵》的"正面"色彩而深得果戈理之心。

② *Гоголь Н.* Собрание сочинений в семи томах. М.：Художественная литература. 1978. T.6. C.250-251.

方"间接"体现出的某些宗教意识则更容易让人接受，比如：他主张人们相互之间的宽容和友爱，"在对兄弟的爱中获得对上帝的爱"（《应当热爱俄国》）；他主张善待语言，"应该诚实地对待词语"，因为"它是上帝给人的最崇高的礼物"（《论何为词》）；他认为茹科夫斯基的《奥德赛》译文之所以出色，是因为译者的内心充满了爱、善、虔诚等美好的情感，"这位神性的瞎眼老人看到、听到、预见到了一切，因为他具有一般人所不具有的内在的势力"（《论茹科夫斯基所译〈奥德赛〉》）。这种与艺术创作紧密结合着的宗教意识，是果戈理晚年思想中一个非常重要的内涵。

其次，是果戈理作为一位文学批评家的美学思想。在俄国文学批评史上，果戈理仅仅凭借他在 1835 年对普希金做出的预言家式的评价（《关于普希金的几句话》）就赢得了杰出批评家的地位。普希金发现了果戈理的批评天赋，曾邀请果戈理主持《现代人》杂志批评栏。果戈理写作的一些批评文章，如《论小俄罗斯的歌谣》（1834）、《论 1834 年和 1835 年的杂志文学运动》（1836）、《新喜剧上演后的剧场门口》（1842）等，都在俄国文坛产生过很大的影响。但是相比较而言，果戈理文艺思想还是在《书信选》中体现得更为集中一些。在果戈理的《书信选》中，有两个观点最值得我们关注。一是对俄国诗歌（文学）民族性的继续强调。在《俄国诗歌的实质和特色究竟何在》一文中，果戈理指出，整整一部俄国诗歌史，就是伟大诗人们在诗歌中表达、再现民族精神的历史，而诗歌的实质，就是在一个严重西化的社会中诗人和诗歌如何帮助本民族的人民认识自我的问题。在果戈理看来，他那个时代的语言和诗歌还没有完全从异族文化的影响中解放出来，在这样的背景下，一些具有俄罗斯民族特色的诗人们的创作就越发地具有民族文化的意义了，因为具有民族特色的文学，就标志着一个民族精神上的觉醒。二是对艺术中的"崇高精神"的强调。果戈理在《论我们的诗人们的抒情》一文中写道："在我们的诗人们的抒情风格中，有着某种其他民族诗人所不具备的对象，某种近乎《圣经》的风格，这是一种崇高的抒情状态，它与那些激烈的情绪格格不入，这是理性天地中的坚定腾飞，是精神清醒的最高胜利。"他还给出了这样的结论："精神高尚已经几乎是我们所有作家的本性。""某种近乎圣经的风格"①、"圣经的回声"②、"精神高尚"③，这些概念与其说是果戈理对俄国诗人抒情风格的归纳，不如说是他的艺术理想的一种具体表达。具有圣经般的简洁和严谨、安宁和庄严，表达出心境的虔诚和精神的崇高，这就是晚年果戈理心目中最高的艺术境界。然而，如果说果戈理对艺术中崇高的精神因素的关注是合理的、有启迪意义的，他将上帝作为艺术精神之最高源泉的观念也勉强能赢得人们的赞同，那么，他将对俄国的爱与对沙皇的爱并列，将君主当作尘世的神权来看待，视为最高和谐的统帅，并将这种盲目的忠君思想解释为俄国文学的主要特征之一，这就颇让人生疑了。问题的关键在于，在自己的美学和社会观念中，果戈理没有将作为精神理想的宗教性和具体的教会体制区分开来，没有将俄国文化中的国家性传统与现实的统治者及其行为区分开来。结果，果戈理高尚的美学和社会理想便有了堕落为廉价保皇派言词的危险。

最后，是果戈理对当时的斯拉夫派和西方派的思想之争所持的态度。从《书信选》中的相关章节来看，置身于斯拉夫派和西方派思想论争之中的果戈理表面上保持中立，他认为争论是年轻人的事情，聪明人和老年人都不应该沾这个边。在《争论》一文中，他认为争论的双方都各执一词，斯拉夫派只看到整体而未见局部，西方派则相反。"关于我们的欧洲因素和斯拉夫因素的争论……仅仅表明，我们已开始醒来，但

---

① *Гоголь Н.* Собрание сочинений в семи томах. М.：Художественная литература. 1978. Т.6. С.216.

② *Гоголь Н.* Собрание сочинений в семи томах. М.：Художественная литература. 1978. Т.6. С.224.

③ *Гоголь Н.* Собрание сочинений в семи томах. М.：Художественная литература. 1978. Т.6. С.227.

尚未完全苏醒。"争论的双方，"全都在谈论同一对象的两个不同方面，他们无论如何也未能猜透，他们根本没在彼此争论，抬杠。一方离建筑物太近了，因此只能看到建筑物的一个局部；另一方则离建筑物太远，因此能看到整个立面，却看不清各个局部。当然，在斯拉夫派和东方派一边有更多的真理，因为他们毕竟看到了整个立面，因此，他们始终在谈论主要的东西，而非局部"。编写《书信选》时的果戈理生活在国外，可置身在"欧洲"的果戈理却对身边的一切颇为反感，而对"东方的"祖国充满眷恋和赞美。在《致一位近视的友人》一信中，他表达了强烈的反西欧情绪："作为一个聪明人，你应该感到羞愧，因为你至今仍然没有步入自己那可以独自发展的智慧，却让那些异族的粪土填满了你的大脑"；"让我们羞愧的是，直到如今，那些欧洲人还在把他们的伟人指给我们看，可是有时，我们的一些并不伟大的人也要比他们的那些伟人聪明。"在《俄国的恐惧》中，他认为较之于西欧，俄国是充满着救赎希望的：不要为俄国感到惊慌和恐惧，因为"欧洲比俄国还要艰难"，"在欧洲，如今到处都在酝酿这样的混乱，人类的任何一种手段对之都无济于事，一旦这些混乱爆发出来，那么，您如今在俄国所看到的这些惊慌，与它相比就都不足挂齿了。在俄国还有光明在闪耀，还存在着救赎的道路"。

从以上的引述不难看出，果戈理《书信选》所体现出的宗教观、美学观和历史观等实际上是相互联系的：只有具有深刻宗教精神的文艺作品才是和谐的，所谓"圣经般的和谐"应该是诗人们追求的一种理想境界；基督教世界分裂之后，俄国的东方正教日益显现出了它较之于"西方一半"的优越，俄国因其深刻的宗教精神而具有了救赎的希望和拯救世界的使命；俄国文学以"精神的高尚"为特征和理想，而它的出路就在于追求民族性和摆脱西方的影响。也就是说，在这三个方面的相互关系中，宗教精神是决定性的，它决定了俄国独特的历史发展道路和独特的艺术风格，反过来，俄国的历史和艺术也都是这一宗教精神的不同体现。

三

果戈理写作和发表《书信选》，并不是专门针对别林斯基而来的，但那些让果戈理感到委屈的批评却首先发端自别林斯基，因此，果戈理无疑也将别林斯基视为了《书信选》的潜在论敌之一。对于果戈理的公开"忏悔"，别林斯基迅即写出长篇书评《尼古拉·果戈理的〈与友人书信选〉》，刊登在 1847 年第 1 卷第 2 期的《现代人》杂志上。在这篇书评的一开始，别林斯基就不留情面地写道："这未必不是一本用俄语写成的最为奇特、最有教谕意义的书！一个公正的读者，一方面会在其中发现对人的自豪的残酷打击，另一方面，也可以使他获得更多奇特的心理事实，能对可怜的人的天性有更为丰富的认识……"① 接着，别林斯基对《书信选》进行了全面的抨击，从全书的立意到某个章节前的引文，从作者的写作态度到作者给地主、官员所提的那些"可笑"建议，从果戈理关于自己先前创作的忏悔到他宣扬的宗教立场，别林斯基都一一加以驳斥。别林斯基还大段大段地引用《书信选》的原文，以彰显果戈理文字的荒谬可笑。别林斯基的这篇书评表明，他对《书信选》是彻底否定的，但由于顾忌到书刊审查机关的审查，别林斯基还难以将自己的所有看法一吐为快，比如，他还没有将果戈理的思想立场说成是与俄国现实的妥协，是对农奴制度、官方教会和现实统治阶层的赞美。

别林斯基的书评自然是果戈理所难以接受的，果戈理也同样迅速地在 1847 年 6 月 20 日给别林斯基写了一封信，他在信中除了对自己的

---

① *Белинский В. Собрание сочинений в трех томах.* М.: Художественная литература. 1948. Т.3. С.687.

立场做进一步的解释之外，还抱怨别林斯基对《书信选》的指责，信中有这样一句话："您是以一位气急败坏者的目光来看待我这本书的。"别林斯基是在国外接到果戈理的来信的。1847 年夏天，依靠朋友鲍特金筹集到的经费，身患肺结核的别林斯基得以出国治病，他于 5 月离开彼得堡前往柏林，然后又经德累斯顿、弗莱堡等地来到西里西亚的一处疗养地萨尔茨勃鲁因。① 在这里，别林斯基收到果戈理的抗议信，当时陪同别林斯基前往萨尔茨勃鲁因的安年科夫后来在回忆录中描写了别林斯基接到果戈理的信后写作回信的情形："在我朗读果戈理的来信时，别林斯基漫不经心地听着，似乎毫不在意，但是，当他自己拿着信又浏览了一遍之后，却发起火来，低声说道：'唉，他还是不明白人们为什么生他的气，应该给他解释清楚，我要写一封回信。'""一连三天，从矿泉旁回来的别林斯基，已经不再到我的房间所在的楼层来走动，而是直接返回他那间临时书房。在这段时间里，他一直沉默寡言，思想很集中。每天早晨，在书房里喝完那杯每天必喝的咖啡，他便披上一件夏天穿的礼服，坐在一把小沙发椅上，伏案工作。工作一直持续到我们在一点钟开始的午饭，午饭后他不再写作。这封给果戈理的信他一连写了三个上午，这并不奇怪，再加上他还常常因为激动而中断写作，倒在沙发的靠背上休息一会儿。而且，写信的过程也相当复杂。别林斯基先用铅笔写信，在好几张纸上打出草稿，然后仔细认真地抄写清楚，最后又根据定稿为自己抄录了一份留底。"② 别林斯基的《致果戈理的信》的末尾所标明的时间是 1847 年 7 月 15 日，根据安年科夫的说法，此信应该是在 7 月 13—15 日这三天之内写成的。

---

① 在几本关于别林斯基的中文传记和工具书中，"萨尔茨勃鲁因"（Зальцбрунн）均被误译为奥地利的"萨尔茨堡"（Зальцбург），别林斯基写作《致果戈理的信》的地点萨尔茨勃鲁因现在波兰境内，已更名为夏夫诺兹德鲁伊。

② *Белинский В.* Собрание сочинений в трех томах. М.：Художественная литература. 1948. Т.3. С.895-896.

　　别林斯基在信中写道："当有人打着宗教的幌子、借着皮鞭的掩护把谎言和不道德当作真理和美德来宣扬时，是无法沉默的。"①当俄国正苦恼地面对变革现实的迫切问题的时候，"一位伟大的作家，他曾以其惊人的、非常真实的艺术创作有力地促进了俄国自我意识的觉醒，让俄国有可能像照镜子一样审视自我，可这位伟大的作家如今却出了一本书，在书中他借着基督和教会的名义教导野蛮的地主如何更多地榨取农民的金钱，教导他们更多地辱骂农民……这难道还不足以引起我的愤怒吗？……即便您打算谋杀我，我也不会像读了这些可耻文字之后这样仇视您……在这样的事情发生之后，您还想让人们相信您此书真诚的倾向！"果戈理怎么会写出这样一本书来呢？别林斯基自己似乎也百思不得其解："您要么是病了，那您就应该赶紧去治病，要么……我简直不敢说出我的想法！……"别林斯基的意思大约就是：果戈理发疯了。接下来，别林斯基就一股脑儿地给果戈理扣上了那堆著名的"帽子"："皮鞭的宣扬者，无知的传播者，蒙昧和黑暗的捍卫者，鞑靼习俗的颂扬者，——瞧您在干什么！看一眼您的脚下，您的脚下就是深渊……"在承认果戈理的书比某些人的文字多一些智慧甚至天赋的同时，别林斯基又立即在括号中加了一句："虽说在您的书中这两者也都不是太多。"在前面提到的那篇书评中，别林斯基曾不无调侃地写道："同样的话还部分地可以用在《与友人书信选》、而绝对不是《与友人书信精选》上。"在这里，别林斯基在果戈理书名中的"выбранные"一词上做了文章，这个形动词是动词"выбрать"的变化形式，与其意义相近的另一个动词为"избрать"，这两个俄语动词都意为"选择""挑选"，但前一个词又有"全部拿出"的含义，而后一个词中则似乎含有更为浓重的"精选"之义（俄国文人出"文选"或"选集"，其中的

---

① 别林斯基的《致果戈理的信》载 *Белинский В. Собрание сочинений в трех томах.* М.：Художественная литература. 1948. Т.3. С.707-715. 以下引文均出自该处。

"选"字通常就用这个词）。果戈理的书名用的"**выбранные**"而"绝对不是""**избранные**"，别林斯基借此讽刺果戈理的书只是一个和盘托出的"拼凑"，而非精雕细琢的"精选"。

别林斯基还从作家在当时的俄国社会应该扮演的角色、应该承担的使命这个角度出发，论证果戈理《书信选》的"不合时宜"："公众在这一点上是正确的：他们把俄国作家视为自己唯一的领袖和保护人，视为带领他们摆脱正教、君主制和民族性的救星，因此，他们从来都可以原谅一位作家写了一本不好的书，却永远不能原谅他写作一本极为有害的书。这表明，我们的社会中还大量存在着新鲜、健康的嗅觉，尽管它暂时还处在萌芽之中，这同样表明，我们的社会是大有希望的。如果您爱俄国，您就和我一起为您这本书的失败而高兴吧！"换句话说，在俄国，你选择做一名作家，你就是选择献身于一项庄严的事业，你同时也就失去了眷念小我、放任自我的权利。正是就这一意义而言，别林斯基绝对不能容忍果戈理的退让，而"一本极为有害的书"就是别林斯基对《书信选》的定性。别林斯基挖苦说，尽管有传闻说政府将大量印制您的这本书，并以最低的价格出售，我还是觉得您的书不会有什么成就，它很快就会被人们淡忘。在信的末尾，别林斯基的语气稍有缓和，但立场却毫无松动，他写道："这便是我最后的结论：如果说您曾不幸怀着高傲的恭顺与您那些真正伟大的作品划清界限，那么如今，您就应当怀着真诚的恭顺来与您的这最后一本书划清界限，用一些足以与您先前那些著作相媲美的新作品来赎罪，以弥补您出版此书的深重罪孽。"

可以看出，别林斯基对果戈理《书信选》的否定主要基于以下几点：首先，面对一个还存在着人压迫人等不公平现象的社会，果戈理所倡导的恭顺和宽容是没有意义的，宗教精神和意识拯救不了俄国，更何况，就连果戈理所倚重的俄国东正教会是否具有真正的宗教性都还是一个值得怀疑的问题，宗教不等于教会，沦为统治者帮凶的神职人员就更无法和基督、基督之子、基督之精神相提并论了；其次，面对俄国黑暗的现实，对君主的效忠就意味着与民众的脱离，俄国的现实需要的是改造而非妥协，果戈理背叛自己先前具有积极社会意义的自然派创作立场，其根源就在于他不了解俄国和俄国的现实，俄国所面临的最为紧迫的历史课题就是废除农奴制，背离了这一目标的俄国作家也就背离了俄罗斯人民的根本利益；最后，在一个文学作为社会良知之体现的国度，作家没有退缩的权利，在这样的历史条件下，像果戈理这样曾写出《钦差大臣》和《死魂灵》的"伟大作家"、社会"导师"和文坛"首领"的变节，就必然成为一个"可耻""卑鄙"的事件。

别林斯基的《致果戈理的信》写成之后，就直接寄给了当时住在比利时奥斯坦德的果戈理，但这封信的抄本很快被传阅开来，据说当时的抄本曾有数百份之多。此信在当时的俄国引起巨大反响，信中对俄国的现实、官方教会乃至沙皇本人的指责，对"正教、君主制和民族性"的官方意识形态的抨击，对废除农奴制的公开呼吁，在当时的公开言论中都是最为大胆的。别林斯基在写完此信后不久回到国内，几个月后就在彼得堡病逝，这使他摆脱了因为此信可能遭受的迫害。

别林斯基的信自然又会引起果戈理的反驳。1847 年 5—7 月间，果戈理写作了《作者自白》。① 此文的写作开始于别林斯基的《致果戈理的信》之前，其完成时间与《致果戈理的信》大致相当，因此，果戈理在读到别林斯基的信后所产生的感触、所提出的反驳，肯定会在其中有所体现。但是在 1848 年 6 月就告别了人世的别林斯基，大约没有机会完整地看到果戈理的这篇文章。

---

① 《作者自白》一文原本无题，《作者自白》（*Авторская исповедь*）的题目是由初次发表此文的舍维廖夫加上去的。

四

　　别林斯基和果戈理的书信论战让当时的许多俄国知识人扼腕叹息，也让后人思索不已。在这场书信论战之后，两位作家似乎都没有太多的作品面世。19 世纪 40 年代后半期的果戈理身体一直多病，长期在国外疗养，他不止一次地感到死神的迫近，因而觉得有必要尽早留下一份"遗嘱"性质的作品。他在《书信选》的《前言》中写道：在出远门去圣地朝觐之前，将自己的信件加以整理，挑出那些最能代表自己思想的书信来，合为一集，万一自己在旅途中遭遇不幸，这些书信便将是一份能完整代表其思想的"精神遗嘱"。所谓的"精神遗嘱"（духовное завещание）①，就是果戈理给自己的《与友人书信选》所下的定义。果戈理于 1848 年 2—4 月前往耶路撒冷朝觐，朝觐之后平安地返回，但是他的《书信选》却的确成了他的"精神遗嘱"，因为在这之后，果戈理就再也没有发表任何大型作品，他在临终前还焚毁了《死魂灵》第二部的手稿，《书信选》于是就成了他的绝笔之作。写出《致果戈理的信》之后不久，别林斯基离开萨尔茨布鲁因回国，途中曾路过巴黎，他在巴黎与赫尔岑见了面，并当面向赫尔岑朗读了《致果戈理的信》，赫尔岑对此信大加赞赏，并称之为别林斯基的"遗嘱"（завещание）②。仅从发表的时间上看，别林斯基在《致果戈理的信》后还有《答〈莫斯科公国人〉》③

① *Гоголь Н.* Собрание сочинений в семи томах. М.：Художественная литература. 1978. Т.6. С.184.

② 这是当时陪伴别林斯基旅行的安年科夫所转述的话，见 *Белинский В.* Собрание сочинений в трех томах. М.：Художественная литература. 1948. Т.3. С.718.

③ 这是别林斯基晚年的一篇重要文章，集中体现了他对于斯拉夫派的态度，遭到别林斯基抨击的这份斯拉夫派杂志大多被译为《莫斯科人》，这里的"Москвитянин"一词并不专指莫斯科一城的人，而是指莫斯科公国时期的俄罗斯人，所以该杂志的名称似应译成《莫斯科公国人》。

《1847年俄国文学一瞥》等文发表，但这些文章的写作时间并不一定全都在《致果戈理的信》之后。两份"遗嘱"，两份"绝笔"，它们无疑是我们步入两位俄国大作家内心世界的一条捷径。如今，重温别林斯基和果戈理这两份已经有一个半世纪历史的珍贵文献，我们仍然会感触颇多。

首先，这场书信论战是性格的碰撞，是不同生活经历导致的结果，是不同社会立场引起的对峙，同时这也是一场君子之争，是一场思想者的交锋。两位俄国大作家在各自的书信中所表现出的坦荡和真诚，足以让后世的文人深感钦佩。写作《书信选》之前的果戈理，已经因为《钦差大臣》和《死魂灵》等杰作而称雄于俄国文坛，包括别林斯基在内的当时的一些批评家，甚至认为果戈理的创作意义是大于普希金的。然而，已经通过自己的创作赢得文学首领地位的果戈理，却不受自己的盛名之累，义无反顾地告别昨日的自我，向世人袒露自己的世界观转变，甚至不惜因此而得罪自己的好友和恩人。写作和发表《书信选》前后的果戈理，内心不是没有过犹豫和痛苦的，这在《书信选》的字里行间不难感觉到，但为了把真实的自我展示给世人，他似乎又别无选择。他坚信："在我的书信中……可以找到对人更为有用的东西。"① 而别林斯基，作为果戈理文学天赋的发现者，甚至是果戈理这个"文学神话"的制造者，在敏锐地感觉到果戈理的思想变化之后便毫不犹豫地予以迎头痛击。在他那里，所谓的文坛交情和人际关系，一旦涉及原则性的文学立场问题，似乎都会变得无关紧要。然而，在痛斥果戈理的变节行为的同时，别林斯基却丝毫也没有因此而贬低果戈理《书信选》之前的创作，在《致果戈理的信》之后发表的《答〈莫斯科公国人〉》一文中，别林斯基仍在一如既往地捍卫果戈理的文学成就和文学地位。对于他们两人而言，寻求并捍卫自己心目中的真理，这比什么都更为重要。别林斯基和果戈理以几乎相同的方式留下了他们的"精神遗嘱"。也许，他们的

---

① *Гоголь Н.* Собрание сочинений в семи томах. М.：Художественная литература. 1978. Т.6. С.184.

书信所涉及的内容让生活在今天的我们已经感觉有些隔膜，但他们以坦荡、真诚的君子心态书写自己思想遗训的举动本身却无疑有着更为持久的启迪意义。无论是别林斯基不屈不挠的斗士精神，还是果戈理直面内心的忏悔意识，都同样能够感动我们。

其次，两位作家的书信争论与当时俄国社会中斯拉夫派和西方派两种思想倾向之间的斗争又是紧密结合在一起的。传统的俄国文学史和思想史总是竭力避免把果戈理说成是斯拉夫派，把别林斯基说成是西方派，似乎一旦给他们贴上这样的标签，就是在贬低别林斯基和果戈理这样的大作家。这无疑与苏维埃时代将斯拉夫派和西方派均视为资产阶级自由派的意识形态定论不无关系。说别林斯基或果戈理是超越某一派别的，自然不错，因为所有的大作家、大批评家总是不会被某一团体的利益所左右，不会被某一派别的条条框框所束缚。然而，若是脱离斯拉夫派和西方派之争论这个大的社会思想背景来看待果戈理和别林斯基的书信之争，就有可能导致对两人思想立场的片面理解，就有可能总是纠缠于两人在这场争论中谁是谁非的简单的价值判断。别林斯基曾和格拉诺夫斯基一同被视为西方派的领袖，从《致果戈理的信》中对俄国教会、俄国独特使命论和俄国的"东方"属性的抨击，以及对西方启蒙主义和理性精神的鼓吹，不难看出别林斯基始终坚持的西方派立场。在稍后的《答〈莫斯科公国人〉》一文中，别林斯基更是对斯拉夫派进行了公开的、直截了当的抨击。在回答对手关于自己观点多变的指责时，别林斯基针锋相对地说道，他自己的反斯拉夫派的立场就未曾改变过："比如，在如此之久的时间里，他（指别林斯基自己。——引者按）关于斯拉夫派所说的话就始终没有改变，他可以明确地担保，他的这一态度永远不会改变。"[1] 别林斯基还明确地指出，他与斯拉夫派之间的争论不是

---

[1] *Белинский В.* Собрание сочинений в трех томах. М.：Художественная литература. 1948. Т.3. С.759.

个人趣味问题，而是一场"思想斗争"①。如此看来，说写作《致果戈理的信》时的别林斯基在斯拉夫派和西方派的争论中是站在斯拉夫派的对立面上的，而且他的这一立场一直持续到他生命的最终，恐怕是没什么错的。再来看一看果戈理。在《书信选》中，果戈理虽然貌似公允地对斯拉夫派和西方派各打五十大板，但他的思想倾向无疑更接近斯拉夫派，这从前文对《书信选》的转述中可以清楚地看出来。对古代俄国村社制度的眷恋，对俄罗斯民族宗教性以及因此而肩负的世界性使命的认同，对俄国教会的寄予厚望，对英明君主的殷切希冀，所有这些，都是最为典型的斯拉夫派观念。在上面提到的别林斯基的《答〈莫斯科公国人〉》一文中，别林斯基写道："我们知道，莫斯科的斯拉夫派先生们可以得意扬扬地至少给我们指出文学中的两个著名人物，这些人物即便不完全属于斯拉夫派，也或多或少地对斯拉夫派抱有同情，他们特别可以指出来的，就是《与友人书信选》出版之后的果戈理。"② 也就是说，在别林斯基看来，发表了《书信选》之后的果戈理，其思想立场已经倒向了斯拉夫派。

无论是一贯坚持西方派立场的别林斯基，还是在晚年才开始"同情"斯拉夫派的果戈理，其思想倾向都无疑带有那个时代的烙印。他们在 19 世纪 40 年代末所进行的这场书信论争，既是斯拉夫派和西方派思想论争的一个具体体现，同时也为两个派别之间的继续对峙提供了新的理由。说早期的别林斯基是西方派的首领，说晚年的果戈理公开站到斯拉夫派阵营中去了，这似乎并不构成对两位大家的贬低和简化，反而是对那个时代文学历史的真实描述。其实，那一时代分别持有这一派别或那一派别之观点的思想家和作家，其数量可能远比我们想象的要多，那

① *Белинский В.* Собрание сочинений в трех томах. М.：Художественная литература. 1948. Т.3. С.716.

② *Белинский В.* Собрание сочинений в трех томах. М.：Художественная литература. 1948. Т.3. С.722.

场争论的"隐在"规模可能远比我们想象的要大。其实，那个时代的每一位大作家几乎都程度不等地卷入了那场涤荡整个俄国知识界和思想界的大争论。在斯拉夫派和西方派之争的历史背景下去看待果戈理和别林斯基书信论战的个案，把两人的思想立场与两种大的社会取向挂钩，这样也许能对论战的双方做出更贴切、更公允的理解。

最后，与上述一点相关的，就是文学史和思想史上关于别林斯基和果戈理之争的评价在不同历史时期的演变。《致果戈理的信》写成后，几十年里一直是官方最为忌讳的禁书，陀思妥耶夫斯基就是因为在一次秘密集会上朗诵此信而获罪的。在俄国国内，别林斯基的信直到1872年才公开发表。相比较而言，《书信选》则得到了官方的首肯。但半个世纪过后，在十月革命之后的苏维埃时代情况却出现转变，别林斯基的"革命"功绩受到追认，而果戈理的《书信选》却在文学史教科书中被定性为"反动著作"，从此被打入冷宫，甚至也一度遭禁，直到1952年才完整面世。两部"禁书"，一前一后，分别被禁了30年左右！苏联解体之后情况再次发生变化，果戈理《书信选》中的宗教内涵得到越来越多的阐释和认同，而别林斯基的"斗士"姿态却似乎遭到了越来越多的厌弃，甚至嘲讽。作为争论双方的别林斯基和果戈理，在不同的时代遭遇不同的对待，而且还总是"此起彼伏"，这样的历史遭际应该让我们有所思索。对某一位作家的评价常常是随着时代背景的变迁而变迁的，在意识形态变化频仍的俄国，情形更常如此。其实，对于一位作家而言，言其"进步"或"反动"、"革命"或"保守"，这本身就是一个简单化的标签，这更像是一种政治评判，而非美学评判。诸如此类的定论，对于任何一位作家都是不公平的。在文学的历史中，似乎只应该有好的作家和不好的作家之分，而不应该有"进步的"作家和"不进步的"作家之分；只应该有被遗忘的作家，而不应该有什么"反动"作家。对一个文学家，不应该有过多的是非功过评价，而应该更多一些美学评价。对于俄国作家，则尤其应该淡化意识形态化的分类。即使非得做出意识形态方面的评价（对于某些思想性极强的作家和批评家，对其进行意识形态和思想评价是不可回避的），也应当尽可能地保持冷静的态度和中立的立场。

1855 年，赫尔岑将别林斯基的《致果戈理的信》发表在他的《北极星》上，并在编者按中写道："别林斯基和果戈理都已经不在了，但别林斯基和果戈理属于俄国的历史，他俩之间的争论是一份非常重要的文件。"[1] 果戈理的《与友人书信选》和别林斯基的《致果戈理的信》不仅是具有重要意义的历史文献，同样也是包含着恒久启迪意义的文学文本。

原载《外国文学评论》2006 年第 1 期

---

[1] *Белинский В.* Собрание сочинений в трех томах. М.：Художественная литература. 1948. Т.3. С.896.

利哈乔夫关于俄国的"思考"

20 世纪末，当人们依然在就俄国文化究竟具有东方属性还是西方属性的问题进行持久、激烈争论的时候，俄国著名学者利哈乔夫院士却对俄国文化的南北属性给予关注，并进而对俄国文化的总体特征进行了一番独到的思考。而他集中表述其观点的著作，就是《思考俄国》(*Раздумья о России*，1999)① 一书。利哈乔夫的这番"思考"，对我们深化关于俄国及其文化的认识无疑是大有裨益的。

一、"20 世纪的同龄人"

德米特里·谢尔盖耶维奇·利哈乔夫（1906—1999）出生在彼得堡，父亲是一家印刷厂的工程师。利哈乔夫的大学生活开始于苏维埃时代，他于 1923—1928 年间在列宁格勒大学社会科学系学习，同时学习俄国古代文学和英国文学，并撰写了两篇毕业论文：一篇论述俄国文学中以尼康主教为描写对象的小说创作，一篇论述 18 世纪末至 19 世纪初

---

① 中译本书名为《解读俄罗斯》，吴晓都、王焕生、季志业、李政文译，北京大学出版社 2003 年版。

的俄国对莎士比亚创作的接受。1928 年 2 月 3 日，在一次大学生们组织的座谈会上，利哈乔夫做了发言，半开玩笑地论证了古代正字法的优点，他因此受到迫害。1931 年，利哈乔夫在北海—波罗的海运河工地接受强制性劳动，一年之后被提前释放。此后，利哈乔夫做过校对和编辑等工作，1938 年得以进入苏联科学院俄罗斯文学研究所（普希金之家），1941 年以一篇论述诺夫哥罗德编年史的论文获得副博士学位。1947 年，他又以题为《11—16 世纪编年史之文学形式史略》的论文获得博士学位。

利哈乔夫学识渊博，学术兴趣广泛，一生写有数十部著作，数百篇文章。他涉猎的研究领域有文学、文本学、史学，甚至还有建筑学和园艺学等。在利哈乔夫之前，俄国古代文学作品大多只被视为具有历史意义的文献，而利哈乔夫则将其中的许多作品看成具有真正艺术意义的遗产，是一个具有独特价值的艺术世界。他甚至断言，俄国的古代文学就其艺术价值和意义而言，并不亚于 18、19 和 20 世纪的文学，只不过在题材、体裁和风格上有所不同而已。在研究俄国古代文学时，利哈乔夫是将其作为整个文化的组成部分来看待的，这就使他的文学研究带上了浓厚的文化研究意味。比如，通过文学与圣像画、宗教仪式、民间习俗等的比较，他对俄国古代文学中的人物形象、主题等做出了许多系统的归纳。

利哈乔夫的学术研究重点主要集中在俄国古代文学和俄国古代文化这两个领域，他在前一领域的研究又主要集中在以下四个方面：一是对《伊戈尔远征记》的研究，如《〈伊戈尔远征记〉——俄国文学的英雄序言》《〈伊戈尔远征记〉及其时代的文化》等；二是对俄国古代编年史的研究，如其副博士论文《12 世纪诺夫哥罗德编年史汇编》、专著《俄国编年史及其文化历史意义》等；三是对古代俄国文学的整体研究，包括古代俄国文学中的人、风格和诗学及其与时代的关系，相关论著有《古代罗斯文学中的人》《古代俄国文学的诗学》《10—17 世纪俄国文学的发展：时代和风格》《伟大的遗产：古代罗斯文学的经典作品》；四是关于古代俄国文学的文本研究，代表作为《文本学：以 10—17 世纪的俄国文学为素材》。

在利哈乔夫关于古代俄国文化的研究著作中既有宏观性的史著，如《10—17 世纪俄罗斯民族的文化》《大诺夫哥罗德：11—17 世纪诺夫哥罗德文化史纲》《安德列·鲁勃廖夫和智者叶皮凡尼时代的罗斯文化》，也有一些具体研究，如《古代罗斯的笑》《古代罗斯的"笑世界"》（与潘琴科和波内尔科合作）等。

利哈乔夫以古代罗斯为研究对象，同时注重文学和文化两个范畴，在文化的大背景下审视文学，在文学作品中发掘具有普遍意义的文化精神，通过对文学和文化之间复杂互动关系的把握，不仅"激活"了罗斯文化的遥远过去，而且对俄国文学的内在精神、俄国文化的基本特征，乃至俄罗斯民族的普遍特性，都做出了深刻、独特的归纳和勾勒。

利哈乔夫作为一位文化大师的贡献，还在于他在 20 世纪 80 年代提出了"文化学"（культурология）的概念。这一概念提出以后，在原苏联和俄国受到关注，迅速成为一门显学，甚至取代了苏联高校中先前开设的政治类课程而成为一门各专业学生必修的基础课。他仿照韦尔纳茨基院士首创的"生物圈"（биосфера）和"智力圈"（неосфера）概念而提出的关于语言的"概念圈"（концептосфера）和关于文化的"人文圈"（гомосфера）等概念，也在学界产生了非常深远的影响。

值得一提的是，学术兴趣十分广泛的利哈乔夫还写作了许多"专题性"著作，除了前面提及的《文本学》外，还有《文学—现实—文学》《艺术创作哲学概论》和《从古代到先锋派的俄国艺术》等。自 20 世纪 80 年代起，他的文化论文集一本接一本地出版，如《亲爱的故土》《论俄国》《回忆集》《笔记与观察：历年笔记选》以及《知识分子论集》等。这些文集雅俗共赏，社会影响很大，大多多次再版，尤其是以"致青年读者"为副标题的《善与美书简》一书，更是畅销了近 20 年，几乎每隔三五年就要重印一次。《思考俄国》是利哈乔夫此类文化论集中的最后一部，该书原版的内封上是一幅蓝天白云的照片，照片上叠印着这样一行文字："《思考俄国》——德米特里·谢尔盖耶维奇·利哈乔夫的最后一本书。他于 1999 年 9 月 22 日将此书手稿交至出版社，八天之后他就去世了。"

利哈乔夫诞生于世纪之初，逝世于世纪之末。这位"20 世纪的同龄人"的一生，串联起俄国十月革命前、苏维埃时代和苏联解体之后这三个历史时期，20 世纪的俄国历史在他身上获得了一个集中的反映。利哈乔夫曾自称："我终身都在探究罗斯，对于我来说，没有什么能比俄国更珍贵。"① 他在数十年的时间里坚守俄国的文化，坚守俄国文化的价值，其身影已成为"俄国知识界之良心"的象征。早在 1984 年，一颗由苏联科学家发现的、编号为 No.2877 的小行星就被命名为"利哈乔夫星"，而在俄国文化的星空中，利哈乔夫的确像行星一样闪烁着耀眼的光芒。

二、俄国文学和文化的"合唱原则"

俄国文化在时间上并不显得十分长久，但其所存在的空间却是世界上大多数民族的文化所无法比拟的，利哈乔夫正是从文化与空间的关系入手来解读俄国文化的特色的。这种文化大空间既是种族起源和地理位置意义上的，同时也是就其语言和宗教等的复杂构成而言的。利哈乔夫形象地把俄国文化的这种多元构成称为"合唱原则"（хоровое начало，第 22 页）。

---

① *Лихачёв Д.* Раздумья о России. СПб.；LOGOS. 1999. C.7. 以下自该书引文只在引文后的括号中标明页码。

东斯拉夫人世代居住的东欧平原历来地广人稀，大地上还布满森林、草原、湖泊和沼泽，这就使斯拉夫人产生了强烈的交往愿望，产生了征服空间、克服孤独的需求，由此而来的就有俄罗斯人与生俱来的"对敞向旷野的多声部、对合唱的热衷"（第13页）。这一热衷"举世罕见"，"因此，在森林、沼泽和草原间，人们渴求确认其存在，建起灯塔一般高高的教堂来昭示自我。这些教堂通常都矗立在河流的转弯处，湖岸上，或直接建在山丘上，以便人们从远处就能看见它们。"（第13页）城市和乡村间绵延着的荒无人烟的空间很难被征服，它们一方面强化了"分离的原则"，另一方面也导致出对远方的渴望，从而催生出"统一的原则"。好客和交往，催生出了俄罗斯人"关于整个人类的概念"（第14页），也就是陀思妥耶夫斯基在他那篇关于普希金的著名演讲中所言的"全人类性"（всечеловечность）。在俄国，"结合的元素"和"分离的元素"并存，"合唱的原则"和"抒情的原则"共生，并因而派生出"数千种文化"。巨大的生存空间必然会形成多种多样的生活习俗，多种多样的文明方式；反过来，巨大的文化空间又为新的文化因子的落地生根提供了可能，更为重要的是，这种广袤的文化空间还会对居住其间的人产生深远的心理影响。因此，利哈乔夫说："俄国是无边际的。这不只是就其非常多样的种族和多样的文化而言的，而且也是就其居民的精神层面的多样而言的。"（第11页）"广袤无垠，这不仅是俄罗斯人所居住的空间之特征，也是俄罗斯人的天性之特征，俄国的文化之特征。形式的多样，其文化遗产的多样，'地区性'文化巢穴和书籍中心的多样，在很大程度上决定了其在与不同时代、不同民族文化价值交往时表现出的罕见的自由。"因广袤无垠而丰富多彩，继而自由开放，"巨大的国家总是拥有巨大的文化遗产，并带着自由、丰富的个性的慷慨来支配这笔遗产"（第20页）。

在关于俄罗斯国家起源的传说中，俄罗斯民族的包容性得到了一个最好不过的体现。据《往年故事》记载，是俄罗斯人主动邀请瓦兰人

（варяги，又译"瓦兰吉亚人"）三兄弟希涅乌斯、特鲁沃尔和留里克入主东斯拉夫土地的。从此，由东斯拉夫人和瓦兰人共同组建起来的"留里克王朝"就在俄国站稳脚跟，一直延续下来，直到它被罗曼诺夫王朝所取代。

从俄罗斯语言和文学的起源和发展来看，也同样存在着某种"多元"现象。俄国的文学曾经诉诸过"两个语言中心"，即"教会斯拉夫语言"（церковнославянский язык）和"俄罗斯传统口语"（язык разговорный，традиционно-русский）以及"谚语和固定词组，编年史、法律文献、古罗斯小说、讽刺作品等经常运用的语言"（第15—16页）。至于文学和诗歌的体裁，则先后或同时具有民间的、教会斯拉夫的、波兰的、西欧的等多种形式，在东斯拉夫民族之内又有俄罗斯的、白俄罗斯的和乌克兰的等形式，"而且令人惊奇的是，任何一种体裁都不曾不留痕迹地消失，任何一个大的文学层面也都不曾了无踪迹地消失！"

俄国宗教的起源和构成更体现着某种杂糅性和混成性。俄国是一个信奉东正教的民族，自公元988年的"罗斯受洗"以来，俄国一直自视为、也被公认为基督教大家庭中的一员。然而，俄国所处的特殊地理位置使它一直是各种宗教相互角逐的场所，来自东方的佛教、西方的天主教、东南部的伊斯兰教和西北部的新教，对俄国都有程度不等的影响，而南俄地区更一直是基督教、伊斯兰教和犹太教等激烈对抗的"热点"地区。不过，利哈乔夫认为，由于俄罗斯民族对包括宗教在内的异域文化的"好客"和"宽容"，各种宗教在俄国和睦相处，除了东正教外，"在俄国保存下了多种宗教和信仰——天主教的信仰和路德教的信仰，还有伊斯兰教、佛教和犹太教"（第42页）。除了这一多种宗教信仰共存的局面之外，利哈乔夫还在东正教和多神教的相互渗透中看出了俄国宗教自身的复杂构成。在《罗斯受洗和罗斯国家》一文中，利哈乔夫指出：多神教并非严格意义上的宗教，而是多种信仰和崇拜的混合体，因此，"罗斯受洗"就并不是一种宗教对另一种宗教的取代，而呈现为一种体系完善的宗教与原始宗教崇拜的相互渗透和相互结合。"在罗斯接受基督教的过程中最幸运的因素之一，就是基督教的传播并未导致针对多神教的过分苛求和教训。""基督教平和地步入了民间的生活"，正教教会也没有对多神教的仪式和信仰采取过激行为，"相反，却渐渐地将基督教思想引入多神教，在基督教中看到民间生活的和平变化"（第76页）。然而，这种相互影响和渗透的最终结果又绝对不是"双重信仰"（двоеверие），只不过，多神教的习俗获得了某些基督教色彩，而基督教也吸收进了某些多神教的因素，如俄罗斯民族传统的"水信仰"（верования в воду）和"土地崇拜"（культ земли）在基督教中的残留等。"基督教的被接受并没有取代多神教的底层，就像高等数学不会取代基础数学一样。在数学中不存在两种科学，在农民阶层中也不存在双重信仰。"（第81页）利哈乔夫以此说明，俄国的宗教，无论从历史的起源还是从现实的构成来看，较之于其他欧洲国家而言都呈现出更多的复杂性和丰富性。

两个（或更多）民族合力组建的国家体制，"两个语言中心"，南北并立的两个古都（基辅和诺夫哥罗德），"双重信仰"，直至俄罗斯民族性格中时常表现出来的极端性，俄国文化中诸如此类的两元或多元构成，就是利哈乔夫所给出的"多声部"现象和"合唱原则"的实际例证。他最后得出的结论就是："我们在前面曾写到，在中世纪（以及稍后一段时期），俄国文化曾是多个不同文化中心的移动结合部。在那些文化中心里，有着许多不同时代、不同性质的构成……由于领土的和社会的原因，这些中心也曾相互分离。其结果就是，俄国文化既有一些非常古老的层面，也可能存在着一些轻易形成的崭新层面。""就其文化类型之丰富而言，就这些文化类型中各种不同特点之融合的复杂性而言，就其多种文化类型之不同体现的活力而言，最后，就其多种文化类型与其他民族的关系而言，俄国未必不是一个独一无二的国家。"（第26页）

在另一个地方（第 56 页），利哈乔夫还曾将俄国文化的这个特征表述为
"全球性"（вселенскость）和"包容性"（универсализм）。

三、"斯堪的纳斯拉夫"

《思考俄国》一书中的《俄国从来不是东方》一文，是利哈乔夫关
于俄国文化属性问题的一个比较集中的表达，此文还有一个很长的副标
题："论历史规律性和民族特性：欧亚抑或斯堪的纳斯拉夫？"在一个设
问之上，明确给出了一个仿佛毋庸置疑的论断："俄国从来不是东方"。

像大多数俄国的文化人一样，利哈乔夫也对俄罗斯民族曾被蒙古
鞑靼人长期统治的历史事实耿耿于怀，并进而千方百计地洗刷自身的
"东方"色彩。不过，利哈乔夫的"洗刷"方式是比较独特的，因为他
创造性地组合出了"斯堪的纳斯拉夫"（Скандославия）[1] 一词，并以此
与俄国文化史中著名的"欧亚"（Евразия）[2] 一词形成对比。

"斯堪的纳斯拉夫"一词是由"斯堪的纳维亚"（Скандинавия）和
"斯拉夫"（Слав）两词的词根拼合而成的，意指俄国文化主要是北欧
和南欧文化相互交融的结果。利哈乔夫认为，在俄国古代历史中，南北
之间的文化交流，其意义远大于东西之间的文化交流，因为它自东方的
获得"非常之少"，因此，较之于"欧亚"的定义，"斯堪的纳斯拉夫"
的定义对于俄国来说要贴切得多。所谓来自南方的影响，主要是指拜占
庭和保加利亚对俄国在宗教信仰和文字起源等方面的影响，最为突出的

---

[1] 在书中的另外两个地方，利哈乔夫还曾以"斯堪的纳拜占庭"（Скандовизантия）一词
来表达相近的意思，见该书第 539 页（《古都诺夫哥罗德是彼得堡的先驱》）、第 628 页
（《论俄国知识分子》）。

[2] 利哈乔夫在书中还提到了与其同时代的史学家列夫·古米廖夫关于"欧亚"的另一种表
述，即 Евразийство，见该书第 629 页（《论俄国知识分子》）。

例证就是东正教信仰和基里尔字母的传入；而所谓来自北方的影响则主要体现在社会结构和军事体制等方面，最为突出的例证就是瓦兰人的应召入俄以及留里克王朝的建立。利哈乔夫写道："人们通常将俄国文化定性为一种介乎于欧洲和亚洲之间、西方和东方之间的一种过渡文化，但是只有从西方看罗斯，才能看出这一毗邻状态。事实上，亚洲游牧民族对定居的罗斯之影响是微不足道的。拜占庭文化赋予罗斯以基督教的精神特性，而整个斯堪的纳维亚则赋予罗斯以武士侍卫体制。"（第35页）这一文一武两种极不相同的文化潮流，纵贯辽阔的东欧平原，共同融合成了俄国独特的文化传统，因此，利哈乔夫坚定地重申，在俄国文化起源中"发挥决定性作用的"，"是南方和北方，而不是东方和西方；是拜占庭和斯堪的纳维亚，而不是亚洲和欧洲"（第36页）。

接下来，利哈乔夫就将主要精力放在了对俄国的"非东方性"的论证上，他一一说明俄国并不具有那些被强加在它身上的所谓"东方特征"：1.国家传统问题。人们通常认为，俄国没有民主传统，没有正常的国家政权传统，利哈乔夫认为"这又是一个偏见"。俄国实际上拥有其民主和法制传统，"王公会议"（снемы）等议会形式早就存在，而第一部俄国法典于1497年拟定，比其他民族的同类法典要早得多。2.绝对君主制问题。利哈乔夫提醒大家，俄国的绝对君主制是与彼得一世的改革同时从西方传入的，也就是说，反而是西方的舶来品，正是主张全盘西化、欧化的彼得空前地削弱了贵族杜马和主教的权力，建立了绝对君主体制。3."第三罗马"理论问题。利哈乔夫注意到，"莫斯科是第三罗马"这一具有"侵略"意味的"莫斯科帝国主义"理论，居然是由当时还不从属于莫斯科的普斯科夫城中一个不大的修道院中的长老费洛菲伊提出的。作为这一学说之"作者"的费洛菲伊，或许最少意识到这一概念的"宏大"。这一理论实际上是成千上万后代理论家，如果戈理、康·列昂季耶夫、丹尼列夫斯基、弗·索洛维耶夫、萨马林、维亚切斯拉夫·伊万诺夫、别尔嘉耶夫、谢·布尔加科夫、费奥多罗夫和弗罗连斯基等人，不断添加、堆砌的结果。这些理论家们之所以不提"第二君士坦丁堡"，是因为君士坦丁堡已在 1453 年落入异教徒之手，且拜占庭的东正教又在佛罗伦萨与天主教合并了，俄国历代理论家越过君士坦丁堡而自视为奥古斯都的直接继承人，不过是想论证其身份的合法和文化的正统而已。4. 农奴制问题。直到 1861 年才废除的俄国农奴制，其不合理、不公正和不人道向来是一个常被人谈论的话题，也一直是 19 世纪俄国批判现实主义文学所抨击的主要对象。然而，即便是对俄国历史上这个最主要、最醒目的消极特征之一，利哈乔夫也作出了此类开脱性的解释：整个俄国的北半部就从未实行过农奴制，它在中部地区的实行也很晚，每年让农奴可"自由流动"的"尤里节"（Юрьев день）也在一定程度上减轻了农奴制的残酷性；波罗的海国家和喀尔巴阡国家中的农奴制，其出现远比俄国早，而波兰、罗马尼亚和美国等国农奴制的废除又远在俄罗斯之后。5. 关于"俄国脱离欧洲说"。利哈乔夫认为，"俄国与欧洲相脱离"这一"神话"的创造者恰恰就是彼得一世本人，是他为了自己的政治目的和外交策略而有意制造出这一理论的。其实，在彼得之前的七百年间，俄国并不是与欧洲相脱离的。早在鞑靼人入侵之前，俄国与南、北欧国家就有着紧密的联系，诺夫哥罗德就曾是汉萨同盟①的成员，著名的"瓦兰人至希腊人之路"（путь из Варяг в Греки），在 9—11 世纪也一直是波罗的海和地中海国家之间的主要商路。6. 关于文化的落后性。对于诸如"俄罗斯人没有文化"之类的说法，利哈乔夫非常不以为然。他指出，具有千年发展历史的俄国文化毫无疑问是"中等偏上"（выше среднего）的。为了证明这一点，利哈乔夫不厌其烦地列举出各个文化领域中俄国天才大师们的姓氏。对于那种称俄国为"文盲国家"的说法，利哈乔夫也针锋相对地指出：考古发现的俄国桦

---

① 14—17 世纪北日耳曼的汉堡、不来梅和卢俾克等城市以垄断北欧商业为目的而建立的商业和政治联盟。

皮文献和古代文件上就有大量的签名；历代对识字者的统计，都把为数甚多的分裂教徒排斥在外；到了19世纪，俄国的国家藏书量就已居世界第三。最后，利哈乔夫心平气和地写道："我们的历史不比其他民族的更差，也不比他们的更好。"（第49页）

在《思考俄国》一书的其他文章，利哈乔夫不止一次地重复了上述论点。在《关于俄国的诸多新旧神话》一文中，他几乎逐条重申了他为俄国作出的这些辩护；在《古都诺夫哥罗德是彼得堡的先驱》一文中，他写道："无论就其国家起源还是就其文化实质而言，俄国都是斯堪的纳拜占庭，而非欧亚。"（第539页）在《论俄国知识分子》一文中，他再次重申："对于俄国而言，始终存在的一个基本问题就是北方和南方的问题，而非西方和东方的问题。"（第623页）"事实上，俄国无论如何都不是欧亚。如果从西方看俄国，那么当然，俄国是处于西方和东方之间的。但是这只是一个纯粹地理学的观点，我甚至要说，这只是一个'地图学的'观点。因为，将西方和东方区分开来的是文化上的差异，而不是地图上标示的假定界线。就宗教和文化而言，俄国都毫无疑问是欧洲。而且，在其文化中，西方的彼得堡和东方的符拉迪沃斯托克之间并无很大的差异。就其文化而言，俄国与西方国家间的差异并不比西方国家相互之间的差异更大，如英国和法国的差异，或荷兰和瑞士的差异。在欧洲也存在着多种文化。将俄国与西方连为一体的一个重要中介，当然就是知识界，虽说这不是唯一的中介。对于俄国而言，'东方和西方'的问题所发挥的作用要小于'南方和北方'的问题。对于这一点，似乎还无人予以特别的关注，可事实却正是这样的。"（第627页）

从南北文化的交流和融合来论证俄国文化的特性，这是利哈乔夫一个独到的见解、睿智的发现，但是，要通过说明俄国的"非东方性"来佐证自己的"斯堪的纳斯拉夫"学说，这却多少体现出了利哈乔夫作为一个欧洲学者的某种偏颇，甚至幼稚。也许，他所断言的俄国对东方的接受非常之少的观点，其表现之一也许恰恰就是他本人对东方和东方文化的陌生，而对东方并不十分了解的他又何从论证俄国的"非东方性"呢？其结果，他就把不民主、专制和文化落后等一大堆"帽子"从俄国的脑袋上摘下来，又扣在了整个东方的头上。他对西方世界对俄国的误解发出了正当的抗议，却又在不自觉之中重复了西方文化优越论的老调，将西方世界对于俄国的傲慢与偏见又不正当地转嫁给了东方。东方就意味着文化落后，因此，"从来不是东方"的俄国便不存在文化上的落后，且不说这样的逻辑是否合理，仅在这样的思考方式之中，我们就不难揣摩出利哈乔夫内心的文化民族主义意识。这样一来，他这个让人感到颇为新奇的"斯堪的纳斯拉夫"概念，其提出的初衷和潜在的内涵中就或多或少地掺杂进了一些利哈乔夫的"私心"和"杂念"。

其次，利哈乔夫在论证俄国文化西方属性时提出的一个重要论据，就是俄国知识分子所具有的"欧洲教养"（европейское образование）："俄国知识分子的属性，这首先就是具有欧洲教养的思想独立性。"（第618页）"知识分子属性的基本特征之一就是教养性。对于俄国知识分子属性来说，其教养始终是纯西方类型的。"因此，俄国文化便自始至终具有鲜明的西方色彩。说俄国知识分子是联系俄国与西方的文化纽带，此话固然不错，但若要借俄国知识分子的西方属性来论证俄国的西方属性，就不免有些牵强了，因为，东方自古以来也不乏具有独立人格和自由精神的知识分子，西方的知识分子（即便是按照利哈乔夫的"内心自由"和"创造精神"等两个标准框定的知识分子）也无疑是多种多样的，所谓"教养"（образованность）和"知识分子属性"（интеллигентность），都不应该仅仅是一种欧洲现象和西方现象。

四、一位独特的西方派

近代以来的俄国思想家在就俄国的历史发展道路、俄国文化的特征和价值等发表看法时，都或多或少地会体现出某种倾向性，也就是说，会程度不同地表现出某种或是更接近斯拉夫派、或是更接近西方派的思想立场，利哈乔夫也不例外。但是，当我们试图对利哈乔夫的身份和立场进行论证的时候，却遇到了一些麻烦。

利哈乔夫无疑是一位具有西方派思想传统的俄国知识分子，这从我们上述的一些引文中不难看出。他强调俄国文化的欧洲属性，强调俄国知识分子的欧洲教养，甚至强调西方文化较之于东方文化的某种优越。他不仅主张俄国疏远东方，甚至认为俄国"从来不是东方"，对于斯拉夫派津津乐道的"特殊使命说"，利哈乔夫更是直截了当、针锋相对地指出："俄国过去和现在都不肩负任何特殊使命！"（第 46 页）但是，利哈乔夫又不是一个一般意义上的西方派，这主要是就他所坚持的两个立场而言的。

首先，是他对斯拉夫派和西方派的评价。在《思考俄国》一书以及其他著作中，利哈乔夫不止一次地对斯拉夫派和西方派作出过直接的评判。让我们感到惊讶的是，在对上述两个思想派别所做的历史评价中，我们每每感觉到，利哈乔夫似乎更同情、更赞同斯拉夫派，而对西方派则表现出了较多的责怪，甚至反感。在《思考俄国》中，利哈乔夫关于斯拉夫派和西方派谈论最多的一篇文章就是《近代俄国文化和古代罗斯》。在这篇文章中，利哈乔夫对于大多数西方派人士都推崇并鼓吹的彼得一世及其改革提出相当严厉的批评，认为那只是彼得自己制造的一个神话，以便俄国的历史能循着他的意愿向前发展。彼得需要靠近欧洲，就说他之前的俄国是与欧洲相脱离的；他需要俄国更快地发展，就说之前的俄国是保守的，静止的；他需要创建一种文化新风尚，就说旧的文化一文不值。为了前进，就必须对一切旧事物予以打击，于是，彼得之前整整七个世纪的俄国历史和文化就不断遭到贬损和否定。在对关于彼得及其改革的"神话"进行一番追根溯源之后，利哈乔夫点出了这一理论的始作俑者之一——卡拉姆津，正是卡拉姆津在其写于 1811 年的《政治和公民关系中的新旧俄国》一文中首次提出了这个"错误的命题"：古代罗斯的文化是静止的，农民性质的，彼得的改革只涉及上层，因而造成了俄国社会的分裂。利哈乔夫接着指出："卡拉姆津的这个论断既体现在斯拉夫派的观点中，同样也体现在斯拉夫派敌手们的观点中。西方派也好，斯拉夫派也好，都同样注意到了古代罗斯文化的一些基本特征，只不过，一派在对这些特征做减法，一派则在做加法。"（第360页）稍后，他又再次将两个派别相提并论："在18、19整整两个世纪的时间里，无论是斯拉夫派还是所谓的'西方派'，就是这样看待罗斯的。只不过，一派持正面看法，另一派则持否定观点，但实际上两派的态度是相似的。这两种倾向的理论基础，都是由卡拉姆津在那篇关于'新旧俄国'的札记中所奠定的。"（第369页）将两个激烈对峙的思想派别相提并论，这已经不是一个传统的西方派人士应该持有的思想立场，更何况，在对彼得、卡拉姆津发出指责的同时，利哈乔夫还将恰达耶夫、屠格涅夫等西方派人士与康·阿克萨科夫、伊·基列耶夫斯基等斯拉夫派人士放在一起，指出他们各自的偏颇。可以说，在思想倾向上，利哈乔夫似乎已经摆脱了斯拉夫派和西方派各自立场的狭隘性，开始从一个更为旁观（或更为客观）的角度来看待斯拉夫派和西方派的历史纠葛。我们还注意到，在自己的同时代人中间，利哈乔夫对分别为新西方派之代表的萨哈罗夫和新斯拉夫派之代表的索尔仁尼琴又都同样给予了非常正面的评价。

其次，是他对俄国古代历史和文化的无条件推崇。一般而言，俄国思想史上的西方派是比较轻视俄国古代文化遗产的，而研究俄国古代文化出身的利哈乔夫，正是在这一点上与传统西方派大相径庭。他不仅认为俄国古代文化遗产具有独特的认识和审美价值，甚至还认为它丝毫不亚于同时期欧洲其他民族的文化，丝毫不亚于俄罗斯民族之后任何一个时期的文化。可以说，这样一种毫无保留的推崇态度不仅是传统的西方派人士所不具备的，甚至是大多数斯拉夫派人士也不曾道出的。

基于这两点，我们倾向于将利哈乔夫视为一个"独特的西方派"：较之于历史上激烈交锋的那两个派别及其思想家，利哈乔夫似乎有着更清醒的看法，更中立的立场。他在保持民族文化传统和特色的情况下谈论融入欧洲，同时却又认为俄国从来就未与欧洲分裂过。他可以说是一个彻头彻尾的西方派，也可以说是一个地地道道的俄国民族派。我们感觉到，在利哈乔夫关于俄国的认识中似乎同时包含着斯拉夫派和西方派的两种情感。在《思考俄国》一书开篇处的《作者的话》中，他曾说："我怀着为我亲爱的、挚爱的俄国而生的痛苦而写作。"（第8页）这种"怀着……痛苦而写作"的态度，这种爱国之情，对祖国命运的牵挂和担忧，对民族之根的深切眷念，就是一种最典型的斯拉夫派情感；与此同时，他又主张"对宏大历史中的俄国进行一种正常的观察"（第8页）。这所谓"正常观察"，则充满了西方派所具有的那种理性立场、科学精神和对神秘主义的拒绝。利哈乔夫是一个更关注俄国古代历史的西方派，是一个更关注俄国北方的西方派。我们感觉到，在关于俄国历史取向上的认同东方、回归西方和"欧亚主义"（即"第三条路"）之外，利哈乔夫还试图给出他独辟蹊径的"第四条道路"。

利哈乔夫在《思考俄国》（当然还包括他的其他相关著作）中意欲完成的一个重大任务，就是消弭那两个由来已久的所谓"分裂"：一是"俄国与西方的分裂"（разрыв между Россией и Западом），一是"罗斯与俄国的分裂"（разрыв между Русью и Россией）。这一努力，似乎与别尔嘉耶夫等人提出的作为俄国文化整体模型的"文化十字架"理论之间暗含着某种呼应关系。别尔嘉耶夫认为，由地域上的东西方矛盾和社会中的上下层矛盾所构成的"十字架"，是俄罗斯民族注定要承担的重负，它对俄国的命运产生了、并仍将产生深远影响。对于"十字架"上的第一个矛盾，利哈乔夫试图通过对俄国文化中那条南北轴线的强调来加以淡化。他将人们已经习以为常的东西方矛盾的横轴转动90度，用文化上的南北交融来置换东西对峙。这无疑是一个非常聪明的举动，一个充满根据的发现，但是这却无法从根本上解决别尔嘉耶夫等人设置的矛盾。因为，首先，南北间的过度交融和趋同，就有可能同时加剧东西间的距离和隔绝，就像一条河流，其左右两岸间的文化差异往往会大于其上下游间的差异。其次，对俄国文化南北交融的强调，至多也只能被用来说明俄国的欧洲属性或西方属性，并不能用来说明俄国文化中并不具有东西之间的对峙，情况有时候可能相反，正因为俄国具有西欧文化的属性，它与东方文化间的对立才显得如此突出。由此看来，在俄国文化的整体结构中引进北方因素，插入南北走向的纵轴，利哈乔夫借此深化、丰富了人们对俄国文化之独特性和复杂性的认识，与此同时，利哈乔夫的"点拨"也给我们留下了一个进一步思考的空间。

对于别尔嘉耶夫提出的第二个矛盾，利哈乔夫没有正面面对，而是较为"曲折地"加以弥合。一般认为，俄国社会结构中上下层的矛盾主要始自彼得一世的改革，翻天覆地的社会改革造就了一个富裕的、"文明的"贵族阶层，却较少触及社会的底层，持续了很长时间的农奴制度延续并深化了这一社会结构上的分裂状态。这样一来，俄国社会上下层间的矛盾，有时也可以被理解为传统与现实、古代与现代的对峙。利哈乔夫非常痛心地指出："对于近代俄国文化的历史而言，其最典型的状态之一就是它与古代俄国文化的对峙，而在这种对峙中，排斥的力量在最初一段时间里远胜过把握的力量，远胜过为复兴俄国文化诸多古老方面而做出的尝试。"（第367页）然而，就是在这样的"对峙"（противостояние）和"排斥"（отталкивание）中，利哈乔夫却发现了某种联系，即"当代俄国与古代罗斯之间那种持续不断的、非常有趣的对话"，"虽说这种对话有时远不是平和的"（第367页）。利哈乔夫为这类"持续不断的、非常有趣的对话"所列举出的历史实例就有：彼得堡是仿照罗斯两大古都之一的诺夫哥罗德（另一古都为基辅）建造的；19世纪末至20世纪初以来的俄国先锋派、现代派绘画，其艺术创新的源头其实可以追溯到罗斯的圣像画；包括《伊戈尔远征记》和阿瓦库姆的《生活纪》在内的古代罗斯文学，以其道德原则、个性原则和爱国激情为之后的俄罗斯文学奠定了基调，如此等等。利哈乔夫在论证彼得的"非欧属性"时，就曾直截了当地把彼得称为"17世纪罗斯的儿子"或"俄国巴洛克的继承人"。在欧洲国家中，俄国是少数几个没有被席卷全欧的文艺复兴运动所涤荡的国家，利哈乔夫像大多数俄国思想家一样认为这是一个遗憾。但是，较之于大学在俄国的很晚出现、哲学和科学在俄国的较迟普及等俄国文化史上的"憾事"，利哈乔夫似乎并不太在意文艺复兴在俄国的缺席，他甚至认为这对保持俄国文化传统的延续是不无裨益的，因为，在欧洲，文艺复兴是对禁欲的中世纪的反拨，而接踵而至的古典主义时期则又是对文艺复兴的反拨，可是在俄国，在一定程度上扮演了文艺复兴之角色的俄国巴洛克时期却构成一个相对平和的过渡，因此，近代俄国文化与古代罗斯文化不仅没有被割裂开来，反倒有着更直接的联系，只不过长期以来，人们都被彼得改革的"革命性"假象所蒙蔽了。

在这里我们不难注意到，利哈乔夫在弥合俄国文化的"东西裂缝"时，是在努力地强调俄国文化的欧洲属性，而在弥合其"古今裂缝"时，却似乎在努力地强调俄国文化与西欧文化的差异。这看似矛盾的两个思路其实有着一个统一的初衷，或曰一致的目的，这就是：褒扬俄国的文化，推崇俄国独特的文化观，捍卫俄国文化的自在价值和世界意义。

在斯拉夫派和西方派的激烈论争过去了近一个半世纪的今天，在或主张欧化、或坚守传统的两种社会价值取向或隐或现地对峙了好几个世纪之后，利哈乔夫及其立场的出现就具有了某种更为引人注目的标志性意义。或许，两种思想倾向最终相互交融的历史条件终于开始成熟，或许，"超越街垒"（帕斯捷尔纳克语）的思想家及其思想赖以生成的社会氛围已经开始形成。然而，俄国文化的复杂性却未必会由于某一位思想家，即便是深刻、睿智如利哈乔夫这样的大思想家的一番"思考"，就会变得简单而又清晰起来，俄罗斯民族在命运的十字路口常常面临的两难抉择也不会一下子就迎刃而解，甚或连俄国"文化十字架"上左右、上下两个极端间的距离能否就此而有所缩小，都依旧是一个暂存的疑问。

原载《俄罗斯东欧中亚研究》2006 年第 3 期

20 世纪的俄罗斯文艺学

和 20 世纪的俄罗斯文学一样，20 世纪的俄罗斯文艺学也呈现出一种纷繁复杂、多元共生的局面，多种文学理论与批评流派此起彼伏，时隐时现，相互竞争、穿插或渗透，组合成一块极富变化的文学魔方。我们在这里挑出其中几个相对完整且最富特色的板块，加以简单评介，以期给出一幅关于 20 世纪俄罗斯文艺学的窥斑见豹式的图景。①

一、俄国形式主义

翻开任何一部 20 世纪西方文论史，第一章大多会是"俄国形式主义"。在 20 世纪俄罗斯文艺学中，俄国形式主义无疑是影响最为深远的流派之一。

正因为其影响的深远，关于这一流派及其来龙去脉的介绍在我国并不鲜见，它的一些基本观点和重要概念我们也都耳熟能详，但是相对而言，对于与俄国形式主义有关的这样几个问题，我们的关注或许还稍显不足：

① 关于 20 世纪俄罗斯文艺学的完整历史，可参阅张杰、汪介之合著《20 世纪俄罗斯文学批评史》，译林出版社 2000 年版。

　　首先，是俄国形式主义产生的文化和文学背景。俄国形式主义作为一个主张形式至上的文学流派却产生在现实主义文学传统非常厚重的俄国，这在一定程度上不能不说是一个文艺学之谜。考察一下俄国形式主义产生的时代和文化背景，我们大致可以为其产生找到这样几个解释：1. 在俄国形式主义产生的 20 世纪初，俄国文化的白银时代还在持续，这个被别尔嘉耶夫命名为"俄国文艺复兴"的文化运动席卷整个俄国社会，在各个文化领域都产生了革命性的深远影响。那是一个思想解放的时代，精神创造的时代，俄国的思想家、文学家和艺术家们各领风骚，共同促成了俄国文化史上一个百花齐放、硕果累累的灿烂时期。生活在这样一个创造力勃发年代的俄国形式主义理论家们自然也会受到当时生活氛围的影响，"俄国形式主义背后的驱动力似乎是一种强烈的愿望，即要求破坏僵化的概念，发现新形式，给生活输入一种有价值的气质。"① 2. 20 世纪初也是世界范围内一个科学精神日益昌盛的时代，从 19 世纪中叶即在西方思想界开始兴起的实证主义哲学，与 20 世纪初人文科学和社会科学的实用化和科学化诉求相呼应，导致了一个怀疑的、批判的新世纪的开始，语言学、心理学和社会学等学科的快速发展，使得文学研究科学化的课题越来越尖锐地摆到了文学研究者的面前，俄国形式主义理论家们的探索，在一定程度上就是对这一文学发展内在要求的回应。3. 俄国形式主义的产生，也是世界文艺学史内的律动使然。在古典主义的严谨之后就会出现浪漫主义的宣泄，在现实主义的严肃之后就会出现现代主义的戏谑。在 19 世纪末、20 世纪初，俄国的现实主义美学和批评与俄国的批判现实主义文学一样，已经发展到了登峰造极的地步，在其之后出现的那些具有天赋的文学理论家就往往难免会有一种另辟蹊径的隐在冲动，而选择对眼前占统治地位的现实主义美学发起

---

① 佛克马、易布思：《二十世纪文学理论》，林书武、陈圣生、施燕、王筱芸译，三联书店 1988 年版，第 17 页。

挑战，就既可能是一个无奈的选择，也可能是一种自觉的追求，也就是说，过于强大的传统往往反而会激起对于这一传统的反拨。也许正是在这个意义上，我们才可以说："俄国形式主义产生的内在根据是文学创作和文学理论本身的进化过程。"①

其次，是俄国形式主义与世纪之初俄国现代主义文学运动之间的关系。如今人们在谈到俄国形式主义时，往往喜欢谈论其对胡塞尔现象学、索绪尔语言学等的接受和信奉，而较少谈到其与当时俄国现代主义文学运动之间的直接联系。其实，俄国形式主义的文学理论探讨，就是世纪之初俄国现代主义文学运动一个有机的组成部分，作为一种文学理论，它自然会与当时的创作实践有着千丝万缕的联系。当时相继兴起的几个现代主义文学流派，尤其是阿克梅主义和未来主义，对俄国形式主义的产生有过强烈的启迪和刺激，阿克梅派诗人们奉行的"词的崇拜"，未来主义诗人们倡导的"自在的词"和"无意义的词"，这些概念后来都进入了俄国形式主义的理论体系。在莫斯科，马雅可夫斯基、阿谢耶夫、帕斯捷尔纳克、曼德施塔姆等未来派和阿克梅派诗人是语言学小组研讨会上的常客；在彼得格勒，被诗语研究会成员当作诗歌标本的不仅有普希金、莱蒙托夫这样的古典诗人，还有勃洛克、赫列勃尼科夫等当代诗人。《二十世纪文学理论》一书的作者就写道：什克洛夫斯基的《词的复活》一文及其观点，是"克鲁乔内赫和赫列勃尼科夫未来主义的理论"和"俄国形式主义"这两者之间的"中间环节"。② 而且，"形式主义学派的长处在于它跟创作有密切的联系，几个形式主义学派评论家跟未来派作家关系密切。"③ 文学理论往往是在文学创作实践的基础上提

① 陈圣生：《中译本前言》，见佛克马、易布思《二十世纪文学理论》，林书武、陈圣生、施燕、王筱芸译，三联书店 1988 年版，第 8 页。

② 佛克马、易布思：《二十世纪文学理论》，林书武、陈圣生、施燕、王筱芸译，三联书店 1988 年版，第 12 页。

③ 佛克马、易布思：《二十世纪文学理论》，林书武、陈圣生、施燕、王筱芸译，三联书店 1988 年版，第 17 页

炼、归纳出来的，俄国形式主义似乎也不例外。

再次，是关于俄国形式主义自身的"构成"问题。众所周知，俄国形式主义有两个思想温床，两个理论中心，即莫斯科语言学小组和彼得格勒诗语研究会①。前者成立于1915年，其主要成员有雅各布森、维诺库尔、列福尔马茨基、鲍加特廖夫等，他们当时大多是莫斯科大学历史语文系的学生，该小组的学术兴趣主要集中于对世界范围内语言学最新成就的跟踪，并将这些成就运用于文学研究；后者是在温格洛夫教授主持的普希金讲习班的基础上形成的，参加者为彼得格勒一些年轻的语文学家，其"三套马车"为什克洛夫斯基、艾亨巴乌姆和特尼亚诺夫，研究会于1914年成立，在1916—1923年间共出版了六期《诗歌语言理论文集》，该派在与学院派的争论中成长，对自在的诗语的探索，对文学内部规律的研究，对文学研究科学性的追求，是他们一致的学术目的。这两个分别活动在莫斯科和彼得格勒的学术团体遥相呼应，共同组合成俄国的形式主义学派。莫斯科语言学小组和彼得格勒诗语研究会之间的共同点自然不用多言，但相对而言，两者之间的差异却往往没有引起人们足够的重视。比如，在均将形式视为文学作品之核心价值的前提下，莫斯科语言学小组往往将形式视为内容，寻找形式的内容性，而彼得格勒诗语研究会则往往将内容视为形式，寻找内容的形式意义；再比如，莫斯科语言学小组更多地从语言学的角度来研究文学，将文学理论和诗学视为语言学的一部分，而彼得格勒诗语研究会则常常从文学史的角度来看待文学。需要指出的是，在俄国形式主义的构成中，还有一个似乎一直没有得到文艺学史家们足够重视的中心，即国立艺术史研究所。该所的研究人员有日尔蒙斯基、维诺格拉多夫、托马舍夫斯基、伯恩施坦和恩格尔哈特等，该所在当时赋予形式主义较多的理论和学说色

---

① ОПОЯЗ一般译为"彼得堡诗语研究会"，该团体创建时其所在城市其实已更名为"彼得格勒"，因此应译为"彼得格勒诗语研究会"。

彩，淡化了其中急进的和不合理的因素，尤其是在日尔蒙斯基于 1920 年担任该所文学史部主任之后，他收留什克洛夫斯基、艾亨巴乌姆等人，使他们的学术研究得以继续，在使俄国形式主义理论学术化、学院化的过程中起到了重要作用。在谈到艺术史研究所在俄国形式主义发展过程中所起到的重要作用，不妨简单地回顾一下俄国形式主义的几个阶段。在 1914—1930 年的这十几年时间里，俄国形式主义大致经历了这样三个发展阶段：一是创立阶段（1914—1920），两个学术团体相继成立，并提出了基本观点，什克洛夫斯基的《作为手法的艺术》（1917）和艾亨巴乌姆的《果戈理的〈外套〉是如何创作出来的》（1919）等俄国形式主义的奠基之作相继发表；二是俄国形式主义的变化、转型期（1920—1925），其理论的极端性大大减弱，不同成员间的立场开始出现分化，纷纷从各种宣言和哗众取宠的声明转向学院式的研究；三是形式主义的危机期（1925—1930），由于受到来自官方的政治压力，它被迫转入学术上和组织上的收敛时期，最终趋于消亡。在这三个发展阶段中，第二个阶段有着举足轻重的意义，而这一时期又正是艺术史研究所与什克洛夫斯基、艾亨巴乌姆等人关系最为密切的时期，后者在艺术史研究所一直工作到 1931 年。由此不难看出，在俄国形式主义的历史中，艺术史研究所发挥的作用，或许并不亚于莫斯科语言学小组和彼得格勒诗语研究会，它有充足的理由被视为俄国形式主义的三大核心之一。

最后，是俄国形式主义与俄国革命的关系问题。俄国形式主义开始出现的时候，俄国革命已经风起云涌，这个诞生在俄国疾风暴雨年代中的艺术流派却表现出了对革命和政治的疏远，什克洛夫斯基有一句名言："艺术永远是独立于生活的，其颜色从来不是堡垒上方旗帜的颜色之反映。"在《散文理论》一书的前言中他又写道："在文学理论中我从事的是其内部规律的研究。如以工厂生产来类比的话，则我关心的不是世界棉布市场的形势，不是各托拉斯的政策，而是棉纱的标号及其纺织方法。""所以，本书全部都是研究文学形式的变化问题。"① 在一个最政治的年代与政治保持距离，在最需要艺术服务现实的背景下扬言独立，这样的立场自然会受到来自职业革命家的责难，尤其是在这场革命取得胜利之后。托洛茨基在《文学与革命》中写道："如果不算革命前各种思想体系的微弱回声，那么，形式主义的艺术理论大概是这些年来在苏维埃的土壤上与马克思主义相对立的唯一理论。"② 托洛茨基从政治立场出发对形式主义的批判，反过来也使我们意识到，这一主张艺术独立的"纯文学"流派，其初衷或许原本就并不完全是非政治的。俄国形式主义与俄国马克思主义文艺学的兴起大致处于同一时期，这两个流派看上去距离最为遥远，分别处于文艺学天平上的两个极端，一个最重"内容"，最看重艺术对现实的能动性，一个最重"形式"，最看重艺术相对于现实的独立性，但是，若就这两种理论自身所包含的"革命性"和急进色彩而言，它们其实又是很接近的。如果说，在十月革命之前，俄国形式主义和俄国马克思主义文艺学一样，都试图在文学领域发动一场革命，那么在俄国革命获得成功之后，俄国形式主义对艺术独立性的捍卫就难免会带有一定的政治动机了，这么一来，它在俄国革命成功之后的迅速消亡也就是难以避免的。

二、马克思主义文艺学

马克思主义文艺学的形成和确立，是 20 世纪俄罗斯文艺学所做出的最为重大的贡献之一。马克思和恩格斯在创建其社会主义学说的理论体系时对世界文学也很关注，并留下许多关于文艺的精辟见解。但是在

---

① 什克洛夫斯基：《散文理论》，刘宗次译，百花洲文艺出版社 1994 年版，第 3 页。
② 托洛茨基：《文学与革命》，刘文飞、王景生、季耶译，人民文学出版社 1992 年版，第 150 页。

俄国十月革命之前，将马恩的文艺思想系统化、科学化的工作在世界范围内似乎一直没有充分展开；与马恩同时或稍后，德国的梅林、法国的拉法格、意大利的葛兰西、匈牙利的卢卡契等人都在马克思主义文化和文学思想方面有过杰出的理论建树，但马克思主义文艺学的最终建立，还是由俄罗斯的理论家们在 20 世纪初的十几年间依靠集体的智慧和努力实现的。

马克思主义文艺学在俄苏的形成，大致经历了这样几个发展阶段：

首先，是普列汉诺夫的文学和美学活动。作为在俄国宣传马克思主义的第一人，普列汉诺夫在 19 世纪 80 年代就开始从马克思主义的立场出发看待文学和美学问题，在《没有地址的信》（1900）等作品中，他初步确立了美学和文艺学中的历史唯物主义原则；在《无产阶级运动和资产阶级艺术》（1905）、《艺术与社会生活》（1913）等论著中，他对艺术的本质、起源和发展规律、艺术作品的内容和形式、审美价值和社会效用等问题都做了深刻的阐释，几乎涉及了文艺学的所有方面。普列汉诺夫在马克思主义文艺学创建过程中所起的作用如此巨大，竟使得彼得·尼古拉耶夫在他的《马克思列宁主义文艺学》（1983）一书这样写道："在俄国，马克思主义文艺学分为下列不同情况：列宁主义以前阶段——普列汉诺夫的理论活动——和列宁主义阶段。"① 也就是说，整个俄国的马克思主义文艺学史就表现为"普列汉诺夫的理论"和"列宁主义"这两个阶段。

其次，是列宁文艺思想的提出。和马恩一样，列宁也是一位其思想能够辐射、影响到社会各个领域的大理论家。在列宁的文艺思想中，最为后人所重视的是这样几个命题：1. 文学的阶级性和党性原则。在《党的组织和党的出版物》（1905）等文章中，列宁旗帜鲜明地提出文学的阶级性和党性原则，进一步发展了恩格斯关于文学的倾向性的见解，

① 尼古拉耶夫：《马克思列宁主义文艺学》，李辉凡译，安徽文艺出版社 1986 年版，第 2 页。

并把党性视为"自觉的阶级性"。2. 反映论学说。列宁依据马克思主义"存在决定意识"的基本原理，肯定现实生活是文学的唯一来源，与此同时，他也强调了艺术家在反映现实时所具有的主动性和能动性，从而引导出源于现实的艺术在面对现实时所能发挥的积极作用。3. "两种文化"学说。列宁认为，每一种民族文化中都存在着两种文化，即统治阶级的文化和被统治阶级的文化，因此，每一民族的文化都表现为彼此对抗的统一体，这就决定了，无产阶级在继承以往的文化遗产时必然应该持一种有选择的、批判的态度。列宁还把自己的文艺思想应用于具体的文学批评，其中最著名的例子就是他在 1908—1911 年间连续撰写的 6 篇关于托尔斯泰的论文，他将托尔斯泰视为俄国农民阶级在革命即将到来时的思想立场和心理情绪的表达者，提出了"托尔斯泰是俄国革命的镜子"的著名论断，并这样说明托尔斯泰现实主义的巨大意义："由于托尔斯泰的天才描述，一个被农奴主压迫的国家的革命准备时期，竟成为全人类艺术发展中向前跨进的一步了。"① 由此不难看出，无论在认识论还是方法论上，无论在艺术的本质还是艺术的作用等问题上，无论在美学理论还是具体的批评实践上，列宁都为马克思主义文艺学的建立做了奠基性的工作，一如他在国家学说、社会主义革命理论等方面对马克思主义的丰富和发展一样。

第三，是十月革命前后大批政治家、理论家关于新文学的探索和思考。作为十月革命时期仅次于列宁的俄国革命领导人托洛茨基，居然也对文学问题给予了充分的关注，他的《文学与革命》（1923）一书就是其文学观点的集大成者。托洛茨基自己在谈到此书的结构时称："本书第一，二部的联系在于，过渡的，亦即当今的艺术根植于革命前的昨天。还有一个联系，它来自作者马克思主义观点的统一性。"② 《文学与

---

① 《列宁全集》第 16 卷，人民出版社 1963 年版，第 321 页。

② 托洛茨基：《文学与革命》，刘文飞、王景生、季耶译，人民文学出版社 1992 年版，第 7 页。

革命》中最值得关注的两个观点是：从阶级立场、政治态度（主要是对十月革命的态度）出发看待当代文学，并作出了非十月革命文学、同路人文学、未来主义、形式主义和无产阶级文化派等分类；其次，与作者政治上的不断革命论相呼应，托洛茨基否认有所谓无产阶级文化存在的可能性，认为它不及建立，就将被某种全人类的文化所取代。布尔什维克的另一位重要领导人、被列宁称为党内"最宝贵和最大的理论家"的布哈林，从 20 年代起也发表了大量关于文学和文化的言论，在《无产阶级革命与文化》《无产阶级与文艺政策问题》等文章中，他提出了与托洛茨基不同的观点，认为无产阶级文化虽然不可能在短时间里迅速建成，但是却可以借助与其他阶级文化的融合而最终建立起来；在对一些具体的作家作品的评论中，布哈林体现出了良好的文学修养，他在 1934 年第一次苏联作家代表大会上关于诗歌问题的讲话，就是他的美学立场和诗歌趣味的一次集中体现。十月革命前后，与列宁、托洛茨基、布哈林这些党政领导人一起为马克思主义文艺学添砖加瓦的，还有其他一些大的思想家、理论家和作家，其中最为重要的是卢那察尔斯基。卢那察尔斯基作为十月革命后新政府的教育人民委员，作为一位学识渊博的学者，为新文学及其理论的建立发挥了巨大作用：早在世纪之初的《实证主义美学基础》中，他就把美学视为"作为一般生活科学的生物学门类"；在《论艺术与革命》中，他坚决主张进步的社会运动与现实主义文学相互统一的主张；在《马克思主义批评任务纲领》中，他强调马克思主义文艺学与其他文艺学的区别首先就在于其"社会学的性质"。与卢那察尔斯基同时，沃罗夫斯基、沃隆斯基、奥尔明斯基、高尔基等人在这一时期也就新文学的性质、作用及其理论基础等发表了大量看法。

最后，是马克思主义文艺学在 30 年代的最终确立，其标志性的事件就是：1. 卢那察尔斯基的《列宁与文艺学》（1932）一书的出版，作者通过对列宁文艺思想的系统归纳，为马克思列宁主义文艺学的最终建立提供了重要的理论依据。2. 恩格斯致哈克奈斯那封著名的谈论现实主义的信于1932年在苏联发表①，引发了关于现实主义、典型、党性、人民性等一系列问题的深入讨论。3. 第一次苏联作家代表大会在莫斯科召开，与日益中央集权化的社会相适应，采用统一创作方法、遵循一致意识形态指导的苏联文学界，便开始将马克思主义的基本原理大规模地引入文艺创作和批评的实践，至此，作为一个学术体系、一门新兴学科的马克思主义文艺学便在苏联正式得以确立。

回顾马克思主义文艺学在俄苏的发展历史，这样几个问题会引起我们的关注和思考：首先，马克思主义文艺学是马克思主义基本原理与俄国的文学实践在特定历史关头相互结合的产物。俄国无产阶级革命的胜利，为包括马克思主义文艺思想在内的马克思主义在俄国的广泛传播提供了客观前提；而富有现实主义精神的俄国文学传统，反过来又为马克思主义文艺学的建立提供了坚实的土壤。将马克思主义文艺学和俄国的现实主义文学理论，尤其是革命民主派的美学做一个对比，就不难发现两者之间在美学立场上的极端相近。其次，马克思主义文艺学与其之前、其同时代诸多文艺学流派有着千丝万缕的联系。说"从古希腊罗马开始的、由世界美学思想积累起来的全部珍品"都是马克思主义文艺学的来源，未免有些宽泛，但是，称"列宁关于马克思主义的三个来源——德国古典哲学、英国政治经济学和法国空想社会主义——的原理，也扩大地适用与美学"，称"俄国革命民主主义的批评和美学不仅仅是来源，而且作为基本的思想和方法论原则加入了列宁主义的美学遗产"②，则无疑是正确的。即便是在马克思主义文艺学在俄苏的形成时期，它与当时的西欧美学和俄国学院派理论之间的联系也是很紧密的，比如：实证主义美学对卢那察尔斯基的影响，奥夫相尼科夫－库里科夫

---

① Литературное наследство. М.：1932. Т.2.

② 尼古拉耶夫：《马克思列宁主义文艺学》，李辉凡译，安徽文艺出版社1986年版，第1页。

斯基的心理批评对沃罗夫斯基的影响，萨库林由历史文化学派向马克思主义文艺学立场的转化等等。长期以来，人们似乎过于强调马克思主义文艺学的"战斗精神"和"革命性"，相比较而言，对它与其他文学流派间的交流和互动关系却估计不足。最后，是俄国的马克思列宁主义文艺学与西方马克思主义批评之间的关系。在谈到"马克思主义文艺学"时，往往会出现这样一个有趣的现象：在苏联解体之前的苏联此类著作中很少提到西方马克思主义者的贡献，即便谈起，也大都带着批判的口吻将其斥为修正主义的文艺学理论；而在西方和苏联解体之后俄国出版的相关工具书中，却往往会对俄国马克思主义文艺学创建时期布尔什维克党领导人和许多苏联文艺学家的理论贡献三缄其口，比如，在一部英文版《文学术语汇编》的"Marxist Criticism"条目下，除了马克思和恩格斯外，所提到的"马克思主义批评家"只有卢卡契、布莱希特、本雅明、阿多尔诺、葛兰西、英格尔顿、詹明逊和萨伊德等人[1]，可见，所谓"马克思主义批评"似乎成了"西方马克思主义"或"新马克思主义"的同义词，这显然是对具有深刻影响和深厚积累的 20 世纪俄苏马克思主义文艺学的有意或无意的忽视。而在俄国 2001 年出版的一部《文学术语百科全书》中，在"Марксистское литературоведение"（"马克思主义文艺学"）的条目下则既可以看到拉法格、梅林、普列汉诺夫、列宁、卢那察尔斯基、托洛茨基、布哈林、弗里契、萨库林等人的名字，也能看到对西马批评代表人物卢卡契、本雅明、阿多尔诺、哈贝马斯、罗兰·巴特、列维－施特劳斯、福柯、拉康等人的提及。[2] 这或许表明，在今天的文学术语系统中，公平地给俄苏的马克思主义文艺学和西方的马克思主义批评以同样的关注，客观地、综合地看待两方的理论

---

[1]　Abram M. 编：《文学术语汇编》（*A Glossary of Literature Terms*），外语教学与研究出版社、汤姆森学习出版集团 2004 年版，第 147—153 页。

[2]　Под ред. *Николюкина А.* Литературная энциклопедия терминов и понятий. М.：Интелвак. 2001. С.506-508.

和学说，比较其同异和优劣，这样的历史契机似乎已经到来。

三、社会主义现实主义

十月革命之后，伴随着一种内容上全新的文学的诞生，关于某种全新的创作方法的探讨也逐渐展开。在 20 年代激烈的文学和美学争论、各种文学团体的竞争渐趋平静之后，现实主义的创作方法似乎得到了大多数新文学建设者们的认同，但关于新的现实主义与传统现实主义的本质区别，亦即究竟该给传统现实主义一个怎样的限定，却莫衷一是，有识之士纷纷提出自己的主张，如"新现实主义"（勃留索夫）、"有倾向性的现实主义"（马雅可夫斯基）、"宏伟的现实主义"（阿·托尔斯泰）、"社会现实主义"（卢那察尔斯基）、"浪漫的现实主义"（拉普），还有"革命的""革新的""无产阶级的""艺术的""英雄主义的""辩证的""双体的"等多种称谓，由这些称谓也不难看出当年讨论的广泛和激烈。最后，终于在 1934 年召开的第一次苏联作家代表大会上通过的《苏联作家协会章程》中，将"社会主义现实主义"这个术语确认为苏联文学新创作方法的名称，并将这一方法定义为："社会主义的现实主义，作为苏联文学与苏联文学批评的基本方法，要求艺术家从现实的革命发展中真实地、历史具体地去描写现实；同时艺术描写的真实性和历史具体性必须与用社会主义精神从思想上改造和教育劳动人民的任务结合起来。""社会主义的现实主义保证艺术创作有特殊的可能性去表现创造的主动性，选择各种各样的形式、风格和体裁。"[1]

社会主义现实主义是政治与文学之关系的一种折射。无论在该概念提出的当初还是在对其进行清算式声讨的年代，都有人提起这个概念

---

[1] 《苏联文学艺术问题》，曹葆华等译，人民文学出版社 1959 年版，第 25 页。

自身的"矛盾性"："社会主义"是一个政治的、社会学的概念，而现实主义则是一个文学的、美学的概念，两者原本难以结合在一起，因而，"社会主义现实主义"从一开始起就注定是夹生的，拉郎配式的，缺乏自己独特的美学特征。这样的理解无疑是有道理的，但须知，让文学与政治联姻，将文学意识形态化，这却正是苏共领导人和官方理论家们当年的初衷。"社会主义现实主义"这个概念最早出现在 1932 年 5 月 23 日《文学报》的一篇社论中，社论的作者是格隆斯基，但是据后来陆续公布的文学史资料来看，授意格隆斯基提出这一概念的正是斯大林。同年 10 月 26 日在莫斯科的高尔基寓所举行的一次座谈会上，斯大林更是亲口重申了这一术语，此后，日丹诺夫、布哈林等领导人，卢那察尔斯基、法捷耶夫、格隆斯基等理论家和作家，又在不同的场合做过各种捧场性的阐释。说社会主义现实主义主要是一个意识形态产物，还有一个佐证，这就是它在苏联社会不同历史时期的际遇，在其几十年的存在历史中，它几乎成了一个能标示出苏联社会政治气候的晴雨表。一般而言，在苏联社会相对松动的时候，关于社会主义现实主义的讨论就会变得相对热烈起来，而在官方的控制比较严厉的时候，就很少有人出面来质疑它的合理性和权威性。在关于苏联文学新创作方法的讨论刚刚展开的 20 年代，文学界的气氛非常宽松，加入新方法之探讨的不仅有拉普、无产阶级文化派等团体的人士，甚至还有后来成为形式主义之温床的诗语研究会的成员们，关于方法的讨论在那时是百家争鸣的，由此也形成了苏联文学史上一个理论和创作均百花齐放的动人时期。可是不久，随着联共（布）中央《关于改组文学艺术团体》的决议（1932 年 4 月）的颁布，文学界顿时沉寂下来，而社会主义现实主义这一统一的创作方法的颁布，如同苏联作家代表大会的召开和统一的苏联作家协会的建立一样，都是苏联文学被整肃的标志和结果。在此后 20 余年间，社会主义现实主义一直被树为一杆不倒的文学大旗，一种毋庸置疑的理论体系，直到解冻时期，才在多重质疑声中经历多次修改。在 1954 年 12 月召开的第二次全苏作家代表大会上，作家们在政治上的反"个人崇拜"和文学上的反"无冲突论"的大背景下，普遍赞同西蒙诺夫的提议，决定把社会主义现实主义定义中的"同时艺术描写的真实性和历史具体性必须与用社会主义精神从思想上改造和教育劳动人民的任务结合起来"一句完全删除，并同时去掉"要求艺术家从现实的革命发展中真实地、历史具体地去描写现实"一句中的"历史具体地"一词，不难看出，这样的修改是为了淡化定义中过于直露的政治要求。"这一事实本身的象征性意义远远超过了'修改'的理论意义：它是 20 年来苏联文学界对'社会主义现实主义'的怀疑情绪的第一次公开表现，标志着这一'创作方法'权威性的动摇。"[①] 然而，在 1959 年的第三次苏联作家代表大会上，定义中的"历史具体地"一词又被恢复，捍卫社会主义现实主义原则性的呼声也日益高涨，这与苏联在冷战时期的意识形态紧缩政策是相互呼应的。可是几乎与此同时，持不同政见作家西尼亚夫斯基（笔名阿勃拉姆·捷尔茨）却发表了《何谓社会主义现实主义》一文，对这一理论进行彻底的解构和颠覆："何谓社会主义现实主义？这个奇怪的、刺耳的混合名称意味着什么？难道有社会主义的、资本主义的、基督教的、伊斯兰教的现实主义吗？且就其本质而言这个不合理的概念是否存在着呢？可能它根本不存在？可能，这只是斯大林专政时期在昏暗的、玄妙的黑暗中受了惊吓的知识分子所做的一场梦？只是日丹诺夫粗暴的恶意煽动或是高尔基老年人的奇思怪想？是虚构事物、是神话、是宣传？"[②] 他还写道："看来在'社会主义现实主义'这一名称的本身中包含着不可克服的矛盾，社会主义，即具有坚定目的性的、宗教性的艺术，不可能用称作'现实主义'的 19 世纪文学的手段来建立。"[③] 这样

---

① 张杰、汪介之：《20 世纪俄罗斯文学批评史》，译林出版社 2000 年版，第 448 页。

② 西尼亚夫斯基：《何谓社会主义现实主义》，薛君智译，见薛君智主编《笑话里的笑话》，中国文联出版社 2001 年版，第 19 页。

③ 西尼亚夫斯基：《何谓社会主义现实主义》，薛君智译，见薛君智主编《笑话里的笑话》，中国文联出版社 2001 年版，第 43 页。

的议论自然是大逆不道的，这篇写于 1957 年的文章于两年后在法国发表，西尼亚夫斯基很快被目为持不同政见作家，不久就被关进劳改营，最后流亡国外。需要指出的是，这篇对社会主义现实主义提出质疑的文章后来被文学史家们公认为俄国后现代文学和文化的奠基作品之一。如果说，西尼亚夫斯基的文章旨在对社会主义现实主义进行彻底的颠覆，那么，从 60 年代中期开始的关于社会主义现实主义的大讨论，尤其是由德·马尔科夫在 70 年代初提出的"开放体系"理论，则是对社会主义现实主义的修补。这一理论引起的广泛讨论促进了人们对社会主义时代文艺实质的理解，但与此同时，这个在某种程度上使社会主义现实主义的内涵和特质变得空泛、模糊起来的理论，客观上却也加剧了这一方法的消解。到了 80 年代，和苏联解体前若干年间意识形态领域空前的自由和开放相关，关于社会主义现实主义的各种议论逐渐变得无所顾忌起来，其中大多是批判的、否定的意见，在 1989 年公布的新的《苏联作家协会章程》中，已经看不到"社会主义现实主义"这个字眼了。

社会主义现实主义和整个苏联文学一样已经成为历史，面对作为文学史现象的社会主义现实主义，我们的态度可以更为冷静一些。首先，社会主义现实主义曾产生过深远的影响，甚至影响到包括中国在内的许多国家的文学，其意义不容忽视；但是，对这种影响也不宜过分夸大，实际上，这种方法的绝对权威地位在文学史中也就仅仅保持了 20 年左右，其持续的时间似乎并没有人们想象的那么久。其次，社会主义现实主义虽然被称为"唯一的"方法，但是它对创作实践究竟产生了多大的"指导作用"，也是值得思考的。文学史上的创作方法大多是在创作实践中自然形成的，是在创作实践之后被归纳、总结出来的，而不是一种事先的约定或规定（除了那些现代主义和后现代主义的宣言等等），社会主义现实主义作为一种强制或强加，自然难以成为一种让人心甘情愿恪守的创作原则。于是，20 世纪的俄苏文学史便与这个方法开了一个莫大的玩笑：符合这一原则的典范作品逐渐淡出文学史，而那些"非社会主义现实主义的"作品却纷纷成为 20 世纪的经典；而在社会主义现实主义文学中，正是那些最不合规矩的作品如《静静的顿河》等，却赢得了最稳固的文学史地位。回顾依然灿烂的 20 世纪俄苏文学，我们甚至会有这样一种感觉：如果说社会主义现实主义没有给俄苏文学带来多么大的繁荣，那么，它也未必对其造成了多么大的伤害。当然，其起伏的境遇和尴尬的结局，对我们还是颇具启示意义的。

四、侨民文学批评

20 世纪的俄国侨民文学的确是世界文学史中一道独特的风景。在 20 世纪三个特定的历史阶段里，为数众多的俄国作家由于种种原因流亡国外，并先后出现三个浪潮。"第一浪潮"出现在十月革命之后，当时，成千上万的俄国知识分子逃离革命后的祖国，在异域的土壤上营造出一个个"文学俄罗斯"的文化孤岛。"第二浪潮"出现在第二次世界大战之后，当时沦陷区的一些俄罗斯人逃到非交战国，战后又有一些人从德国的战俘营直接去了西方，这些人中，后来有一些人选择了文学创作的道路。20 世纪 60—70 年代，解冻之后复又出现的政治控制政策，再加上东西方冷战的国际大背景，使许多作家感到压抑，因而流亡，官方也主动驱逐了一些持不同政见作家，他们在 20 世纪后半期形成了声势浩大的"第三浪潮"。20 世纪俄国侨民文学取得巨大成就，在 20 世纪总共五位获得诺贝尔文学奖的俄语作家中就有三位是流亡作家（布宁、索尔仁尼琴和布罗茨基）。与此同时，侨民文学把俄国文学的火种播撒到世界各地，极大地扩展了俄国文学的影响，也在一定程度上强化了俄国文学与世界许多国家文学之间的联系。20 世纪俄侨文学的强大存在，使得众多文学史家有理由指出，在 20 世纪的俄罗斯自始至终并存着两部文学史。而境外的俄罗斯文学，无疑也包含着文学理论、文学史和文学批评等文艺学方面的构成，因此，20 世纪俄罗斯侨民文学批评的存在就是自然而然的了。在 20 世纪俄罗斯"境外文艺学"中，有这样三个较为醒目的现象：

一是某些重要的文学流派和理论的"输出"和"回归"，如形式主义学派和宗教文化批评数十年间往返于境内外的复杂历程。什克洛夫斯基于 1930 年公开宣布放弃形式主义，但早在此前的 1920 年，俄国形式主义的另一主将雅各布森即已移居捷克。当时的捷克首都布拉格和柏林、巴黎、君士坦丁堡、哈尔滨等地一样，也是俄国侨民文化的中心之一，捷克政府在 1920 年采取所谓"俄罗斯行动"，为五千名流亡的俄国大学生提供奖学金，并因此邀请许多大学教师和教授前去工作，这使得大量俄国知识分子集聚布拉格，"直到第二次世界大战开始之前，仅在布拉格一地，每年就大约出版俄语杂志 20 家，俄语报纸 18 份"。① 这样的文化和学术氛围使得雅各布森的研究得以继续，很快，他就联合捷克语言学家马德修斯、穆卡洛夫斯基等人在 1926 年创建布拉格语言学小组，将俄国形式主义的基本原理推广开去，形成了捷克结构主义。1939年，在纳粹势力的逼迫下，雅各布森再次流亡，到了美国，并又创建纽约语言学小组，而由布拉格学派发端的结构主义则在世界范围的文学和语言学研究中大放异彩，成为显学。俄国形式主义的思想种子由雅各布森"偷运"出境，在境外结出硕果。需要指出的是，形式主义的其他几位主要人物在十月革命后也都有过流亡的经历。30 年过后，在 20 世纪 60 年代，什克洛夫斯基、特尼亚诺夫和艾亨巴乌姆等人早年的形式主义著作又被重印，与此同时，雅各布森等人的结构主义理论也被"引进"苏联，两者的结合，催生出了 20 世纪下半期俄罗斯文艺学中最重要的学派之一——洛特曼的符号学。

---

① 阿格诺索夫：《俄罗斯侨民文学史》，刘文飞、陈方译，人民文学出版社 2004 年版，第 15 页。

俄国的宗教文化批评也经历了一条与俄国形式主义大致相仿的道路。严格地说，"宗教文化批评"并不是一个文艺学流派，甚至不是一个文学理论体系，我们所说的"宗教文化批评"大致是指在白银时代开始出现的一种文学批评倾向，一大批既有虔诚信仰又有自由思想、既有文学修养又有哲学素质、既有存在主义意识又有民族使命感的俄国知识分子，开始在文化史、思想史的大背景中阐释文学，开始用哲学的、宗教的目光审视文学，他们极大地深化了人们对于俄国文学的认识。世纪之初，被视为"俄国现代哲学之父"的弗·索洛维约夫的宗教哲学学说就为俄国象征主义文学奠定了理论基础，接下来，梅列日科夫斯基、罗扎诺夫、谢·布尔加科夫、别尔嘉耶夫、弗洛连斯基、舍斯托夫等思想大家对俄国文学的历史和现状进行考察，试图对通过文学表现出来的俄罗斯民族性格和精神生活进行解读，并进而提出了俄国的世界使命、存在的文化意义等"终极关怀"命题。十月革命之后的无神论社会自然容不下这些思想家及其学说，因而，他们中的大部分都成了流亡思想家。在境外，他们继续自己的思想探索，在梅列日科夫斯基的"周日座谈会"中，在别尔嘉耶夫流亡期间的著作如《俄罗斯思想》中，在谢·布尔加科夫主持的巴黎俄国东正教神学院中，俄国文学及其与俄国哲学和神学的关系，俄国文学的精神属性和文化内涵等，仍然是他们最热衷的话题。可以说，无论是就研究的队伍和阵营，还是就思想的规模和深度而言，流亡之后的俄国宗教文化批评都并不亚于其"境内时期"，这一状况一直持续到二战前后。之后，随着这批思想家的相继离世，俄国宗教文化批评也逐渐淡出人们的视野。但是在苏联解体前后，随着宗教信仰在俄国的恢复，文学中的宗教文化批评传统又突然得到人们的青睐，白银时代那一批大家的著作纷纷得以面世，而且，关于俄国文学的宗教文化阐释也渐成时尚。比如，在普希金诞辰两百周年的 1999 年，普希金学中被认为最有新意的观点，大多是关于普希金与宗教之关系的议论，人们试图论证普希金创作深刻的宗教内涵，并在此基础上阐释其创作的民族意义；再比如，由杜纳耶夫撰写、莫斯科神学院推出的六卷本《东正教与俄国文学》（1996—2000）一书，主要从神学的角度审视俄国文学，对俄国文学史上的每一位大作家都进行宗教学或神学意义的重新解读，如今，此书不仅被列为神学院学生的"必读书目"，也成了俄国文学史研究者的重要参考书。

二是批评和理论活动成为大多数作家和诗人创作的有机构成。在侨民作家的文学理论和文学批评遗产中，有这样几个主要的体裁类型：一是关于俄国经典作家的解读和关于同时代作家的批评。在近一个世纪的时间里，分散在世界各地的俄国侨民文学界始终拥有为数众多的报纸、杂志和出版社，这就使得整个俄侨界正常的文学生活得以维持，对当代作品的跟踪评论和关于俄国文学的各种议论持续不断。二是文学和文化散论。在异乡通过对母语文化的反复回味来坚守自我，漂泊的生活使系统的文学研究难以为继，同时却提供出更多的刺激和契机，一些流亡诗人也需要部分地转向散文创作以维持生计，所有这一切，使得文化随笔的写作在流亡作家和诗人的创作中蔚然成风，其中最为后人所称道的，有伊林的《黑暗与光明》、阿达莫维奇的《孤独与自由》、纳博科夫的《文学讲稿》、布罗茨基的《悲伤与理智》等。三是文学回忆录。因思念故乡而生的眷念和怀旧，相对孤独的生活和写作环境，充满突转的生活际遇，这些都为流亡作家的文学回忆录写作提供了最佳的主客观条件，因此，几乎每一位俄侨作家都写有回忆录性质的作品，如布宁的《回忆录》、格·伊万诺夫的《彼得堡之冬》、奥多耶夫采娃的《塞纳河畔》、纳博科夫的《说吧，记忆》、布罗茨基的《小于一》等。这些回忆录或是对往昔饱含深情的追忆，或是对人生充满哲理的思考，或是对不同时期文学生活的生动记录，都具有很高的文学价值和文学史意义。需要指出的是，在俄侨文学界时常爆发的文学争论，也是境外文学批评中的一个重要内容，如斯洛尼姆与吉比乌斯等就流亡文学的地位和前途所展开的争论，阿达莫维奇和霍达谢维奇关于古典诗歌的当代命运以及诗歌语言问题的争论等。

三是流亡国外的学者在俄国文学史研究方面的建树。第一浪潮中最有影响的两位学者大约要数司徒卢威和斯洛尼姆：格列勃·司徒卢威1918年出国，毕业于英国牛津大学，先后在伦敦大学、加州大学和多伦多大学等校任教，讲授俄国文学，他所著的《俄罗斯苏维埃文学史》（1935）和《俄国流亡文学》（1956）两书均多次再版，不断修订，是西方高校斯拉夫系学生最为熟悉的俄国文学史教科书；可以与司徒卢威的这两部著作相媲美的，就是马克·斯洛尼姆的三部著作：《俄国文学史：从起源到托尔斯泰》（1950）、《现代俄国文学：从契诃夫到当今》（1955）和《苏维埃俄罗斯文学：作家和问题》（1964），三部史著实际上构成了一部俄国文学通史，精致的结构、睿智的点评和优美的文笔，是斯洛尼姆文学史的特色，也是它们受到人们广泛阅读的原因，其中的后一部作品被译成中文后，受到了中国读者和俄国文学研究者的欢迎。就文学创作的实绩而言，俄罗斯侨民文学的第二浪潮似乎比不上第一、三浪潮，但第二浪潮中俄罗斯侨民作家的文学教学和研究工作却并不逊色，而他们当中最突出的代表就是勒热夫斯基，他先后在奥克拉荷马大学和纽约大学任教，并获荣誉博士和终身教授称号，在《创作词语解读：文艺学问题和分析》（1970）、《陀思妥耶夫斯基三题》（1972）和《通向创作词语的顶峰：文学论文集》（1990）等著作中，他对普希金、陀思妥耶夫斯基、托尔斯泰等经典作家进行独到的解读，并对他所属的这一浪潮的俄罗斯侨民文学进行了概括和归纳。第三浪潮的俄罗斯侨民文学中同样有一些学者型的作家诗人，他们和前两代人一样，在欧美的大学中辛勤教学，潜心研究，在他们中间，又以美国达特茅斯学院的洛谢夫、耶鲁大学的温茨诺瓦等人对布罗茨基以及所谓"青铜时代"诗歌的研究最为突出。

在过去相当长一段时间里，无论在苏维埃的文艺学中，还是在俄罗斯侨民文学批评中，境内外两种文学、两种文艺学之间的冲突和对峙都被有意无意地夸大了，两种文学和两种文艺学的分野和并存自然有其深刻的政治和社会原因，但我们更倾向于将这两种文学和文艺学并存的局面理解成一场独特的文学竞争，将 20 世纪俄罗斯文学中这一奇特构造理解成同一枚文学硬币的两个面。

五、学院派批评传统的延续

1724 年，彼得一世在彼得堡创办了俄国科学院，这是俄国社会文化生活中的一件大事。19 世纪中期，科学意义上的、系统的文艺学研究才正式展开，一大批院士潜心于文艺学不同领域的研究，在较短的时间里取得一批具有欧洲影响的成果，形成了俄国文艺学中的学院派传统。在俄国学院派批评中，最有影响的有这样几个学说：一是以布斯拉耶夫为代表的神话学派；二是以佩平、吉洪拉沃夫为代表的历史文化学派；三是亚·维谢洛夫斯基的历史诗学；四是由波捷勃尼亚、奥夫相尼科 – 库利科夫斯基等组成的心理学派。

"学院派的代表人物学识渊博，视野开阔，他们在一定程度上继承了俄国革命民主主义美学和文学批评的传统，同时十分重视吸收欧洲社会科学和自然科学的新成就。"① 反过来，他们的学术又构成传统，对俄国文艺学产生了或隐或现、然却根深蒂固的影响。十月革命之后，学院派的学术传统被人为地中止了，但是经过一段潜伏阶段，其影响却在 20 世纪后半期分别显现出来，各个流派似乎都在新的历史阶段获得新的传人，演变出新的理论变体，而在新时期涌现出的理论大家又大都是苏联科学院的院士，构成了一种名副其实的学院派传承。

俄国神话学派以俄国的神话、民间文学和古代文学为主要研究对

① 刘宁主编：《俄国文学批评史》，上海译文出版社 1999 年版，第 588 页。

象，旨在揭示民族文化的独特内涵和整个民族的精神特性。布斯拉耶夫采用历史比较的方法，将俄国古代文学与欧洲其他民族的古代文学作对比，在《迁徙的中篇小说》等著作中论证了"移植说"（又称"借用说"），认为不同民族早期文学中相同的情节和形象，可能源于各民族文化的历史联系以及对其他民族文化和文学的"移植"。在 20 世纪的俄罗斯文艺学中，在受到布斯拉耶夫直接影响或启发的文艺学家中有两位最为突出，他们就是普罗普和利哈乔夫：普罗普在《故事形态学》（1928—1969）、《神话的历史根源》（1946）和《俄国英雄史诗》（1955）等著作中，对大量的俄国民间故事的功能结构进行分类，创建了关于民间文学的艺术形态学；利哈乔夫学识渊博，学术兴趣广泛，一生写有数十部著作，但他的学术研究重点主要集中于俄国古代文学和文化，在文化的大背景下审视文学，在俄国古代文学作品中发掘具有普遍意义的文化精神。

俄国心理学派是在欧洲心理学获得飞跃发展的背景下发展起来的，它主张多从心理角度研究文学和作家，对作家的创作心理和个性、对作品主人公的性格逻辑进行符合心理学逻辑的解读。波捷勃尼亚的《思想和语言》（1862）、《文学理论讲义》（1894）等奠定了俄国心理学派的理论基础，他从语言和思维的关系入手揭示文学和社会心理的关系，认为艺术创作的奥秘就在于创作者的内心奥秘。俄国心理学派的另一位代表人物奥夫相尼科－库利科夫斯基将语言、思想和创作联系起来进行分析，一是为了考察作品中渗透着的作者个性，二是为了借助艺术典型考察社会心理，他的《俄国知识分子史》（1906—1911）通过对俄国文学名著中"多余人"等典型形象之精神生活的分析，论述了 19 世纪转折时期俄国知识分子的心路历程，高尔基认为，这部著作奠定了心理学派在俄国文艺学中的地位。[①] 此后，对于作家创作个性的研究，对于作品

---

① 刘宁主编：《俄国文学批评史》，上海译文出版社 1999 年版，第 615 页。

主人公的社会心理分析，就成了俄国文艺学中心理学派传统的两个最突出的特征。维戈茨基的《艺术心理学》（1925）致力于研究文学创作和接受过程中美感反应的心理学机制，试图把文艺学和心理学有机地结合起来。60—70 年代，在苏联社会广泛展开关于人道主义、人性等的讨论之后，赫拉普钦科出版了他的文艺学著作《作家的创作个性和文学的发展》（1970），将作家的创作个性与其世界观、创作方法、艺术形象等联系起来考察，通过对作家创作个性的深入分析，赫拉普钦科将俄国文艺学中的心理学派和社会学派连接了起来。

以佩平和吉洪拉沃夫等为代表的俄国历史文化学派，将民族的文学史与文化史研究结合起来，把文学理解为民族的历史文化生活的记录，他们试图突破文学本体论的束缚，在文学中读出民族自主意识的积淀和社会生活变迁的轨迹，该派的出现，实际上是科学中的实证主义和文艺学中的历史主义这两者相遇的产物。佩平认为，文学作品就是一定时代的社会和文化文献，文学的首要意义就在于其中所蕴涵着的历史文化含义，就是其中所渗透着的民族和社会心理。吉洪拉沃夫将文学史视为历史科学的一个组成部分，他不主张将一部文学史写成一部对若干经典作家及其经典作品进行美学描述的过程，而主张将文学史扩大为一部思想史和社会发展史。俄国学院派中的另一个主要派别历史比较学派，就其实质而言，也可以被视为文化历史学派的一个分支，因为，该学派的代表人物、被称为"俄国比较文学之父"的亚·维谢洛夫斯基也曾认为："文学史，就这个词的广义而言，——这是一种社会思想史，即体现于哲学、宗教和诗歌的运动之中，并用语言固定下来的社会思想史。"[①] 只不过，他将对文学的历史文化批评扩大地运用到了对各民族文学的比较研究上，运用到了对各民族文学及其样式之起源的比较研究上，以便给出一个所谓"总体文学"之发展的自然历史过程，他的巨著

---

① 维谢洛夫斯基：《历史诗学》，刘宁译，百花文艺出版社 2003 年版，第 14 页。

《历史诗学》（1870—1906）就是其理论体系的集中表述。维谢洛夫斯基未能最终完成的《历史诗学》一书，由他的学生日尔蒙斯基于1940年整理出版之后，产生了十分深远的影响。

学院派中各个派别的影响并不是各自独立的，而呈现出某种综合、交叉影响的局面。其实，学院派中四大学派原本就是相互渗透的，它们虽然关注的中心问题有所不同，但在视文学为社会思想史的构成，注重从历史、社会和文化的角度来审视文学的这一基本立场却是相近的，各个派别代表人物间的关系也是错综复杂的，比如，维谢洛夫斯基就是布斯拉耶夫的学生，波捷勃尼亚曾是奥夫相尼科－库利科夫斯基的老师，曾三次出任莫斯科大学校长的吉洪拉沃夫与在该校学习、工作过的许多学院派学者都有过较深的交往。自身的构成原本就很复杂、多元的学院派批评，其影响自然也会是多面的，这就是为什么，我们会在学院派批评传统继承者的名单中看到一些似乎相距很远的不同学者。比如，马克思主义文艺学就受到过学院派的强大影响，被卢那察尔斯基誉为在使"经院文艺学接近马克思主义世界观方面"有过"重大功绩"的萨库林，就曾是吉洪拉沃夫的学生。《马克思列宁主义文艺学》的作者在书中甚至辟出整整一章的篇幅，来论述早期马克思主义批评与俄国文学科学中的学院派的关系，并得出这样的结论："经院派（即学院派——引者按）文艺学与马克思主义文艺学的联系问题具有严肃的历史意义。只有理解了这个问题，才能具体地认识我国文学科学史中，包括苏联文艺学产生年代中的某些现象。"[①]再比如，20世纪下半期俄国文艺学中最杰出的学者之一巴赫金也被视为历史诗学的传人，巴赫金从对经典作家的诗学研究入手，在《陀思妥耶夫斯基的诗学问题》（1963）中提出"复调小说"理论，揭示了陀思妥耶夫斯基小说中主人公和作者之间、主人公和

---

① 尼古拉耶夫：《马克思列宁主义文艺学》，李辉凡译，安徽文艺出版社1986年版，第153、152页。

主人公之间复杂的"多声部"关系，从体裁发展史的角度丰富了小说美学。接着，他又从其复调理论出发，将陀思妥耶夫斯基小说中的"对话性"推而广之，提出所谓"大对话"概念，实际上将人与人之间的一切交往方式、人与历史的所有关系都包括了进去。在《拉伯雷的创作以及中世纪和文艺复兴的民间文化》（1965）中，巴赫金又提出他的另一个著名概念——狂欢化，通过对民间的笑文化和狂欢化文化现象的研究来解决文学和狂欢的关系，乃至文学的起源和本质等问题。可以感觉到，巴赫金所采用的主要是历史诗学的研究方法，只不过，他更注重发掘历史诗学中的文化层面。巴赫金的例子告诉我们，历史诗学是在 20 世纪得到最多继承、也是成果最为丰硕的一种学院派批评。

俄国学院派批评传统对于 20 世纪的俄罗斯文艺学而言具有方法论上的启示意义。从广义上说，在学院派批评于 19 世纪中期兴起之前，俄国的文学和批评虽已十分繁荣，但科学意义上的文艺学似尚未形成，以别林斯基为代表的 19 世纪俄国批评更多着眼于作家作品的评论和解读，而较少对作为一门学科的文艺学的理论思考，从学院派批评开始，真正的俄国文艺学被建立起来，文学从此被作为一门人文科学来对待。从狭义上说，俄国学院派学者用自然科学家的态度面对文学，他们在自己的文学研究中大胆设论，小心求证，在收集资料时耐心细致，在具体分析时专心致志，他们的研究工作始终洋溢着自由的科学精神和开明的学术民主意识。

六、苏联解体前后的后现代文学思潮

苏联解体之后有人曾称，后现代文学思潮可能会成为俄国文学中的主导力量，苏联解体后的俄国社会无疑成了世界上最适宜后现代思潮发展的土壤，后现代主义所倡导的颠覆传统、解构秩序、重估价值等理论主张，在解体后的俄国政治、经济和文化各领域都有了令世人瞠目结舌的具体"实践"。可如今看来，这个颇为合乎逻辑的估计，至少在两个方面是值得商榷的：

首先，俄国的后现代主义文学思潮并不是在苏联解体之后才出现的，与其说它是苏联解体的结果，不如说它是苏联解体的原因之一。一般认为，俄国后现代文学大致经历了这样三个发展阶段：1. 20 世纪 60 年代末至 70 年代末的形成时期。后现代主义在俄国的出现比在西方要晚，这是因为，在苏维埃社会，包括文学艺术在内的整个意识形态领域受到严格控制，俄国文化与整个西方文化之间因而出现了某种疏远和隔离，不过让人惊讶的是，"不熟悉西方后结构主义和后弗洛伊德主义著作的俄国作者们，却与国外的后现代主义者们走在同一条路上"①。但是，相对于西方同行而言，俄国后现代作家的解构对象更为明确，更为狭隘，即社会主义现实主义和苏维埃文化，而非整个文化。通过对传统文学和文学传统的嘲讽和戏仿，在创作中戴上疯子或丑角的"作者面具"，他们试图达到颠覆苏维埃文化价值体系的目的，而这一思潮的奠基之作，就是前文提到的《何谓社会主义现实主义》及其作者的另一篇文化随笔《与普希金散步》（1966—1968）。在后一篇作品中，作家通过对普希金这个俄国文化偶像的解构，来倡导一种更民主、更平等的阅读精神。2. 70 年代末至 80 年代末的确立时期。后现代风格的作品在地下文学中的广泛传播，西尼亚夫斯基及其解构精神的直接影响，概念主义作家们的积极活动，都促进了新美学在非官方文学中的渗透，为俄国第二代后现代作家的出现准备了条件。概念主义团体"米奇基"于 1982 年在列宁格勒的创建，为俄国后现代文学的发展注入了新的活力。在这一时期，俄国后现代文学不仅得以确立，还逐渐形成诸多各具特色的分支，如抒情的后现代主义、精神分析的后现代主义、忧郁症的后现

---

① *Скоропанова И*. Русская постмодернистская литература. М.：Флинта. 2001. С.78.

代主义等。3.90 年代末以来的"合法化"时期。经过相当漫长的地下蛰伏时期，俄国后现代文学终于在苏联解体前后获得出头之日，成为文学生活中一个"公开"，甚至时尚的文学现象，它填补了后苏维埃文化时代社会主义现实主义文学突然遭遇危机之后留下的巨大空白。俄国后现代主义文学的发展历史告诉我们，早在苏联解体之前，俄国后现代文学的风格、特征和地位已经得到确立。

其次，在苏联解体已经过去十几年的今天，后现代主义文学思潮不仅没有越来越大，反而在与传统现实主义文学的竞争中逐渐缩小了其阵容和影响。斯科罗潘诺娃在其《俄国后现代文学》(2004) 一书中曾论及后现代主义的"东西方变体"，她认为，后现代主义的西方变体的特征，就是与后结构主义理论的紧密联系，对大众文化的广泛接受，以及作品中相对而言的乐观基调；而后现代主义的东方变体，则是在集权制的文化氛围中形成的，作品更为政治化，所借用的话语语境更多的是社会主义现实主义和伪现实主义，而非大众文化，作品的基调也较为悲观。[①] 更为"政治化"的俄国后现代主义，也就更容易在政治体制变化之后失去存在的理由。另外，以一般的社会发展观来看，俄国社会似乎还没有步入后现代时代，在这样的时代背景下，一方面，俄国社会对卓有成就的俄国后现代文学一直抱有某种冷漠甚至排斥的态度，俄国文学的后现代主义刚刚赢得合法身份，人们就开始兴高采烈地为它送葬了；另一方面，在俄国社会的集体无意识还没有完全从集权制度的语境中解放出来的情况下，主张消解一切权威、破除乌托邦理想的俄国后现代主义，却又恰好肩负着在俄国文学中为向新的存在模式的过渡奠定基础的使命。于是，后现代主义的高潮已经过去，俄国当下的许多作家和文艺学家已经在谈论后现代主义的没落和现实主义的回归，也许，对于俄国文学这样一种现实主义传统异常厚重的文学而言，任何非现实主义的倾

---

① *Скоропанова И.* Русская постмодернистская литература. М.: Флинта. 2001. С.70-71.

向都是难以持久的，或许，俄国社会对后现代主义的开始疏远，与整个俄国社会对前一历史时期的全盘西化及其后果的深刻反思也不无关系。

世纪之初白银时代文学思想的百花齐放，现代主义诗歌潮流的汹涌，俄国形式主义的异军突起，20年代的文学思想论争，以及在论争中丰富起来的马克思主义文艺学，30年代的庸俗社会学批评，以及社会主义现实主义创作手法的确立，战后严格的文艺政策统领之下的理论萧条，50年代中期开始的人道主义大讨论以及随之而来的文艺解冻，审美学派的兴起，学院派批评传统的复兴，历史诗学及其各种变体的相继出现，巴赫金、洛特曼、利哈乔夫、赫拉普钦科等文艺学大师的相继崛起，还有与之或平行或交叉的境外批评，如形式主义和宗教文化批评的输出和回归，还有在后现代主义文化大潮中先后出现的女性主义批评、生态批评等等，所有这些，共同构成了20世纪俄罗斯文艺学跌宕起伏、让人眼花缭乱的发展历史。回顾这段历史，就像是在阅读一部巴赫金所言的"复调小说"，就像是在倾听一部斯特拉文斯基那种"十二分音符"的交响乐。

原载《文艺理论与批评》2006年第4期

伊凡四世与库尔勃斯基的通信论争

16世纪中期的俄国爆发了一场著名的君臣之争，争论的一方为俄国的第一位沙皇伊凡四世（1530—1584），另一方为逃离俄国的库尔勃斯基（1528—1583），他俩的论战是通过书信进行的。这场延续近20年之久的通信论战，也构成俄国文学史上一个精彩而又重要的事件。

一

1564年4月，担任俄国尤里耶夫（今爱沙尼亚境内的塔尔图）军政长官的库尔勃斯基突然逃往波兰控制下的立陶宛，此后不久，他给伊凡写了一封信，在为自己的出逃做出解释和辩解的同时，也对伊凡的行为和政策发出了谴责。伊凡接信后"龙颜大怒"，立即对旧臣库尔勃斯基的"挑衅"做出反应，痛骂对方的胆大妄为和背信弃义。接下来，库尔勃斯基又给伊凡写了两封信，伊凡也有一封回信。这五封书信，就是人们如今能够了解到的伊、库之争的全部内容。

伊凡雷帝和库尔勃斯基两人书信的原件都没有保留下来，现存均为抄本。最早一份抄本出现在基辅修道院的文献中，其年代可确定为17世纪20—30年代，也就是说，与书信的写作年代相距约60年。在此之后，各种抄本越来越多，也出现了众多的版本和异文，据俄国史学家考证，仅库尔勃斯基第一封书信第一种版本的已知抄本就多达 24 种。[1] 散见在俄国古代文献中的各种版本的伊、库书信，恐怕不下百种。以现代正式出版物形式出版伊、库书信的最早尝试出现在 1833 年，在乌斯特里亚洛夫主编的《库尔勃斯基公之传说》中，收有库尔勃斯基致伊凡雷帝的两封信。昆采维奇于 1914 年编辑、作为"俄国历史丛书"第 31 卷出版的《库尔勃斯基公文集》不仅收入库尔勃斯基的书信，还收有伊凡雷帝的两封书信。1951 年，利哈乔夫和卢里耶在编辑《伊凡雷帝书信集》一书时也收入了库尔勃斯基致伊凡的第一封信。伊、库通信的最全面、最权威的版本，还是由卢里耶和雷科夫合编、莫斯科科学出版社 1993 年出版的《伊凡雷帝和安德列·库尔勃斯基的通信》一书[2]，此书不仅收有多种版本的伊、库书信，而且还附有书信的译文，以及版本考证和内容评介方面的文章。

　　伊、库通信很早就引起了欧美学者的关注，也陆续被译成多种欧洲语言，如德译本（莱比锡，1921 年）、英译本（剑桥，1955 年）、捷克语译本（布拉格，1957 年）、法译本（巴黎，1959 年）和意大利语译本（米兰，1972 年）等。值得一提的是，美国学者凯南曾于 1971 年写出一部专著，全面否定伊、库通信的历史真实性，认为这些书信是一份古代"伪经"，是由另一位王公伪造而成的。当时的苏联史学界将此举视为西方学者对俄国历史的有意"歪曲"，是一种意识形态上的"挑衅"，于是便组织力量反驳，从而引起一场跨越国界的史学大论战。这场论战在客观上引起了人们对伊、库通信问题的兴趣，大大地促进了对这一文化现象的研究。今天回过头去看一看当时的争论，发现凯南提出的那些理由，面对俄国著名史学家斯克雷尼科夫等人的逐一反驳，

---

① E. Keenan, *The Kurbskii—Groznyi Apocrypha*, Cambridge, Mass., 1971, p. 257.

② Под ред. *Лурье Я. и Рыкова Ю.* Переписка Ивана Грозного с Андреем Курбским. М.: Наука. 1993.

还是显得有些站不住脚。其实，若抛开他们那场争论中往往成为焦点的史实和文本上的那些细节，仅从几个大的角度去看问题，还是可以判定伊、库通信的历史真实性：首先，同一时期出现的大量内容相近、版本却各异的抄本本身就可以构成一种相互印证，说明它们可能有一个共同的来源，因为各自独立的诸多"伪造"不可能在内容上如此吻合，而这些抄本的年代都经过了考古学上的严格鉴定；其次，在 16 世纪的俄国，通信已很盛行，伊凡雷帝和库尔勃斯基也的确都写过大量书信，在一些可信的历史文献中还保存有两人的其他许多书信，那些书信与伊、库的论争书信在风格上是吻合的；最后，诸多古代史籍对伊、库之争有过记载，而那些记载的年代与最早的抄本出现的年代几乎同时。

伊、库之争作为一段历史典故，一直为俄国后来的历史学家所津津乐道。俄国最伟大的历史学家之一卡拉姆津在他那部著名的 12 卷本《俄国国家史》中就记载过这场通信："库尔勃斯基的首要之事就是要与伊凡交谈：要敞开他那充满苦楚和不满的心灵。怀着强烈的情感，他给沙皇写了一封信。……因为愤怒和良心上的不安而激动不已的沙皇，立即给库尔勃斯基回了信。"[①] 之后的俄国各类史书，无论正史还是野史，无论通史还是断代史，无论文化史还是文学史，写及 16 世纪的伊凡四世当政时期，都不可能不谈到这场著名的君臣之争。

总的看来，两人在五封信里所涉及的大致是这样三个问题：1. 关于皇权及君臣关系。在库尔勃斯基看来，皇帝虽然高高在上，但也必须首先做一个灵魂纯洁的基督徒，要有面对上帝的虔诚和畏惧，要有面对臣民的仁慈和公正，否则就不可能成为一位明君，就会给国家和民族带来不幸和灾难；而伊凡雷帝却认为，沙皇就是上帝在人间的代表，沙皇的

---

① Под ред. *Лурье Я.* и *Рыкова Ю.* Переписка Ивана Грозного с Андреем Курбским. М.: Наука. 1993. С.214.

地位和权利都是神圣不可侵犯的，臣民必须无条件地服从沙皇的统治，这样才能实现国家的稳定和强盛。2. 关于专制及国家体制。作为削藩制的直接受害者，库尔勃斯基自然对高度的专制制度深恶痛绝，认为伊凡雷帝统治早期的"重臣拉达"制度，亦即等级代表君主制，才是理想的治国体制；而作为俄国历史上的第一个沙皇、俄国绝对专制制度的创始者，伊凡雷帝容不得任何权力旁落，他认为皇权不应该受到任何法律和规章的限制，沙皇就是最高的、唯一的审判者，包括大贵族在内的所有人都是沙皇的"奴隶"，他从神赋皇权论推导出来的无限权力论，是他建立无限君主制政体的思想基础。3. 关于上帝及末日审判。在争论中，两人都竭力标榜自己是真正的基督徒，都认为自己是站在上帝一边的，或者说，上帝是站在自己一边的，为此，两人在信中都大段大段地引用《圣经》，都以末日审判来威胁、诅咒对方，但是他们在争论中所表现出来的宗教态度，有几点却是值得注意的：首先，两人都忠实于东正教的传统和教义，这使得他们的争论焦点往往就聚集到了以何种方式保持俄国君主在正教中的"圣明"这一问题上来了。其次，两人在宗教意义的行为评判上，均是严于律人，宽于待己的，相比较而言，伊凡雷帝的宗教观要更功利一些，也许是因为他自视为"上帝之子"而颇有些张狂。最后，这两个在灵魂上都不完全干净的人，在通信中也流露出了他们自己对于末日审判的恐惧，他们对对方的疯狂诅咒，有时实际上就是为了减轻自己的良心负担；他们将自己暂时的胜利视为神的意志，因而得意扬扬地致信对方，这反过来也说明，他们对神是否保佑自己、是否宽恕自己，其实是非常在意的。

二

伊凡的第一封回信洋洋数万言，要 20 倍于库尔勃斯基的来信，有俄国学者感叹，"这几乎就是整整一本书"①。考虑到当时的书写条件和水平，考虑到伊凡雷帝的日理万机（据史书记载，他在写回信的那数周时间里还曾出宫巡视），人们几乎可以断定，回信不是伊凡一个人写成的，而是由他和他的"秘书班子"合作的。如今，要明确区分信中哪些话是文书写的，哪些话是沙皇说的，已经不大可能。他的两封信也的确是一个各种文字风格构成的大杂烩：这里有一个君主的骄横和霸道，也有一个基督徒面对上帝的虔诚和卑谦；这里有羞辱人、压服人的盛气，也有摆事实、讲道理的愿望；这里有庄重的外交文体，也有粗鲁的骂人字眼；指名道姓的人身攻击和不无伤感的往事回忆，郑重其事的引经据典和装模作样的自我表白，教会斯拉夫文和村语俗字，真诚和虚伪，理智和疯狂，克制和暴躁……所有这一切都交织在一起，使得他的书信看上去就像某种介乎于私人书信和法律文书、文学作品和事务文件、个人表白和政治宣言之间的东西。然而，伊凡雷帝鲜明的个性风格并没有因此而被淹没，这是因为，一方面，这种庞杂的构成本身就显示出了伊凡与众不同的写作风格；另一方面，在书信的字里行间我们也不难发现一些只可能出自伊凡之手（或之口）的东西。

首先，这些书信向我们证明，伊凡并不是一个不学无术的昏君，而是一个很有修养的帝王。在俄国历史上，伊凡四世由于其残暴而永远成为一个恐怖的形象，而其精通文墨的一面却相应地为人所忽视了。其实，自幼生长在宫廷中、三岁就被指定为皇位继承人的伊凡，接受到了他那个时代最好的教育，俄国著名学者利哈乔夫断言："雷帝是他那个时代最有教养的人之一。"② 伊凡书信的立意、框架以及主要思想恐怕还

---

① Под ред. *Лурье Я.* и *Рыкова Ю.* Переписка Ивана Грозного с Андреем Курбским. М.：Наука. 1993. С.224.

② *Лихачев Д.* Стиль произведений Грозного и стиль произведений Курбского//Под ред. *Лурье Я.* и *Рыкова Ю.* Переписка Ивана Грозного с Андреем Курбским. М.：Наука. 1993. С.186.

是出自伊凡本人，伴在伊凡这样一位暴君身边的文人墨客，恐怕不敢在书信的写作上过多地发挥主观能动性，不敢擅自添加，或越俎代庖。而信中那些既富有逻辑又蛮横无理的话语，也只有伊凡这样一位目空一切的独裁者才说得出来。

其次，这些书信表明，伊凡不仅是一个出色的政治家，同时也是一位出色的作家。当然，他首先是一位君王，他之写作主要出于政治需要。伊凡留下的文字大部分为书信，而他的大部分书信又都是写给自己的敌人的，也就是说，写作对于伊凡来说首先是一种打击敌人的方式，而正是在诸如"声讨信"这样的文字形式中，伊凡雷帝那种坚定自信、飞扬跋扈的天性获得了最佳体现。个性和文体的相互吻合，不仅使伊凡的书信具有强烈的政论色彩，而且还使伊凡的文学天赋得到了充分体现。就对自我立场和观点的坚决捍卫而言，就捍卫方式上的不择手段而言，伊凡雷帝都是一个出色的政论作家。然而，伊凡雷帝的文学才能还不局限于此，至少在这样几个方面他表现得很是出众：1. 语言运用能力。伊凡书信最大的语言特征就是其口语色彩，他的文字像是在说话，或者更确切地说，像是在"训话"，这表明他的书信可能是由他口授的。这里不仅有大量的口语句型结构，还充满了呼语、问句（包括疑问、质问、设问和反问等等）和感叹句；所用词汇也十分丰富，从崇高的教会斯拉夫用词到日常生活中的字眼，直至连那些连篇的骂人话也是富有变化的。2. 比喻能力。伊凡的信中会不时冒出一句出彩的比喻来，比如："你的话冠冕堂皇，像蜜糖，却比艾蒿还要苦。""你像公狗一样狂叫，像蝰蛇一样吐毒。""受妻子管制的丈夫是痛苦的，受众人管制的城市也是痛苦的。"这样的话语方式可能源于民间文学，伊凡的书信和同时期的其他作品一样，都带有某种明显的转型色彩，当时的俄国文学正处在从口头到书面、从民间到官方、从宗教到世俗的转换时期。3. 讽刺能力。应该说，如潮水一般倾泻而下的挖苦和嘲笑是伊凡信中比重最大的内容，而其中给人印象最深刻的，可能就是这样一个非常刻薄的嘲讽：

库尔勃斯基在来信中曾发誓，要把自己那封信带到棺材里去，在末日审判时展示出来，而在此之前，他不会再让伊凡看到自己的脸了。伊凡则针锋相对，对库尔勃斯基信中这最为激昂的"誓言"进行无情的嘲弄："你祈求评判一切的上帝；的确，上帝会公正地评判一切事情，无论善恶，不过每个人都该想一想：他做了什么事情，该得到怎样的评判？你把自己的脸看得很重。可是谁又愿意看到你那张黑鬼似的脸呢？又有谁看到过，一个诚实的人竟长着你那种蓝眼睛呢？你这张脸就已经暴露出了你狡诈的天性！"4. 抒情能力。像每一位高明的君主一样，伊凡也善于"演戏"，在他的表演中有虚伪的成分，有变换角色的本领，也包括某种旨在打动人心的情感抒发。在第一封回信的中间，他出人意料地一转笔锋，竟然伤感地怨诉起自己"不幸的遭遇"来，这段长达数千字的"抒情插笔"是伊凡书信中最精彩的段落，它夹叙夹议，温情与激愤交织，回忆与现实叠加，构成一篇文学性很强的抒情散文。

伊凡雷帝若没有他的这几封书信传世，后人也许永远不会了解他的文学天赋；就连背负着沉重的政治抱负和统治野心的伊凡雷帝自己，也未必清楚或在意他的文字风格。然而，正是在他的书信中，人们却更全面、更丰富地认识了他，更具体、更直观地了解到了他的文风，乃至他的个性。利哈乔夫在总结伊凡雷帝作品的风格时这样写道："大胆的革新者，令人吃惊的语言大师，时而愤怒，时而抒情……'刻薄'风格的大师，全罗斯的独裁者，热衷于玩弄恭顺的游戏，展示自己的屈辱或受害，为了一个目的，即说服并嘲笑自己的对手，他可以置许多文学传统于不顾，——其作品中的雷帝就是这个样子的。"[①]

与伊凡雷帝相比，库尔勃斯基更像是一位"职业"作家，除了写给伊凡雷帝的这三封信外，他还有大量的其他书信传世，而那部《莫斯

---

① *Лихачев Д.* Стиль произведений Грозного и стиль произведений Курбского//Под ред. *Лурье Я.* и *Рыкова Ю.* Переписка Ивана Грозного с Андреем Курбским. М.：Наука. 1993. С.201-202.

科大公传》的存在，更使他步入了 16 世纪俄国大作家的行列。库尔勃斯基同样是那个时代最有修养的人士之一，他不仅精通文墨，熟读经典，而且还懂得多门外语，翻译过古希腊罗马时期的著作。库尔勃斯基致伊凡的书信写得很是标准，句式规范，用词精确，整体结构也显得简洁、得体。从库尔勃斯基的后两封信中不难看出，面对伊凡雷帝，库尔勃斯基在文字上颇为自信，他甚至有些看不起自己的对手，他曾称伊凡的信是"惊天动地、吵吵嚷嚷的"，充满疯狂的呓语和粗鲁的叫骂，"像是醉婆娘的闲话"，不值得一读。如果说伊凡在这场论争中一直摆出一副居高临下的姿态，那么库尔勃斯基则始终带有某种文学修养上的优越感。我们很难通过这里的几封信来给伊凡雷帝和库尔勃斯基的文化水平分一个高低，然而，正像文学史家们所说的那样，"实际上伊凡四世思维敏捷，不受拘束，给人留下的印象比库尔布斯基（即库尔勃斯基。——引者按）的信更为鲜明生动"①。就书信中所体现出的个性色彩而言，库尔勃斯基的确逊色于伊凡雷帝，这也许是因为，作为一位臣子的库尔勃斯基原本就没有沙皇伊凡那样十分张扬的个性；也许是因为，作为一位十分多产的作家，库尔勃斯基有意无意之间更多地受到了当时文字规范的制约。不过，库尔勃斯基所处的社会和生活环境对其个性及其文字风格的影响，无疑也是一个不容忽视的因素。

细细地阅读库尔勃斯基的书信，我们往往能在庄重和严谨的语言外表下感觉到几丝犹豫和无奈，与伊凡雷帝自始至终的肆无忌惮形成对比的，是库尔勃斯基不时表露出的闪烁其词，也就是说，书信中的库尔勃斯基不时表现得很矛盾，而这种矛盾心态就构成了其书信最大的情绪特征。比如：1. 从书信的写作动机上来看，库尔勃斯基将伊凡四世视为残忍的暴君，忘恩负义的小人，逃离了伊凡魔掌的他自然对伊凡充满仇恨和厌恶，然而，他却又不得不拿起笔来给自己的迫害者写信，在暴君

---

① 曹靖华主编：《俄苏文学史》第 1 卷，河南教育出版社 1992 年版，第 17 页。

的面前寻求公正，以证明自己的无辜和清白。2.从库尔勃斯基的自我辩护来看，一个逃离了祖国的人却在反复证实自己对祖国的爱，一个实际上已经完全否定了其过去的人却在津津乐道于自己从前的功勋。起先，他将自己流亡的罪过归咎于伊凡，认为伊凡是他背井离乡的罪魁祸首，也就是说，他也承认"叛变"是一种罪过（第一封信）；但后来，他却又因为伊凡的失败而幸灾乐祸，因为自己率领异国的军队攻下俄国的城池而沾沾自喜（第三封信）。3.从库尔勃斯基对上帝的态度来看，一方面，他认为伊凡良心不洁，对上帝不够虔诚，他还多次用末日审判来威胁伊凡；可另一方面，他却认为伊凡是"异教徒"，而他"现在听命于真正的基督徒君主"，即波兰－立陶宛的国王。也就是说，他一面标榜自己是虔诚的正教信徒，一面又在俄国东正教和波兰天主教的对峙中不由自主地倾向于后者。4.在对文字的态度上，库尔勃斯基也体现出了相似的矛盾。作为一位俄国王公，他使用标准的俄语给俄国的君主写信，并因为自己的文字（俄语）能力而自豪，可是，他似乎更推崇他寄居之国的文字和文化，认为"这里的人不会像你那样写信"，于是渐渐地，在他的第三封信中，与"你们那里""你的国家"等用词形成呼应的，就是越来越多的波兰用词（полонизм）。

库尔勃斯基书信中的矛盾色彩直接源于他的处境，背离了自己国家的他迫切需要一个洗刷自我的机会，他要通过给沙皇的信来向俄国公众表示自己的清白；另一方面，处在新主子的庇护之下，他又必须在新的生活环境中为自己定位，找到一个合适的社会新角色。库尔勃斯基的彷徨和迷惘，也是特定历史阶段中特定历史人物的特定感受，伊凡四世来势凶猛的削藩行动如同任何一次社会改革，在当时就曾激起不同社会阶层截然不同的反响，而在某一个具体人的身上也会引发出复杂的心态，国家的强盛与实现这一强盛所需付出的代价，专制制度的必要性与其不合理性，暴发阶层的既得利益与被废黜贵族的历史功绩，恐怖与仁慈，忠诚与背叛，战争与和平……这一切形成一个又一个二律背反，摆

在库尔勃斯基和他的同时代人面前。库尔勃斯基的尴尬处境，更是俄国
知识分子在与专制君主进行思想对峙时所常常遭遇的，如何将爱和恨分
别投向国家和统治着国家的君主，如何不使个人情感与民族情绪构成冲
突，这是曾经苦恼过一代又一代俄国思想者的难题。

利哈乔夫在论及库尔勃斯基的创作风格时说道："作为一个人，他不
止一次地改变自己的行为，与此同时，他也在不断改变其作品的风格。库
尔勃斯基没有一种严格的创作上的完整性。"[1] 我们觉得，库尔勃斯基创作
上的多变，其原因就在于其深刻的现实难题和思想矛盾，而反过来，这些
难题和矛盾却强化了其作品的思想内涵，丰富了其作品的表现风格，就内
容和形式的统一而言，库尔勃斯基还是体现出了其独特的"完整性"。

三

"雷帝和库尔勃斯基的通信，属于俄国古代文学中最著名的文献。"[2]
这场通信有着巨大的历史意义，它在相当大的程度上影响到了俄国文学和
文化之后的发展。伊、库通信的文学史意义，至少体现在以下三个方面：

首先，是作品风格和作家个性的彰显。在伊凡四世和库尔勃斯基
展开通信争论的时候，俄国文学已经有了好几个世纪的发展历史，斯拉
夫原始部落中的口头创作没有、也不可能流传下来，从 11 世纪开始出
现的"史事歌"就成了俄国文学的源头。16 世纪之前的俄国文学大致
由这样几个板块构成：10 世纪开始出现的"编年史"，12 世纪的英雄史

---

① *Лихачев Д*. Стиль произведений Грозного и стиль произведений Курбского//Под ред.
Лурье Я. и Рыкова Ю. Переписка Ивана Грозного с Андреем Курбским. М.：Наука. 1993.
С.203.

② *Лурье Я*. Переписка Ивана Грозного с Курбским в общественной мысли древней Руси//
Под ред. *Лурье Я. и Рыкова Ю*. Переписка Ивана Грозного с Андреем Курбским. М.：
Наука. 1993. С.214.

诗《伊戈尔远征记》，蒙古－鞑靼人统治时期的"战争故事"，以及大量的宗教文献。回顾这些文学，我们发现，除了不朽的史诗《伊戈尔远征记》外，其他的作品文学性都不是很高，更为重要的是，这些作品似乎都缺少风格，都很难看到作者本人的身影，这也许是因为，中世纪严厉的世风是压抑个性的，异族的长期统治也造成了自觉的民族意识的缺失。这里还有一个重要原因，即俄国古代文献大都出自僧侣阶层之手，他们克制、禁欲的生活方式无疑也会影响到早期的俄国文学。不管怎样，到伊凡当政时，俄国君主的个性已得到充分的张扬，而那一时期俄国作家的个性却尚未获得足够的发展，这却是一个不争的事实。而伊、库的书信，尤其是伊凡雷帝的书信，如前所述，却体现出了鲜明的个性风格，作者在作品（书信）中走向前台，大胆地表现自我，表达自己的喜怒哀乐，爱恨好恶，写作者成了文本的主人和主角，构成了俄国古代文学中的一个特例。"在整个俄国古代文学中，甚至连一个与此大致相似的例子我们都难以找到。俄国古代文学不懂得谋求风格。"① 我们也许可以说，正是从伊、库的书信开始，作者的个性以及随之而有的独特的作品风格就开始出现在俄国文学中了。

其次，是激情文学基因的确立。伊、库书信的最大特色就是其中饱含的激情，无论是库尔勃斯基的自我辩白，还是伊凡四世的愤怒驳斥，都洋溢着昂扬的情绪和战斗的精神，这与此前那些冷静、平和的历史和宗教文献形成了鲜明的对比。与伊凡和库尔勃斯基同时还活跃着其他一些俄国作家，如西尔维斯特和马卡里，还有为伊凡的国家学说奠定理论基础的作家伊凡·佩列斯韦托夫（他也曾上书伊凡四世，但要求皇帝进一步强化专制制度，与库尔勃斯基相反，他是从立陶宛逃到俄国来的），但与伊、库相比，他们在文字的力度和论战性方面还是有差距的。

---

① *Лихачев Д.* Стиль произведений Грозного и стиль произведений Курбского//Под ред. *Лурье Я.* и *Рыкова Ю.* Переписка Ивана Грозного с Андреем Курбским. М.：Наука. 1993. С.201.

政论是那一年代主要的文学体裁之一，"政治局势的紧张使政论文在 16 世纪文学中占据了主要地位"，而"16 世纪最富有时代特色的政论文是伊凡四世和库尔布斯基（即库尔勃斯基——引者按）公的通信"。① 伊、库的书信开创了俄国文学中强大的政论传统的先河，之后，无论是在拉季舍夫的《从彼得堡到莫斯科旅行记》中，还是在普希金与恰达耶夫关于俄罗斯民族性问题的争论中，无论是在赫尔岑的《往事与沉思》中，还是在 19 世纪俄国批判现实主义对现实的审视中，直到苏维埃文学的"生活教科书"理论，直到索尔仁尼琴的"新斯拉夫主义"学说，激越的斗士激情，崇高的公民责任感，以及对现实问题的热切关注，一直是俄国文学的主要旋律之一。作为激情的另一种表现形式，伊、库书信中那种由痛苦的回忆、悲愤的控诉和虔诚的表白组合成的"感伤"模式，也影响到了从阿瓦库姆开始的许许多多的俄国作家，从而形成一个源远流长的注重内心情感体验的"忏悔文学"传统。

最后，是流亡文学传统的形成。一部《俄罗斯侨民文学史》的作者曾写道："俄国的流亡文学历史悠久，早在十月革命前很久就开始了，第一位俄国流亡作家大约要算是安德烈·库尔勃斯基公，他逃离'沙皇的压迫'，并给伊凡雷帝写了几封抨击性的政论书信，这些书信的内容远远超出了个人的恩怨。"② 作为俄国历史上最早的"持不同政见"流亡作家，库尔勃斯基的意义非同小可。20 世纪俄侨文学的强大存在，使得众多的文学史家们有理由指出，在 20 世纪的俄罗斯同时并存着两种文学，自始至终都有两部文学史在平行地发展着。这的确是世界文学史上一个很罕见、很独特的景观，而这"另一种文学"的传统，我们竟然可以一直追溯到库尔勃斯基那里。

原载《俄罗斯文艺》2007 年第 1 期

---

① 曹靖华主编：《俄苏文学史》第 1 卷，河南教育出版社 1992—1993 年版，第 17 页。

② *Агеносов В.* Литература русского зарубежья. М.：Терра-Спорт.1998. С.6.

伊阿诺斯，或双头鹰

——俄国文学和文化中斯拉夫派和西方派的思想对峙

一

"是的，我们是对立的，但这种对立与众不同。我们有同样的爱，只是方式不一样……我们像伊阿诺斯或双头鹰，朝着不同的方向，但跳动的心脏却是一个。"[①] 赫尔岑在《往事与沉思》中提及俄国文化中的斯拉夫派和西方派时曾这样写道。俄文工具书中关于"斯拉夫派"和"西方派"之定义的第一句话大致都是：19 世纪 40—50 年代俄国的社会和哲学思想流派。也就是说，均强调这是两股出现于 19 世纪中叶的社会文化思潮。作为一个文化、思想史流派的斯拉夫派和西方派的确是在19 世纪 30—40 年代之交正式形成的，然而，作为俄国文化史和思想史中源远流长的两种思潮、两种文化倾向，斯拉夫派和西方派发生最激烈的碰撞却是在 19 世纪 40—50 年代，而在此前和此后相当长的历史时间里，这两种思想倾向之间都一直存在着程度不等的对峙。不能把斯拉夫派和西方派的论争看成是俄国历史中一个独立的、短暂的文化现象，

---

① *Герцен А.* Сочинения в девяти томах. М.：Художественная литература. Т.5. С.171-172.

这两种思潮的对立和转换、渗透和交融，实际上贯穿了整个俄国历史。

斯拉夫派和西方派这两种思想倾向的分野，我们至少可以追溯至16世纪，在俄国一些最有价值的古代文献中，我们分明可以感觉到注重东方和倾向西方这两种思潮由来已久的对峙。这里仅举两部文献为例。

在16世纪中期爆发的伊凡四世和库尔勃斯基公爵的书信之争中，就包含着关于东、西两种不同政权体制、不同发展道路和不同宗教传统的争论。伊凡四世在致库尔勃斯基的信中不仅痛斥了库尔勃斯基及其叛国行为，同时也谴责了库尔勃斯基所投靠的"西方"；而库尔勃斯基在致伊凡四世的信中，竭力把自己塑造为"一位优雅的西方文化的代表"。[①] 有意无意之间，伊凡四世和库尔勃斯基两人似乎成了两种文化、两种宗教势力的体现者和代言人。伊、库两人的书信争论，一定程度上体现了俄罗斯民族和国家在其发展初期面对东、西两种文化时艰难抉择的一种窘境，同时也构成了俄国文化史上两种不同思想倾向和价值取向长期对峙的内在动力之一，于是，伊、库之争也就可以被我们视为19世纪中叶斯拉夫派和西方派思想论争的一个遥远的先声。值得注意的是，普列汉诺夫在《俄国社会思想史》中论及伊、库之争时，就曾将伊凡四世的体制定义为"东方意义上的专制政权"，并在将其与西欧，尤其是法国的君主制度做了比较之后，指出了伊凡四世革新的局限性及其深刻的历史原因；而库尔勃斯基，"虽然他毫无疑问是保守的"，却"没有奴才的情绪"，也就是说，或多或少地体现了西方的自由精神和民主意识。[②] 由此可见，早在两种价值取向出现碰撞的初期，两者之间孰是孰非的问题就已经呈现出了一种复杂的态势。

---

① *Лурье Я.* Переписка Ивана Грозного с Курбским в общественной мысли древней Руси// Под ред. *Лурье Я.* и *Рыкова Ю.* Переписка Ивана Грозного с Андреем Курбским. М.: Наука. 1993. С.214.

② *Плеханов Г.* История русской общественной мысли. М.-Л.: Гудок. 1925. С.191-192.

到了 17 世纪中叶，阿瓦库姆及其《生活纪》又为我们理解俄罗斯民族性格的分裂、俄国文化中的东西对峙提供了某种参照。阿瓦库姆的《生活纪》是一部杰出的文学作品，一部重要的思想著作，作为一部宗教文献，它首先是俄国 17 世纪宗教改革运动的产物。大牧首尼康于 1652 年在俄国开始推行的宗教改革运动，导致了俄国社会的一次大分裂（Раскол）。俄国教会追求东正教世界主导地位的企图虽然在教会内外都获得了广泛的支持，但在面对拉丁化的西方宗教和世俗世界的态度、在通过何种途径谋得俄国的正教领袖角色等问题上，教会内外的人士却逐渐分裂成两大阵营。以尼康及其继任者和追随者为代表的官方教会人士，主张通过改革教会礼仪、修订经书等方式谋得与整个东正教世界的"接轨"，并进而谋得中心位置；而以阿瓦库姆为代表的俄国分裂教派，则主张捍卫俄国传统宗教礼仪的神圣性和俄国古代文化传统的独特性，并以此来彰显俄国教会的纯洁和正宗。在谋求俄国和俄国教会的强大这一点上，官方教会和分裂教派本无根本性的差异，但是对其实现方式的不同认识，竟然会导致两种观念如此尖锐的对立，如此激烈的对抗。回顾俄国历史上每一次价值取向上的东、西之争，其模式和情景也大致都是如此。

斯拉夫派和西方派的激烈争论，在 1861 年农奴制改革之后暂时缓和下来，农奴制问题的解决，客观上使两派同时失去了争论的主要焦点。但是，俄国社会中两种价值取向的对峙，却并没有随着农奴制的取缔而结束，而一直或明或暗地持续了下来。

在 19 世纪 60—70 年代，随着以陀思妥耶夫斯基等为代表的"土壤派"理论的逐渐成熟，俄国社会上出现了一片反对和清算 40—50 年代的"虚无主义"的呼声，斯拉夫主义的势力似乎一时间有所壮大。但由车尔尼雪夫斯基所塑造的"新人"形象及其代表的新的"子辈"，由赫尔岑所倡导的"俄国式社会主义"，与俄国社会向西方寻求理性精神和理想社会模式的大背景相呼应，很快就又使得俄国的社会思潮向西转了。在两个世纪之交的白银时代，以别尔嘉耶夫、谢·布尔加科夫、格尔申宗、司徒卢威、弗兰克等为代表的"路标派"，第一次提出俄国要走"第三条道路"的思想，这可能是一个无可奈何的选择，但也可能是一个最合理的选择，一个坚持、强调自己独特性的民族，如果不能在某一个范畴获得霸主的地位，另辟蹊径、另立山头就是一个必然的出路。

在整个苏联时期，西方的马克思主义理论和东方式的中央集权制度居然获得了相当持久、和谐的结合，苏联社会中的东西之争反而平息下来；一个传统的欧洲列强突然被视为东方阵营的首领，被柏林墙挡住去路的俄国式社会主义洪流却滚滚向东倾泻而来，令人奇怪的是，在这次民族文化取向的大转折中，却反而很少有东、西抉择的两难心态的体现。究其原因，或许有这样几个：首先，严格的意识形态控制不仅使不同思想倾向的争论变得不太可能，甚至连产生某种思想倾向的前提都不再存在。其次，在东方阵营赢得的老大哥地位，暂时满足了俄国人梦寐以求的大国理想，在面对西欧列强时常常流露出的局促，甚至自卑的民族心理，如疾风中的一片乌云那样迅速地飘逝，洋溢在整个民族中的乐观情绪让人们不再愿意纠缠于那些伤脑筋的抉择问题。最后，苏维埃国家庞大的红色疆土横亘在欧亚之间，本身就构成一个东西方的合成体，国境之内的东西方的和睦共处，甚至相互融合，在一定程度上弥合了俄罗斯人心目中的东西文化裂痕。总之，俄罗斯民族所面临的东西方文化矛盾问题，在整个苏维埃时期都没有激起大的争论，没有什么激烈的爆发。

苏联的解体，显然是一个放弃一种意识形态、选择另一种意识形态的举动，但是在这个放弃和选择的过程中也不是没有过犹豫和摇摆。现在的多数俄罗斯人都有这样一种感觉，觉得解体前后的全盘西化无疑是错误的，至少是不妥当的，模仿美国体制进行的民主化和私有化改革，并没有使俄国迅速转变为西方阵营中的平等一员，反而使其国力衰落，普通百姓的生活水平急剧下降，其世界影响也与苏联时期不可同日而语。解体之后俄国国内一时惨不忍睹的局面，实际上是对西方派及其学说的一个嘲讽，一次打击；那么，走另一条路会怎么样呢？历史不可能给俄罗斯人重新尝试一次的机会，但普京当政以来的一系列举措，显然是在矫正最近十余年来的激进和冒进。与普京的政治举措不谋而合的是，在思想、文化界有一些人也进行这种矫正，或者说是在进行更为冷静的思考，比如索尔仁尼琴的"新斯拉夫主义"，比如利哈乔夫关于俄国的"北方属性"的观点。就连一些新生代的现代派作家，对这个问题也有所涉猎，维克多·佩列文在为中文版《"百事"一代》所写的《致中国读者》中曾说，"俄罗斯的'西方'打一开头就是一个虚拟之物，这是某种抽象的物质天堂，通向它的道路就是犯罪性的富裕方式。"①

最近，一本题为《西方派和民族派：对话能否进行?》的新书在俄国出版，这部厚达475页的论文集，是由"自由使命"和"社会舆论"两个基金会共同组织的一次热烈、持久的网络讨论的书面结果。这场讨论本身就表明，东、西两种文化取向的对峙还存在于当下的俄国，并且可能将长期地存在下去。

二

1836年秋，恰达耶夫发表了著名的《哲学书简》，《书简》中提出的主要命题就是：俄国没有自己值得炫耀的历史，对人类和世界没有任何贡献，她必须在一切方面向西方看齐，接受西方的文明，否则就将没有自己的未来。《书简》在俄国社会引起轩然大波，官方对他的理论加以痛斥，宣布他是个"疯子"；而在知识界和文化界，他的观点虽然激起包括普希金在内的大多数人的反感，但也赢得一部分人明里或暗里的

---

① 佩列文：《"百事"一代》，刘文飞译，人民文学出版社2001年版，第2页。

喝彩，当时被流放在维亚特卡的赫尔岑就曾称恰达耶夫的书信是"黑夜的枪声"。① 俄国知识界的争论激情被《书简》点燃，首先是在莫斯科的几家沙龙里，关于《书简》的两种意见针锋相对，逐渐形成两大阵营；接下来，两派的活动家们又纷纷发表文章，兴办杂志，举行讲座，阐发、宣传各自的观点，终于形成了俄国文化史上一个罕见的百家争鸣局面。可以说，恰达耶夫的《书简》就是斯拉夫派和西方派思想论争的导火索，是俄国思想分野的开端。

《书简》的出现，原本就是一些历史和社会因素综合作用的结果，是与俄国当时的时代氛围密切相关的。1812 年抗击拿破仑的卫国战争的胜利，使得俄国第一次意识到自己是一个欧洲强国，是全欧洲乃至整个世界的"拯救者"和"解放者"，俄国的民族自豪感和爱国热情空前高涨。但是，在目睹了西欧的生活现状之后，对比俄国的现实，一部分清醒的"解放者"的思想却被触动，这种感情被表达为这样一句话："我们解放了整个欧洲，却把镣铐留给了自己。"需要指出的是，这样一种意识只属于一部分贵族知识分子；而胜利之后的喜悦和自豪则相当长久地存在于俄国统治阶层和很多普通人的大脑里。这就是 1825 年十二月党人起义及其失败的原因，也是斯拉夫派和西方派两种民族情感相互对峙的原因之一。由《书简》引起的争论持续数年之后，在欧洲发生的1848 年大革命又为这场争论添加了新的燃料。俄国知识界的激进力量从欧洲大革命中看到了俄国新生的契机和希望，而其中的保守力量对西方式革命的提防和恐惧则达到了一个空前的程度。

《书简》只不过是根导火索，斯拉夫主义和西方主义这两种思潮的对峙在俄国由来已久，别林斯基曾称斯拉夫主义是有其"始祖"的②，赫尔岑也曾说，斯拉夫主义"是作为一种被侮辱的民族感情，一种模糊

---

① 赫尔岑：《往事与随想》，项耀星译，人民文学出版社 1998 年版，第 51 页。

② *Белинский В. Собрание сочинений в трех томах*. М.：Художественная литература. 1948. Т.3. С.720.

的回忆和忠贞的本能而出现的，这是对风行一时的外国影响的反抗，这种影响从彼得一世割下第一把胡须的时候就开始了"。① 也就是说，自从俄国人有了欲与西欧人比肩的愿望之后，向东还是朝西的艰难选择就已经存在了。这使我们意识到，斯拉夫派和西方派这两种思想倾向的长期对峙，无疑有着一些更为深刻的原因。

首先是地理上的原因。在世界民族之林中，俄国虽然是一个相对后起的国家，但由于其所处的位置当时还是一个东西方文明都尚未充分侵占的区域，由于其历代君主都十分热衷于领土扩张，俄国的领土在几百年间不断扩大，迅速成为世界上领土最大的国家。但是，其文化的辐射力却似乎一时还难以统领如此庞大的疆土，俄国的文化也似乎难以在世界文化版图中形成独立的一"极"。于是，用"欧亚合体"（Евразия）来界定自我的俄国，既感受着一种地域广袤所带来的自得与自豪，同时也遭遇着文化的混杂所造成的迷惘和尴尬。俄国认为自己既是一个欧洲国家也是一个亚洲国家，既是东方也是西方，面对西方世界俄国就是东方，面对东方世界俄国又成了西方，但无论是东方世界还是西方世界，似乎都从未将俄国视为自己文化上的"同类"。所以，长期以来，俄国就像一个巨大的文化钟摆，孤独而又滞讷地在东西两大文化板块间摆动。在文化身份上所面临着的这种艰难的选择或取舍，长期承受着一种文化上的无归属感所带来的困惑，这必然会造成民族意识中的某种分裂。此外，展开俄国的地图，可以看到俄国疆土上的河流大都呈南北走向，在俄国文化发展、融合的过程中，这些河流可能是联系的纽带，同时也可能是阻碍的天堑。从文化的起源上看，俄国文化的南北差异原本也是很大的，作为一个欧洲后起的民族，古代罗斯分别受到了来自南方的古希腊罗马文化和拜占庭文化的影响，以及来自北方的日耳曼文化和斯堪的纳维亚文化的影响，并形成了南方的基辅和北方的诺夫哥罗德两

---

① 赫尔岑：《往事与随想》，项耀星译，人民文学出版社1998年版，第45页。

个文化中心，然而，贯穿着这两个文化中心的伏尔加等俄国的大江大河却逐渐地消弭南北的文化差异，并进而突出了俄国文化的东西对峙。

其次是社会结构上的原因。与西欧诸国相比，俄国的现代社会制度形成较晚，在西欧已步入工业时代时，俄国还保持着农奴制度，这种使人压迫人、人奴役人的现象合理化的不合理社会制度的长期存在，制约了俄国社会的均衡发展，社会中的大多数人得不到接受教育的机会；与此同时，自彼得一世开始实行的全盘西化的国策却迅速造就了一个"文明化了的"俄国贵族阶层，无论就富裕的程度还是就教育的水准而言，他们较之于西欧诸国的贵族阶层都毫不逊色。于是，俄国社会中便出现了"文明的"贵族阶层和相对愚昧的农奴阶层并存的局面，俄国民族构成中这一分裂现象的存在，是俄国诸多社会矛盾发展、演变的一个重要的内在驱动因素，其中，斯拉夫派和西方派的对峙也是这一分裂状态的一个具体体现。

第三是宗教传统上的原因。罗斯在公元 988 年的"受洗"，原本被视为一个融入西方基督教大家庭的果敢举动，在此后相当长的一段时间里，它也的确以宗教为中介联通了与欧洲的关系。在"受洗"之后的几个世纪里，罗斯一直承认拜占庭教廷的权威，也一直自认为是拜占庭的"教女"。到了 15 世纪，拜占庭在受到来自伊斯兰世界的威胁时求助于天主教的罗马教廷，主动提议与天主教合并，于 1439 年在佛罗伦萨签署了宗教合并协议，但莫斯科教会却认为佛罗伦萨协议是对东正教的背叛。不久，拜占庭首都君士坦丁堡于 1453 年被土耳其人攻陷，俄国教会认为这就是上帝对他们的背叛举动进行的惩罚，俄国教会从此自视为东正教的世界中心，由费洛菲伊提出的"第三罗马"（Третий Рим）理论得到空前的鼓吹，并深入人心，俄国教会中有一部分人认为，如今希腊人，乃至整个基督教世界，都应该向俄国人学习，而不是相反。此后，占据着基督教世界的东方半壁江山的俄国教会就一直坚持着这种宗教上的自我孤立行为，与整个天主教和新教的西方世界格格不入。教会的这样一种立场，也对俄国文化的价值取向产生了长期的、潜移默化的影响。

最后，是民族性格方面的原因。俄罗斯民族是一个非常情绪化的民族，从别尔嘉耶夫到利哈乔夫，许多俄国思想家都指出过俄罗斯民族性格中的多种"矛盾"（противоречия）[1] 和"极端性"（поляризованность）[2]：俄国人是勇敢剽悍的，同时也是多愁善感的；是沉思默想的，同时也是躁动不安的；时而虔诚恭顺，时而又蛮横霸道；时而理性冷静，时而又感情用事……一个民族的性格当然不会是单一的，它必然是多种性格因素的组合。但问题在于，俄罗斯民族性格中两个极端间的距离显得太大了，摆幅如此之大的性格在世界其他民族中间是比较少见的，人们曾把陀思妥耶夫斯基一篇小说的题目《双重人格》（Двойник）拿来概括这一现象。俄罗斯民族性格中存在着的这种二元对立，或者说是矛盾性格、双重人格，一方面，使他们在面临文化选择时往往表现出更多的彷徨和摇摆；另一方面，它在客观上也为不同倾向的激烈交锋提供了源源不断的主体和话题。

诸如此类的深层原因还可以找出一些：比如俄国皇室的血统问题，由于公元9世纪起北欧的瓦兰人应邀入主罗斯，之后俄国和西欧皇族间不断通婚，俄国的统治者常常具有西方血统（北欧或日耳曼血统），也就是"西方人"，以恭顺、忠君为美德的俄国人所臣服的却往往是这些"外国人"，其间的隔阂乃至冲突自然难免，俄国历史上的多次农民起义都打着驱逐"异族"的口号，这也就不奇怪了。再比如战争的因素，俄国与东、西两个边境上的邻国一直战事不断，战争作为一种独特的"文化交流"方式，会以一种强加的方式提供出对比，每一次战争，俄国无论是战胜还是战败，都会在国内引起激烈的思想反省和社会动荡。在俄

---

① *Бердяев Н.* Судьба России. М.：Советский писатель. 1990. С.10.

② *Лихачев Д.* Раздумья о России. СПб.：LOGOS. 1999. С.56.

国的历史上，战争往往不仅仅是"政治的延续"，而且还是政治的深化，是社会改革的起因，左冲右突的俄国，在与东、西方持续不断的碰撞中不仅没有缩小两者之间的距离，反而因为每每的顾此失彼而加大了选定朝向的难度。

上述这些原因，自身也许就是互为因果的，它们相互之间存在着复杂的互动关系。正是这些直接的导火索和间接的因素、表层的原因和深层的原因的共同作用，导致了俄国人在东西方两种价值取向上长期的无所适从。

三

我们在本文开头所引的赫尔岑的那段话，是关于斯拉夫派和西方派之关系的绝妙概括，此外，赫尔岑对此还有一个更具体的说法："友好的敌人，或者确切些说，敌对的友人。"[1] 在这样的说法中包含着怎样一种复杂、深刻的内心情感啊。传统文学史和思想史中的叙述给我们留下这样一种印象，似乎斯拉夫派和西方派是两个你死我活、根本对立的两大阵营；而赫尔岑在《往事与沉思》中充满感情的表述，又似乎能真的让我们把两派之争视为一场"家庭纠纷"[2]。其实，这两个印象都有可能是某种误读。斯拉夫派和西方派之间的关系远比我们想象的要复杂，其复杂性至少体现在这样几个方面：

首先，同属自由派的双方相互之间却展开了最为激烈的争论。19世纪中期的俄国知识界和思想界大致可以划分为三个派别，即靠拢官方的保守派、主张变革现实的自由派和疏远现实的"纯艺术派"。前者

---

① 赫尔岑：《往事与随想》，项耀星译，人民文学出版社 1998 年版，第 143 页。

② 赫尔岑：《往事与随想》，项耀星译，人民文学出版社 1998 年版，第 191 页。

以教育大臣乌瓦罗夫在 30 年代创建的"东正教、君主制和民族性"的"三位一体"学说为理论基础；"纯艺术派"以旨在对抗"理性世纪"而出现在俄国的"唯美主义"美学为旗帜，在 1848 年欧洲革命后俄国思想界急剧向右转的时代背景下，又进一步演变为"为艺术而艺术"派。处在官方和在野两大势力之间的就是自由派，而斯拉夫派和西方派实际上同属这一派别，差别仅仅在于一个是"温和的自由派"，一个可以称之为"激进的自由派"。在面对俄国的农奴制现实时两派都持坚定的反对立场，作为有良心的知识分子，两派人士都对社会的不平等表示抗议，对下层人民的疾苦表示出深刻的同情。作为俄国知识阶层的中间力量，两派都既反对不问现实的"唯美"，也坚决拒绝担当为沙皇及其统治大唱赞歌的官方意识形态吹鼓手的角色。但是，同属自由派阵营的斯拉夫派和西方派，相互之间却爆发了最为激烈的争论，原因之一，恐怕是他们双方有着最为接近的前沿阵地，如果把当时俄国社会中官方的、保守的意识形态和在野的、消极的意识形态看成是两个圆圈，那么，斯拉夫派和西方派就似乎共同处于这两个圆的相交部位，两种或多种不同的社会态度在这里相遇，并发生了激烈的碰撞。另一个原因可能在于，正因为斯拉夫派和西方派拥有某些共同的立场和话语，才恰好使得他们获得了对话的平台，他们棋逢对手，对于双方而言都是值得与之展开对峙和争论的对象；同时，它们也构成一种相互依存的关系，彼此都是对方展开思想、发出声音的媒介。在当时的社会语境中，他们不可能去与官方意识形态展开旗帜鲜明的抗争，而他们那些关于现实的诸多热切思考也很难在唯美派那里激起什么热烈的反响。

其次，斯拉夫派和西方派相互之间的阵营并不像我们想象的那么清晰。我们知道，斯拉夫派和西方派都不是组织严密的团体，而只是一个结构松散的思想共同体，他们没有签署过什么纲领，没有颁发过什么会员证，这两个所谓的派别实际就是两个围绕在某一理念周围的一群思想者。这就决定了，这两个派别的构成必然是非常复杂的，并不总是永远一致的，两派之间的界限因而常常是游移不定的，模糊不清的。需要说明的是，在 1825 年十二月党人起义之后，开始了俄国历史上意识形态管制最为严格的一个时期，而 1848 年的欧洲革命更使俄国当权者进一步加强了对整个社会的思想控制，在这样的背景之下，地道的革命派别及其声音是不可能公开存在的，它们被迫改头换面，加入自由主义阵营。另一方面，在尼古拉一世当政后期的"昏暗的七年"（1848—1855）中，一些有良知的知识分子也主动脱离官方阵营，转而接近自由派。也就是说，除了死心塌地的御用文人和看破红尘的艺术家，各方高手可能都聚集到了斯拉夫派或西方派的旗帜之下，其构成上的复杂直接导致了两派之间、甚至两派自身之中观点和立场的斑斓。于是，我们看到了许多游离于两派之间的人物，看到了许多改换门庭的人物，看到了更多不断修正观点的人物。

第三，两派构成上的复杂还导致了两派各自内在的不一致现象，无论是斯拉夫派还是西方派都不是铁板一块，其中也都存在着许多争论，有的争论就其激烈程度而言似乎并不亚于两派之间的争论。有这样两件小事能帮助说明斯拉夫派内部的一些纷争：康·阿克萨科夫为了标榜自己的斯拉夫主义立场，不仅留起胡须，而且还换上一身俄国古代的民族服装，可他的这种扮相却一直没有得到大多数斯拉夫派人士的肯定和模仿；诗人雅济科夫是斯拉夫派首领霍米亚科夫的亲戚，他从欧洲回国之后不久就加入斯拉夫派阵营，为了表达自己的政治观点，他写了一首言词十分激烈的诗《致不是我们的人》，没想到，此诗却引起了本方人士如康·阿克萨科夫等人的不满。而在西方派阵营中，有一些分歧则是原则性的，如别林斯基与被视为"自然派"首领的果戈理的书信论战、赫尔岑与西方派的公开决裂等。斯拉夫派与西方派的争论在 60 年代初的逐渐平息，固然与他们共同的首要关注对象和争论焦点——俄国农奴制的被取缔有关，但无疑也是两派内部长期积累起的大小矛盾不断作用的结果。如果"内讧"过多，自然就难以集中精力对付敌人；如果能在敌对的一方发现许多更为亲近的人或观点，此一阵营无疑就会土崩瓦解。

斯拉夫派和西方派之间的这种复杂关系能给我们以这样两点启示：第一，斯拉夫派和西方派之间实际上是有同有异的，但长期以来，人们更关注的是他们之间的异而非同，这是一个自然而然的选择，因为在争论的当时，当事的双方关于"同"的表述是没有意义的，只有通过对"异"的强调才能凸现己方观点的价值和意义，而在争论已成为历史的后世，较之于"同"，"异"则更能引起注意，也更能激起谈论、研究的兴致。但是，在关注"异"的同时也应该多少关注"同"，否则就有可能误读历史，在这里，就是有可能在感觉和印象中放大两派之间的鸿沟。第二，当我们在观察作为一个整体的斯拉夫派和西方派时，我们可以清晰地感觉到一个总的思想倾向，一个相对一致的理论框架，而当我们面对某一个作家或理论家的时候，却往往难以把他完整地纳入某一派别的理论框架之中。身为西方派的卡维林曾说道："一个真心把祖国利益挂在心头的人，就一定会觉得自己的一半是斯拉夫派，另一半是西方派。"① 一个作家，尤其是一个大作家，其创作往往是超越某一流派的，其中也往往呈现出亦此亦彼的思想取向，具有某种不稳定性和模糊性，这就提醒我们，将某一思想大家纳入某一流派有可能是危险的，而仅仅从某一流派的立场出发来解读一位作家，就有可能更加危险。流派可能是相对一致的，而流派中每一个个体却常常是无限丰富的。第三，那场发生在150多年前的争论是一场真正的君子之争，争论的双方所体现出的率真和坦诚，捍卫真理的勇气，以及旨在造福民族和后代的责任感和使命感，都是令我们肃然起敬的。斯拉夫派萨马林在回忆当年的争论时写道："两个小组在一切问题上几乎均无共识；与此同时，他们却

① Энциклопедия. История России от дворцовых переворотов до эпохи Великих реформ. М.: Аванта. 2001. С.384.

又每天见面，和睦相处，似乎构成了同一个社团，他们相互依存，都具有那种建立在一致的智慧兴趣和深刻的彼此尊重基础上的相互同情。"[1] 斯拉夫派和西方派之间的关系时好时坏，充满变故，比如：1844 年 4 月 22 日，在阿克萨科夫家中曾举办了一次隆重的午餐会，正式宣布两派和解，两个阵营的人士相互拥抱，不少人都泪流满面，但是到了这年年底，雅济科夫的《致不是我们的人》一诗又让两派拉开了你死我活的战斗姿态，格拉诺夫斯基和基列耶夫斯基甚至要为此而决斗；1845 年 1 月，康·阿克萨科夫曾"含着热泪"与赫尔岑和格拉诺夫斯基绝交，但没过多久又重归于好……"和睦相处"中充满着争吵乃至决斗，绝交和谅解此起彼伏，所有这一切都说明，斯拉夫派和西方派的争论是一场纯粹的学者之争，是一场智者的角力，一场由思想者们上演的精彩戏剧。

四

在传统的俄国文学史中，往往可以看到这样一个颇为奇怪的现象：一方面，文学史家们会明确地指出，斯拉夫派和西方派的对峙是 19 世纪中叶俄国文坛最为重大的文学现象之一；另一方面，在提到某些大作家、大批评家在这场思想对峙中的活动时却总有些躲躲闪闪，很不情愿将他们归入这一或那一阵营，比如，从不明说赫尔岑、别林斯基等是西方派，也不直称陀思妥耶夫斯基为斯拉夫派，似乎，将那些 19 世纪俄国文学史中的大人物分别归入两派，就是太抬举了那两个派别。毫无疑问，杰出的思想家和作家往往是超越狭隘的小集团意识和既定的派别纲领的，他们不会为任何理论的框框或团体的利益所束缚。但是，若将这些大家排斥在斯拉夫派和西方派的思想斗争之外，则难以真实地还原文

---

① Энциклопедия. История России. М.：АванТ.2001. С.378.

学史的本来面目，也无助于对那些作家创作过程的贴切理解。其实，在这样的文学史态度中隐含着一种抑此扬彼、一贬一褒的初衷，为了论证在此后出现的革命民主主义美学的高大，就必须让此前的斯拉夫派和西方派的理论显得相对渺小，一如在谈到批判现实主义文学和社会主义现实主义文学的积极和伟大时，总是要谈到之前的文学如浪漫主义文学等的消极和不足。这样一来，我们就感觉到，在对斯拉夫派和西方派思想论争的历史评价中，似乎掺杂进了某些意识形态色彩。我们进而意识到，长期以来，人们可能低估了两派的思想对峙对俄国文学产生的影响，可能对两派文学活动的成就和意义缺乏足够的认识。关于斯拉夫派和西方派的思想对峙对俄国文学的影响，至少体现在这样几个方面：

首先，它构成了 19 世纪乃至整个俄国文学历史上的一个分水岭。一般认为，真正自立于欧洲文学之林的俄国文学开始于普希金，但是于 1837 年初在决斗中死去的普希金，其创作的文学史意义并没有立即被其同胞所广泛意识到，实际上，直到普希金的第一座纪念碑在莫斯科落成时的 1880 年，普希金才被公认为俄罗斯民族文学的奠基者。俄国文学无疑是在 19 世纪 30 年代、也就是普希金及其同时代作家旺盛创作的年代成熟的，但是其公认的成熟时期，或者说是对其成熟的广泛认同时期，还应该是在 19 世纪中叶，而这一时期最为重大的文学事件恐怕就是斯拉夫派和西方派的思想论争。如果说，在这场争论之前的俄国文学还多少带有一些模仿西欧文学的痕迹，那么，在这场争论的过程之中，俄国文学却获得某种强烈的自觉意识。谈到俄国文学自觉意识的建立，无论在斯拉夫派还是在西方派那里，都有一个无心插柳式的情形：斯拉夫派反对西欧的理性主义，主张弘扬东方宗教中的直觉精神，但是，在他们对俄国古代文化的潜心发掘、对俄国文化民族特性的精心归纳和对俄罗斯民族独特的世界使命的论证中，却又处处体现着一种强烈的理性色彩；西方派主张俄国走西欧的发展道路，但他们对西方文明却持有一种清醒的认识，赫尔岑对西欧社会占主导地位的"污浊的市民阶层"的鄙视（他还感叹道："谢天谢地，市民精神与我们不能相容！"①），是具有一定代表性的，而别林斯基对俄国语言的赞美，格拉诺夫斯基对爱国激情的肯定，在西方派中也均并非个别现象。如果说，西方派在社会和政治层面力主俄国走西欧的发展道路，那么，他们在文化和文学层面却都是具有强烈民族情感的人，并将之视为俄罗斯民族在欧洲赢得身份和发言权的首要条件之一。更为重要的是，他们还将一种面对现实的理性精神引入了文学。就这样，两派不约而同地为俄国民族文学的建立出了力，使俄国文学初步具有了自觉的意识和独特的风格。可以说，斯拉夫派和西方派的论争是俄国文化人追求理性的结果，是俄国文化人思想成熟的标志之一，同时，它也是俄国文学走向理智和成熟的重要象征之一。

其次，两派的思想论争对于俄国作家而言无疑构成一个独特的思想温床。一个不容忽视的事实就是，19世纪中期几乎所有的文学大家都不同程度地介入了这场争论，换句话说，几乎每位大作家都经受了这次思想风暴的洗礼。如果说，无论罗蒙诺索夫的俄语文体改造还是杰尔查文的诗歌创作，都暂时还没有使俄国文学获得深刻的思想内涵，那么到了斯拉夫派和西方派激烈争论的时候，俄国文学就开始全面地介入思想斗争。如果说，普希金像西尼亚夫斯基所言的那样是"一个纯粹的诗人"，他作为俄国历史上第一位"职业作家"，以其卓越的天赋使文学创作真正成为一门"手艺"，一个"行业"，那么，只是到了斯拉夫派和西方派摆开对垒的阵势之后，俄国文坛才第一次成为各种社会思潮激烈交锋的中心。俄国文化中独特的"文学中心主义"传统在此时开始形成，在当时和后来的俄国，文学都不仅仅是文学，而是包容着哲学和宗教、艺术和科学、政治和思想的大文化，文学家也都不仅仅是文学家，而多为集写作者和思想家于一身的哲人，具有社会代言人和未来预言者

---

① 赫尔岑：《往事与随想》，项耀星译，人民文学出版社1998年版，第117页。

双重身份的先知。在当时的俄国，一方面是发达了的民族智慧在寻求施展天地的场所，一方面是专制制度对精神生活的束缚，于是，文学就成为一个间接的喷口，一个折射社会正义之声的回音壁。斯拉夫派和西方派的论争，本不是一场纯粹的文学之争，而是关于民族历史和未来发展道路的论争，可是，其争论的主体却大多为作家和批评家，其表达观点的形式也大多为诗歌、小说、戏剧、批评文章和政论文。文学家们并不以文学为一个藏身的象牙塔，他们很关注纯文学之外的社会思潮；而身为哲学家、神学家、历史学家、语言学家、民俗学家，乃至政治家和官僚，也总想到文坛上来一试身手，以图更为广泛地传播自己的"专业知识"。于是，俄国文坛就成了俄国思想的熔炉，成了各种俄国理念的角力场。值得注意的是，这种文学和思想的联姻就发生在俄国民族文学刚刚确立自我之后不久，斯拉夫派和西方派这两种思想倾向的激烈斗争不仅在 19 世纪中叶的俄国文学中打下了深深的烙印，同时也为俄国文学之后的发展注入不竭的思想活力，开辟了俄国文学源远流长的思想文学传统。

最后，斯拉夫派和西方派的思想论争也是俄国文学现实主义传统的重要来源之一。斯拉夫派和西方派激烈论争的时期，也恰好是俄国现实主义文学和现实主义文学批评的形成时期，两派的争论对于俄国现实主义文学传统的形成具有重大的意义。在以往的文学批评史中，对西方派在俄国现实主义文学中的奠基作用多有充分、翔实的论述，详细地描述了别林斯基等以普希金、果戈理、莱蒙托夫等作家的创作实践为基础创建俄国现实主义美学的过程。但相对而言，对西方派的对立面斯拉夫派在俄国现实主义文学传统形成过程中所起的作用却估计不足，甚至将斯拉夫派的美学批评定性为"俄国浪漫主义美学的独特发展"，或"保守的浪漫主义"。[①] 其实，斯拉夫派虽然没有一位别林斯基那样的批评

———————————

① 刘宁主编：《俄国文学批评史》，上海译文出版社 1999 年版，第 204 页。

大师（尽管康·阿克萨科夫曾被称为"斯拉夫派中的别林斯基"），但该派的批评家们在俄国现实主义文学传统的形成过程中也起到了相当重要的作用。他们的贡献至少体现在这样几个方面：第一，斯拉夫派始终持反对农奴制的立场，渴望建立一个理想的社会，这使得他们也主张一种面对现实的文学，为自己的政治主张服务的文学，因此，霍米亚科夫称"真正的艺术是生活的生动果实"，基列耶夫斯基认为普希金创作的特征就在于"尊重现实"，"在诗中再现现实"；① 第二，斯拉夫派关注民众，将古朴的民间生活视为理想的社会结构，这使得他们将"人民性"的概念提到一个非常高的地位，甚至成了他们衡量文学作品之价值和意义的唯一标准；第三，他们对俄国文学民族特性的强调，对于建立有俄国特色的现实主义文学具有十分重要的意义。在谈到两派关于当时俄国文学的看法时，就不能不提到它们之间曾经爆发的两场激烈的文学争论：一次是基列耶夫斯基和别林斯基关于"自然派"的争论，一般认为，斯拉夫派是反对"自然派"的，但是他们反对的主要是"自然派"在面对现实时的虚无主义态度，以及在面对西欧文学时的"奴性"；一次是康斯坦丁·阿克萨科夫和别林斯基就果戈理的创作展开的讨论，阿克萨科夫在《死魂灵》中读到的是"朴实的、史诗般的直观生活"，而别林斯基读到的却是俄国的"生活败坏"和"被否定"。这些争论告诉我们，在关于俄国文学的讨论中，斯拉夫派和西方派的分歧似乎不在于要不要反映现实上，而集中在反映现实的不同侧重面上。在面对不完善的现实时，西方派主张以西欧的当代社会模式为样板，而斯拉夫派则主张以俄国的古代现实为归宿，与之相呼应，在主张文学积极介入现实的时候，西方派主张以彻底的社会揭露来促使其变革，而斯拉夫派则主张以善意的道德感化来促使其进化，两派殊途同归，从两个不同的方面论证了现实主义文学的必要性和重要性，从而使俄国的文学从此不仅成为一种思

---

① 刘宁主编：《俄国文学批评史》，上海译文出版社 1999 年版，第 207 页。

想的文学，道德的文学，而且也是一种入世的文学，干预的文学。关于俄国文学的理论争论是斯拉夫派和西方派之间思想论争的重要组成部分之一，两派在相互争论的过程中广泛涉猎与他们同时代的文学创作，提出许多新的文学概念和文学思想，丰富了俄国的现实主义文学理论，不约而同地为俄国现实主义文学大厦奠定了基础。

对历史的解读和评价总是随着时代环境的变化而变化的，对于斯拉夫派和西方派的认识也同样如此。我们感觉到，这场发生在 19 世纪中叶的思想大论战如今正在引起人们越来越多的关注，相对而言，对其文化和历史意义的估价也越来越高。而在两派中间，斯拉夫派的立场又似乎开始得到较多认同。作为保守与激进、改良与革命、节制与放纵两种不同社会价值取向的代表，斯拉夫派和西方派在不同的历史时期都会得到不同的待遇。一般而言，在一个社会动荡的时代，西方派的立场往往会赢得较多的喝彩，而在一个相对平静的历史环境中，斯拉夫派的观点则能获得更为广泛的理解。我们相信，随着对斯拉夫派和西方派的研究不断深入，随着斯拉夫派和西方派在俄国思想史和文学史中地位的不断提升，它们与俄国文学之间的复杂关系及其对俄国文学进程的深远影响，都将得到更为深刻的揭示。

原载《俄语语言文学研究》2007 年第 1 期

国外斯拉夫学

一、斯拉夫学的概念

所谓"斯拉夫学"（英文为 Slavic studies 或 Slavictics；俄文为 славяноведение 或 славистика），系指一门研究斯拉夫各国社会和文化的科学。这里的"斯拉夫各国"首先指东中欧的 13 个斯拉夫国家，即东斯拉夫的俄罗斯、乌克兰和白俄罗斯三国，西斯拉夫的波兰、捷克和斯洛伐克三国，以及南斯拉夫的保加利亚、塞尔维亚、克罗地亚、斯洛文尼亚、波斯尼亚、黑山和马其顿 7 国，但是，常被习惯性地纳入斯拉夫研究范畴的还有一些非斯拉夫国家，如曾属于东欧阵营的匈牙利和罗马尼亚，以及曾为苏联加盟共和国的 12 个非斯拉夫国家，即中亚 5 国（哈萨克斯坦、吉尔吉斯斯坦、塔吉克斯坦、乌兹别克斯坦和土库曼斯坦）、外高加索 3 国（格鲁吉亚、阿塞拜疆和亚美尼亚）、波罗的海 3 国（立陶宛、爱沙尼亚和拉脱维亚）和摩尔达维亚，因此，在国际斯拉夫学界已开始使用一个内涵和外延都更为宽泛的"欧亚地区"（Eurasia；Евразия）的概念，以便更确切地指称其研究对象和范围。这里的"社会和文化"则几乎涵盖了人文社科领域的所有学科，如文学、语言、艺术、哲学、历史、宗教、政治、经济、法学，甚至还包括考古学、医学、军事和科学等等，因此，有人又称斯拉夫学的研究对象为"一切与斯拉夫人有关的东西"。在多数学者的心目中，如今的斯拉夫学几乎是一种由多个学科综合而成的"区域研究"（area studies；регионоведение）。

我们再来看一看这样两段关于斯拉夫学的定义。俄文版《苏联大百科全书》"斯拉夫学"词条的第一段是这么表达的："斯拉夫学，即研究斯拉夫人的科学，它集众多学科于一体，研究过去和现今的历史、文学、语言、民族学、经济、艺术和宗教，研究斯拉夫人的物质文化和精神文化。在各斯拉夫国家，与每一国家历史、文化和语言相关的问题一般并不归入斯拉夫学，这一问题在该国的祖国史、语文学和其他社会科学领域中进行研究。"[1]互联网上《维基百科》的英文版对斯拉夫学作了如下定义："斯拉夫学是一门对斯拉夫地区以及斯拉夫语言、文学、历史和文化进行研究的地区研究学科。起初，斯拉夫学者主要为研究斯拉夫学的语言学家或语文学家，之后，研究斯拉夫地区文化和社会的历史学家和其他人文社科学者也逐渐被归入这一领域。"[2]

总之，斯拉夫各民族以及一些与斯拉夫民族有过密切关联的民族和国家，其过去和现代的物质和精神文化，均为斯拉夫学之研究对象，这便决定了斯拉夫学是一门内涵极其宽泛、构成非常复杂的大学科，或曰集成学科。

二、斯拉夫学的历史

斯拉夫学的历史大致经历了这样几个发展过程。

---

[1]　Под ред. *Прохарова А.* Большой энциклопедический словарь. М.：Энциклопедия. 1976. Т.23. С.546. 该词条（作者科罗柳克）中译见《俄罗斯文艺》2012年第3期，刘文飞译。

[2]　http：//en.wikipedia.org/wiki/Slavic_studies.

斯拉夫学"史前史"。广义上的斯拉夫学，自然是与斯拉夫民族及其自主意识一同形成的。关于斯拉夫人的记载，最早出现在公元 1 世纪末至 2 世纪初的古罗马文献中，古罗马历史学家塔西佗在其《日耳曼尼亚志》中就记述过斯拉夫人的生活，称其为"维内德人"。但直到公元 9 世纪，斯拉夫人才结束原始公社状态，开始步入封建社会。令人惊奇的是，逐步分野成东、西、南三大板块的斯拉夫人，在各自最早的文献中却均有关于斯拉夫民族一体化的思想之体现，如 11 世纪初的基辅罗斯编年史《往年纪事》（又译《古史纪年》）、11 世纪末至 12 世纪初波兰"匿名的加尔"（Gall Anonim）的编年史、捷克第一位编年史学家科兹马·布拉什斯基（1045—1125）所撰的《捷克史》，以及 12 世纪中期南斯拉夫的《杜克里亚神甫编年史》等。试以《往年纪事》为例，在这部编年史的开篇，在对圣经故事稍加转述之后，作者[1]便详细叙述了斯拉夫人的来历和分化，然后写道："斯拉夫人就这样分居各地。他们的语言称为'斯拉夫语'。"[2]一位俄国文学史家对此感叹说："《编年序史》从'雅弗一代'斯拉夫人之起源开始，然后写到斯拉夫人的早期历史、他们的分支和风俗，这部作品字里行间的泛斯拉夫主义情感和人种学兴趣，令人称奇地具有'19 世纪'性质。"[3]也就是说，自公元 11 世纪起，在各斯拉夫民族古籍中已不约而同地出现了某种"泛斯拉夫情感"，这是统一的斯拉夫文化形成的历史前提。

16—17 世纪，随着各斯拉夫民族中央集权国家的建立，随着启蒙之风或直接或间接地席卷斯拉夫大地，斯拉夫各民族文字、文化和文明的发展也出现一个高潮，与之相伴的便是各斯拉夫民族文化自觉意识的觉醒和勃兴。在这一时期，对斯拉夫各民族历史和现实的高度关注体现在众多著作中，如克罗地亚作家克里扎尼奇（约 1618—1683）就在其

---

[1] 据称为基督洞穴修道院僧侣涅斯托尔，其生卒年代不详。
[2] 王松亭译注：《古史纪年》，商务印书馆 2010 年版，第 3 页。
[3] Mirsky D. *A History of Russian Literature*，NY：Knopf，1927，p. 13.

著作中提出了"斯拉夫各国的团结一致"的呼求；南斯拉夫史学家奥尔比尼（？—1614）在其《斯拉夫王国》（1601）中将斯拉夫民族的历史作为一个整体加以描述，强调了斯拉夫各民族的一致性；波兰历史学家斯特雷伊科夫斯基（1547—1593）也在自己的著作中先于这些学者表达了相近的思想。对斯拉夫民族共同性的意识，为科学的斯拉夫学的诞生奠定了基础。与此同时，关于斯拉夫语言的系统研究也渐渐广泛展开，各斯拉夫国家均涌现出一些像俄国学者罗蒙诺索夫（1711—1765）一样的百科全书式人物，他们纷纷编写课本，制定语法，为各自民族书面语言的规范化作出了巨大贡献，从而在语言和文学方面为斯拉夫学的形成和发展提供了保障，而最初的斯拉夫学其实也主要就是关于斯拉夫语言和斯拉夫文学的研究。

斯拉夫学作为一门独立学科是在18世纪中期正式形成的。从18世纪下半期起，大体作为一门语言科学的斯拉夫学主要研究斯拉夫各民族的语言和文学，首先是对古代文献的整理出版和考证研究。18世纪末至19世纪初，斯拉夫学研究在斯拉夫国家取得重大成就，这与当时西斯拉夫和南斯拉夫国家民族解放运动的高涨有关，与波及斯拉夫国家的启蒙时代精神有关，在一定程度上也是奥匈帝国施行的斯拉夫人日耳曼化策略所引起的反拨。科学的斯拉夫学诞生于捷克，形成于东欧一些国家，以这样几个事件和人物为标志。其一，捷克学者多布罗夫斯基（1753—1829）在身体力行地宣扬西斯拉夫人去哈布斯堡化的社会、政治理想的同时，也对斯拉夫语言进行了深入的比较研究，在其著作中几乎为斯拉夫语言学之后发展的所有相关问题确定了范围，因此被后人尊为"斯拉夫学之父"。其二，捷克学者沙法里克（1795—1861）编成《斯拉夫古代文献》（1837），这部集斯拉夫各国重要古籍于一体的巨著，后来成为斯拉夫考古学、民族学和斯拉夫语言历史比较研究的奠基之作。其三，波兰诗人密茨凯维奇（1798—1855）于1840—1844年间应邀在巴黎法兰西学院讲授斯拉夫文学，其讲稿后以《斯拉夫文学教程》

（1841—1849）为题出版，成为斯拉夫学尤其是斯拉夫文学研究中的一个重大事件，对于在西欧诸国传播斯拉夫文化发挥了重要作用。其四，第一届斯拉夫大会于 1848 年在布拉格举行，众多斯拉夫学者和斯拉夫运动活动家齐聚一堂。其五，斯拉夫各国大学纷纷设立斯拉夫学系，如俄国的莫斯科大学、圣彼得堡大学、喀山大学和哈尔科夫大学；此外，一些西欧国家的大学也开始设立斯拉夫学教研室，如前面提及的巴黎法兰西学院，以及维也纳大学、莱比锡大学、柏林大学、布达佩斯特大学等。

　　19 世纪下半期至 20 世纪初，斯拉夫学的发展出现一个高潮，涌现出一些专门的斯拉夫研究期刊和斯拉夫研究学会。斯拉夫学的各个学科进一步分化，语言学研究虽然仍占据优势，但史学、民族学、文艺学等领域的研究也获得发展，斯拉夫学从一门以语言学为统领的综合学科，逐渐转变为由一组各自独立的学科构成的组合学科。斯拉夫学的学术性和科学性得到强化。以俄国语言学为例，斯拉夫比较语言学、古斯拉夫语以及斯拉夫诸语言的历史、语音、语法和方言等方面，均进行了系统的"学院派"研究，如布斯拉耶夫（1818—1897）借助对俄国和斯拉夫古代语言文学的深入研究提出的"移植论"，波捷勃尼亚（1835—1891）对语言和思维、词的"内部形式"和斯拉夫语义学等的深入研究，莫斯科语言学小组奠基人福尔图纳托夫（1848—1914）在历史比较语言学、俄语史、斯拉夫语史、形式语法等领域的建树，沙赫马托夫（1864—1920）对俄国古代文学和文化、俄国版本学以及斯拉夫民族起源问题的深入研究，亚·维谢洛夫斯基（1838—1906）基于对斯拉夫文学遗产的归纳而创建的"历史比较学派"等等。这一时期的斯拉夫学研究开始向社会学、民族学、史学、法学等多个领域拓展，推出了大批高质量的学术著作，如俄国历史学家彼尔沃尔夫的《有史以来至 18 世纪的斯拉夫各民族关系》（1874）、捷克学者尼德列（1865—1944）的《斯拉夫古籍》（1—4 卷，1902—1934）、俄国历史学家留巴夫斯基的《西斯拉夫各民族史》（1912）等。为这一时期的斯拉夫学"添砖加瓦"的还有在斯拉夫诸国自19世纪中期开始愈演愈烈的"泛斯拉夫主义"（панславизм/Panslavism）运动，其集中体现之一即俄国的斯拉夫派思潮。

十月革命之后，社会主义阵营在东欧形成，作为这一阵营之首领的苏联，终于实现了俄国数百年来意欲统领整个斯拉夫世界的夙愿。苏联建立之后，尤其是在第二次世界大战之后，在政治、军事、外交等方面结盟的斯拉夫国家，在某种程度上也的确可以被视为一个社会主义化的斯拉夫王国。在这个一统的意识形态天地里，各斯拉夫国家的共性得到更多的关注，相互之间的文学和文化关系也得到了空前细致的探讨。以苏联时期的斯拉夫学为例，在20年代至40年代初，马克思主义研究方法被引入斯拉夫研究，出现了第一批相关研究著作，研究对象有19—20世纪的斯拉夫文学、斯拉夫民间文学、斯拉夫重音学、古代斯拉夫文献学和斯拉夫民族学。1930年，苏联科学院斯拉夫学研究所在列宁格勒创建，其任务是在苏联组织开展综合性的斯拉夫学研究。第二次世界大战爆发前夕，苏联科学院历史研究所、莫斯科大学和列宁格勒大学均组建了斯拉夫史研究中心。1946—1947年之交，苏联又创建了一个综合性的中央斯拉夫研究机构，即后来的苏联科学院斯拉夫学和巴尔干学研究所。在这一时期，列宁格勒、基辅、利沃夫、明斯克、沃罗涅日、萨拉托夫、哈尔科夫等地的大学和乌克兰科学院均组建了斯拉夫学教研室或研究室。1956年，又组建了苏联斯拉夫学者委员会。

与此同时，冷战时期东西欧乃至东西方两个阵营的对峙，造成了国际斯拉夫学的分裂，斯拉夫学在一定程度上沦为一种地缘政治工具和意识形态武器，国际斯拉夫学界成为一个不断上演对台戏的学术舞台。在西方，斯拉夫学往往成为苏联学（советология）的同义词，成为一门研究社会主义体制及其特征乃至弊端的学问。"第二次世界大战之后，苏联和美国在世界范围内的竞争对于本学科产生了重大影响，使得一些新的研究中心和学术项目得以在西方建立。"① 就客观效果而言，斯拉夫学于冷战时期在西方国家的大学里得到空前扩展，欧美国家大多数高校均设立了斯拉夫系或俄语系，培养出大批斯拉夫学者。

苏联解体之后，国际斯拉夫学又相应地出现了新的重大变化，笔者先后在美国和俄国听到的两句话，似乎可以作为对这一变化的形象概括。在美国耶鲁大学，该校斯拉夫系主任在听说笔者打算撰写一篇关于国外斯拉夫学的文章时，便打趣地说了一句："我们这儿的斯拉夫学正在消亡！"数月之后，笔者在俄国圣彼得堡向一位院士问起斯拉夫学在俄国的现状，他则很感慨地说了一句："斯拉夫学如今正在荣归故里啊！"当今的国际斯拉夫学界，在俄国及其他斯拉夫国家的斯拉夫学和非斯拉夫欧美国家的斯拉夫学之间，似乎的确出现了某种"此消彼长"的现象，但斯拉夫学作为一门跨学科、超地域的国际性综合学科的地位和影响，目前似乎并未遭遇太大的挑战。

三、当今国外斯拉夫学界概况

目前，全球大约有近百个国家的大学设有与斯拉夫学相关的系科，在这些大学中，与斯拉夫语言文学系并存的还有许多专门从事斯拉夫学研究的机构，如哈佛大学的"戴维斯俄罗斯暨欧亚研究中心"（Davis Center for Russian and Eurasian Studies, Harvard），斯坦福大学的"俄罗斯、东欧暨欧亚研究中心"（Center for Russian, East European and Eurasian Studies, Stanford），加州大学伯克利分校的"斯拉夫、东欧和欧亚研究所"（Institute of Slavic, East European and Eurasian Studies,

---

① 埃尔斯沃斯、基尔什鲍姆：《国际中东欧研究理事会（ICCEES）简介》，刘文飞译，《俄罗斯文艺》2010 年第 1 期，第 74 页。

UCB），以及日本北海道大学的"斯拉夫研究中心"（Slavic Research Center，Hokkaido University）等。与此相关，这些国家也大都设有斯拉夫研究学会或同类学术团体。

在地区性的斯拉夫研究学术组织中，规模最大、影响最广的可能要数"美国斯拉夫研究促进会"（American Association for the Advancement of Slavic Studies，AAASS）。这个学会创建于 1938 年，当时名为"斯拉夫研究委员会"（Committee on Slavic Studies），1960 年成为会员组织，目前拥有正式注册会员 3500 名，机构会员 40 余个。"美国斯拉夫研究促进会"挂靠哈佛大学，秘书处设在该校"戴维斯俄罗斯暨欧亚研究中心"。促进会设主席一人，副主席若干，现任主席是阿默斯特学院的教授威廉·陶博曼（William Taubman）。促进会下设众多委员会，如"语言委员会""教育委员会""女学者委员会""促进会领导人提名委员会""《斯拉夫评论》委员会""文献资料委员会""评奖委员会"等，并有 7 个地区分会，分别为"中部斯拉夫大会""大西洋两岸斯拉夫大会""中西部斯拉夫大会""新英格兰斯拉夫学会""南方斯拉夫研究大会""西南部斯拉夫学会""西部斯拉夫研究学会"。此外，美国的许多专项或专业学术团体也被视为促进会的"分会"，如"美国俄语教师理事会""东方基督教历史文化研究会""前苏联健康和人口研究会""斯拉夫研究女学者协会""古代斯拉夫研究学会""18 世纪俄国研究会""北美普希金学会""斯拉夫和东欧民间文学研究会""东欧俄国艺术和建筑史学家协会"以及近 30 个地区性研究团体，如"乌克兰研究会""波兰研究会"等等。由此不难看出，"美国斯拉夫研究促进会"（AAASS）是一个结构庞大、活动积极、影响广泛的美国学术团体。

在 20 世纪中后期，世界上曾并存着两个国际性的斯拉夫学者组织，一是由苏联牵头于 1955 年在贝尔格莱德成立的"国际斯拉夫学者委员会"（Международный комитет славистов，МКС），一是由美英牵头于 1974 年在加拿大班夫成立的"国际苏联东欧研究委员会"（The

International Committee for Soviet and East European Studies，ICSEES）。"国际斯拉夫学者委员会"当时由 28 个国家的分会组成，每五年召集一次国际会议，会议轮流在各斯拉夫国家举行：1929 在布拉格、布尔诺和布拉迪斯拉发，1934 年在华沙，1939 年和 1955 年均在贝尔格莱德，1958 年在莫斯科，1963 年在索非亚，1968 年在布拉格，1973 年在华沙，1978 在萨格勒布，1983 年在基辅，1988 年在索非亚。这个组织目前似乎已经偃旗息鼓，活动很少。"国际苏联东欧研究委员会"虽然成立较晚，却大有后来居上之势，至今已成功举办了八届世界大会，举办地点分别为：1974 年在加拿大班夫，1980 年在德国加米施，1985 年在美国华盛顿特区，1990 年在英国哈罗盖特，1995 年在波兰华沙，2000 年在芬兰坦佩雷，2005 年在德国柏林，2010 年在瑞典斯德哥尔摩。该理事会的第 9 届世界大会将于 2015 年在日本的千叶举行。1993 年，这个委员会更名为"国际中东欧研究理事会"（International Council for Central and East European Studies，ICCEES；Международный совет по исследованиям Центральной и Восточной Европы）。目前，这个组织被视为国际上规模最大、最权威的斯拉夫学者组织，所举办的国际大会动辄有数千人出席。"苏联的解体对'国际中东欧理事会'产生了深远的影响，这一影响绝不仅限于在更名时略去的那个'S'①。1990年之前，苏联阵营方面出席大会的名额非常有限，且多为官方组织提名的少数代表。自 1990 年起，俄国和东欧的学者开始大量地以个人身份参加大会，为信息和观点的交流作出了巨大贡献。大门既已敞开，显而易见，国际中东欧理事会还将自然而然地沿着此路走下去，成为一个名副其实的全球化组织。"② 两个国际组织的对峙似乎告一段落，但俄国等国的学者似乎仍对这个由"西方人"创办并把持的学术组织保持着一定的距离。

---

① 指该学会的缩写由 ICSEES 改为 ICCEES，略去的那个字母 S 表示"苏联"。
② 埃尔斯沃斯、基尔什鲍姆：《国际中东欧研究理事会（ICCEES）简介》，刘文飞译，《俄罗斯文艺》2010 年第 1 期，第 74 页。

　　自 19 世纪末起，在数十年的时间里，欧美各主要国家以及各斯拉夫国家相继创办了多种斯拉夫研究期刊。据不完全统计，目前全球共有此类刊物近百种，其中最有国际学术影响力的是：俄罗斯的《斯拉夫学》(*Славяноведение*，1965 年创刊，1992 年之前名《苏联斯拉夫学》*Советское славяноведение*)、美国的《斯拉夫评论》(*Slavic Review*，1941 年创刊)、英国的《斯拉夫暨东欧评论》(*Slavonic and East European Review*，1922 年创刊) 和《牛津斯拉夫学刊》(*Oxford Slavonic Papers*，1950 年创刊)、德国的《斯拉夫语文学》(*Zeitschrift für Slavische Philologie*，1925 年创刊)、波兰的《波罗的海 – 斯拉夫学刊》(*Acta Baltico-Slavica*，1964 年创刊)、捷克的《斯拉夫研究》(*Slovansky prehied*，1898 年创刊)、乌克兰的《斯拉夫语言学》(*Словянське мовознавство*，1958 年创刊)、塞尔维亚的《南斯拉夫语文学家》(*Jужнословенски филолог*，1913 年创刊)、丹麦的《斯堪的纳维亚斯拉夫学》(*Scando-Slavica*，1954 年创刊)、日本的《日本斯拉夫学刊》(*Acta Slavica Iaponica*，1983 年创刊) 等。

四、与斯拉夫学相关的几个问题

　　首先，对于世界上任何一个国家而言，斯拉夫学无疑都是一门重要学科。这是因为斯拉夫民族是欧洲各民族、语言集群中最为庞大的一支。据统计，目前各斯拉夫民族的人口总数近 3 亿，占整个欧洲的 40%，所居住面积达 1800 万平方公里，占整个欧洲的 50% 以上。斯拉夫大家庭历史悠久，文化灿烂，他们聚居的中东欧和巴尔干地区体现着罕见的文化多样性，为人类物质和精神文明的发展作出过巨大的贡献。然而，这又是欧洲大陆乃至整个世界上最为动荡、多难的区域之一。公元 4 世纪的罗马帝国分裂和 1054 年的基督教大分裂，将斯拉夫世界划分为两大板块，即东部的东正教和拜占庭文化，以及西部的天主教和拉丁文化，而南部斯拉夫更是被腰斩为两段，克罗地亚、斯洛文尼亚等更接近西斯拉夫文化，保加利亚、塞尔维亚等更接近东斯拉夫文化。从此，东、西斯拉夫世界之间的差异就逐渐显现出来。人类历史上的两次世界大战都源于这一地区。在整个 20 世纪，这里也始终是地缘政治的角力场。庞大的族群和多样的文化、复杂的历史和重要的地理位置、碰撞的文明和角力的政治利益，都使得这一地区注定会成为世界范围的关注焦点。在冷战结束后的今天，一方面，是斯拉夫世界的分化在进一步地加剧；另一方面，斯拉夫世界内部似乎也涌动着一股意欲整合的力量，一些相关概念的提出或重新使用，如"斯拉维亚"（Slavia）、"斯拉夫国家"（Slavialand）、"斯拉夫的欧洲"（Slavic Europe）、"欧亚文化区"（Euroasiatic Cultural Area）等，似乎就是这样一种文化诉求的体现。置身于当今的世界大家庭，任何一个有抱负、有利益诉求的国家和民族，都无法忽视斯拉夫学这一与地缘政治和意识形态紧密相连的学科。

其次，斯拉夫学自身也是一门极具包容性、综合性和交叉性的学科，是一座学术储量很大、蕴藏丰富的学术"富矿"。斯拉夫文化的各个组成部分亦即斯拉夫各民族文化之间，异中有同，同中有异，既同又异，相互纠缠。较之于以英、法、德文化为主的西欧文化，斯拉夫文化共同体似乎共性更多，它们是同之中的异；较之于中东地区的阿拉伯文化，斯拉夫世界似乎又体现出了更多的差异性，这里虽然也是同一宗教信仰的区域，但东正教和天主教之间的分裂和对峙还是在其中留下了一道深刻的裂痕；各斯拉夫国家之间的关系虽然时好时坏、有好有坏，但它们相互间的文化关联却十分紧密，至少在近一个世纪里，其联系至少超过了同一源流的东亚文化体各民族间的交流。文化一统之中却又保持着众多的民族文化独特性，各自独立的民族文化之上居然仍可以罩上一个"斯拉夫文化"的大华盖，这一大同小异、既统一又多样的文化集成体，在世界文化和文明中似乎独一无二。以这样一个民族、文明和文化整体作为研究对象，斯拉夫学肯定会是一门充满生机、富有多端变化的学科，其中的学术含量和创造潜力无可估量。在此，我们以雅各布森的结构主义构想的形成为例。为了出席 1929 年在布拉格召开的斯拉夫大会，雅各布森写了一篇题为《俄国斯拉夫学的当代前景》（*O современных перспективах русской славистики*）的文章，此文刊于德语版的《斯拉夫观察》（*Slavische Rundschau*）。在这篇文章中，雅各布森以斯拉夫文化的构成模式为本，提出了其结构主义的理论框架，勾勒出结构主义思想的基本轮廓。反过来，在后来参与创建美国斯拉夫学时，雅各布森又使用结构主义的方法来构建其学科设想和模型。也就是说，在斯拉夫学和结构主义之间，雅各布森找到了某种连接，获得了某种双边的启示性。我们相信，只要我们能够更深入地介入其间，更细致地把握和探究，内涵丰富、构成多元的斯拉夫学还会源源不断地提供此类学术契机。

再次，在斯拉夫学中，所谓"俄罗斯学"（русистика）始终占据着首要地位。尽管斯拉夫学诞生于捷克，"斯拉夫学之父"杜布罗夫斯基也是捷克人，但斯拉夫学自兴起之后不久，其重心还是逐渐移到了俄国。自斯拉夫学产生以来，无论就国土面积和人口而言，还是就国际影响和文化实力来说，俄国在斯拉夫世界中均始终独占鳌头。俄国在1812—1815 年和苏联在 1941—1945 年的两次"卫国战争"中的突出表现，俄国革命的强大辐射力量，更使它自视为、也被公认为斯拉夫民族的领袖。斯拉夫国家的许多斯拉夫学者往往都表现出了程度不等的亲俄情感，而强盛时期的俄国也很注意对斯拉夫兄弟的武力庇护和文化笼络。回顾斯拉夫国家斯拉夫学和泛斯拉夫运动的历史，我们注意到这样一个有趣的现象，即斯拉夫国家但凡有些学术成就的斯拉夫学者，往往都会被俄国科学院聘为外籍院士或外籍通讯院士，斯拉夫国家的著名斯拉夫学者和泛斯拉夫主义活动家，几乎都与俄国有过深浅不一的关联，或长期生活、工作在俄国。长此以往，便造成了俄罗斯学在斯拉夫学中一家独大的局面，在苏联时期，在许多西方斯拉夫学者心目中，斯拉夫学往往就等同于"苏联学"。苏联解体之后，这种局面稍有改观，意欲入盟西欧的波兰、捷克、克罗地亚等国，更是在不遗余力地"去俄国化"，甚至"去斯拉夫化"。但仅就西方斯拉夫学界的现状来看，俄罗斯学在斯拉夫学中所占的巨大比重一时还难以改变。试以美国耶鲁大学斯拉夫系为例，该系现有教师 14 位，除 3 位研究波兰、捷克和南斯拉夫语言文学的教师外，其他人员全部从事俄罗斯语言文学的教学和研究工作，5 位教授更无一例外地均为俄国文学专家。

最后，斯拉夫学与中国的关系是一个什么图景呢？自辛亥革命和五四运动以来，俄国文化以俄国文学为核心，与法国的启蒙主义思想和德国的马克思主义一起，共同构成中国新文化运动的三大思想来源。俄国十月革命之后，社会主义的意识形态和国家体制又主要从苏俄输入中国，全面地影响到了中国的社会、政治、经济和文化。在这样的历史背景下，以俄国文学和文化为代表的斯拉夫文化在中国的地位和作用之大，实际上远远超出一般人的想象。与此相适应，斯拉夫学实际上在中国很早即已确立，并取得了非常丰硕的成果。当笔者在国际会议上介绍说，在中国所有的翻译著作中译自俄文者约占三分之一时，欧美的听者闻之无不啧啧称奇。当笔者的外国学者朋友在我们的国家图书馆中看到浩如烟海的俄文译著目录和作品时，也往往目瞪口呆。也就是说，中国的斯拉夫学具有悠久的历史和卓越的成就，是世界斯拉夫学的重要构成之一。但是长期以来，在国际斯拉夫学界，我们的研究实力和研究成果并未得到充分的认识，我们关于我们自己的推介还很不够，迫切地需要走出去，在国际学界占据我们应该而且能够占据的一席之地。在这一方面，我们的邻国日本和韩国已先我们一步，他们较早介入国际尤其是西方的斯拉夫学界，在相关国际学术组织中担任领导职务，日本还将于2015 年承办国际斯拉夫学大会。可喜的是，我国的俄罗斯东欧中亚研究会已经加入国际东中欧研究理事会，由中日韩三国的斯拉夫研究组织联合举办的东亚斯拉夫大会据称也在中国举行。随着这些学术活动的开展，随着越来越多的中国斯拉夫学者走向国际学术舞台，中国的斯拉夫学必将在世界上扮演越来越重要的角色。

原载《国外社会科学》2011 年第 4 期

普里什文的思想史意义

俄国文化中的"文学中心主义"现象由来已久，俄国文学家往往亦扮演思想家角色，在俄国思想史中，陀思妥耶夫斯基、托尔斯泰和索尔仁尼琴等作家的影响和地位似乎无人能及。俄国作家的思想传统在20世纪依然继续，尽管作家的思想空间曾一度遭到压缩；即便在一些不以鸿篇巨制、深奥哲理取胜的作家处，亦储藏着某些思想矿脉。人们先前普遍认为，普里什文只是一位"大自然歌手"和"抒情小品"作者，或一位儿童文学作家，虽然其读者甚众，但文化和思想层面的意义似乎不算重大。近些年来，随着普里什文的日记等过去未曾发表的文字逐渐面世，随着普里什文研究的不断深入，人们越来越意识到普里什文的思想史意义。一篇题为《思想家普里什文》的论文开头便这样写道，"如今，那种长期存在的关于米哈伊尔·普里什文仅为一位地理作家、动物画家、'大自然歌手'、艺术特写作家的评价已经完全成为过去"①，而作为思想家的普里什文，其遗产及其价值理应得到更充分的发掘和整理。

---

① *Семенова С.*Жизнь，провающая себе путь к вечности... Пришвин-мыслитель//Человек.
2000 No.6. С.1.

一

在普里什文的创作和思想中，他那种亲近自然、天人合一的态度极具标志性，可被视为俄国人典型自然观之典型体现之一。所谓"亲人般的关注"（родственное внимание），是他本人关于这一姿态的归纳，在我们看来，这一概念大致包含这么几层含义：

首先，是作家对自然的满怀深情。在普里什文的意识中，大自然就是他温暖的家，自然界的万物均为他的亲人，他乐于在自然界中任何一个生物、任何一个现象之前冠以物主代词"我的"。他在《大地的眼睛》中的《我母亲的梦》一篇里写道：自然就像他亲爱的母亲，离去的母亲化作自然，自然像母亲一样时刻关爱他，他也像眷恋母亲一样时刻眷恋着自然。①

其次，强调一种与自然"共同创作"的方式。在普里什文看来，大自然和人一样是有生命的，不仅动物和植物有生命，甚至连自然中的每一个存在和每一个现象都有生命。普里什文认为，具有思考能力的不仅有人，还有各种各样的生物，甚至连沼泽也在"按自己的方式思考"，甚至连沼泽里的小鸟姬鹬，"大小如麻雀，喙却很长，在它那若有所思的黑眼睛中，也含有所有沼泽欲回忆点什么的永恒、枉然的一致企图"。② 在大自然中，普里什文"学会了去理解每一朵小花在谈到自己时那种动人的简朴：每一朵小花都是一轮小太阳，都在叙述阳光和大地相会的历史"③。他永远以平等的态度看待自然，因此，他才能遵从自然

---

① *Пришвин М.* Собрание сочинений в 8 томах. М.：Художественная литература. 1982-1986. Т.7. С.124.

② *Пришвин М.* Собрание сочинений в 8 томах. М.：Художественная литература. 1982-1986. Т.7. С.13.

③ *Пришвин М.* Собрание сочинений в 8 томах. М.：Художественная литература. 1982-1986. Т.4. С.13.

的"口授",根据四季的更替来安排自己的作品结构,将自己的作品当成"大自然的日历",他时时处处感受"大自然的智慧",在自然中领悟生活的真谛。对于普里什文来说,自然就是他硕大的书房,自然就是他创作灵感的源泉。另一方面,自然本身也存在巨大的创作潜力,小到一朵小花的花开花落,大到宇宙的形成演变,都是一种富有生命力的创造过程。将自然万物都看成一个生机勃勃的创造过程,普里什文因此才希望通过自己的感悟和写作使"人的创作"和"自然的创作"相互呼应,让这两种创作相互结合。

最后,普里什文之写自然,其实同时也是写人,或曰最终还是写人。普里什文过于热衷自然,这使其创作曾引起非议,其中最著名、亦最让普里什文耿耿于怀的两个意见分别出自吉比乌斯和普拉东诺夫,前者指责他的文字"缺乏人性"(бесчеловечность),后者将其创作贬为"自然哲学"(натурфилософия)。如今看来,将普里什文创作中的"自然"与"人"相对立,实为对普里什文思想的一大误解,因为他的所作所为以及他的终极目的,均欲在将自然当作"人的镜子"①。他在《跟随魔力面包》中写道:"研究作为自然的民间生活形态,也就是在研究全人类的灵魂。"②他又说,他的"现实主义"就是"在自然的形象中看到人的心灵"③,"让自然替艺术家说话"④。研究自在的自然,目的就在于研究人,正如帕乌斯托夫斯基所言:"普里什文面对自然的伟大的爱,源自他对人的爱。他的每一本书都充满对人的亲人般关注,也充满对这个

---

① *Пришвин М.* Собрание сочинений в 8 томах. М.：Художественная литература. 1982-1986. Т.7. С.334.

② *Пришвин М.* Собрание сочинений в 8 томах. М.：Художественная литература. 1982-1986. Т.1. С.11.

③ *Пришвин М.* Собрание сочинений в 8 томах. М.：Художественная литература. 1982-1986. Т.7. С.179.

④ *Пришвин М.* Собрание сочинений в 8 томах. М.：Художественная литература. 1982-1986. Т.7. С.242-243.

人生活、劳作其上的那片土地的亲人般关注。因此，普里什文的文化，可以被定义为人与人之间的亲缘关系。"① 普里什文说："今天我感受的是自然界生命的整体，无须知道单个的名称。我感到同所有这些能飞、善游、会跑的生物都有着血缘关系。每个生命都在我心中留有记忆的底片，数百万年后才骤然从我的血液中浮出：只要看看，就会明白，这一切都曾是我生命中的存在。……我们和整个世界都有着血脉亲缘，如今我们正凭借亲人般关注的力量恢复这种关联，并藉此在别样生活的人中，甚至是在动物和植物中，发现属于自己的东西。"② 有论者将普里什文这一自然观称为与大自然的"共存共生，休戚与共"（co-бытие，co-житие，co-участие）③。与自然融为一体，天地人和谐共生，这是普里什文创作的动机和内涵，也是其自然观的特征和核心。

二

将普里什文的创作与"生态批评"理论做一个比照，我们不难发现，普里什文可以被称为世界范围内生态思想的先驱之一。

"生态学"概念由德国生物学家海克尔于 1866 年提出，"生态文学"在 20 世纪中期才成气候，而"文学生态学"（Literary Ecology）和"生态批评"（Ecocriticism）的概念则迟至 20 世纪 70 年代方才确立。美国作家雷切尔·卡森的《寂静的春天》（1962）被视为世界范围内生态文学的奠基之作，但将普里什文 20—30 年代的一些著作如《人参》《灰

---

① *Пришвин М.* Собрание сочинений в 8 томах. М.：Художественная литература. 1982-1986. 卷首语。

② *Пришвин М.* Собрание сочинений в 8 томах. М.：Художественная литература. 1982-1986. T.3. C.195.

③ *Курбатов В*. Михаил Пришвин. М.：Советский писатель. 1986. C.195.

猫头鹰》等与《寂静的春天》做一对比，可以发现两者间有许多相通的思想。普里什文虽然没有对使用杀虫剂等破坏自然的具体方式提出激烈抨击，但其作品包含的善待自然、敬畏生物的思想和情感却是显在的。普里什文晚年的《大地的眼睛》等作品，更是充满预言家式的生态观念和环保思想，即便这部在他死后才面世的遗作，亦比《寂静的春天》早问世了近十年。做这样的比较，绝不是为了贬低卡森等人对世界生态文学和环境保护运动所作出的杰出贡献，而仅仅为了说明，普里什文对于自然的态度和关于自然的思考也具有某种预言性质。更令人惊奇的是，普里什文进行这些思考的时空环境又恰好是那个主张征服自然、强调人定胜天的 20 世纪中期的苏联社会。

普里什文的生态和环保思想并不仅仅体现在他的作品中，他还是一位身体力行的自然保护活动家。他的作品《鹤乡》就记录下他的一段环保努力。在那片"鹤的故乡"，是排干沼泽发展生产，还是保持沼泽的生态原貌，不去惊扰鸟类的生活，这一抉择在普里什文处也曾是难题。从那些笔记中不难看出，普里什文起初对于排干沼泽持支持态度，因为这能为当地百姓的生活和劳动提供便利。但是，在他发现这里的沼泽里生长着一种古老的藻类"克劳多弗拉"之后，他改变看法，认为应该保持原有生态。为此，他在 1928 年 7 月 8 日的《消息报》上发表题为《Claudophora sauteri：论自然保护事宜》的文章，呼吁保护濒危藻类。为此，普里什文遭到来自两个方面的误解：领导层认为他作为一位守旧的知识分子，不关心改善普通百姓的生活；当地百姓认为他是"为了自己享乐而替湖水说情"（指他想留住打猎的地方），同时也"为了让上面来的各级委员能继续在湖里打野鸭"。他曾遭到当地农民威胁，一些人甚至扬言要杀死他。这不禁让普里什文感叹："我为克劳多弗拉水藻而奔波的全部旅程，如同堂吉诃德的旅行。"不过，普里什文的努力最终有了结果，几年之后，普里什文又以相同的题目在《消息报》发文（1934 年 11 月 11 日），通报那片沼泽终于被划为保护区。或许正是由于这一事件，普里什文于 1947 年被推举为全俄保护自然协会莫斯科分会主席。

普里什文在担任该协会主席后发表的《保护自然》一文，是其环保观和生态观的集中体现。他站在自然的立场以充满同情的口吻写道："实际上，我们的大自然中充满为存在而展开的斗争，要与死亡天使斗争，与病菌、细菌和各种病毒斗争，与长翅膀的、四条腿的和两条腿的敌人斗争。我们的大自然充满敌人，可这些人却在因为'保护自然'这几个字眼而欣喜。显而易见，这个对人充满敌意的自然，与那个我们想要保护的自然，是两个不同的概念，相互对立的概念。当部长议会开始谈到自然保护问题时，大家很自然地都会理解为，这个自然就是苏联经济的原材料，就是某种地质宝藏，就是由海洋、土地和太阳构成的宝库。……人们要为文明的花园和公园取代野生的自然而哭泣，这样的时代已经过去，我们此刻谈的是另一种哭泣：我们要哭泣的，就是人自身对于由海洋、土地和太阳构成的宝库之丰富性的非文明态度。"[1]

在这篇不长的文章中，除了善待自然、保护环境的一般观点之外，普里什文的另外两个思想也很独特、超前：其一是城市（指莫斯科）之"自然"的保护；其二是保护自然事业自身所具有的教育意义。将这两项任务结合在一起，普里什文进而指出："儿童心灵的健康在很大程度就取决于孩子们与动物和植物的合理交往。孩子们自己去帮助动植物生长，这具有非常重大的意义。……毫无疑问，在莫斯科，自然保护的首要对象，应该就是儿童的生理和精神健康。""我们应该对自然保护事业持一种特殊观点。在我们这里的条件下从事自然保护事业，我们就不仅要关注各种外在的财富，而且还要关注人本身，关注人的身体健康和心

---

[1] *Пришвин М.* Собрание сочинений в 8 томах. М.：Художественная литература. 1982-1986. T.5. C.434，425.

灵健康这样一些财富。在我们的自然保护事业中，我们将把这一理想的自然理解为确保我们后代心灵健康的一个健康前提。""明确了这一点，我们就应该在莫斯科市和莫斯科州组织相应的自然保护事业：在这一方面，我们应当将其推上首位的并非经济学家和生物学家，而是教育学家，是那些能够把青年引向自然保护事业的享有威望的组织者。少先队和共青团组织应该转向自然保护事业，我们州的每所中小学里都应该建起自然保护小组，每个区都应该成立分会，让我们的青年人开展广泛的自主活动，他们最终不仅一定能让歌唱的鸟儿飞回莫斯科，而且或许能把这座故乡城变成一座大花园。这样一来，自然与人、树木与城市之间持续了许多个世纪的斗争也将以和平而告结束。"①

普里什文虽然没有给我们留下什么系统的生态学著作，但在世界生态文学和生态思想的发展历史中，他无疑应该占据重要一席。

三

普里什文创作中的宗教因素，或曰普里什文的宗教观，是近些年间"普里什文学"（пришвиноведение）中广泛探讨的话题。受苏联解体后俄国社会宗教化思潮之影响，人们对"普里什文与宗教"这一问题的谈论似乎过于热烈，但这毕竟使人们关注到了普里什文创作和思想中之前涉猎较少的宗教侧面。

在普里什文一生中，其宗教观先后受到几位女性的影响。第一位是他的母亲。普里什文的母亲玛丽娅·伊万诺夫娜是一位旧礼仪教派信徒，她身上那种像一切俄国旧礼仪派教徒一样既虔诚信奉东正教、却又

---

① *Пришвин М.* Собрание сочинений в 8 томах. М.：Художественная литература. 1982-1986. Т.5. С.427-430.

对官方教会及其礼仪持有怀疑和警惕的态度，在普里什文身上留下一定痕迹。普里什文第一次北方之行时关注的重点之一，就是北方地区俄国分裂教派的信仰和生活，后来的第三部特写《在无形之城的城墙下》更是专门诉诸这一主题。普里什文对旧礼仪教派的一贯关注，也许与她母亲的信仰不无关系。第二位女性是普里什文的第一个妻子叶夫罗西尼娅·帕夫洛夫娜，她是一位虔诚教徒，始终遵循严格的宗教礼仪，前往教堂做礼拜，对于普里什文的漠视教会礼仪，她时常表达不满和不屑。① 第三位女性是作家罗扎诺夫的女儿，普里什文居住在谢尔吉耶夫（扎戈尔斯克）期间，与同样居住在这里的罗扎诺夫的女儿塔吉雅娜·瓦西里耶夫娜·罗扎诺娃交往甚密，两人经常就宗教问题展开讨论，甚至发生碰撞。最后一位对普里什文产生宗教影响的女性是他晚年的妻子瓦列里娅·德米特里耶夫娜，在他们两人持续十几年的共同生活中，瓦列里娅·德米特里耶夫娜强烈的宗教精神对晚年普里什文的思想产生很大影响，普里什文晚年作品和日记中越来越虔敬的感受、越来越沉静的思考，或许就是这种影响的一个体现。需要指出的是，他们夫妇对宗教问题的思考，是在一个无神论甚嚣尘上的时代和社会环境中展开的。

在 20 世纪初的彼得堡，普里什文曾对神秘教徒的信仰和宗教生活很着迷，与彼得堡的神秘教派多有接触。在俄国宗教史中，正统教会和所谓分裂教派的对峙和斗争由来已久，自 17 世纪中期在大司祭阿瓦库姆与大牧首尼康之间爆发"大分裂"之后，形形色色的旧礼仪派一直存在于民间，处于地下秘密状态，且势力和影响力都始终非常强大。到了白银时代，沙皇政府和官方教会对非正统宗教势力的打压有所放松，还在 1908 年颁布《宗教信仰自由法》，于是，各种神秘教派纷纷浮出水

①　普里什文在 1928 年 1 月 15 日的日记中这样写道："叶夫罗西尼娅·帕夫洛夫娜和我一起生活了 25 年，却始终认为我是一个'不信教的人'，因为在她看来，只有坚持参加宗教仪式的人才能被称为信徒。"

面，其"神秘"的宗教理念、信仰方式乃至仪式，均引起当时俄国知识界广泛关注，这一时期的许多作家都在作品中对其做过描写。① 由于普里什文在当时给他带来名声的三部特写《鸟儿不惊的地方》《跟随魔力面包》《在无形之城的城墙下》中无一例外地都写到旧礼仪派教徒的生活，因此，在当时的彼得堡文学界，在梅列日科夫斯基夫妇的宗教哲学学会中，普里什文被公认为一位神秘教派"专家"。普里什文也很为自己的这个角色而得意，于是更加热心地接触神秘教徒们，许多鞭笞教派人士是他家的常客，他与彼得堡神秘教派的领袖之一列格科倍托夫来往甚密，还曾把神秘教徒领到沙龙中去与彼得堡文人们见面。在这一时期，他受列米佐夫影响最甚，后者对神秘教派和宗教神秘主义的热衷和倡导，无疑也会让普里什文在这一方面更为用心。这一时期出版的两部文集《陈旧的故事》和《五花八门集》，其内容就大多是神秘派教徒之生活的反映。所谓"神秘教派主题"（сектанстская тема），从此便成了普里什文的创作母题之一。在彼得堡，普里什文与神秘教派的这种密切关系一直持续了两年多，这自然会对普里什文的创作产生某种影响，"无论普里什文的心理多么健康，与神秘教徒们的交往，对神秘教派世界观的着迷，在他那里还是不可能不留下任何痕迹，这对其世界观和风格的影响，要比人们通常所认为的更为强烈。"②

　　在普里什文生活于谢尔吉耶夫镇期间，小镇浓厚的宗教氛围也肯定会对他产生影响。这个小镇在俄国无人不知，因为著名的圣三一谢尔吉修道院就坐落这里。在普里什文一生中，这可能是他第一次如此近距离地住在一座修道院旁，更何况，这座修道院又是无数俄国东正教徒心目中的圣地。与两位"宗教女性"终日相处，与圣三一修道院每天相见，这想必会加深、强化普里什文在宗教方面的思考。

---

① 在这类作品中，普里什文对安德烈·别雷的《银鸽》最为推崇。

② *Варламов А.* Пришвин. М.：Молодая гвардия. 2008. С.140.

然而，在了解了普里什文的"宗教"背景之后，我们再来整体地把握他的创作，却又似乎感觉不到过于强烈的宗教感。他对自然的崇敬无疑具有宗教性质、带有宗教情感，但这种"自然崇拜"中却含有某种泛神论色彩；在倡导无神论的苏维埃时期，他却始终是个东正教徒，但这个姿态与其说是殉道式的，不如说是审美意义上的。普里什文创作的发现者伊万诺夫－拉祖姆尼克在《伟大的牧神》一文中关于普里什文如此写道："他对这庄严的教堂礼拜并不感兴趣，对他而言，大自然中每天日出时分都要进行的那种礼拜或许更易理解，更为亲近。"[1] 或许可以这样说，在解读普里什文的宗教观时我们也不应忘记：大自然就是他心目中的神，文学就是他的信仰。

四

"在对诗意源头的找寻中，我曾长久地将诗人的这种心灵状态称为亲人般的关注。但是，探究了这种关注的实质，并希望把这种关注与意识、意志、个性结合在一起，这时，我就开始将其称为一种行为方式了。"[2] 普里什文在《大地的眼睛》中写下的这段话，把他的"亲人般的关注"和"艺术是一种行为方式"这两个概念联系了起来。所谓"艺术是一种行为方式"（исскуство как образ поведения），可视为普里什文之文学观和美学观的最重要表述。同样是在《大地的眼睛》中，有一篇题为《诗歌》的文字对这一概念做了更充分的说明："我奉献给人们的诗歌，是我的善良行为的结果，我的善良行为就是对我的母亲和其他一

① *Иванов-Разумник Р.* Творчество и критика. Статьи критические，1908-1922. Munchen：Im Werden Verlag. 2007. C.17.

② *Пришвин М.* Собрание сочинений в 8 томах. М.：Художественная литература. 1982-1986. Т.7. C.265.

些俄罗斯好人的记忆。我完全不是一名文学家，我的文学只是我的行为方式。……也许，我们称之为'诗歌'的东西，就是我们个人那种释放创作力的行为方式。"①

在其他许多场合，普里什文以不同的方式反复重申过这个意思，他甚至打算写一本题为《艺术是一种行为方式》的书，作为自己整个创作之总结。普里什文的这一命题大致有这么几重意思：

首先，他在强调文学和艺术应该像生活本身一样朴实和真实。普里什文的文字总给人一种很平实、很亲切的感觉，让人觉得其作者是一个善良的老者，这也许因为普里什文初次发表作品时的确已是一位中年人，但更主要的原因也许还在于普里什文朴实的文风。普里什文的作品，无论是自然主题的随笔，还是自传小说、猎人故事或儿童文学，甚至日记，都以探究自然和生活中的真为唯一目标。就此而言，普里什文"基本是一个道德家"②，这也是使普里什文的创作与俄国文学总的传统联系在一起的一个重要因素。但是，普里什文又与他非常敬重的托尔斯泰那样的道德作家不同，他自一开始就没有训诫、教导的姿态，不是传教士和说教者，作为作家的他只是不停地展示、启迪、感染和熏陶，而从不训诫、教导、强令或喝断。他用准确、细腻的语言充满爱意地描绘出一部壮观的"自然史诗"，但这部巨著中通常却没有什么奇迹，没有什么悬念，甚至没有爱情纠葛，朴实得如同大自然本身，平淡而又纯净得如同水和空气。

其次，他在倡导艺术和生活的相互统一。普里什文说过这样一句

---

① *Пришвин М.* Собрание сочинений в 8 томах. М.：Художественная литература. 1982-1986. Т.7. С.106.

② 斯洛宁：《苏维埃俄罗斯文学》，浦立民、刘峰译，上海译文出版社 1983 年版，第 112 页。马克·斯洛尼姆（Mark Slonim，1884—1976），美国著名俄国文学研究者，其著作《苏维埃俄罗斯文学》（*Soviet Russian Literature. Writers and Problems. 1917—1977*）一书在中国流传很广，但其姓氏却一直被误译为"斯洛宁"。

名言：“像生活一样写作。”① 我们还可以再补充一句：他一直在像写作一样生活。对于普里什文来说，创作和生活是同一枚硬币的两面，是密不可分的整体。

最后，与此相关，“艺术是一种行为方式”，这其实是普里什文提出的一种人生态度。斯洛尼姆在谈到普里什文时指出：“他的生活方式同他的信念是和谐一致的。”② 普里什文曾套用笛卡尔的名言说：“我写，故我在。”他用一生的创作来证明他对自然和人生的态度，同时，他又用自己一生的实际生活来佐证他在自己作品中提出的理念。

五

大约在 20 世纪二三十年代，普里什文形成了自己的世界观，这一思想体系的核心，就是“万物统一”（всеединство）的思想。这种统一可以是不同层面上的，比如人与自然的统一，即前文分析过的“亲人般的关注”概念；比如自然与文化的统一，即自然的存在与人类的意志之间的统一，存在的一切与人的创造之间的统一。为了说明这一世界观的内涵，我们在此引用《思想家普里什文》作者的两段归纳：

作为一位思想家，普里什文演绎了一种统一，完整的世界观，一种统一的哲学信仰，这一哲学信仰体现在他经常思考的那些问题之中，如自然与人、存在之“活的整体”、进化链的亲和关系、世界的递升发展、生活的创造和“未曾有过的一切”之创造、“亲

① *Пришвин М.* Собрание сочинений в 8 томах. М.：Художественная литература. 1982-1986. Т.1. С.6.

② 斯洛宁：《苏维埃俄罗斯文学》，浦立民、刘峰译，上海译文出版社 1983 年版，第 117 页。

人般的关注"、像对待自己一样对待他人、恶向善的转化、"欣悦"、个性和不朽等等。①

　　普里什文世界观的关键词始终是"生命的创造"……这或是指大自然中不断进行的创造，人自身的创造……作为自然、作为符合人的利益的各种物质之组织的人的创作，或者用费奥多罗夫的话来说，就是大自然"将意志和理性引入自身"的调节。普里什文这些年间表达出的一个最重要思想，与俄国宇宙哲学的生物圈直觉论很接近，即所有这些创造潮流相互统一的思想，即自然之存在的创造过程、人类的意识、个性的引导意志这三者的相一致，换一种说法，也就是文化和自然相互综合的思想……如果说，俄国宗教思想界提出了神人的思想，神的激情与人的激情在拯救世界之事业中相互作用的思想，即神与人共同创造（богочеловекосотворчество）的思想，那么，普里什文则在 20 年代末、30 年代初提出了一个自然与人共同创造（природочеловекосотворчество）的方案。②

　　人与自然"亲密共处"的理想，原本就是贯穿着普里什文整个创作的基本主题。在普里什文关于人与自然之关系的理解中，有两个非常重要、但似乎还没有受到人们足够重视的特点：首先，就是普里什文对这两者之间某种"互动"关系的强调。在他看来，人与自然的相互依存不仅仅是物质意义上的，同时也是精神层面上的。人不仅是"自然之子"或"自然之王"，同时也是"自然的灵魂"，没有人的自然，就像是

---

① *Семенова С.*Жизнь，провающая себе путь к вечности... Пришвин-мыслитель//Человек. 2000 No.6. C.135.

② *Семенова С.*Жизнь，провающая себе путь к вечности... Пришвин-мыслитель//Человек. 2001 No.1. C.169.

没有人居住的房子，同样，疏远自然的人就是一个流离失所的无家可归者。"人活在大地上绝不是为了自身，而是为了统一。"① 重要的是，在断定"一切皆在一切之中"（все во всем）的同时，普里什文更为强调的似乎是人与自然之间、人与一切之间热烈的"对话"关系，没有人的自然就不成其为自然，同样，脱离自然的人也不成其为人，因此，恢复人的自然属性，就如同发掘自然中的人性一样，都成了普里什文关注、思考和追求的重点。

其次，是普里什文在解读人与自然之关系时所体现出的某种神秘性。俄国文学和文化中向来存有对于大自然的崇拜，"母亲大地""母亲河"之类的称谓在一定程度上或许就是俄罗斯人内心的泛神论情结之体现。面对大自然，普里什文往往怀有敬畏之心，觉得其中包含无尽秘密，面对茫茫自然，人就是一粒"林中水滴"，而这滴水珠只有融入自然这一"神的肉体"中去，才能实现生命，甚至赢得不朽。这样一来，人通过自身的创造，借助与万物融为一体，最终能获得宗教意义上的复活。普里什文说过："要意识到造物主在创造世界时的完整和统一，意识到自己和一切生者与死者的联系。"②

普里什文的"万物统一"思想显然受到两位俄国思想家的影响，一位是俄国宗教思想家费奥多罗夫，一位是俄国科学思想家维尔纳茨基。费奥多罗夫的"父辈复活"学说和"共同事业哲学"（философия общего дела）理论均对普里什文产生过较大影响，在普里什文《恶老头的锁链》的手稿里，第六环的标题原来就叫《父辈的复活》。普里什文的"亲人般的关注"概念，其实就直接源自费奥多罗夫，后者曾用"亲人关系"（родственность）来指"人的世界统一感"。而维尔纳茨基

---

① *Пришвин М.* Собрание сочинений в 8 томах. М.：Художественная литература. 1982-1986. Т.8. С.244.

② *Пришвин М.* Собрание сочинений в 8 томах. М.：Художественная литература. 1982-1986. Т.8. С.215.

的《生物圈》一书在 1926 年出版后不久，其理论就引起普里什文的热
情关注和强烈共鸣，据普里什文夫人回忆："比如在 1937 年，普里什文
就着迷地阅读过杰出的苏联地球化学家维尔纳茨基的书。他读着这本
书，'就像童年时阅读惊险小说'。普里什文在这些天的日记中，将人的
创造的实质定义为这样一种能力，即'不仅具有人的时间感，还要具有
星球的时间感'。"①维尔纳茨基以其宏大的哲学气魄和严密的科学思维，
论证了整个地球生命都是一个相互依存的生物圈，是一个有机的统一
体。正是在维尔纳茨基这里，普里什文为自己的"万物统一论"找到了
科学根据。两位大思想家，一位以科学和理性的精神解读世界，一位从
宗教和信仰的角度观察生命，而普里什文则综合地继承了他们的学说，
并将其落实在自己的创作和思考中。费奥多罗夫和维尔纳茨基又一同被
视为"俄国宇宙哲学"（русский космизм）的代表人物，这一学说是一
个集哲学、文学和自然科学为一体的关于宇宙的认识论，它认为宇宙
是一个遵循同一规律发展的大系统，地球是其中平等的一员；而在地球
上，同样，每一种生物都遵循共同的发展规律生存并进化。作为他们两
人思想的继承者，普里什文也被视为俄国宇宙论哲学家之一，因为在他
的作品中，"细节的精雕细刻，以局部代替整体的举一反三手法的运用，
造成这样的效果：通过微观世界的现象来反映整个的宏观世界"，正所
谓"从显微镜到望远镜"②。普里什文自己也说过，"我关注的都是些细
枝末节"，但从中却可以"得到一幅星球运动的图画"。③普里什文的生
物平等思想、自然与人同一的意识和"万物统一论"，无疑都为俄国宇
宙哲学注入了新的内涵。

---

① Пришвин и современность. М.: Современник. 1978. С.32.

② *Пришвин М.* Собрание сочинений в 8 томах. М.: Художественная литература. 1982-1986. Т.1. С.12.

③ *Пришвин М.* Собрание сочинений в 8 томах. М.: Художественная литература. 1982-1986. Т.3. С.519.

六

　　阅读普里什文 20 世纪 30 年代之后的日记，可以发现他对许多思想和学说都曾给予持续的关注，他与之展开热烈对话的理论就有：罗扎诺夫的性别学说，梅列日科夫斯基的寻神论，弗拉基米尔·索洛维约夫的历史哲学，费奥多罗夫的共同事业哲学，柏格森的生命冲动学说，詹姆斯的意识流，施蒂纳的个性实现论，尼采的超人论，维尔纳茨基的生物圈学说以及俄国形式主义文论等等。回顾一下普里什文的经历，再回忆一下他的文字，其实不难感觉到，与其同时代的俄语作家相比，普里什文的确很富有"理性"和"思想"，他甚至被人视为"地道的天生思想家"[①]。普里什文去世之后，他的遗孀瓦列里娅·德米特里耶夫娜曾在一篇文章中专门探讨过普里什文创作中"艺术"和"科学"的关系，这篇题为《观察世界的艺术》的文章，其副标题即《从科学到艺术》。瓦列里娅·德米特里耶夫娜指出：普里什文"是从科学走进艺术的"，他在莱比锡大学学习时读的是哲学系，他听过许多哲学课，回国之后他当过农艺师，写过农学著作，这样的学术背景不可能不对他的艺术产生影响，因此，"可以不夸张地说，普里什文全部的文学工作，要么是认知生活的科学方式和诗歌方式这两者的对比，要么就是这两者的结合"[②]。她将"科学"和"艺术"喻作人观察世界的两只眼睛，将普里什文的创作归纳为"概念的诗歌"（поэзия понятий），她认为普里什文创作的意义就在于"科学"和"艺术"这两者的结合，以及这种结合所赋予其创作的思想力量。高尔基 1926 年曾致信《文学报》，热情推介普里什文，

---

① *Семенова С.*Жизнь, провающая себе путь к вечности... Пришвин-мыслитель//Человек. 2000 No.6. С.135.

② Пришвин и современность. М.: Современник. 1978. С.30.

就是因为他在后者的创作中发现了"诗歌"与"知识"的结合:"这也就是在我看来最有价值的东西,因为我将此当作诗歌和知识这两者出色的、和谐的结合,只有一个热爱知识、充满爱意的人才能实现这样的结合。这是一种罕见的、令人羡慕的结合;我过去和现在都没有见过这样的文学家,他能如此出色地、充满爱意地、精确细腻地明白他所表现的一切。"①

　　与普里什文所表达的思想相比,其思想的表达方式似乎更为独特。有人指出,他的手法就是"富有艺术性的、看得见的思想形象"②,也就是说,他的思想是形象化的思想,他喜欢借助生动、具体的形象来阐释自己的思想,他是一位用形象或意象来展开思想、演绎思想的思想家。还有论者指出,普里什文的思想更像是一种"心灵的思想"③,普里什文曾告诫自己:"要避免没有心灵参与的思想。"这就是说,普里什文的思想是大脑和心灵共同作用的结果。这是一种朴素的思想,是在具体生活层面上展开的思想。"普里什文的思想与生活一同增长,与生活天衣无缝地交织在一起;思想在生活,生活也在思想,生活经历流入书籍,在书中获得了自我意识,安顿了下来。"④普里什文最常见的文体是日记体随笔,这些文字短小精悍,而这种充满睿智警句的短文,正是自法国启蒙主义作家以来的欧洲思想家们最偏爱的体裁之一,普里什文在恰达耶夫、赫尔岑等人之后,在俄语文学中再次尝试并发展了"格言散文"这一文体。总之,充满"看得见的思想形象"和"心灵的思想"的"格言体散文",这便是普里什文独特的思想表述形式。

　　严格地说,普里什文的思想似乎并不十分复杂艰深,然而,它却

①　*Пришвин М.* Собрание сочинений в 8 томах. М.:Художественная литература. 1982-1986. Т.4. 卷首页 .

②　*Меркурьева Н.* Михаил Пришвин:Онтология всеединства. Орел. 2006. С.11.

③　*Семенова С.* Жизнь, провающая себе путь к вечности... Пришвин-мыслитель//Человек. 2000 No.6. С.135.

④　*Курбатов В.* Михаил Пришвин. М.:Советский писатель. 1986. С.88.

显得十分博大，浑然天成，这是一种既温情又理性、既科学又人文的大思想。更需要指出的是，在当下的普里什文研究中，我们才刚刚开始揭示作为一位深刻思想家的普里什文，普里什文的思想遗产及其思想史意义，还有待我们去做更深入的考察和理解。

原载《外国文学评论》2012 年第 1 期

"许多个父亲"：普里什文与俄国文学传统

俄国的文艺学，尤其是俄国学者的作家研究，向来注重作家之间的比较研究，此类研究既是对文学继承关系的梳理，关于文学影响的研究，同时也是对被研究作家之风格类型的把握，甚至亦即对此位作家之文学史地位的确定。以米哈伊尔·普里什文的创作为个案考察此类"比较研究"或曰"影响研究"，意义或许更为重大，因为其一，作为20世纪俄国文学中一位相当"晚熟"的作家，一方面，置于众多文学大家浓荫之下的普里什文注定是一位"受惠者"，另一方面，他却又始终表露出某种坚守自我的抗拒；其二，普里什文的创作生涯穿越若干截然不同的文学时代，"影响"主体之多面和多元，也在一定程度上决定了普里什文创作之构成的包容性和复杂性，同时作为文学影响的客体和主体，普里什文及其创作可以被视为20世纪俄国文学史上的一个典型案例。

一

20世纪中期，将普里什文与俄国经典作家相提并论的命题和做法即已出现。1940年，扎莫什金在《红色处女地》和《新世界》等杂志发表文章，谈到普里什文与阿克萨科夫、屠格涅夫的关系，认为普里什文继承了这两位俄国经典作家对"自然"和"狩猎"题材的关注。①
大约与此同时，俄国著名侨民作家列米佐夫在谈及普里什文所受之文
学影响时，则一口气列出一大串俄国作家之名："普里什文不是凭空而
来的，他继承着俄国文学的传统。就宁静和怡然而言，普里什文很接
近谢·季·阿克萨科夫（1791—1856）那种把令人激动的生活纳入安
宁的声音，这种声音里没有任何一个白眼，没有任何一句恶言，而只
有关切的、温暖的爱。就遣词造句而言，普里什文继承了 Б. 德里扬斯
基，后者是《小草画家笔记》（1857）的作者，其语言之丰富在俄国文
学中独占鳌头，他的主题也与普里什文一致：大地、天空和鸟兽。在行
者特写这个领域中，普里什文是弗·加·科罗连科（1853—1921）的
学生，他们有着同样的专注、细致和纯净。而在关于早年生活的追忆
方面，普里什文则是与《杰马的童年》的作者加林–米哈伊洛夫斯基
（1852—1906）同行的。那些被称为'普里什文式的'东西，即他的野
兽世界，他的鹿、雁、狗、鹌鹑和刺猬，普里什文却是从列舍特尼科夫
（1841—1871）那儿继承来的，后者塑造了拟人化的、'无罪的'野兽
皮拉和绥索伊卡。"②

　　普里什文去世后不久，作家的遗孀瓦列里娅·普里什文娜写作了
《米·米·普里什文论托尔斯泰》一文③，首次将普里什文与俄国文学泰
斗的名字联系在一起。此后，关于普里什文与俄国经典作家的关系问题
开始受到广泛关注，几乎每部论述普里什文的专著均或多或少有所提
及。赫梅尔尼茨卡娅在《米·普里什文的创作》（1959）一书中为普里
什文觅得的"文学祖先"有涅克拉索夫、契诃夫、列夫·托尔斯泰、莱

① *Рудашевская Т.* М. М. Пришвин и русская классика. СПб.：Изд-во С.-Петерб. ун-та. 2005. C.237.

② *Сос. Гришина Я.* и *Рязанова Л.* Воспоминания о Михаиле Пришвине. М.：Советский писатель. 1991. C.66.

③ Октябрь. 1958 № 8. C.163-176.

蒙托夫、丘特切夫、果戈理和陀思妥耶夫斯基。① 哈伊洛夫的《米哈伊尔·普里什文（创作道路)》(1960) 和帕霍莫娃的《米哈伊尔·米哈伊洛维奇·普里什文》(1970) 两本专著，对普里什文与俄国文学传统的问题有更为具体的探讨，前者将普里什文的不同作品分别与阿克萨科夫、列夫·托尔斯泰、列斯科夫、列米佐夫、布宁、科罗连科、高尔基等人的某部作品进行比较，试图以此探出普里什文的文学身世；② 后者重点对布宁的《阿尔谢尼耶夫的一生》和普里什文的《恶老头的锁链》这两部自传体长篇小说做比较研究。③ 基谢廖夫的《普里什文和 20 世纪俄国作家》(1985) 一书，则着重探讨普里什文和高尔基等 20 世纪俄国文学大师之间的关系。④

新近出版的一些普里什文传记和研究著作，对于这一问题的研究显得越来越深入。瓦尔拉莫夫的《普里什文传》(2003)⑤ 自始至终拿普里什文与其"老乡"布宁做比，以大量篇幅比较他们两人的作品和日记，解读他们的同异及其原因，与此同时，作者还较为详细地介绍了普里什文与罗扎诺夫、梅列日科夫斯基、吉比乌斯、勃洛克、别雷、列米佐夫等人的关系。鲁达舍夫斯卡娅的专著《米·米·普里什文与俄国经典文学》(2005) 以三个专章分别论述普里什文与托尔斯泰、屠格涅夫和陀思妥耶夫斯基这俄国文学三巨头的关系，论者重点探讨托尔斯泰在哲学、道德、伦理层面对普里什文的影响，屠格涅夫与普里什文在处理"人与自然"之关系时的同异，以及普里什文在祖国和民族意识、美的拯救力量和文学的宗教情怀等方面从陀思妥耶夫斯基处所获得的教益。

更为具体地考察普里什文文学特性的来源，我们认为，除了托尔

---

① *Хмельницкая Н.* Творчество Михаила Пришвина. Л.：Советский писатель. 1959. С.4-11，269-272.

② *Хайлов А.* Михаил Пришвин. Творческий путь，М.-Л.：Изд-во АН СССР. 1960.

③ *Пахомова М.* Михаил Михайлович Пришвин. Л.：Просвещение. 1970.

④ *Киселев А.* М. Пришвин и русские писатели XX века. Куйбышев：КГПИ. 1985.

⑤ *Варламов А.* Пришвин. М.：Молодая гвардия. 2003；2008.

斯泰、屠格涅夫和陀思妥耶夫斯基之外，对其影响最大的三个俄国经典
作家应该是阿克萨科夫、罗扎诺夫和列米佐夫。阿克萨科夫作品所洋溢
着的亲情和温情，阿克萨科夫热衷的自然和狩猎主题，在普里什文的创
作中都获得了进一步发展；罗扎诺夫那种既充满哲理思考、又很跳跃松
散的文体，后来成了普里什文最主要的叙事方式；而真正被普里什文尊
称为"老师"的列米佐夫，其对文学创作的执着和认真，其内敛的个性
和文风，其虔敬、神秘的世界观，对于普里什文的影响更是综合性的。
直到 1928 年，普里什文还说："我与列米佐夫非常接近……列米佐夫将
艺术当成一项事业，他这种特别的态度吸引了我。"①

　　普里什文曾说："我生来只有一个父亲，可在我如今这一生里，我
却要归功于许多个父亲，其中就包括普希金……"②"许多个父亲"，这
就是普里什文对自己文学身世的形象说明和归纳。

二

　　高尔基和普里什文曾被并列为"苏维埃文学经典作家"，两位作家
彼此很感兴趣，虽然谋面仅四五次，但文字交往却持续 20 多年，尤其
在 1926—1927 年间，两人书信来往最为频繁，当时，高尔基侨居意大
利卡普里岛，普里什文住在谢尔吉耶夫镇（扎戈尔斯克）。

　　普里什文和高尔基成名时间大致相同，在他们开始通信时，两人
在文学创作上棋逢对手，相互都很尊重，这为他们的交往奠定了坚实基
础。1911 年，高尔基首先致信普里什文，对后者的随笔《黑皮肤的阿

---

①　*Курбатов В.* Михаил Пришвин. М.：Советский писатель. 1986. C.88.

②　*Пришвин М.* Собрание сочинений в 6 томах. М.：Художественная литература. 1956-1957.
　　T.6. C.596.

拉伯人》予以好评，并称他从中学到很多东西。① 在此后不久的1913年，由高尔基主持的"知识"出版社推出普里什文的第一部多卷本文集。然而，在接下来的十几年间，尤其在苏联时期，高尔基成为苏联文坛首领，普里什文却经历了一个漫长的"文学沉默期"，于是，两人的关系就渐渐转变为高尔基对普里什文的"关照"。1926年，普里什文在计划出版自己的新文集时致信高尔基，请后者作序，高尔基欣然应允，为文集写了一篇热情洋溢的序言。1933年，高尔基又就普里什文的创作给《文学报》写了一封公开信，给普里什文的创作以高度评价，并号召苏联作家向普里什文学习。

高尔基之所以给予普里什文如此之高的评价，是因为他在普里什文的创作中发现了一些符合他的世界观和美学观的元素。在普里什文身上，高尔基看到、或曰看重的似乎是这么几个特征：首先，高尔基认为普里什文是一个典型的俄罗斯人，普里什文的作品具有鲜明的俄罗斯特征，普里什文的语言是地道的俄罗斯语言。他在1927年6月18日给普里什文的信中这样写道："您赢得了俄国文学中前所未有的完美，在您之前，还没有任何人能这样写作……您是一位最优秀的艺术家，地道的俄罗斯作家，与此同时又非常独特。"② 普里什文对俄国北方自然的"发现"，让高尔基深感钦佩："在尼·谢·列斯科夫之后，我们的文学中从未有过这样细腻的大师。但是，列斯科夫天才地掌握了叙述的语言，而普里什文则绝对惊人地掌握了表现的语言。他的确是在'塑造'。他的句子在做动作。他的词汇在思考。"高尔基在给其传记作者格鲁兹杰夫的信中，曾称普里什文为"一位惊人的大师"③。其次，他在普里什文那些貌似只写自然的文字中看到了"人"。在1911年给普里什文的第一封

---

① *Горький М.* Собрание сочинений в 30 томах. М.：Хужожественная литература. Т.29. С.265.

② Литературное наследие. Т.70. 1961. С.348.

③ Литературное наследие. Т.70. 1961. С.348.

信中，高尔基就出人意料（可能也出乎普里什文的意料）地宣称："我在许多人那里学会了对于人的欣赏和思考，我觉得，与您这样一位艺术家的相识，也教会了我对于人的思考，我无法说明究竟学到了什么，但学到的东西比我预期的还要好。"① 在为普里什文的文集所作序言中，高尔基写道："您写的不是自然，而是比自然更大的东西，您写的是大地，我们伟大的母亲。"② 高尔基在 1926 年 9 月 21 日给普里什文的信中这样写道："在您的情感和语言中，我听到了真正的人的声音，这声音源自大地之子的心灵，这大地就是您所崇拜的伟大母亲。"③ 在 1926 年 10 月底的一封信中，高尔基又写道："在我听来，您那些关于大地之秘密的话属于一个未来的人，一个享有充分权利的大地的主宰和大地的丈夫，大地的奇迹和欢乐的创造者。"④ 高尔基称普里什文为"大地的丈夫"和"大地的儿子"，这些称呼很有意义，显然，高尔基试图扩大、升华普里什文之创作的意义，并努力地在其中发掘"人"和"人学"的因素。高尔基这样一位"人学"大师竟然自称在普里什文这里学会了思考人，可以想见，普里什文听了这样的话后是多么地受用，一直为吉比乌斯等人关于自己作品"缺乏人性"的指责而耿耿于怀、惴惴不安的普里什文，终于为自己的创作找到了一个最有力的支持和辩护，其心中的感激和振奋自不待言。最后，与"人"的主题相关，高尔基在普里什文的创作中看到了与他本人相近的世界观和美学态度，即通过创作使人变得崇高，在艺术中体现人及其生活的力量和欢乐。高尔基将普里什文的创作与俄

---

① *Горький М.* Собрание сочинений в 30 томах. М.： Хужожественная литература. Т.29. C.269.

② *Горький М.* Собрание сочинений в 30 томах. М.： Хужожественная литература. Т.29. C.266.

③ *Горький М.* Собрание сочинений в 30 томах. М.： Хужожественная литература. Т.29. C.477.

④ *Горький М.* Собрание сочинений в 30 томах. М.： Хужожественная литература. Т.29. C.266.

国文学的人道主义传统"对接",认为普里什文对人的评判"不是依据坏的方面,而是依据好的方面"①。普里什文及其作品是"健康的",而非"小市民的"或"颓废的",这才是高尔基最为看重的。正是这一点,即对人的肯定,对生活的"正面"意义的歌颂,所谓积极的世界观,成了高尔基欣赏、"器重"、接近普里什文的最重要原因。高尔基在1926年9月22日的信中对普里什文说:"您……确立了完全合理的、为您所充分论证了的大地乐观主义,这种乐观主义迟早要被人类所接受",并认为普里什文是"新的世界观的创造者"。②而普里什文在给高尔基的回信中则称自己的创作为"生命主义"(витализм,还可译为"生机论"和"活力论")。高尔基关于普里什文的创作之"生物乐观主义"或"大地乐观主义"的定义后来不胫而走,为许多人所称道。说到底,高尔基看重的还是普里什文创作中健康、乐观的世界观。

高尔基的大力推介和提携,对于普里什文来说意义重大,"高尔基的知名度在使普里什文接近大众读者方面发挥了很大作用"③,因此,普里什文曾在给高尔基的信中半是感激、半是抱怨地说,在苏维埃时期,人们只是凭借高尔基的推荐"才首次开始购买我的小书"④。高尔基和普里什文之间书信往来最密切的时候,恰好是普里什文复出文坛的关键时刻,正是在这个时候,普里什文又遭到文坛左派力量的攻击,甚至封杀。在这样的社会和文学背景下,高尔基对普里什文的肯定和推崇就越发显得及时和可贵了。

高尔基和普里什文的交往已成为一个学术话题,如巴拉诺娃在其专著《马·高尔基和俄国作家》一书中辟专章讨论高尔基和普里什文的

---

① *Горький М.* Собрание сочинений в 30 томах. М.：Хужожественная литература. Т.29. С.268.

② *Горький М.* Собрание сочинений в 30 томах. М.：Хужожественная литература. Т.29. С.477.

③ *Киселев А.* М. Пришвин и русские писатели XX века. Куйбышев：КГПИ. 1985. С.14.

④ Литературное наследие. Т.70. С.357.

关系①，基谢廖夫的《米·普里什文与20世纪俄国作家》一书也主要以两位作家的关系为话题。但是相对而言，人们关于普里什文与高尔基之间的创作差异、关于普里什文对于高尔基之影响却似乎关注不够。

普里什文无疑是尊重、甚至崇拜高尔基的，他于1928年在高尔基生日时所写的那篇纪念文章，是他对高尔基的集中评价，在自己的日记中，普里什文更是经常谈起高尔基，有人甚至认为，"在普里什文40—50年代的日记和通信中，存在着一个'高尔基主题'"②。还有一个例子可以说明问题：在《恶老头的锁链》的最后一章、即"第十二环""我是怎样成为作家的"中，普里什文在十几页的篇幅里竟先后五六次提及高尔基，由此不难看出高尔基在他"成为作家"的过程中所曾发挥的作用。提到自己的"漫游"，他写道："当我在自己的国度上如此这般漫游时，我遇到了伟大的漫游者阿列克赛·马克西莫维奇·高尔基。"在解释自己走向文学的原因时，普里什文提到了他与高尔基的"第一次相遇"："也许早在我刚刚开始写作的时候，高尔基就猜到了这一点。我和他第一次相遇在芬兰，我们互相拥抱，争先恐后地谈论着我们所干的活儿有多么神圣……在这第一次会晤中，我跟高尔基谈了很多事，不过那次谈话给我留下的最主要记忆，就是当谈到出路的话题时，我发现我们生活的轨迹是重合的。"然而，在接下来另外一段关于高尔基的话，普里什文却道出了他与高尔基的一点"不同"。一次，与高尔基一同在夏里亚宾家做客，普里什文曾在谈话中对高尔基说："我的心渴望那种像早春阳光下的雪地一般的纯洁。我害怕您在《童年》中描写的那种肮脏。"③说到底，高尔基和普里什文还是两种不同类型的作家，高尔基虽然在普里什文的自然中发现了人的因素，但总的说来，高尔基的"人

---

① *Баранова Н.* М. Горький и русские писатели. М.：Высшая школа. 1975.

② *Киселев А.* М. Пришвин и русские писатели XX века. Куйбышев：КГПИ. 1985. С.7.

③ 这四处引文分别见普里什文《恶老头的锁链》，谷羽、路雪莹译，见刘文飞编《普里什文文集·恶老头的锁链》，长江文艺出版社2005年版，第446、448、461—462、450页。

学"和普里什文的"自然"毕竟是有所差异的。在苏维埃时期，高尔基始终主张通过文学来再造一个理想的"第二自然"，其世界观和美学观都是能动的，积极介入生活和社会的，而普里什文则认为"鸟儿不惊的地方"才是文学的源头，有意无意之中是倡导"回归"自然的。高尔基的文字充满改造的力量和建设者的激情，普里什文的作品却流露着旁观者的冷静和怀旧的温情。高尔基在 20 世纪 30 年代成了苏维埃文学的领袖，普里什文虽然得到了高尔基的鼓励甚至邀请，却始终是苏维埃文学中的"边缘人"。普里什文在始终尊敬高尔基的同时，却似乎也在保持一定的距离，更为重要的是，他在创作上一直没有受到高尔基很大影响。试以高尔基的自传三部曲和普里什文的《恶老头的锁链》为例。这两部自传体小说都是 20 世纪俄语散文中的名篇，写作时间也相差不远，但两者之间却存在明显差异，其不同倒不完全像普里什文在上引那段话中所言是"肮脏"和"纯洁"之间的对比，而更是一种整体风格上的差异。相比较而言，高尔基的作品更注重外部事件，更注重对主人公成长的社会环境的描写，而普里什文则更注重对主人公内心感受和精神发展过程的揭示。我们不能肯定，在普里什文和高尔基之间是否存在、或是否可能存在某种"双向的影响"[1]，但我们至少可以说，在面对高尔基的文学和思想影响时，普里什文有时是持有冷静态度的，始终是捍卫自我的。

三

所谓"普里什文风格"，如今已被公认为 20 世纪俄国文学的一大

---

[1] 见 Пришвин и современность. М. 1978. 论者阿塔诺夫（Г. Атанов）在此处甚至说，高尔基后来在创作自传三部曲的第三部《我的大学》时有可能借鉴了普里什文的建议，尽管论者也称"我们并无直接的证据"，见该书第 96 页。

特色，一个成就。普里什文的作品特色鲜明，放在任何一部合集中都可以轻易地被识别出来，除了其中显在的自然主题和亲近自然的主观态度外，它在文体上也有着清晰的识别符号。文学史家一般将普里什文的文字称为"哲理抒情散文"，通过这个定义不难揣摩出他的散文中所包含着的哲理和诗意。这一风格特征，自身也是 20 世纪俄国文学传统的重要构成之一。

在《大自然的日历》和《林中水滴》陆续面世之后，普里什文的创作风格最终得以确立。如前所述，高尔基曾称普里什文的这一风格为"大地乐观主义"，一种"新的世界观"。斯洛尼姆在谈到普里什文时说："像屠格涅夫或蒲宁这样的作家，他们不是把大自然作为一种背景，便是把它作为一个结构，并且把它看成是一种与人类敌对的力量。但对普利什文来说，大自然就是主题，人与自然交流给人带来了智慧和幸福。在他看来，'会思想的芦苇'和世界上其他事物是一致的。"① 普里什文在自己的《我的随笔》一文中说："普里什文在文学中耕耘了四分之一世纪，凭借其对素材非同寻常的亲近，或者如他自己所言的亲人般的关注，他为我们揭示出了那一神圣物质中所包含的生命自身之面貌，即便这是一朵花，一条狗，一棵树，一座悬崖，甚或整整一片区域的面貌。他坚持不懈地写作随笔，将其作为与素材的特殊亲近，他就像一位原始泛灵论者，将一切存在都看成是人。这并非一种简单的拟人化手法，比如像列夫·托尔斯泰那样，将那匹名叫霍尔斯托米尔的马儿拟人化，赋予它一切人的特征②。普里什文展示给我们的是自然，因为自然之中的确包含着一个让人感到亲近的层面，我们可以称之为文化层面。""大地乐观主义"，"大自然就是主题"，大自然中的"文化层面"，把这些概念

---

① 斯洛宁（应为"斯洛尼姆"）：《苏维埃俄罗斯文学》，蒲立民、刘峰译，上海译文出版社 1983 年版，第 111—112 页。译文中的"蒲宁"又译"布宁"，"普利什文"即"普里什文"。

② 这里指托尔斯泰的小说《霍尔斯托米尔》（1863—1885）。

结合在一起，也就能得出一个关于普里什文创作风格的总体印象。

他的作品首先是诗歌与散文的结合。普里什文不像大多数作家那样，他似乎从未写过诗（至少我们没有读到过他的诗），这或许是因为他进入文学较晚，已经过了"写诗的年纪"，然而，他的文字如诗，他的文章充满诗意，却又是一个不争的事实。他自己曾说，他"一生都在为如何将诗歌置入散文而痛苦"，"感谢命运，我带着自己的诗歌走进了散文，因为诗歌不仅能促进散文，而且还能让灰色的生活变得灿烂。这是我们那些像契诃夫一样的诗人散文家们所建立的伟大功勋。"① 他甚至将自己的体裁定义为"诗意地理学"②。与此同时，他的短小、诗性的散文却又是富有哲理的，其中充满关于自然和人生的体悟和沉思。这么一来，散文、哲理和诗意这三者的和谐统一，便构成普里什文文本最突出的特征之一，这也就是关于普里什文创作风格的最好概括之一。

不过，普里什文自己倒是从来不称其作品为"哲理抒情散文"，从20世纪20年代起，他将自己的作品全都称为"随笔"，而到了晚年，他又用"童话"来统称自己写下的所有文字；我们还知道，普里什文不懈地写了50年的日记，他的许多作品都是在旅行笔记和日记的基础上加工而成的，有些则是原生态的日记。因此，随笔、童话和日记就成了普里什文创作的三大基本体裁。普里什文所言的"随笔"（очерк），不完全是通常意义上的"特写""杂文""小品文"等等，他称自己的作品为"随笔"，其实是在强调其中的纪实性、真实性，甚至"科学性"，正是通过普里什文的创作，随笔在俄国文学中第一次成为具有独立美学特征的体裁。而普里什文所说的"童话"（сказка），其内涵显然又远大于我们通常所说的"童话故事"，他将其作品定义为"童话"，也许意在告

---

① *Пришвин М.* Собрание сочинений в 8 томах. М.：Художественная литература. 1982-1986. Т.1. С.33.

② *Пришвин М.* Собрание сочинений в 8 томах. М.：Художественная литература. 1982-1986. Т.1. С.131.

诉人们，他是在用他毕生的创作构筑一个理想的自然王国，联想到童话中的出场人物多为各种动物和植物，就更能理解普里什文的这层用意了；普里什文可能有的另一层用意，就是利用"童话"的特点来虚化幻想和现实之间的距离，使他在当时的历史条件下能获得一个自由度较大的创作空间。至于"日记"，则被普里什文称为自己一生"一本主要的书"，它不仅是普里什文用来构筑作品的"素材"和"建材"，也是具有自在意义的重要体裁之一。可见，无论是随笔、童话还是日记，在普里什文这里都获得了某种超体裁的性质，普里什文的创作体裁因而也被泛化了，对文学体裁界限的突破，或曰拓展，是普里什文对俄语文学的重要贡献之一。

总之，由若干短小章节构成的灵活、有机的结构，日记体和格言式的文体，从容舒缓的节奏和亲切善良的语调，对自然充满诗意的描摹和富有哲理的沉思，这一切合成了"普里什文风格"的具体样式。这种文风影响到了普里什文同时代及其后的许多俄罗斯作家，帕乌斯托夫斯基（1892—1968）、索洛乌欣（1924—1997）和阿斯塔菲耶夫（1924—2001）等人，则更被视为他散文风格的直接继承人。

在谈到普里什文的创作特征和文学立场时，有两位俄国论者不约而同地使用了同一个比喻："独门宅院"（особняк）。《俄国作家传记词典》中的"普里什文"词条作者写道，普里什文努力捍卫自己独立的艺术风格，在象征派和高尔基之间建立起一座"独门宅院"[1]；《普里什文传》的作者瓦尔拉莫夫在其序言中也将普里什文称为"文学中的独门宅院"[2]。在20世纪的俄国文学史上，普里什文往往会给人留下一个有些矛盾的印象：一方面，他是一个非常朴素、朴实的作家，兢兢业业，安分守己，从未成为俄语文学中的弄潮儿；另一方面，在每个文学时期或

[1] Под. ред. *Скатова Н.* Русские писатели XX века. М.: Просвещение. 1998. Ч. 2. С.226.

[2] *Варламов А.* Пришвин. М.: Молодая гвардия. 2008. С.5.

每种文学潮流中，他却往往表现得很"另类"，即便不是别出心裁，也总是很坚持自我。

普里什文进入文坛的时候，恰逢俄国文学史上轰轰烈烈、色彩斑斓的白银时代，当时，各种社会思潮和文学流派百花齐放，争香斗艳。置身于这场文学运动的中心彼得堡，普里什文与白银时代最活跃的作家和诗人梅列日科夫斯基、吉比乌斯、列米佐夫、罗扎诺夫、勃洛克等人都有来往，曾频繁出入彼得堡文学圈的沙龙和聚会。然而，普里什文自始至终没有正式加入任何一个文学团体或流派，甚至没有表现出明显的美学倾向，这在当时的作家中是比较少见的。诚然，无论在美学观念还是精神追求方面，梅列日科夫斯基夫妇的"宗教哲学学会"都对普里什文产生过一定的影响，列米佐夫创作中的神秘主义和罗扎诺夫的哲理散文文体，也曾让普里什文感觉亲近，而高尔基创作中那种乐观的、肯定现实的态度也对普里什文很有诱惑，但是最终，普里什文对所有这些影响似乎都未全盘接受，或者说，他综合性地接受了所有这些很不相同的文学元素，把它们溶解在自己的创作中。"作为世纪之初那些艺术家们一位充满感激却又颇为心狠的学生，他远离了他们，他所走的路，与环绕在他身边、教给他文学技艺的那些人所走的路完全不同。"①

在十月革命后的苏维埃时期，普里什文的创作一直程度不同地具有某种特殊"调性"，即在赞同现实的同时始终不愿迈出"紧跟"形势的步伐，不愿喊出激动、兴奋的口号。试以普里什文苏维埃时期对"自然"主题的坚持为例。"人与自然"的主题是纵贯俄国文学的重要母题之一，从某种意义上说，俄国的诗人、作家、画家和作曲家，几乎都是"俄罗斯大自然的歌手"。但是，到了普里什文创作成熟期的20世纪20—40年代，相对于"革命""生产""教育""改造"等"重大"主题，"自然"的形象就"相形见绌"了，即便写到自然，也大多作为一种陪

---

① *Варламов А*. Пришвин. М.: Молодая гвардия. 2008. C.133-134.

衬，一种点缀，或者干脆就是被征服和改造的对象。在这样的历史语境中，普里什文始终不渝地以自然为主要创作对象，这一"行为方式"所具有的意义是不言而喻的。而且，普里什文还进一步发展了俄国文学中的自然主题，以平等的、民主的态度观照自然，第一次使自然以作品"唯一主人公"的身份步入了俄国文学。在当时创作题材一边倒、作家们忙不迭地跟风跑的背景下，普里什文对"自然"主题的不懈坚守，在某种意义上起到了延续传统、维持平衡的作用，这是普里什文为 20 世纪俄国文学作出的一个贡献。

一部俄国文学史家这样写道："但在苏维埃时期，普里什文深刻理解大自然的天赋，并未被世人认同，因为人们认为他'不去解决社会问题，而在泛神论中寻求庇护'，或者认为他走的是革命道路与资产阶级道路之外的'第三条文学道路'。"① 走"第三条路"，这可能正是普里什文在相当长一段时间里的刻意追求。在他十月革命之后的整个创作中，他似乎也一直处在两种激烈对峙的意识形态立场的中间，作为一个"革命对象"的地主后代，他自然没有对革命发出什么由衷的歌颂，但也没有像那些侨民作家和"内侨"作家那样对革命发出公开的诅咒。他没有在作品中公开自己的政治倾向，并不是说他对现实没有自己的看法，普里什文留下的"秘密"日记表明，普里什文对他所处的那个时代的种种弊端其实早已有了清醒的看法。② 但是，在普里什文的作品中我们却看不到什么鲜明的政治倾向，这也许是一种写作策略，是某种"中立"立场的体现，但更主要的原因，恐怕还在于普里什文的文学价值取向，他只想通过创作表达出"个人与俄罗斯自然亲密交往的印象"，而不愿用自己的文学来服务于什么功利的政治目的，他认为文学应该像自然本身那样，是"中性"的。

---

① 阿格诺索夫：《20 世纪俄罗斯文学》，凌建侯、黄玫、柳若梅、苗澍译，中国人民大学出版社 2001 年版，第 325 页。

② Октябрь. 1994. № 11.

于是，我们在普里什文苏维埃时期的作品中，往往能感觉出一种特殊"调性"。试以《鹤乡》为例。这部作品写于苏联历史中开始严格意识形态控制的 20 年代末，又是打算献给高尔基的生日礼物，然而，这部作品中完全没有对新社会建设者们的正面描写和对社会主义建设事业的由衷赞颂，相反，倒是对排干沼泽等改天换地的"事业"抱有怀疑、甚至反对的态度，倒是不合时宜地宣传起保护水藻来。在一些具体的描写中，也往往不难感受到普里什文淡淡的嘲讽态度。作品中写到列宁打猎，与苏联文学中那些颂歌体的"列宁题材"作品不同，普里什文显然没有把列宁当作一个神来对待。在将自己的文学写作比喻为打猎时，他以列宁为例："从射击心理学方面，我还想到了列宁的天才……列宁就是在让全体民众瞄准沙皇政府的长久而复杂的射击过程中的最后一刻，为此，他被尊为天才。"[①] 普里什文毫无顾忌地引用了村民这样的对话："苏维埃政权是能逮捕任何人，不管你有没有入籍……""就是列宁来了我也不怕，我也当着他的面直截了当地告诉他：应该让穷人仰仗富人，在穷人身边，鸡都吃不饱……"[②] 普里什文在文中还不无幽默地写道，走失的那头山羊万卡跑到"列宁像"那里去转悠了一圈。[③] 对于作品中出现的那些苏维埃干部及其做派，普里什文更是给出了漫画式的描写。通过这些"细节"不难看出，普里什文在写到革命及其领袖、写到现实及其变革时，心态是很放松的，是较少顾忌的。

无论是在充满文学时尚的 20 世纪初，还是在意识形态控制很严的苏维埃时期，普里什文始终表现得很自我。普里什文在前一个阶段体现出的冷静，或许是由于：他步入文学时年纪已经比较大，不容易受到文

① 普里什文：《鹤乡》，万海松译，见刘文飞编《普里什文文集·大自然的日历》，长江文艺出版社 2005 年版，第 43 页。

② 普里什文：《鹤乡》，万海松译，见刘文飞编《普里什文文集·大自然的日历》，长江文艺出版社 2005 年版，第 132、133 页。

③ 普里什文：《鹤乡》，万海松译，见刘文飞编《普里什文文集·大自然的日历》，长江文艺出版社 2005 年版，第 40 页。

学潮流的诱惑；他始终不认为自己是天才，他更愿意将写作理解为一种不懈的"苦做"；他在德国大学里接受的科学教育，使他养成了严谨的理性思维习惯。而普里什文在后一个时期的表现，则只有可能从两个角度来理解：要么是官方及其官方的文学早已将这位"旧作家"视为另类，容忍他游离于中心、却也无伤大雅的文学姿态；要么就是普里什文自己刻意放逐自我，固执地走着自己的"第三条路"。也就是说，普里什文所追求的，还是对于自己文学个性的坚守和捍卫，也正是由于普里什文以及其他一些像他一样富有创作个性的作家的存在，20世纪的俄国文学才显得如此多元和多彩。

四

在俄国文学传统的背景下看待普里什文的创作，再对照普里什文自己关于文学传统及其继承的一些意见，可以梳理、归纳出以下三点：

首先，普里什文是一个十分注重文学传统的作家。普里什文生性平和，待人接物都比较宽容，他在文坛"出道"很晚，又被视为"苦做"型的作家，在白银时代群星璀璨的文坛上，他往往像是一个年纪老大的学生，他似乎没有、也没有机会表现出那种目空一切的少年天才做派，因此，对于俄国文学传统，他体现出了一种来者不拒、博采众长的谦逊态度（或许正因为如此，被俄国批评家和学者们拿来与普里什文作比的俄国作家才如此众多）。更为重要的是，普里什文很早就意识到了文学和文化传统对于一位作家的决定性意义，在他看来，不存在没有传统的文学，就像不存在没有父母的孩子一样。同时，文学传统又是一种动态的接力，一个不断丰富的过程，每一个人、每一代人都不过是在添砖加瓦，普里什文用很简朴、很形象的语言这样写道：

人在去世的时候会说出一个词来。这个人死了，他的词被人听在耳中。于是，另一个人便开始带着这个词年复一年地生活，不断地回忆这个词，并添加上他自己的新含义。

这个人也老了，在他去世的时候，他会说出他那充满含义的词来，第三个人听到这个词，也会开始按照这个词生活，并在其中注入他的新含义。

如今我也走近了这个词，开始以它为生，似乎刚刚与它一同诞生。在为这个词注入我的新含义之前，我是不会道出这个词来的。①

上面引文的最后一段话，就已经很清晰地表达出了普里什文关于文学传统问题的第二点看法，即传统与个性、"他人的智慧"和"自己的财富"、"有过的"和"不曾有过的"等等之间的关系。普里什文所接受的影响之众多，反过来也说明了他的"不专一"。换句话说，他在继承多种文学传统的同时始终保持着某种冷静，甚至是部分的排斥，他什么传统都借鉴，同时却不盲从其中的任何一种传统：俄国文学中的自然母题和狩猎故事体裁，对俄国分裂教派的关注，罗扎诺夫的哲学随笔风格，寻神和造神的宗教探索，象征主义的现代派手法，列米佐夫的神秘主义氛围，以高尔基为代表的"新文学"立场……所有这些普里什文都经历过，贴近过，但他最终没有止步于、或曰固定于其中的任何一种"传统"。要想成为文学传统接力赛中的一棒选手，要想成为文学链条中的一环，首先就必须拥有自己的声音和标识，自己的风格和个性。

最后，对于多种文学传统的兼收并蓄，有意识地将自己独特的东西融进统一的传统，进而使自己成为俄国文学传统一个有机的组成部分，普里什文以此实现了对于俄国文学传统的"综合性"继承。这里所

① *Пришвин М.* Сказка о правде. М.: Молодая гвардия. 1973. C.458-459.

谓的综合性继承，还体现在另一个意义上，即普里什文对俄国文学传统
的总体把握，就像鲁达舍夫斯卡娅在《普里什文与俄国经典文学》一书
的后记中所说的那样："普里什文与俄国经典文学之间的继承关系十分
广泛。这包含一些最重要的层面，从过去时代的文化在作家的精神、道
德和美学世界形成过程中所起的作用，到过去时代的文化对普里什文艺
术创作的影响。""这些关系的性质也同样是多面、多样的。这一性质不
仅取决于一些最寻常的文学关系，如文学典故、题材上的呼应、主人公
的历史和文学关系、相同的创作方法等，更为重要的是，它还表现为一
种最复杂的继承关系，即在多种伟大传统的影响之下提出并艺术地再现
一些根本的存在问题。"①

原载《外国文学》2012 年第 4 期

---

① *Рудашевская Т.* М. М. Пришвин и русская классика. СПб.：Изд-во С.-Петерб. ун-та.
2005. С.229.

《往年纪事》的思想文化史意义

　　将俄国汉学家和中国斯拉夫学家的研究重心做一对比，可以发现两者间存在着某种有趣的差异，即俄国学者似乎更注重中国的古代文化遗产，而我们则似乎更热衷于俄国的近现代文明。具体到我们对俄国文学的译介，除《伊戈尔远征记》《克雷洛夫寓言》和格里鲍耶陀夫的《聪明误》等屈指可数的几本仅区区数十页的小册子外，普希金之前的俄国文学便再无任何单行本译作，这与普希金之后的俄国文学所拥有的浩如烟海的汉译形成了鲜明对比。任何一个民族的文学腾飞均以拥有一方坚实的土壤为前提，"俄国文学之父"普希金也不会自天而降；某一国家文学和文化的最典型特质，往往就蕴含在其文明发端处的珍贵文献之中。最近，在我们俄国文学研究界出现了一个颇为引人注目的可喜现象，即在很短时间内似乎不约而同地出现了俄国古代文学最重要作品的三种汉译，即由王松亭翻译、商务印书馆出版的古俄语、汉语对照本《古史纪年》①，由朱寰和胡敦伟翻译、商务印书馆出版的《往年纪事》②，以及由左少兴翻译的阿瓦库姆的《传记》③。这三部著作的翻译和出版对于我国俄国文学研究界具有某种启迪意义，它构成一个路标，标志着我

---

① 王松亭译注：《古史纪年》，商务印书馆 2010 年版。
② 朱寰、胡敦伟译：《往年纪事》，商务印书馆 2011 年版。
③ 左少兴译：《传纪，或阿瓦库姆大司祭写的〈生平〉》，载《世界文学》2011 年第 3 期。

们的俄国文学研究已开始向以往较少或未曾关注的领域推进，在更进一步地拓展自己的深度和广度。

《往年纪事》是俄国流传至今最为古老、影响最为深远的一部大型编年史。所谓编年史，是俄国古代一种史书体裁，它通常由修道院的僧侣编纂，内容为按年代顺序记录下的重大历史事件。《往年纪事》的编纂年代约在 1113 年，在此之前，基辅罗斯一些公国的修道院中已经出现多种零星的早期编年史，传说基辅洞穴修道院僧人涅斯托尔（生卒年代均不详）对已有"史料"进行整理和添写，最终编成这部《往年纪事》。提起涅斯托尔，人们往往会将另外两部俄国古代文学名著《鲍里斯和格列勃之死及其言行录》和《费奥多西言行录》也归在其名下，可最近有俄国学者指出，两部言行录的作者和《往年纪事》的作者其实为"两位不同的涅斯托尔"①。因《往年纪事》中又有这么一句话，即"我乃圣米哈伊尔修道院院长西尔韦斯特"云云，人们于是意识到，这部编年史的作者可能不止一人，西尔韦斯特可能在涅斯托尔的史书上"续笔"或"润笔"，两人共同完成了这部巨作。俄国古代文学研究者沙赫马托夫院士曾提出他影响深远的"三版本说"，他将涅斯托尔 1113 年编纂本称为"第一版"，"第二版"为西尔维斯特遵弗拉基米尔·莫诺马赫之命于 1116 年的增补本，然后在 1118 年又出现了无名氏编者有所"添加"的"第三版"②。然而，由三位编者在六年间"接力"完成的《往年纪事》，其原稿却已失传，如今人们所见的版本分别见于三部年代较晚的编年史，即《拉夫连季编年史》《伊巴吉夫编年史》和《拉吉维勒编年史》，失传的《往年纪事》原本，却又因被后世编年史完整地"抄录"而传世。三个版本稍有出入，但内容和篇幅大体一致。如今较为权威的版本是苏联科学院 1950 年俄文版，该版本是由利哈乔夫院士自《拉夫

---

① Под ред. *Маслина М.* Русская философия. М.：Алгоритм. 2007. C.263.

② Под ред. *Стахорского С.* Энциклопедия литературных произведений. М.：Вагриус.1998. C.370-371.

连季编年史》中的版本整理出来的。

《往年纪事》的内容和形式均丰富多彩，其第一句话（实为其标题）即标明了其主题："这是对往年历史的记载，记述罗斯民族自何而来，谁是基辅的开国大公，以及罗斯国如何形成。"① 这部作品没有统一的情节和贯穿的主人公，其唯一的串联因素就是年代，然而，这部"大杂烩"却又是一部地道的文学文化名著。从构成上看，这里有圣经故事、民间传说、圣徒行传、王公武士事迹、外交和法律文件、修道院生活实录和天象记录等等；从风格上看，庄重的修史态度与宏大的史诗叙事相互交融，端庄的"训诫"立场和情不自禁的抒情口吻时隐时现，严谨刻板的教会语言和生动活泼的民间口语此起彼伏，还有布道语调和政论语体的并存、文件文书和直接引语的比照等等。所有这一切，都使得《往年纪事》成为一部俄国古代文化的百科全书，它因其原始而鲜活，因其庞杂而耐读。

这是一部标准的历史著作，也是至今为止俄国一切历史著作的源泉和母本。与同期大多数欧洲史书一样，《往年纪事》也从圣经时代写起，从"雅弗一代"斯拉夫人之起源开始，但其真正的"纪年"则始自852年，止于1117年。它所记史的这265年，为俄国历史中的基辅罗斯时期，亦即统一的古代罗斯封建国家的"开国"时期。《往年纪事》之后的俄国编年史家大多将此书置于其新编编年史的篇首，《往年纪事》因而又被称之为《俄国编年序史》。后世的俄国史家和广大俄人，则往往对《往年纪事》中记录的史实坚信不疑，以至于，"许多人均将其视为关于俄国初期历史的主要资料来源，若遇见某些与《往年纪事》相矛盾的史料，他们便会不问青红皂白地予以舍弃"②。基辅罗斯历史上的重大事件，如瓦兰人三兄弟留里克、西涅乌斯和特鲁沃尔应邀入主罗斯、

---

① 王松亭译注：《古史纪年》，商务印书馆2010年版，第1页。

② http://ru.wikipedia.org/wiki/Повесть_временных_лет.

建国诺夫哥罗德、斯拉夫字母的创建、基辅建城、罗斯受洗、修建洞穴修道院等，均得到翔实的记录。比如，这段关于基辅民众"受洗"场面的描写（988）就十分具体生动：

> 次日，弗拉基米尔与王后和赫尔松的神甫们一起来到第聂伯河边，那里人山人海。人们走进河里，有的走到深处，水到颈部；有的站在齐胸的水中；年少者站在近岸处，水到胸部；有些人还带着小孩；成年人到处走动；神甫们在岸上，进行祈祷。天地皆为这诸多被拯救的灵魂而欢悦，魔鬼则痛苦地呻吟："我完了！……"

不过，这样的段落在《往年纪事》中并不多见，书中比重更大的仍是那些读来显得很是单调枯燥的"流水账"，或是以宗教感化为目的对圣经故事不厌其烦的转述，对王公征战过程千篇一律的介绍，而且，在总共265年的"纪年"中竟有104个年份之下为空白，无任何记录，即所谓"有年无记"①。但就总体而言，这部史书却起伏跌宕，充满阅读趣味，因为它毕竟是一部融史学与文学为一体的巨著，是一部具有高度文学性的历史文本，如利哈乔夫院士所言，它"不仅是俄国历史事实的集成，不仅是诉诸那些迫切但暂时的俄国现实问题的历史政论，而且更是关于罗斯历史完整的文学叙述"。②关于俄国历史的"文学叙述"，这便是《往年纪事》的文学史价值和意义之所在。作为之前已有文学遗产的集大成者，它在将圣经故事、神话传说等纷纷纳入其间的同时，还收录了许多俄国古代的民间故事，如奥列格最终死于其战马、奥尔迦为其夫复仇、被困的别尔哥罗德人智退围兵、鲍里斯和格列勃为亲兄弟所害、瓦西里科被弄瞎双眼等，这些充满民间智慧和民间文学色彩的传

---

① 王松亭译注：《古史纪年》，商务印书馆2010年版，第8页。

② *Лихачев Д.* Русские летописи и их культурно-историческое значение. М.-Л.：Наука. 1947. С.169.

说，单独摘出便是一篇文学杰作，它们相互呼应，则使《往年纪事》洋溢着浓烈的文学氛围。一位文学史家对此赞叹道：较之于编年史的其余部分，这些故事"细节更为翔实，是简洁描绘和直接叙述的杰作"，"就其简单明了、洞察人性的手法而言，它几乎可与《创世纪》中的故事相提并论"。① 这部史书的编纂者自身也具有极高的文学天赋，在心平气静记录历史事件的同时，他（或他们）也不时情不自禁，或抒情或评说，或感慨或悲叹，其"政论插笔"或"抒情插笔"体现出了强烈的个性风格，构成《往年纪事》中最具文学创造性的段落。作为俄国书面文学之源头，《往年纪事》对后世文学产生了巨大深远的影响，许多大作家都曾在这部作品中撷取情节或人物。《往年纪事》记录了前面提及的那则奥列格死于其爱马的故事（912）：

> 奥列格问巫师及卜者："我将因何而亡？"卜者答曰："大公！你将因你的爱马而亡。"奥列格沉思片刻，曰："我再不骑此马，再不见此马。"他吩咐把马牵走喂养，数年间未再见它，直至他征讨希腊人。他返回基辅，又过了四年，第五年他想起那匹会使他亡的马，便唤来马倌，曰："我吩咐照看的那匹马儿呢？"马倌答曰："死了。"奥列格大笑，他嘲笑卜者曰："卜者所言尽为谎话，马儿死了，我却活着。"他吩咐牵匹马来："我要去看看马骨头。"他来到马的尸骨前，下马，笑曰："这便是能叫我亡的马骨吗？"他将马头骨扔到脚下，那头骨里钻出一条蛇，咬了他的脚，他病了，最后死去。

后来，不止一位俄国作家对这个故事进行过再创作，普希金就以此为题写成了他的谣曲《先知奥列格之死》（1822）。在整体风格上，《往

---

① Mirsky D. *A History of Russian Literature*，NY：Alfred A. Knopf，1927，p. 16.

年纪事》亦文亦史、亦庄亦谐的"文风",更为后世许多俄国文学大家所承继。

然而,《往年纪事》对于俄国文化史而言的最重大意义,仍在于它是一部重要的思想著作。首先,《往年纪事》的出现是俄罗斯民族意识觉醒的标志,是俄罗斯民族文化记忆开始形成的象征,因此,其贯穿的重要主题之一便是对国家统一的强烈吁求。在《往年纪事》所记录的这两百余年间,基辅罗斯战乱不断,既有王公之间的内讧,兄弟之间的相互残杀,也有与外族和邻国的无休止战事。面对这一"乱世",《往年纪事》的作者痛心疾首,在记叙历史事件的前后,时常会大声疾呼,劝说王公放弃纷争,一致对外,创建并捍卫一个强大的俄罗斯国家。作品中具有浓烈政论色彩的此类文字,是关于俄罗斯人国家意识的最早记录。其次,《往年纪事》的作者是修道院的僧人,其修史时间距罗斯受洗已有将近130年的时间,换言之,《往年纪事》编纂时的俄国早已是一个基督教国家,因此,《往年纪事》中所弥漫着的强烈的宗教意识和布道色彩便是自然而然的。书中除了大量的圣经传说、显灵事迹、训诫故事等等,还包含许多有关俄国圣徒、修道院、教堂和名僧的记录,实为一部基辅罗斯时期的俄国宗教史。俄国王公的征战,无论胜败,均被《往年纪事》作者同样归因为上帝的意志:"上帝使异族进攻我们,并不是降福于波洛韦茨人,而是以此来惩罚我们,使我们远离邪恶之事。异族之入侵,正如上帝手执的长鞭,惩罚我们所做的恶事,使我们忏悔,回归正途。"[1]"由于圣母和众天使的祈祷,由于上帝的降福和帮助,我罗斯诸王公战胜了强敌,胜利归来。"[2] 最后,作为国家精神和宗教精神之体现的《往年纪事》,却也表现出了一定程度的民间精神,即下层民众的心声和愿景,这一点在以往的研究中似乎被关注不够。《往年纪事》

---

[1] 王松亭译注:《古史纪年》,商务印书馆2010年版,第117页。

[2] 王松亭译注:《古史纪年》,商务印书馆2010年版,第164页。

中所收录的大量民间文学素材，就可以作为其"民间性"的例证之一。其二，前文提及的作者在文字风格上的创作个性，其实也可视为其人格力量的一个表征。其三，《往年纪事》的编纂者可能是修道院的高级僧侣，其修史行为甚至是奉命而为（如西尔韦斯特奉莫诺马赫之命），但他（他们）仍表现出了可贵的"史德"，秉笔直书，公开指责王公们的缺点和过失，这就使得《往年纪事》并不像一部地道的"官史"或"正史"。在对具体的历史事件做评述时，作者也往往在不经意间流露出其"民间立场"，比如在言及弗拉基米尔大公决定接受基督教的原因时，作为虔诚僧人的《往年纪事》作者居然留下了这样的记录：弗拉基米尔在决定皈依基督教前曾考察多种宗教，他拒绝了禁止喝酒的伊斯兰教，因为"俄人以酒为乐，无酒我们就活不下去"。他最终选择东正教，一是受其到过君士坦丁堡的使臣影响，因为那些使臣回国后向弗拉基米尔谈到了君士坦丁堡圣索菲娅教堂礼拜时的壮美；二是为了迎娶拜占庭国王的妹妹，也就是说，罗斯受洗的原因首先是审美的和功利的。

总之，民族意识、宗教意识和民间意识这三者的相互交融，共同赋予《往年纪事》以深刻的思想内涵，使其成为一面能够折射出俄国和俄罗斯人民族心理和文化心态的明镜，成为一道能让我们接近俄国精神起源和思想内核的捷径。

《往年纪事》中译本的面世，填补了我国俄语文学译介中的一个空白。熟悉俄国文学史的人，似乎都对《往年纪事》这部作品的名称耳熟能详，但真正细致阅读过该作的人恐怕仍很少，这部"名著"一直就像一位"熟悉的陌生人"，如今，此书由商务印书馆几乎同时推出两种译本，这对于我国俄国文学研究界具有启迪作用，它构成一个路标，标志着我们的俄国文学研究已开始向以往较少或未曾关注的领域推进，在更进一步地拓展自己的深度和广度。

原载《俄罗斯文学：传统与当代》，北京大学出版社 2012 年版

米尔斯基和他的《俄国文学史》

　　关于米尔斯基的《俄国文学史》，有这样两段脍炙人口的话：第一段话出自纳博科夫之口。20世纪40年代末，一位希望重印"米尔斯基文学史"的美国编辑致信纳博科夫，希望后者写一封建议再版此书的推荐信，纳博科夫并未同意，他在回信中这样写道："是的，我十分欣赏米尔斯基的这部著作。实际上，我认为这是用包括俄语在内的所有语言写就的最好一部俄国文学史。不幸的是，我必须放弃举荐此书的荣幸，因为这位可怜的学者如今身在俄国，由我这样一位反苏作者所写的推荐意见定会给他造成相当大的麻烦。"① 第二段话来自牛津大学教授史密斯的专著《米尔斯基：俄英生活（1890—1939）》，他在书中这样写道："俄国境外所有的俄国文学爱好者和专业研究者均熟知米尔斯基，因为他那部从源头写至1925年的文学史仍被公认为最好的一部俄国文学史。这部杰作起初以两卷本面世，后以单卷缩略本再版。这部著作始终在英语世界保持其地位，逾70年不变，这或许创下了同类著作的一项纪录。"②

---

① Nabokov V. *Selected Letters. 1940-1977*，ed. Dimitri Nabokov and Matthew J. Bruccoli，L.，Harcourt Brace Jovanovich，1990，p. 91. 纳博科夫当时并不知道，在他写下这段话时，米尔斯基已死于苏联远东的集中营。

② Smith G.S. *D. S. Mirsky*，*A Russian-English Life*，*1890-1919*，Oxford：Oxford University Press，2000，p. xi.

纳博科夫所言之"用包括俄语在内的所有语言写就的最好一部俄国文学史",以及史密斯所称的"或许创下了同类著作的一项纪录",无疑是令人印象深刻的。

一

德米特里·彼得罗维奇·斯维亚托波尔克–米尔斯基①是著名的文学史家、批评家和文艺学家,同时也是重要的俄国政论作家和社会活动家,他同时用俄英两种语言著书撰文,是 20 世纪 20—30 年代西欧和苏联文学界、知识界极为活跃的人物之一,其充满突转的生活经历和坚忍不拔的文学活动构成当时文坛的一段传奇,甚或那一代俄国知识分子之命运的一个缩影和一种象征。

米尔斯基出身显赫,其先祖据说可追溯至公元 9 世纪应斯拉夫人之邀入主罗斯的留里克王,他的父亲彼得·德米特里耶维奇·斯维亚托波尔克–米尔斯基(1857—1914)是沙皇麾下高官,曾任骑兵上将、侍从将官和省长,最后官至内务部长,著名的 1905 年革命就爆发于他父亲的任期,据后人判断,"流血的星期日"之发生与这位内政部长的疏忽、优柔甚至"善良"不无关系。德米特里·米尔斯基于 1890 年 9 月 9 日(旧历 8 月 22 日)生于乌克兰哈尔科夫省的贵族庄园吉约夫卡,童年和少年时期他接受过良好的家庭教育,通过家庭教师熟练地掌握了英、法、德等欧洲主要语言,并多次游历欧洲,至少三次到过英国。

少年米尔斯基曾在莫斯科的贵族中学短暂求学,后转至彼得堡第一古典中学,正是在这所中学,他与后来均成为著名作家或学者的几位

---

① "斯维亚托波尔克–米尔斯基"是复姓,本书作者流亡西方后,或许为了简便易记,在发表英文文章时仅署名"米尔斯基",在他后来返回苏联后发表俄文文章时,亦大多只用"米尔斯基"之单姓形式。

同学日尔蒙斯基、普姆比扬斯基和苏霍金一同创办文学刊物《环节》，这份刊物分别在 1906 年和 1907 年出版两期，米尔斯基在刊物上发表了他翻译的济慈、魏尔兰等人的诗以及他自己的诗作，"这是米尔斯基作为批评家、诗人和翻译家的首次文学亮相"[1]。与此同时，米尔斯基接近当时统领文坛的象征派，与勃洛克、库兹明、古米廖夫等人均有往来，曾参与伊万诺夫的"象牙塔"沙龙的活动。1908 年，米尔斯基考入彼得堡大学东方语言系，学习汉语和日语。他曾在给父亲的信中抱怨汉语难学："日语相当简单，可汉语却十分奇特，其语法迥异于任何概念。"[2]1911 年，米尔斯基应征入伍，驻扎在彼得堡近郊的皇村，就在次年，他出版第一部诗集《1906—1910 年诗选》。1913 年，米尔斯基退伍返回大学，进入古典系学习。翌年，第一次世界大战爆发，米尔斯基再度应征入伍。1906 年，他负伤住院，住院期间与一位名叫维拉·弗列里诺娃的女护士闪婚，两人一起生活数周后便决定分手，米尔斯基后对此事闭口不谈，甚至"忘记向母亲提起这场婚姻"，此后，米尔斯基终身未娶。这段短暂的"战地爱情"或可视作米尔斯基既浪漫冲动又神秘莫测的性格特征之典型体现。

　　1917 年革命爆发后，米尔斯基加入邓尼金的白卫军部队与布尔什维克作战。令人难以置信的是，他在残酷的战斗之余并未放弃学术，竟于 1918 年秋在哈尔科夫大学获得史学学位。1920 年，米尔斯基如同许多战败的俄国贵族一样流亡国外，先波兰后希腊，最终落脚英国伦敦，其间经常往返伦敦和巴黎之间，探望他侨居法国的家人和朋友。自 1920 年 10 月起，当时身在雅典的米尔斯基便开始给《伦敦信使》投稿，先后开设"俄国来信"和"国外新书"等栏目，为该刊撰稿长达十余

①　Smith G.S. *D. S. Mirsky*, *A Russian-English Life*, *1890-1919*, Oxford：Oxford University Press，2000，p. 37.

②　*Перхин В.* Одиннадцать писем（1920-1937）и автобиография（1936）Д. П. Святополк-Мирского//Русская литература. 1996 №1. С.259.

年。在米尔斯基步入英国文化界和学术界的过程中，有三位英国人发挥了关键作用。第一位是著名的英国斯拉夫学者莫瑞斯·巴林（1874—1945），巴林早年在俄国从事外交和新闻工作，日俄战争期间曾在中国东北地区任战地记者，他后与米尔斯基一家成为朋友，曾造访米尔斯基家的庄园吉约夫卡，在米尔斯基一家流亡后，他伸出援手，正是他将米尔斯基推荐给了包括《伦敦信使》在内的多家英文报刊，在米尔斯基移居伦敦之后，他又将米尔斯基介绍给伦敦的多家学会和俱乐部，米尔斯基后将其《俄国文学史》率先出版的下卷、即《当代俄国文学（1881—1925）》①题词献给巴林。②第二位是伯纳德·佩尔斯（1867—1949），佩尔斯是英国斯拉夫学的奠基者之一，他曾任英国驻俄外交官，著有《俄国与改革》（1907）和《俄国史》（1926）等书，他于1907年在利物浦大学创办俄语学院，后将该学院移至伦敦，更名为斯拉夫研究院（School of Slavic Studies），该院实为伦敦大学国王学院的一个系，这里当时实际上是整个英国的俄国问题研究中心。1922年春，佩尔斯邀请米尔斯基担任该院俄语讲师和该院刊物《斯拉夫评论》（*Slavonic Review*）的编辑，米尔斯基在这里辛勤工作十余年，"老板"佩尔斯为米尔斯基提供了在西方研究和传播俄国文学的机遇和条件，但两人后由于政见不同和性格差异而渐行渐远，米尔斯基最终选择返回苏联与佩尔斯后来的冷淡似不无关系。第三位是简·艾伦·哈里森（1850—1928），哈里森女士是剑桥大学古代考古学教授，1926年移居巴黎后继续其学术研究，是当时欧洲著名的古代宗教专家和古人类学家，她通过米尔斯基以及当时侨居巴黎的俄国作家列米佐夫等了解到俄国古代文化，曾翻译阿瓦库姆的《生活纪》，反过来，她也对米尔斯基的英文研

---

① Mirsky D. *Contemporary Russian Literature*（*1881-1925*），NY：Alfred A. Knopf，1926.

② 关于米尔斯基和巴林的关系另见：N. Lavroukine, Maurice Baring and D. S. Mirsky: A Literary Relationship //The Slavonic and East European Review，Vol. 62，No.1（Jan.，1984），pp. 25-35.

究工作提供了很大帮助，米尔斯基将其《俄国文学史》的上卷、即《俄国文学史（自远古至陀思妥耶夫斯基去世〈1881〉）》^①题词献给哈里森，他还在下卷的序言中向哈里森致谢，称"她以无尽的善意和耐心阅读此书的许多章节，并对我糟糕的英语作出许多无价的订正"。就这样，这三位英国文人学者分别从新闻和出版、学术和教职、文化和文字等三个方面向米尔斯基提供帮助，使他迅速融入英国乃至整个欧洲的知识界。

米尔斯基旺盛的工作激情和写作能量十分惊人，他仅活到49岁，这短暂的一生还充满求学和教学、革命和战争、流亡和囚禁、旅行和奔波，可他却笔耕不辍，据史密斯教授统计，自1920年底至1937年，米尔斯基发表各类文章或著作共400种，"平均每两周一种，这一惊人频率竟持续16年之久"^②。除大量文章和讲稿以及为《不列颠百科全书》撰写的相关词条外，米尔斯基先后用英文撰写或编纂了9部著作，即《俄国抒情诗选》（1924）、《现代俄国文学》（1925）、《普希金》（1926）、《当代俄国文学（1881—1925）》（1926）、《俄国文学史（自远古至陀思妥耶夫斯基去世〈1881〉）》（1927）、《俄国史》（1928）、《俄国社会史》（1931）和《列宁传》（1931）。随着这些著作的相继面世，米尔斯基迅速成为英语世界乃至整个西欧学界最负盛名的俄国和俄国文学专家。他在授课之余为西欧诸国的报刊撰稿，在英、法、德各地做关于俄国文学和文化的演讲，还曾于1928年游学美国，先后在哥伦比亚大学、康奈尔大学和芝加哥大学做学术报告。

身在西欧的米尔斯基，其关注点并不仅仅在于俄国文学，他还是一位积极的政论作家和政治活动家，他在这一方面的主要表现，即他在欧亚主义运动（Евразийское движение）中的表现和影响。自1922

---

① Mirsky D. *A History of Russian Literature from the Earlist Times to the Death of Dostoyevsky* (*1881*)，NY.：Alfred A. Knop，1927.

② Smith G.S. *D. S. Mirsky*，*A Russian-English Life*，*1890-1919*，Oxford：Oxford University Press，2000，p. 81.

年起，他便开始接近该运动及其四位创建者，即尼古拉·特鲁别茨科伊、格奥尔基·弗洛罗夫斯基、彼得·萨维茨基和彼得·苏福钦斯基。欧亚主义运动以上述四人在保加利亚索非亚联名出版文集《转向东方》(1922) 为起点，它体现了部分俄国流亡知识分子在新的历史时期的特殊心态，该派认为，俄国是一个有机地融合着西方和东方不同元素的特殊国家，正是这种历史、种族和地理意义上的综合性，赋予俄罗斯民族独特的禀赋和特殊的使命。一度对十月革命后的布尔什维克政权持敌对态度的欧亚主义者，却突然在新兴的苏维埃国家雏形中隐约感觉到实现他们理想的可能性，因此转而采取某种亲苏立场，米尔斯基和埃弗隆等人后返回苏联，在某种程度上也是这一心态的自然结果。欧亚主义者于1928—1929 年间在巴黎创办周报《欧亚》(*Евразия*)，米尔斯基与卡尔萨温、苏福钦斯基、埃弗隆等人共同编辑该报。20 年代末，欧亚主义运动发生分裂，米尔斯基和埃弗隆等构成该运动的左翼，他们的亲马克思主义立场日益鲜明，这最终导致该运动在 30 年代中期的分裂和消亡。

言及米尔斯基与欧亚主义运动的关系，人们常会提起他生活中的两段逸事：一是他与苏福钦斯基的妻子维拉·亚历山大罗夫娜·苏福钦斯卡娅（1906—1987，她出嫁前姓古奇科娃，后嫁给一位英国共产党人，随夫改姓特莱尔）的罗曼史，这位女士后曾以维拉·米尔斯卡娅为笔名创作英文小说，或将俄语文学作品译成英文；一是米尔斯基与埃弗隆的妻子茨维塔耶娃的亲近。茨维塔耶娃曾在《诗人论批评家》(1926)一文中对包括布宁、吉比乌斯在内的"境外批评家"表示不满，她随后却写道："也有令人欣慰的明显的例外——即不从表面的政治特征出发去评判诗人（那样的文章还少吗？）——斯维亚德鲍克－米尔斯基公爵的文章就是这样的。"[1] 1926 年 3 月，米尔斯基邀请女诗人访问英国，他

---

[1]　汪剑钊编：《茨维塔耶娃文集·散文随笔》，东方出版社 2003 年版，第 340 页，董晓译文，译文中的"斯维亚德鲍克"即"斯维亚托波尔克"。

在两周时间内不离茨维塔耶娃左右，茨维塔耶娃在寄自巴黎的信中告诉友人，米尔斯基领她"吃遍了"伦敦的餐馆。后来，或许由于米尔斯基热情消退，或许由于茨维塔耶娃很快移情于里尔克和帕斯捷尔纳克[①]，两人关系趋于冷淡，但我们仍然注意到，米尔斯基 1926—1928 年间参与创办的欧亚主义杂志《里程碑》（Версты），其名称便取自茨维塔耶娃 1922 年出版的同名诗集。

20 世纪 20 年代末，米尔斯基的政治态度逐渐发生变化，开始同情社会主义和共产主义。1928 年，他前往意大利索伦托拜访高尔基，与高尔基的长谈更促进了米尔斯基世界观的转变。他在回来后给高尔基的信中这样写道："我感觉我不是置身索伦托，而是置身俄国，这次置身俄国奇怪地使我顺服了。"[②] 1931 年，米尔斯基加入英国共产党。之后，米尔斯基的思想迅速左倾，1931 年 6 月 30，他在英文报纸《工人日报》上发表《我为何成为一名马克思主义者?》一文，公开亮明其政治身份，可他在归纳这一转变的原因时，却出人意料将苏维埃文学所取得的成就对他产生的震撼作用列于首位。[③] 此后，他直接求助高尔基，请后者出面帮他获得苏联国籍并安排他返回苏联，他在这一时期给高尔基的一封信中写道，他之所以写作《列宁传》一书，就是为了"不两手空空"返回苏联，他愿意献身于"列宁的事业"[④]。1932 年 9 月底，米尔斯基自法

---

① 里尔克、帕斯捷尔纳克、茨维塔耶娃：《抒情诗的呼吸（1926 年书信）》，刘文飞译，上海译文出版社 2011 年版。

② *Бирюков А.* Князь и пролетарский писатель //*Святополк-Мирский Д.* История русской литературы с древнейших времен по 1925 год. Пер. с англ. *Зерновой Р.* Новосибирск：Свиньин и сыновья. 2009. С.7.

③ *Бирюков А.* Князь и пролетарский писатель //*Святополк-Мирский Д.* История русской литературы с древнейших времен по 1925 год. Пер. с англ. *Зерновой Р.* Новосибирск：Свиньин и сыновья. 2009. С.13-14.

④ *Бирюков А.* Князь и пролетарский писатель //*Святополк-Мирский Д.* История русской литературы с древнейших времен по 1925 год. Пер. с англ. *Зерновой Р.* Новосибирск：Свиньин и сыновья. 2009. С.10.

国乘船抵达列宁格勒，结束了长达 10 年的流亡生涯，最终返回苏联。

回到苏联后，原本希望在政治和社会领域大展一番宏图的米尔斯基很快便意识到自己的另类身份，于是退回文学。"获得苏联国籍，外加渊博的学识和巨大的工作能力，以及高尔基的鼎力支持，这些因素使得德·米尔斯基（这是他当时的笔名）迅速成为文学进程中一位享有充分权利的积极参与者。"① 他研究普希金，评论当代文学，同时译介英语文学，尤其是艾略特、乔伊斯等人的作品。但是即便在文学界，他的阶级出身和海外经历也时常引起猜疑，当他撰文对法捷耶夫的小说《最后一个乌兑格人》提出批评时，便引起许多"无产阶级作家"的口诛笔伐，直到高尔基在《真理报》上发文力挺米尔斯基，方替后者解围。1934 年，米尔斯基加入苏联作家协会。与其"英国时期"相比，米尔斯基"苏联时期"的文字越来越多"庸俗社会学"色彩，如他参加写作的歌功颂德之作《斯大林运河》(1934)②。但是，米尔斯基仍体现出旺盛的写作能力，据史密斯教授统计，米尔斯基 1932—1937 年间写作并发表的文章和著作多达近百种③，其中较有价值的是他的普希金研究文章以及他译介的英国文学作品，尤其值得一提的是他编纂的《英国新诗选》(1937)④。这部厚达 453 页的诗选收入了勃朗宁、哈代、叶芝、劳伦斯、艾略特、欧文、奥登等人的诗作，此书在米尔斯基被捕之后才出版，编者的姓氏也被虚拟为"古特涅尔"(M. Гутнер)，可这部所谓的

---

① *Бирюков А.* Князь и пролетарский писатель //*Святополк-Мирский Д.* История русской литературы с древнейших времен по 1925 год. Пер. с англ. *Зерновой Р.* Новосибирск：Свиньин и сыновья. 2009. С.15.

② Под ред. *М. Горького*，*Л. Авербаха* и *С.Фирина*. Беломорско-Балтийский канал имени Сталина. История строительства. М.：ОГИЗ. 1934.

③ Smith G.S. D. S. Mirsky：*An Annotated Bibliography of Writings Published in the USSR*，*1932-1937.* in ed. G.. Smith，*D. S. Mirsky：Uncollected Writings on Russian Literature*//Berkeley Slavic Specialties，Berkeley，1989，p. 368-385.

④ *Гутнер М.* Антология новой английской поэзии. Л.：ГИХЛ. 1937.

"古特涅尔选本"（гутнеровская антология）却流传甚广，至今仍为人所知所读。

在米尔斯基的"庇护人"高尔基于 1936 年去世后，在苏联肃反运动愈演愈烈的情势下，米尔斯基终于在劫难逃。1937 年 7 月 2 日深夜，米尔斯基被秘密警察逮捕，后以间谍罪被判处 8 年劳改，被流放至苏联远东地区，1939 年 6 月 6 日，米尔斯基死于马加丹市附近的"残疾人劳教所"。他于次日被草草掩埋，据劳教所档案记载，他被埋在劳教所以东 800 米处，墓穴深 1.5 米，"脑袋朝西"①。

米尔斯基的一生被截然划分成三个阶段，即沙皇时期、英国时期和苏联时期。他似乎善于顺风行船，如一位英国记者所调侃的那样，"米尔斯基居然能成为三种制度的食客，即沙皇制度下的公爵，资本主义制度下的教授，共产主义制度下的文人"②。然而，米尔斯基的一生仿佛又构成一个巨大的悖论：世袭的贵族和激进的自由派，文人和武士，白卫军官和共产党员，反苏流亡者和社会主义者，社会活动家和文学家，他往往会先后、甚至同时扮演这些截然不同的角色，他获得的"红色公爵"（Красный князь；Red Prince）或"公爵同志"（Товарищ князь；Comrade Prince）之绰号，似乎正是这种矛盾组合之概括；他在西欧和俄国、东方与西方、文化和政治、俄国文学和英语世界等不同领域间往来穿梭，形成一座沟通和交流的桥梁。

---

① Smith G.S. *D. S. Mirsky*，*A Russian-English Life*，*1890-1919*，Oxford：Oxford University Press，2000，p. 318.

② *Прашкевич Г.* Еще раз об авторе этой книги//*Святополк-Мирский Д.* История русской литературы с древнейших времен по 1925 год. Пер. с англ. *Зерновой Р.* Новосибирск：Свиньин и сыновья. 2009. С.861..

二

　　米尔斯基于 1924 年动笔写作《俄国文学史》，其动机既有在伦敦大学斯拉夫学院教授俄国文学课程[①] 以及履行与克诺普夫出版社 (Knopf)[②] 所签合同的实际需要，也有向英语世界乃至整个西欧推介俄国文学的强烈冲动。米尔斯基的《俄国文学史》并非英语世界中关于俄国文学的最早史著，在它之前早已有过多部同类著作，米尔斯基的《俄国文学史》后所附长长的参考文献目录便是一个证明。米尔斯基写作这部文学史的"条件"似也并不理想，他身在异国，所能利用的研究资料和文学作品相对有限，他在下卷序言中就曾抱怨，他"最大的困难是难以读到 1914—1918 年间出版的图书"，因为"苏联当局禁止出口革命前出版的图书，这也造成巨大不便"，他甚至无法参阅《布罗克豪斯和埃弗隆新百科全书》和温格罗夫的《19 世纪俄国文学史》等不可或缺的工具书和参考资料，他承认他的写作遭受的"最大的影响即传记资料不足"。再者，米尔斯基是在用英语表述他对俄国文学的解读，他的英语水平再高，也不得不用另外一套话语来阐释他的感受和思想，至少要将大量的概念、标题和引文译成英语。但就在这种种不利条件下，他却在短短两年多的时间里便写出了厚厚两大卷的文学史著。

　　史密斯教授对这部史著推崇备至，在评价它时毫不吝惜最高级修

---

① 米尔斯基《俄国文学史》上下两卷英文版扉页上均如此表明其作者身份："伦敦国王学院俄国文学讲师"（Lecturer in Russian Literature at King's College，London）。

② 该出版社由克诺普夫（1892—1984）1915 年创建于纽约，以出版高水准的文学作品和学术著作著称，社标为一只奔跑的俄国狼狗，该社于 1960 年并入兰登书屋，现为贝塔斯曼传媒集团名下的克诺普夫 – 道布尔戴出版社集团（Knopf Doubleday Publishing Group）。

饰语，称其为米尔斯基的"终身成就"①、创作"巅峰"②和"最高荣光"③。史密斯写道："这两本书自面世后便成为标准之作，它们培育了一代又一代研究俄国文学的英语学者。"④ 他还引用了英国诗人和学者多纳德·戴维（1922—1995）关于米尔斯基文学史所说的一段话：

> 这两部书是文学史写作之样板：它们犀利深刻，却又趣味宽容；首先是结构出色，清晰而又比例得当。尚无一部英国文学史，无论多卷或单本，能如米尔斯基这部俄国文学史一般为英语增光添彩。⑤

在戴维看来，米尔斯基的《俄国文学史》这部由一位俄国人用英语写作的俄国文学史，竟然能"为英语增光添彩"！米尔斯基的《俄国文学史》之所以能在英美斯拉夫学界"称雄"数十年，原因是多方面的，既有一些客观因素使然，更是作者自身的天赋和素养之结果。

米尔斯基文学史的写作和出版，是在一个特殊的历史和社会语境中完成的。首先，在第一次世界大战期间以及十月革命爆发之后，西欧列强出于地缘政治、外交等方面考虑，开始对俄国和俄国问题表现出空

---

① Smith G.S. *D. S. Mirsky*，*A Russian-English Life*，*1890-1919*，Oxford：Oxford University Press，2000，p. 109.

② Smith G.S. *D. S. Mirsky*，*A Russian-English Life*，*1890-1919*，Oxford：Oxford University Press，2000，p. 79.

③ Smith G.S. *D. S. Mirsky*，*Literary Critic and Historian*，in ed. G. Smith，*D. S. Mirsky*：*Uncollected Writings on Russian Literature*，Calif.：Berkeley Slavic Studies，p. 35.

④ Smith G.S. *D. S. Mirsky*，*Literary Critic and Historian*，in ed. G. Smith，*D. S. Mirsky*：*Uncollected Writings on Russian Literature*，Calif.：Berkeley Slavic Studies，p. 35.

⑤ Davie D. *Introduction//Russian Literature and Modern English Fiction*：*A Collection of Critical Essays*，Chicago-London，1965，pp.11-12. 转引自 Smith G.S. *D. S. Mirsky*，*Literary Critic and Historian//*Ed. Smith G.S. *D. S. Mirsky*：*Uncollected Writings on Russian Literature*，Calif.：Berkeley Slavic Studies，p.35. 出版此书时的戴维刚刚结束在英国剑桥大学的任教，转而前往美国任埃塞克斯大学副校长。

前关注。俄国作为一个欧洲后起的大国，其历史和文化对于许多西欧国家而言还是一个尚待开发的未知地域。以英国为例，无论是在历史文化还是政治经济方面，它与德、法等国的关系都远远超出它与俄国的关系。于是，对于包括俄国文学在内的俄国之一切的认识和理解，便成了当时西欧列强所面临的迫切的现实任务。其次，在十月革命后流亡西欧的大量俄国侨民，尤其是其中为数甚多的俄国知识分子和文化人，在俄国境外构成一个茨维塔耶娃所谓的"喀尔巴阡的罗斯"，即一个俄国境外的俄国小社会，这进一步强化了西欧人对俄国的兴趣和关注，而这个以文化精英为主体的"小社会"所体现出的旺盛的文学、文化创造力和影响力，更让西欧人感到惊讶甚或震撼。最后，更为重要的是，在米尔斯基向西欧读者介绍俄国文学时，当时的整个欧洲已开始被19世纪下半期的俄国文学所"征服"，欧洲广大文学读者对俄国文学的兴趣迅速增长，他们大量阅读俄国文学作品，谈起果戈理、屠格涅夫、陀思妥耶夫斯基、托尔斯泰和契诃夫来津津乐道，许多作家学者开始以俄国文学为题写书撰文，如法国外交家兼作家德·沃盖的《俄国小说》（1886）、西班牙女作家艾米莉亚·巴赞的《俄国的革命和小说》（1887）、德国柏林大学教授勃鲁克纳的《俄国文学史》（1908）以及前文言及的巴林和佩尔斯等人的相关著作，均对西欧的"俄国热"起过推波助澜的作用。新近有俄国学者"精确"地将俄国文学在西欧的"崛起"确定在1881年，即陀思妥耶夫斯基去世的一年（顺便提一句，这与米尔斯基文学史上下两卷的分期完全一致！），并进而指出，俄国文学的崛起在促进西方俄国观之转变的过程中发挥着至关重要的作用。① 总之，在米尔斯基动笔写作《俄国文学史》时，整个西欧正处于欲了解俄国却又云里雾里、欲阅读俄国文学却又不甚了了的关键时期，米尔斯基的这部文学史实可

---

① 巴格诺：《西方的俄国观》，刘文飞译，载《外国文学评论》2012年第1期，第144—161页。

谓生逢其时。

然而，米尔斯基这部文学史的脱颖而出，首先自然仰仗其作者自身所具有的某些特质和因素。米尔斯基出身世袭大贵族，像那一阶级的大多数人一样，他也对他的国家、民族和文化怀有强烈的责任感和使命感，以俄国及其历史为骄傲；与此同时，他又自视为新近崛起的伟大的俄国文学之代表，因自己是陀思妥耶夫斯基和托尔斯泰的同胞而感到无比自豪。因此，他虽为一位背井离乡的流亡者，伦敦一所大学里的"讲师"，可他却如赫尔岑等人一样，在面对所谓"市民化的"西欧时毫无自卑，却反而持有某种文化和精神上的优越感。米尔斯基在西欧学界游刃有余，当然还得益于他杰出的语言天赋和关于西欧文学文化的渊博知识。米尔斯基精通德、法、英等主要欧洲国家的语言，其英语水平更是非同寻常，他在此书序言中致谢哈里森时曾言及自己"糟糕的英语"，这实为过谦之词，用史密斯教授的话来说，就对英语的精通而言，米尔斯基"在俄国作家中除纳博科夫外再无敌手"①。无论是在文字里还是演讲中，他谈起西欧诸国的文学来头头是道，如数家珍，而相形之下，他的西欧同行们对俄国文学的了解却显得相当粗浅，这么一来，米尔斯基的自信和优越便不言而喻了。总之，俄国人固有的"弥赛亚"意识，俄国知识精英的文学优越感，以及由于深谙西欧语言和文化而获得的自信，这三者相互结合，便赋予《俄国文学史》作者一种指点江山的豪气和舍我其谁的霸气。

在这部文学史中，米尔斯基论及某位作家的风格时常常使用"调性"（intonation）一词。我们若反过来用这一概念归纳米尔斯基的文学史，便可将其特殊"调性"确定为自信和个性化。以赛亚·伯林在言及米尔斯基的文学史时便注意到了这一特征：

---

① Ed. Smith G.S. *D. S. Mirsky*: *Uncollected Writings on Russian Literature*，Calif.：Berkeley Slavic Studies，p. 20.

　　米尔斯基的评判十分个性化，他提出的史实往往并不准确。对于那些不知为何令他欣喜或激动的作家，他毫不吝惜华丽的颂词；而那些偶然惹他厌恶或嫌弃的作者，无论影响大小，无论是一位天才还是一位被遗忘的庸才，均会遭到他劈头盖脸的猛烈抨击……他不是一位有条理的批评家，他的著作中有大量随心所欲的遗漏；但是，他对于自己的文学洞察力却无比自信，带着这份自信，他成功地发掘出一些不应被埋没的作家，将一些在俄国境外少为人知的人物介绍给西方读者，以一种出色的手法使西方读者注意到了这些俄国作家巨大而持久的价值。[1]

　　以赛亚·伯林此处关于米尔斯基"不是一位有条理的批评家"以及"他提出的史实往往并不准确"的说法值得商榷，史密斯教授对此便不以为然，他颇有些针锋相对地指出："当下的专家，尤其是刚刚起步的专家，尤其需要富有条理和威信的基本引导，在这一方面，米尔斯基同样无与伦比。他给出的史实几乎完全无误，他的褒贬感觉十分精确，其读者无论是专家还是初学者，总能在他那里获得某些思考和构建的契机。"[2] 他还别有用意地挑明了米尔斯基对伯林本人的影响："米尔斯基关于赫尔岑启蒙自由主义的分析无疑对以赛亚·伯林本人关于赫尔岑的阐释产生过影响，伯林关于赫尔岑的阐释则是他对俄国思想所做阐释的基础。"[3] 不过，伯林尽管对米尔斯基评价不足，但他还是敏锐、公正地指出了这部文学史的两大突出特征，即"十分个性化"和"对于自己的文学洞察力"的"无比自信"。

---

[1]　Berlin I. *A View of Russian Literature*//*Partisan Review*，17（6），1950，p. 617-618.

[2]　Smith G.S. *D. S. Mirsky*，*A Russian-English Life*，*1890-1919*，Oxford：Oxford University Press，2000，p. 113.

[3]　Smith G.S. *D. S. Mirsky*，*A Russian-English Life*，*1890-1919*，Oxford：Oxford University Press，2000，p. 113.

种种主客观因素的结合，使米尔斯基成了在当时的社会和历史语境中向西方推介俄国文学的最合适人选。这位满怀自信而又富有个性的俄国文学布道者，在俄国文学登上世界文学之巅时分来在西欧，他以责无旁贷的气势激扬文字，为西方的俄国文学接受定下了基调，"《文学史》使米尔斯基无可争辩地永久获得一种地位，即俄国文学和英语世界间的主要中介"①。

三

若用一个概念来归纳米尔斯基的《俄国文学史》所体现出的文学史观，或许就是"折中主义"，即若干貌似相互对立的美学观和文学观之调和或曰融合。

首先，是社会学批评和美学批评的并立。俄国文学，至少是 19 世纪中期之后的俄国文学，常被视为一种社会政治色彩很浓的文学，对这一文学的解读自然也难以避免社会历史语境的描述以及相关的文化批评。米尔斯基在其《俄国文学史》上卷序言中便写道："笔者诉诸的是一个其历史在境外鲜为人知的国家之文学，因此，笔者始终受到一种诱惑之左右，即扩展那些宽泛的历史和文化话题。"因此，他在论及每一文学时代时便会首先概括地交代那一时代的社会文化背景，他在书中提及"罗斯受洗"、俄国早期书刊出版业、19 世纪中期的斯拉夫派和西方派对峙、19 和 20 世纪之交的俄国宗教哲学、欧亚主义运动、"艺术世界派"的活动等，他甚至专门辟出两个"插入的章节"来介绍 20 世纪初爆发的两次俄国革命。但是，米尔斯基虽然注重探讨文化和思想因素

---

① Smith G.S. *D. S. Mirsky*，*A Russian-English Life*，*1890-1919*，Oxford：Oxford University Press，2000，p. 114.

在俄国文学史中的重要作用，可他却明确反对将文学史等同于思想史：
"在知识分子间占统治地位的那些思想之历史已被多次描述，为知识分子修史的学者常试图将知识分子的思想史等同于俄国文学史，这是一种极大歪曲。"(II-1-5)① 米尔斯基辟出相当大的篇幅讨论恰达耶夫、索洛维约夫、列昂季耶夫、舍斯托夫等"思想家"，却拒绝为布尔加科夫和别尔嘉耶夫列专章，理由便在于这两人的"思想史意义大于他们的文学史意义"，"他俩并非重要的文学家"(II-4-6)。也就是说，米尔斯基还是想写一部"纯粹的"文学史，"文学的"文学史。在这部文学史的字里行间，米尔斯基似乎始终在刻意排除各种"非文学"因素，他在下卷序言中这样申明其写作立场：

> 西方的俄国文学史家自一开始便惯于告诉其读者，俄国文学有别于世界上任何一种文学，它与政治和社会史的关联更为紧密。这绝对不是实情。俄国文学，尤其是 1905 年后的俄国文学，其非政治化几乎令人震惊，如若考虑到它所见证的那些巨大政治灾难。即便诉诸"政治"主题，当代俄国作家其实仍是非政治的；即便他们进行宣传，如马雅可夫斯基，这宣传在他们手中亦为手段而非目的。
>
> ......
>
> 如若说更高意义上的文学很少受到政治之影响，那么，俄国的文学观念（这完全是另一问题）则始终处于政治偏见的巨大影响之下。1917 年之后，这一影响自然日益增强。
>
> ......
>
> 我并不试图掩饰自己的政治立场，对俄国现实有所了解的人

---

① 引文后括号中的数字，I 表示米尔斯基所著《俄国文学史（自远古至陀思妥耶夫斯基去世〈1881〉）》，简称"上卷"，II 表示他的《当代俄国文学（1881—1925）》，简称"下卷"，第二个数字表示章，第三个数字表示节，此处即"上卷第五章第十四节"，下同。

能轻而易举地看出我的好恶。但我得申明，我将使我的文学良心
远离政治倾向，以同等的批评公正面对所有作家，无论是保守作
家列昂季耶夫、自由派索洛维约夫还是布尔什维克高尔基，无论
是"白卫军"布宁还是共产党员巴别尔。我的评价和批评或许是
"主观的"、个人的，但它们均系文学和"美学"偏见之结果，而
非政治派别情感之产物。我还有一个有利条件：我相信我的趣味在
一定程度上代表我这一代文学人的美学观，我的评价就整体而言
不会让内行的俄国读者感觉悖论。

　　米尔斯基是在强调，俄国文学也有其"非政治"的时段和侧面，
即便在诉诸高度政治化、社会化的俄国文学时，他倚重的仍是自己的
"文学良心"和"美学偏见"。《俄国文学史》中有两个段落，较为典型
地体现了米尔斯基在社会学批评和美学批评间维系平衡的良苦用心。

　　一是米尔斯基对于别林斯基的评说。在上引一段文字中，米尔斯
基以"我这一代人的美学观"之"代表"自谓，其用意在于突出他和
他"这一代"批评家与别林斯基那一代人的对立。对于在俄国文学中长
期占据统治地位的别林斯基式批评，米尔斯基似颇为反感，在他看来，
"正是别林斯基最为突出地用思想表达之热望毒害了俄国文学……别林
斯基（不是作为一位公民批评家，而是作为一位浪漫主义批评家）在很
大程度上应对那种鄙视形式和手艺的态度负责，这种态度几乎在六七十
年代杀害了俄国文学"。与此同时，米尔斯基又公正地将别林斯基称为
"知识分子的真正父亲"和"俄国激进派的守护神"，认为别林斯基"体
现着两代以上俄国知识分子的一贯精神，即社会理想主义、改造世界的
激情、对于一切传统的轻蔑，以及高昂无私的热忱，直到如今，他的名
字几乎仍是唯一不受批评的名字"。说到这里，米尔斯基话锋一转，言
及别林斯基之"过时"："不过最近，尤其因为文学标准之变换以及面对
文学的公民态度之淡化，他的声誉也面临严峻挑战。"（I-5-14）在米尔

斯基对别林斯基的这段评说中不难感觉到以下两点：米尔斯基反感别林斯基的社会学批评，却并不因此而低估别林斯基的文学史和思想史意义；"文学标准之变换"，使得以别林斯基为代表的批评时代终将为米尔斯基这一代的"新批评"所取代。

另一个例子是米尔斯基关于十月革命后的文学之评价。作为一位因十月革命而流离失所的流亡者，作为一位与布尔什维克政权为敌的白卫军官，他自然对苏维埃文学抱有敌意，至少有几分不屑。他对托洛茨基的文学批评予以嘲讽，认为后者的"风格是不修边幅的新闻体，因其大量布尔什维克行话而面目可憎，这是最为勉强意义上的俄语"（插入的章节之二①，第二节）；他认为"贫乏的杰米扬"（即别德内依）"完全不是一位诗人，而仅为多少有些技巧的诗匠"，像卢那察尔斯基一样是"文学的门外汉"（II-6-11）。但是，在论及高尔基、勃洛克和马雅可夫斯基等苏联文学大师时，他却体现出可贵的中肯，甚至激赏。关于高尔基在革命后的处境和作为，米尔斯基写道："一方面依赖高尔基与布尔什维克领导人的个人关系，一方面仰仗他的国外声誉，高尔基的位置始终独一无二：1918—1921 年间，他其实是整个苏维埃俄国除政府之外唯一独立的舆论力量。高尔基严谨超然和'洗手不干'的态度或许并不值得同情，但他在那恐怖年代的活动却极其有益。他竭尽所能地扮演文化和文明捍卫者的命定角色，他为俄国文化立下大功。1918—1921 年间为使作家和其他高级知识分子免于饿死而采取的每一项措施，均归功于高尔基。"（II-3-2）米尔斯基认为勃洛克在《十二个》之后已江郎才尽，"在死去之前很久即已成为一个死人"，可他却认为包括《十二个》在内的勃洛克诗作"无疑是近 80 年间俄国诗人作品中的最伟大诗篇"（II-5-9），他这是在暗示，勃洛克是继普希金之后最伟大的俄国诗人。

---

① 在米尔斯基的《当代俄国文学》一书中，除以数字为序排列的章节外另有两个《插入的章节》。

总之，就对苏维埃文学的评价而言，米尔斯基是"超越街垒"（帕斯捷尔纳克一部诗集的标题）的，而他作出取舍或褒贬的依据，即某位作家创作所具有的文学性和美学价值。如史密斯教授所言，"米尔斯基的文字并非、亦的确不可能是一张构建社会、道德或伦理世界观的蓝图"，"对于他而言，美学因素始终是首要的"。[①] 或者更确切地说，米尔斯基的文学观念虽然经历了一个逐渐"庸俗社会学化"的过程，但值得庆幸的是，在他写作这部文学史时，"意识形态因素"尚未在其美学观中占据"首要"位置。[②]

其次，米尔斯基的文学史观是客观批评和主观批评的统一。在前引的下卷序言中，米尔斯基曾自称"我的评价和批评或许是'主观的'、个人的"，而史密斯教授却发现，米尔斯基始终视自己为一位"客观的批评家"[③]。的确，客观态度和主观立场，翔实的事实和武断的结论，严谨的推论分析和口无遮拦的嬉笑怒骂，这一切相互穿插，共同织就米尔斯基《俄国文学史》颇为奇特的批评风格。

米尔斯基在下卷序言中写道："向英语读者介绍当代俄国文学，我试图尽可能地诉诸事实，而特意回避概括。"他的这部《俄国文学史》的确注重文学史实，无论是重要的文学运动和文学事件，还是重要作家的身世和作品，他均一一作出可信交代。在给出一条清晰的俄国文学发展脉络的同时，他还注重提供一些生动具体的文学史细节，甚至具有演义性质的"故事"。米尔斯基这样叙述费特一生的终结："费特深受叔本华影响，成为一位坚定的无神论者和反基督教者。因此，在他72岁时，当哮喘病的折磨让他越来越难以忍受时，他很自然地试图用自杀来

---

① Smith G.S. *D. S. Mirsky*，*A Russian-English Life*，*1890-1919*，Oxford：Oxford University Press，2000，p. xvii.

② Ed. Smith G.S. *D. S. Mirsky*：*Uncollected Writings on Russian Literature*，Calif.：Berkeley Slavic Studies，p. 25.

③ Smith G.S. *D. S. Mirsky*，*A Russian-English Life*，*1890-1919*，Oxford：Oxford University Press，2000，p. 119.

了结痛苦。他的家人自然竭尽全力阻止他这样做，寸步不离地守着他。但是，费特却始终没有放弃计划。一次，他抓住一个独处机会，操起一把钝刀，但就在他举刀自尽之前，却因心力衰竭而亡（1892）。"（I-7-8）他如此介绍罗扎诺夫婚姻的幸福与不幸："他无法与她成婚，原因是前妻的拒不合作，这在很大程度上可用来解释，他谈论离婚问题的所有文字为何均满含苦涩。他的第一次正式婚姻多么地不幸，这第二次'非正式'婚姻便多么地幸福。"（II-4-4）米尔斯基在写到列斯科夫时说："据称他在去世之前曾说：'如今，人们因为我作品的优美而阅读我，但50年过后，这优美不再，人们只会因为我作品中包含的思想来阅读我的书。'"（II-1-3）这类"据称"（be said，be reported，be declared）之类的字样在书中多次出现，可它们给人留下的印象却并非捕风捉影的"野史"，因为作者给出的这些鲜活事例或引文反而能让读者更为贴切可感地触摸到俄国文学史的肌体。

米尔斯基之客观，还表现为他的有一说一，不为名人讳。比如，米尔斯基称费特为"我们诗歌中的瑰宝"，但他也毫不掩饰地写道："在与沙皇一家的交往中，费特厚颜无耻，以势利和卑躬为原则。"（I-7-8）米尔斯基承认涅克拉索夫是"一位天才的编辑"，却又直截了当地指出："所有人都认为他既冷酷又贪婪。像当时所有出版家一样，他会利用其作者的大度尽量少付报酬给他们。他的个人生活也超出激进派清教主义的标准。他经常豪赌，他将大把金钱撒在牌桌上和他的女人们身上。他始终自视高人一等，喜欢与那些社会上流人士交往。在其许多同时代人看来，所有这一切与其诗歌的'仁慈'、民主特征并不相符。不过，尤其让人反感他的还是他在《现代人》被查封前夜的懦弱行为，当时，为了保护他自己和他的杂志，他编出一首赞颂当权者穆拉维约夫伯爵的诗并当众朗诵，而那位伯爵却是一个最冷血、最坚定的反动分子。不过，尽管屠格涅夫、赫尔岑以及大多数同时代人都仇恨涅克拉索夫，那些不得不与他一起工作的激进派却欣赏他，毫无保留地爱戴他，宽恕了他不检点的私生活，乃至他的社会罪责。"（I-7-9）能被写入文学史的作家无疑都是大家，一般的文学史家对其所评介对象大多恭敬有加，米尔斯基却无所顾忌，在彰显个性的同时却又体现出尊重文学史实的可贵态度。

不过，米尔斯基也有表现得十分任性而又武断的时候，甚至有些随心所欲。米尔斯基是茨维塔耶娃诗歌最早的发现者之一，但在对女诗人的诗作大加赞赏之后，他却颇为突兀地写道："玛丽娜·茨维塔耶娃还健在（人们甚至试图加上一句'还很活跃'），因此，'为逝者讳'的法则便不适用于她，公正地说，她迄今为止的散文均做作邋遢，歇斯底里，是俄语中有史以来最为糟糕的散文。"（II-6-5）这种不为逝者讳、不为尊者讳、不为所推崇对象讳的评说方式自然痛快过瘾，但他称茨维塔耶娃的散文为"俄语中有史以来最为糟糕"，则显然是荒谬的。在其他几个地方，他的话说得更为随意，十分刻薄。他发现阿·托尔斯泰"善于塑造傻瓜、怪人和白痴，他笔下的人物无一例外地带有愚蠢的印记"，可"这一特征似乎更为作者所具有，而非其人物"，阿·托尔斯泰写了一篇描写火星人的小说，"其写作目的似乎仅在于展示其作者之局限"。（II-7-2）米尔斯基在这部文学史中多次抨击卢那察尔斯基，认为"其表现却近乎一位三流的外省教师兼记者"，"他的散文水准低于得体的报刊文字，他的诗作即便放在纳德松时代亦显得十分平淡拙劣"，"莎士比亚的《暴风雨》与列昂尼德·安德列耶夫最糟剧作之间的差距，亦小于安德列耶夫最糟剧作与卢那察尔斯基剧作之间的差距"，"对于卢那察尔斯基国外名声而言颇为幸运的是，极端的平庸与绝对的完美一样难以传译"。（插入的章节之二，第二节）卢那察尔斯基或许的确并非一位出色的作家和批评家，但米尔斯基的此类言论却给人以私仇公报之嫌，道理很简单，"最糟的"作家原本就不应被写入文学史，"最糟的"作品或许根本不可能面世。米尔斯基作为一位文学史家所表现出的这些"不足"，或许盖源于他过于主观的判断和判决。

谈到米尔斯基文学史写作中的主观和客观两种因素的并存，我们还发现了这样一个有趣的现象，即被批评客体对作为写作者的主体之影响。比如，在写到以冷嘲热讽见长的果戈理时，米尔斯基的文字似乎也不由自主地冷嘲热讽起来，他称果戈理在普希金死后突然意识到，"他如今已是俄国文学之首领，天已降大任于他"，《死魂灵》"是果戈理文学事业之巅峰，实际上亦为其文学创作事业之终结"。他认为《死魂灵》第二部"显然在走下坡路"，果戈理的"成功之处仅在于，他失去了其力量感"，于是，"在一阵自我羞辱状态中，他销毁了包括《死魂灵》第二部在内的部分手稿。他后称这是一个错误，实为魔鬼与他开的一个玩笑。"（I-5-8）写到屠格涅夫的小说，米尔斯基的叙述仿佛顿时细腻、抒情起来；谈起陀思妥耶夫斯基的创作，他的阐释便也变得深刻而又复杂了；而米尔斯基关于托尔斯泰的论述，则似乎具有某种宏大叙事的史诗感。米尔斯基的文风，似乎在随着被论述对象的变换而变换，呈现出某种起伏和飘忽。

最后，米尔斯基的文学观既传统又现代。史密斯教授将米尔斯基称为"批评家中的贵族"[1]，就米尔斯基对文学现象和作家作品作出判断时所依据的标准来看，他的确是一位古典主义色彩很浓的批评家。比如，他挂在嘴边的几个褒义词即"节制"（restraint）、"分寸"（measure）和"精致"（refinement），他最乐意用这几个概念来评价他最为中意的作家和作品。试以"节制"为例：他认为普希金短哀歌"充满优美的节制和流畅的表达"，他断言，"在普希金那里可以学到的最好课程便是节制"（I-4-4）；他在雅济科夫的"语言洪流中仍可感觉到节制，感觉到一位大师的把握"（I-4-7）；他认为黄金世纪之后俄国诗歌的衰落，其表现即丧失了"从茹科夫斯基至维涅维季诺夫等伟大诗人所具有的和谐、高贵、节制和无暇技艺"（I-5-1）；而他在谈到布宁、罗扎诺夫等作家的美

① Smith G.S. *D. S. Mirsky*，*A Russian-English Life*，*1890-1919*，Oxford：Oxford University Press，2000，p. 318.

中不足时，往往点到的就是"缺乏节制"；在关于巴别尔的一节中，米尔斯基更对"缺乏节制已成为普遍美德的当下"发出了抱怨（II-7-7）。米尔斯基的文学"等级观"亦相当传统，在他的《俄国文学史》中，我们隐约能感觉到一部文学题材史和文学体裁史的存在。在题材方面，米尔斯基显然不将通俗文学放在眼里，而在体裁方面，他又不时流露出诗歌优于散文的"古典偏见"。他对激进派功利主义美学的不屑和反感，在很大程度上就源自他关于文学的传统认识。

与此同时，米尔斯基的《俄国文学史》又显然是一部写在当下的文学史，充满鲜明的现代感。这里不乏新鲜的材料，成为他论述对象的某些作品在米尔斯基动笔写作这部文学史时才刚刚发表，如巴别尔的小说、曼德施塔姆的某些诗作，乃至托尔斯泰新发表的遗作《被污染的家庭》等。在本书率先发表的下卷中，米尔斯基更是前无古人地将许多新内容放入一部大型俄国文学史，如俄国宗教哲学、俄国侨民文化、欧亚主义学说、"艺术世界"团体、象征主义等现代诗歌运动和俄国形式主义理论等，从而赋予此书以强烈的新意和现实意义。他对其所处时代俄国境内外俄语文学的把握如此全面合理，似乎在白银时代尚未告一段落时便给出了一部俄国白银时代的文学断代史！

更让我们感到惊讶的是米尔斯基对于传统文学的现代阐释，例如他对涅克拉索夫的解读。涅克拉索夫的"公民诗人"身份及其"公民诗歌"，原本是令米尔斯基敬而远之的，然而，在文学转型、美学复兴的大背景下，米尔斯基却发现了涅克拉索夫的"现代"意义，即他"伟大的独创性和创新性"："他实际上是一个造反派，反对一切陈旧的诗歌趣味，反对'诗意'诗歌贸易中的一切存货，他最为出色、最为独特的诗作之意义，恰在于他大胆创造出一种不受传统趣味标准之约束的新诗歌。……就其独创性和创造力而言，涅克拉索夫位居一流俄国诗人之列……涅克拉索夫诗歌的主题，用他自己的话来说，即'人民的苦难'。但是其灵感，虽就其客体而言是公民的，然就其呈现而言却是主观的、个人的，而非社会的。"（I-7-9）如此一来，涅克拉索夫这位公认的俄国现实主义诗歌的泰斗便被米尔斯基解释成了俄国现代主义诗歌运动的先驱！

米尔斯基热衷并善于在其评论对象处发现某种"对立的统一"，或曰"双重人格"。在谈到丘赫里别凯尔时，米尔斯基写道："他虽为德国后裔，却是最热烈的俄国爱国者；他虽实为一位最彻底的浪漫主义者，却坚持认为自己是极端的文学保守派，希什科夫元帅的支持者。"（I-4-8）米尔斯基认为波戈金"是现代俄国历史中最奇特、最复杂的人物之一"，因为后者"集诸多截然相对的特性于一身：病态的吝啬与其对古代俄国的无私之爱；高度的文化修养与原封不动的外省商人心态；天生的胆小鬼与真正的公民勇气"。（I-5-12）米尔斯基发现屠格涅夫"留给外国人的印象与他留给俄国人的印象迥然不同"："外国人总觉得他温文尔雅，为人真诚。面对俄国人他却傲慢自负，即便那些对他心怀英雄崇拜的俄国来访者，亦无法对这些令人不快的性格特征熟视无睹。他身材高大，举止彬彬有礼，可他的声音却既尖又细，与其狮子般的身躯很不相称，给人留下一种奇异印象。"（I-6-5）米尔斯基认为费特也是"一位典型的拥有双重生活的诗人"，具有某种"奇异的两面性"："一面是其自然诗歌之非物质主义的独立特性，一面是散文般的贪得无厌；一面是其晚年那种严肃刻板、秩序井然的生活，一面是他后期抒情诗作的饱满激情，其基础是对被压抑的理想情感之充分、公正的诗歌剥削。"（I-7-8）在索洛维约夫的"极其复杂的个性"中，米尔斯基同样"目睹如此之多的变体和矛盾"，"这种奇特混成"："这里既有高度的宗教和道德虔诚，又有对荒诞幽默的热烈追求；既有极其强烈的东正教感受，又有对不可知论和无羁神秘主义的深刻癖好；既有同样强烈的社会正义感，又有其争论性文字的缺乏公正；既有对个人不朽的深刻信仰，又有其欢快的怀疑论虚无主义之流露；既有其早年的禁欲主义，也有后来获得病态发展的色情神秘主义。"（II-2-8）言及梅列日科夫斯基，米尔斯基调侃梅列日科夫斯基具有一个"热衷对称的大脑",称其著作是"对立双方的几何学跷跷板",或"精心编织的诡辩之网"(II-4-4)。其实,米尔斯基自己的这部文学史或多或少也体现出这样的"双重人格",政治与文学,社会学批评和美学批评,史实和己见,客观批评和主观批评,传统与先锋,经典标准和新潮理论,也在其中构成某种既饶有兴味、又发人深省的对峙,而米尔斯基似乎巧妙而又小心地在这些对立的因素之间维系平衡,谋求融合。

四

从具体的写作风格和结构方式上看,米尔斯基的《俄国文学史》也很有特色,其突出之处至少有如下几点:

1. 结构灵活,起承转合相当自如。这是一部俄国文学"通史",从俄国文学的起源一直写到作者动笔写作此书的 1925 年,将长达千年的文学历史纳入一部两卷本著作,这显然需要结构上的巧妙设计。米尔斯基采用的方法是兼顾点线面,在理出一条清晰的文学史线索的同时,通过若干概论给出关于某个文学时代、某种文学环境、某一文学流派或体裁等的关键截面,再将 60 余位作家列为专论对象,对他们的生活和创作进行详略不等的论述和评价。米尔斯基在构筑结构时似乎并不追求表面上的工整:他的章节长短不一,每一章节所涵盖的时间跨度亦不相等,他将他心目中的"文学衰落期"一笔带过,而对"现实主义时代"和"象征主义"等则着墨甚多;他不像其他文学史家那样为最重要的作家辟专章,而"一视同仁"地将重要作家均置于某一专节,但他的作家专节之篇幅却差异悬殊,在英文原文中短者不满 1 页,长的多达 20 余页(关于托尔斯泰有两个专节,加起来近 50 页!)。米尔斯基似乎在有意利用这种结构上的"不匀称"来表明他对不同文学时代和作家作品的

"厚此薄彼"。为了更为连贯地展现俄国文学的发展历程，他甚至不惜将叙述对象一分为二，如关于陀思妥耶夫斯基的两段文字，托尔斯泰更是被分别置于上下两卷；为了表现俄国文学史中不同体裁的此起彼伏，他也将普希金、莱蒙托夫、屠格涅夫等"两栖"作家的创作按不同体裁分隔开来加以叙述。所有这些均表明，米尔斯基的文学史结构原则和依据，即某一时代、某一作家的文学价值，以及米尔斯基本人的文学取向和美学偏好。

2. 文字生动形象，充满"文学感"。米尔斯基《俄国文学史》开篇的第一句话就是："自 11 世纪初至 17 世纪末，俄国文学的存在与同一时期拉丁基督教世界的发展毫无关联。与俄国艺术一样，俄国文学亦为希腊树干上的一根侧枝。它的第一把种子于 10 世纪末自君士坦丁堡飘来，与东正教信仰一同落在俄国的土地上。"（I-1-1）在下卷谈及俄国象征派的开端时，作者写道："空气中弥漫着诸多新思想，新思想的第一只春燕于 1890 年飞来，这便是明斯基的'尼采式'著作《良心的烛照》。"（II-4-2）诸如此类的美文句式在书中俯拾皆是，与它们相映成趣的是作者那些形象的概括、机智的发现和幽默的调侃。他称俄国早期虚构的宗教教谕小说"犹如传统圣徒传记之树上长出的一个新枝，与此同时，其他类型的虚构作品也发芽抽枝，向四面八方伸展"（I-1-10）；他为我们描绘出这样一幅克雷洛夫的肖像："他以慵懒、不修边幅、好胃口和机智刻薄的见解而著称。他肥胖迟缓的身影经常出现于彼得堡的客厅，他整晚整晚坐在那里，并不开口，一双小眼睛半眯着，或盯着空处看，有时则在椅子上打瞌睡，脸上挂有一丝厌恶和对周围一切的无动于衷。"（I-3-9）他在谈到柯里佐夫的诗歌时说："典型的俄国式忧伤，即对自由、奇遇和旷野的渴慕。"（I-5-2）他这样形容《安娜·卡列尼娜》的结局："随着故事向结局的不断推进，这种悲剧氛围越来越浓。……这部小说犹如沙漠旷野中一声恐惧的呼号，在渐渐地隐去。"（I-8-1）

米尔斯基还喜欢以某种形象的比喻、甚至色彩来概括诗人的风格。

他说纳德松的诗平滑柔软，是"水母般的诗歌"（II-2-7）；他认为安德列耶夫华丽做作的散文，"其色调为花哨的黑与红，无任何明暗过渡"（II-3-6）；他说扎伊采夫那纤弱甜腻的小说"如牡蛎一般柔软"，"粉色和灰色是其中的主色调"（II-3-9），而巴里蒙特"最好的诗作绚丽灿烂，均为金色和紫色，其最糟的诗作则花哨俗丽"（II-5-2）；他认为沃洛申的诗歌"颇具金属感，冷光闪烁，其光彩夺目一如珠宝，或似彩色玻璃"，"充满干薰衣草芳香"（II-5-8）。阅读这样的文字，我们不时感觉，这部文学史仿佛出自一位作家之手，一位诗人之手。

3. 充满洞见，提出许多精妙的结论和话题。作为一位文学史家，米尔斯基指点江山，或替作家"加冕"，或给他们定性。他称杰尔查文是"野蛮的古典主义者"，说巴拉丁斯基是"一位思想诗人"；他视诺维科夫为"俄国文学出版业之父"，因为"是他造就了俄国的阅读人口"（I-3-6）；他称俄国著名军事家苏沃洛夫元帅"实为俄国第一个浪漫主义作家"，因为"其散文与经典散文的通行规范相去甚远，一如其战术之迥异于腓特烈或马尔波罗"（I-3-6）；他将茹科夫斯基翻译的格雷《哀歌》1802 年在《欧洲导报》上的发表宣称为"俄国诗歌的诞生之时"（I-4-2）；他将"俄国历史之父"的桂冠戴在不甚有名的博尔京头上（I-3-6）；他认为丘赫里别凯尔堪与基列耶夫斯基比肩，"同为黄金世纪的首席批评家"（I-4-8）；他将果戈理的作品确定为"主观的讽刺"，"对自我的讽刺"（I-5-8）；他说赫尔岑作为"观念的发生器和思想的酵母"，占据了"别林斯基去世后一直空缺的激进知识分子的领袖位置"（I-7-4）；他说果戈理和乔治桑"是俄国现实主义的父亲和母亲"（I-6-1）。米尔斯基的一些归纳和总结，也具有很强的学术启迪意义。比如，他在冈察罗夫的小说中窥见"俄国小说的一种倾向，即置一切情节可读性于不顾"，他借用哈里森的说法将之定义为"俄国小说的'未完成体'倾向"（I-6-4）；他认为以奥斯特罗夫斯基为代表的俄国现实主义戏剧，直至契诃夫颇具现代感的戏剧，其实质即"将戏剧非戏剧化"（I-7-13）；

他称托尔斯泰的《忏悔录》是"俄国文学中最伟大的雄辩杰作",因为其中具有"逻辑的节奏,数学的节奏,思想的节奏"(II-1-2);他将陀思妥耶夫斯基的小说归为"思想小说",并说陀思妥耶夫斯基"能感觉到思想","一如他人能感觉到冷热和疼痛"(I-8-2);他发现,在19世纪60年代所谓虚无主义者中,神职人员之子人多势众:"这些新知识分子具有一个共同特征,即完全背叛一切父辈传统。他如若是神甫之子,则必定成为一位无神论者;他如若是地主之子,则必定成为一位农业社会主义者。反叛一切传统,是这一阶级的唯一口号。"(II-1-1)他称契诃夫的小说和戏剧创作为"纯氛围营造"(II-2-9);他接受列昂季耶夫为"俄国的尼采"的说法,却发现列昂季耶夫"构成当今一个罕见现象(在中世纪倒十分常见),即一个实际上没有宗教感的人却在有意识地、心悦诚服地遵从一种既教条又封闭的宗教之严规"(II-1-7);他归纳出的舍斯托夫之实质,即"他技艺高超地运用逻辑和理性之武器来摧毁逻辑和理性"(II-4-5);他认为别雷"装饰散文"的实质即"以音乐的结构方式写作散文"(II-5-10)。如此等等,不一而足,在米尔斯基关于每一个作家、每一部作品的分析和评说中,我们几乎都可以读到这类高见和洞见。

米尔斯基对陀思妥耶夫斯基和托尔斯泰两人所做的"比较",无疑也是其《俄国文学史》中的亮点之一。米尔斯基将两位大作家划分为前后两个阶段加以论述,无论在谈到陀思妥耶夫斯基还是托尔斯泰时,他均会不由自主地将两者相提并论。他自己也写道:"对托尔斯泰和陀思妥耶夫斯基进行比较,这在许多年间始终是俄国和外国批评家们热衷的讨论话题。"(I-8-2)他在这一方面的做法显然受到斯特拉霍夫、梅列日科夫斯基等人的启发和影响,但是,除了一些传统的比对,如托氏的贵族出身和陀氏的平民意识、托氏撒旦般的高傲和陀氏基督徒般的恭顺、托氏的重自然与重肉体和陀氏的重精神与重灵魂等等之外,米尔斯基还使这种比较更为深刻、更加细化了,比如他提出:托氏是清教徒式的现实主义，而陀氏则为象征主义；托氏否定相对性，而陀氏则更多历史感；托氏的高贵典雅是法式贵族文化之体现，而陀氏的歇斯底里则是俄国平民文化的表现之一；托氏赋予其人物"肉体和血液"，而陀氏则赋予其人物"灵魂和精神"；托氏是在诉诸"欧几里得的几何学"，而陀氏"所面对的则是流动价值之难以捉摸的微积分"；陀氏的心理分析是"解剖"，陀氏的则是"重构"；托氏的问题永远是"为什么"，而陀氏则为"是什么"，等等。米尔斯基关于陀思妥耶夫斯基"五种解读方式"（社会解读、宗教解读、心理解读、娱乐解读和思想解读）的提法（I-8-2），也似乎是对陀氏接受史的一个简约概括。米尔斯基在谈到格林卡的文学遗产时曾说："他的巨大价值从未获得认可，在其晚年，他还成为年轻批评家们热衷嘲弄的靶子。他至今仍未被充分地再发现，而此类再发现便是俄国文学评判最终成熟的明证之一。"（I-4-8）正是此类奇妙的发现和"再发现"，构成了米尔斯基文学史的价值和魅力之所在。

4. 将俄国文学与西欧文学相对照，具有开阔的比较视野。在关于罗蒙诺索夫的一段文字中米尔斯基曾提及，他的《俄国文学史》是"一部为非俄语读者而写的文学史"（I-3-2）。此书某些地方的行文方式也能让我们感觉出，其中许多内容或许就来自作者本人的讲稿。面对西欧的学生和读者，米尔斯基自然会引入西欧文学的相关内容，米尔斯基关于西欧文学的渊博知识，也使他在将俄国文学与西欧文学做比时得心应手。不难看出，米尔斯基对于西欧当时的俄国文学研究水准颇不以为然，他在下卷序言中毫不客气地指出，"英美知识分子对俄国作家的评价大约滞后 20 年"，因此，"本书提供的某些新事实和新观点若能矫正盎格鲁撒克逊人以及其他民族人对于我的国家所持之简单草率的结论，我便会深感欣慰"。为了让欧美读者更贴切地理解俄国文学，米尔斯基所采取的方式之一便是将俄国作家与西欧读者熟悉的作家进行比较。在谈到阿克萨科夫的"追忆似水年华"时，米尔斯基颇为自然地引入普鲁斯特做比："普鲁斯特的话用在这里很贴切，因为阿克萨科夫的情感与那位法国小说家的情感奇特而又惊人地相似，区别仅在于，阿克萨科夫健康而正常，普鲁斯特却反常且病态，奥斯曼花园街上那间密不透风住宅里沉闷死寂的氛围在阿克萨科夫书中则为广阔草原的清新空气所取代。"（I-6-3）米尔斯基认为托尔斯泰是弗洛伊德的"先驱"，"但艺术家托尔斯泰和科学家弗洛伊德之间的惊人差异却在于，这位艺术家显然比那位科学家更少想象力，而更加实事求是，客观冷静。与托尔斯泰相比，弗洛伊德就是一位诗人，一位民间故事讲述者。① 人们津津乐道于托尔斯泰对潜意识的亲近，其实，这一亲近不过是一位征服者对所征服土地的亲近，是一位猎人对其猎物的亲近。"（I-8-1）在谈到帕斯捷尔纳克时，米尔斯基居然会将自己的这位同辈诗人与英国 17 世纪的玄学派诗人邓恩做一番对比："与邓恩的诗一样，帕斯捷尔纳克的诗亦很长时间（虽然与邓恩相比时间较短）未能出版，亦仅为诗人们所知；与邓恩一样，他亦是'诗人中的诗人'，他对其追随者的影响远大于他在读者间的名声；自较为深层的特征而言，帕斯捷尔纳克与邓恩的相近之处还在于，他们均善于将巨大的情感张力与高度发达的诗歌'机智'合为一体；与邓恩一样，帕斯捷尔纳克一个主要创新之处，即引入技术性的、'粗俗'的形象以取代标准的诗歌语汇；与邓恩的诗一样，帕斯捷尔纳克的诗亦刻意回避前一时期诗歌的轻松悦耳，试图摧毁诗歌语言中的'意大利式'甜腻。"（II-6-10）在谈到英国人不懂列斯科夫时，米尔斯基忍不住发出一通感慨："盎格鲁撒克逊读者对俄国作家早已形成固定期待，而列斯科夫却难以呼应这种期待。然而，那些真正想更多了解俄国的人迟早会意识到，俄国并不全都包含于陀思妥耶夫斯基和契诃夫的作品，他们如若想了解什么，首先则必须摆脱偏见，避免各种匆忙概括。如此一来，他们或许方能更接近列斯科夫，这位被俄国人公认为俄

---

① 米尔斯基在这里还加了这样一个脚注："在对于梦境的强烈兴趣方面，托尔斯泰也是弗洛伊德的前辈。"

国作家中最俄国化的一位，他对真实的俄国人民有着最为深刻、最为广泛的认识。"（II-1-3）这段感慨使我们意识到，米尔斯基不断地将俄国文学与西欧文学做比较，或许并不仅仅是为了让西方读者触类旁通，以贴近俄国文学，更不是为了向西欧读者炫耀其学识并以此镇住其受众，而是深藏着一种重塑西方人士之俄国文学史观的意愿和抱负。

五

米尔斯基《俄国文学史》的上下两卷，起初是作为两部独立的著作来写作和出版的，作为下卷的《当代俄国文学（1881—1925）》率先于 1926 年面世，而作为上卷的《俄国文学史（自远古至陀思妥耶夫斯基去世〈1881〉）》则出版于 1927 年。这两本书后在英美多次再版。1949 年，怀特菲尔德教授将两书缩编为一部，以《俄国文学史》（*A History of Russian Literature*）为题在伦敦出版[1]，此书面世后很受欢迎，多次重印，后来英美两国的俄国文学研究者挂在嘴边的"米尔斯基文学史"大多即指这部"合集"。20 世纪 60 年代中后期，此书的德、意、法文版相继面世。[2] 1992 年，这部关于俄国文学的史著终于被译成俄语，由鲁菲·泽尔诺娃翻译的俄文版起初在英国和以色列面世[3]，后又由一

---

[1] Mirsky D. *A History of Russian Literature*, ed. and abridged by Francis J. Whitefield, London：1949.

[2] *Geschichte der russischen Literatur*, trans. by Georg Mayer, Munich：1964；*Storia della letteratura russa*, trans. by Silvio Bernardini, Milan：1965；*Histoire de la littérature russe*, trans. by Véronique Lossky, Paris：1969.

[3] *Святополк-Мирский Д.* История русской литературы с древнейших времен до 1925 года. trans. by Ruf' Zernova. London：Overseas Publications Interchange Ltd，1992. 此书俄译者鲁菲·亚历山大罗夫娜·泽尔诺娃（Руфь Александровна Зернова）原姓"泽维娜"（Зевина），她 1919 年生于敖德萨，毕业于列宁格勒大学语文系，苏联时期曾被关进劳改营，后移居以色列，著有《明与暗》（*Свет и тени*）等书，2004 年去世。

家新西伯利亚出版社在俄国推出。① 米尔斯基《俄国文学史》的中译本于 2013 年面世②，成为世界范围内"包括俄语在内"的第五种译本。

这部 80 多年前的旧作，这部英文版的俄国文学史，对于中国当下的俄国文学研究而言或许仍具有诸多现实意义。

首先，国际斯拉夫学界的俄国文学研究在很长一段时间里始终存在较强的意识形态色彩，尤其是在第二次世界大战之后，西方和苏联的俄国文学研究者各执一词，相互对垒，俄国文学研究一时似乎也成了东西方"冷战"的战场。我国的俄国文学研究者向来更多地借鉴、参照苏联学界的观点，对欧美同行观点和立场的了解相对较少。在苏联存在时期，我国的俄国文学研究就整体而言是处在苏维埃美学体系、批评方法和文学史观的强大影响之下的；在苏联解体前后，我国学界曾出现过关于苏联文学乃至整个俄国文学的"反思"，甚至出现过将整个俄苏文学完全翻转过来看的冲动和尝试。其实，这两种学术取向都不够科学，无疑均有偏颇。而米尔斯基的这部作为欧美俄国文学研究奠基之作的《俄国文学史》却具有某种程度的非意识形态、或曰超意识形态色彩，因为，它"恰巧"写于十月革命后、二次大战前，亦即"街垒"已经筑就、而意识形态激战尚未开始之时；它的作者"恰巧"是一位往来于两大思想阵营之间的学者，其"双重人格"身份反而使他有可能持一种更为冷静客观的立场；最后，即前文提及的这部文学史作者对文学和文学性的注重。这部由一位身份特殊的学者在特殊历史时期写下的《俄国文学史》，或许能对我们如何更为超脱地面对俄国文学研究中的意识形态问题提供某种参照。

其次，这原本就是"一部为非俄语读者而写的文学史"，我们与米

---

① *Святополк-Мирский Д.* История русской литературы с древнейших времен по 1925 год. Пер. с англ. *Зерновой Р.* Новосибирск：Свиньин и сыновья. 2009.

② 米尔斯基：《俄国文学史》（上下卷），刘文飞译，人民出版社 2013 年版；商务印书馆 2020 年版。

尔斯基写作此书时面对的"盎格鲁撒克逊读者"一样也是"第三者"，因此，较之那些专为俄国人而写的俄文版俄国文学史，此书或许反而更易为我们所接受和理解。我们以往所阅读、翻译的各种俄国文学史，绝大多数都是由俄国学者用俄语写给俄国读者看的著作，其作者在写作时大约很少考虑到外国读者的感受和理解力。我国学者自己也撰写了大量俄国文学史著，但作为作者的我们无论水准高低，毕竟均不曾置身于俄国文坛，均为物理意义上的俄国文学"局外人"。而由米尔斯基这样一位俄国文学生活的亲历者和参与者特为非俄语读者撰写的《俄国文学史》，就其独特的视角以及作者写作时心目中独特的接受对象而言，仿佛就是为我们量身定做的。

最后，在谋得"语言霸权"的英语已成为各学科国际学术语言的背景下，了解并掌握一些与俄国文学相关的英语表述或许不无必要，更何况，在史密斯教授看来，"这部《文学史》已为二次大战后英美第一代职业的俄国学家所透彻地吸收，构成如今在这两国占据主流地位的一代学者之学识基础。……一代又一代本科生在考试中回答他们心怀感激的老师们从'米尔斯基文学史'中搜寻来的问题；一代又一代研究生将此书用作他们的第一份参考资料。"① 通过阅读这样一部权威的英文版《俄国文学史》教科书，了解一些西方俄国文学研究者的基本观点和学术话语，我们至少可以获得与西方同行进行更多对话和沟通的可能性。

米尔斯基在写作他的《俄国文学史》时，大约不会想到他的著作会被译成曾令他感觉"十分奇特"的汉语。这位人称具有"东方相貌"的俄国人，在自东欧闯入西方之后却又倡导"朝向东方"，如今，他最终却凭借他的《俄国文学史》方才真正地置身于东方。于是，他在俄国文学和西方世界间搭建的那座桥梁，便也逐渐扩充为一座文化的立交桥。

原载《俄罗斯研究》2012 年第 3 期

---

① Smith G.S. *D. S. Mirsky*, *A Russian-English Life*, *1890-1919*, Oxford：Oxford University Press，2000，p. xvii.

诗散文：布罗茨基的《悲伤与理智》

　　约瑟夫·布罗茨基（1940—1996）是以美国公民身份获取 1987
年诺贝尔文学奖的，但他在大多数场合却一直被冠以"俄语诗人"
（Russian poet）之称谓①；他在 1972 年自苏联流亡西方后始终坚持用俄
语写诗，并被视为"20 世纪后半期唯一一位可以与世纪之初灿若星辰
的诗人们相媲美的俄语诗人"②，甚至是"第一俄语诗人"③，可是在美国
乃至整个西方文学界，布罗茨基传播最广、更受推崇的却是他的英语散
文，他甚至被称作"伟大的英语散文家之一"④。作为高傲的"彼得堡诗
歌传统"的继承人，布罗茨基向来有些瞧不起散文，似乎是一位诗歌至
上主义者，可散文却显然给他带来了更大声誉，至少是在西方世界。世
界范围内三位最重要的布罗茨基研究者列夫·洛谢夫、托马斯·温茨洛
瓦和瓦连金娜·帕鲁希娜都曾言及散文创作对于布罗茨基而言的重要意
义。洛谢夫指出："布罗茨基在美国、一定程度上也是在整个西方的作
家声望，因为他的散文创作而得到了巩固。"⑤ 帕鲁希娜说："布罗茨基

---

① 例见互联网上维基百科的"Joseph Brodsky"词条，http：//en.wikipedia.org/wiki/Joseph_
　　Brodsky。
② 温茨洛瓦：《〈诗歌漂流瓶〉序》，见刘文飞《诗歌漂流瓶——布罗茨基与俄语诗歌传
　　统》，浙江文艺出版社 1997 年版，第 1 页。
③ 洛谢夫：《布罗茨基传》，刘文飞译，东方出版社 2009 年版，第 293 页。
④ Brodsky J. *On Grief and Reason*，London：Penguin Books，2011，封底。
⑤ 洛谢夫：《布罗茨基传》，刘文飞译，东方出版社 2009 年版，第 290 页。

在俄国的声誉主要仰仗其诗歌成就，而在西方，他的散文却在塑造其诗人身份的过程中发挥着主要作用。"①温茨洛瓦则称，布罗茨基的英语散文"被公认为范文"②。作为"英文范文"的布罗茨基散文如今已获得广泛的阅读，而布罗茨基生前出版的最后一部散文集《悲伤与理智》(On Grief and Reason，1995)，作为其散文创作的集大成者，更是赢得了世界范围的赞誉。通过对这部散文集的解读，我们或许可以获得一个关于布罗茨基散文的内容和形式、风格和特色的较为全面的认识，可以更加深入地理解布罗茨基创作中诗歌和散文这两大体裁间的关系，进而更加深入地理解布罗茨基的散文创作，乃至他的整个创作。

一

约瑟夫·布罗茨基1940年5月24日生于列宁格勒（今圣彼得堡），父亲是海军博物馆的摄影师，母亲是一位会计。天性敏感的他由于自己的犹太人身份而主动疏离周围现实，并在八年级时主动退学，从此走向"人间"，做过包括工厂铣工、太平间整容师、澡堂锅炉工、灯塔守护人、地质勘探队员等在内的多种工作。他于20世纪50年代末开始写诗，并接近阿赫马托娃。他大量阅读俄语诗歌，用他自己的话说在两三年内"通读了"俄国大诗人的所有作品，与此同时他自学英语和波兰语，开始翻译外国诗歌。由于在地下文学杂志上发表诗作以及与外国人来往，布罗茨基受到克格勃的监视。1963年，布罗茨基完成《献给约翰·邓恩的大哀歌》，并多次在公开场合朗诵此诗，此诗传到西方后引

---

① Polukhina V. *The Prose of Joseph Brodsky*：*A Continuation of Poetry by Other Means//Russian Literature*，XLI (1997)，p. 223.

② 温茨洛瓦：《〈诗歌漂流瓶〉序》，见刘文飞《诗歌漂流瓶——布罗茨基与俄语诗歌传统》，浙江文艺出版社1997年版，第1页。

起关注，为布罗茨基奠定了诗名。1964 年，布罗茨基因"不劳而获罪"被起诉，判处 5 年刑期，被流放至苏联北疆的诺连斯卡亚村。后经阿赫马托娃、楚科夫斯基、帕乌斯托夫斯基、萨特等文化名人的斡旋，他在一年半后获释。在当时东西方冷战的背景下，这所谓的"布罗茨基案件"（Дело Бродского）使布罗茨基举世闻名，他的一部诗集在他本人并不知晓的情况下于 1965 年在美国出版①，之后，他的英文诗集《献给约翰·邓恩的大哀歌及其他诗作》（1967）和俄文诗集《旷野中的停留》（1970）又相继在英国和美国面世，与此同时，他在苏联国内的处境却更加艰难，无法发表任何作品。1972 年，布罗茨基被苏联当局变相驱逐出境，他在维也纳受到奥登等人关照，之后移居美国，先后在美国多所大学执教，并于 1977 年加入美国国籍。定居美国后，布罗茨基在流亡前后所写的诗作相继面世，他陆续推出多部俄、英文版诗集，如《诗选》（1973）、《在英国》（1977）、《美好时代的终结》（1977）、《话语的部分》（1977）、《罗马哀歌》（1982）、《写给奥古斯塔的新诗篇》（1983）、《乌拉尼亚》（1987）和《等等》（1996）等。1987 年，布罗茨基获诺贝尔文学奖，成为该奖历史上最年轻的获奖者之一。之后，布罗茨基成为享誉全球的大诗人，其诗被译成世界各主要语言。1991 年，他当选美国"桂冠诗人"。苏联解体前后，他的作品开始在俄国发表，至今已有数十种各类单行本诗文集或多卷集面世，其中又以圣彼得堡普希金基金会推出的 7 卷本《布罗茨基文集》②和作为"诗人新丛书"之一种由普希金之家出版社和维塔·诺瓦出版社联合推出的两卷本《布罗茨基诗集》③最为权威。1996 年 1 月 28 日，布罗茨基因心脏病发作在纽约去世，

---

① 即《长短诗集》（*Стихотворения и поэмы*），Washington & NY：Inter-Language Literary Association，1965.

② Сочинения Иосифа Бродского. Т.I-VII. СПб.：Издательство Пушкинского фонда. 2001-2003.

③ *Бродский И.* Стихотворения и поэмы в 2 т. СПб.：Издательство Пушкинского Дома и Издательство "Вита Нова". 2011.

其遗体先厝纽约，后迁葬于威尼斯的圣米歇尔墓地。

像大多数诗人一样，布罗茨基在文学的体裁等级划分上总是抬举诗歌的，他断言诗歌是语言存在的最高形式。布罗茨基曾应邀为一部茨维塔耶娃的散文集作序，在这篇题为《诗人与散文》的序言①中，他精心地论述了诗歌较之于散文的若干优越之处：诗歌有着更为悠久的历史；诗人因其较少功利的创作态度而可能更接近文学的本质；诗人能写散文，而散文作家却未必能写诗，诗人较少向散文作家学习，而散文作家却必须向诗人学习，学习驾驭语言的功力和对文学的忠诚；伟大如纳博科夫那样的散文家，往往都一直保持着对诗歌的深深感激，因为他们在诗歌那里获得了"简洁与和谐"。在其他场合，布罗茨基还说过，诗歌是对语言的"俗套"和人类生活中的"同义反复"的否定，因而比散文更有助于文化的积累和延续，更有助于个性的塑造和发展。

同样，像大多数诗人一样，布罗茨基也不能不写散文。在谈及诗人茨维塔耶娃突然写起散文的原因时，除茨维塔耶娃当时为生活所迫必须写作容易发表的散文以挣些稿费这一"原因"外，布罗茨基还给出了另外几个动因：一是日常生活中的"必需"，一个识字的人可以一生不写一首诗，但一个诗人却不可能一生不写任何散文性的文字，如交往文字、日常生活中的应用文等等；二是主观的"冲动"，"诗人会在一个晴朗的日子里突然想用散文写点什么"②；三是起决定性作用的"对象"和某些题材，如情节性很强的事件、三个人物以上的故事、对历史的反思和对往事的追忆等等，就更宜于用散文来进行描写和叙述。所有这些，大约也都是布罗茨基本人将大量精力投入散文创作的动机。除此之外，流亡西方之后，在一个全新的文学和文化环境中，他想更直接地发出

① Brodsky J. *Less Than One*，NY：Farrar Straus Giroux，1986，pp.176-194. 中译见布罗茨基《文明的孩子》，刘文飞译，中央编译出版社1999年版，第117—133页。

② 布罗茨基：《文明的孩子》，刘文飞译，中央编译出版社1999年版，第118页。

自己的声音，也想让更多的人听到他的声音；以不是母语的另一种文字
进行创作，写散文或许要比写诗容易一些。布罗茨基在《悼斯蒂芬·斯
彭德》一文中的一句话似乎道破了"天机"："无论如何，我的确感觉我
与他们（指英语诗人麦克尼斯、奥登和斯彭德。——引者按）之间的同
远大于异。我唯一无法跨越的鸿沟就是年龄。至于智慧方面的差异，我
在最好的状态下也会说服自己，说自己正在逐渐接近他们的水准。还有
一道鸿沟即语言，我一直在竭尽所能地试图跨越它，尽管这需要散文写
作。"① 作为一位诺贝尔文学奖获得者和美国桂冠诗人，他经常应邀赴世
界各地演讲，作为美国多所大学的知名文学教授，他也得完成教学工
作，这些"应景的"演说和"职业的"讲稿在他的散文创作中也占据了
相当大的比例。但布罗茨基写作散文的最主要原因，我们猜想还是他热
衷语言试验的内在驱动力，他将英语当成一个巨大的语言实验室，终日
沉湎其中，乐此不疲。

布罗茨基散文作品的数量与他的诗作大体相当，在前面提及的俄
文版 7 卷本《布罗茨基文集》中，前 4 卷为诗集，后 3 卷为散文集，共
收入各类散文 60 余篇，由此不难看出，诗歌和散文在布罗茨基的创作
中几乎各占半壁江山。布罗茨基生前出版的散文集有 3 部，均以英文首
版，即《小于一》（*Less Than One*，1986）、《水印》（*Watermark*，1992）
和《悲伤与理智》。《水印》一书仅百余页，实为一篇描写威尼斯的长篇
散文；另两本书则均为近 500 页的大部头散文集。说到布罗茨基散文在
其创作中所占比例，帕鲁希娜推测，布罗茨基"各种散文作品的总数要
超出他的诗歌"②。洛谢夫也说："《布罗茨基文集》第二版收有 60 篇散
文，但还有大约同样数量的英文文章、演讲、札记、序言和致报刊编辑

① Brodsky J. *On Grief and Reason*，NY：Farrar Straus Giroux，1986，p. 411. 以下自此书引
文仅在引文后括号内标明页码和文章标题。

② Polukhina V. *The Prose of Joseph Brodsky：A Continuation of Poetry by Other Means//Russian Literature*，XLI（1997），p. 223.

部的书信没有收进来。"① 布罗茨基生前公开发表的各类散文，总数约合中文百万字，由此推算，布罗茨基散文作品的总数约合中文两百万字。

据统计，在收入俄文版《布罗茨基文集》中的 60 篇各类散文中，用俄语写成的只有 17 篇②，也就是说，布罗茨基的散文主要为"英文散文"。值得注意的是，布罗茨基的各类散文大都发表在《纽约图书评论》《泰晤士报文学副刊》《新共和》《纽约客》等英美主流文化媒体上，甚至刊于《时尚》这样的流行杂志，这便使他的散文迅速赢得了广泛的受众。他的散文多次入选"全美年度最佳散文"，如《一件收藏》（Collector's Item）曾入选"1993 年全美最佳散文"，《向马可·奥勒留致敬》（Homage to Marcus Aurelius）曾入选"1995 年全美最佳散文"。1986 年，他的 18 篇散文以《小于一》为题结集出版，在出版当年即获"全美图书评论奖"。作为《小于一》姐妹篇的《悲伤与理智》出版后，也曾长时间位列畅销书排行榜。需要指出的是，布罗茨基这两部散文集的出版者就是纽约大名鼎鼎的法拉尔、施特劳斯和吉罗克斯出版社（Farrar Straus Giroux，简称 FSG），这家出版社以"盛产"诺贝尔文学奖获奖作家而著称，在自 1920 年至 2010 年的 90 年间，在该社出版作品的作家中共有 23 位成为诺贝尔奖获得者，其中就包括索尔仁尼琴（1970 年获奖）、米沃什（1980 年获奖）、索因卡（1986 年获奖）、沃尔科特（1992 年获奖）、希尼（1995 年获奖）和略萨（2010 年获奖）等人。顺便提一句，《悲伤与理智》扉页上的题词"心怀感激地献给罗杰·威·施特劳斯"，就是献给该社两位创办者之一的罗杰·威廉姆斯·小施特劳斯的。

散文集《悲伤与理智》最后一页上标明了《掉斯蒂芬·斯彭德》一文的完稿时间，即"1995 年 8 月 10 日"，而在这个日期之后不到半

---

① 洛谢夫：《布罗茨基传》，刘文飞译，东方出版社 2009 年版，第 294 页。
② 洛谢夫：《布罗茨基传》，刘文飞译，东方出版社 2009 年版，第 294 页。

年，布罗茨基也离开了人世，《悲伤与理智》因此也就成了布罗茨基生前出版的最后一部散文集，是布罗茨基散文写作乃至其整个创作的"天鹅之歌"。

二

《悲伤与理智》共收入散文21篇，它们大致有这么几种类型，即回忆录和旅行记、演说和讲稿、公开信和悼文等。具体说来，其中的《战利品》（*Spoils of War*）和《一件收藏》是具有自传色彩的回忆录，《一个和其他地方一样好的地方》（*A Place as Good as Any*）、《旅行之后，或曰献给脊椎》（*After a Journey，or Homage to Vertebrae*）和《向马可·奥勒留致敬》近乎旅行随笔，《我们称之为"流亡"的状态，或曰浮起的橡实》（*The Condition We Call Exile，or Acorns Aweigh*）、《表情独特的脸庞》（*Uncommon Visage*）、《受奖演说》（*Acceptance Speech*）、《第二自我》（*Alter Ego*）、《怎样阅读一本书》（*How to Read a Book*）、《颂扬苦闷》（*In Praise of Boredom*）、《克利俄剪影》（*Profile of Clio*）、《体育场演讲》（*Speech at the Stadium*）、《一个不温和的建议》（*An Immodest Proposal*）和《猫的"喵呜"》（*A Cat's Meow*）均为布罗茨基在研讨会、受奖仪式、书展、毕业典礼等场合发表的演讲，《致总统书》（*Letter to a President*）和《致贺拉斯书》（*Letter to Horace*）为书信体散文，《悲伤与理智》（*On Grief and Reason*）和《关爱无生命者》（*Wooing the Inanimate*）是在大学课堂上关于弗罗斯特和哈代诗歌的详细解读，《九十年之后》（*Ninety Yeasr Later*）则是对里尔克《俄耳甫斯。欧律狄刻。赫尔墨斯》（*Orpheus. Eurydice. Hermes*）一诗的深度分析，最后一篇《悼斯蒂芬·斯彭德》是为诗友所做的悼文。文集中的文章大致以发表时间为序排列，其中最早的一篇发表于1986年，最后一篇写于1995

年，时间跨度近 10 年，这也是布罗茨基写作生涯的最后 10 年。

这些散文形式多样，长短不一，但它们诉诸的却是一个共同的主题，即"诗和诗人"。布罗茨基在他的诺贝尔奖演说中称："我这一行当的人很少认为自己具有成体系的思维；在最坏的情况下，他才自认为有一个体系。"（第 39 页，《表情独特的脸庞》）也就是说，作为一位诗人，他是排斥所谓的理论体系或成体系的理论的。但是，在通读《悲伤与理智》并略加归纳之后，我们仍能获得一个关于布罗茨基诗歌观和美学观乃至他的伦理观和世界观的整体印象。

首先，在艺术与现实的关系问题上，布罗茨基断言："在真理的天平上，想象力的分量就等于、并时而大于现实"（第 12 页，《战利品》）。他认为，不是艺术在模仿现实，而是现实在模仿艺术，因为艺术自身便构成一种更真实、更理想、更完美的现实。"另一方面，艺术并不模仿生活，却能影响生活。"（第 205 页，《悲伤与理智》）"因为文学就是一部字典，就是一本解释各种人类命运、各种体验之含义的手册。"（第 29 页，《我们称之为"流亡"的状态》）他在以美国桂冠诗人身份而作的一次演讲中声称："诗歌不是一种娱乐方式，就某种意义而言甚至不是一种艺术形式，而是我们的人类学和遗传学目的，是我们的语言学和进化论灯塔。"（第 177 页，《一个不温和的建议》）阅读诗歌，也就是接受文学的熏陶和感化作用，这能使人远离俗套走向创造，远离同一走向个性，远离恶走向善，因此，诗就是人类保存个性的最佳手段，"是社会所具有的唯一的道德保险形式；它是一种针对狗咬狗原则的解毒剂；它提供一种最好的论据，可以用来质疑恐吓民众的各种说辞，这仅仅是因为，人的丰富多样就是文学的全部内容，也是它的存在意义"（第 21 页，《我们称之为"流亡"的状态》），"与一个没读过狄更斯的人相比，一个读过狄更斯的人就更难因为任何一种思想学说而向自己的同类开枪"（第 46 页，《表情独特的脸庞》）。正是在这个意义上，布罗茨基在本书中不止一次地引用过陀思妥耶夫斯基的著名命题，即"美将拯救世界"（beauty will save the world），也不止一次地重申了他自己的一个著名命题，即"美学为伦理学之母"（aesthetics is the mother of ethics）。布罗茨基在接受诺贝尔奖时所做的演说《表情独特的脸庞》是其美学立场的集中表述，演说中的这段话又集中地体现了他的关于艺术及其实质和功能的看法：

> 就人类学的意义而言，我再重复一遍，人首先是一种美学的生物，其次才是伦理的生物。因此，艺术，其中包括文学，并非人类发展的副产品，而恰恰相反，人类才是艺术的副产品。如果说有什么东西使我们有别于动物王国的其他代表，那便是语言，也就是文学，其中包括诗歌，诗歌作为语言的最高形式，说句唐突一点的话，它就是我们整个人类的目标。（第43页）

一位研究者指出："约瑟夫·布罗茨基创作中的重要组成即散文体文学批评。尽管布罗茨基本人视诗歌为人类的最高成就（也大大高于散文），可他的文学批评，就像他在归纳茨维塔耶娃的散文时所说的那样，却是他关于语言本质的思考之继续发展。"① 关于语言，首先是关于诗歌语言之本质、关于诗人与语言之关系的理解，的确构成了布罗茨基诗歌"理论"中的一个重要组成部分。一方面，他将诗歌视为语言的最高存在形式，由此而来，他便将诗人置于一个崇高的位置。他曾称曼德施塔姆为"文明的孩子"（child of civilization），并多次复述曼德施塔姆关于诗歌就是"对世界文化的眷恋"（тоска по мировой культуре）的名言，因为语言就是文明的载体，是人类创造中唯一不朽的东西，图书馆比国家更强大，帝国不是依靠军队而是依靠语言来维系的，而诗歌作为语言

---

① *Леонг А.* Литературная критика Иосифа Бродского //Иосиф Бродский：творчество, личность，судьба. СПб.：Журнал «Звезда». 1998. C.237.

之最紧密、最合理、最持久的组合形式，无疑是传递文明的最佳工具，诗人的使命就是用语言诉诸记忆，进而战胜时间和死亡、空间和遗忘，为人类文明的积淀和留存作出贡献。但另一方面，布罗茨基又继承诗歌史上传统的灵感说，夸大诗人在写作过程中的被动性，他在不同的地方一次次地提醒我们：诗人是语言的工具。"是语言在使用人类，而不是相反。语言自非人类真理和从属性的王国流入人类世界，最终发出这种无生命物质的声音，而诗歌只是其不时发出的潺潺水声之记录。"（第288—289页，《关爱无生命者》）"实际上，缪斯即嫁了人的'语言'"，"换句话说，缪斯就是语言的声音；一位诗人实际倾听的东西，那真的向他口授出下一行诗句的东西，就是语言。"（第71页，《第二自我》）布罗茨基的诺贝尔奖演说是以这样一段话作为结束的：

> 写诗的人写诗，首先是因为，诗的写作是意识、思维和对世界的感受的巨大加速器。一个人若有一次体验到这种加速，他就不再会拒绝重复这种体验，他就会落入对这一过程的依赖，就像落进对麻醉剂或烈酒的依赖一样。一个处于对语言的这种依赖状态的人，我认为，就称之为诗人。（第50页）

最后，从布罗茨基在《悲伤与理智》一书中对于具体的诗人和诗作的解读和评价中，也不难感觉出他对某一类型的诗人及其诗作的心仪和推崇。站在诺贝尔奖颁奖典礼的讲坛上，布罗茨基心怀感激地提到了他认为比他更有资格站在那里的5位诗人，即曼德施塔姆、茨维塔耶娃、弗罗斯特、阿赫马托娃和奥登。在文集《小于一》中，成为他专文论述对象的诗人依次是阿赫马托娃（《哀泣的缪斯》〈The Keening Muse〉）、卡瓦菲斯（Constantine Cavafy，《钟摆之歌》〈Pendulum's Song〉）、蒙塔莱（Eugenio Montale，《在但丁的阴影下》〈In the Shadow of Dante〉）、曼德施塔姆（《文明的孩子》〈The Child of Civilization〉）、沃尔科特（Derek Walcott，《潮汐的声音》〈The Sound of the Tide〉）、茨维塔耶娃（《诗人与散文》〈A Poet and Prose〉以及《一首诗的脚注》〈Footnote to a Poem〉）和奥登（《析奥登的〈1939 年 9 月 1 日〉》〈On "September 1，1939" by W. H. Auden〉以及《取悦阴影》〈To Please a Shadow〉）等 7 人。在《悲伤与理智》一书中，他用心追忆、着力论述的诗人共有 5 位，即弗罗斯特、哈代、里尔克、贺拉斯和斯彭德。这样一份诗人名单，大约就是布罗茨基心目中的大诗人名单了，甚至就是他心目中的世界诗歌史。在《悲伤与理智》一书中，布罗茨基对弗罗斯特、哈代和里尔克展开长篇大论，关于这 3 位诗人某一首诗（弗罗斯特的《家葬》〈Home Burial〉和里尔克的《俄耳甫斯。欧律狄刻。赫尔墨斯》）或某几首诗作（哈代的《黑暗中的画眉》〈The Darking Thrush〉、《两者相会》〈The Convergence of the Twain〉、《你最后一次乘车》〈Your Last Drive〉和《身后》〈Afterwards〉等 4 首诗）的解读竟然长达数十页，洋洋数万言，这 3 篇文章加起来便占据了全书三分之一的篇幅。布罗茨基在文中不止一次提醒听众（他当时的学生和听众以及如今作为读者的我们），他在对这些诗作进行"逐行"（line by line）解读："我们将逐行分析这些诗，目的不仅是激起你们对这位诗人的兴趣，同时也为了让你们看清在写作中出现的一个选择过程，这一过程堪比《物种起源》里描述的那个相似过程，如果你们不介意的话，我还要说它比后者还要出色，即便仅仅因为后者的最终结果就是我们，而非哈代先生的诗作。"（第 274 页，《关爱无生命者》）。他在课堂上讲解弗罗斯特的诗时，建议学生们"特别留意诗中的每一个字母和每一个停顿"（第 199 页，《悲伤与理智》）。他称赞里尔克德语诗的英译者利什曼，因为后者的译诗"赋予此诗一种令英语读者感到亲近的格律形式，使他们能更加自信地逐行欣赏原作者的成就"（第 331 页，《九十年之后》）。其实，布罗茨基并不止于"逐行"分析，他在很多情况下都在"逐字地"（word by word）、甚至"逐字母地"（letter by letter）地解剖原作。他这样不厌其烦，精雕细琢，当然是为了教会人们懂诗，懂得诗歌的奥妙，当然是为了像达尔文试图探清人类的进化过程那样来探清一首诗或一位诗人的"进化过程"，但与此同时他似乎也在告诉他的读者，他心目中的最佳诗人和最佳诗歌究竟是什么样的。布罗茨基在哥伦比亚大学的一位学生后来在回忆自己这位文学老师的一篇文章中写道："布罗茨基并不迷恋对诗歌文本的结构分析，我们的大学当时因这种结构分析而著称，托多罗夫和克里斯蒂娃常常从法国来我们这里讲课。布罗茨基的方法却相当传统：他希望让学生理解一首诗的所有原创性、隐喻结构的深度、历史和文学语境的丰富，更为重要的是，他试图揭示写作此诗的那门语言所蕴藏的创作潜力。"[1] 布罗茨基称哈代为"理性的非理性主义者"（第 305 页，《关爱无生命者》），他认为"正是这种理智较之于情感的优势使哈代成了英语诗歌中的先知"，"他的耳朵很少好过他的眼睛，但他的耳朵和眼睛又都次于他的思想，他的思想强迫他的耳朵和眼睛服从于他的思想"（第285 页，《关爱无生命者》）；"他并非和谐之天才，他的诗句很少能歌唱。他诗歌中的音乐是思想的音乐，这种音乐独一无二。……其诗歌的形式因素很少能派生出这种驱动力，它们的主要任务即引导思想，不为思想的发展设置障碍。"（第 314 页，《关爱无生命者》）在关于弗罗斯特《家葬》一诗的分析中，布罗茨基给出了全文乃至全书具有点题性质的一段话：

> 那么，他在他这首非常个性化的诗中想要探求的究竟是什么呢？我想，他所探求的就是悲伤与理智，当这两者互为毒药的时候，它们便会成为语言最有效的燃料，或者如果你们同意的话，它们便会成为永不褪色的诗歌墨水。弗罗斯特处处信赖它们，几

---

[1] *Батчан А.* Колумбийский университет, Нью-Йорк, 1982.//Сост. *Лосев Л.*, *Вайль П.* Иосиф Бродский：труды и дни. М.：Издательство "Независимая газета". 1996. C.63.

乎能使你们产生这样的感觉，他将笔插进这个墨水瓶，就是希望
降低瓶中的内容水平线；你们也能发现他这样做的实际好处。然
而，笔插得越深，存在的黑色要素就会升得越高，人的大脑就像
人的手指一样，也会被这种液体染黑。悲伤越多，理智也就越多。
人们可能会支持《家葬》中的某一方，但叙述者的出现却排除了
这种可能性，因为，当诗中的男女主人公分别代表理智与悲伤时，
叙述者则代表着他们两者的结合。换句话说，当男女主人公的真
正联盟瓦解时，故事就将悲伤嫁给了理智，因为叙述线索在这里
取代了个性的发展，至少，对于读者来说是这样的。也许，对于
作者来说也一样。换句话说，这首诗是在扮演命运的角色。（第
225 页）

在布罗茨基看来，理想的诗人就应该是"理性的非理性主义者"，
理想的诗歌写作就应该是"理性和直觉之融合"，而理想的诗就是"思
想的音乐"。

《悲伤与理智》中的每篇散文都是从不同的侧面、以不同的方式关
于诗和诗人的观照，它们彼此呼应、相互抱合，构成了一曲"关于诗歌
的思考"这一主题的复杂变奏曲。在阅读《悲伤与理智》时我们往往会
生出这样一个感觉，即布罗茨基一谈起诗歌来便口若悬河，游刃有余，
妙语连珠，可每当涉及历史、哲学等他不那么"专业"的话题时，他似
乎就显得有些故作高深，甚至语焉不详。这反过来也说明，布罗茨基最
擅长的话题，说到底还是诗和诗人。

三

《悲伤与理智》中的散文不仅是关于诗的散文，它们也是用诗的方

式写成的散文。

布罗茨基在评说茨维塔耶娃的散文时指出："在她所有的散文中，在她的日记、文学论文和具有小说味的回忆录中，我们都能遇到这样的情形：诗歌思维的方法被移入散文文体，诗歌发展成了散文。茨维塔耶娃的句式构造遵循的不是谓语接主语的原则，而是借助了诗歌独有的技巧，如声响联想、根韵、语义移行等等。也就是说，读者自始至终所接触的不是线性的（分析的）发展，而是思想之结晶式的（综合的）生长。"① 布罗茨基这里提到的诗性的散文写作手法，这里所言的"诗歌思维的方法被移入散文文体，诗歌发展成了散文"之现象，我们反过来在散文集《悲伤与理智》中也随处可见。

首先，《悲伤与理智》中的散文都具有显见的情感色彩，具有强烈的抒情性。据说，布罗茨基性情孤傲，为人刻薄，他的诗歌就整体而言也是清冽冷峻的，就像前文提及的那样，较之于诗人的"悲伤"情感，他向来更推崇诗文中的"理智"元素。无论写诗还是作文，布罗茨基往往都板起一副面孔，不动声色，但将他的诗歌和散文做比，我们却不无惊讶地发现，布罗茨基在散文中似乎比在诗歌中表现出了更多的温情和抒情。与文集《小于一》的结构一模一样，布罗茨基也在《悲伤与理智》的首尾两处分别放置了两篇抒情色彩最为浓厚的散文。在《小于一》一书中，首篇《小于一》和尾篇《在一间半房间里》（*In a Room and a Half*）都是作者关于自己的童年、家庭和父母的深情回忆；在《悲伤与理智》一书中，第一篇《战利品》是作者关于其青少年时期自我意识形成过程的细腻回忆，而最后一篇则是对于其诗人好友斯蒂芬·斯彭德的深情悼念。作者特意将这两篇抒情性最为浓重的散文置于全书的首尾，仿佛给整部文集镶嵌上了一个抒情框架。在《悼斯蒂芬·斯彭德》一文中，他深情地将斯彭德以及奥登和麦克尼斯称为"我的精神家庭"

---

① Brodsky J. *Less Than One*，NY：Farrar Straus Giroux，1986，p. 179.

（第 408 页），他这样叙述他与斯彭德的最后告别："我吻了吻他的额头，说道：'谢谢你所做的一切。请向温斯坦（奥登的名字。——引者按）和我的父母问好。永别了。'我记得他的双腿，在医院里，从病号服里伸出老长，腿上青筋纵横，与我父亲的腿一模一样，我父亲比斯蒂芬大 6 岁。"（第 420 页）这不禁让我们想起《在一间半房子里》的一段描写："在我海德雷住处的后院里有两只乌鸦。这两只乌鸦很大，近乎渡鸦，我每次开车离家或回来的时候，首先看到的就是它们。它俩不是同时出现的；第一只出现在两年之前，在我母亲去世的时候；第二只是去年出现的，当时我的父亲刚刚去世。"① 身在异国他乡的布罗茨基，觉得这两只乌鸦就是父母灵魂的化身。布罗茨基在大学课堂上给学生们讲解哈代的诗歌，他一本正经，不紧不慢，可在谈到哈代《身后》一诗中"冬天的星星"的意象时，他却突然说道："在这一切的背后自然隐藏着那个古老的比喻，即逝者的灵魂居住在星星上。而且，这一修辞方式具有闪闪发光的视觉效果。显而易见，当你们仰望冬日的天空，你们也就看到了托马斯·哈代。"（第 322 页）我猜想，布罗茨基这里的最后一句话甚或是出乎他自己意料的，说完这句话，他也许会昂起头，作仰望星空状，同时也是为了不让学生们看见他眼角的泪花。在布罗茨基冷静、矜持的散文叙述中，常常会突然出现此类感伤的插笔。布罗茨基以《悲伤与理智》为题分析弗罗斯特的诗，又将这个题目用作全书的总题，他在说明"悲伤与理智"就是弗罗斯特诗歌乃至一切诗歌的永恒主题的同时，似乎也在暗示我们，"悲伤"和"理智"作为两种相互对立的情感元素，无论在诗歌还是散文中都有可能相互共存。他的散文写法甚至会使我们产生这样一种感觉，即一般说来，诗是"悲伤的"，而散文则是"理智的"，可布罗茨基又似乎在将两者的位置进行互换，在刻意地写作"理智的"诗和"悲伤的"散文，换句话说，他有意无意之间似乎在追

---

① Brodsky J. *Less Than One*，NY: Farrar Straus Giroux，1986，p. 468-469.

求诗的散文性和散文的诗性。这种独特的叙述调性使得他的散文别具一格，它们与其说是客观的叙述不如说是主观的感受，与其说是具体的描写不如说是抒情的独白。"所有这些文本，都是作者的内心独白，是他激情洋溢的沉思，这些独白和沉思大体上是印象式的，无限主观的，但是，依据布罗茨基在其俄语诗作中高超运用过的那些诗歌手法，它们却构成了一个组织严密的文本。"①

其次，《悲伤与理智》一书以及书中每篇散文的结构方式和叙述节奏都是典型的诗歌手法。关于布罗茨基的散文结构特征，研究者们曾有过多种归纳。洛谢夫发现，布罗茨基的散文结构和他的诗作一样，"有着镜子般绝对对称的结构"②，洛谢夫以布罗茨基的俄文诗作《威尼斯诗章》和英文散文《水印》为例，在这一诗一文中均找出了完全相同的对称结构。《水印》共51节，以其中的第26节为核心，文本的前后两半完全对称。前文提及布罗茨基两部散文集均以两篇自传性抒情散文作为首位，也是这种"镜子原则"（mirror principle）之体现。这一结构原则还会令我们联想到纳博科夫创作中的"俄国时期"和"美国时期"所构成的镜像对称关系。伊戈尔·苏希赫在对布罗茨基的散文《伊斯坦布尔旅行记》（Путешествие в Стамбул，1985）的诗学特征进行分析时，提出了布罗茨基散文结构的"地毯原则"（принцип ковра）③，即他的散文犹如东方的地毯图案，既繁复细腻，让人眼花缭乱，同时也高

---

① 洛谢夫：《布罗茨基传》，刘文飞译，东方出版社2009年版，第298页。

② 洛谢夫：《布罗茨基传》，刘文飞译，东方出版社2009年版，第298页；又见 *Лосев Л.* Реальность зазеркалья：Венеция Иосифа Бродского //Иностранная литература. 1996 № 5. C.235.

③ *Сухих И.* Путешествие в Стамбул. О поэтике прозы И. Бродского //Иосиф Бродский：творчество，личность，судьба. СПб.：Журнал «Звезда». 1998. C.233. 值得注意的是，帕鲁希娜在其英文论文中也同样提及布罗茨基散文结构的"地毯模式"（carpet model，见 Polukhina V. *The Prose of Joseph Brodsky：A Continuation of Poetry by Other Means*//*Russian Literature*，XLI（1997），p. 226，232），帕鲁希娜的论文发表于1997年，苏希赫的论文发表于1998年，但两位学者没有相互引证，不知这个提法究竟由谁率先提出。

度规整，充满和谐的韵律感。帕鲁希娜在考察布罗茨基散文的结构时，除"镜子原则"和"地毯原则"外还使用了另外两种说法，即"'原子'风格结构"（"atomic"stylistic structure）[①] 和"音乐 – 诗歌叙事策略"（misico-poetical narrative strategy）。[②] 温茨洛瓦在对布罗茨基的散文《伊斯坦布尔旅行记》进行深入分析时发现，布罗茨基的散文由两种文体构成，即"叙述"（повествование）和"插笔"（отступление）："这种外表平静（但内心紧张）的叙述时常被一些另一种性质的小章节所打断。这些小章节可称之为抒情插笔（为布罗茨基钟爱的哀歌体），可称之为插图和尾花。……如果说叙述部分充满名称、数据和事实，在抒情部分占优势的则是隐喻和代词，苦涩的玩笑和直截了当的呼号。"[③] 无论"镜子原则"还是"地毯原则"，无论"原子结构"还是"音乐结构"，无论"叙述"还是"插笔"，这些研究者们都不约而同地观察到了布罗茨基散文一个突出的结构特征：随性自如却又严谨细密，一泻而下却又字斟句酌，形散而神聚。

与这一结构原则相呼应的，是布罗茨基散文独特的章法、句法乃至词法。《悲伤与理智》中的21篇散文，每一篇都不是铁板一块的，而均由若干段落或曰片断组合而成，这些段落或标明序号，或由空行隔开。即便是演讲稿，布罗茨基在正式发表时也一定要将其分割成若干段落。一篇散文中的章节少则五六段，多则四五十段；这些段落少则三五句话，多则十来页。这些章节和段落其实就相当于诗歌中的诗节或曰阙，每一个段落集中于某一话题，各段落间却往往并无清晰的起承转合或严密的逻辑递进，它们似乎各自为政，却又在从不同的侧面诉诸某一

① Polukhina V. *The Prose of Joseph Brodsky：A Continuation of Poetry by Other Means*//*Russian Literature*，XLI（1997），p. 224.

② Polukhina V. *The Prose of Joseph Brodsky：A Continuation of Poetry by Other Means*//*Russian Literature*，XLI（1997），p. 226，232.

③ *Венцлова Т.*Путешествие из Петербурга в Стамбул//Собеседники на пиру. М.：Новое литературное обозрение. 2012. C.179.

总的主题。这种结构方式是典型的诗歌、更确切地说是长诗或长篇抒情诗的结构方式。这无疑是一种"蒙太奇"手法，值得注意的是，布罗茨基多次声称，发明"蒙太奇"手法的并非爱森斯坦而是诗歌①，这也从另一个角度告诉我们，布罗茨基是用诗的结构方式为他的散文谋篇布局。《悲伤与理智》中的句式也别具一格，这里有复杂的主从句组合，也有仅一个单词的短句，长短句的交替和转换，与他的篇章结构相呼应，构成一种独特的节奏感和韵律感。布罗茨基喜欢使用句子和词的排比和复沓。他在《一个和其他地方一样好的地方》一文中这样写道："其结果与其说是一份大杂烩，不如说是一幅合成影像：如果你是一位画家，这便是一棵绿树；如果你是唐璜，这便是一位女士；如果你是一位暴君，这便是一份牺牲；如果你是一位游客，这便是一座城市。"（第 33 页）排比句式和形象对比相互叠加，产生出一种很有压迫感的节奏。《致贺拉斯书》中有这么一段话："对于他而言，一副躯体，尤其是一个姑娘的躯体，可以成为，不，是曾经成为，一块石头，一条河流，一只鸟，一棵树，一个响声，一颗星星。你猜一猜，这是为什么？是因为，比如说，一个披散长发奔跑的姑娘就像一条河流的侧影？或者，躺在卧榻上入睡的她就像一块石头？或者，她伸开双手，就像一棵树或一只鸟？或者，她消失在人们的视野里，从理论上说便无处不在，就像一个响声？她或明或暗，或远或近，就像一颗星星？"（第 395 页）布罗茨基钟爱的排比设问，在这里使他的散文能像诗的语言一样流动起来。在这封信中，布罗茨基还不止一次坦承他在用"格律"写"信"："无论如何，我常常对你做出回应，尤其在我使用三音步抑扬格的时候。此刻，我在这封信中也在继续使用这一格律。"（第 383 页）"我一直在用你的格律写作，尤其是在这封信中。"（第 391 页）帕鲁希娜曾对《水印》中

---

① 他在《关爱无生命者》一文中写道："我记得我在什么地方说过，发明蒙太奇手法的是诗歌，而不是爱森斯坦。"见 Brodsky J. *On Grief and Reason*，NY：Farrar Straus Giroux，1986，p. 297.

单词甚至字母的"声响复沓"（phonic reiteration）现象进行细致入微的分析，找出大量由多音字、同音字乃至单词内部某个构成头韵或脚韵、阴韵或阳韵的字母所产生的声响效果。① 可以毫不夸张地说，布罗茨基在他的散文中使用了除移行（enjambment）外的一切诗歌修辞手法，

　　最后，使得《悲伤与理智》一书中的散文呈现出强烈诗性的一个重要原因，就是布罗茨基在文中使用了大量奇妙新颖的比喻。布罗茨基向来被视为一位杰出的"隐喻诗人"，他诗歌中的各类比喻之丰富，竟使得有学者编出了一部厚厚的《布罗茨基比喻词典》。② 帕鲁希娜曾将布罗茨基诗中的隐喻分门别类，归纳出了"添加隐喻"（метафоры приписывания）、"比较隐喻"（метафоры сравнения）、"等同隐喻"（метафоры отождествления）和"替代隐喻"（метафоры замещения）等多种隐喻方式。③ 在《悲伤与理智》一书中，"隐喻"（metaphor）一词出现不下数十次。布罗茨基曾称里尔克具有"一种非同寻常的隐喻热望"（a unique metaphysical appetite，第 357 页，《九十年之后》），其实他自己无疑也是具有这种"热望"的，在他的散文中，各类或明或暗、或大或小的比喻更是俯拾皆是。这是他的写景："几条你青春记忆中的林荫道，它们一直延伸至淡紫色的落日；一座哥特式建筑的尖顶，或是一座方尖碑的尖顶，这碑尖将它的海洛因注射进云朵的肌肉。"（第 34 页，《一个像其他地方一样好的地方》）他说："显而易见，一首爱情诗就是一个人被启动了的灵魂。"（第 76 页，《第二自我》）他还说："一个人如果从不使用格律，他便是一本始终没被打开的书。"（第 378 页，《致贺拉斯书》）。他说纪念碑就是"在大地上标出"的"一个惊叹号"（第

---

① Polukhina V. *The Prose of Joseph Brodsky*：*A Continuation of Poetry by Other Means//Russian Literature*，XLI（1997），p. 227.

② Polukhina V. and Parli U. *The Dictionary of Brodsky's Tropes*，Tartu：Tartu University Press，1995.

③ *Полухина В.* Грамматика матафоры и художственный смысл//Под ред. *Лосева Л.* Поэтика Бродского. Tenafly：Эрмитаж. 1986. C.63-91.

241 页，《向马可·奥勒留致敬》）。他还说："书写法其实就是足迹，我认为足迹就是书写法的开端，这是一个或居心叵测或乐善好施、但一准去向某个地方的躯体在沙地上留下的痕迹。"（第 355 页，《九十年之后》）他在《一件收藏》中给出了这样一串连贯的比喻："不，亲爱的读者，你并不需要源头。你既不需要源头，也不需要叛变者的证词之支流，甚至不需要那从布满卫星的天国直接滴落至你大腿的电子降雨。在我们这种水流中，你所需要的仅为河口，一张真正的嘴巴，在它的后面就是大海，带有一道概括性质的地平线。"（第 164 页）

这里所引的最后一个例子，已在一定程度上显示出了布罗茨基散文比喻手法的一个突出特征，即他善于拉长某个隐喻，或将某个隐喻分解成若干小的部分，用若干分支隐喻来共同组合成一个总体隐喻，笔者拟将这一手法命名为"组合隐喻"或"贯穿隐喻"。试以他的《娜杰日达·曼德施塔姆：一篇讣告》（*Nadezhda Mandelstam：An Obituaty*）一文的结尾为例：

> 我最后一次见她是在 1972 年 5 月 30 日，地点是她莫斯科住宅里的厨房。当时已是傍晚，很高的橱柜在墙壁上留下一道暗影，她就坐在那暗影中抽烟。那道影子十分的暗，只能在其中辨别出烟头的微光和两只闪烁的眼睛。其余的一切，即一块大披巾下那瘦小干枯的躯体、两只胳膊、椭圆形的灰色脸庞和灰白的头发，全都被黑暗吞噬了。她看上去就像是一大堆烈焰的遗存，就像一小堆余烬，你如果拨一拨它，它就会重新燃烧起来。①

在这里，布罗茨基让曼德施塔姆夫人置身于傍晚的厨房里阴暗的角落，

---

① Brodsky J. *Less Than One*，Farrar Straus Giroux，NY：1986，p. 155-156. 中译见布罗茨基：《布罗茨基散文四篇》，刘文飞译，《世界文学》2013 年第 6 期，第 193 页。

然后突出她那里的三个亮点，即"烟头的微光和两只闪烁的眼睛"，然后再细写她的大披巾（据人们回忆，曼德施塔姆夫人终日围着这条灰色的披巾，上面满是香烟灰烧出的孔洞，她去世后身体上覆盖的也是这条披巾），她的"灰色脸庞和灰白的头发"，然后再点出这个组合隐喻的核心，即"她就像一堆阴燃的灰烬"，这个隐喻又是与布罗茨基在此文给出的曼德施塔姆夫人是"文化的遗孀"（widow to culture）之命题相互呼应的。

再比如，布罗茨基在《悼斯蒂芬·斯彭德》一文中这样描写他第一次见到的斯彭德："一位身材十分高大的白发男人稍稍弓着腰走进屋来，脸上带着儒雅的、近乎道歉的笑意。……我不记得他当时具体说了些什么，可我记得我被他的话语之优美惊倒了。有这样一种感觉，似乎英语作为一种语言所具的一切高贵、礼貌、优雅和矜持都在一刹那间涌入了这个房间。似乎一件乐器的所有琴弦都在一刹那间被同时拨动。对于我和我这只缺乏训练的耳朵来说，这个效果是富有魔力的。这一效果毫无疑问也部分地源自这件乐器那稍稍弓着的框架：我觉得自己与其说是这音乐的听众，不如说是它的同谋。"（第 402 页）布罗茨基突出了斯彭德"十分高大的"身材、"稍稍弓着"的腰背、"儒雅的"神情和惊人的"优美"话音，这一切都是为了最终组合成一个总的隐喻，即"斯彭德＝竖琴"。布罗茨基在此书中曾多次提及"竖琴"（lyres），他仔细分析了哈代诗中"竖琴"形象的文本内涵以及里尔克诗中俄耳甫斯所持"竖琴"的象征意义，在他的心目中，竖琴似乎就是诗和诗人的同义词，有了这层铺垫，我们就能对布罗茨基这里的"斯彭德＝竖琴"的组合隐喻之深意和深情有一个更深的理解，而这样一种贯穿全文、甚至全书的隐喻，也往往能使有心的读者获得智性的和审美的双重阅读快感。绵延不绝的此类隐喻还有一个功能，它能使布罗茨基的散文收放自如，用帕鲁希娜的话来说就是："布罗茨基稠密的隐喻使他可以随意调节其叙述的速度和方向。"①借助联想和想象推进的散文文本，自然能够获得更大的自由度和更多的张力。

<h1 style="text-align:center">四</h1>

其实，各种文学体裁之间原本就无太多严格清晰的界线，一位既写散文也作诗的作者自然也会让两种体裁因素相互渗透，只不过在布罗茨基这里，在《悲伤与理智》中，诗性元素对散文的渗透表现得更为突出罢了，他自己诗歌创作中的主题和洞见，灵感和意象，结构和语法，甚至具体的警句式诗行和押韵方式，均纷纷被引入其散文；只不过在布罗茨基这里，他借鉴诗歌元素进行的散文创作，"用诗歌的花粉为其散文授精"②，取得了更大的成功。如前所述，布罗茨基在体裁的等级体系中向来是褒诗歌而贬散文的，他在收入此书的题为《怎样阅读一本书》的演讲中又说："散文中的好风格，从来都是诗歌语汇之精确、速度和密度的人质。作为墓志铭和警句的孩子，诗歌是充满想象的，是通向任何一个可想象之物的捷径，对于散文而言，诗歌是一个伟大的训导者。它教授给散文的不仅是每个词的价值，而且还有人类多变的精神类型、线性结构的替代品、删除不言自明之处的本领、对细节的强调和突降法的技巧。尤其是，诗歌促进了散文对形而上的渴望，正是这种形而上将一部艺术作品与单纯的美文区分了开来。无论如何也必须承认，正是在这一点上，散文被证明是一个相当懒惰的学生。"（第86—87页）可是，布罗茨基自己的散文却并非此等"懒惰的学生"，他用诗歌的手段写成

---

① Polukhina V. *The Prose of Joseph Brodsky*：*A Continuation of Poetry by Other Means*//*Russian Literature*，XLI（1997），p. 236.

② Polukhina V. *The Prose of Joseph Brodsky*：*A Continuation of Poetry by Other Means*//*Russian Literature*，XLI（1997），p. 226.

的散文或许就是诗歌和散文的合体，是这两种体裁之长处的合成。

诗歌和散文之间的过渡体裁被人们称为"散文诗"（prose poem；стихотворение в прозе）或"韵律散文"（rhythmical prose；ритмическая проза）等等，而布罗茨基"诗化散文"（poeticise prose）的尝试之结果则被帕鲁希娜归纳为"散文长诗"（poema in prose）①，或许，我们可以更确切地将《悲伤与理智》一书的文体定义为"诗散文"（проза в стихах）。布罗茨基在谈及茨维塔耶娃的散文时曾套用克劳塞维茨关于"战争是政治的继续"的名言，说茨维塔耶娃的散文"不过是她的诗歌以另一种方式的继续"②。帕鲁希娜再次套用这一说法，亦称"布罗茨基的散文就是其诗歌创作以另一种方式的继续"③。《悲伤与理智》中的21篇散文均以诗为主题，均用诗的手法写成，均洋溢着浓烈的诗兴和诗意，它们的确是诗性的散文，但是，如果仅仅把这些散文视为布罗茨基的诗歌创作以另一种体裁形式的继续，这或许是对布罗茨基散文的主题和体裁独特性的低估，甚至是某种程度的"贬低"。布罗茨基的确将大量诗的因素引入了其散文，可与此同时他也未必没将散文的因素引入其诗歌。也就是说，在布罗茨基的整个创作中，诗和散文这两大体裁应该是相互影响、相互交融的，两者间似乎并无分明的主次地位或清晰的从属关系。至少是在布罗茨基来到西方之后，一如俄文和英文在布罗茨基语言实践中的并驾齐驱（布罗茨基曾自称为语言的"混血儿"〈mongrel，第167页，《一件收藏》〉），散文和诗歌在布罗茨基的文学创作中也始终是比肩而立的（就像是一对"双胞胎"）。布罗茨基曾称

---

① Polukhina V. *The Prose of Joseph Brodsky*：*A Continuation of Poetry by Other Means*//*Russian Literature*，XLI（1997），p. 239. 帕鲁希娜在这一概念中用了一个俄语单词 poema，即 поэма。

② Brodsky J. *Less Than One*，Farrar Straus Giroux，NY：1986，p. 178. 中译见布罗茨基《文明的孩子》，刘文飞译，中央编译出版社1999年版，第119页。

③ Polukhina V. *The Prose of Joseph Brodsky*：*A Continuation of Poetry by Other Means*//*Russian Literature*，XLI（1997），p. 239.

弗罗斯特的《家葬》一诗为"真正的仿芭蕾双人舞"（the real faux pas de deux，第 206 页，《悲伤与理智》）；布罗茨基在阅读哈代的诗歌时感觉到一个乐趣，即能目睹哈代诗歌中"传统语汇"和"现代语汇""始终在跳着双人舞"（the constant two-stop，第 282 页，《关爱无生命者》）。在布罗茨基的散文中，我们也同样能看到这样的"双人舞"，或曰二重奏，只不过两位演员换成了他的诗歌语汇和散文语汇。以《悲伤与理智》一书为代表的布罗茨基散文创作所体现出的鲜明个性，所赢得的巨大成功，使得我们有理由相信，布罗茨基的散文不仅是其诗歌的"继续"，更是一种"发展"，甚至已构成一种具有其独特风格和自在意义的"存在"。与诗歌一样，散文也成为布罗茨基表达其诗性情感和诗歌美学的主要方式之一。布罗茨基通过其不懈的诗性散文写作，已经跨越了诗歌和散文这两种文体间的分野甚或对峙；布罗茨基借助《悲伤与理智》一书的写作和出版，已经让诗人和散文家的名分在他身上合二为一。布罗茨基的散文无疑是堪与他的诗歌媲美的又一文学高峰，两者相互呼应，相互补充，构成了布罗茨基文学创作的有机统一体。

原载《俄罗斯研究》2014 年第 3 期

弗拉基米尔·索洛维约夫的思想史意义

1900 年 7 月 31 日（新历 8 月 13 日），弗拉基米尔·谢尔盖耶维奇·索洛维约夫病逝于莫斯科郊外的乌兹科耶庄园（今莫斯科工会大街 123a 号），年仅 47 岁。这位逝于 20 世纪元年的俄国哲学家，其思想却构成俄国思想史上的重要分水岭之一，他因此成为一位真正意义上的 20 世纪思想家；他生命的最后一站乌兹科耶在俄语中意为"狭窄庄园"，而他的精神遗产却穿越时空，在俄国产生了持续而又广泛的影响。

一

弗拉基米尔·索洛维约夫 1853 年 1 月 16 日（新历 28 日）生于莫斯科一户真正的书香门第，其父是俄国最著名的历史学家之一谢尔盖·米哈伊洛维奇·索洛维约夫（1820—1879），29 卷本的史学巨著《俄国通史》（1851—1879）的作者，1871—1877 年间任莫斯科大学校长；其母出身大贵族，是俄罗斯和乌克兰著名哲学家斯科沃洛达（1722—1794）的后裔。弗拉基米尔·索洛维约夫的哥哥弗谢沃洛德和妹妹波里克谢娜均为作家，著名的象征派诗人小谢尔盖·索洛维约夫（1885—1942）是他的侄子。

在莫斯科读完中学后，16 岁的索洛维约夫进入莫斯科大学数理系学习，两年后转入文史系。他很早便表现出对哲学和宗教问题的浓厚兴趣："我自幼年起迷恋宗教问题，我在 14—18 岁间经历了多个阶段的理论否定和实践否定。"① 他在大学苦读诗书，热衷哲学和历史，同时也迷恋占卜和招魂术等"玄学"。索洛维约夫 1873 年大学毕业后留校，在哲学教研室工作，同年迁居谢尔吉镇，在圣谢尔吉修道院的神学院听课一年。1874 年，索洛维约夫完成题为《西方哲学的危机（驳实证主义者）》（*Кризис западной философии（против позитивистов）*）的硕士论文，对西方的实证主义哲学提出质疑，指出了西方哲学中唯理论和经验论这两种认识论所具有的片面性。答辩于 1874 年 11 月 24 日在彼得堡大学举行，索洛维约夫完成答辩后获哲学副教授职称，继续在莫斯科大学授课。1875 年 6 月，索洛维约夫前往英国，在大英博物馆研究印度哲学、诺斯替哲学和中世纪哲学，其间突然在内心听闻"索菲娅②的神秘召唤"，于 1875 年 10 月 16 日启程前往埃及，于夜宿沙漠时分得见索菲娅显容。1876 年回国后，索洛维约夫在莫斯科大学执教逻辑学与古代哲学史课程，此时与索菲娅·彼得罗夫娜·希特罗沃相识，他与后者的恋情持续很久，却未成眷属。索菲娅·希特罗沃是诗人外交官希特罗沃的夫人，彼得堡沙龙的女主人，她年长索洛维约夫 5 岁，在结识索洛维约夫时已是三个孩子的母亲，索洛维约夫将她视为智慧女神索菲娅的人间化身，视为能赋予他创作灵感的缪斯，终生钟情于她，矢志不渝。

由于厌倦莫斯科大学教授间的钩心斗角，索洛维约夫于 1877 年辞去教职，前往彼得堡，任国民教育部学术委员会委员，同时在彼得堡

---

① Под ред. *Николаева П*. Русские писатели. Биобиблиографический словарь. М.：Просвещение. 1990. Т.2. С.244.

② София，又译"索菲亚"，因这一形象源自希腊神话中的智慧女神，在索洛维约夫处又被视为"永恒温柔"之化身，故在此处译为更具阴性色彩的"索菲娅"，借此亦可有别于作为地名的"索菲亚"。

大学和高等女子学院做讲座。他的系列讲座《神人类讲座》（*Чтения о Богочеловечестве*）赢得广泛欢迎，陀思妥耶夫斯基和托尔斯泰都曾是他的听众。索洛维约夫在彼得堡与陀思妥耶夫斯基密切交往，两人曾结伴前往奥普塔修道院，陀思妥耶夫斯基的夫人在她的《回忆录》中忆及他们两人交往的温暖场面。① 在彼得堡期间，索洛维约夫的世界观逐渐形成，他展开积极的政论写作和哲学著述，他的两部重要哲学著作均写于这一时期，即《完整知识的哲学本原》（*Философические начала цельного знания*，1877）和《抽象原理批判》（*Критика отвлеченных начал*，1880），他借此建立起他的"万物统一"（всеединство）哲学体系。1880 年 4 月 6 日，他以《抽象原理批判》作为博士论文在彼得堡大学完成答辩。1881 年 3 月 28 日，他在公开演讲中呼吁宽恕刺杀亚历山大二世的刺客，引起当局不满，之后被迫离开大学和国民教育部，在28 岁时宣布"退休"，从此开始他所谓的"流浪生活"时期。索洛维约夫始终没有家庭，没有居所，大多居住在友人处，或旅行国外。但是在这一时期，他关于社会、政治和宗教的思考甚多，成果甚丰，学术影响也甚大，最终提出他的"神权政治乌托邦"（теократическая утопия）理想。他相继推出的重要著作有：《纪念陀思妥耶夫斯基的三次演讲》（*Три речи в память Достоевского*，1881—1883），《生活的精神基础》（*Дуновные основы жизни*，1882—1884），《大争论与基督教政治》（*Великий спор и християнская политика*，1883），《俄国的民族问题》（*Национальный вопрос в России*，1883—1891），《神权政治的历史和未来》（*История и будущностъ теократии*，1885—1887），《俄国与欧洲》（*Россия и Европа*，1888），《俄罗斯理念》（*Русская идея*，1888），《俄国与普世教会》（*Россия и Вселенская церковь*，1889）等。

---

① 见《安娜·陀思妥耶夫斯卡娅回忆录》，倪亮译，广西师范大学出版社 2013 年版，第246—247、325 页等处。

1891 年，他应邀主编著名的《布罗克豪斯－埃夫隆百科全书》的哲学部分，撰写词条 130 多篇，这在一定程度上促成了他的"重返哲学"。同年，他爱上又一位名为"索菲娅"的女性，即索菲娅·米哈伊洛夫娜·马尔蒂诺娃（1858—1908，她的公公就是在决斗中杀死莱蒙托夫的军官马尔蒂诺夫），为后者写下一组情诗，据索洛维约夫称，他在马尔蒂诺娃的脸上最后一次看到智慧女神索菲娅的神采。在生命的最后 10 年，索洛维约夫对"神权政治的未来"颇为失望，转而关注哲学、伦理学和美学，写出大量著作，如《自然之美》（*Красота в природе*，1889）、《艺术的普遍意义》（*Общий смысл искусства*，1890）、《爱的意义》（*Смысл любви*，1892—1894）、《善的证明》（*Оправдание добра*，1894—1897）、《理论哲学》（*Теоритическая философия*，1897—1899）和《关于战争、进步和世界历史终结的三次谈话》（*Три разговора о войне，прогрессе и конце всемирной истории*，1899—1900）等，为后人留下一笔宝贵的思想遗产。1898 年，索洛维约夫再度前往埃及，或许是为重温当年目睹索菲娅显容时的感受，回国后他写下长诗《三次相会》（*Три свидания*，1898），此诗的副标题"莫斯科—伦敦—埃及，1862—1875—1876"便交代了他在不同地点（莫斯科的教堂、伦敦的大英博物馆和埃及的沙漠）、不同时间与索菲娅女神的三次神秘相会。

索洛维约夫一直过着"流浪"生活，并长期斋戒，这影响到他的身体健康。他还喜欢无节制地使用松节油，认为松节油的气味能驱除一切病魔，他称之为"索洛维约夫香水"（Bouquet Solovieff），但松节油有毒，对肾脏尤其有害，故马科夫斯基在《白银时代的帕耳那索斯山上》一书中断言："这种'驱魔松脂'让他送了命，他用松节油慢慢地毒死了自己。"[1] 1900 年夏，索洛维约夫来至莫斯科，将其翻译的柏拉图著作送交出版社。7 月 15 日，他感觉身体不适，便让人送他至友人

---

[1] *Маковский С.*На Парнасе Серебряного века. М.：XXI век-Согласие. 2000. C.560.

特鲁别茨科依家的庄园乌兹科耶。两周后，索洛维约夫去世，死因是动脉粥样硬化、肝硬化和尿毒症共同导致的机体衰竭。

索洛维约夫的一生是短暂的，但他在俄国思想史上的意义却持久而又深远。在我们看来，他的影响至少体现在以下三个方面：首先，他被公认为俄国现代哲学的奠基人，他创建的万物统一哲学为俄国现代哲学体系的构建奠定了基础；其次，他率先提出并思考了关于俄国历史命运和发展道路的"第三条路径"；最后，是他试图融哲学、神学和文学为一体的创作追求和创作方式也具有深刻的本体论和方法论意义。

二

"索洛维约夫是俄罗斯第一位职业哲学家，也是第一个建立了完整哲学体系的俄罗斯哲学家。"[①] 因此，他如今被誉为"俄国现代哲学之父"。索洛维约夫哲学的核心命题，就是他的"万物统一论"。不到五旬即离世的索洛维约夫，其创作活动持续了30年，这30年又大致可划分为三个时期，即19世纪的70、80和90年代。第一个10年主要是对西方哲学的抽象理性主义和实证主义的质疑；第二个10年主要是对其神权政治乌托邦学说的构建；在最后一个10年，索洛维约夫则返回哲学，将注意力置于历史哲学、道德哲学、美学等理论哲学领域。然而，若将索洛维约夫的哲学作为一个整体来看待，可以发现其中贯穿的主题就是"万物统一论"，索洛维约夫不同时期的思考，似乎都在自不同角度、不同范畴对这一主题进行添加和阐释。索洛维约夫提出的一系列影响深远的哲学概念，如"索菲娅"（София）、"永恒温柔"（Вечная женственность）、"神人类"（богочеловечество）、"完整知识"

---

① 徐凤林：《索洛维约夫哲学》，商务印书馆2007年版，第1页。

（цельное знание）、"有机逻辑"（органическая логика）和"神权政治"（теократия）等，均与"万物统一论"有着程度不等的直接关联。

索菲娅是索洛维约夫宗教哲学的核心命题之一。"索菲娅"一词在希腊语中有"母性""知识""智慧"等意，因此它又有"智慧女神"（Премудрость）之称，在古希腊罗马时期和中世纪的哲学中，索菲娅被理解为智慧的特殊显现或具象的智慧，亚里士多德称之为"关于实质的知识"，荷马称之为"关于创造的理性能力"。西方文字中"哲学"（философия/philosophy）一词的词根就是"索菲娅"（-софия/-sophy），"哲学"的意思也就是"爱智慧"。索菲娅以"工师"的身份出现在《圣经》中，被当作神的创造意志："在耶和华造化的起头，在太初创造万物之先，就有了我。……那时，我在他那里为工师，日日为他所喜爱，常常在他面前踊跃，踊跃在他为人预备可住之地，也喜悦住在世人之间。"[1] 在拜占庭和古代罗斯，索菲娅作为"神的智慧"（Премудрость Божия）的观念得到发展，俄国东正教中根深蒂固的圣母崇拜亦为这一观念的体现和结果之一。索洛维约夫对这一概念和形象进行再创造，赋予其新的内涵，使其成为一个哲学概念和思想史术语。索洛维约夫将索菲娅视为"神的身体"（тело Божие）和"世界的灵魂"（душа мира），视为神的绝对统一中与逻各斯并列的另一构成："索菲娅是神的身体，是充盈着神的统一原则的神的物质。在自身之中实现了这种统一或具有这种统一的基督，作为一个既是普遍化的又是个性化的神的完整统一有机体，它既是逻各斯也是索菲娅。"[2] "如果在神的存在物里，在基督里，第一个或产生的统一就是神自身，是作为积极力量或逻各斯的上帝，如果在这个统一里我们拥有的基督是神的存在物自身，那么第二个，被产生的统一就是人类的原则，是理想的或正常的人，我们给它一个神秘的

---

[1] 《新旧约全书》，中国基督教会印发，1989 年，南京，第 605 页。

[2] *Соловьев В.* Сочинения. М.：Раритет. 1994. С.110.

名字——索菲亚。"① 在索洛维约夫一生的不同时期，他对索菲娅的理解
有所不同，实际上，他的索菲娅概念是相当模糊和庞杂的。据洛谢夫归
纳，索洛维约夫关于索菲娅概念的阐释竟有 10 种之多，从绝对的神的
存在到理想的人类，从神秘的宗教象征到具体的诗歌形象。② 但无论如
何，将索菲娅理解为神的人性构成、人性显现或人性存在，即"永恒温
柔"，将索菲娅视为物质和观念的合成，是物质化的观念，或观念化的
物质，是神的世界和自然世界之间的中介，这应该是索洛维约夫一个始
终不渝的命题。更为重要的是，索洛维约夫还强调了这一形象的俄罗斯
民族属性，他在《俄国与普世教会》一文中写道："我们祖先的宗教艺
术把'智慧'同圣母和耶稣基督紧紧联系在一起，同时又与这两者有显
著区别，把它描绘成一个特殊的神的形象。对于我们祖先来说，它是隐
藏于低级尘世的可见事物背后的神圣本质，是复活的人类的光辉灿烂的
灵魂，是大地的天使和保护神，是神的未来的和最终的体现。""这样，
除了把'智慧'看作是个别的神或人——圣母和圣子而外，俄罗斯民族
还喜欢把'智慧'理解为神和普世教会的社会体现。"③ 在索洛维约夫之
后，谢·布尔加科夫、弗洛连斯基、别尔嘉耶夫、别雷等人继续不断挖
掘、丰富这一概念，使其成为俄国宗教哲学乃至整个俄国文化的象征符
号之一，从而构建起所谓的"索菲娅学"（софиология/sophiology，又
译"智慧学"）。

关于神人、神人类和神权政治的学说，是索洛维约夫思想的又一
重要构成。索洛维约夫的哲学就其实质而言是一种宗教哲学，是一种
新的基督教意识，他的学说的独特之处，就在于调和人与神之间的对
立，谋求人和神的统一。索洛维约夫认为人是具有神性的，因为他是按

① 索洛维约夫：《神人类讲座》，张百春译，华夏出版社 1999 年版，第 118 页。
② 见张百春《索洛维约夫：俄罗斯哲学传统的奠基人》，索洛维约夫《神人类讲座》，张百
春译，华夏出版社 1999 年版，第 20 页。
③ 转引自徐凤林《索洛维约夫哲学》，商务印书馆 2007 年版，第 221 页。

照神的形象和样式被创造出来的特殊造物。在这里，索洛维约夫显然受到了欧洲那种始自古希腊罗马文明、经文艺复兴时期再至浪漫主义时代的"人的崇拜"之影响，但他在这一传统中注入宗教因素，从而形成了他新的基督教人道主义。就此一方面而言，索洛维约夫似乎在将世俗的人的学说神学化。另一方面，他认为神也是具有人性的，这一点的最好证明即作为神的化身的耶稣基督，作为精神的人，他身上既有神的特性，也有人的特性，是神和人的结合，亦即神人（богочеловек）。从这一方面来看，索洛维约夫似乎又在将神学世俗化，正因为如此，他的神人学说在当时遭到许多教会人士的拒绝，甚至至今仍被官方教会视为异端邪说。在《神人类讲座》中，索洛维约夫更将人类作为一个由神创造出来的、并且包含着神性原则的有机体，他在第二讲的结尾说道："旧有的传统宗教形式的出发点是对上帝的信仰，但它未能将这一信仰贯彻到底。当今的非宗教文明的出发点是对人的信仰，但它是不彻底的，也未能将这一信仰贯彻到底。被彻底贯彻、最终实现的这两种信仰，即对上帝的信仰和对人的信仰，将在统一完整、充盈无缺的神人类真理中走向一致。"[1] 这种实现了精神复兴的人类，就是神人类（богочеловечество）。索洛维约夫将神人类的学说运用于人类历史，于是发现，在基督降生之前，人类历史的具体走向就是使人获得神性；而在基督降生之后，历史进程的朝向则是神人类化；索洛维约夫将神人类学说运用于人类社会，则得出了神权政治的乌托邦模式。他认为神权政治时代将是人类社会在多神教时代和基督教时代之后的第三个阶段，亦为最后一个阶段，理想的阶段；在神权政治社会，神权、政权和先知权力构成"三种力量"，形成一种保障社会稳定、促进人类进步的平衡体系，教会、国家和地方自治会在道德、政治和经济领域各司其职，从而实现真正意义上的博爱、和平和正义。需要指出的是，晚年的索洛维约

---

[1] *Соловьев В.* Сочинения. М.：Раритет. 1994. C.33-34.

夫已逐渐意识到其神权政治说的乌托邦色彩，他虽然从未公开推翻此说，但他在《关于战争、进步和世界历史终结的三次谈话》等文中所流露出的深重的末世论情绪，则无疑构成对他雄心勃勃的神权政治蓝图的某种解构。

如何才能实现人的神圣化和神的人性化，并最终实现神权政治的理想社会呢？索洛维约夫因此提出了有机逻辑和完整知识的概念。索洛维约夫将存在划分为两类，即"存在"（бытие）和"实在"（сущее，又有"自在者"①、"存在物"②等译法），前者是通常意义上的存在，后者在索洛维约夫处则意味着某种精神实质和意志主体，即"存在之力量"（сила бытия），若将"实在"称为"显现"（являющееся），存在就是"现象"（явление），两者间的关系即神与世界的关系，实质与现象的关系，而在两者间起连接作用的就是"有机逻辑"。"真正的逻辑承认我们的认识的各个因素都不是独立的（正如机体的各个部分都不是独立的一样），承认我们的所有认识领域都是相对的；该逻辑把绝对始原视为真正的中心，我们认识的周边地区因而能连成一片，其各个部分和因素能够得到统一和精神联系，整个认识成了一个实实在在的机体，因此这样的逻辑理所当然地被称为有机逻辑。"③借助此种逻辑，各种知识、各个领域产生关联，从而构成一种完整知识。"完整知识"的概念最早系由斯拉夫派思想家伊万·基列耶夫斯基提出，索洛维约夫对这一概念做了进一步的丰富和发展。在索洛维约夫看来，有史以来的传统哲学均为"抽象原理"，均是各自为政的，而"完整知识"则是"真正的哲学"（истинная философия），是人的认知和人类知识的集大成者。索洛

---

① 徐凤林：《索洛维约夫哲学》，商务印书馆 2007 年版，第 152 页；徐凤林：《俄罗斯宗教哲学》，北京大学出版社 2006 年版，第 108 页。

② 洛斯基：《俄国哲学史》，贾泽林等译，浙江人民出版社 1999 年版，第 122 页。

③ 索洛维约夫：《完整知识的哲学本原》，见索洛维约夫《西方哲学的危机》，李树柏译，浙江人民出版社 2000 年版，第 245 页。

维约夫提出的"完整知识"至少包含着这样几层意思：首先，从方法论的角度看，完整知识是经验主义、理性主义和神秘主义等认知方式的统一；其次，从知识领域的角度看，它是哲学、科学和神学的统一；最后，从认知结果的角度看，它应该是感性、理性和经验的统一，是真善美的统一。索洛维约夫还将完整知识称作"自由的神智学"（свободная теософия）。"神智学"一词在词源学意义上是与"哲学"相关联的，均以"索菲娅"为词根，如果说"哲学"意为"爱智慧"，那么"神智学"则意为"智慧之圣化"；换言之，如果说哲学是对智慧的热爱，那么神智学就是对智慧的信仰。索洛维约夫为"神智学"加上"自由的"之定语，就是为了淡化其神学意义，并进而添加上理性成分和科学精神。索洛维约夫将"自由神智学"与"完整知识"相提并论，最终在《完整知识的哲学本原》一书中如此概括他的"完整知识"："自由的神智学是神学、哲学和经验科学的有机综合，只有这样的综合，才能囊括知识的完整真理，舍此，则科学、哲学和神学只能是知识的个别部分或方面，即被割下来的知识器官，因此和真正的完整真理毫无共同之处。很清楚，从未知的综合的任何一个成分出发，都可以求得这种综合。因为真正的科学不能没有哲学和神学，同样，真正的哲学也不能没有神学和实证科学，真正的神学也不能没有哲学和科学，所以，这些因素中的每一个臻于完满的因素，都必须获得综合的性质，变成完整的知识。"[1]

就这样，以索菲娅说为核心构成，以神人类说和神权政治乌托邦为理想目的，以有机逻辑和完整知识为手段和形式，索洛维约夫最终构建起了他的万物统一哲学体系。一部俄国《哲学百科全书》中的"万物统一"（Всеединство）词条这样写道："一个哲学范畴（或理念和原则），它表达世界万物存在的有机统一，世界存在各构成部分的相互渗

---

① 索洛维约夫：《完整知识的哲学本原》，见索洛维约夫《西方哲学的危机》，李树柏译，浙江人民出版社 2000 年版，第 195 页。

透和各自独立，尽管各有本质属性和个性，但它们彼此之间以及它们与整体之间仍具同一性。……万物统一作为弗·谢·索洛维约夫学说中的核心概念之一被提出，索洛维约夫的学说为万物统一哲学这一独特的俄国思想流派奠定了开端。"① 索洛维约夫的万物统一，既指存在意义上神和人的统一，也指哲学、宗教、科学和艺术等不同学科的统一；既指认识论意义上感性和理性的统一，也指人、自然和信仰等不同范畴的统一；既是独具特色的哲学体系，也是具有实践意义的认知方式。万物统一不是指一种自然状态，与天人合一之类的说法有所不同，它指一种理想状态、终极目标和最高原则，在索洛维约夫看来，人类的目的，人类存在的最高意义，就是"肯定的万物统一理想"（идея положительного всеединства，"肯定的"又有"积极的""正面的"等译法）之实现。将世间万物视为一个相互关联、和谐共生的有机体，这一观念由来已久，在东方的神话和宗教、在古希腊罗马的哲学中均可闻其先声。索洛维约夫在创建这一学说时，显然也对谢林的"同一哲学"、黑格尔的辩证法和斯拉夫派的"完整知识"等有所借鉴，但索洛维约夫的贡献在于，他将这一学说作为其学说总的核心，从不同的角度和范畴对其进行论证和阐释，以毕生的精力将其打造成一个哲学体系。而这一哲学体系的建立，则标志着俄国哲学的系统化、现代化之实现，标志着具有本土特色的俄国哲学学派之形成。在津科夫斯基的《俄国哲学史》（История русской философии）的下卷中，作者用开头两章、约占全书七分之一的篇幅论述索洛维约夫，并将始自索洛维约夫的俄国哲学发展阶段称为"创建体系的时期"②。更有索洛维约夫文集的一位序者断言，由于包括索洛维约夫在内的一批俄国哲学家的活动，"俄国哲学复兴"（русский философский ренессанс）得以实现，"世界哲学的中心自 19

---

① Под ред. *Маслина М.* Русская философия. Энциклопедия. М.：Алгоритм. 2007. С.106.

② 见津科夫斯基《俄国哲学史》下卷，张冰译，人民出版社 2013 年版，第 1—76 页。

世纪 70 年代起转移到了俄国"。①

三

　　如前所述，作为索洛维约夫万物统一哲学体系核心构成之一的完整知识说，源自 19 世纪中期形成的斯拉夫派，由此不难看出索洛维约夫的思想与斯拉夫派观点之间的密切关联。索洛维约夫思想的形成期，大致与俄国思想史中斯拉夫派和西方派的激烈对峙期同时，也就是说，索洛维约夫的生活和创作始终处于两派争论的思想史语境之中，他必然会与这两大思想派别产生联系。但是，与他那个时代的大多数思想家不同，索洛维约夫的思想立场却很难被简单地划归两大阵营的任何一方。有人认为索洛维约夫的思想历程是一个由斯拉夫派转变为西方派的过程，这一归纳显然过于简单。诚然，索洛维约夫的思想和学术活动起步于对西方哲学传统的批判，即他的《西方哲学的危机》。在恰达耶夫 1836 年发表的《哲学书简》引发俄国知识界和思想界的分野之后，索洛维约夫在很长一段时间里无疑更亲近斯拉夫派，他从斯拉夫派的主要思想家霍米亚科夫、伊万·基列耶夫斯基等人那里继承了重要的思想资源。但是，在斯拉夫派理论家达尼列夫斯基的《俄国和欧洲》一书引起广泛的社会反响之后，索洛维约夫却针锋相对地亮出他关于俄罗斯民族特性和俄罗斯国家命运的理解和思考，逐渐与斯拉夫派拉开了距离。

　　达尼列夫斯基的《俄国与欧洲》于 1869 年起在杂志上连载，1871 年出版单行本。作为一位曾任植物园园长的科学家，达尼列夫斯基认为人类文明的发展与动植物等生物体的生命过程相似，即由诞生至兴盛再

---

① *Гулыга А.* Русский философский ренассанс и творческая судьба Владимира Соловьева// *Соловьев В.* Сочинения. М.; Раритет. 1994. С.5.

到衰亡，世界历史的能动主体并非整个人类，而是文化历史类型，他由此提出他的"文化历史类型理论"（теория культурно-исторических типов）。达尼列夫斯基归纳出包括埃及、中国、亚述、印度、伊朗、犹太、希腊、罗马、阿拉伯、欧洲等在内十余个"类型"，并认为各个类型均有其兴衰荣枯期。达尼列夫斯基认为，自 19 世纪中期起，最后一个文化历史类型，即欧洲类型，开始衰落，取而代之的将是以俄国为中心的东斯拉夫文化历史类型，因为，保证文化历史类型健康发展的基础有四个，即经济、艺术、宗教和道德，以往的文化类型大多是单基础的，只有欧洲类型是双基础的，即对经济和艺术的并重，而俄罗斯国家和民族的独特属性，即它的专制政体、村社精神、东正教信仰和道德意识，使俄国注定要成为欧洲文明的拯救者，以俄国为中心建立起的斯拉夫世界，将成为一个前所未有的"四基础文化历史类型"（четырехосновный культурно-исторический тип），这便是俄国的历史使命之所在。联系到此书的副标题，即《斯拉夫世界与日耳曼 – 罗曼世界的文化和政治关系考》（*Взгляд на культурные и политические отношения славянского мира к германо-романскому*），便不难看出，此书的目的就在于将俄国与西欧并列，并进而论证俄国较之于西欧的优越，至少是论证俄国较之于欧洲具有更为深厚的文化潜力和更为深远的历史使命。此书面世后并未立即引起反应，但在作者去世后的 19 世纪80 年代，此书却激起很大反响，被视为泛斯拉夫主义的重要思想来源之一，斯特拉霍夫称之为"斯拉夫派的准则或法典"①。索洛维约夫读了此书后却不以为然，他同样以《俄国与欧洲》（*Россия и Европа*）为题写作一篇政论，公开抨击达尼列夫斯基的观点。索洛维约夫认为，达尼列夫斯基的文化历史类型试图否定人类历史发展的统一性和有机性，试图以某一类型的孤立发展取代世界历史的普遍性，而将俄罗斯民族和斯

---

① Под ред. *Маслина М.* Русская философия. Энциклопедия. М.：Алгоритм. 2007. С.472.

拉夫民族视为完全不同于西欧的最完善的文化历史类型，更是一种狭隘的民族主义立场。索洛维约夫认为，各种文化、各种文明之间的关系，并非相互隔绝的不同种类之间的并列关系，而是同一整体的各个部分之间的有机联系，任何一个文化历史类型均始终处于与其他类型的相互作用之中，因此某一类型的特殊优势和精选地位便无从谈起。索洛维约夫相信，"真理的太阳"会像"实在的太阳"一样，毫无差别地照耀着所有民族。包括斯特拉霍夫等人在内的许多斯拉夫派出面反驳索洛维约夫，哲学史家们大多认为，索洛维约夫与斯拉夫派的蜜月期就此终止。

但令人颇为诧异的是，索洛维约夫在此前后就俄罗斯民族的特殊属性和特别使命等问题发表的许多看法，与达尼列夫斯基在《俄国与欧洲》一书中提出的观点有诸多相似之处。在《完整知识的哲学本原》（1877）的开头，索洛维约夫这样写道：任何哲学必须回答的首要问题，即存在的目的问题，无论单个的人还是整个人类，都面临这一终极目的。接下来，索洛维约夫便将这一存在的目的问题摆到了俄罗斯民族的面前。他认为，俄罗斯民族的存在目的，即成为"神的潜力的体现者"，是除东方力量、西方力量之外的"第三种力量"（третья сила）、即斯拉夫力量的主要代表。"能够赋予人类发展以绝对内容的第三种力量，只能是崇高的神的世界的天启，而这种力量借以显现的那些人，那个民族，必定是人类和超人类现实之间的中介者，是这种超人类现实的自由和自觉的工具。这样的民族不应有任何特殊的有限使命，它的使命不是研究人类存在的形式和因素，而只能是传递活的灵魂，通过把人类和整个神圣的本原结合起来的途径，使支离破碎、半死不活的人类凝聚成一个整体。这样的民族不需要任何特殊的优点，无须任何特殊的力量和外在的天赋，因为它的行动并非出自自身，也不是在实现自我。只要求这个民族——第三种神的潜力的体现者——摆脱一切局限性和片面性，超越狭隘的特殊利益；要求它别一门心思在生活和活动的某个个别低级领域确认自己；要求它心平气和地对待这整个生命及其细小的利益，对崇高的世界的肯定的现实要充分信赖，对该世界要抱着听其自然的态度。这些特性无疑专属斯拉夫民族性格，尤其是俄罗斯民族的民族性格。"①在索洛维约夫看来，先后左右人类历史发展的两种力量，即"穆斯林文明"和"西方文明"已日薄西山，而以俄国为主导的第三种力量则是一种肩负使命的拯救力量，俄国介乎于东西方之间的"中间位置"不仅使她可以缓冲、调和东西方两种文明的冲突，更可以使她获得一种对两种文明进行综合并进而形成新的综合的可能性，这便是俄罗斯民族的弥赛亚使命。由此，他为俄国确立了一个新的"道德位置"，让它实现在精神上拉近、调和东西方文明的伟大使命。如果说，恰达耶夫的《哲学书简》是俄国西方派的思想宣言，意在论证俄国走西欧发展道路的必要性和必然性，达尼列夫斯基的《俄国与欧洲》是斯拉夫派学说的理论基础，旨在论证俄国发展道路的特殊性和优越性，那么，索洛维约夫在其一系列著作中提出的方案，则显然是为了调和西方派和斯拉夫派之间的思想对峙，并在综合东西方文化和文明的基础上发现俄国和俄罗斯民族的存在意义。索洛维约夫的立场究竟是西方派还是斯拉夫派，这个问题似乎是没有意义的，我们同意这样的说法，即"他在任何时期都既非斯拉夫论者，也非西方论者"②，或者说，他始终都既是斯拉夫派又是西方派，是一位试图调和、糅合两派主张的思想家。在斯拉夫派和西方派激烈争论的19世纪中后期，索洛维约夫是为数不多超越两派营垒的大思想家，这不仅是就他对东西方文化所持的独特看法而言的，更是因为他率先对俄罗斯民族和文化的独特属性做出了归纳和界定，为俄罗斯国家和民族发展的"第三条道路"指明了朝向。甚至可以说，索洛维约夫在当时俄国社会语境中所做的思考和表达，使得斯拉夫派和西方派两者间的对立有所消解，使得欧亚主义学说的萌芽在思想史的层面得以确立，

---

① 索洛维约夫：《完整知识的哲学本原》，见索洛维约夫《西方哲学的危机》，李树柏译，浙江人民出版社2000年版，第188—189页。

② 徐凤林：《索洛维约夫哲学》，商务印书馆2007年版，第261页。

俄国的"第三条道路"由此成为斯拉夫化和西化之外的又一选项。

索洛维约夫面对东西方宗教、亦即东正教和天主教的态度，也同样体现出某种矛盾性、双重性，或曰兼容性。索洛维约夫在家中 12 个孩子中排行第四，他因为早产身体虚弱，出生两月后才去东正教堂接受洗礼。索洛维约夫的爷爷是神甫，受虔诚信教的家庭氛围影响，索洛维约夫自幼充满宗教情感。但 13 岁时，索洛维约夫却经历一场"宗教危机"，他在自传中写道："我不仅开始冷淡我先前一向热衷的教堂礼拜，甚至真的着手破坏圣像，把我房间里的几幅圣像扔进了窗外的泔水坑。"① 大学毕业前后，他转而认真面对宗教问题，前往神学院旁听一年。与斯拉夫派接近的那段时间，也是索洛维约夫东正教信仰体现得最为显明的时期，如同他对西方哲学所持的批评态度，他认为以天主教为代表的西方宗教是反基督传统的体现者。19 世纪 80 年代，为实现自己的神权政治主张，索洛维约夫主张东方和西方教会的重新联合，他转而接近天主教，亲往萨格勒布会见天主教主教施特罗斯迈尔，并在萨格勒布和巴黎先后出版《神权政治的历史和未来》《俄国与普世教会》等书，将神权政治的使命完全寄托于西方天主教，并称俄国东正教会为"僵死的教会"（мертвая церковь）②，这使得俄国内外的人士普遍认为，索洛维约夫的宗教信仰已由东正教转向天主教，还有传闻说，他曾在天主教堂重新受洗。在索洛维约夫与东正教会关系最为紧张的时期，他的作品甚至被认为是亵渎正教的。他的《俄国和普世教会》一书出版后，索洛维约夫更被禁止在俄国发表任何与宗教相关的文字。然而，洛斯基在《俄国哲学史》中写到索洛维约夫的时候，却花费不少篇幅来"证明索洛维约夫是一个笃信东正教的人"。比如，1886 年，索洛维约夫自萨格勒布回国后曾致信大司祭安东尼，称"我回到俄国时要比离开它时更为信奉

---

① *Соловьев В.* Сочинения. М.：Раритет. 1994. C.8.

② *Соловьев В.* Сочинения в двух томах. М.：Мысль. 1988. T.1. C.16.

东正教了";再比如,索洛维约夫临终时坚持让一位东正教神甫为他举行圣餐仪式。在肯定索洛维约夫"从生到死都是一个东正教徒"的同时,洛斯基也言及,索洛维约夫提出的神权政治乌托邦理想,是"迈出了既得不到东正教教会也得不到天主教教会首肯的一步"①。如果说,索洛维约夫在东正教和天主教之间的确有过左右摇摆和举棋不定,或者如果说,索洛维约夫究竟是一位天主教徒还是东正教徒,这尚为一个存在争议的问题,那么,其原委其实倒不难理解,即索洛维约夫试图在东方和西方两种基督教之间谋求平衡,寻找关联,并最终实现两者的结合;而他的普世教会和神权政治的理想,说到底,其实也是试图为俄国和俄国教会某得更大的施展空间和更高的精神地位。

索洛维约夫的"三种力量说"提出之日,正是俄土战争激烈进行之时,当时的俄国社会弥漫着浓烈的爱国主义、甚或民族主义情绪,索洛维约夫认为俄罗斯民族肩负着特殊的历史使命,这一看法的提出与当时俄国的社会语境或许不无关系,他当时曾以《三种力量》(*Три силы*)为题做过一次公开演讲。但是,"关于俄国在世界历史中的存在意义问题",却始终是索洛维约夫思考的中心问题之一,而索洛维约夫的思考路径,就是俄国在基督教世界的地位、价值和意义。在1888年用法文在法国发表的《俄罗斯理念》一文中,索洛维约夫认为,俄罗斯民族的存在意义就在于其肩负的宗教使命。从俄国的历史看,弗拉基米尔大公接受基督教,俄罗斯人主动邀约瓦兰人入主罗斯,均体现出了其宽宏大量的民族天性;从俄罗斯人的生活态度看,他们淡泊物质利益,注重静观和内省,是真正的"基督教民族";从国家体制上看,以集体向心力为基础的专制制度则为东西方教会的统一和普世教会的建立奠定了社会基础。因此,"俄罗斯理念,俄罗斯的历史义务要求我们承认我们与普世的基督大家庭的不可分割的联系,要求把我们所有的民族天赋,我

---

① 洛斯基:《俄国哲学史》,贾泽林等译,浙江人民出版社1999年版,第109—110页。

们帝国的所有能力，都用在对社会三位一体的彻底实现上……在人间恢复神的三位一体的真正形象，这就是俄罗斯的理念。这个理念自身没有任何片面的和分裂的东西，它只是基督教理念的新侧面，要实现这个民族使命，我们不需要反对其他民族，而应该与它们一起，为了它们，俄罗斯理念是正确的，其伟大证明就在这里"。[1] 斯拉夫派通常将虔诚的宗教感视为俄罗斯民族最突出的精神属性之一，即所谓"聚合性"（соборность），东正教在俄罗斯民族和国家发展过程中的强大作用因而得到强调，"东正教、专制政体和民族性"的三位一体学说在提出之后始终影响深远。索洛维约夫却认为，在俄国近代以来的历史中，教会其实始终处在国家的控制之下，即政权大于神权，俄国教会的影响力和凝聚力其实呈逐渐下降之趋势，而俄国所处的独特地理位置，后起的俄国在不断扩张的过程中所遭遇的强大对抗，以及俄国为捍卫国家的完整和统一所必须付出的巨大代价，这一切都在不断地强化俄国的国家性，国家性因此取代宗教性成为俄国社会和历史中的最重要因素。一方面，是俄国国家政权的强大和东正教会的相对附属地位；另一方面，是西方教会的强大影响力和西方社会中人的信仰对神的信仰构成的威胁，这使得索洛维约夫意识到，理想的社会模式，就应该是由俄国君主制与天主教教皇的联盟形式，即"自由的神权政体"。

"力求对作为一个整体的现实做出彻底的认识和形而上学学说的具体性，这些乃是俄国哲学思想的特殊特征。这些特征又为索洛维约夫的哲学体系所特有。"[2] 将俄国和欧洲的关系置入作为整体的世界历史进程，从形而上学的角度考察俄国的命运，强调俄罗斯民族的神性特质及其因此而具有的包容性和合成性，索洛维约夫因此论证了俄罗斯国家和民族的存在意义。索洛维约夫的这一观点，既是俄罗斯民族传

---

① 索洛维约夫：《俄罗斯理念》，载索洛维约夫《神人类讲座》，张百春译，华夏出版社1999年版，第206页。

② 洛斯基：《俄国哲学史》，贾泽林等译，浙江人民出版社1999年版，第120页。

统的弥赛亚意识在新的历史阶段的再度显现，反过来，它在特殊的历史阶段又空前地确立、强化了俄罗斯民族的弥赛亚意识。应该说，这是在哲学层面、思想史层面关于俄罗斯民族特殊使命的最早表述之一。从人类存在终极意义的角度来探讨俄罗斯民族的特殊属性和精神潜力，并进而对俄罗斯国家的命运和俄罗斯民族的使命做出归纳和界定，索洛维约夫的这一举动，既是他作为俄罗斯民族的精神先知发出的殷切召唤和热烈希冀，同时也是俄罗斯民族自我意识觉醒的标志之一，是俄罗斯思想欲获得自我确立和释放的具有转折意义的举动之一。索洛维约夫对俄罗斯民族特殊使命、俄罗斯国家特殊道路的探索，他试图在东西方文化间谋求平衡并进而为俄罗斯文化谋得独立存在意义的尝试，对后世的俄国思想家产生了深远的影响，别尔嘉耶夫的俄国文化的"东西方构成说"（Восток-Запад），20 世纪 20 年代的"路标转换派"（Сменовеховство），尼古拉·特鲁别茨科依、萨维茨基等人提出的"欧亚论"（Евразийство），以及列夫·古米廖夫的"新欧亚论"（Неоевразийство），乃至利哈乔夫的俄国文化的"斯堪地纳斯拉夫"结构（Скандославия）等，或许均从索洛维约夫的这一思想文化立场汲取了资源和启迪。

四

　　索洛维约夫思想的最大特征，或许就是其综合性。徐凤林指出："思想家索洛维约夫区别于同时代哲学家的显著特点是实现了广泛的综合，在这种综合中创造出了一种别具一格的哲学学说。"[①] "综合"（синтез）是索洛维约夫作品中出现频率极高的一个词汇，他的哲学被

---

①　徐凤林：《索洛维约夫哲学》，商务印书馆 2007 年版，第 19 页。

人称为"综合哲学"（философия синтеза），他也自称他的学术理想就是实现"大综合"（Великий синтез），津科夫斯基在其《俄国哲学史》中还注意到索洛维约夫使用的另一术语，即"有机体结合"（сизигия，又译"生动的结合"①）②。索洛维约夫喜欢在他的诸多重要概念前添加定语，如"自由的神智学"（свободная теократия）、"有机的逻辑"（органическая логика）、"绝对的实在"（абсолютное сущее）、"肯定的万物统一"（положительное всеединство）等等，这样的表达方式是一种确定和限定，更是某种内在的综合企图之外在显现。谢尔盖·布尔加科夫曾说："索洛维约夫的体系是哲学史上所曾奏响的音色最为饱满的一组和弦。"③

"音色最为饱满的和弦"（самый полнозвучный аккорд），这既是就索洛维约夫哲学体系的来源和内涵而言的，亦指其结构和表达方式。津科夫斯基在其《俄国哲学史》中对这组"和弦"的构成细针密缕，从中分辨出六大旋律，即：1. 19 世纪 60 年代俄国社会"对于进步的信仰"；2. 索洛维约夫本人用哲学"改造"基督教神学的强烈愿望；3. 斯拉夫派的"完整知识"理念；4. 对历史的非凡敏锐的感受（津科夫斯基就此感慨："索洛维约夫是历史学家的儿子这一点绝非偶然。"④）；5. 神人类概念；6. 作为其哲学灵感来源之一的索菲娅理念。津科夫斯基总结道："索洛维约夫的体系的确是对其种种理念加以有机综合的一次尝试。"⑤ 接下来，这位哲学史家又对索洛维约夫所受影响的来源进行梳理，列出长长一串名单：外来的影响有斯宾诺莎（索洛维约夫称之为他的"哲学初

---

① 索洛维约夫：《爱拯救个性》，方珊、何强、王利刚选编，董友、杨朗译，山东友谊出版社 2005 年版，第 62 页。

② 津科夫斯基：《俄国哲学史》下卷，张冰译，人民出版社 2013 年版，第 49 页。

③ 转引自津科夫斯基《俄国哲学史》下卷，张冰译，人民出版社 2013 年版，第 15 页。译文有改动。

④ 津科夫斯基：《俄国哲学史》下卷，张冰译，人民出版社 2013 年版，第 17 页。

⑤ 津科夫斯基：《俄国哲学史》下卷，张冰译，人民出版社 2013 年版，第 19 页。

恋")、康德、费希特、叔本华、哈特曼、谢林、黑格尔，还有卡巴拉学说和神秘主义；俄国本土的影响则为斯拉夫派（尤其是霍米亚科夫和基列耶夫斯基）、恰达耶夫、费奥多罗夫、尤尔凯维奇和库德里亚夫采夫等。洛斯基在他的《俄国哲学史》中则写道："索洛维约夫哲学主要是在以下一些学说的影响下形成的，这些学说有：他老师尤尔凯维奇教授（莫斯科大学）的基督教柏拉图主义，谢林在他的《神话和启示哲学》中所阐发的有关绝对物与世界的联系的学说，以及他的有关自然界朝创造绝对机体方向发展的自然哲学学说。索洛维约夫对完整知识的具体原则和条件的研究，无疑是与斯拉夫主义者基列耶夫斯基和霍米亚科夫的思想相联系的。"① 徐凤林在梳理索洛维约夫万物统一论的哲学史源头时也写道："从古希腊开始，哲学思维就在探求多样性世界的统一本原，或认识存在的共同的形而上学原则。在一定意义上可以说，柏拉图的'理念世界'、普罗提诺的'太一'、斯宾诺莎的'实体—神'、神秘主义者的'世界灵魂'、谢林的'同一哲学'等等，都是'万物统一'思想的不同表达。"② 可以说，索洛维约夫的哲学体系，本身就是俄国和世界相关理论和学说的集大成者。

索洛维约夫一生的思想探索过程也是充满起伏和变化的。洛谢夫为索洛维约夫一套文集写作了题为《弗拉基米尔·索洛维约夫的创作道路》的序言，他在这篇序言的结尾写道："弗·索洛维约夫的哲学发展经历了这样一条道路，即始自心平气和的理论思考，经历躁动不安的教会和政治探索，再经浪漫的自然主义乌托邦及其对进步的信念和之后的完全失望，直至关于整个文明即将谢幕和死亡的惊人预言。"③ 这些"多变"，既体现了索洛维约夫思想探索过程之艰难和深刻，同时也是其思

---

① 洛斯基：《俄国哲学史》，贾泽林等译，浙江人民出版社 1999 年版，第 158—159 页。

② 徐凤林：《俄罗斯宗教哲学》，北京大学出版社 2006 年版，第 111 页。

③ *Лосев А.* Творческий путь Владимиа Соловьева//*Соловьев В.* Сочинения в двух томах. М.：Мысль. 1988. Т.1. С.32.

想的多元构成之表露。他的思考涵盖哲学、神学、史学、美学、政治学、社会学、伦理学、文艺学等多个领域，他同时用哲学著作、政论、对话、诗歌等不同体裁进行创作，他的关注对象既有现实问题也有宇宙意识，既有教会合并运动也有上帝的绝对存在，既有"爱的意义"也有"自然之美"，他的思想内涵和表达方式均体现出罕见的综合性。索洛维约夫用哲学的手段来解决神学和美学问题，反过来，他又为哲学和艺术注入了宗教内涵，他的终极关怀和综合思维是目的也是手段，是世界观也是方法论。"像索洛维约夫哲学这样的哲学体系有很大的优点。即使这些理论并没有最终解决宇宙之谜，但它们起码明白而简单地指出：人类理性拥有成功解决把有关世界的高级方面和低级方面的诸学说结合为一个统一整体这样问题的方法和手段。"① 徐凤林曾用一段热情洋溢的排比句式来归纳索洛维约夫及其思想的特色："除了索洛维约夫之外，似乎没有哪一位哲学家提到了绝对者的身体或永恒的身体；没有哪一位基督徒能说出，人之所以高于无形体的天神是因为人有肉体、有身躯，能够为自己和为他人而斗争，拥有选择的自由；没有哪一位宗教哲学家或非宗教哲学家能够教导说，神性不仅在个体，也在社会结构；没有哪一位神秘主义者相信社会政治进步是必然的和受神性制约的；也没有哪一位当时的哲学家因对自由资本主义的进步观如此失望以至于以末世论来结束自己的体系；没有哪一位神秘主义哲学家能够如此明确地认识到，观念不能离开事物而存在，无论它有多么高尚，哪怕它是上帝本身；没有哪一位社会政治思想家能够把自己的社会思想追溯到古代俄罗斯民族的'智慧'象征；在 20 世纪世界灾难的前夜，没有哪一位思想家、作家、诗人和社会政治活动家能够为当代文明的瓦解和预感到人类的空前分裂而惶恐不安。当然，如果利用历史的显微镜和放大镜，也许可以在某些其他思想家那里找到上述成分，但这并不影响索洛维约夫整个哲学

---

① 洛斯基：《俄国哲学史》，贾泽林等译，浙江人民出版社 1999 年版，第 135 页。

的独有特色。"① 索洛维约夫思想所具有的这一"独有特色",既是就其思想的内容构成而言的,无疑也是就其方法论特征而言的。索洛维约夫的哲学体系及其建构方式,他的思想内涵及其表达手段,这两者高度契合,即两者均呈现出高度的概括性和综合性。

索洛维约夫的理论建构方式有一个显著的特征,即他十分热衷"三"的组合,比如:他在《善的证明》中将人的道德本性归结为人的三种内在感受,即"羞耻、怜悯和崇敬"(стыд, жалость и благоговение)②;他在《爱的意义》中依据索取和奉献在爱中所占的不同比例将爱划分为三种,即"奉献的爱、索取的爱和平等的爱";他心目中的自由神智学即神学、哲学和科学的有机综合;他将神权政治的理想社会结构设计为教会、国家和社会的三足鼎立;他的伦理学巨著《善的证明》更被认为有着"贯穿全书的三段式"。③ 在《完整知识的哲学本原》一书中,他认为"自在的人之本性呈现出三种基本存在形式,即感觉、思维和能动的意志"(чувство, мышление, деятельная воля)④;他将哲学划分为三大类型,即"经验主义、理性主义和神秘主义"(эмпиризм, рационализм, мистицизм);他在此书中还给出这样一份图表⑤:

	创造领域	知识领域	实践活动领域
	主观基础:感觉	主观基础:思维	主观基础:意志
	客观原则:美	客观原则:真	客观原则:一般的善
1. 绝对层面	神秘	神学	精神社会(教会)
2. 形式层面	高雅艺术	抽象哲学	政治社会(国家)
3. 物质层面	技术工艺	实证科学	经济社会(自治会)

---

① 徐凤林:《索洛维约夫哲学》,商务印书馆 2007 年版,第 223 页。

② Под ред. *Маслина М.* Русская философия. М.: Алгоритм. 2007. С.520.

③ 徐凤林:《索洛维约夫哲学》,商务印书馆 2007 年版,第 281 页。

④ *Соловьев В.* Сочинения в двух томах. М.: Мысль. 1988. Т.2. С.146.

⑤ *Соловьев В.* Сочинения в двух томах. М.: Мысль. 1988. Т.2. С.153.

这份图表是索洛维约夫的完整知识的结构图，也是他谋求以三段式、三分法等方式谋求综合的方法论之最为典型的体现之一。此外，我们还发现，索洛维约夫的多部作品均以"三"为题，如《关于陀思妥耶夫斯基的三次演讲》《三种力量》《三次相会》和《关于战争、进步和世界历史终结的三次谈话》等，甚至连他的一生创作也能被较为清晰地划分为三个分期。索洛维约夫对"三"的热衷，显然是受黑格尔三段论的影响，与基督徒意识中根深蒂固的"三位一体说"恐怕也有关联，但这样一种"正反合"的思维结构和相应的表达，也同样是一种趋向综合的愿望之体现。

索洛维约夫接受了多方面的影响，而他的综合哲学自身所产生的影响也是多面的、广泛的。作为一位杰出思想家，他的讲座和政论对他所处时代和社会的政治、宗教和文化等领域均产生了重大影响，他的思考和著述也成为他身后俄国哲学、神学和艺术范畴的珍贵文献。索洛维约夫的综合性影响，首先就体现在他思想的跨领域、跨时代辐射上。如今回首梳理 19 世纪末、20 世纪初的俄国白银时代文化运动，我们发现，俄国现代哲学体系的形成和俄国现代主义文学的勃兴是其中最重要的两大构成，而我们又不无惊讶地意识到，索洛维约夫竟同时成为这两大文化构成之最为重要的思想源泉。作为万物统一哲学体系的奠基者，索洛维约夫对他同时代和稍后的一大批俄国哲学家，如谢·布尔加科夫、别尔嘉耶夫、特鲁别茨科依兄弟、弗洛连斯基、舍斯托夫、弗兰克、斯捷蓬、洛斯基、洛谢夫等，均产生了程度不等的影响，使得俄国宗教哲学（русская религиозная философия）得以自立于世界哲学之林；索洛维约夫的美学和艺术思想，他对艺术的宗教感、神秘性和纯美化的鼓吹，尤其是他对于索菲娅形象的理论建构和具体描绘，为作为俄国白银时代现代主义文学之先声的象征主义诗歌提供了源源不断的灵感源泉，勃洛克、别雷等象征派大诗人均将索洛维约夫视为精神导师，而索洛维约夫本人包括《三次相会》在内的诗作和其他体裁的文学作品，更被视为俄国现代主义文学史中的佳作。在索洛维约夫离世百年之后，随着白银时代的文学和文化价值重新得到发掘和研究，索洛维约夫作为白银时代精神领袖的形象也越来越清晰地呈现了出来。

索洛维约夫也是俄国思想的方法论传统的奠基者之一，在他之前，罗蒙诺索夫、恰达耶夫、赫尔岑、别林斯基、车尔尼雪夫斯基、陀思妥耶夫斯基、费奥多罗夫等人已经以他们广博深邃的思考方式为俄国思想传统奠定了基础。将思想的视野投向整个世界乃至整个宇宙，把针对现实的批判意识与关于未来的乌托邦理想融为一体，对人的生活进行形而上学的拷问，将人类的存在价值和意义当作终极关怀，这便是俄国思想的总体特征。索洛维约夫大学毕业时立下的学术志向，便是"借助基督教学说积极促进世界之改造，将基督教的'绝对'真理带入人们的意识"①。这一思想传统的形成，首先自然与俄国所处的地理位置相关，一方面，世界上最为广袤的国土使其居民更具大空间意识，他们关于自然和宇宙的认识相对而言或许就更具概括性和总体性；另一方面，地处东方和西方文化的接壤处，两种文化传统和思维方式的碰撞和交融也在片刻不停地强化俄罗斯民族的综合意识。其次，作为欧亚大陆上的后起民族，俄罗斯文化在诞生之初便已面对东方和西欧诸多业已发达的强势文明，一方面，这使得它有十分丰富的成熟文化可供借鉴，有现成的不同传统可资综合；另一方面，后起民族的文化心态也始终在刺激、促使俄罗斯民族的文化人殚精竭虑，发愤图强，以便尽快融入世界的思想大家庭。最后，自公元 988 年接受基督教起，俄罗斯国家和教会一直致力于向其国民灌输"正教"精神和弥赛亚意识，一方面，这种意识理所当然地成为有助于俄罗斯帝国不断扩张的官方意识形态；另一方面，俄国越来越大的疆土以及因为要捍卫这片疆土而产生的不安、焦虑和紧张，也

---

① 　Под ред. *Николаева П.* Русские писатели. Биобиблиографический словарь. М.：Просвещение. 1990. Т.2. C.244.

成了俄罗斯民族集体无意识的重要构成之一。这些因素交叉作用，对俄罗斯思维范式和思想传统的形成和流布产生深远影响，而这一范式和传统则是造就"宇宙主义的""帝国规模的"思想大家的重要前提之一。在索洛维约夫之后的 20 世纪，俄国又涌现出了齐奥尔科夫斯基、维尔纳茨基、巴赫金、利哈乔夫、洛特曼、萨哈罗夫和索尔仁尼琴等"索洛维约夫式"的大思想家。

索洛维约夫出现在俄国思想发展过程中的一个关键时段。索洛维约夫出生在一个伟大的历史学家之家，他那位历史学家父亲终日不懈撰史，每年出版 1 卷，最终出齐了 29 卷本的《俄国通史》，这一举动即已表明，俄国的学术传统当时已十分深厚，俄罗斯民族的历史意识已经成熟。索洛维约夫的硕、博士论文分别以《西方哲学的危机（驳实证论者）》和《抽象原理批判》为题，这两个命题的提出本身即已具有重大意义，标志着俄国哲学人和思想界的觉醒，索洛维约夫这位初出茅庐的哲学家身上无疑已经体现出了年轻的俄国哲学的冲击力。索洛维约夫从对西方哲学的批判开始其学术生涯并赢得广泛赞誉，这至少表明：第一，他以及与他同时代的俄国知识分子对西方哲学和西方学术传统已有深入细致的了解；第二，他和他们已经具有强烈的学术自信心，甚至已经具有自觉的文化独立意识，力图建立独立的民族学术人格。索洛维约夫从批评西方哲学的抽象主义和唯理论起步，这恰恰表明他和他的哲学汲取了西方哲学所具有的怀疑精神、理性取向和批判传统，他其实是在用西方的哲学方式构建他的"俄国化"或"东方化"的哲学体系；他对西方哲学的质疑出现在西方哲学在俄国广泛传播、开始结出硕果的时候，恰恰表明了俄国自身哲学精神和思想能力的觉醒和成熟；索洛维约夫虽然以质疑、批判西方哲学的唯理论和经验论起家，可他的思考过程和思想结果却是充满理性精神的，"索洛维约夫现象"的出现，实为俄罗斯民族意识觉醒、俄罗斯知识分子智性成熟的标志之一。索洛维约夫哲学和思想最为突出的方法论意义就在于，他试图在西方的分析传统和东方的综合传统间谋得某种调和，实现客观和主观、理性和感性、物质和精神、抽象与具体、真理和信仰、推理和艺术等等的统一，更确切地说，他注重的是这诸多"两者"之间的关系和连接。就这样，在思维方式和方法论上，索洛维约夫试图为处于东方和西方两种文化传统之间的俄国另辟蹊径，在西方的分析传统和实证方法与东方的综合传统和经验方法之间再寻觅出一个出路，以彰显俄国文化和思想的独特性和自在意义。索洛维约夫既源于俄国特定的历史阶段，又成为该历史阶段的典型显现；他既是俄罗斯民族意识发展到一定阶段的自然结果，反过来，他的出现也凸显、强化了俄罗斯民族融东西文化属性为一体的文化合成特性。

有人曾将普希金誉为俄国文学和文化中的彼得大帝，因为普希金完成了创建俄罗斯文学语言、奠定俄罗斯文学传统的基业；同样，我们也可将索洛维约夫视为哲学和思想领域的普希金，因为索洛维约夫完成了俄国现代哲学的奠基性工作，他的思考及其表达方式，标志着俄国知识分子理性精神的成熟、俄罗斯民族现代意识的觉醒，以及俄罗斯民族"帝国规模"思维传统的形成。

索洛维约夫的好友叶夫盖尼·特鲁别茨科依（索洛维约夫就是在他哥哥家的庄园去世的）在回忆索洛维约夫的时候深情地写道："他近视到所有人都能看到的东西他却看不到的程度。浓眉下眯缝着的双眼，看近处的东西都很困难。然而当他向远处张望时，他却好像能够洞穿外在感觉所感知的事物的外表，并看到某种视界之外的东西，而这种东西对所有人都是隐蔽着的。他的双眼闪着某种内在之光，并直指精神深处。"[①]我们也可以模仿叶·特鲁别茨科依的句式写道：终身未娶的索洛维约夫，最终迎娶了俄国哲学中的"智慧女神"索菲娅；一直居无定所的索洛维约夫，最终在俄国思想史中觅得一处高悬"万物统一"牌匾的永久居所。

原载《俄罗斯研究》2016 年第 4 期

---

① 洛斯基：《俄国哲学史》，贾泽林等译，浙江人民出版社 1999 年版，第 111 页。

从俄国的文化图腾"双头鹰"谈起

一

俄国的国徽是一只双头鹰，这只左顾右盼、东张西望的双头鹰，早已成为俄国人心目中的文化图腾。

汉语中的"图腾"是个外来词，这个词据说最早源自印第安语，有"亲属""标识"等义。作为一个现代学术概念的"图腾"一词，最早出现在 1791 年伦敦出版的英国人类学家龙格所著《一个印第安译员兼商人的航海探险》一书中。将"图腾"一词引进汉语的是严复，他在 1903 年翻译英国学者甄克思的《社会通诠》一书时首次把"totem"译成"图腾"，并在他写的译者序中写道："夷考进化之阶级，莫不始于图腾，继以宗法，而成于国家。"① "图腾"这个汉译极好，因为严复在其中加入了"图"字，使这个汉译名词具有了生动的形象感。如今，关于"图腾"的正式释义便是："一个族群的精神存在、圣化客体或象征符号。"

世界各民族均有其图腾，其中以动物为主，如中国的龙、法国的

---

① 甄克思：《社会通诠》，严复译，商务印书馆 1981 年版，第 ix 页。

公鸡、草原部落的狼、森林民族的熊，但世界各国用得最多的动物图腾，恐怕还是作为兽中之王的狮子和作为禽中之王的鹰，狮子和鹰的图腾后来有许多都演化成了国徽、国旗中的重要构成。俄国国徽中的双头鹰也经历了这样一个演变过程。

双头鹰的图案由来已久，并非俄国所独有。考古发现，距今5000年的苏美尔文明遗迹中就有双头鹰的图案；公元前2世纪，赫梯人已正式使用这个图案作为其王国的标志符号。在近现代的欧洲，许多国家的国徽均以鹰为标志，用双头鹰图案作国徽的也不止俄国一国，比如就还有阿尔巴尼亚、塞尔维亚等国。提起俄国的象征符号，尤其是在贬损地提起俄国时，人们往往首先联想到熊，尤其是北极熊。棕熊也是俄国人偏爱的动物，被俄国人爱称为"米沙"的小棕熊，往往会成为俄国举办的各种大型活动的吉祥物，1998年莫斯科奥运会闭幕式上的小熊米沙及其在闭幕式上流下的道别泪水曾感动无数世人。此外，伏尔加母亲河、白桦树、鱼子酱、伏特加酒、泰加森林、圣像画等等，也时常被人们当成俄国的识别符号，但是，后来真正升格至文化图腾地位的俄罗斯民族标识，可能还是双头鹰。

双头鹰图案首次出现在俄国的官方文件中是在1497年，它成为伊万三世所使用国玺的主体图案。关于这只双头鹰的来历有这样一个流传很广、几乎已成定论的说法：莫斯科大公伊凡三世迎娶拜占庭最后一位皇帝康斯坦丁十一世的侄女索菲娅·巴列奥略为妻，同时从拜占庭"引进"沙皇的称呼（即恺撒）、基督教（即东正教）以及双头鹰的图案，以此象征俄国对拜占庭王朝的继承权。但是，这个"定论"曾遭质疑，俄国拜占庭学者尼古拉·利哈乔夫早在1911年就发现，拜占庭其实并无一个贯穿始终的作为国家象征的徽章，各个皇帝所采用的徽章均不尽相同，而且其中也都没有出现过双头鹰图案："如果能够证明，拜占庭（以及罗马帝国）并无国玺，帝王的徽章上亦无鹰的图案，那么显而易见，莫斯科当政者便无可能从拜占庭继承连拜占庭自己都没有的东西。”[1] 有人发现，伊凡三世是在 1472 年迎娶索菲娅的，而在 1497 年伊凡三世颁布的一份文件的印章上才首次出现双头鹰图案，这中间长达 25 年的间隔是难以解释的。但无论如何，伊凡三世国玺上这个徽章还是被俄国历史学家卡拉姆津认定为俄国国徽的正宗源头。还有一些俄国学者指出，“双头鹰”的图案，如同“双首神”“双首人”“双头马”“双头鸟”等图案一样，很早就出现在俄国北方原始部族的民间创作中。

如果说双头鹰并非一件来自拜占庭的礼物，那么它究竟是从何处“飞落”俄国的呢？一种较具历史逻辑的解释是这样的。考古发现，最早的双头鹰图案约在公元前 3 千纪至公元前 2 千纪出现在小亚细亚苏美尔人和赫梯人的文明中，后被塞尔柱人所继承，中世纪成为伊斯兰文化中一个很常见的图案。十字军东征后，欧洲人把这个图案带回西方，并渐渐将这个同时具有图腾意义和世俗装饰性质的符号转化为权力的象征。自 13 世纪起，双头鹰的图案开始出现在西欧许多国家的钱币和印章上，与古罗马时期就已存在的单头鹰图案并存。14 世纪，俄国南部的保加利亚和塞尔维亚皇帝都曾采用这一图案，考虑到当时莫斯科公国与南部斯拉夫国家紧密的政治和文化联系，人们倾向于认为，俄国是从南方引进这一符号的。

我们猜想，伊凡三世在当时决定国玺图案时可能也曾面临“单头鹰”还是“双头鹰”的选择，他没有采用单头鹰而选择了双头鹰，其实有着其内在的心理动机：罗马皇帝用双头鹰，罗马帝国的诸王国则用单头鹰，踌躇满志的莫斯科大公自然要采用最高等级的符号，就像他根据“恺撒”（кесарь）一词而将自己命名为“沙皇”（царь）一样，就像称莫斯科是继罗马和君士坦丁堡之后的“第三罗马”的理论总能赢得俄国帝王的欢心一样，就像俄国东正教名称中那个标榜自己宗教来源之正宗的那个“正”（право-）字一样，其中其实都包含着俄国君主欲独霸

---

[1] *Вилинбахов Г.* Родословная российского герба//Родина. 1993№1.

欧洲东部、与整个拉丁化的西方相对峙的雄心或曰野心。换句话说，伊凡三世的双头鹰图案应该是从罗马帝国那里"模仿"来的，伊凡三世试图用这个符号来向整个欧洲宣称，自己才是罗马皇帝奥古斯都的正宗传人。

在谈到俄国国徽为双头鹰时，很多人都忽略了这只双头鹰胸部的另一个盾形图案：一个骑在马上、手持长矛刺向毒龙的武士。据说这个图案倒是来自拜占庭，后被用作莫斯科公国的象征，图案上的骑士是圣乔治。如今，这个图案依然是莫斯科的市徽，只不过其中的骑士被解释为莫斯科城的奠基者尤里·多尔戈鲁基。这两个形象之间有着某种联系，因为圣乔治曾是多尔戈鲁基的保护神。曾为莫斯科大公的伊凡三世在为"全罗斯"制定国家符号时加入这一具有"地域特征"的图案，也是意在彰显莫斯科公国的地位和实力。

在伊凡三世之后，历代俄国君主大多继承了双头鹰加骑士的国徽图案，不过也不时有所"添加"：从 17 世纪开始，双头鹰左右两个鹰爪上分别加上了象征君主权力的权杖和象征国家统一的金球；1625 年，在米哈伊尔·费奥多罗维奇当政期间，戴有皇冠的两个鹰首上方又被加上一顶皇冠；1667 年，在阿列克谢·米哈伊洛维奇当政期间，又专门颁文解释国徽，称三个皇冠分别代表喀山、阿斯特拉罕和西伯利亚三个王国；彼得一世当政时，将国徽的颜色正式定为金色背景下的黑色双头鹰；亚历山大二世和亚历山大三世当政时，都曾进行过"徽章改革"，提出大、中、小三种不同的国徽图案，图案设计也更加复杂和规范。二月革命后的俄国临时政府在废止绝大部分皇家符号的同时，却保留双头鹰国徽，只去掉了其中的骑士图案；整个苏维埃时期，双头鹰国徽被彻底废止；苏联解体之后，俄联邦总统叶利钦于 1993 年 11 月 30 日发布总统令，宣布恢复使用帝国时期的双头鹰国徽，但关于国徽的争论却持续很久。俄共就一直不同意这个国徽方案，认为它具有过于浓重的宗教色彩和皇权特征；许多俄国知识分子也认为目前这个国徽的"帝国色彩"过于强烈。2000年12月25日，俄国国家杜马最终通过《俄罗斯联邦国徽法》，并由普京总统签署，正式确立了如今的国徽图案。新版《俄罗斯联邦国徽法》第一款是这样给定国徽图案的："俄罗斯联邦国徽为一红底方形盾牌，盾牌底边两角为圆弧状，底边中间向下突出一尖角，盾牌中央为一只双翅向上方展开的金色双头鹰。双头鹰戴两顶小皇冠，其上方另有一顶大皇冠，三顶皇冠由飘带连接。双头鹰左爪握权杖，右爪握金球。鹰的胸部有一红色盾牌，其上有身披蓝色头蓬的银色骑士骑一匹银马，用银色长矛刺向一条仰卧在地、被马践踏的黑龙。"①

二

如今关于俄国国徽双头鹰的官方解释通常是这样的：双头金鹰雄视东西两边，代表俄国是一个地跨亚欧两大洲的国家，三顶皇冠象征国家的统一，金球和权杖象征国家神圣不可侵犯的权力，中心小盾牌上的勇士圣乔治骑在白马上用长矛刺杀恶龙，象征俄罗斯民族不忘历史、勇于同敌人斗争的精神。无疑，这样的解释是在努力淡化宗教色彩，淡化皇权意识，淡化俄国过往的殖民历史。其实，双头鹰的"双头"，原来不仅指东方和西方，不仅指欧洲和亚洲，它在很长一段时间里都被解释为皇权和神权、宗教和世俗的并立；至于双头鹰头顶上的三顶皇冠，原来曾被皇室解释为代表先后被俄国吞并的三个鞑靼汗国，即喀山、阿斯特拉罕和西伯利亚，现在的官方解释则语焉不详，只说是象征着国家的统一，而在俄国民间则有多种"解读"，有说是东正教的圣三位一体的象征，甚至有人说代表东斯拉夫三兄弟俄罗斯、乌克兰和白俄罗斯，还有

① О Государственном гербе Российской Федерации：федер. конституц. закон от 25 дек. 2000 г. № 2-ФКЗ（ред. от 28.12.2010 г.）//Собрание законодательства Российской Федерации. 2000. № 52（Часть I）. СТ.5021. 25.

人调侃说是为了给鹰的两个脑袋遮风挡雨。

不过，俄国国徽上的这个双头鹰图案无疑含有深刻的文化内涵，它是俄罗斯民族文化结构的整体象征，是俄罗斯民族集体无意识的具象模型，是俄罗斯民族属性的形象概括。这只双头鹰同时注视着两个方向，具有关于俄国国家地理位置的象征意义；与此同时，它一身两首，顾此失彼，也是一种双重人格、分裂人格的具象化，是俄国社会构成的一种形象体现。双头鹰的图案如今被解释为俄国欧亚两部分合而为一的象征，其实伊凡三世在采用这一图案时未必曾有这样一种清醒、自觉的意识，但随着俄国的不断扩张，随着俄国文化中不同因素的不断冲突，随着人们对俄罗斯民族特性之认识的不断深化，双头鹰的确渐渐地成了俄罗斯国家的复杂构成或曰俄罗斯民族的分裂性格的绝佳象征物。

俄国的东西差异大于南北差异，这大约与俄国大多数江河的流向有关。大江大河既是文化的阻隔，也是文化的纽带，因此在古代，相距遥远的河流两端的文化往往会逐渐走近，而近在咫尺、隔河相望的河流两岸的文化却往往差异甚大。比较一下中国和俄国的地图，不难看出两者间有很大不同，中国的长江、黄河等大河均自西向东流，而俄国的河流大多为南北流向，伏尔加河、涅瓦河等由北向南流，鄂毕河、勒拿河等由南向北流。因此，中国的文化分南北，而俄国的文化分东西。关于俄国文化板块的构成，在俄国有过这样三种比较有代表性的说法：

一是别尔嘉耶夫的"东西方"（Восток-Запад）说。他在《俄罗斯命运》一书中写道："俄国置身于东方和西方之间的中心地带，她是东西方。"[1] "只有在东方和西方这个问题的范畴内，俄国才有可能意识到自我，意识到自己的使命。她置身于东方世界和西方世界的中心，可以被定义为东西方。"[2] 而在他的另一本书《俄罗斯思想》的开头，作者几

---

[1]　*Бердяев Н.* Судьба России. М.：Советский писатель. 1990. С.122.

[2]　*Бердяев Н.* Судьба России. М.：Советский писатель. 1990. С.127.

乎原样地重申了这一概念:"俄罗斯民族不是纯粹的欧洲民族,也不是纯粹的亚洲民族。俄国是世界的一个完整部分,是巨大的东西方,它将两个世界结合在一起。在俄罗斯的灵魂中,永远有东方的和西方这两种因素在相互搏斗。"① 在提出这个概念之前,他还写有这样一段话:"俄罗斯民族是最高程度上的两极化民族,它是若干对立面的并存。它可以使人迷恋,也可能使人失望,它那里永远有可能发生意外的事情,它最能激起对它的强烈的爱和强烈的恨。这是一个正在引起西方各民族不安的民族。每个民族的个性就像每个人的个性一样,都是一个微观世界,因此其中必定包含有各种矛盾,但是程度却有所不同。俄罗斯民族就其极端性和矛盾性而言,也许只有犹太民族可以与之相提并论。正是这两个民族具有强烈的弥赛亚意识,这并非偶然。俄罗斯灵魂的矛盾性和复杂性也许与这样的背景有关,即东方和西方这世界历史中的两大潮流在俄国发生着碰撞,产生着相互作用。"② 也就是说,在别尔嘉耶夫看来,地处东方和西方之间的地理位置既给俄国的命运带来某种不幸,导致俄罗斯民族性格和民族文化上的矛盾和分裂,但与此同时,它却在新的历史背景下凸显了俄罗斯民族独特的历史使命,将极大地提升俄罗斯民族在世界舞台上的地位和影响。

二是德米特里·利哈乔夫的"南北结构"说。在很多人就俄国文化究竟具有东方属性还是西方属性的问题争执不休的时候,俄国著名学者利哈乔夫院士却对俄国文化的南北属性给予关注,并进而对俄国文化的总体特征进行一番独到的思考。集中表述其观点的著作,就是他的《思考俄国》一书。像任何一个谈论俄国文化属性的人一样,利哈乔夫也无法回避俄国文化中的东西方矛盾问题。像俄国思想史上大多数西方派一样,利哈乔夫也给出了一个坚决的论断:俄国从来不是东方。不

---

① *Бердяев Н.* Русская идея. М.: АСТ.2002. С.14.

② *Бердяев Н.* Русская идея. М.: АСТ.2002. С.13-14.

过，他创造性地提出了"斯堪的纳斯拉夫"（Скандославия）这一概念，这个单词由"斯堪的纳维亚"和"斯拉夫"两个俄语单词的词根拼合而成，意指俄国文化主要是北欧和南欧文化相互交融的结果。所谓来自南方的影响，主要指拜占庭和保加利亚对俄国在宗教信仰和文字起源等方面的影响，最为突出的例证就是东正教信仰和基里尔字母的传入；而所谓来自北方的影响，则主要体现在社会结构和军事体制等方面，最为突出的例证就是瓦兰人的应召入俄以及留里克王朝的建立。利哈乔夫写道："人们通常将俄国文化定性为一种介乎于欧洲和亚洲之间、西方和东方之间的过渡文化，但是，只有从西方看罗斯，才能看出这一毗邻状态。事实上，亚洲游牧民族对定居的罗斯之影响是微不足道的。拜占庭文化赋予罗斯以基督教的精神特性，而整个斯堪的纳维亚则赋予罗斯以武士侍卫体制。"[①] 这一文一武两种极不相同的文化潮流纵贯辽阔的东欧平原，共同融合成俄国独特的文化传统，因此，利哈乔夫坚定地重申，在俄国文化起源中"发挥决定性作用的"，"是南方和北方，而不是东方和西方；是拜占庭和斯堪的纳维亚，而不是亚洲和欧洲"。[②]

三是列夫·古米廖夫的"欧亚论"。列夫·古米廖夫是俄国白银时代著名诗人古米廖夫和阿赫马托娃的儿子，他是从研究东方历史起步的，但他后来的研究重心却主要放在民族学和人类学上。在他看来，国家的历史并不仅仅是经济、政治和文化的发展史，同时更是种族自身的演变进程。在《种族起源和地球生物圈》一书中，他提出研究历史过程的三个基本参数，即"空间""时间"和"种族自身"："空间"就是某一民族生存的自然环境，列夫·古米廖夫又称之为"养育的风景"，它决定这一种族的行为方式，并赋予这一种族区别于其他种族的特征，比如，山民的生活习性就不同于沿海居民，森林民族的文化传统就有异

---

① *Лихачев Д*. Раздумья о России. СПб.：LOGOS. 1999. С.35.

② *Лихачев Д*. Раздумья о России. СПб.：LOGOS. 1999. С.36.

于草原部族。"时间"就是一个民族的存在时限，一个民族像一个人一样，有其童年和老年，有其祖先和后代，有其过去和未来，列夫·古米廖夫认为，种族和单个的人一样也有生老病死，迦勒底人和伊特鲁里亚人如今已不存在，就像从前并不存在法国人和英国人一样，他甚至还认为，每个种族的"寿命"大约就是 1500 年。"种族"也就是一个共同创造出文化和历史的集体，"生活在特定空间和特定时间中的种族，就是历史剧中的主角"。从生物学的角度看待种族起源，用"科学"的方法研究民族的历史，列夫·古米廖夫学术的最后落脚点仍在于他关于俄罗斯民族和俄国文化的"欧亚一体论"。其实，早在列夫·古米廖失之前，俄国就一直有"欧亚论"和"第三条道路"等说法，认为俄国既不是西方也不是东方，既不属于欧洲也不属于亚洲，俄国就是俄国，其文化是独特的，是欧亚两种文明的有机合成。列夫·古米摩夫继承这一学说，并在其中注入某些新的内涵。俄语中先前的"欧亚"（Евразия）一词就是由"欧洲"和"亚洲"两个俄语单词拼合而成的，列夫·古米廖夫则喜欢使用"欧亚主义"（Евразийство）这一更为抽象的概念。在其最后一部著作《从罗斯到俄国》（1992）①中，他将集合了多种种族基因和民族文化的俄国称为"超种族"，欧亚大陆能联合为一体，往往就依靠此类"超种族"的形成和活动，在俄罗斯民族之前，突厥民族和蒙古民族曾两次扮演这样的角色。而作为一个"超种族"的俄国是在 13—14 世纪形成的，列夫·古米廖夫甚至还给出了一个精确的"生日"：1380 年 9 月 8 日，也就是库里科沃战役爆发的那一天，当时，莫斯科公国军队击败蒙古大军，动摇了蒙古人对俄国的统治。列夫·古米廖夫认定，正是在那一天．具有清醒的民族自我意识、感悟到"欧亚"大陆之主宰的使命感的俄罗斯民族正式诞生了。既然俄罗斯民族注定要在欧亚大陆上发挥核心作用，那么，再朝拜西欧无疑就是一个错误的选择，这就是列

---

① *Гумилев Л*. От Руси к России：очерки этнической истории. М.：Экопрос. 1992.

夫·古米廖夫给出的结论。

<h1 style="text-align:center">三</h1>

俄国的文化图腾双头鹰既是俄国地理位置的象征，在一定程度上也是俄罗斯民族性格的折射。俄罗斯人性格不稳定，爱走极端，体现出强烈的矛盾性，即所谓"双重人格"。别尔嘉耶夫在前面提到的《俄罗斯命运》和《俄罗斯思想》等著作中，试图去打开俄罗斯灵魂的秘密，他发现了俄罗斯民族诸多的矛盾性。对于这样一种所谓"矛盾性"，别尔嘉耶夫在文中还先后使用过许多不同的概念，如"二律背反""悖论""极端性""两极性""对立性""两重性""双重信仰""二元结构""矛盾组合""双重性格"等等。在别尔嘉耶夫看来，首先，一方面，俄国是一个最无政府主义的国家，俄罗斯人是最无政府主义的人民，俄罗斯人向来不善治理国家，几乎所有的俄国思想家、作家和政论家，无论其倾向如何，都具有天生的无政府主义精神；另一方面，俄国又是一个最官僚的国家，俄国创建了世界上最为庞大的帝国，在俄国，一切都会转化为政治的工具，为了国家、政治的利益可以牺牲其他一切利益，数百年来，俄罗斯人的血和汗几乎全都用于巩固和捍卫国家，而无暇顾及个性的发展和自由的创造性生活。结果，最缺乏国家意识的人民却建立了最庞大的帝国，最具无政府主义倾向的人民却成了官僚政体最恭顺的臣民，一个天性自由的民族却仿佛不去追求自由的生活。其次，一方面，俄国是一个最少沙文主义的国家，俄罗斯民族从未像德国人、英国人和法国人那样充满自信和傲慢，俄罗斯人向来缺乏足够的民族自豪感，甚至羞于承认自己是俄罗斯人；另一方面，俄国又是世界上沙文主义色彩最为浓重的国家，俄国一直是一个民族冲突最多、民族压迫最甚的国家之一，大俄罗斯沙文主义的影响不仅遍及俄国，而且超越了国境。俄国

在世界大战中的表现使它时常保持有"欧洲救星""各民族的解放者"的良好感觉；俄国强烈的民族主义情绪，在俄国东正教会的意识形态中有集中、充分的体现，"莫斯科是第三罗马"的学说在俄国思想史中也一直很有市场。最后，别尔嘉耶夫在俄罗斯民族性格中也发现了这类二律背反。在《俄罗斯思想》的最后，别尔嘉耶夫写道："应当记住，俄罗斯人的天性是完全极端化的。一方面，是恭顺，是对权利的放弃；另一方面，是由怜悯之心激起的、追求正义的暴动。一方面，是同情，是怜悯；另一方面，是潜在的残忍。一方面，是对自由的爱；另一方面，是对奴役的接受。"① 自由和奴性，怜悯和残忍，浪游和停滞，这两者之间巨大的差异，也许是由于俄罗斯灵魂中阴阳成分的尚未糅合。

别尔嘉耶夫罗列的这些矛盾在每一民族中都程度不等地存在，只不过在俄国，其对立的色彩尤为鲜明罢了。之所以如此的原因，恐怕既有地理上、文化上的无归属感，也有社会结构上上下层之间的脱节，甚至鸿沟；既有在基督教世界之内的东正教独立意识，也有在整个欧洲文化范畴内独树一帜的冲动愿望。诸如此类的深层原因还可以找出一些：比如俄国皇室的血统问题，由于公元9世纪起北欧的瓦兰人应邀入主罗斯，之后俄国和西欧皇族间的不断通婚，俄国的统治者常常具有西方血统，如北欧或日耳曼血统，也就是"西方人"，以恭顺、忠君为美德的俄国人所臣服的却往往是这些"外国人"，其间的隔阂乃至冲突自然难免，无怪乎俄国历史上的多次农民起义都打着驱逐"异族"的口号。再比如战争的因素，俄国与东、西两个边境上的邻国一直战事不断，战争作为一种独特的"文化交流"方式，会以一种强加的方式提供出对比，每一次战争，俄国无论是战胜还是战败，都会在国内引起激烈的思想反省和社会动荡，在俄国的历史上，战争往往不仅仅是"政治的延续"，而且还是政治的深化，是社会改革的起因，左冲右突的俄国，在与东、

---

① *Бердяев Н.* Русская идея. М.：ACT.2002. C.247-248.

西方持续不断的碰撞中不仅没有缩小两者之间的距离，反而因为每每的顾此失彼而加大了选定朝向的难度。上述这些原因，自身也许就是互为因果的，它们相互之间存在着复杂的互动关系。正是这些直接的导火索和间接的因素、表层的原因和深层的原因的共同作用，导致了俄国人在东西方两种价值取向上长期的无所适从。

四

提起双头鹰，人们往往会自然而然地联想到赫尔岑在《往事与沉思》中谈到斯拉夫派和西方派的关系时说过的这样一段名言："是的，我们是对立的，但这种对立与众不同。我们有着同样的爱，只是方式不一……我们就像伊阿诺斯或双头鹰，看着不同的方向，但跳动的心脏却是同一个。"① 伊阿诺斯是罗马神话中的门神，其两副面孔一个望向过去，一个朝着未来。而双头鹰却左顾右盼，一个脑袋看着东方，另一个脑袋看着西方。赫尔岑这段话不仅形象地概括了两个派别当时的对峙态势，同时也给出了关于俄国文化结构的一个整体模型。作为一个文化史、思想史流派的斯拉夫派和西方派是在 19 世纪三四十年代之交正式形成的，然而作为俄国整个历史中源远流长的两种思潮、两种文化倾向，斯拉夫派和西方派在此前和此后相当长的历史时间里都一直存在着程度不等的对峙，不能把斯拉夫派和西方派的论争看成是俄国历史中一个独立的、短暂的文化现象，这两种思潮的对立和转换、渗透和交融，实际上贯穿了整个俄国历史。从 16 世纪中期爆发的伊凡四世和库尔勃斯基公的书信之争，到大司祭阿瓦库姆与尼康主教的宗教意识形态之

---

① *Герцен А.* Сочинения в девяти томах. М.：Художественная литература. 1955. Т.5. С.171-172.

争，从 19 世纪 30 年代恰达耶夫的《哲学书简》点燃斯拉夫派和西方派思想论争的导火索，引发俄国思想分野的开端，到斯拉夫派和西方派的激烈争论，到六七十年代以陀思妥耶夫斯基等为代表的"土壤派"理论的逐渐成熟，从两个世纪之交的白银时代以别尔嘉耶夫、布尔加科夫、格尔申宗、司徒卢威、弗兰克等为代表的"路标派"及其提出的"第三条道路"思想，到苏联时期形成以俄国为主体的巨大的、红色的东西方合成体，从戈尔巴乔夫和叶利钦的亲西方改革，再到索尔仁尼琴的"新斯拉夫主义"和普京的被迫朝向东方。种种迹象表明，面对不同的国家发展道路和文化类型，俄国这只双头鹰始终、并依然面临着艰难的抉择，不同文化取向的对峙还存在于当下的俄国，并且可能还将长期地存在下去。

最近读到俄国学者安德列·佐林的一本书，题目叫《"喂养双头鹰"：文学与18世纪70年代至19世纪30年代的俄罗斯国家意识形态》①，这个题目使我意识到，双头鹰与俄国文学之间或许也存在着某种关系。在俄国古典主义文学时期，双头鹰作为至高权力和官方意识形态的象征，自然会在众多颂歌体诗作中得到庄严的赞美和歌颂；在浪漫主义文学时期，作为自由之象征的鹰频繁出现在普希金、莱蒙托夫等诗人的诗作中，比如普希金就在《囚徒》一诗对那只被喂养的"年轻的鹰"说道："我们一起飞去！/我们是自由的鸟；是时候了，兄弟！/飞去天边白雪皑皑的山冈，/飞去闪耀着蔚蓝的海洋，/飞去只有风……与我们散步的地方！"而在批判现实主义时期，双头鹰甚至成了俄国批判现实主义作家面前的一面活靶子，以双头鹰为代表的官方意识形态和社会现实遭到了大多数俄国现实主义作家的抨击和批评，至少在当时的俄国文学名著中，我们很少能看到对双头鹰的正面歌颂和描写。看来，鹰是双

---

① *Зорин А.* «Кормя двуглавого орла…»: литература и государственная идеология в России в последней трети XVIII—первой трети XIX вв. М.: НЛО. 2001.

头还是单头，还是很不一样的，两者分别作为权力与个人、专制与自由、官方和在野等等的象征，自然会在富有人道良心和社会正义感的俄国文学中获得有区别的对待。如此一来，"单头鹰"和"双头鹰"的并列、对峙和相互转换，倒也成了俄国文学中一个贯穿的主题。

双头鹰这一文化图腾，既是俄国历代君主自视为拜占庭和罗马帝国正宗继承人之心态的真实体现，也是俄国横亘欧亚大陆的地理位置的真实写照，既是俄国文化结构中固有的东西方二元模式的具象概括，又是其民族矛盾性的形象展示。作为俄罗斯国家、民族和文化的一个意味深长的最佳识别符号，这一文化图腾既是俄罗斯民族心理和国家类型的一种拟人化的象征物，同时，在数百年的历史进程中，它似乎也在不断地凝聚、加深并强化俄罗斯人的这样一种文化身份认同。

原载《中国语言文学研究》2017 年春之卷

巴别尔短篇小说的写景策略

巴别尔是 20 世纪最杰出的短篇小说家之一，被誉为"俄国的莫泊桑"，他的短篇小说风格独特，而别具一格的写景更是其风格的主要构成之一，是巴别尔短篇小说最醒目的识别符号，换句话说，高超复杂的景色描写策略构成了巴别尔小说写作技巧中最为核心的成分。在我们看来，他的景色描写主要体现出这样三个突出特征，即被描写客体的主体化、景色描写的隐喻性以及景色描写的结构功能。

一

自有小说起，大约便有写景；自有写景起，大约便有拟人。作者把鲜活的生命情感投射至动植物或无生命体等被描写景物，或假托自然界的各种存在来间接地体现和表达自己的感情和思想，这原本是文学创作心理过程中必然会出现的一种现象。但是，如巴别尔这般热衷拟人手法的俄语短篇小说家似不多见，如巴别尔这般乐意赋予被描写对象以能动的小说角色之身份的写作手法仍显别致。

巴别尔最热衷的景色描写对象是太阳、大海、树木等自然景物，也有白昼、夜晚等时间概念，甚至还有"公正""必然性"等抽象概念。

在巴别尔的小说中，这些被描写对象纷纷活动起来，获得与人一样的行动能力、感知能力，甚至抒情能力，就像普里什文所感觉到的那样，甚至连沼泽也在"按自己的方式思考"，甚至连沼泽里的小鸟姬鹬，"大小如麻雀，喙却很长，在它那若有所思的黑眼睛中，也含有所有沼泽欲回忆点什么的永恒、枉然的一致企图"。① 这样的处理显然已超出传统的拟人修辞范畴，似已具有某种风格属性，即巴别尔试图在其短篇小说中将一切描写客体主体化。

这种独特的拟人化写景手法在巴别尔的创作中出现很早，似乎是他作为一位短篇小说家与生俱来的一种写作能力。巴别尔虽然在 1913 年即发表了短篇处女作《老施莱姆》，但他自己认为的"文学开端"仍是被高尔基看重并在其主编的《年鉴》杂志上刊出的两个短篇，其中之一的《妈妈、里玛和阿拉》中就已有这样的句子："熊熊燃烧的晚霞在天边熄灭，把鲜红的光线泼洒在遥远的天空。轻盈的、缓缓变得浓稠起来的昏暗自另一端垂下身来。"② 这里的"晚霞"和"昏暗"都是动作主体。在 1916 年发表的《敖德萨》中，巴别尔如此描写他的故乡城敖德萨的美景："敖德萨的春夜是甜蜜的，令人陶醉的，金合欢树的芳香沁人心脾，月亮将其令人倾倒的银辉均匀地铺在黑沉沉的海上。"③ 如果说此处写景的前半段是普通的写景，那么最后一句则已经开始具有巴别尔特色，月亮将银辉铺在海面上，这尚为传统的拟人，但当作者在其中加入对"银辉"的进一步修饰即"其令人倾倒的"，尤其当作者加入对行为主体月亮之动作"铺"的进一步描述即"均匀地"，被描写客体的主体意义便得到了进一步凸显和强调。巴别尔 1918 年 4—7 月在高尔基主编的《新生活报》上发表的一组特写《彼得堡日记》，其中的每一篇

---

① *Пришвин М.* Собрание сочинений в 8 томах. М.：Художественная литература. 1982-1986. Т.1. С.13.

② *Бабель И.* Собрание сочинений в четырех томах. М.：Время. 2006. Т.3. С.40.

③ 巴别尔：《敖德萨》，戴骢译，《巴别尔全集》第 1 卷，漓江出版社 2016 年版，第 5 页。

几乎都有这样的写景，比如："光线均匀地铺满暖洋洋的白墙。"①"无形的夜幕笼罩着金色的屋顶。寂谧的荒凉之中隐藏着最浅薄也最无情的思想。"②"灼热的尘埃飘落在刚刚泛绿的叶子上，孤单的淡蓝色的太阳悬在高空。"③

在巴别尔"成熟期"的"敖德萨故事"中，他的客体主体化写景得到更为频繁的运用，并有了更为独特的表达方式，即不同身份、不同性质"主体"的并置。《此人是怎样在敖德萨起家的》中有这样两段写景："旭日升至他头顶，煞像一名荷枪实弹的卫士。""别尼亚·克里克讲完这番话后，走下土冈。众人、树木和墓地的叫花子们都鸦雀无声。"④ 前一段话是普通的拟人手法，后一句则是典型的巴别尔笔法，即树木、墓地是与众人、叫花子们地位平等的，都在倾听别里亚的话，都在乖乖地鸦雀无声。值得注意的是，《此人是怎样在敖德萨起家的》是一篇故事套故事的短篇小说，即作者是在"转述"犹太老人阿里耶－莱伊勃拉比所讲的有关别尼亚·克里克的故事，第一段写景是作者的话，是他对小说叙事主人公谈话场景的描述，而第二段则是小说中的人物、即老拉比在叙事中插入的写景。让叙事主人公与作者具有同样的景色描写能力，这与作者在写景中将无生命体和有生命体等量齐观，即将树木、墓地与众人、叫花子们并列的手法构成某种呼应，颇有异曲同工之妙。

诸如此类的"并列"在巴别尔的短篇小说中俯拾皆是："就在这个当儿，灾星就像叫花子在天麻麻亮时那样，来到窗下伺机而动。灾

---

① 巴别尔：《早产儿》，王若行译，《巴别尔全集》第 1 卷，漓江出版社 2016 年版，第258 页。

② 巴别尔：《夜晚》，王若行译，《巴别尔全集》第 1 卷，漓江出版社 2016 年版，第 288 页。

③ 巴别尔：《沉默的动物》，王若行译，《巴别尔全集》第 1 卷，漓江出版社 2016 年版，第295 页。

④ 巴别尔：《此人是怎样在敖德萨起家的》，戴骢译，《巴别尔全集》第 1 卷，漓江出版社2016 年版，第 43 页。

星嘭嘭嘭地冲进了账房。虽说这一回他化身为犹太人萨夫卡·布齐斯……"①"柳布卡醒了过来，睁开眼睛，随后又阖上了。她看到了儿子和月亮，月亮破窗而入，投入她的怀抱。月亮活像一头迷途的小牛犊，在乌云中跳动。"②"别尼亚站立着，科利亚站立着。他们握手问好，互致歉意，互相接吻，他们每个人都握着道友的手，握得那么用力，像是要把对方的手扯下来似的。拂晓已开始眨巴它蒙眬的眼睛，莫嘉已去警察段换岗，两辆运货马车已满载着一度曾称作'公正'合作社的财物扬长而去，而国王和科利亚仍在伤心，仍在相互鞠躬致歉，仍在用手搂住对方的脖子，像醉鬼那样温情脉脉地亲嘴。"③ 在最后一段引文中，出场人物甚多，我们不难看出六个并列的主体，即别尼亚、科利亚、拂晓、莫嘉和"两辆运货马车"，他们／它们活动于同一时空，构成一个生动热烈的场景。《说明》中也有这样一个"交相混杂"的场景："一个和气的土耳其人从一只用毛巾裹住的茶炊里给我们斟茶，茶红得像砖头的颜色，冒着热气，像是刚刚流出来的鲜血。尘土在梯弗里斯——玫瑰和羊油之都，漫天飞扬。尘土埋没了太阳马林果色的篝火。驴子又长又慢的嘶鸣声同制作锅炉的工匠的捶打声交相混杂。"④ 在这里，与"和气的土耳其人"一同出场的，还有茶、尘土和驴子。

除了自然界的植物、动物和物体等，巴别尔还喜欢在他的小说中让"寂静""无声""安宁""笑声"等这样一些表示自然状态的名词，甚至"礼拜六"等专有名词、"必然性"等抽象名词、"循序渐进"等成语或词组也纷纷动作起来，获得人的行为和神态，甚至情绪和情

---

① 巴别尔：《此人是怎样在敖德萨起家的》，戴骢译，《巴别尔全集》第1卷，漓江出版社2016年版，第38页。

② 巴别尔：《哥萨克小娘子》，戴骢译，《巴别尔全集》第1卷，漓江出版社2016年版，第64页。

③ 巴别尔：《带引号的公正》，戴骢译，《巴别尔全集》第1卷，漓江出版社2016年版，第71页。

④ 巴别尔：《说明》，刘文飞译，《巴别尔全集》第1卷，漓江出版社2016年版，第185页。

感，比如："难以言传的安宁像母亲的手时时抚摸我们神经质的、瓷实的肌肉。"①"他们每个人手里都亮着火把，可笑声已爬出了'公正'合作社。"②"但今天我们却像撵走六月的苍蝇一样撵走了循序渐进。"③"这时她，含苞待放的礼拜六，从暗蓝色的混沌中脱颖而出，登上了她的宝座。"④

在1937年9月于莫斯科举办的一场文学晚会上，一位读者说他不理解巴别尔小说中"善良的双腿"这一修饰，他问巴别尔："我不明白，'双腿'怎么会是'善良的'或者'恶毒的'呢？"巴别尔回答："人的双腿可能是善良的，恶毒的，敏锐的，瞎眼的。毫无疑问，人所具有的这些特征，两条腿也全都具有，只是要善于描写这些特征。"⑤这个回答最好不过地表明，在巴别尔看来，人的腿和人一样是具有善恶的，他是在以这种方式彰显自然万物和文学人物的平等。将被描写对象主体化，巴别尔借此既凸显了他对有生命体存在和无生命体存在均一视同仁的文学民主立场，同时也营造出一个世间万物一同粉墨登场的狂欢化场景，既以小说中不同性质角色的并列和对应来赢得某种复调般的审美效果，同时也试图通过主客体身份的有意错乱和转换来实现作者有意追求的一种陌生化的小说阅读效果。在巴别尔给出的这一段段新颖甚至诡异的景色描写的背后，我们似乎也能揣测出作者欲使描写主体客体化的用心，小说作者本人似乎就躲在这些活动着的景物背后，装扮成一个静观的客

---

① 巴别尔：《在疗养院》，马海甸译，《巴别尔全集》第3卷，漓江出版社2016年版，第136页。

② 巴别尔：《带引号的公正》，戴骢译，《巴别尔全集》第1卷，漓江出版社2016年版，第71页。

③ 巴别尔：《卡莫号和邵武勉号》，马海甸译，《巴别尔全集》第3卷，漓江出版社2016年版，第142页。

④ 巴别尔：《基大利》，戴骢译，《巴别尔全集》第2卷，漓江出版社2016年版，第39页。

⑤ 巴别尔：《论作家的创作道路》，刘文飞译，《巴别尔全集》第3卷，漓江出版社2016年版，第223页。

体，带着他谐谑的双目和窃喜的笑脸。

二

　　小说中的景色描写，或状物写意，移情于自然，或借景抒情，纳山水于内心，大多具有浓郁的诗意，巴别尔的小说亦不例外，其小说中洋溢着的强烈诗性在很大程度上就源自其景色描写的高度隐喻性，我们甚至可以说，巴别尔的每一段写景均构成一个隐喻。在小说家格非看来，小说的写作大体就是一个文学语言不断与日常用语拉开距离的过程，以及构筑新的"隐喻系统"的过程。[①] 巴别尔小说中的写景，往往就构成一种系统化的隐喻。他的小说似乎永远是出奇的情节和诡异的叙事的相互抱合，是假定性的场景和狂欢化的效果的彼此应和，而在这两者不间断的相互作用过程中，出其不意的隐喻似在发挥穿针引线或画龙点睛的作用。

　　巴别尔的隐喻式写景究其本质而言还是一种修饰，是一种语言处理方式。巴别尔写作时喜欢在遣词造句上下功夫，热衷推敲，语不惊人死不休，正像他自己所说的那样："我可以无数遍地改写（我在这方面很有耐心）。"[②] 他甚至这样言及他笔下的修饰语："我对形容词所持的态度，也就是我一生的历史。如果我要写一部自传，它的题目或许就叫《一个形容词的历史》。我在年轻时认为，华丽的东西就要用华丽的词语来表达。结果发现并非如此。结果发现，常常需要走相反的路。在我这一生里，'写什么'的问题我几乎永远清清楚楚，如果说我一时无法把这一切写在 12 页纸上，我始终缩手缩脚，那也是因为我始终在挑

[①]　格非：《小说叙事研究》，清华大学出版社 2002 年版，第 86 页。

[②]　巴别尔：《论作家的创作道路》，刘文飞译，《巴别尔全集》第 3 卷，漓江出版社 2016 年版，第 218 页。

选词语，这些词一要有分量，二要简单，三要漂亮。"① 巴别尔对"形容词"的要求是既要"有分量"，又要"简单"和"漂亮"，既要用"简单的"词来表达"华丽的东西"，也要用"华丽的词语"来表达"简单的"东西，如此一来，他诉诸并热衷诗歌中常见的隐喻修饰便是自然而然的，比如"嘶哑的欢乐""激情的破衣衫""胆怯的星星"等等，而此类"矛盾修饰"的扩展，便是他笔下一段段隐喻写景。《我的第一笔稿费》中写道："我自小把全部精力都用之于酝酿小说、剧本和数以千计的故事。我打好了这些作品的腹稿，令其伏于心中，一如癞蛤蟆之伏于石头。自尊心像魔鬼一般附在我身上，不到时间我不愿把这些作品形诸笔墨。"② 《莫泊桑》中写道："黑夜将一瓶麝香葡萄酒和 29 卷文集，29个填满了爱情、天才、欲念的爆炸筒放在我的青春身下……"③ 《我排后边儿》中写道："我们像是九月的苍蝇，无精打采地坐着，确实需要马上透透气。"④ 《我的第一只鹅》中有这样一段写景："夜晚用它苍茫的被单将我裹在提神醒脑的湿润之中，夜晚把它慈母的手掌按在我发烫的额头上。"⑤ 而在《加格拉》中我们读到："小城消瘦的两颊上开始泛起胆怯却充满期待的微笑。加格拉等待着新的鸟群和新的歌声来栖息。"⑥ 这里的每一段写景，都是一首可以进一步展开的诗作，每一段写景中都有一个诗歌内核般的中心意象。

我们发现，巴别尔小说中的隐喻性写景往往具有强烈的情绪调节

---

① *Бабель И.* Собрание сочинений в четырех томах. М.：Время. 2006. Т.3. С.403.

② 巴别尔：《我的第一笔稿费》，戴骢译，《巴别尔全集》第 1 卷，漓江出版社 2016 年版，第 188 页。

③ 巴别尔：《莫泊桑》，戴骢译，《巴别尔全集》第 1 卷，漓江出版社 2016 年版，第 208 页。

④ 巴别尔：《我排后边儿》，王若行译，《巴别尔全集》第 1 卷，漓江出版社 2016 年版，第289 页。

⑤ 巴别尔：《我的第一只鹅》，戴骢译，《巴别尔全集》第 2 卷，漓江出版社 2016 年版，第44 页。

⑥ 巴别尔：《加格拉》，靳芳译，《巴别尔全集》第 3 卷，漓江出版社 2016 年版，第 153 页。

功能和气氛渲染效果，在大多数场合是与小说的情节构成呼应的。《莫泊桑》写"我"应邀去一位富裕律师家，帮助校对女主人翻译的莫泊桑小说，两人在推敲莫泊桑小说译文的过程中心旌荡漾，互生爱意，与这种既暧昧又抒情的场景和心理相吻合的，是这样一段写景插入："彼得堡的阳光好似没有生气的玻璃一般横在色泽暗淡、不怎么平的地毯上。莫泊桑的 29 卷文集放在桌子上方的搁架上。太阳用它行将消失的手指触摸着山羊皮的书脊。书籍是人的心灵的美好的坟墓。"[1]《我的鸽子窝的历史》写"我"在一场屠杀犹太人行动中的遭遇，周围的犹太人无辜被杀，他们的店铺被抢，年少的"我"买到的心仪已久的一对鸽子也在归家途中被人夺走并摔死："我倒在地上，给砸成肉泥的鸽子的内脏从我太阳穴上往下淌去。内脏曲曲弯弯地顺着面颊淌着，喷出血水，迷糊住了我的一只眼睛。鸽子细软的肠子在我额上滑动，于是我合上另一只没被糊住的眼睛，免得看到展现在我面前的世界。这个世界又小又可怕。我眼前是一块小石头，上边坑坑洼洼的，活像下巴奇大的老太婆的脸，不远处有一段细绳，以及一捧还在颤动的羽毛。我的世界又小又可怕。我合上眼睛，免得看到这个世界，我把身子紧贴在土地上，土地在我身下保持着令人安心的缄默。这片夯实的土地同我们的生活，同我们一生中对无数次考试的等待一无相似之处，在这片土地的远处，灾难正骑着高头大马驰骋，然而马蹄声越来越弱，终于静息，这种静息，痛苦的静息，有时反使孩子产生大难临头的惊恐感，突然之间消弭了我的躯体与不能走动的土地之间的界限。土地散发出它潮湿的内部、坟墓和花朵的气息。我闻着这种气息，无所畏惧地哭泣了。"[2] 这段其中穿插进多个隐喻的写景，构成了这个"悲剧短篇"的高潮。《在地下室里》写身为贫穷犹太家庭孩子的"我"与一位富商长子的同学的相处，"我"试

---

① 巴别尔：《莫泊桑》，戴骢译，《巴别尔全集》第 1 卷，漓江出版社 2016 年版，第 202 页。

② 巴别尔：《我的鸽子窝的历史》，戴骢译，《巴别尔全集》第 1 卷，漓江出版社 2016 年版，第 132 页。

图用在文学中学会的想象和现实生活中的苦心设计来赢得与对方平等的身份和地位，小说的氛围因而是既可笑又可怜、既谐谑又狂欢的，在"我"吹牛至最得意之时，但见："黑夜伸直身子伫立于杨树间，星星卧于压弯了的树枝上。我挥动着手侃侃而谈。未来的航空工程师的手指在我手中颤动。"① 短篇小说集《骑兵军》的首篇《泅渡兹勃鲁契河》几乎从头到尾都是写景，而小说的情节，即"我"随骑兵部队借宿一犹太人家，发现竟与一位被波兰士兵杀死的犹太老人的尸体同床共枕，相对于写景却似乎退居次席。"橙黄色的太阳浮游天际，活像一颗被砍下的头颅，云缝中闪耀着柔和的夕晖，落霞好似一面面军旗，在我们头顶猎猎飘拂。在傍晚的凉意中，昨天血战的腥味和死马的尸臭滴滴答答地落下来。黑下来的兹勃鲁契河水声滔滔，正在将它的一道道急流和石滩的浪花之结扎紧。"② 这里的景色因而也仿佛是血腥的，残忍的。

但是，巴别尔时而也有意让他的隐喻写景与小说的整体氛围构成反差，这有些像他在运用形容词时的态度，即用优美抒情的隐喻来反衬紧张残忍的情节，或者相反，用荒诞不经的写景来冲淡小说中的浪漫温情。在前面提及的《骑兵军》的开篇中，作者在描写触目惊心的屠犹场景的同时，却突然漫不经心地看到了窗外的"美景"："万籁俱寂，只有月亮用它青色的双手抱住它亮晶晶的、无忧无虑的圆滚滚的脑袋在窗外徜徉。"③ 同样，在描述了机枪队的鬈发小伙子"轻手轻脚地杀死了老头儿"的血腥场面后，作者突然给出这样一段写景："落霞的宁静使城堡外的荒草幽幽泛蓝。月亮爬到了水塘上空，绿得好似蜥蜴。隔着窗户，我望见了拉齐波尔斯基伯爵的领地——牧场和啤酒花种植场，暮色好似

① 巴别尔：《在地下室里》，戴骢译，《巴别尔全集》第1卷，漓江出版社2016年版，第156页。
② 巴别尔：《泅渡兹勃鲁契河》，戴骢译，《巴别尔全集》第2卷，漓江出版社2016年版，第3—4页。
③ 巴别尔：《泅渡兹勃鲁契河》，戴骢译，《巴别尔全集》第2卷，漓江出版社2016年版，第4页。

一条条波纹绸铺在种植场上。"①《骑兵军》中的另一个短篇《盐》讲述一位妇女把一小袋私盐藏在怀里,谎称是带着孩子,混进红军士兵乘坐的火车车厢,第二天事情败露,她被红军战士一枪打死。这篇小说假托为"二排全体战士"写给军报总编的一封信,而这封信的代笔者正是杀死那位妇女的凶手,可他的第一人称叙述却心平气和,而且竟然也穿插着浪漫抒情的景色描写:"响起第三遍铃声,列车开动了。美不胜收的夜景映满了天幕。天幕上缀满了油灯一般大的星星。战士们思念起库班的夜和库班绿莹莹的星斗。思绪像鸟儿一样飞往天外。而车轮则哐当哐当地响个不停……""随着时间的推移,夜下岗了,红色的鼓手在它们红色的鼓上演奏出朝霞……"② 十分推崇巴别尔小说的博尔赫斯,就曾注意到《盐》这个短篇的情节和调性之间的对比:"其风格的音乐性和某些场景几乎难于言表的残忍构成对比。其中的一篇小说《盐》享有散文很难企及、似乎只能留给诗歌的荣耀,很多人对此心知肚明。"③ 俄国文学史家米尔斯基也曾言及巴别尔的这一能力,即"他会让最粗鄙的字眼与近乎维多利亚诗歌的词汇比肩而立"④。

三

巴别尔小说中的景色描写也大多被赋予了某种结构功能。巴别尔的短篇小说大多篇幅很短,其汉译平均不到一万字,汉译《敖德萨故事》中最长的短篇《我的鸽子窝的历史》不过 14 页,最短的《巴格拉

---

① 巴别尔:《小城别列斯捷奇科》,戴骢译,《巴别尔全集》第 2 卷,漓江出版社 2016 年版,第 94 页。

② 巴别尔:《盐》,戴骢译,《巴别尔全集》第 2 卷,漓江出版社 2016 年版,第 98 页。

③ Borges J. *Selected Non-fictions*, ed. by Eliot Weinberger, Penguin Putnam Inc., 1999, p.164.

④ 米尔斯基:《俄国文学史》下卷,刘文飞译,人民出版社 2013 年版,第 324 页。

特－奥格雷和他的公牛的眼睛》仅 3 页；汉译《骑兵军》中的故事篇幅更小，最长的《潘·阿波廖克》为 8 页，最短的《科奇纳的墓葬地》只有 1 页。巴别尔或许是俄国文学中写得最为简洁的作家，他曾称自己的小说为"短的短篇"（небольшые рассказы）①。巴别尔小说的句法也同样很简洁。"作为一位作家，他始终致力于表达的简洁和句子的明晰，对可能诱惑他去营造装饰性形象的语言冲动加以控制。通过对巴别尔句法的研究可以最好不过地看出他的这种努力。以《埃利亚·伊萨科维奇》为例，整篇小说中没有一个句子超过三行。"② 极小的篇幅和极简的句法，使巴别尔不得不在有限的叙事时空中进行相对灵活的腾挪，谋求相对自如的叙述节奏，而随时随地出现的景色描写于是就成了他得心应手的工具之一。

巴别尔的写景大多篇幅很小，三言两语，仿佛神来之笔；巴别尔自己肯定也十分在意这些妙句，因此总把它们置于小说中的最重要位置，或在开头或在结尾，或在情节突转点或在故事高潮处，让它们发挥着重要的结构支撑作用。这是《国王》的开篇："婚礼仪式结束，拉比坐到安乐椅上小憩一会儿后，走到屋外，但见婚宴的餐桌已尽院场的长度一字儿排开。餐桌多得尾部穿过院门，摆到了医院街上。铺有天鹅绒台布的餐桌，活像在院场内扭曲游动的蛇。蛇腹上打着五颜六色的补丁。这些个补丁——橙色或红色的天鹅绒补丁——在用雄厚的嗓音唱着歌。"③《伙计》一篇是这样开头的："铁面无私的夜。令人惊诧的风。一具尸体的指头在翻拣彼得堡冻僵的肠子。紫红的药房冻僵在角落里。药剂师把精心梳理的脑袋歪向一旁。严寒攥住了药房那紫红的心脏。药房的心脏于是衰竭了。"④

---

① *Бабель И.* Собрание сочинений в четырех томах. М.：Время. 2006. Т.3. С.32.

② Hallett R. *Isaac Babel*，Frederick Ungar Publishing Co.，1978，p. 18.

③ 巴别尔：《国王》，戴骢译，《巴别尔全集》第 1 卷，漓江出版社 2016 年版，第 23 页。

④ 巴别尔：《伙计》，刘文飞译，《巴别尔全集》第 1 卷，漓江出版社 2016 年版，第 249 页。

　　如果说，以一段精彩的写景作为开篇以吸引读者的眼球，这还是众多作家的常用套路，那么，用简短的写景来突兀地结尾，造成一个既戛然而止、又余音绕梁的效果，这则是巴别尔的长项。这是《巴格拉特－奥格雷和他的公牛的眼睛》的结尾："太阳在我们的头顶浮起。蓦地，宁静降临到我这漂泊者的心中。"① 这是《潘·阿波廖克》的结尾："无家可归的月亮在城里徘徊。我陪着它走，藉以温暖我心中难以实现的理想和不合时宜的歌曲。"② 这是《莫泊桑》的结尾："我读完这本书后起床。大雾遮天蔽日，直涌至窗前。我的心抽紧了。我已感觉到真相的预兆。"③ 这是《战斗之后》的结尾："村子在浮动、膨胀，红褐色的泥浆从村子各处寂寥的伤口流淌出来。第一颗星星在我头顶上闪烁了一下，旋即坠入乌云。雨水鞭打着白柳，渐渐耗尽了力气。夜色好似鸟群，向天空飞去，于是黑暗把它湿淋淋的花冠戴到了我头上。我已精疲力竭，在坟墓的桂冠的重压下，佝偻着腰向前行去，央求着命运赐予我最简单的本领——杀人的本领。"④ 在这些由写景构成的结尾中，我们不难看到一个共同特点，即写景与"我"之间构成的呼应和承转，这最好不过地说明，巴别尔小说中的写景，最终目的仍在于烘托、描摹乃至再现主人公的心境。当然，巴别尔也写有不乏整体画面感和苍茫史诗感的写景结尾，他的短篇《父亲》的结尾写得就像数十年后马尔克斯长篇小说《百年孤独》的开头："这笔交易是在黑夜行将逝去、拂晓已经初临时谈拢的，就在这一刻，历史的新篇章开始了，这是卡普伦家败落的历史，是他家渐渐走向毁灭、火灾、夜半枪声的历史。而所有这一切——

---

①　巴别尔：《巴格拉特－奥格雷和他的公牛的眼睛》，马海甸译，《巴别尔全集》第3卷，漓江出版社2016年版，第73页。

②　巴别尔：《潘·阿波廖克》，戴骢译，《巴别尔全集》第2卷，漓江出版社2016年版，第29页。

③　巴别尔：《莫泊桑》，戴骢译，《巴别尔全集》第1卷，漓江出版社2016年版，第209页。

④　巴别尔：《战斗之后》，戴骢译，《巴别尔全集》第2卷，漓江出版社2016年版，第167页。

目中无人的卡普伦的命运和姑娘芭辛卡的命运——都是在那天夜里,当他的父亲和她意想不到的新郎官沿着俄罗斯墓地信步而行时决定下来的。那时一群小伙子正把姑娘们拽过围墙,墓盖上响起此起彼伏的亲嘴的声音。"①

《意大利的太阳》的结构更为独特,两段写景构成故事的首尾,中间嵌入一段书信。叙事主人公半夜被惊醒,见同宿一室的战友西多罗夫正在给未婚妻写信,趁西多罗夫被唤去师部,"我"起身偷读他的信,他在信中要求未婚妻设法让上级派他去意大利,因为早已厌倦征战和杀戮的他"需要意大利的太阳和香蕉",而在这封信的前后,作者却加上两大段不厌其烦的写景,书信之前是:"此时,成了一片焦土的城市——断柱像凶悍的老虔婆抠到地里的小手指——我觉得正在向天上升去,显得那么舒适、飘逸,好似在梦境之中。月色如洗,以其无穷无尽的力量,向城市注泻。废墟上长了一层湿漉漉的霉菌,煞像剧院长椅的大理石椅面。我渴盼着罗密欧,那光滑如缎子的罗密欧,歌唱着爱情,从云朵后面出来,但愿此刻在侧幕后面,无精打采的灯光师已把手指按到月亮的开关上了。蓝幽幽的马路,好似从许许多多奶头中喷出来的奶水,在我身旁流淌。"而在西多罗夫从师部回来之后:"就是这样一个夜晚,彻夜传来遥远、锥心的钟声,在一片泛潮的黑暗中,有一方亮光,亮光下是西多罗夫那张死人般的脸,像是悬在昏黄的烛光下的一副没有生命的面具。"②

为了节约叙述篇幅,加快叙事节奏,巴别尔常用写景来完成跳跃性的过渡,因此,人格化、隐喻化的时间概念便成了他小说中最常见的一个贯穿形象,一个串联因素,一个结构主干,这一写景手法在《哥萨克小娘子》《日薄西山》和《父亲》等"敖德萨故事"中体现得最为充

---

① 巴别尔:《父亲》,戴骢译,《巴别尔全集》第 1 卷,漓江出版社 2016 年版,第 56 页。
② 巴别尔:《意大利的太阳》,戴骢译,《巴别尔全集》第 2 卷,漓江出版社 2016 年版,第 30—31、34 页。

分和典型。《哥萨克小娘子》中，有一长段文字中包含着若干处关于时辰的描写："太阳升至光华熠熠的中天。太阳升至中天后，像只被酷热折磨得软弱无力的苍蝇，打起抖来。……高悬空中的太阳就像干渴的狗伸出在外的舌头，远处巨人般的大海朝着普利斯普区滚滚涌来……白昼驾着华美的单桅帆船，向黄昏航去，直到 5 点钟，柳布卡才迎着晚霞从市区回来。"① 三句写景之间，时间便迅速地由正午跳跃至黄昏，这样的写景压缩了叙述时空，为主人公柳布卡的出场和表演腾出了更多的地盘。在《日薄西山》② 中，我们能更清晰地看出景色描写和情节发展之间相互交织、相互烘托的互动关系。弟弟廖夫卡和哥哥别尼亚决定教训他们的老爸，哥哥说："时间正在走过来。你听听时间的脚步声，给时间让个路。""于是廖夫卡退了一步，以便给时间让出一条路。它，时间，自古代起就当出纳员了，走了一程又一程。它在途中遇见了国王的姐姐特沃伊拉，遇见了马车夫马纳谢和俄罗斯姑娘马鲁霞·叶甫图申科。""时间"在小说中成了一个逐渐走过来、目睹并参与情节的角色和人物：在老爸归家途中，"落霞在空中煮熬，又浓又稠煞像果酱"，"晚霞好似开了膛的野猪的血在乌云中流淌"；待老爸到家，父子冲突即将发生，"夕阳立时向高处蹿去，活像由矛尖顶住的红盆那样打着旋"；在老爸挨揍后，家里气氛怪诞，"窗外繁星散立，像是大兵们在随地拉屎撒尿，蓝色的穹宇间浮游着绿莹莹的星星"。在这篇小说的始终，时辰似乎像作者一样，是俯察一切、统领一切的。在《父亲》③ 中，黄昏、残阳、傍晚等同样成为小说中的能动角色："黄昏贴着长凳兴冲冲地走了过去，落日熠熠闪光的眼睛坠入普里斯普区西面的大海，把天空染得

---

① 巴别尔：《哥萨克小娘子》，戴骢译，《巴别尔全集》第 1 卷，漓江出版社 2016 年版，第 60 页。

② 巴别尔：《日薄西山》，戴骢译，《巴别尔全集》第 1 卷，漓江出版社 2016 年版，第 74—87 页。

③ 巴别尔：《父亲》，戴骢译，《巴别尔全集》第 1 卷，漓江出版社 2016 年版，第 45—56 页。

一片通红，红得好似日历上的大红日子。""残阳紫红色的眼睛扫视着下界，于入暮时分擒住了在大车底下打呼噜的格拉奇。一道稍纵即逝的夕晖射定在这个睡大觉的人脸上，火辣辣地数落着他，将他攥到了尘土飞扬、像风中的黑麦那样闪着光的达利尼茨街。""傍晚早已进入深夜，天空一片漆黑，银河金光熠熠，凉气袭人。"人物活动在时间里，时间自身也纷纷活动起来，加入到故事情节中来，两者你追我赶，让叙事充满着跳跃和突转。所谓的"蒙太奇性"是人们在谈论巴别尔短篇小说时经常提及的一个概念，而一段又一段简洁的景色描写，往往就是不同"镜头"之间的转换，甚至就是"镜头"本身。

四

将被描写对象主体化，使隐喻成为景色描写的内核，让景色描写在整个小说文本中发挥起承转合的结构功能，巴别尔的这三个写景策略相互之间其实存在着某种呼应关系。描写对象的主体化，或曰叙事文本中主客体关系的有意混淆或倒置，这是展开隐喻式描写的前提之一；而无处不在的隐喻式写景，或曰组合隐喻、整体隐喻，或是斯捷蓬在评论帕斯捷尔纳克小说的景色描写时所言的"转喻性描写"（метонимическое описание）[1]，又是压缩叙事时空、优化小说结构的最有效方式之一。将"隐藏的材料或者说省略的叙述"视为小说写作重要手段之一的略萨就曾说道："用沉默代替叙述是通过影射和隐喻进行的。"[2]

巴别尔短篇小说的景色描写无疑是其作者有意识的风格营造手段，

---

① 转引自 http://predanie.ru/stepun-fedor-avgustovich/book/217003-sochineniya。

② 略萨：《给青年小说家的信》，赵德明译，上海译文出版社 2004 年版，第 124—125 页。

是与其小说的总体叙事策略密切关联的。无论是被描写客体的主体化、隐喻化的写景状物，还是主要是由景色描写串联起的小说结构，三者均共同服务于作家的同一目的，即营造出一种诗化的、陌生化的、极富张力的、具有现代感的小说叙事氛围。巴别尔独树一帜的景色描写是一种高明的写作方式，是揭示巴别尔创作秘籍的密码钥匙，也是其短篇小说整体风格重要的构成因素和生成机制。值得注意的是，在徐岱的《小说叙事学》中，以缩小"时间跨度"来加大叙事的"密度"，"景物描写的节制"以及"隐喻大批量地登堂入室"，均被视为世界范围内现代小说的基本特征。[①] 就这一意义而言，巴别尔短篇小说中的写景策略以及借此营造出的独特的叙事氛围，应该是 20 世纪世界短篇小说发展史中极具现代感的写作尝试之一。

需要指出的是，巴别尔短篇小说的写景策略当然是他本人的文学个性之表达，但是其养成和显现与当时的历史语境或许也不无关系。我们至少可以从以下几个角度做出猜度：首先，巴别尔思考和写作的年代是一个革命的年代，而且是人类历史上最具颠覆意义的革命年代，作为投身于这场革命的作家，巴别尔及其同时代的许多俄苏作家均如马雅可夫斯基那般，将十月的革命视为"我的革命"，将社会主义的革命同时也视为一场伟大的文学革命。他们以创世般的态度看待之前和眼前的一切，以果决的姿势质疑和颠覆包括文学传统在内的所有传统，他们的创作因而体现出极强的解构特征和狂欢色彩。我们或许可以说，包括独特的写景策略在内的巴别尔小说写作方式，也就是他自己所说的"走相反的路"，在一定程度上也是一种革命意志的艺术表达，一种创新精神的审美显现。其次，巴别尔开始小说创作时，俄国白银时代的文学和文化影响仍在持续，白银时代的文学其实也是一场"文学革命"，它的兴起和十月革命的爆发其实有着相似的内在驱动力，即一种改造现实的

---

① 徐岱：《小说叙事学》，商务印书馆 2010 年版，第 255、270、377 页。

冲动和关于未来的乌托邦憧憬，俄国作家瓦尔拉莫夫在其长篇新作中将这一"世纪初情绪"概括为"臆想之狼"①。白银时代就整体而言是一场现代派的文学文化运动，其对小说写作的显著影响之一便是散文的诗化倾向，白银时代的一批小说作家一改托尔斯泰、契诃夫的小说传统，开始探索小说写作的其他可能性，当时最为突出、最有影响的就是别雷的"韵律小说"和"断句散文"的创作实验，巴别尔的小说写作策略或许也是这种影响的结果之一。最后，所谓"历史语境"或许也可理解为巴别尔在写作其短篇小说时所处的"客观条件"，即骑马挎枪的征战环境和居无定所的漂泊生涯。巴别尔不承认他是个"坐不住"的人，但自他发表第一篇小说到他死于卢比扬卡监狱，他一生中的确少有安坐书桌前的时光，而且悖论的是，巴别尔短篇小说创作的几个高潮期，又恰好是他生活中最为动荡的时期。巴别尔短篇小说的写景策略与其所处历史语境的关系尚需进一步探讨，但是，与其说是 20 世纪二三十年代独特的社会历史语境造就了巴别尔独特的小说风格，莫如说是巴别尔独特的文学天赋在与其相吻合的那一文学和社会氛围中得到了充分的展示。

原载《外国文学评论》2017 年第 4 期

---

① *Варламов А.* Мысленный волк. М.: ACT. 2014.

俄国文学和俄罗斯民族意识

诗言志，文学是情感和思想的表达，因此，任何一个民族的文学都必然是该民族集体意识的体现，但就文学与民族意识的关系而言，不同的民族文学却可能有着不同的呈现，俄国文学和俄罗斯民族意识这两者间的关联，就具有其独特的历史、路径和结果。

一

纵观俄国文学千余年的发展历史，可以发现，俄国文学的跌宕起伏，往往是与俄罗斯民族意识的潮涨潮落相互吻合的。

作为整体的俄罗斯民族意识的觉醒和聚合，大致完成于古代罗斯从蒙古－鞑靼人的统治下挣脱出来的时期，俄国文学史上的第一座丰碑《伊戈尔远征记》就出现在这一时代。马克思曾对这部英雄史诗的主题做过这样的概括："这部史诗的要点是号召俄罗斯王公们在一大帮真正的蒙古军的进犯面前团结起来。"[①] 从此，呼吁俄罗斯人团结一致的"爱国主义"就成为俄国文学中一根贯穿的红线。近代俄罗斯民族国家的形

---

① 《马克思恩格斯全集》第 29 卷，人民出版社 1974 年版，第 23 页。

成和巩固，是与彼得一世和叶卡捷琳娜女皇的统治相关联的，而在这一历史时期兴起的俄国古典主义文学则被视为俄国近代文学的发端。在17世纪西欧盛行的古典主义文学，迟至18世纪30—50年代才被引入俄国；但古典主义所体现出的维护皇权、崇尚理性、尊奉古典艺术等倾向却与叶卡捷琳娜时期的俄国国家意识形态十分合拍，于是，罗蒙诺索夫、卡拉姆津、杰尔查文、茹科夫斯基等人的"颂歌"和"官史"便构成了俄国文学史上的第一个波峰。与西欧古典主义文学运动相比，俄国古典主义文学中多了两种新的思想构成，一是启蒙思想，二是民族主义，这就使得俄国古典主义文学成了体现和表达俄罗斯民族意识的一种特殊手段。

19世纪是俄国文学的黄金时期，从普希金起、到托尔斯泰止的俄国现实主义文学，不仅构成俄国文化史中最为辉煌的时期，也成为世界文学史上继古希腊罗马文学和英国17世纪文学之后的"第三高峰"。在19世纪俄国文学的发达过程中，有三个历史事件起到了至关重要的作用：一是俄国1812年抗击拿破仑入侵的胜利，二是1861年俄国废除农奴制，三是俄国参加第一次世界大战。通过1812年卫国战争，俄国战胜了不可一世的拿破仑，俄罗斯人的民族意识空前高涨，第一次感觉到自己应该成为欧洲大家庭中的平等一员，甚至是欧洲的"救星"和"新贵"，虽然后来爆发的十二月党人起义在一定程度上消解了这一民族热情，但十二月党人起义本身却无疑就是民族意识高涨的体现，也就是说，俄罗斯民族第一次开始思考自己在欧洲乃至世界的角色和使命，开始主张其特殊的道路和价值观。可以毫不夸张地说，普希金和他那一代俄国诗人和作家的出现，就是这种高涨的民族意识的产物。作为俄国历史上第一位"职业诗人"，普希金率先通过诗歌来颂扬俄罗斯民族的特殊性，论证俄罗斯民族的欧洲属性，甚至超欧洲属性。"在1820—1830年间俄国诗歌黄金时代的一代人赢得创作上的独立之后，俄国文学成了社会和政治论争的论坛。"① 新生的"职业文学"作为俄罗斯民族意识的集中体现，迅速赢得全民族的接受和爱戴，由此出现了俄国文学史上一道"天才成群诞生"的奇观。1861 年的农奴制改革是 19 世纪俄国最重大的历史事件之一，但长期以来，受苏维埃历史观影响，对这一事件的评价相当负面，它被认为是不彻底的贵族革命；苏联解体以后情况有所变化，尽管也有学者将这一事件视为之后一系列"革命"的源头。其实，农奴制解放前后的俄国，是俄国历史上少有的官方意识形态、民族知识精英的理想抱负和普通国民的实际愿景这三者都比较合拍的时期。且看流亡伦敦、视沙皇政府为死敌的赫尔岑对农奴制改革作出的反应："第一步已经迈出！……亚历山大二世做了许多事情，做得非常之多；他的名字如今高于他的所有前辈。他以人类权利的名义而战，为同情而战，反对那些执迷不悟的凶狠恶人，并摧毁了他们。因为这一点，无论俄罗斯人民还是全世界的历史都会记住他……我们欢迎他这位解放者的名字！"② 这一事件激起的全民族的社会热情以及俄国文学对于社会的空前关注，在客观上为 19 世纪下半期俄国批评现实主义文学的成熟和壮大奠定了社会基础，俄国文学再经过 20—30 年的发展，终于在 19 世纪 80 年代初达到顶峰。19、20 世纪之交的俄国，同样是俄国历史上一个思想活跃、争论激烈、斗争不断的"火山活跃期"，自 19 世纪 70—80 年代开始兴起的民粹派运动，1881 年沙皇亚历山大二世遇刺，马克思主义进入俄国，1904—1905 年的日俄战争，1905 年革命，直至 1914 年爆发第一次世界大战，一场又一场剧烈的社会动荡席卷俄国，使得俄罗斯民族意识的波涛一浪高过一浪。以前的历史学家更多地强调俄国在这一时期的"黑暗"和"混乱"，却没有注意到俄国政府在这一时期对于民族意识的有意煽动和鼓吹，盛极一时的泛斯拉夫主义和大俄罗斯主

---

① Terras V. *A History of Russian Literature*. New Haven：Yale UP，1991，p.viii.

② *Анисимов Е*. История России от Рюрика до Путина. М.-СПб.：Питер. 2013. С.330.

义成为这一时期俄国官方意识形态的重要构成，而白银时代文学的兴盛与 19、20 世纪之交俄罗斯民族意识的高涨这两者之间或许是存在关联的。

1917 年十月革命后的苏联成为社会主义阵营的领袖，以俄罗斯人为主体的苏联人具有强烈的民族自豪感和人类使命感，他们豪迈的斗志和远大的理想之艺术呈现，就构成了"俄苏文学"的主要内涵和基调，对于 20 世纪俄苏文学的总体评价目前还存在不同观点，但是对其世界性影响、其中包括在中国的深远影响，则无疑是一种历史事实。苏联解体之后，俄国文学的影响随着俄国国力的下降而有所减弱，但在苏联解体之后兴起的俄国后现代文学却构成俄国文学史中一个独具特色的阶段。其实，俄国后现代文学与苏联解体前后以特殊形式、甚或悖论方式表现出来的俄罗斯民族意识之间或许可能同样存在互动，始终具有某种极端性的俄罗斯民族性格，在履行使命、建构大同人类的乌托邦理想破灭之后，又迅速燃起解构、颠覆的热情。对于苏联解体的原因，人们至今大多是从社会经济、政治历史等角度进行解释，却较少注意到俄罗斯民族意识在其中所起的作用，亦即以俄罗斯族为主体的俄罗斯联邦对于苏维埃联盟的"主动放弃"，他们不愿继续承担所谓"国际主义义务"，而以俄罗斯民族利益为首要诉求。这样的集体无意识，或许为 20、21 世纪之交俄国文学艺术中强大的解构、颠覆热潮提供了支撑。

总之，通过对俄国文学历史的简单扫描，我们隐约可以感觉到，在俄国文学比较发达的几个时期和阶段，其背后似乎都有高涨的民族意识做铺垫，做背景，若把俄国文学史的起伏轨迹与俄罗斯民族意识的升降曲线相互比对，发现两者是基本吻合的。

二

　　相互勾连的俄国文学和俄罗斯民族意识，这两者间存在着持续的互动关系。一方面，俄国文学始终是俄罗斯民族意识的助推器，甚至就是燃料本身，是俄罗斯民族意识的重要组成部分；另一方面，俄罗斯民族意识又是俄国文学最重要的主题和表现对象，是俄国文学之特质乃至风格的重要来源之一。

　　诚然，任何一个民族的作家都是具有民族情感的人，甚至是最具民族情感的人，是民族意识的代言人，俄国作家在这一方面同样如此。但是，从文学与民族精神的关系这个角度看俄国文学，还是有一些问题会引起我们更深一层的思考：

　　首先，是俄国文学中的爱国主义、民族主义和帝国意识的关系问题。熟悉俄国文学的人都会对其中的"爱国主义"主题如数家珍，这也是传统俄国文学史着重叙述的主线之一，从《伊戈尔远征记》中斯维亚托斯拉夫"含泪的金言"到少年普希金写下的《皇村的回忆》，从果戈理《死魂灵》结尾的"俄罗斯三套车"隐喻到屠格涅夫在散文诗中对"俄罗斯语言"的赞美，从托尔斯泰的《战争与和平》、肖洛霍夫的《他们为祖国而战》等作品中对俄罗斯这一"战斗民族"之勇敢的歌颂，到阿克萨科夫的"渔猎笔记"、契诃夫的"《草原》美景"、20世纪俄国"乡村散文"作家们对俄国大自然的深情描绘，俄国文学的爱国立场自始至终都不曾改变。俄国的历史和现实，大地和河流，全都成了渗透着深刻民族情感的文学意象，一直是俄国作家无条件崇拜、礼赞、神化的对象。我们从前在面对俄国文学中的此类主题时，往往都是不加分析地、无条件地照单全收，和俄国读者一样阅后欢欣鼓舞，激动不已，却很少想到，俄罗斯人的爱国主义也应该有正义和非正义之分。对于俄国历史上两次伟大卫国战争的文学描写和再现，当然是正义的，也赢得了全世界读者的接受和喜爱，但那些鼓吹俄国的历史扩张和国家强权的文学作品，则应该引起我们的警觉和拒斥。比如，普希金在诗歌中对波兰人的咒骂，陀思妥耶夫斯基在作品中对大俄罗斯主义的鼓吹，索尔仁尼琴作品中的反犹态度，拉斯普京对西伯利亚自古以来的俄罗斯属性的千方百计论证等等。民族自豪感是有尺度的，稍不注意就会沦为民族主义、沙文主义和殖民主义。美国莱斯大学教授汤普逊曾将萨义德的后殖民理论引入俄国文学研究，写成《帝国意识：俄国文学与殖民主义》一书。她试图证明，从普希金、莱蒙托夫到托尔斯泰，再到索尔仁尼琴、拉斯普京，俄国文学中始终弥漫着浓重的"帝国意识"（imperial knowledge），俄国文学始终服务于俄罗斯民族的身份认同和国家扩张战略。汤普逊以《战争与和平》为例，认为这部小说写于俄罗斯民族精神最为乐观的年代，显示出空前的自信和泰然，托尔斯泰"用历史来强化神话，又用神话来强化历史"，"把俄国人的自尊心提高到一个以往从来没有达到的水平"，类似于莎士比亚的历史剧在塑造英国人民族心理方面所起到的作用，从而构建出一部"帝国史诗"[1]。也就是说，从文学中的爱国主义到社会层面的民族主义，再到国家层面的帝国意识，往往只有一步之遥，却又时常是隐蔽的，暗度陈仓的。

其次，是俄国文学与所谓"俄罗斯性"的关系问题。"俄罗斯性"（Russianness）这个在西方斯拉夫学界使用频率很高的词，在俄语中居然很长时间都没有对应的"译法"，其俄语表达方式"русскость"至今仍不见于普通俄语字典，这说明俄国人对这个概念是高度警觉的。在苏联解体20周年之际，曾长期担任英国广播公司（BBC）驻莫斯科记者的西克史密斯写了一本题为《俄国：野性东方的千年编年史》的书（中

---

[1]　汤普逊：《帝国意识：俄国文学与殖民主义》，杨德友译，北京大学出版社2009年版，第102—103页。

译本题为《俄罗斯一千年》），试图对俄国的历史与现状间的关系进行解读。在作者看来，自 9 世纪开始，俄国历史的三个"主轴"开始形成，即专制独裁倾向、军事扩张欲望和东正教信仰，而将这三者联结为一个整体的，或者说是这三者相互作用的共同结果，就是"俄罗斯性"，或曰"作为俄罗斯人的品质或特性"（the quality or characteristic of being Russian），这有点类似俄国宗教哲学中的"聚合性"（соборность）概念，作为俄罗斯人的共同价值观，视俄罗斯人为一个具有高度凝聚力的集体，俄罗斯人将为俄国的统一承受苦难当作一种高尚情操，国家的福祉可以让个人的牺牲变得合理。俄国历代君主的扩张往往出于所谓"安全"需要，目的是获得更多的腹地和更大的纵深，但扩张之后获得的越来越辽阔的疆域需要守护，这反过来又在俄罗斯人心中派生出新的不安全感，使他们越来越紧张，越来越焦虑。"俄罗斯太大也太乱，不适合把权力下放；只有中央集权的'独裁铁腕'才有办法维系对帝国的向心，并且在民情殊异的百姓之间维系秩序。"① 维系铁腕统治的重要手段即强化帝国意识，"对国内四分五裂和外敌乘机入侵的恐惧，早已深深渗入俄罗斯人的意识当中，这使得他们多半乐意接受'最高统治者行使绝对权力'的概念"②，"国家对团结与安全的需求是最高优先，凌驾了'参与式政府'和个人权利等方面的考量。'铁腕'是俄罗斯的预设模式。"③ 专制和扩张，就此形成一种既相互依赖、又相互推进的关系。用铁腕统治幅员辽阔的国度，一种主张恭顺和聚合的宗教意识形态是不可或缺的，东正教于是成为俄国历代君主的思想武器。俄国历史的三个"主轴"就这样相互纠缠，相互作用，构建出贯穿俄国千年历史的专

---

① 西克史密斯：《俄罗斯一千年》，周全译，（台北）左岸文化事业有限公司 2016 年版，第 13 页。

② 西克史密斯：《俄罗斯一千年》，周全译，（台北）左岸文化事业有限公司 2016 年版，第 95 页。

③ 西克史密斯：《俄罗斯一千年》，周全译，（台北）左岸文化事业有限公司 2016 年版，第 104 页。

制政体。其实，在西克史密斯所言的这三个主轴之外，无论如何都应该加入第四个主轴，即俄国文学。从俄国文学与俄国扩张的关系看，在整个俄国文学史中似乎不见任何对于俄国领土扩张的直接描写，"在 17—19 世纪之间，俄罗斯帝国以平均每天 55 平方英里（大约 140 平方公里）的速度扩张"①，而俄国文学对这样的扩张及其后果是漠视的，或曰遮掩的，失语的，"没有一个有名气的俄国作家提出过疑问"②；从俄国文学与民族身份认同的关系看，我们不难发现一个触目惊心的现象，即俄国文学就整体而言似是单一民族属性的，无论是乌克兰族出身的果戈理、柯罗连科，还是犹太族出身的巴别尔、帕斯捷尔纳克，其民族身份常常被文学史家、读者甚至作家本人有意或无意地忽略或淡化，最后全都成了"俄罗斯作家"（русский писатель/Russian writer，当然，这里也可译为"俄语作家"，但问题是这两种含义在俄语中原本就是不做区分或难以区分的）。在俄国，像在欧美其他国家一样，犹太族作家在文学界也占有相当大的比例，但与其他国家的犹太作家大多想方设法彰显其犹太身份不同，俄国的犹太作家总是不那么理直气壮，对自己的犹太身份轻描淡写，甚至更愿意认同自己的"俄罗斯性"。新近一部《帕斯捷尔纳克传》的作者贝科夫就把帕斯捷尔纳克定性为："犹太人——同时也是俄罗斯文学的继承者，言谈中对其犹太属性表示不喜欢与不认同的基督教作家。"③ 俄国是一个多民族的国家，但俄国文学却是单一民族的，因为"俄国文学所制造的话语涂抹和勾销了被称为俄国的一个国家里的非俄罗斯人的诸民族"④。从俄国文学与东正教的关系来看，两者始终是你

---

① 汤普逊：《帝国意识：俄国文学与殖民主义》，杨德友译，北京大学出版社 2009 年版，第 35 页。

② 汤普逊：《帝国意识：俄国文学与殖民主义》，杨德友译，北京大学出版社 2009 年版，第 41 页。

③ 贝科夫：《帕斯捷尔纳克传》，王嘎译，人民文学出版社 2016 年版，第 5 页。

④ 汤普逊：《帝国意识：俄国文学与殖民主义》，杨德友译，北京大学出版社 2009 年版，第 II 页。

中有我、我中有你的，是相互纠缠、抱合的，在东正教成为主流意识形态时，文学常常沦为东正教的附庸；在东正教的官方地位遭到削弱的时期，甚或无神论时代，文学则往往成为宗教意识形态的替代品，成为一种强大的思想武器。对于俄国文学与东正教的关系，乃至俄国文学的宗教属性，当下已有越来越多的研究，相信两者间的关系会得到越来越深刻的揭示。至于俄国文学和专制制度之间的关系，我们将在下文论及。总之，在"俄罗斯性"的形成过程中，俄国文学始终发挥着至关重要的作用。

最后，是俄国批判现实主义文学的"批判"立场问题。长期以来，关于俄国文学、至少是 19 世纪中后期的俄国现实主义文学是良心的文学、道德的文学、维护"小人物"的文学，是批判现实、维护社会公平和公正的文学，是呼吁变革现实、追求理想的文学，此类说法似早已成为俄国文学史的"定论"。也就是说，俄国文学就整体而言是在野状态的，是与官方对峙的。但是，若从文学与民族意识的角度看，俄国文学其实是相当"官方"的，俄国古代文学的宗教属性姑且不论，18 世纪的古典主义文学和 20 世纪的社会主义现实主义文学也同样姑且不论，仅以 19 世纪的批判现实主义文学为例。俄国当代作家维克多·叶罗菲耶夫在他所编文集《俄国恶之花》的序言中写道："小说《父与子》的主人公巴扎罗夫是一位嘲弄社会道德的虚无主义者，可他的一句关键之语听起来却如同希望：'人是好的，环境是恶劣的。'我想把这句话用作伟大俄国文学的铭文。……其结果，俄国文学尽管十分丰富，有其众多独特的心理肖像、多样的风格和宗教探索，可它一致的世界观信条大体上仍可归结为希望哲学。"[1] "希望哲学"（философия надежды）构成俄国文学的主旋律，于是就出现这样一个悖论：19 世纪的俄国文学就总体而言是一种批判的文学，但它批判现实的目的是为了改造"环境"，

---

[1]　*Ерофеев Виктор.* Русские цветы зла. М.：Подкова. 1997. С.8.

使环境更有利于"好人"的存在和发展，其总的愿景仍在于国家的强大和民族的昌盛。也就是说，19 世纪的大多数俄国作家，乃至整个 19 世纪的俄国批判现实主义文学，对于现实和国家的评判其实是小骂大帮忙的，是渴望俄国强大的，是服务于俄国国家观念和俄罗斯民族意识的。我们甚至可以说，以反对专制制度著称的俄国文学，其实却与专制制度有着同样的"专制"性质，它始终致力于向俄国境内外的读者灌输俄罗斯民族的价值观和世界观，它在某些时段是以其强大的教谕功能和乌托邦式的社会理想辅佐官方意识形态的。

三

在俄罗斯民族意识的形成和不断发展的过程中，为什么恰恰是俄国文学成了它的主要思想资源和表达手段呢？其中的原因可能很复杂，也很多元，但俄国文化中独特的"文学中心主义"现象的起源和作用，可以成为我们理解这个问题的抓手之一。

在西欧和整个世界关于俄国的认识过程中，俄国文学发挥了至关重要的作用。俄国科学院通讯院士、俄国科学院俄国文学研究所前所长巴格诺在中国社会科学院外国文学研究所一次题为《西方的俄国观》的演讲中，认为西方对俄国的认知在 19 世纪 80 年代初发生根本性转变，而其中的左右力量就是以俄国小说为代表的俄国文学："俄国小说在西欧社会舆论的调性转换中发挥了决定作用，不从政治和经济局势出发的评价、认识和概括发生了转变，由轻蔑、责难和声讨转变为好奇、同情和赞赏。"[①] "仅仅由于俄国小说，西欧人才首度视俄国为一个与西方既同宗又异源的国家，俄国被接纳为欧洲各民族大家庭的平等一员……俄

---

① 巴格诺：《西方的俄国观》，刘文飞译，《外国文学评论》2012 年第 1 期，第 155 页。

国小说首批境外的内行读者和爱好者肯定会意识到，他们面对的是世界的艺术画面，而非现实本身。然而，这幅世界艺术画面之后在很大程度上便构成了关于俄罗斯民族性格和俄罗斯民族的概念。"① 也就是说，先前对俄国和俄罗斯民族感到陌生且不无敌意的西方世界，在读了俄国文学之后却迅速改变看法，将俄国视为一个具有同等文学和文化实力的伙伴。巴格诺把西方的俄国观的转变节点精确地定位在19世纪80年代初，是因为在这一两年间接连发生几件文学大事，如全俄范围内第一座文学家纪念碑——普希金纪念碑在莫斯科落成，托尔斯泰的《安娜·卡列尼娜》出版单行本，陀思妥耶夫斯基的去世等，这些事件在短时间内集中生发，形成强大冲击力，使整个世界由此开始关注俄国文学及其特征和力量，并由此开始正视俄国的"正面形象"，因此，俄国文学的崛起也就成了整个俄国文化乃至整个俄国国家形象的一个拐点。仰仗俄国文学，俄国的国家现代化进程实现弯道超车，成为一个真正意义上的欧洲文化强国。正因为这一点，祖祖辈辈的俄国人感激俄国文学，拥戴俄国文学，神化俄国文学，也始终心甘情愿地为俄国文学添砖加瓦，万众一心地打造、呵护这张最靓丽的国家名片，从而导致了俄国文化中独特的"文学中心主义"（литературоцентризм）现象，即文学不仅在艺术生活中占据核心位置，成为音乐、戏剧、美术等相邻领域的模仿对象，甚至在社会生活中取代哲学、宗教等成为强大的思想武器和教谕手段，成为某种"大文化"或曰"亚文化"。

被崇拜、被神化的俄国文学，也逐渐构建出俄罗斯民族的某种"文学的想象共同体"。安德森在《想象的共同体》一书中对民族做如此界定："它是一种想象的政治共同体——并且，它是被想象为本质上有限的（limited），同时也享有主权的共同体。"② 不过，他在书中关注最多

① 巴格诺：《西方的俄国观》，刘文飞译，《外国文学评论》2012年第1期，第156页。
② 安德森：《想象共同体》，吴叡人译，上海人民出版社2005年版，第6页。

的却是文学如何与"政治的想象"发生关联。他认为，"资本主义、印刷科技和人类语言宿命的多样性这三者的重合"促成并强化了"民族"这个"想象的共同体"的构建，因为以"国家方言"为工具的文学在资本主义时代的大量生产，造就了民族的阅读阶级，而民族阅读阶级的存在及其表达反过来又使民族意识的生成、强化和聚合成为可能，"印刷资本主义使得迅速增加的越来越多的人得以用深刻的新方式对他们自身进行思考，并将他们自身与他人关联起来"①，从而形成关于某一民族的"想象的共同体"。安德森还将俄国作为个案，分析了语言和文学在俄罗斯民族意识的高涨、俄罗斯民族身份认同的确立过程中所发挥的作用。在俄国文学崛起之前，俄国罗曼诺夫王朝的宫廷语言是法语和德语，但在1812年反拿破仑战争获得胜利之后，俄国开始注重维护"语言主权"，开始编纂权威的俄语字典和俄语语法。1833—1849年任俄国教育大臣的乌瓦罗夫提出了影响深远的官方意识形态，即"专制政体、东正教和民族性"（православие，самодержавие，народность），这里的第三点"народность"我们之前大多译成"人民性"，可能还是应该译成"民族性"（英文就译成Nationality），因为乌瓦罗夫在这里所强调的，就是俄罗斯民族相对于其他民族而言的独特性。在1861年农奴制改革后，尤其在亚历山大三世于1881年登基后，所谓"俄罗斯化"（русификация/Russification）开始成为国策，俄语被列为俄罗斯帝国境内的唯一官方语言，新近被占领地区的学校一律用俄语教学，历史悠久的塔尔图大学就曾因坚持用德语教学而在1893年被关闭。而在使俄语成为俄国"国家方言"的过程中，以普希金的横空出世为代表的俄国文学发挥了至关重要的作用，普希金最伟大的文化功绩之一即创建了"俄罗斯文学语言"，也就是说，自普希金开始，借助诗歌和文学创作，俄语成为一种可以表达俄罗斯民族情感和意识的"文学语言"。在

① 安德森：《想象共同体》，吴叡人译，上海人民出版社2005年版，第9—33页。

短短数十年间，以俄罗斯语言为载体的俄国文学，反过来又成为"俄罗斯化"的主要工具之一，对于"俄罗斯性"的形成和固化起到了关键作用，因为"民族就是用语言——而非血缘——构想出来的，而且人们可以被'请进'想象的共同体之中"①，"语言——不管他或她的母语形成的历史如何——之于爱国者，就如同眼睛——那对他或她与生俱来的、特定的、普通的眼睛——之于恋人一般。通过在母亲膝前开始接触，而在入土时才告别的语言，过去被唤回，想象同胞爱，梦想未来"②。俄国文学在塑造俄罗斯民族的"想象共同体"方面所起到的作用，可能远远超出人们的"共同想象"，一代又一代的俄罗斯人将艺术真实当成了生活真实，俄国当代作家沃尔金在参加《中国社会科学报》发起的一场笔谈中写道："在俄罗斯'文学中心主义'的作用下，某些虚构的文学情节（如娜塔莎·罗斯托娃参加的第一场舞会、奥涅金和连斯基的决斗、拉斯科尔尼科夫的犯罪等），在社会意识中均被视为实在的民族生活史实。"③ 也就是说，俄罗斯人的"想象的共同体"，首先是一个"文学的想象共同体"。

就这样，俄国文学成了俄罗斯民族意识的最大公约数。对国外而言，俄国文学作为一种塑造俄罗斯民族和国家形象的主要方式，能利用其良好的声誉向境外输送俄罗斯民族的思想和立场，这自然是俄国社会各界所喜闻乐见、乐享其成的；对国内而言，俄国文学通过对俄罗斯民族意识的不断表达和弘扬，赢得了俄国社会不同阶层的共同认可，上层将之当作能凝聚共识、鼓舞民族精神的思想工具，下层则将其视为改造现实、谋求社会正义的斗争武器，俄国文学因而是"两面讨好"的，它似乎在同时传达两种声音，一种是底层民众渴求正义的声音，一种是国

---

① 安德森：《想象共同体》，吴叡人译，上海人民出版社 2005 年版，第 141 页。

② 安德森：《想象共同体》，吴叡人译，上海人民出版社 2005 年版，第 150 页。

③ 沃尔金：《俄罗斯文学创作亟须寻找新形象》，刘文飞译，《中国社会科学报》2015 年 4 月 15 日，第 B01 版。

家意志追求强盛的声音。在充满动荡的俄国历史长河中，俄国文学是维系俄国社会和谐和民族整体性的为数不多的重要手段之一，一方面，它是俄国社会精英和知识分子展开思想争论、表达政治诉求的重要阵地，社会思想争论往往借助文学的形式展开和持续，各种思想资源也源源不断地赋予文学以内涵和动力；另一方面，它也是官方特意加以呵护的领域，目的是让俄国文学在社会中维系着某种微妙的平衡，发挥着其他民族社会生活中新闻舆论、甚至司法系统所发挥的功能。对于俄罗斯民族而言，俄国文学是他们引以为荣的骄傲，是他们昂首挺立于世界民族之林的重要资本，也是他们表达其精神和气质的拿手好戏，是他们捍卫"俄罗斯性"的主要手段。而对于俄罗斯境内的诸多非俄罗斯民族而言，俄国文学似乎也成了他们身份认同中不可或缺的重要因素，俄国文学像任何一种文学一样就整体而言是虚构的，审美的，因而在宣扬、传播"俄罗斯性"时是较为隐蔽的，更具"欺骗性"的，更容易得到俄国境内非俄罗斯族受众心悦诚服的接受。比如，如今俄国境内几乎所有的非俄罗斯族人口，说起普希金都津津乐道，背起普希金的诗都朗朗上口，他们的"普希金崇拜"似乎并不亚于俄罗斯人，他们大都心悦诚服地承认自己是文化意义上的普希金后人；比如，对俄国心存不满的2016年诺贝尔文学奖得主阿列克西耶维奇却在她的诺贝尔演讲的结尾称她有"三个家"："我的白俄罗斯土地，我父亲的故乡，我一直生活在这里；乌克兰，我妈妈的故乡，我的出生地；还有伟大的俄罗斯文化。"[1] 克里米亚事件爆发后，基辅城的朱可夫纪念碑被无情推到，但乌克兰和俄罗斯却为了"争夺"作家果戈理而竞相增高各自的果戈理纪念碑的高度。俄国文学自身民族属性的单一，既是它与俄罗斯民族意识之间过于紧密的关联之体现，也是其在国家和民族的"俄罗斯化"过程中所发挥的功

---

[1] 阿列克西耶维奇：《关于一场输掉的战争——诺贝尔演讲》，刘文飞译，《世界文学》2016年第2期，第24页。

能之结果。于是，无论在俄国的境内还是境外，无论在俄国社会的上层还是下层，无论对于俄国的俄罗斯人还是非俄罗斯人，俄国文学都始终在扮演一种"居中"角色，以其貌似中立的立场发挥着某种中介作用，成为一种"在野的官方意识形态"，在收编、整合俄罗斯民族意识的方方面面，从而成为俄罗斯民族意识的最大公约数。

俄国文学之于俄国、之于俄罗斯民族意识所具有的重大作用和深远意义，或许在世界其他国家是比较少见的，俄国文化中源远流长的"文学中心主义"，是俄罗斯民族精神和国家意识养成过程中一个不可或缺的重要因素，套用俄国诗人叶夫图申科的名句"在俄国，诗人大于诗人"，我们完全有理由说："在俄国，文学大于文学。"其结果，就是俄罗斯民族借助文学获得的身份认同，就是俄罗斯人民族意识中根深蒂固的"文学的想象共同体"。

原载《外国文学》2018 年第 5 期

有中国特色的《俄国文学通史》：
构想与可能

一

广义的文学史研究活动有可能与文学同时诞生，但学术意义上的文学史研究往往出现很晚，一个典型的例证便是，中国文学具有数千年辉煌灿烂的历史，但世界范围内第一部中国文学史却是由俄国汉学家王西里于 1880 年完成的《中国文学史纲要》①。俄罗斯人对于他们自己文学的历史研究开始得则更早一些，约在 18 世纪中期，特列季亚科夫斯基的《论古代、近代和当代俄语诗歌》一文② 被视为最早的俄语诗歌史和文学史研究尝试，作于 1755 年。在此之后，各种各样的俄国文学史著不断涌现，使俄国文学史研究迅速成为俄国文学界乃至人文学界的一个专门学科。

自 19 世纪初起，随着自觉的民族文学意识的觉醒，试图对俄国文学的发展过程进行概括和总结的著作开始大量出现，其中最重要的

---

① *Васильев В.* Очерк истории китайской литературы. СПб.：1880. 中译见王西里《中国文学史纲要》，阎国栋译，中央编译出版社 2016 年版。

② *Тредиаковский И.* О древнем，среднем и новом стихотворении российском. 1755.

著作有：鲍尔恩的《俄国文学简明教程》（1808）①，格列奇的《俄国文学教科书》（1819—1822）和《俄国文学史简编》（1822，此书被视为第一部俄国文学史著）②，尼基坚科的《俄国文学史试编》（1845）③，舍维廖夫的 4 卷本《俄国文学史》（1846）④，加拉霍夫的两卷本《古代和当代俄国文学史》（1863—1875）⑤，以及佩平的 4 卷本《俄国文学史》（1898—1899）⑥ 等。进入 20 世纪，在 19 世纪的俄国现实主义文学登上世界文学巅峰之后，在 19—20 世纪之交的俄国文学再度出现"天才成群诞生"的壮丽景象之后，大规模的文学史写作更是蔚然成风，众多的文学史著与众多的文学杰作交相辉映，相互促进，终于在俄国文化和俄国社会中构建出所谓"文学中心主义"。这百年间值得一提的文学史著有：温格罗夫主编的《20 世纪俄国文学：1890—1910》（1914—1916，此书首度提出"20 世纪俄国文学"的概念）⑦，奥夫相尼科－库里科夫斯基主编的 5 卷本《19 世纪俄国文学史》（1908—1910）⑧，科甘的 3 卷本《俄国当代文学史纲》（1908—1912）和《俄国文学通史》（简编，1927；这两部著作被视为用十月革命后的新文学史观总结俄国文学史的最初尝试）⑨，高尔基的《俄国文学史》

---

① *Борн И.* Краткое руководство к российской словесности. СПб.：1808.

② *Греч Н.* Учебная книга российской словесности，1819-1822；Опыт краткой истории русской литературы，1822.

③ *Никитенко А.* Опыт истории русской литературы. Введение. СПб.：1845.

④ *Шевырев С.* Истории русской словесности. Ч.1-4. М.：Университетская типография. 1846-1860.

⑤ *Галахов А.* История русской словесности，древней и новой. В 2 Т. СПб.：1863-1875.

⑥ *Пыпин А.* История русской литературы в 4 Т. 1898-1899.

⑦ Под ред. *Венгерова С.* Русская литература XX века. 1890-1910. 此书再版不断，直至 21 世纪，如：М.：Республика，2004.

⑧ Под ред. *Овсянико-Куликовского Д.* Истории русской литературы XIX века. Т.1-5. 1908-1910.

⑨ *Коган П.* Очерки по истории новейшей русской литературы. Т.1-3. 1908-1911；История русской литературы с древнейших времен до наших дней（в самом сжатом изложении）. М.-Л.：Молодая гвардия，1927.

(1939)①，苏联科学院俄国文学研究所主编的 10 卷本《俄国文学史》
(1941—1956)②，勃拉戈依主编的 3 卷本《俄国文学史》(1958—1964)③，
维霍采夫主编的《苏维埃俄罗斯文学史》(1979)④，普鲁茨科夫主编
的 4 卷本《俄国文学史》⑤，利哈乔夫主编的《10—17 世纪俄国文学史》
(1979)⑥，索科洛夫主编的《19 世纪末、20 世纪初俄国文学史》(1984)⑦
等。苏联解体以后，俄国学者撰写俄国文学史的热情反而有所高涨，他
们不仅继续关注俄国古代文学和 19 世纪的俄国经典文学，还试图重构作
为一个整体的 20 世纪俄国文学史，并将更多的注意力投向白银时代文
学、境外文学和所谓非主流文学，相继出版的重要文学史著有：斯卡托
夫的《19 世纪下半叶俄国文学史》(1992)⑧，库列绍夫的两卷本《19 世纪
俄国文学史》(1997)⑨，阿格诺索夫主编的《20 世纪俄国文学》(1999)⑩，

---

① *Горький М*. Истории русской литературы. 1909. 此书作者生前并未写完，1939 年由苏联
   科学院根据手稿整理出版，1957 年由缪灵珠译成中文，汉译后多次再版（如上海新文
   艺出版社 1957 年版、上海文艺出版社 1959 年版和 1961 年版、上海译文出版社 1979 年
   版等），在中国影响极大。

② *АН СССР. Ин-т рус.лит. (Пушкин. Дом)* История русской литературы в 10 томах. М.-Л.：
   Изд-во АН СССР. 1941-1956.

③ Под ред. *Благого Д*. История русской литературы в 3 Т. ИМЛИ；ИРЛИ；М.-Л.：АН
   СССР. Наука，1958–1964.

④ Под ред. *Выходцева П*. История русской советской литературы. М.：Высшая школа.
   1979.

⑤ Под ред. *Пруцкова Н*. История русской литературы в 4 Т.АН СССР. Институт русской
   литературы (Пушкинский Дом) . Л.：Наука. 1980-1983. 此书之中译被列为国家社科基金
   重大招标项目，正由南京师范大学汪介之教授领衔的团队进行翻译和研究。

⑥ *Под ред. Лихачёва Д*. История русской литературы X-XII века. М.：Просвещение. 1979.

⑦ *Сколов А*. История русской литературы конца XIX-начала XX века. М.：Высшая школа.
   1988.

⑧ *Скатов Н*. История русской литературы XIX века. Вторая половина. М.：Просвещение.
   1992.

⑨ *Кулешов В*. История русской литературы XIX века. М.：Издательство Московского
   университета. 1997.

⑩ *Агеносов В*. Русская литература XX века，М.：Дрофа. 1999. 此书中译本见阿格诺索夫主编
   《20 世纪俄罗斯文学》，凌建侯、黄玫、柳若梅、苗澍译，中国人民大学出版社 2001 年版。

凯尔德什主编的两卷本《世纪之交的俄国文学（1890 至 1920 年代初）》(2000—2001)①，佩捷林的两卷本《20 世纪俄国文学史》(2012—2013)② 等。旅美俄裔学者利波维茨基与其父里德尔曼合编的两卷本《当代俄国文学史》自 21 世纪初面世以来已多次再版，在学界颇有影响。③

　　俄国文学史研究也始终是西方斯拉夫学界的一个研究重点，是所谓"俄国学"的重要构成之一。欧美学者对于俄国文学史的关注和描述最早出现在 19 世纪中后期，这在时间上也与俄国文学的强势崛起相吻合。较早的著述有法国作家沃盖的《俄国小说》(1886)④、德国柏林大学教授勃鲁克纳的《俄国文学史》(1908)⑤ 等。20 世纪初，随着一批俄国作家和学者流亡国外，俄国文学在西方文化生活中的影响有所扩大，在之后近百年时间里先后出现一批影响深远的俄国文学史著，其中最值得一提的有以下几部：米尔斯基的两卷本《俄国文学史》(1926—1927)，此书被纳博科夫称为"用包括俄语在内的所有语言写就的最好一部俄国文学史"⑥，它在欧美国家长期被用作教科书⑦；被称为"美国最著名俄国

---

① Под ред. *Келдыша В*. Русская литература рубежа веков（1890-е-начало 1920-х годов）. ИМЛИ РАН. М.：Наследие. 2000-2001. 此书中译本见《俄罗斯白银时代文学史》，谷羽、王亚民等译，敦煌文艺出版社 2006 年版。

② *Петелин В*. История русской литературы XX века. Том I. 1890-е годы-1953；Том II. 1953-1993 годы. М.：Центрполиграф. 2012，2013.

③ *Лейдермани Н*.，*Липовецкий М*. Современная русская литература：1950-1990-е годы. В 2 т，М.：Академия. 2003. 由四川大学李志强教授领衔的翻译团队正在翻译此书。

④ Vogüé，de Melchior，*Le roman russe*，1886.

⑤ Brückner A. *Geschichte der russischen Litteratur*，Leipzig：1905；最早英译见 Brückner A. *A Literary History of Russia*，trans. H. Havelock，London：T.F. Unwin，1908.

⑥ Smith G. S.，*D. S. Mirsky：A Russian-English Life*，*1890-1939*，Oxford：Oxford University Press，2000，p. 295.

⑦ Mirsky D.S. *Contemporary Russian Literature*，*1881-1925*，George Routledge & Sons，1926；*A history of Russian literature from the earliest times to the death of Dostoyevsky* (*1881*)，Knopf，1927. 中译本见米尔斯基《俄国文学史》上下卷，刘文飞译，人民出版社 2013 年版。

文学专家"① 的斯洛尼姆所著《苏维埃俄罗斯文学史》（1964），此书作为我国改革开放之后最早被译成汉语的西方俄国文学史著，在中国产生很大影响②；纳博科夫的《俄国文学讲稿》（1981），这是纳博科夫在美国大学教授俄国文学的讲稿，也是一部以作家论为骨干的独特的俄国文学史著③；莫瑟主编的《剑桥俄国文学史》（1989）和艾默生所著《剑桥俄国文学史导论》（2006），均是在英语国家多次再版、影响很大的俄国文学史著。④ 除用英语写作的俄国文学史著外，还存在着用世界上其他语种书写的同类著作。2015 年 11 月，首都师范大学北京斯拉夫研究中心举办了一场题为"俄国文学史的多语种书写"的国际学术探讨会，来自俄、英、德、法、意、日、韩等国的俄国文学史家欢聚一堂，交流各自的俄国文学史写作经验，会后出版的论文集《俄国文学史的多语种书写》初步描绘出一幅俄国文学史的世界书写全景。⑤ 在俄、英、中文之外的俄国文学史著中，篇幅最大、最有影响的当属法国斯拉夫学者乔治·尼瓦等主编的 6 卷本法文版《俄国文学史》（1987—2005），这部著作是西方俄国文学研究界通力合作的重要成果。⑥

俄国文学在 19 世纪 70 年代进入中国，1903 年在上海面世的普希金小说《俄国情史》（即《大尉的女儿》）标志着俄国文学的中国接受史

① Calvino I. *Hermit in Paris*：*Autobiographical Writings*，NY：Mariner Books，2014，p. 41.

② Slonim M. *Soviet Russian literature*：*Writers and problems*，1917-1977，NY：Oxford University Press，1977. 中译本见斯洛宁（应为斯洛尼姆）《苏维埃俄罗斯文学》，浦立民、刘峰译，上海译文出版社 1983 年版。

③ Nabokov V. *Lectures on Russian literatures*，Harcourt Brace Jovanovich Pub.，1981. 中译本见纳博科夫《俄国文学讲稿》，丁俊、王建开译，上海三联书店 2015 年版。

④ Moser C.*The Cambridge History of Russian Literature*，Cambridge University Press，1989，1992，2008；Emerson C.*The Cambridge Introduction to Russian Literature*，Cambridge University Press，2008. 这两本著作均已被列为首都师范大学林精华教授承担的国家社科基金重大招标项目"剑桥九卷本俄国文学史翻译与研究"的翻译对象。

⑤ 刘文飞编：《俄国文学史的多语种书写》，东方出版社 2017 年版。

⑥ Nivat G.，Serman I. et Strada V. *Histoire de la littérature russe*，t.1-6：*Des origines aux lumières*，Paris：Fayard，1987-2005.

之开端。与文学的开端和文学史的开端往往相距遥远的情况有所不同，中国的俄国文学译介和中国的俄国文学史研究这两者之间却间隔极短。在俄国文学正式步入中国之后短短十几年间，郑振铎便写出第一部中国学者的俄国文学史著《俄国文学史略》（商务印书馆，1924）。稍后，蒋光慈在上海出版《俄罗斯文学》（创造社出版部，1927），此书分为两卷，下卷为瞿秋白于1921—1922年旅俄期间写成的《俄国文学史》，上卷为蒋光慈本人所著《十月革命与俄罗斯文学》。汪倜然的《俄国文学ABC》（1929）也是一部关于俄国文学历史的简略叙述。新中国成立之后，在中苏友好的历史大语境下，俄苏文学如滚滚洪流涌入中国，在诸语种外国文学中独占鳌头，甚至成为中国人"自己的文学"，但让人颇感奇怪的是，在成百上千的俄国文学作品被翻译成中文的时候，在众多俄苏作家在中国早已家喻户晓的情况下，中国学者却鲜有关于俄苏文学历史的描述，在中国的俄苏文学研究界，相当长一段时间里占据显赫位置的似乎仅为两部翻译过来的文学史著，即布罗茨基主编的《俄国文学史》（3卷本，蒋路、孙玮、刘辽逸译，作家出版社，1954、1957、1962年版)[1] 和季莫菲耶夫的《苏联文学史》（两卷本，叶水夫译，作家出版社，1956，1957)[2]，这两部译著在国内读者圈和研究界产生了深远持久、甚至垄断性的影响，是我国几代俄苏文学研究者文学史知识、文学观和文学史书写方式的主要来源。直到20世纪80年代，由中国学者编纂的俄国文学史著才陆续出现，如易漱泉、雷成德、王远泽等主编的《俄国文学史》（湖南文艺出版社，1986）等。曹靖华主编的《俄苏文学史》（3卷本，1992—1993）的出版，是中国俄国文学史研究中的一个标志性事件，此书为集体著作，全国各地数十位学者参与撰写，

---

[1] 原作为 Под ред. *Бродского Н.* Русская литература. М.： Учпедгиз. 1950. 此书实为中小学八年级课本，内容比较浅显，主编尼古拉·布罗茨基是挂名的，作者实为 Поспелов Н.，Шаблиовский П.，Зерчанинов А. 等人。

[2] 原作为 *Тимофеев Л.* Русская советская литература. М.： Учпедгиз. 1947.

展示出中国的俄国文学研究者的强大阵容和深厚学力，至今仍是我国高校师生最重要的教学参考书。[①] 1994 年面世的《苏联文学史》（3 卷本，叶水夫主编）是一部中国的"科学院版"苏联文学史，对整个苏联时期的文学发展过程和风格特质做了详尽描述。[②] 近 30 余年间，中国学者撰写的其他重要的俄国文学史著还有：雷成德主编的《苏联文学史》（辽宁人民出版社，1988），刘亚丁的《十九世纪俄国文学史纲》（四川大学出版社，1989），倪蕊琴和陈建华的《当代苏俄文学史纲》（辽宁教育出版社，1997），李明滨主编的《二十世纪俄罗斯非主潮文学》（北岳文艺出版社，1998），李辉凡和张捷的《20 世纪俄罗斯文学史》（青岛出版社，1998），李毓榛主编的《20 世纪俄罗斯文学史》（北京大学出版社，2000），任光宣、张建华、余一中的《俄罗斯文学史》（北京大学出版社，2003），郑体武的《俄罗斯文学简史》（上海外语教育出版社，2006），刘文飞的《插图本俄国文学史》（北京大学出版社，2010），汪介之的《俄罗斯现代文学史》（中国社会科学出版社，2013）等。

由此可见，无论是在俄国、中国还是在世界其他国家，俄国文学的历史均得到了充分、多样的书写，那么，在汗牛充栋的俄国文学史著出现之后，我们为何还要新编一部多卷本《俄国文学通史》呢？

二

在当下编写一部中文版多卷本《俄国文学通史》，的确已是中国学者无法回避的一项研究任务，其迫切性和必要性主要体现在如下几个方面：

---

① 曹靖华主编：《俄苏文学史》1—3 卷，河南教育出版社 1992—1993 年版。

② 叶水夫主编：《苏联文学史》1—3 卷，中国社会科学出版社 1994 年版。

首先，在苏联解体之后，俄国文学及其历史在极短的时间里发生了天翻地覆的变化，让人眼花缭乱，新的文学在吁求新的文学阐释，新的文学史观也迫切需要获得表达和落实。苏联解体后的新的俄国文学现实，至少导致了这样三种新写俄国文学史的需求：一是文学史观的变化，苏联解体后，苏联时期形成的关于苏维埃文学乃至整个俄国文学的文学史观遭到相当大程度的颠覆和扬弃，昨日的众多名家名作遭到无情否定，一些曾被否定的对象则被挖掘出来，被重新赋予文学史意义，至于这一过程中始终伴随着的争论和争斗，更让俄国文学史的重写变得急迫起来；二是文学史的内容和范围空前扩大，苏联时期的非官方文学、地下文学，还有所谓境外文学、回归文学等，使得20世纪俄国文学的描述对象变得更为多元，这些不同的文学构成也急需得到归纳和整合，而苏联时期较少得到研究的十月革命前的非现实主义文学、宗教内容的文学和白银时代的文学等，也成为亟待面对的文学史课题；三是对苏联解体前后的当代文学的归纳，苏联解体后，后现代主义文学的兴盛，大众文学对严肃文学的冲击和挤压，女性文学的崛起，虚构和非虚构文学的相互渗透，诸如此类的文学新现象也需要做出文学史的归纳。俄国文学自身发生的变化之剧烈，俄国文学史在近20余年间所遭受的解构之剧烈，或许均为世界文学史中所罕见，在这样的学术语境下，我们迫切需要一部新的大型俄国文学通史来释疑解惑，正本清源，把俄国文学的历史真实还给俄国文学。

其次，中国的俄国文学研究事业经过百余年的发展，如今似乎也到了能够完整体现自己综合实力的历史时刻。中国的俄国文学史研究传统源远流长，李大钊、瞿秋白、鲁迅、巴金、茅盾等中国共产党的早期领导人和中国新文学的奠基者均为中国俄国文学研究的先行者，在五四运动、抗日战争、中苏友好、改革开放等不同历史时期，俄苏文学曾在中国产生巨大影响，也使得中国的俄苏文学研究走在了世界的前列。在我们之前，已有过三代国人对俄国文学史展开过研究，第一阶段的俄国文学史书写以瞿秋白、蒋光慈等人的《俄国文学史略》为标志；第二阶段以两部译著为代表，分别是布罗茨基主编的《俄国文学史》和季莫菲耶夫主编的《苏联文学史》；第三阶段的代表作分别是曹靖华主编的《俄苏文学史》和叶水夫主编的《苏联文学史》。时至今日，这些著作和译著或多或少显示出了时代的局限性，无法向汉语读者提供出一幅更为完整、更为真实的俄国文学版图。另一方面，我们在当下展开俄国文学通史的编写，还有若干有利条件：其一，中国改革开放以来，中国学者撰写了大量俄国文学史著，它们或为断代史，或为体裁史，或为专题史，为我们这部综合性通史的写作提供了广泛的借鉴可能。其二，近30余年间，我们翻译了大量俄苏和欧美的俄国文学史著，如前面提及的斯洛尼姆的《苏维埃俄罗斯文学》、俄国科学院世界文学研究所主编的《俄罗斯白银时代文学史》、阿格诺索夫的《20世纪俄罗斯文学史》和《俄罗斯侨民文学史》，米尔斯基的《俄国文学史》，以及正在翻译中的"剑桥俄罗斯文学史丛书（9卷本）"、苏联科学院编的《俄国文学史》（4卷本）和利波维茨基的《当代俄国文学史》（两卷本）等，这使得我们能对国际同行的学术成就有比较充分的把握。其三，本课题组的成员均为恢复高考后率先步入高校的一代学人，目前正处于人文学者学术生涯中的黄金时期，课题组成员几乎均有撰写、翻译或编著俄国文学史著的经验，已成为所在高校乃至整个学界的学术带头人，这部《俄国文学通史》的编写和出版，将既是对改革开放后成长起来的中国的俄国文学研究队伍的一次学术检阅，同时也是我们这一代学人真正意义上的集体学术智慧的结晶。

最后，中俄两国关系尤其是两国文学和文化关系的发展，也为这部《俄国文学通史》的编写创造了良好的外部环境。俄国文化中长期存在所谓"文学中心主义"现象，即文学始终在俄国文化和俄国社会生活中扮演中心角色。19世纪80年代，随着俄国文学的崛起，俄国的国家形象得到极大改善，俄国文学也由此成为"社会生活的百科全书"和

"生活的教科书"。在俄罗斯人的心目中，文学从来就不是无关紧要的高雅文字游戏，而是介入生活、改变生活乃至创造生活的最佳手段，所谓"审美的乌托邦"成为俄罗斯民族意识和思想构成中一种特殊的集体无意识，俄国作家始终在扮演社会代言人和民族思想家的角色，被视为真理的化身和良心的声音。另一方面，俄国文学在中国有着广泛、坚实的传播基础，一部分中国人所谓"俄国情结"，其核心就是"俄国文学情结"，实质上就是国人对于俄国文学的尊重和热爱。当俄国的"文学中心主义"遇上中国的"俄国文学情结"，在中俄两国间展开"文学外交"的可能性便能得到确立。在中俄两国关系处于历史最好时期的当下，一部由中国学者撰写的大部头《俄国文学通史》，必将为中俄两国的文化关系添砖加瓦，进一步提升中俄两国关系的文化品位，深化和强化两国人民的相互理解。

综上所述，俄国文学自身的变化提出了重写俄国文学史的迫切需求，中国的俄国文学研究传统也到了一个需要做出新的阶段性总结的时刻，再加之国际地缘政治和学术版图的变化、中俄两国文化关系的加强等，这些因素似乎同时为我们新编俄国文学史创造出一个难得的历史机遇，一部中文版多卷本《俄国文学通史》的编写恰逢其时。

三

我们这部《俄国文学通史》拟分为 6 卷，每卷篇幅在 40 万字左右，将从俄国文学的发端一直写到当下。6 卷的具体分期为：10—18 世纪；19 世纪上半期；19 世纪下半期；20 世纪上半期；20 世纪下半期；后苏联时期。除第 1 卷和第 6 卷外，其他各卷的涵盖时间均为 50 年左右。在各卷的结构中，我们将放弃以往文学史按照理论、诗歌、小说、戏剧等体裁板块进行划分的传统方法，也避免按年代顺序或按作家生卒年代顺序设置章节的一统布局，试图在章节的设置上尽量突出问题意识，将文学史上的大作家、重要作品、重要文学流派或现象等作为具体章节的论述重点。

第 1 卷《11—18 世纪俄国文学》由四川大学刘亚丁教授撰写。俄国文学是欧洲和世界文学中相对后起的语种文学之一，俄国文学第一部具有世界影响的杰作《伊戈尔远征记》直到公元 12 世纪方才出现，但俄国文学后来却迅速赶上，甚至弯道超车，在 19 世纪中期攀上世界文学的顶峰。本卷将追溯并描述俄国文学自其源头至 18 世纪末这数百年间的历史，着重考察并思考古代俄国文学的构成和发展、俄国文学后来诸多特征的历史渊源、古代俄国文学与 19 世纪俄国文学腾飞之间的内在关系等诸多问题。相对于 19 世纪、白银时代和 20 世纪的俄国文学，古代俄国文学无论在中国还是在欧美各国，甚至在俄国本国，至今似乎均未得到更为充分的研究，人们普遍感觉古代俄国文学不够发达，具有世界影响的文学杰作不多，学者们似乎也觉得很难理出一条清晰的文学史发展脉络。这究竟是古代俄国文学历史的发展实况，还是长期缺乏相应、相称的专门研究所导致的结果，《俄国文学通史》第 1 卷的写作或能给出一种答案。19 世纪之前俄国文学的丰富内涵值得认真挖掘，比如，异教时代的文化残余，东正教融入俄国文化的过程，宗教文学与世俗文学之间的互动关系，俄罗斯民族文化心理形成的过程等，均可能由文学呈现出来。俄国古典文学是俄国古典文化的组成部分，它与俄罗斯民族古代的绘画、建筑、音乐等艺术体裁一起，构成俄罗斯民族的文化心理表征。对于俄国古代文学的文体学研究，对于俄国文学诸多特质的原始形态的探究，无疑也是研究俄国古代文学的重要范畴。对于中国的俄国文学研究者而言，古代俄国文学是我们绕不过去的一道门槛，只有在充分理解俄国文学起源时期的诸多特质和问题，我们才有可能对俄国文学后来的发展和演变拥有更为充分、更有逻辑的把握和理解。

第 2 卷《19 世纪上半期俄国文学》由上海外国语大学郑体武教授

负责撰写。俄国文学在 19 世纪开始崛起，但真正赢得世界性声誉还是在 19 世纪中后期，整个 19 世纪前半期均可视作俄国文学腾飞的准备期。在这一时期，普希金、果戈理等登上文坛，使俄国文学的创作实力和社会影响迅速达到欧洲水准。本卷将追溯并描述俄国文学 19 世纪上半期这 50 年间的历史，对卡拉姆津、普希金、果戈理、莱蒙托夫等大作家、大诗人进行着重考察，并思考俄国文学腾飞的前提、过程和影响。关于俄国文学从古典主义到感伤主义、再从浪漫主义到现实主义的潮流转换，也将成为本卷的重要论题。关于 19 世纪上半期的俄国文学材料很多，如何取舍是个问题；这一时期的文学也是大家较为熟悉的，如何写出新意或许也是一个挑战；这一时期文学流派纷呈，以前的文学史关于这些流派更迭、转换的描述大多是线性的，递进的，但实际情况有可能更为复杂，需要做更细致的观察和更深入的思考。

第 3 卷《19 世纪下半期俄国文学》由南开大学王志耕教授撰写。俄国文学的辉煌出现在 19 世纪下半期，始自普希金的俄国文学经过数十年的发展和成长，终于在 19 世纪下半期开花结果，以屠格涅夫、陀思妥耶夫斯基、托尔斯泰、契诃夫等人的创作为代表的俄国现实主义文学造就出俄国文学史中的"黄金时代"，构成世界文学史中的第三高峰。本卷将追溯并描述俄国文学 19 世纪下半期这 50 年间的历史，对屠格涅夫、陀思妥耶夫斯基、托尔斯泰、契诃夫等大作家进行着重考察，深入探讨他们创作的美学意义和思想价值，并对"黄金时代"俄国文学的特质、风格和意义进行归纳和概括。19 世纪下半期的俄国大作家为数甚多，如何在写作过程中分配和平衡篇幅，如何对于那些我们耳熟能详的俄国经典大家做出既遵循传统定论、又富有新颖洞见的解读，是本卷面临的一大难题；以往俄国和我国关于这一阶段文学史的解读大多具有较强的社会学批评意味，如何在继承这一阐释传统的同时给出更多文学的、美学的乃至文化学的、思想史的阐释，应该成为本卷的着力点之一。

    第 4 卷《20 世纪上半期俄国文学》由南京师范大学汪介之教授撰写。在 19 世纪中后期的"黄金时代"之后，俄国文学在 19、20 世纪之交迎来又一个文学高峰，即"白银时代"，"天才成群诞生"的壮观景象在俄国文学史中再度出现，俄国也成为世界范围内现代派文学的主要策源地之一。十月革命之后，俄语文学出现剧烈变化，以俄语文学为主导的苏联文学异军突起，成为世界文学史上一种崭新的文学。本卷将描述俄国文学 20 世纪上半期 50 年间的历史，对"白银时代""文学与革命""苏维埃文学""社会主义现实主义"等文学史现象进行思考，对"白银时代"的一大批杰出诗人如勃洛克、阿赫马托娃、茨维塔耶娃、马雅可夫斯基、曼德施塔姆等人的创作，对于作为苏维埃文学奠基人的高尔基的创作，对于十月革命后出现的无产阶级文学的内容和形式、本质和风格等进行归纳。20 世纪上半期的俄国文学构成复杂，变化剧烈，革命前后的文学性质有很大不同，如何寻找并归纳其中的同异，将是一个艰难课题。在这一时期，俄国文学是与苏联文学紧密纠缠的，如何处理 20 世纪的"苏联文学"和"俄语文学"这两者间既对立又统一的关系，亦即是否需要对"俄苏文学"中的两层含义进行剥离，如果需要的话又该如何剥离。再比如，如何处理苏联时期那些用俄语写作的非俄罗斯族作家的创作，如何处理苏联时期除俄罗斯联邦外的其他加盟共和国的俄语文学，所有这些在具体的写作过程中可能都会成为颇费思量的难题。

    第 5 卷《20 世纪下半期俄国文学》由首都师范大学刘文飞教授撰写。20 世纪下半期的俄国文学，同样构成世界文学史中一个波澜起伏、蔚为壮观的文学时代，从斯大林去世后的"解冻时代"到东西方之间的意识形态"冷战"，从戈尔巴乔夫的"新思维"到苏联的"解体"，从后现代文学和文化的浪潮到新世纪俄国文学的全方位试验，的确是一段精彩纷呈、令人眼花缭乱的文学史考察对象。本卷将描述俄国文学 20 世纪下半期 40 年间的历史，对上面提及的文学现象进行梳理和归纳，试图从中找出某些俄国文学发展的规律性问题。文学的解冻和解冻文学、奥维奇金派、战壕真实派、诗歌中的高声派和细语派、苏共二十大及其文学产儿、第四代作家、60年代作家、境外文学的第三浪潮、劳改营文学、道德题材、生产题材、战争文学、乡村散文、回归文学等重要的文学流派和现象，都将成为主要论述对象，而列昂诺夫、帕斯捷尔纳克、纳博科夫、帕乌斯托夫斯基、叶夫图申科、索尔仁尼琴、阿斯塔菲耶夫、拉斯普京、布罗茨基、格罗斯曼、艾特马托夫、邦达列夫、比托夫、韦涅季克特·叶罗菲耶夫等重要作家及其作品，自然也要成为解析课题。就对苏联时期俄语文学史的"反思"和"改写"而言，此卷将面临更多的挑战和更为艰巨的任务。

第6卷《后苏联时期俄国文学》由首都师范大学林精华教授撰写，本卷将对苏联解体之后至今俄联邦境内的文学进行描述。本卷所描述的文学发展历史相对较短，却为较难做出历史性定论的"当代文学"。此卷的写作难点在于，就变化之剧烈、构成之复杂、现象之纷乱而言，这20余年间的文学在整个俄国文学的发展历史中或许少有出其右者，这对于清晰、连贯的文学史描述来说自然构成一个挑战；苏联解体之后，对"苏维埃文学"的评价一落千丈，对具体作家和作品的评价更是此起彼伏，这也给我们吸收和利用相关材料带来困难；对于"回归文学""出土文学""地下文学""境外文学"等的认识和归纳，也是一项艰巨的任务。解体前后的俄国文学十分复杂纷繁，解构的集体无意识在文学中的渗透，后现代文学时尚的铺天盖地和迅速衰落，女性文学的强势崛起，以及东正教意识形态对俄国文学的强大影响等，足以令人眼花缭乱。本卷将对近20年俄国文学的演变和走向进行宏观的概括和具体的细读，着重分析统一的俄国文学如何可能、严肃文学和大众文学的并立、俄联邦时代的文学会如何延伸等问题。此卷字数可能相对较少，但由首都师范大学于明清教授负责整理的专有名词、人名、作品名索引将作为附录列入此卷，此卷的篇幅因此将与其他各卷大致相当。

四

我们这部新编的《俄国文学通史》能否得到大家认可，能否经受住历史检验，课题组成员们其实也诚惶诚恐。但是，我们有意在以下几个方面做出我们的努力，或者说，我们希望这部俄国文学史著能体现出以下几个方面的新意和特征：

首先，这将是一部真正的俄国文学"通史"，"通"字将成为这部著作的最大特色之一。"通"的第一层含义是全面和完整，这将是迄今为止由中国学者撰写的篇幅最大、涵盖时间最长的《俄国文学通史》。之前篇幅最大的同类著作为曹靖华主编的《俄苏文学史》，但它只写到二战之后，而我们这部《俄国文学通史》将从俄国文学的发端一直写到当下，给出一幅俄国文学史的全景图，一部俄国文学生活的百科全书。本书至少有这样三个阅读目标群：一是我国乃至世界各国的俄国文学研究专业人士，此书应成为他们重要的学术参考书；二是我国高校俄罗斯语言文学专业的本科生和硕博士研究生，此书应成为他们的必读书目；三是广大俄国文学爱好者乃至一般文学爱好者，此书应成为他们步入、观览俄国文学的重要指南，让他们一书在手，尽览俄国文学的风光。"通"的第二层含义是贯穿和透彻，我们将对俄国文学的发展历史予以较为细致的回顾和扫描，较为详尽的分析和归纳，较为深刻的理解和思考，循序渐进地描述俄国文学自古至今近千年的发展过程，揭示其内在的发展规律，努力体现出统一的美学观、文学观和文学史观，并追求结构、风格、文字等形式方面的呼应和统一。"通"的另一层含义是打通中、俄、西的俄国文学研究，长期以来，中国的俄国文学研究多受俄国、主要是苏联的文学史观影响，中国改革开放以后，我们又得以了解到欧美同行的研究成果，总体而言，俄国和西方的俄国文学史描述很不相同，在有些时候、有些地方甚至是相互打架的，而我国新一代俄国文学研究者除俄语外大多还懂英语，这使得我们有可能在这部《俄国文学通史》中采取"三合一"的方式，保持"学术中立"，不偏不倚，同时借鉴、融合中国、俄国和西方三派俄国文学史研究者的观念和成果，博采众长的心态有可能使我们的目光更为开阔，论述更为客观，结论更为合理。

其次，这将是一部"文学的"文学史。所谓"文学性"，是就如下意义而言的：其一是文字之美，阅读俄国人写的文学史，不难发现，除少数出自作家之手的文学史外，大多是四平八稳的，而中国的文学史家却比较注重文学史书写的"美文"传统，比如中国的第一部俄国文学史著、郑振铎的《俄国文学史略》就是这么开头的："俄国的文学，和先进的英国，德国及法国及其他各国的文学比较起来，确是一个很年轻的后进；然而她的精神确是非常老成，她的内容确是非常丰实。她的全部的繁盛的历史至今仅有一世纪，而其光芒却在天空绚耀着，几欲掩蔽一切同时代的文学之星，而使之黯然无光。"[1] 这样的文字风格应该为我们所继承和仿效。其二是学术个性，文学史家的个性既表现为其文学史观，也体现为其文字风格，并最终形成其文学史著的调性。以赛亚·伯林在评价米尔斯基的英文版《俄国文学史》时所言的两个特征，即"十分个性化"和"对于自己文学洞察力的无比自信"[2]，应该成为我们的追求。为最大限度地保持个性风格和独特调性，我们此番放弃了以往大型文学史著多为大兵团作战的方式，决定每一卷由一人单独撰写，就是想更多地体现作者的个人风格和独特调性。其三是谋求文学史与社会史、思想史之间的平衡，在继承传统的俄国文学史的社会学批评方式的同时，在汲取俄国形式主义对文学史"内部规律"的解读方式的同时，本套俄国文学史著还将并重关于俄国文学史的文化学阐释，即注重发掘俄

---

[1]　郑振铎：《俄国文学史略》，岳麓书社 2010 年版，第 1 页。

[2]　米尔斯基：《俄国文学史》上卷，刘文飞译，人民出版社 2013 年版，第 15 页。

国思想的文学属性和俄国文学的思想史属性，这三种大的文学史书写取向之间的平衡，将成为我们这部《俄国文学通史》的努力方向之一。

最后，这将是一部有中国特色的俄国文学通史。所谓"中国特色"，至少可以体现在这么几个方面：其一，让这部著作更多地渗透进中国学者的俄国文学史观，用中国学者的声音叙述俄国文学史故事，并进而建立俄国文学史研究的中国学派；其二，尽量纳入一个半世纪以来中国几代学者的俄国文学史研究成果，将他们的观点推介给国际同行，让他们的工作获得更多的国际认可；其三，适当加入俄国文学的中国接受史和中俄文学交流史方面的内容，比如普希金的《大尉的女儿》作为第一部汉译俄国文学的经历、"黄皮书"在"文革"期间的奇特命运、改革开放初年中国四家俄苏文学期刊并立的壮观场景等。一部有中国特色的俄国文学通史，自然更有可能引起国际同行的关注。我们也将就此项目展开国际合作，俄国科学院俄国文学研究所和世界文学研究所的两位所长在获悉本课题立项后，在第一时间发来贺信，并表示将提供一切学术支持。我们在写作的过程中，在最后的定稿环节，将邀请俄国和世界其他国家的同行专家参与我们的工作，让他们的学术智慧渗透进我们的著作；同时，我们也注重在写作的过程中及时向世界各国同行广泛宣传我们的进展和发现，引起国际同行的关注，并注意保留相关素材，为这部著作的外译留下余地，做好前期准备。我们相信，这样一部大型俄国文学史著的推出，必将极大地扩大中国的俄国文学研究界乃至中国整个斯拉夫学界的国际声誉和影响。

在本项目的评审过程中，匿名评审专家们提出许多宝贵意见和建议。在 2018 年 4 月 21 日举行的"多卷本俄国文学通史"开题论证会上，与会的专家学者也提出了许多很有建设性和启发性的建议。① 本课题首

---

① 详见王静、张曦、刘文飞记录整理《"多卷本俄国文学史通史"开题会纪要》，《俄罗斯文艺》2018 年第 4 期，第 147—155 页。

席专家所在单位首都师大校方也给予本课题组以大力支持，项目获批后不久，首师大社科处领导就主动帮助我们成立了一个专门研究机构——"俄国文学史研究中心"。本课题立项后，国内多家媒体前后报道了立项消息和开题会情况，相关的阶段性研究成果也陆续开始发表。

万事俱备，更乘东风，我们有信心、也有决心在五年左右的时间里完成这一项目，向广大同行和读者、同时也向我们自己交出一份合格的答卷。任重道远，我们将砥砺而行！

原载《首都师范大学学报·社会科学版》2019年第2期

解冻文学新论

一

解冻文学（литература «оттепели»）是关于20世纪五六十年代解冻时期文学的概称。"解冻"自然相对于"冰封"而言。在苏联取得反法西斯卫国战争胜利之后，斯大林的威望如日中天，与此同时，战前即已开始的"个人崇拜"也愈演愈烈，整个社会逐渐步入一个相对封闭、整齐划一的时期，这自然会对文学的繁荣和发展产生抑制作用。苏共中央在战后数年间发布了一系列旨在加强控制文学艺术的"决议"，如《关于〈星〉和〈列宁格勒〉两杂志》（1946年8月14日）、《关于剧院剧目及其改进办法》（1946年8月26日）、《关于影片〈灿烂的生活〉》（1946年9月4日）和《关于歌剧〈伟大的友谊〉》（1948年2月10日）等。这种由党中央出面用行政命令方式来管制文艺创作的举措最早出现在20年代，如《关于无产阶级文化协会》（1920）和《关于党在文学方面的政策》（1925）等决议，但在战后颁布的这些决议中，训诫或威胁的口吻更为严厉，比如《关于〈星〉和〈列宁格勒〉两杂志》的"决议"就称被批评的两份杂志"在当代西方资产阶级文化面前卑躬屈膝"，称阿赫马托娃是"半尼姑，半荡妇"。这些做法极大地打击了作家和艺术家们的创作主动性，使得苏联文艺界一时风声鹤唳。由于这些"决议"多由当时苏共中央主管意识形态的书记日丹诺夫主持制定和颁布，这一时期的文学和文化政策也被称为"日丹诺夫主义"（ждановизм）。当时文学中盛行"无冲突论"（бесконфликтность），文学要表现的矛盾就是"好与更好的冲突"，于是文学中一片歌舞升平，洋溢着虚假的粉饰和强颜的欢乐。

1953 年，赫鲁晓夫在斯大林去世后不久就任苏共中央第一书记，为树立其执政权威，他开始实施某些"去斯大林化"举措，在 1956 年 2 月召开的苏共第二十次代表大会上，他更是作了题为《关于克服个人迷信及其后果》的秘密报告，把反个人迷信确定为头等政治大事，一场声势浩大的思想解放运动于是开始涤荡整个苏联社会。在俄国社会生活中始终扮演着重要角色的文学，自然会与这场思想运动产生密切的互动关系：一方面，文学最早感受到政治气候的变化，像第一只春燕预报了解冻时节，一部又一部具有广泛社会影响的文学作品为那个时代提供了源源不断的思想资源；另一方面，文学在这个相对宽松的时代释放出压抑已久的创作激情，迎来 20 世纪俄国文学发展史上的又一高峰，创造出了构成多元、形式多样的解冻文学。

"解冻文学"这一概念有多个来源。1953 年 10 月，《新世界》杂志第 10 期刊出诗人扎博洛茨基的一组诗，其中一首题为《解冻》（Оттепель）："暴风雪后的解冻。/ 风雪刚刚停息，/ 雪花落在雪堆上，/ 颜色开始变深。/ 在乌云的缝隙 / 透出局部的月亮。/ 沉重的松枝 / 因为湿雪而膨胀。/ 滴水的冰凌坠落，/ 扎在雪堆上。/ 水洼像透明的盘子 / 在路边闪亮。/ 白色的原野 / 还在默默瞌睡，/ 大地却已苏醒，/ 开始广袤的作为。/ 很快，树木会醒来，/ 很快，成群的候鸟 / 会排成一行，/ 吹响春的号角。"扎博洛茨基此诗写于 1948 年，他在 1953 年把它拿出来发表，《新世界》编辑部决定在这时发表它，大约因为他们双方都感觉到了此诗的意境与时代氛围的契合，此诗也因此成为关于那个时代的一种隐喻。1954 年 5 月,《旗》杂志第 5 期刊出爱伦堡的长篇小说《解冻》(*Оттепель*)第一部,两年后,小说第二部发表于该刊 1956 年第 4 期。这部描写工厂生活的小说,却由于它敏锐地捕捉到了当时社会生活中发生的微妙变化,或许还由于它这一具有概括意义的书名,在当时引起极大社会反响。小说的结尾极富象征意味:"窗外是一片激动人心的情景。寒冬终于停住脚步了。马路上的积雪已开始融化,到处在流水。……解冻的时节到了。"

不过,用"解冻"这个象征性的词语来概括整整一个时期的文学,还是稍后的事情,而且由西方斯拉夫学者率先完成。1960 年,"解冻"作为一个文学时期的称谓出现在乔治·吉比安一部专著的题目中,即《自由的段落:解冻时期的苏联文学(1954—1957)》①。在美国学者马克·斯洛尼姆 1977 年出版的文学史著《苏维埃俄罗斯文学(1917—1977)》中,也已辟出专章(第 28 章)讨论"解冻文学"②。此后,"解冻文学"的概念便不胫而走。但是,苏联解体前的俄国文学研究界以及我国的俄国文学研究界却一直很少使用这一概念,即便使用,也大多要加上一个引号,并经常附有善意的提醒,说这一概念为"西方资产阶级评论界所称"③。"'解冻'时期也罢,'解冻文学'也罢,纯粹都是西方的名称和概念,苏联评论界对它们是不承认的。"④ 在我国学者编纂的两部重要的俄国文学史著,即曹靖华主编的 3 卷本《俄苏文学史》和叶水夫主编的 3 卷本《苏联文学史》中,均不见"解冻文学"这一概念的身

---

① Gibian G. *The Interval of Freedom*: *Soviet Literature during the Thaw*, *1954-1957*. University of Minnesota Press, 1960.

② 斯洛宁(应为"斯洛尼姆"):《苏维埃俄罗斯文学(1917—1977)》,浦立民、刘峰译,毛信仁校,上海译文出版社 1983 年版,第 336—354 页。

③ 中国社会科学院外国文学研究所苏联文学研究室编:《苏联文学纪事(1953—1976)》,生活·读书·新知三联书店 1979 年版,第 23 页。

④ 吴元迈、邓蜀平编:《五、六十年代的苏联文学》,外语教学与研究出版社 1984 年版,第 101 页。

影，编著者宁愿使用一些更为冗长的概念，如"五十年代初至六十年代中期的文学"[①]，或"五六十年代的苏联文学"[②]。

如今，当解冻文学已成为六七十年前的文学往事，已脱离它所处的历史语境，我们应该可以对它做一种更为客观的梳理和总结，似乎已经到了这样的时候，可以在我们的俄国文学史描述中去掉添加在这一概念上的引号，将其当作一个恰如其分的文学史概念，以方便我们对解冻文学的创作成就和历史意义做出更符合文学史真实的评判。

二

关于解冻文学的起始、终结和分期等问题，存在一些不同看法。关于其起点，的确有诸多可供选择的时间节点，如斯大林去世的 1953 年 3 月，前文提及的扎博洛茨基发表《解冻》一诗的 1953 年 10 月，爱伦堡发表小说《解冻》的 1954 年 5 月，以及全苏第二次作家代表大会召开的 1954 年 12 月，苏共二十大召开的 1956 年 2 月等。在苏联《文学问题》杂志 1964 年第 7 期刊登的一组笔谈中，就文学"新时期"究竟始于何时的问题，几位苏联学者给出了不同看法。库兹涅佐夫主张从1954 年算起："1953 年已经为文学中的新现象准备了前提，不过还只是潜在的。到 1954 年，这种现象已经十分明显地呈现出来了。1954 年是我国文学史上的一个里程碑。"雅基缅科则认为新文学始自1956 年："我觉得，我国文学新时期开始于 1956 年。正是在这个时候才有了对革命人道主义的比较广泛的理解。"[③] 用政治领袖的登台或下野为依据来划分

---

① 曹靖华主编：《俄苏文学史》第 3 卷，河南教育出版社 1993 年版，第 1 页。

② 吴元迈、邓蜀平编：《五、六十年代的苏联文学》，外语教学与研究出版社 1984 年版。

③ 吴元迈、邓蜀平编：《五、六十年代的苏联文学》，外语教学与研究出版社 1984 年版，第 522 页。

文学时期不一定合理，尽管在苏联这样一个高度一统的国度，最高领导人的更替往往会深刻影响到社会生活的各个领域，其中也包括文学；但纯粹从文学自身后来的变化来确定某个新时期的开端，也未必可靠，因为，不能将既成事实当作开始，就像不能把婚礼当作爱情的最初萌动一样。因此我们认为，解冻文学的起点还应该是爱伦堡的《解冻》，因为在这部小说中，爱伦堡让他笔下的人物活动于社会环境、工厂劳动、艺术创作、家庭生活等不同领域，通过他们的所作所为和所思所想，以及他们之间的相互对立和相互映衬，揭示那个时代不同层面、多重意义上的解冻，如自然的解冻和社会的解冻，生产领域的解冻和艺术领域的解冻，以及内心世界的解冻，从而为解冻时代的最初阶段留下一份艺术写照，同时也为解冻文学开启了先河。许多学者不愿把解冻文学的起点与小说《解冻》紧密挂钩，可能还与一种观点相关，即认为这部小说艺术性不强。其实，与小说《解冻》同时出现的其他一些文学作品，比如奥维奇金的大名鼎鼎的特写《区里的日常生活》等，其艺术性也未必就高过《解冻》，爱伦堡作为一位见多识广的老记者在这部小说中将文学性和新闻性融为一体的写法，其实是颇具实验色彩的，在"新新闻体小说"和"非虚构文学"兴起之后，我们能更清楚地意识到这一点。

关于解冻文学的终点同样可以给出一些不同日期：将解冻时期大致等同于赫鲁晓夫执政期的学者，自然会将赫鲁晓夫 1964 年 10 月的黯然下台当作解冻文学的终点；对于解冻时期地下文学关注较多的学者，更愿意将西尼亚夫斯基和达尼埃尔 1966 年的受审当成一个路标；而更注重苏联政治走向的学者则认为，解冻文学和解冻时期一样，是在 1968 年年初的"布拉格之春"运动爆发时戛然而止的。我们也倾向于把解冻文学的告一段落确定在 1964 年，但其标志却并非这年秋天赫鲁晓夫的下台，而是在这年春天对诗人布罗茨基的公开审判，这不仅是因为，布罗茨基案件针对的是一位诗人，而赫鲁晓夫的下台是一件政治事件，而且更是由于，从后来的文学发展进程看，布罗茨基案件的确构成一个风向标，在这之后相继发生了更多针对作家的打压，比如西尼亚夫斯基和达尼埃尔案件（1966）、索尔仁尼琴事件（1970）、《大都会》辑刊事件（1979）等等，似乎均可视为这一事件之继续。"布罗茨基为什么会成为公开镇压的牺牲品，在列宁格勒知识界后来形成了这样一种社会 – 心理方面的解释：当时出现了某种国家性质的'集体无意识'，国家感觉到了精神自由层面上的一种危险性，甚至连布罗茨基那些非政治化的诗作也会将其读者引向精神自由的层面。"① 这就是说，布罗茨基的受审的确是一个重大信号，标志着解冻文学所享有的宽松已难以为继，文学和俄苏社会一样开始步入所谓"停滞时期"。

关于解冻文学的分期，研究者们分别持有三段论或两段论。耶鲁大学版《俄国文学手册》中"解冻"词条的作者西格尔以解冻时期的四大政治事件，即斯大林去世（1953 年 3 月）、苏共二十大（1956 年 2 月）、苏共二十二大（1961 年 10 月）和古巴导弹危机（1962 年 10 月）为依据，将解冻文学划分为相应的三个阶段。② 《剑桥俄国文学史》中的分期与此相近。③ 林明虎在《关于"解冻文学"的几点看法》一文中也将解冻文学分为三个阶段："在它的发展过程中经历了兴起、高潮和衰落的几个阶段：从 1953 年上半年到 1957 年上半年，是兴起的阶段（舆论准备和动员），第一次高潮就在 1956 年前后。从 1957 年下半年到 1962 年，是经过一番斗争发展到第二次高潮的阶段。从 1962 年年底到 1966 年下半年，是'解冻'思潮从第二个高潮走向衰落的阶段。"④ 《解冻文学和回归文学》一书的作者谭得伶、吴泽霖等则将解冻文学分为

---

① 洛谢夫：《布罗茨基传》，刘文飞译，东方出版社 2009 年版，第 90 页。

② Segall H. *The Thaw*//EdiT.by Terras V. *Handbook of Russian Literature*. New Haven：Yale University Press，1985，p. 469.

③ EdiT.by Moser A. *The Cambridge History of Russian Literature*. Cambridge：Cambridge University Press，1992，p. 529-532.

④ 吴元迈、邓蜀平编：《五、六十年代的苏联文学》，外语教学与研究出版社 1984 年版，第 106—107 页。

两个阶段："第一段大致从 1953 年到 1957 年初，高潮是苏联共产党第二十次代表大会前后。第二段大致从 1957 年到 60 年代中期，高潮在苏共二十二大前后。"①

我们也持两段论，但我们更倾向于将 1958 年 10 月帕斯捷尔纳克因获诺贝尔奖而遭到广泛批判的时间作为一个分水岭，因为较之于苏共二十二大，帕斯捷尔纳克事件既有政治属性又有文学属性，它在文学界产生了更为内在的深远影响。德米特里·贝科夫在他的《帕斯捷尔纳克传》中专辟一章《解冻》，谈帕斯捷尔纳克与解冻时代的关系，他认为，"严格意义上的解冻，从 1953 年春天持续到 1956 年秋天"，亦即匈牙利事件前后，帕斯捷尔纳克在这个时期遭到打压，既有时局突变的原因，也是他本人主动选择的处事态度和文学立场之结果，贝科夫在引用了巴耶夫斯基那句"名言"，即"别忘了，杀害帕斯捷尔纳克的不是斯大林主义，而是解冻"之后，又补充道："帕斯捷尔纳克并非死于解冻，而是死于解冻中的回潮。"② 我们并不完全同意贝科夫关于帕斯捷尔纳克和解冻之关系的解读，但他关于帕斯捷尔纳克事件在整个解冻文学发展过程中所具有的转折意义的描述，或许是符合实情的。我们将解冻文学划分为前后两个时期，既有苏共二十大和二十二大这两个关键性的政治事件做标志，更有两种性质和表现形式都不尽相同的文学创作为依托。第一阶段的解冻文学在理论方面进行了有益探索，解决了"反无冲突论""写真实""自我表现"等问题，并在创作方法上开始解构社会主义现实主义，把反个人崇拜当成文学创作的首要任务。如果说，解冻文学第一浪潮其实是在落实苏共二十大的思想纲领，那么其第二浪潮主要就是在贯彻苏共二十二大提出的"一切为了人，为了人的幸福""人与人是朋友、同志和兄弟"等理论主张，人道主义由此成为这一时期解冻文

---

① 谭得伶、吴泽霖等：《解冻文学和回归文学》，北京师范大学出版社 2001 年版，第 5 页。

② 贝科夫：《帕斯捷尔纳克传》，王嘎译，人民文学出版社 2016 年版，第 834—836 页。

学的主旋律。与之相关联，解冻文学的主题也从反"个人迷信"逐渐过渡至"个性迷信"，即对个人价值和权利的捍卫；对社会主义劳动英雄的礼赞转变为人物形象塑造上普遍存在的"非英雄化"倾向；随着地下文学和半地下文学的兴起，对官方文学及其创作方法的戏仿和解构，也逐渐引发了现代主义和后现代主义的写作尝试。

三

解冻文学或许是整个俄国文学发展史中文学类型最为丰富多样的时期之一。我们所谓"文学类型"，既指不同主题和不同体裁的文学，也指不同的文学流派和团体，同时还指不同的文学立场和文学存在状态。

从创作题材的角度看，解冻文学继承十月革命后文学中逐渐形成的集体农庄题材、生产题材和军事题材这三大传统题材，同时推陈出新，在传统的题材文学中注入了强大的解冻内涵。以奥维奇金的特写《区里的日常生活》为代表的奥维奇金派（овечкинская школа）创作，既呼应了当时社会对农村现实问题的关注，又开了文学界反"无冲突论"的先河，解构了之前一派欢乐的集体农庄文学及其写作模式；以杜金采夫的《不是单靠食物》为代表的"新生产小说"，揭露苏联工业生产中无处不在的官僚主义，那些"不是单靠食物"而生活的理想人士却成为体制的牺牲品，这便与之前的生产小说重在歌颂建设成就、塑造正面人物的做法形成鲜明对比，实现了对苏联文学中传统的生产小说（производственный роман）的颠覆；以邦达列夫的《营请求火力支援》、巴克兰诺夫的《一寸土》和贝科夫的《第三颗信号弹》等为代表的"战壕真实派"（школа «окопной правды»）以新的叙事方式来反映卫国战争，他们对战后那些颂歌体、节日化、洋溢着英雄主义豪情的战争文学心存反感，于是便注重表现战争中的普通人及其普通情感，描写战场上的日常生活及其恐怖细节，构成他们创作之特色的所谓"雷马克主义"（ремаркизм）和"非英雄化"（дегероизация）倾向，引发了俄苏卫国战争文学中的新浪潮。

从创作体裁的角度看，这一时期的散文创作发生很大变化，之前在散文领域占据主要地位的长篇小说体裁开始让位于一些对时代"迫切"问题反应更为迅捷的形式，如特写、中短篇等，融虚构和非虚构为一体的特写成为农村题材的主打形式，而以所谓"新三一律"为结构原则的中篇则是战壕真实派作家最擅长的小说叙事方式。诗歌和戏剧更是在解冻时期获得了内容和形式上的双丰收。以阿尔布佐夫、佐林、罗佐夫以及稍后的万比洛夫等为代表的戏剧新浪潮，在把"冲突"这一戏剧灵魂还给戏剧的同时，又把新的戏剧形式带入了戏剧，他们把奥斯特罗夫斯基的情节剧和契诃夫的抒情剧传统结合起来，创立所谓"抒情情节剧"（лирическая мелодрама）。在诗歌体裁中，解冻时期的社会氛围得到更为直接、更加充分的体现，"高声派诗歌"（громкая поэзия）的代表叶夫图申科、沃兹涅先斯基等人采用朗诵诗、政治抒情诗等形式，在大厅、广场甚至体育场与诗歌读者和听众做最直接的交流，他们的诗语言铿锵有力，情绪饱满昂扬，具有很强的鼓动性和感染力。高声派诗人以社会代言人为己任，以明确的现实指向为诗歌创作的目的，他们赋予个体以普遍意义，将共同事业视为自己的事业，他们是解冻时期社会氛围的营造者和表达者，是当时民众情绪和社会舆论的传声筒。他们这种既"自我表现"、又"面向大众"的诗歌抒情方式，与解冻时期的社会氛围构成一种良好的互动关系。在高声派诗歌的呐喊让人开始感觉疲劳之后，作为其反拨的"细语派诗歌"（тихая поэзия）又在20世纪六七十年代悄然登上文坛。

解冻时期也出现了一些独特的类型文学，如青春小说、劳改营文学和地下文学等。以阿克肖诺夫等为代表的"青春小说"（молодёжная проза）遵循"年轻人写年轻人，写给年轻人看"的宗旨，在创作主题上突出"父与子"的冲突和"清算父辈的愿望"，塑造不愿再做"螺丝钉"的"新人"形象，他们用叙事调性上的"自白性"来消解之前社会主义"成长小说"中占主导地位的宏大叙事。在写作手法上，青春小说就整体而言呈现出一种接近现代派的倾向，体现出较强的实验色彩。与青春小说同时，还兴起了以索尔仁尼琴、沙拉莫夫等人的创作为代表的"劳改营文学"（лагерная проза），一些在 30 年代大清洗运动中被关进劳改营的作家在解冻时期获释后纷纷拿起笔，把他们的劳改营苦难体验转化成文学作品，另有一些没有劳改营经历的作家也以观察家或研究者的身份展开劳改营主题的写作，从而形成一股强大的文学潮流。总体而言，劳改营文学多具有较强的自传性和控诉性，叙事多在封闭的时空中展开，主人公置身于极端环境，或体验肉体和精神的实在苦痛，或思索人的尊严和自由等抽象命题，从而给出一份特殊时代历史真实的文学实录，一首献给人类苦难存在的"安魂曲"。在解冻时期，作为 20 世纪俄国地下文学（подпольная литература）重要载体的地下出版物（самиздат）也开始出现，其主要构成有：首先，是一些作家公开质疑主流文化的作品，如西尼亚夫斯基在解冻后期写作的《何谓社会主义现实主义》和《与普希金散步》等；其次，是一批青年作家和诗人自觉的地下写作活动，他们有意与主流的官方文学拉开距离，或对接白银时代传统，或借鉴欧美现代派文学思潮，在文学内容和形式上进行具有现代主义和后现代主义实验色彩的探索，如莫斯科的利阿诺佐沃小组和列宁格勒的青年诗人小组；最后，是以维索茨基、加里奇和奥库扎瓦等人为代表的"自编歌曲"（авторская песня）创作。

在解冻时期的文学界，两种思想、两条路线的斗争一直在紧张进行。团结在特瓦尔多夫斯基任主编的《新世界》杂志周围的"自由派"（либералы），与团结在柯切托夫任主编的《十月》杂志周围的"保守派"（консерваторы），在解冻时期展开了不妥协的相互斗争。这两派的论争，其实也是俄国思想史上斯拉夫派和西方派两种思想传统的长期对峙在解冻这一特殊历史时期的再次显现。两家杂志及其主编的这场论争谈不上谁输谁赢，但在文学艺术范畴，革新派的美学主张和创作实践往往更具创造性和文学性，也更多文学史意义，而保守派的作为则相形见绌，《新世界》和《十月》两家杂志在解冻时期的论争似乎给了我们这样一种启示。

在解冻时期短短十余年时间里，居然涌现出了如此之多的文学现象和文学事件，它们构成一部复调的文学大合唱，一幅壮观的文学全景图，其丰富性还有待进一步认知，其复杂性还有待进一步揭示。

四

解冻文学的成就和意义主要体现在以下几个方面：

首先，解冻时期是一个名家名作雨后春笋般涌现的时代。在这一时期，作家们四世同堂，竞相创作，在白银时代和十月革命前后登上文坛的老作家们或老当益壮，或重操旧业，他们中的一些人，如帕斯捷尔纳克、阿赫马托娃、普里什文、扎博洛茨基、列昂诺夫、卡达耶夫、帕乌斯托夫斯基等，在这一时期达到了新的创作高峰；更多的年轻作家在这一时期以"60年代人作家""第四代作家""二十大和二十二大的产儿"等身份闯入文坛，他们后来成为20世纪下半期俄国文学中的中坚力量，回过头来看，自20世纪中叶至世纪末一直活动在俄国文学中的大作家们大都成长于这一时期，无论是高声派和细语派的代表诗人叶夫图申科、沃兹涅先斯基和鲁勃佐夫，还是西伯利亚文学的杰出代表万比洛夫、阿斯塔菲耶夫和拉斯普京，无论是战壕真实派的代表邦达耶夫和贝科夫，还是乡村散文的代表别洛夫和舒克申，无论是青春小说的代表阿克肖诺夫还是侨民文学第三浪潮的代表多夫拉托夫，乃至后现代文学的奠基人西尼亚夫斯基、韦涅季克特·叶罗菲耶夫和比托夫等等，几乎全都是在解冻时期开始文学探索的。20世纪俄国文学中的许多一流名著，如帕斯捷尔纳克的《日瓦戈医生》、列昂诺夫的《俄罗斯森林》和格罗斯曼的《生活与命运》等，均写于这一时期，而一些引导解冻文学潮流的作品后也成为文学发展进程上的路标，如爱伦堡的《解冻》揭开解冻文学序幕，肖洛霍夫的《一个人的命运》为文学中的人道主义主题奠定基础，索尔仁尼琴的《伊万·杰尼索维奇的一天》开启劳改营文学先河，西尼亚夫斯基的论文《何谓社会主义现实主义》为后来兴起的后现代主义文学准备了理论前提。如此之多的名家名作集中出现在解冻时期这短暂的十余年间，这不啻为文学史上一道奇观。

其次，解冻时期是20世纪俄国文学史中一个承上启下的关键阶段。解冻文学并非一个偶然兴起的孤立时期，而与其前后的文学有着密切而又多样的联系。在十月革命后一个相当长的时间里，从普希金到契诃夫的俄国现实主义文学传统得到了比较充分的吸收和继承，而19世纪末、20世纪初俄国白银时代的文学遗产却遭封杀，白银时代那些举世闻名的大作家和大诗人在苏联境内反倒很少为人所知。正是自解冻时期起，白银时代文学得以回归，布宁、茨维塔耶娃和曼德施塔姆等人的作品得到再版，帕斯捷尔纳克、阿赫马托娃等人更是作为白银时代诗歌"活的传统"受到拥戴。白银时代文学传统为解冻时期的文学和文化生活提供了重要的资源和启示，以现代主义为主流的白银时代文学在解冻时期被重新阅读，它与在同一时期开始进入俄国文学的当代西方现代派文学形成合力，为解冻时期文学提供了强大的刺激和推动。我们发现，在布宁、茨维塔耶娃、曼德施塔姆等人的作品得以再版的时候，卡夫卡、海明威、福克纳、加缪、萨特、贝克特、尤内斯库、伯尔等人的作品也被译成俄文，并引起热烈反响。解冻时期文学与白银时代文学的关联会使我们产生这样的设想：一方面，白银时代文学遗产如果未能在解冻时期得到"及时"继承，它是否还能在20世纪下半期产生如此之大的世界性影响，赢得如此之高的文学史地位；另一方面，没有白银时代文学传统做铺垫的解冻时期文学，是否还能在极短时间里赶上世界现代主义文学的潮流，并为20世纪末期俄国后现代主义文学的兴起做好铺垫。这样几个假设或许不无道理：若无解冻文学，便没有后来的俄国侨民文学第三浪潮，因为第三浪潮俄侨作家们大都是在解冻时期开始创作、并在解冻结束之后被迫远走他乡的，从布罗茨基、索尔仁尼琴到阿克肖诺夫和多夫拉托夫，莫不如此；若无解冻文学，便没有后来的俄国后现代主义文学，因为始自解冻时期的地下文学为俄国后现代文学储备了第一批作家，为他们提供了丰富的生活体验和艺术实践；若没有解冻文学，便没有改革时期的回归文学浪潮，因为后来"回归"的文学绝大多数都产生于解冻时期，它们或是在解冻时期发表、后来却遭查禁的，如索尔仁尼琴的《伊万·杰尼索维奇的一天》，或是在解冻时期写作、后来才得以发表的，如格罗斯曼的《生活与命运》，或是后来写作的、以解冻时期生活为对象的作品，如雷巴科夫的《阿尔巴特街的儿女》、叶夫盖尼娅·金兹堡的《险峻的道路》、娜杰日达·曼德施塔姆夫人的《回忆录》等。因此，解冻时期文学不仅是20世纪之初的白银时代文学和20世纪后期的回归文学这两者之间的过渡和连接，它自身也是一个足以与其前后两个文学繁荣期比肩的文学高峰，我们或许可以把解冻文学称为"第二个白银时代"，或"第一次回归文学"。

最后，解冻时期是俄国文化中独特的文学中心主义现象再次得到典型显现的年代。解冻文学其实像解冻时期自身一样，也充满起伏，一直在"解冻"和"封冻"之间摇摆，比如：1953年3月斯大林去世后不久即已开始的去斯大林化策略在文学界获得热烈回应，作为解冻文学最重要喉舌的《新世界》杂志迅速刊出包括奥维奇金特写在内的大量能为反个人迷信运动提供思想资源的"及时的"作品和文章，但在1954年8月，该刊主编、解冻文学的重要推手之一特瓦尔多夫斯基却因为该刊的"倾向"问题遭到苏共中央严厉批评，并被解除主编职务；1954

年 12 月举行的苏联作家第二次代表大会可以说是解冻文学的盛会，作家们纷纷表态支持新政，作为苏联文学基本创作方法的社会主义现实主义也被重新定义，但就在这次大会前后，苏共中央仍多次颁发"决议"，试图继续以行政命令手段来左右文学；1956 年 2 月召开的苏共二十大是一次思想解放的大会，赫鲁晓夫的"秘密报告"不啻平地一声惊雷，作家们自视为"二十大的产儿"，跃跃欲试，但在 1957 年 5 月，赫鲁晓夫又亲自出面严厉批评杜金采夫的小说《不是单靠食物》，称其抹黑现实，这让很多作家一时感到无所适从；肖洛霍夫在 1956、1957 年之交发表的短篇小说《一个人的命运》引发了人道主义主题的写作热潮，其影响波及战争题材、乡村题材、道德题材等不同创作范畴，但 1958 年年底针对帕斯捷尔纳克开展的批判运动却使得文学界一时万马齐喑；1961 年 10 月召开的苏共二十二大像是对整个解冻时期做出了"理论总结"，提出"和平共处，和平竞赛，和平过渡"的"三和理论"，给人以更多想象空间，索尔仁尼琴的《伊万·杰尼索维奇的一天》在 1962 年 11 月的发表，不仅开启了劳改营文学的先河，也引导了整个文学和社会对于历史和现实的更深刻反思，赫鲁晓夫在 1963 年 3 月对这部小说公开表示赞赏，但紧接着，索尔仁尼琴在《新世界》上发表的三个短篇便遭到批判；1964 年 3 月，年轻的列宁格勒诗人布罗茨基因为写诗而遭到审判，并被流放，同年 10 月，赫鲁晓夫也在政治斗争中败下阵来，他的继任者像他一样开始了对前任的"矫正"，解冻时期也由此步入"停滞时期"。由此可见，解冻时期的文学始终处于与政治和社会的密切互动之中，但它也因此获得了空前的活力和动力。一方面，时代和社会对文学寄予厚望，希望文学能成为能动的思想武器，解冻时期的苏联政治家们因此关心文学，社会大众也因此关注作家们的一举一动；另一方面，作家们也强烈地意识到了自己的历史使命感和社会责任感，深为自己文学创作的社会能动作用而自豪。俄国文学集美学功能和社会功能于一身的传统特性在这一时期得到凸显，叶夫图申科在这一时期写出的一句诗很有概括意义，即"诗人在俄国大于诗人"，我们也可以说，解冻时期的文学是大于文学的。在解冻之前那种过于一统的时代，文学自然难以得到充分发展；但在苏联解体之后过于自由、过于商业化的社会，俄国文学也会有强烈的失落感，因为它引以为傲的教谕性质和启蒙功能顿时失去了用武之地。只有在解冻时期，文学与政治、与社会之间时远时近、若即若离、既互助又冲突的关系构成一种饱满的张力，这种微妙的平衡关系和具有狂欢化性质的互动，对于俄国文学而言或许就是最为合适的环境和气候。

在迄今为止的俄、中和欧美各国的俄国文学史描述中，解冻时期的文学都是被严重低估的。在冷战结束、苏联解体之后，西方斯拉夫学界很少继续深究解冻时期文学，可能觉得这一研究课题已失去"现实意义"；俄罗斯当代文学史家在面对这一时期的文学时，更注重努力发掘其中的现代主义、后现代主义的潜层结构，对于解冻文学的整体性和社会意义似乎有所忽视；中国学者对于这一时期文学的研究，或多或少还受到传统的"苏联文学史观"的影响。其实，通过对这一时期文学历史的梳理和归纳，我们不难感觉到，解冻文学是 20 世纪最为繁荣的文学之一，俄国文学与社会的独特关系也在解冻时期得到了突出的表达和彰显。

后　记

　　首都师范大学推出"燕京学者文库"，嘱我编选一本文集，我便在自己写作、发表的学术文章中挑出24篇，按发表时间先后排列，组成这本《俄国文学文化论集》。与之前选编的其他几本学术论文集不同，我此次放宽选择的时间范围，特意选入我最早发表的两篇文章，那是我20世纪80年代初读研究生时的习作。自第一篇论文发表至今，转眼已过去近40年的时光。翻看近40年间陆续写下的这些文章，虽有因最初习作的稚嫩而有的羞怯，也有因初衷最终得以坚守而有的惬意；虽有因学术上进展有限而感到的沮丧，也有因在半山腰回望山下风景而收获的喜悦。所收文章仅有一些文字修订和注释统一，而未做学术观点上的更正，尽管在这近40年间，我对俄国文学和文化的理解已发生了很大变化。

　　感谢首都师范大学对于此书出版提供的帮助！

刘文飞
2020年岁末于京西近山居